中国当代
长篇小说
绘画评点本
野莽 主编

玩古

Wan Gu

彭见明 著
歌乐 评点

中国工人出版社

第一章

现在鹤了城中几个玩古物的，如欧阳玉琼、东方冉、高安、洪伟达等，都是见过这鹤了城中旧时代留下来的最后一个玩家的，他叫作李庶溪。李庶溪死于上世纪60年代末，那时候欧阳玉琼和东方冉他们，也还只有十来岁。但他们懂事了，知道好奇。李庶溪就是一个奇人，在市民眼中，他是一个怪物。*

* 开篇明义，借『章回』体格局讲故事。第一自然段就开门见山推出几位主角。

那个年代里，街头巷尾是天天有热闹看的。天天有人高呼着口号，热情洋溢地斗争人。那些被斗者在此之前，都是鹤了城中耀武扬威、有头有脸的角色。突然他们的威严一扫而光，被平头百姓踩在脚下，这惊人的变化，自然也是令出身微贱的欧阳玉琼、东方冉们激动的事。他们也是一次又一次跟着众人喊哑了喉咙的。

使他们惊诧的是：那个戴高帽子的阶层里，却夹杂着既无官职又非地、富、反、坏、右分子的平民李庶溪，这使他们很好奇。

鹤了城分新城和旧城。旧城极窄小，建国以后盖的房子，都在旧城以东护城河对面的平川里，日渐堆出些规模来，就叫作新城了。旧城三面环山，分四街十二巷。四街的街名是东、南、西、北。十二巷则以十二生肖冠之。李庶溪住在东街的街口上，左侧紧临青蛇巷。旧城新城往来的人，都要经过李庶溪的家门。他干瘦如鹤、酒糟鼻子、黄发稀疏，终日于门口置一小桌，以代人书写对联、标语、书信等谋生。因东街口是商业繁华地带，他桌旁还备有大小两杆秤，供乡下来的买卖人租使，一日也要收下些许零钞。因此鹤了城中，许多许多人是认得李庶溪的，但不知他有什么资格加入戴高帽子的行列。

好奇的欧阳玉琼和东方冉等，因李庶溪骤涨的“身份”，专门去考察了这怪人的情况：仅是两间低矮潮湿的老屋，青砖的墙，小小的垛子，白灰斑驳。窗是石雕的，进光少，屋内终日昏黑。进得屋去，霉腐气刺鼻。李庶溪独身一人居住，床褥家具，无一件可入目。倒是床上地下，到处堆放着破旧的瓷坛、陶罐碗碟。墙上柜上，用五颜六色的字纸裱糊着，整个屋子如一个纸灯笼。李庶溪就住在一个纸袋子里。这令观者哑然失笑，想这孤僻老人是有神经病的。

但此人的怪异，却是叫人难忘的。许多年后，待欧阳玉琼和东方冉等开始玩古物时，才陆续弄明白：这李庶溪原是他们有幸所见到的旧时代古玩界的一等高人。可惜匆匆见过，未与之有过有价值的接触，先生便辞别了人世。但他的经历和生平，对玩古物的晚辈有着非凡的吸引力，大家非要细细地挖寻出来不可。凡玩古物者，不缺乏这份傻劲的。

原来这李庶溪，出生在书香门第、官宦世家。只不过他是他父亲一个偏房所生，自小心理上多少植下了一份压抑。但他仍可受到良好教育，吃用花销不愁，这样的出身和条件，可促人成大器，也是极易让人变成纨绔子弟的。李庶溪长大后便成为了这样的反面典型。那时候鹤了河水运发达，沟连接两省商埠，来往客商官僚频繁，加之鹤了城中人也生性风流，以十二生肖取名的十二条石板巷子，因水运的发达，往来各色人等的频繁，自然而然，应运而生，巷巷都有了烟花场所。偏房所生而得不到宠爱和管教的李庶溪，在这样的环境中，会走向何方呢？结果他十三岁上就被人教唆品尝了嫖妓滋味，从此一发不可收拾。就如一个坏梨，坏一点就要牵连全身，不日打架斗殴赌博抽大烟等种种恶习也不可遏制地附到了李庶溪身上。十五岁上，李庶溪已变得五毒俱全、不可救药，严父年事已高，使尽浑身解数，已无能拯救他再回头，无可奈何之际，为维护家族的名声，不得已将他逐出家门。走投无路之际，他被远离鹤了城一百五十里翠朗山翠朗寺的旷如法师收留，无奈削发出了家。旷如念庶溪之父曾有重大施舍于寺中，才动恻隐之心欲拯救这浪荡子弟的。

旷如是远近有名的书画家、金石家、装裱师。他晚年不再带徒弟，但念庶溪之父的功德，便破例授艺于庶溪。庶溪虽浊污灌顶恶魔缠身，但天生心性敏慧，学艺悟道倒也灵彻，这让旷如有几分宽慰。多少达官贵人都想求他传绝艺于其子女，他都一概回绝了，而破戒收个不肖子孙。旷如此举，曾引起当时多少世人惊叹哪。大师心里真害怕庶溪不争气，他是多么看重自己的名誉啊。有言道名师出高徒，倘出的是孬种呢，师傅也就是狗屎了。*

果然李庶溪就不争气。首先念大师于危难中收留了他，顿生要学好以昭世人的决心，倒也好好地表现了些时候，让大师暗中高兴了一阵，但不出一年，终因尘根未断，恶性难改，竟在寺中调戏（一说是强奸）朝庙的少女。寺中万万难饶此错，他即被逐出翠朗寺。旷如受此空前刺激，一病不起，不久圆寂。方圆数百里，为失旷如哀痛无比，书画金石界为失去一学问高深的良师益友而觉得天下再无大师。许多高雅之士，得了名字名画，觉得再也找不到旷如这样的装裱大师而从此失去收藏的意义。

庶溪从此流浪天涯。因有了大师传授的半生不熟的技艺，倒也能把命活下来。他始料不及旷如的声名，竟是远播数千里之外，就凭了说一句他是大师的关门弟子，又以大师曾刻赠他的一方印，他到哪里都混得到饭吃——当然，被逐山门的历史是要隐藏过去的，胡编些其他的故事来解释出走因由。

庶溪是个花花公子，身子孱弱，不懂商事，不识五谷，无

* 旧时代的纨绔子弟李庶溪，走投无路剃度出家，于寺中剽学了点古玩鉴赏和装裱本领，总算没绝了生路。

家业继承，庙中缘食也断了，不得已要以手艺谋生。好在脑子还好使，用心地回悟大师的教诲，渐渐地把旷如所教的装裱技艺，练出了些样子来，日渐竟深受一些行家里手的看重。他东游西荡，最后被一个皖军军阀收在门下，专替他装裱字画。这个军阀是个收藏行家，不择手段、不惜重金搜刮求购古今名家手迹，倒也真是藏了些佳品。据说这一杀人如草芥的军阀，为求一位寒士的字画，不惜于那寒士的茅舍前焚香跪拜，而至最终感动了那不畏强暴、清高怪癖的高人，破例给他这官界人物作了惊世之作而又寸金不收……这一时期，庶溪得以大开眼界，见识如此辉煌的珍迹，得益匪浅，这是在旷如大师那闭塞山中无法获取的，其鉴赏水平也因此大大提高。那军阀设有密室，重岗把守，庶溪就在密室里装裱修饰。面对众多国宝级的佳品，当然是不敢草率糊弄的。人要衣装，佛要金装，活脱脱一个美人坯子由他来设计衣饰，是要使美人更加绚丽夺目，倘有损原作光辉，且莫说丢了饭碗损了声名，恐连性命都保不住。他知那军阀不爱烟酒不爱赌博不爱女色，唯一爱好是在字画上。许多好画，价值连城，或许是枉断了许多性命争夺而来的，倘他稍有失手，丢掉卿卿性命，也就在那军阀一句粗话里。何况尽管他五毒俱全，毕竟被旷如大师培育了一份对书画艺术的爱心，如茫茫沙漠中的一泓甘泉，庶溪也只剩下这一丁点圣洁了，从内心而言，也是不敢作践这些圣物的。这武夫绝对是一个大行家，一日听说民间流浪着个旷如大师的关门弟子，硬是派人寻访了两年之久，把他从川东江边一个劣等酒楼里请上小轿车的。此后是三日一大宴一日一小宴供候，配专车住别墅，打屁不出唤侍卫，玩赏美女如弄窗台上的盆景花卉般方便。如此供他养他，为何？他明白，便极尽心智侍弄那些宝物，倒也博得那军阀欢心。那武夫多是依仗这些宝物，赠送达官贵人，来做外交手段，求得飞黄腾达。庶溪的技艺，便伴随着此番表现传递出去，很快也就名声大噪——当然这些，庶溪是不知道的，他被军阀深深幽囚了，一些社会名流欲求见他都是不可能的，军阀垄断了他，以增其值。

庶溪吃香的喝辣的，奢华无比地过了数年光景。忽一日闻这军阀在前方战败，顿感自己的好日子也将完了，趁府中混乱，忙于乱中收拾了些细软和几幅未裱的字画，只背一个小包，轻装星夜逃了出来，又开始流浪。实在没吃的没穿的，便取一幅字画出来兑衣食。一年后在北方某处碰到一个昔日在军阀府上当差的老妈子，老妈子说幸好你跑得快。庶溪忙问何因。老妈子说，那军阀在前线受伤，料回不到老家府上了，便嘱他的儿子回来，要杀了你，说你那手绝活不可好了他人。不杀了你，放生出去，他那家藏的珍品也就不是珍品了。庶溪想此人如此歹毒，他怎么不一把火烧了那藏画的密室？想这人世也真是险恶，幸好当初灵机一动生了走的念头，也是命不该死。

新中国成立的前些年，李庶溪跌跌撞撞不知怎么又回到了故乡。他已出走了数十年，没几个人认得他了。他那在鹤了城中曾显赫一时的家族，随着他的老父西归，早已树倒猢狲散，家产几乎变卖一空。一个同父异母的兄弟在东街街口好歹还兑了几间民房，见他回来，匀了两间小的给他安身。

因有人揭发了李庶溪在皖军某军阀府上被宠的经历，李庶溪便被列入了戴高帽子的行列。去他家抄家，一无所获，穷得叮当响，锅架在几块草砖上，床铺是一块门板。要他交代在军阀府上的经历，他老老实实详细地描述了那一个时期的奢华生活，结果没有人相信他的话是真的，这么瘦骨伶仃的一个人睡得动那么多美貌的女子吗？搞专案的人认为他是吹牛皮，有精神病。按通常的惯例，如怀疑专案对象讲了假话，一捆一吊一拷打也就有如意的材料出来了，人们见他孱弱如柳，禁不得一推，如一星烛火，耐不得一吹，也就没有对他动武。由于始终没有充分的证据说他杀过人当过国军干过伤天害理的事，拉他出来游一游，斗一斗，也就作罢。不久大家就不怎么注意他了。他就仍在门前摆了桌子代人写字什么的。

也不知什么时候那小桌子没了，于是人也悄悄地没了，如世上消失一只蚂蚁一样的平静。

若干年后，鹤了城中的几个年轻人，一日萌发了对古物的兴致，便想起了李庶溪这个人。那时候他们对古玩还知之甚少，只是受了一些从外面传来的影响，那时一些宾馆里设有专售古董的商店，供爱中国古物的外国人收藏。他们便觉得这一定是一件有意义的事情，便去找一些书来看。这时候邮票已经炒起来了，老邮票的连连升值，预示着一个新兴行业的崛起。待兴致勃勃的欧阳玉琼、东方冉们回忆起当年李庶溪的神秘，再度去拜访那古气十足的老砖房时，已是面目全非——屋内墙纸被剥尽，裸露着发黑的青砖墙，那曾塞满于各个弯落的陶瓷瓶罐杯盏，自是不复存在。两间小屋，内内外外，堆满了破铜烂铁、废旧书报及各色塑料碎片，这里已成为一个废旧收购站。他们要寻找的梦再无半点踪影，不禁十分懊丧。想想离上次的造访，时间迅逝去了快二十年，他们都是三十大几快四十的人了，屋主的骨子都化成了泥，还能找着什么呢？于是便向街坊打探这怪人的经历。好在此时也没有什么不能说的了，连地主都摘了帽子哩。从各种传说中，得知李庶溪果是一玩古的奇人后，大家更是嗟叹不已，恨自己当年愚钝无知，错过了一个长见识的机会，不禁遗憾之至。大家倒也不是要获取什么，在鹤了城中，老一辈的，什么行当的角色均可找着，唯这一方面是一个缺憾，就觉得这个颇有历史的山城，像是少了一个手指头样的不健全。大家心里就空落落的。

李庶溪的房子现在由他的儿子住着。他这儿子，也成为鹤了城中一个话题。在李庶溪死之前，包括李的街坊，都不知道他还有个儿子。待李庶溪在屋中倒毙数天，有臭气阵阵飘出来后，人们才知道他死了。街道上视他无亲无朋无后，便草草钉了副薄棺将其埋了。正待居委会要将此房充公，打扫给五保户住时，一乡中女子领着一个年近二十的青年来了，青年自称是李庶溪的儿子李乐善，来继承遗产的。街道上不相信，李乐善就掏出一个布包，摊开，里面是三样东西：一方印章，一个砚台，一本线装的字帖。

印章是一枚半透明的淡青色小条石，刻朱文铁线篆字，有边款。街道干部不懂，叫李乐善盖出来看。青年随身备有印泥，装在一只青花瓷的小印泥盒中，他将一方纸片铺平在一本旧书上，将印章在印泥中按压几下，然后盖在纸上，字即鲜亮呈现。干部取过来倒着看顺着看，识不出，问青年："什么字？"青年说："篆字。""我问的是什么内容？""至善至诚。"干部又看印章边款，也识不出。青年念道："弟子庶溪存——旷如。"干部道："这是当年翠朗寺大法师旷如为你爸刻的印章？"青年道："你怎么知道有个旷如大师？""听我祖母说过，她当年是翠朗寺的居士。"那干部说。

干部拿起砚台看。他也识不出好歹来，见砚台底面也刻了字。青年道："也是父亲留给我的。这是他用过的砚台。"干部道："也是篆字。刻的什么？"青年道："不好意思念得。""念！""墨香如脂——花和尚庶溪记。""你那父亲，在生倒也真是个花和尚。"干部是看过李庶溪所交代的材料的，知道底细。

线装字帖是李庶溪写的小楷字，封面上书：乐善儿抄本。内容是：昔时贤文诲汝谆谆集韵增广多见多闻观今宜鉴古无古不成今……青年道："一部增广贤文。父亲让我照着临他的字。""你临过吗？"青年摇摇头。"怎么没临？"青年面有难色。"你凭这几样东西就可证明你是李庶溪的儿子？"这时那女人说："我们住在枫树湾，你们可以去问。"干部说："我们是要问的。真有这么回子事，你们可以住进来。只是你们以前怎不住在一起？"这时那女人的眼圈红了，儿子的眼圈也红了。干部道："连个亲戚也要走动走动啊，何况你们还是夫妻。说呀，反正老的死也死了，在生又不明不白，有什么苦水你们现在可以倒出来嘛。”母子俩依旧红着眼眶，不说。干部最后说：“你们先回去，半个月后来听消息，我们要调查的。”一指那三样东西：“快把这些旧东西扔了。要是早些时候，你们保存‘四旧’，当心一绳索把你们绑翻了。”母子俩慌忙将物件一包系了，拜谢而去。

后来的调查结果：李庶溪回故乡不久，在枫树湾睡了一个村姑。村姑比他小了几十岁。后生下孩子来，李庶溪便极少来乡中了，也不让这母子俩进城去。有人怀疑这后生不是李庶溪的，按李那时的情形，是几乎没了能做出人来的能力的。当然那男女间的事情，都是说不清的，谁也不能说那儿子不是李庶溪养下的。后来李乐善被批准住到父亲的房子里来了。他无任何生路，便以捡破烂为生。母亲没有随了来，出了家，上了翠朗山。那时翠朗山已多年没有了香火，寺庙也毁得七零八落了，不知那女人赖何生存。

欧阳玉琼、东方冉他们打听到这李乐善手中存有他父亲的古物后，便等着收破烂的李乐善回来。大家凑份子买了些熟花生，打了一斤酒，在那低矮的青砖屋里请李乐善的客。酒至半酣，提出来要见见他父亲的那方印和砚台。李乐善先是一怔，然后咧嘴一笑：“早就扔到河里去了。父亲死的那年有人提醒我说那东西是个祸，我就马上把它扔到河里去了。”“你父亲再没给你们留别的东西？”“再也没有什么了。”“真没有？他在外面那么多年，又是一个一流的行家，不会不留点什么。”又有人插言道：“李乐善，你莫保守，都是几个街坊，还怕抢了你的宝贝不成？我们也是好奇，喜欢玩玩，开个眼界罢了。”乐善说：“你们不信也罢，父亲是多年不和我们往来了的，他怕因他出身不好连累我们母子俩，这个大家也是知道的，那几样东西，还是我懂事不久，他给我的……他的晚景不好，死时屋里无一粒鼠粮，没一件装殓的衫子……”说着眼圈一红。大家见话说到这样，便不好再说下去了，忙转了话题，连连说喝酒。

踩着夜色回去，大家觉得李乐善是肯定没扔那东西的。不然为何一谈到这个话题，他便敏感地一怔呢？此人一身褴褛，其貌不扬，略显木讷。但一双眼睛倒也黑白分明，藏了几分敏慧和狡黠，外粗内秀，恐非等闲之辈。有人分析得好：其父的神秘经历，人们仅知粗略，其子的经历就一无所知了。有言道：有其父必有其子，未必他们之间就真没有什么联系？*

* 李庶溪的传奇经历，点到即止；未解之谜，系于其子李乐善身上。

第二章

其实就收藏嗜好的历史而言，欧阳玉琼在鹤了城中，自李庶溪那一辈人之后，是最早的。他的父亲死得早，自小他寄养在舅父家里。舅父是D省某著名瓷厂的一个技术权威，同时是一个收藏家。玉琼记得最清楚的是舅父光漂亮蝴蝶的标本就收藏了好几个厚本子，一页压着一只。舅父翻给他看时的那个欣喜的表情，那轻盈珍爱的动作，给他留下了极深的印象。那时他感觉不到这种收藏有什么意义，但他很看重舅舅这种高雅的嗜好，并想象那一定是一件很有意义的事情。那时舅舅还收藏着其他许多并不起眼的东西，屋子里的每个角落都占满了，留给一家人活动的空间极小，一家人无一有怨言，大家都小心地动作，生怕碰坏舅舅的收藏。舅舅的脾气极好，百事听任和迁就舅母及孩子们，但唯有有碍他收藏或不小心碰坏了他的“宝贝”，他的脸就拉长了，甚至要骂人的。所以玉琼自小就认定了舅舅热衷的收藏是神圣的。舅舅的嗜好潜移默化不知不觉影响了欧阳玉琼。十六岁的时候，他不想再白让舅父养着，便回老家鹤了城中来谋生活。父亲生前的好友把他推荐到一个机械厂里，并为他找了个好师傅，学做木模。玉琼十六岁当了工人，独立谋生，业余时间，也学了舅舅的样子，收藏蝴蝶。他那叫作蝶儿的爱人，就是见他采集了数以千计的漂亮蝴蝶而爱上了他的。

欧阳玉琼在鹤了城中稍有些名气，是在鹤了城重建图书馆时，他以个人名义，捐赠了一套整齐的“文化大革命”前出版的《鹤了晚报》。

1954年至1964年十年之中，一个战功赫赫的老革命，放弃高官不做，要求到故乡鹤了城中来主编一份县报。他自幼爱文，因时世不容而从了武，天下太平后，他想延续儿时的梦，又恋着故乡的山水人情，便弃了仕途，潜心回乡办报。每周三张的小报，办得很合市民的口味。那时欧阳玉琼便是忠实的读者之一，后在街上看见他尊敬的主编大人也戴了高帽子，玉琼心里一动，预料要出什么事，便暗中留神报社的动静。果不然，一日，人们将报社所藏报纸、资料、书籍一股脑儿掀了出来，欲付之一炬。玉琼心想：从此以后名显一时的《鹤了晚报》便再也见不着了，它要在鹤了历史上消失了。陪烧的，是主编大人和报社同人。玉琼见这位腰背笔直、头发半白、目光炯炯的勇武战士，戴高帽子游斗并不曾减却半分威严，一副不屈不挠的样子，此时却是汗流满面、恐慌之至，向旁边一个造反派头头恳求说：不要都烧了，留下一份吧，好歹它也是鹤了人民的一个足迹呀。头头自是不听，粗话连篇。正待让人先发言批判一通再点火焚烧时，高音喇叭响了，说有毛主席最新指示下来了，让所有人都迅速到鹤了广场集中，开万人大会，然后游行庆祝。这是大事，高于一切的，大家雀跃着奔广场去了，丢下了这一堆书报，顿时楼空巷静，连县委会高大浓密的大樟树上的雀子都随人去了鹤了广场看热闹。

玉琼见那主编痛心疾首的模样，便更加看重这份报纸的价值。他没去广场，从从容容地从纸堆里挑出每年一册的合订本，用绳系了，背着大摇大摆回单位去。这刻安全，不用担心碰着什么人。

十多年之后，由那位原报社主编担任新建图书馆名誉馆长的老同志，以他的关系，到处伸手要钱，盖起了一套有模有样的馆舍。待主楼竣工时，出了一纸广告：向社会征集本县名人著作、革命文史资料，尤其提到了征集原《鹤了晚报》，一张数张不论，残缺者亦可——可见这位老同志对他的报纸的留恋。

玉琼念那老人一腔深情，便扛着这整齐的合订本送上门去。工作人员见了，惊喜若狂，竟忘了要玉琼留下名来。玉琼也无沽名钓誉之意，全是看在那位老人的分上慷慨赠予，让他高兴高兴，交割之后，便悄悄走了。

数日之后，一行人找上门来，为首的是那老人。见面之后，老人向孙子辈的玉琼深深鞠了一躬："感谢你，衷心感谢你。你做了一件了不起的大事。"然后提出两瓶酒，一条香烟："这是我个人掏钱送你的，我没法表示我的心情，你不收下就要折我的寿了。"玉琼知那内心的亢奋是要借物抒发的，便也没拒绝。老人这才高兴地拉了玉琼的手，坐下来叙话："你这个小伙子，也真是的，不留下个名来，让我找得你好苦，差点要请公安局出面了。你不知道，你做的工作对我个人来说，有多么大的意义吧。那是我十年的心血哪！就好比我花十年时间怀的一个孩子，生下来了，又丢掉了。你现在给我抱回来了。你说你的功劳有多大？不然，我是至死也不瞑目的。至于说这件事对于丰富我们馆藏书报的意义，就不必说了。那是一段历史。一个图书馆，少了一段本县的历史，好比人缺了条腿呢……"老人谈兴很浓，滔滔不绝。随行的人悄悄对玉琼耳语："老首长高兴得忘了形呢，今天一日说了一年的话呢。"

这以后玉琼才真正体会到收藏的意义绝非是一个人的自我欣赏和玩味。

以后那老人，每谈往事，便必要提欧阳玉琼。所以鹤了城中很多有头脸的人，都知道有个搞收藏的欧阳玉琼。*

欧阳玉琼现在是单身一人生活，进门一把火，出门一把锁。常是布衣便鞋，一辆无了铃铛无了车架的单车，驮着他出没，行无踪去无影，过一种散淡浪荡的生活。他是多年不受单位的约

* 对文化人的景仰，必向往文化。『文革』中欧阳玉琼抢救性的第一份收藏，意义非凡。

束了，只去厂里领工资，活也是厂里派人送到家里来做的。他如今是快三十年工龄的老木模工了。师傅死后，他便成了鹤了城中资格最老本事最硬的木模工。除本厂要做的一般人吃不消的木模外，也接一些外面的业务。都在家里做，做好了人家来取，一手交钱一手交货。因手艺好，便有了自由自在，想做什么时候都做，不想做便自己放假。倘他愿多花点力气，收入将是可观的，但他不看重这个，却把大部分精力投入到收藏和赏玩古物之中。

他住在城郊自己的房子里，三间砖瓦平房，前面是一口小池塘。塘中什么也不养，蓄一塘清水，水源是后山的泉水。周围的人知道塘中无物，不来垂钓搅扰，沙石的底便终年托着一池清悠的水。玉琼不事衣装，却看重池塘一个“清”字。上面有了一片枯叶，便要打捞起来的，不允许清水有一丝污染。这份用心，是与他的亡妻有关联的。

屋后紧靠着一截古老城墙，城墙是用巨石砌就的，不高，只剩下残缺的基座了。每方巨石，按人们的估计，少说也有两三吨重，它是如何凿成方条形，又是如何垒上去的？这在没有机械的古代，靠人工是怎么也难完成的，玉琼每坐在那残垣上，便必要想这个不可思议的问题。一想也就是几十年了，终没想通。据一些书刊所言，举世闻名的埃及金字塔，也是由人力所不能及的巨石堆上去的。此谜至今未能破译，联系起来想，便要对历史和残墙生出无限的敬重和神秘来。

巨石风化得没有了棱角，它们蹲在这里已不知多少个世纪了，据说鹤了城远古时原是一个国家，叫作“犴狟国”。这便是犴狟国时代的城墙。据一些老人们传下来的更老的祖宗们的说法，犴狟国都曾是一座石城，三面环山一面临水。临水的一面砌了石墙，一直接着山壁。出入国都仅两个门，一是通水路的东门，一是上山的北门。但欧阳玉琼上一代更上一代更更上一代的老人，都不曾见过东门城墙景观。存于今世的便是玉琼屋后一截不到三十米的北门残垣了。历代县志里没有关于犴狟国的记载。

只在民间存留的古老刻本里有这么一个模模糊糊的传说。

大家估计“犴狟”或许是母系社会中的一个出色女性的名字，欧阳玉琼听好几位老辈人说过：这北面山脚原是有块不大的石碑的，上面就刻着“犴狟国”三个字。但不知何时又不见了。这让收藏成癖的欧阳玉琼以及朋友们联想起：民间仍有不肯露面的收藏高手存在，那碑肯定是落入有学问的人手中了。藏了那碑，日后出一个拓片，都将是很值钱的，那藏碑的人是很有眼力的。玉琼觉得那碑被人藏下了是一件大好事，倘被愚莽之辈一锄头敲断了就可惜了，这样的事他见得多了。

欧阳玉琼很留恋这三间平房，尽管离闹市远了点，不大方便，他还是几次拒绝了单位宿舍的诱惑。小屋建在古老的城墙根下，对于他这样品性和爱好的人来说，感觉是要与他人大不一样的。更重要的是这栋小屋是亡妻留给他的，他要守住她，如同是与妻长久厮守。

欧阳玉琼在人生中一个充满幻想的、单纯的年龄走上工作岗位，可以自食其力了，不再白让舅父养活了，觉得很自由、很充实。工余时间，他很勤奋，谨遵母嘱，读一些指定书目，舅舅也常寄一些书过来让他读。外婆家是一个破落的书香门第，母亲和舅舅都是很有学问的。照说他是不应该这么早就离开学校走向社会的，但家里没有能力供他继续读书，母亲随着姐姐在D省某乡间生活。他还很小，父亲便奔了阴曹地府。舅舅养他到十六岁已是竭尽了全力，他和母亲都不忍心再盘剥舅舅。母亲是十分支持他参加工作的，母亲的观点也十分明白：学问和知识，不全是看在学府里待的时间长久。母亲常给玉琼讲他的外公，老人家不过是在乡间读过几年私塾，后来竟教出几个曾在D省名噪一时的大学者来。这说明了什么呢？寒门是可以出高人的，要玉琼养成励精图治、寒窗苦读、不趋时尚、不慕奢华的品性来。

玉琼一面学了舅舅嗜书如命的品格，一面也仿了舅舅爱好收藏的品性，自制了厚厚一个本子、一杆纱布招子，在春天和秋天艳阳普照的好日子里，到城郊野外扑蝶，收藏世间最美丽的图案和颜色，自娱自乐。

鹤了城北门古城墙脚下花鲜草嫩、水清人稀，是蝴蝶生存的好地方，欧阳玉琼便常光顾那里。也就在这里，植下了他的美满姻缘。*

* 一个爱好蝴蝶标本，一个爱着鲜活的蝴蝶，因此而演出不朽的缠绵来。

一日他正在那城墙根下扑蝶，突然被一女子夺下招子。那女子面若桃花，眉似弯月，虽是瞪圆了杏眼，要释放一些怒气，双翘的嘴角却又分明蕴涵着笑意。玉琼见了，心中想道：这女子，想恶都恶不起来。而有的女子，笑着也是满脸的恶浊。玉琼道："大姐，你抢我的招子干什么？"那女子看定他："你这个人，又来抓蝴蝶。上次你来过一回的，这次又来，蝴蝶要被你捉尽的……"说着眼圈就红了。玉琼想这是个心极善的女子。他想做些解释，想想一下也解释不清，看着这女子的模样可爱，心也软了，说："好，好，好，就不扑了。"就将纱网兜里的蝴蝶一并放飞了。女子破涕为笑："看你的秀气模样，也不该是个伤生的。"这时屋里有个老太太出得门来，在背阴处手搭凉棚喊道："蝶儿，来了客人，怎不叫到屋里来坐，今天日头蛮凶的。快叫客人进屋里来。"女子道："我妈请你去喝茶。"便一扭头在前头引路。玉琼本不口渴的，但不知不觉就跟着女子向那三间砖瓦屋走去。玉琼还不到对女性感兴趣的年龄，身子虽说近来有了一些莫名的躁动，因自小受到良好的家庭教育，不敢把那躁动往男女情欲方面联想。看着这圆脸女子的温善以及浑圆的双肩、柔软的黑发、均匀沉着的体态，只是心里感到十分舒服，突然想起了母亲和姐姐，猛地从心底涌起一阵对女性特有的慈爱的渴望。他已许久没有得到母亲和姐姐的照看了，孤身一人在外，远离亲人的那种孤独感油然而生。仿佛眼下那热情的老太太和这温善女子就俨如自己的母亲和姐姐了，这样他便身不由己来到了凉爽的小屋之中。这母女俩招呼他喝过茶，老太太又拧好湿毛巾给他擦一把汗涔涔的脸，再摆出一碟刚炒出的新豌豆来。玉琼一一接受着，感觉是在享受母亲和姐姐的爱抚。

叫蝶儿的女子问："现在你说说，你捉了那些蝶子干什么？"玉琼听言才从想象中转来，有些慌乱："你说什么？"女子又说了一遍。玉琼说："我是在收集蝴蝶标本。""标本是干什么的？""就是……把漂亮的蝴蝶，夹在白纸中间，藏着，常看看那些漂亮花色。""看它们飞就不行吗？""这个，怎么说呢，冬天就看不到它飞嘛，也不是所有的漂亮蝶子结成伙一齐飞嘛。要是收得标本多了，就可以天天看到世界上所有漂亮蝶子了。"女子沉吟后道："你们男的就心硬，把它弄死来看它的漂亮。"玉琼一笑："我不反对你的同情。但是你晓得吗，再漂亮的蝴蝶，它的寿命也不过是十来天个把月的，它的美丽实在是太短暂了，让它那么快地消失，倒不如让我长久地保存下来。""我晓得。但心里还是不愿它们……"女子喉咙又哽了。玉琼道："你叫蝶儿？是蝴蝶的蝶吧？"女子点点头。玉琼道："这就难怪了，你也是蝶子嘛，一只大蝴蝶，就可怜你的姐妹了。"蝶儿"扑哧"一笑："我可不愿像蝶子那样短命。"玉琼道："这你便是自私自利了，许你这只大蝴蝶长命，就不许小蝴蝶长命，老天爷也太不公平了。"蝶儿笑道："到底是读书的，会嚼舌头。"她把玉琼当作某校的高中生了。

玉琼告辞时，母女俩都叫他常来玩，玉琼从她们眼中看出是真挚的邀请。玉琼道："你又不许我扑蝶子，我来干什么？"蝶儿道："非要扑蝶子吗？""我没有其他的爱好。""那么，只要不当着我的面扑……"蝶儿退让了。玉琼心想：她真是个善解人意的好姐姐。觉得这母女俩很亲近的。他答应她们他会来玩的："不过我不是学生。我有工作的，玩的工夫不多，要上班。"蝶儿道：

"这个年纪就不读书了？"玉琼心一沉，就怕人家说这句刺心的话。他何尝不想读书呢？

玉琼走远了，蝶儿再喊："再来玩哪。"眼圈又有些红，嗓音也有点发颤。玉琼想她们俩也如他一样的孤单吗？竟是那么强烈地希望有人去她们家。玉琼想到姐姐也是常这样送他出门的，便鼻子一酸。

玉琼答应过去看望老城墙根下的母女，因无非去不可的义务，又不敢再去扑蝶，一晃数日，就快忘了这件事了。一日下班出厂房，艳烈的阳光下，一个女子挑着一担木桶径朝他走来，不无惊喜地朝他喊道："欧阳！"他眯了眼睛看：是蝶儿。蝶儿依然是满脸红光，穿着单薄的衣衫，高胸肥臀圆肩壮腿，康健饱满得快要溢出来似的。她见到玉琼后激动异常，丰厚的唇直抖。玉琼也感惊奇："你怎么来了？""其实我是常来的，就不知道你在这个厂里做事。""你来干什么？"她朝木桶努努嘴："挑你们食堂的潲水喂猪。""挑好啦？""挑好啦。""这就回去？""回去。"玉琼不知再说什么好："那……你到我们宿舍里坐坐吧。""好的。"她爽快地答应了，似乎盼望着他这句话。他说："只是很乱。""不要紧。""你常来，我怎么就没见过你呢？""就是，不知怎么错过了。"蝶儿将潲水桶放到阴凉处，高兴地等着他引路。俩人就站在阳光下，路过的工人都朝他们看。一个后生拍了一下他的肩膀，做一个鬼脸给他瞧。玉琼的脸"腾"地红了，毕竟也到了一定的年纪，明白那鬼脸的含意是什么。玉琼这时有些不愿领蝶儿进宿舍了，但蝶儿却是在期待着。有些相见恨晚，不愿轻易放弃的味道。玉琼心软，不愿使她失望，便把她引到睡上下铺的十六人宿舍里来，指着自己的铺位："这是我的铺，你坐吧，到这里吃中饭，吃食堂。"蝶儿说："不，不，你弄杯水我喝就行。"玉琼就拿着碗去车间开水桶里打水。打了水回来，蝶儿把他的铺盖、小桌上的东西整理得规规整整。玉琼道："你就歇歇吧。""做惯了的人闲不住。”她说。蝶儿仰脖喝了一大杯凉开水，细白的颈根一抖一抖的。她接着和玉琼说话，自然埋怨他答应了再去她家玩又不去，害得她和她娘天天盼望。“我娘说见着你就顺眼。”她说。后来蝶儿要看玉琼的蝴蝶标本，这时他才十分地放松起来，寻着厚厚的本子，一页页翻着给她看。一个温热饱满的身子所散发出的特殊的气息就绕在他的鼻息耳际，这使玉琼感到既舒服又惊慌。看毕，他问：“如何？”她说：“真漂亮。”眼里便荡漾着无限柔情。“你这个人，真有意思。”又叹道，“你还来捉蝴蝶吧。”“你不再保护你的蝴蝶妹妹了？”“由你来保护吧。”又说了一阵话，蝶儿告辞，并坚决带走了玉琼塞满床头桌角的脏衣破裤。她说：“你要来取衣服啊。”玉琼知道，取衣是借口，她是希望他能常去看她们。他送蝶儿出宿舍门后不再远送，怕工友们笑话他。返身躺在铺上，细细品味回忆与蝶儿贴近了的感觉，他真想当晚就去取衣服。

这晚他做了一个梦，朦朦胧胧与蝶儿在花草丛中追蝶。这晚他梦遗了，惊醒来，裤裆湿了一大块，他独自羞涩了好一阵子，再无法入睡。他听同室的工人兄弟交流经验，有十三岁就开始梦遗的。他十七岁了才第一次经历，第一次经历便是与蝶儿，他预料着将有什么重要的事情要发生。就这一晚，他成熟了许多。

“那是你的什么人？”同事逼问他。他答：“我姐姐。”心里直跳。

以后玉琼常去看那母女俩。再见蝶儿时，想到那晚的梦遗，便不敢直眼看她的身子了。

蝶儿隔一天便来挑潲水，从此以后包洗缝补他的衣服，并常做些菜来给他下饭。工友们问：“欧阳，怎么一下子就冒出这么个贤惠漂亮的姐姐来了？”玉琼道：“不像我姐姐吗？不过不是亲的，是表姐。”他搪塞。为什么要撒谎呢？未必是心中有鬼。有光棍熬了多年的工友便央求玉琼：“把你姐说给我吧，我会待她好的，决不让她挑潲水的。”玉琼听了这话，心里很不是滋味，但又说不出为何心生反感。一日对蝶儿说：“你再不要去我们厂里挑潲水了。”“为何？”“我求你不要去了，好吗？”“好的。”她柔顺地答。以后，厂里的潲水由玉琼挑着送去老城墙根下的蝶儿家里。

欧阳玉琼十八岁那年，“文化大革命”开始了，上班很散淡，大家爱干就干，很多人索性就造反去了。玉琼是个爱静的人，不喜好出风头，闲的时候多了，也好，他有独自的消遣，他不寂寞。因了一种相互的吸引，他常去蝶儿家里，这种往来，已成为一种不可或缺的生活内容。

十八岁的秋天某日，蝶儿来厂里唤玉琼，说要他过去，玉琼就随着过去了。夕阳把他们的影子拉得很长，蝶儿在前面走，玉琼在后，双双对对越过闹市，走上阡陌。玉琼想：熟人见了，会如何想？到家了，蝶儿做了精致的菜肴伺候他。蝶儿说她母亲走亲戚去了，她一人独守这屋子，怕，要他来做伴。做伴意味着什么呢？玉琼当然明白，不无恐慌，但又无勇气逃遁，这小屋有一种不可抗拒的魔力。正在犹疑之际，洗净了身子的蝶儿就用温热的玉臂勾住了他的脖子。那在他身边缠绕了一年多的特殊气息，因肉体的贴近，真正沁入了他的心田。他也已料到了这一刻是迟早要来的，只是如窗纸没有被捅破。他虽然也像所有处男一样的慌乱，但同时如水到渠成般的沉着自如。他对蝶儿的熟悉和亲近，已如自己的亲人了。

蝶儿极尽温柔和慈爱，俨如姐姐样的替他洗尽身体的油垢，慢慢抚平他的慌乱，然后有条不紊地引导他进入、完成和享受十八年以来人生中最愉悦最亢奋的事情。玉琼为蝶儿的熟练和老成感到惊诧，事毕，他头枕在蝶儿结实的弹性极好的胸上，问：“蝶儿，你怎么这么会？”蝶儿抚着他的头发：“你问这个干什么？

你只说你觉得好不好？”“我要你说。”“因为我是你姐，我比你大，所以比你懂。”玉琼又问：“你怎不问问我跟不跟你结婚，你就给了我身子？”“我只想生个你的儿子，我什么都不管。”“可是我还只有十八岁，怎么可以做父亲？”“你不到厂里去说，谁晓得你做了父亲？”“可是你瞒不过你母亲的。”“这个嘛，就不用你管了。”“我能不想？”“真的，你不要想，不要担心，我都想好了的。你相信我吧。不过你要经常来陪我。你要是不来我就到你们厂里去闹。”“我不相信你会闹，你不是个泼妇。”“那你就试试看。”“我经常来，你妈不会发现？”“也不要你管，你来就是了。”“什么都不要我管，我不是小孩子了。”“谁叫我比你大呢……”说着话，玉琼觉得一股热气又涌到了心口，便猛地翻过身来，又紧紧地搂住了蝶儿。蝶儿嗔道：“不要太急，不要……”但玉琼知道怎样做了，不需蝶儿引导了，便无节制地放任着男人的勇武。

无眠之夜。集结了十八年的激情一股脑儿倾泻了。

很快玉琼长了胡子，突出了喉结，迈着成熟男人的步伐，并感到他挑起了一个男人应该挑的担子。

十个月之后，蝶儿生下一个可爱的男孩来，那母女俩视如珍宝，玉琼倒感觉不出有什么特别的高兴来，看着那一团红肉，手都不敢触一下，他想他实在还没到做父亲的年龄。

生育过后的蝶儿更加白净、丰腴、美丽动人，玉琼等不及满月便要与她做爱。蝶儿说：好吧，不过等一下我要告诉你一件事情，你要答应我你挺得住。自认为十足男子汉的玉琼颇为自信，有什么挺不住的呢？狂乱的欢娱之后，玉琼平息下来，问蝶儿有什么事情告诉他。

蝶儿道：她是结过婚的，十六岁就嫁到了这户人家，这个母亲不是她的亲娘。她的丈夫是个矿工，开始还可以勉强做个男人，半年后就不行了。现在羞于回家，除一年三节回家外，只寄钱不回人的。母亲不想这户人家断了香火，所以逼她演了这出戏。蝶儿泣着："我欺骗了你，你要怎样待我都行，我这辈子、下辈子，做牛做马都要服侍你，只求你原谅我。"

"但我是真爱你的，一开始就爱……"

玉琼轻叹一声，窗棂外的夜空碧蓝如画，青蛙和草虫织着如潮的音乐，一浪一浪涌过来涌过去，思绪也如潮涌，汹涌而紊乱。我是否失去了什么？蝶儿母女有什么错？没有，没有，我什么也没失落，她们也没有错。那么为何大家都觉得这么沉重，这么难受。一种什么样的压力在折磨大家呢？他回答不了，解释不了，那么他应该怎样……当深蓝的天幕渐渐变换为潮红时，欧阳玉琼轻叹一声，再度用他男子汉结实的双臂搂住了蝶儿冰凉的身子。蝶儿泪如泉涌。从窗外漫进来的曙光把他们儿子的小脸洗映得如一颗熟透的葡萄。

第三章

一日，东方冉清早就骑了单车到老城墙根下来找欧阳玉琼，约玉琼去看一样古物。太阳升起的时候，东方冉看见玉琼在屋后的残垣上，双腿盘坐着静观东天日出。黑黝的剪影，被一圈白烟笼罩着。东方冉知道蝶儿去世后，玉琼便吸上了烟，且烟瘾奇大，一支连着一支抽。由玉琼中年丧妻的不幸联想起自己中年仕途失意，颇有同病相怜的凄凉感。他没惊动背对着他的玉琼，在那池清澈的水旁搁下单车，推开虚掩的门兀自进屋去。他们来往密切，均是道上人，无了顾忌。堂屋正中墙上，一个大玻璃框装着蝶儿的玉像，是玉琼用一对南宋时期岳州窑中出土的完整无缺的单面釉陶罐为酬品，求一位知名的国画家为亡妻绘制的。画家使的是工笔重彩，画工细腻讲究，线条柔和飘逸，色彩沉着绚丽，制作风格也如蝶儿生性的艳而不娇、美而不俗、丰华雅淡，见画俨似见人，令玉琼十分珍爱。当时那年近花甲的老画家见此陶罐，惊呼道："这不就是杨幺部下烧制的作品吗？"玉琼笑而不语，眼中赞许道：你不愧是个行家。南宋岳州窑鼎盛时期的大批窑工，都曾随杨幺谋了反的。因窑器便可以引出一段壮烈的历史，这窑器便有了双重意义。那画家反复揣摩这造型古朴、制作精美的小小陶罐，连连咋舌，喜挂眉梢："我怎么能受此厚礼呢？怎么敢呢？"玉琼道："先生若不肯收下，我也不请先生作画了。"先生见玉琼固执恳切，便道："那好吧，我就收下了，交个忘年朋友吧。”先生作画时，整整观察了蝶儿照片一个月，方裁纸设色下笔，一气就呵成了这神形兼备的佳构。欧阳玉琼与妻曾情深意笃，便朝夕敬奉香火伺候，怕她在阴曹寂寞困苦。

东方冉知玉琼的品性，每来都要净手拈香，拜一拜蝶儿的，玉琼因此就更看重东方冉的人品了，两人已是情同手足。玉琼的舅舅是D省某大瓷厂的专家，玉琼自恋上古物后，每年都要去拜访舅舅，在鉴别古瓷方面，技艺日见长进，在鹤了城玩古物的人中，是一个权威了，朋友们有了得意的瓷器收藏，都要请他去看一看，以他的鉴别为准则。玉琼赖以养生的木模活在家中做，时间自由支配，是半个闲人了，只要是事关古玩，一夹单车就随人走了，有求必应，从不拒绝。东方冉来约他，他匆匆洗漱了，就与东方冉上街，经过玉兔巷，进入北街，几家饭店刚打点开门，两人在一家熟人的店里坐了，由人伺候吃了碗滚鲜的米粉。东方冉告诉玉琼：“高安得了件东西，是一只青花釉里红墩式敞口碗，我看年代到了明。”玉琼道：“是吗？快去看看。”连忙就起身，两人径奔高安家来。

这高安可不是市井中玩古物的，是如今鹤了市在任的市长，非等闲之辈哩！东方冉不称他的官名，皆因他们曾是同班同学，同坐一桌的儿时好友。但欧阳玉琼是要尊称他市长的。*

鹤了地方，自古至今，都是H省知名度很高的地方。出名的原因有三：一是自古至今文臣武将层出不穷；二是地理位置特殊，是B省、H省、D省三个省份的交界之处，自古是兵家必争之地；三是名山名寺名道场远近有名，附近三省数县的善男信女，每谈鹤了便要顿生敬意，尤其是那翠朗寺闻名遐迩。

因为有名，总是不应该辜负了这份名气的。所以鹤了县在这么一个五光十色的时代里，是不甘心自己老是一个“县”的，便努力争取县改市。“市”除了好听一些，重要的是能享受到一些有利于鹤了建设的好处。一个地方有了名，相应的就要穿上些光

* 市长也是一名古玩爱好者，这戏份就足了。

鲜的衣着，名副其实才好，但要依靠自己的能力来改变面貌何其困难，因此有很多人上蹿下跳为此事奔忙。

不久，果然是将县改了市。

更要紧的是这个市比县高半级，比地区低半级，自高安当市长的这一届政府行使的是副师级的权力，大大小小的干部一夜之间都升了半级，升级当然不仅仅是好了干部，所有的鹤了城中各色人等一夜之间也由山野草县的居民摇身一变成为了真正城市的市民，从此全鹤了城中人走出去，与周围县里的人比，不但是市民，而且高出半个头，这真是一件无比风光的事情。鹤了人素来以该地的名气而世世代代培育了很强的自尊心和虚荣心，极是讲究一个面子，县改市而且升半级便极大地满足了所有鹤了人的这种心境。

宣布建市的那日，鹤了城中的鞭炮和啤酒抢购一空，人们放了整整一天一晚爆竹，四街十二巷铺了一层软软的纸屑。一些青年人学了电视中所见的外国人在庆典活动中开启香槟酒乱喷的潇洒，也举了啤酒瓶满街吐白沫。

大家明白，鹤了今日的风光，全仗了那些尚健在的几十名战功赫赫的将军的帮忙。这些从鹤了的山山岭岭闯出去的开国元勋，用自己尚未消失的余威，为家乡做了一件了不起的大事。

果然，鹤了自县改市之后，便引起了外界的重视，一些外国佬和港台老板，大摇大摆地频频出现在鹤了旧城的四街十二巷了。很快有些合资项目在鹤了新城面世了。人们常从本市电视台的镜头里看到：1.85 米高的市长高安，蓄着李宁头，系着鲜红的领带，挺胸缩腹，神采奕奕地在谈判桌上与海外客商舌战。这让鹤了人十分的自豪。且不管市长内才如何，谈得如何，那个高度和挺拔是体现了鹤了人民的精神状态的。

随着一条几十米宽的国道从鹤了城边擦过，把以往鹤了城到京广铁路线的两个多小时路程一下子缩短到四十分钟。人们的感觉是一上汽车，没说几句话就到了火车站。据说待这条国家一级公路全封闭起来之后，自古深居山中的鹤了人扑向祖国贯通南北的“大动脉”，只需二十多分钟。这样上北京去广州，也就如举手投足般的方便了。这样的现实降临了，人们真觉得是活在梦中。

怎不似梦呢？繁华了几个世纪的东街大码头还坐落在鹤了河边。坚固的被磨损又被换上的麻石的台阶还在。有恋旧的和节省自来水的妇女，还不时到那插入水中的石埠上洗衣洗菜。以前鹤了人出山需经这个码头坐两天船方可到得大地方，坐上水船回家则需要三天。除水路外再无其他交通。如凭着脚板穿越崇山峻岭，是许多人不敢想象的事情。

因了县改市，因了升半级，因了交通改观，鹤了城的黄金时代就真正降临了。大家记得：十五年前，鹤了城只有一家饭馆，驻在十字街口，叫“鹤了饭店”。现在大大小小的饭店餐馆，一下子就有了上百家。谁来吃？自然是外面的食客。城中人习惯于做家常饭菜，除早点外，不吃馆子的。十五年前，仅一个鹤了县委招待所可供外来者住宿，如今大大小小的宾馆旅店也有了几十家了，城中人也自是不去住客房的，全因外客的踊跃才有旅店业的发展。

市长高安在鹤了城最辉煌的时期走马上任，自感荣幸，也自觉担子沉重。因为这个依然古旧的山城突然引人注目了，要不使人失望，要做到名副其实谈何容易。就如一个没有摸过枪的人，因战事突然降临，立马要他出任将军，这一幕奇异的人生戏剧的成败关键，恐怕就在于导演了。高安出任了这个“导演”的位置。

高安是鹤了城中土生土长的山地儿子，深爱着鹤了地方的伟人和名胜。刚启蒙念书就能背下鹤了古今许多文臣武将的大名来。儿时从长辈和邻人口中听到的故事，也多是英雄豪杰的传奇经历。建国以后被授予将军衔的好几十位雄杰，高安在念小学时就对他们的名字和主要业绩甚至个性都了如指掌。那些事迹，一方面来自学校，主要是来自民间，十二巷里围着火炉和摇着蒲扇的闲暇之时的话题中，更多的是谈论那些当代英雄和出色人物。年深日久的渲染，十二条巷子里成长的孩子，随便都可以讲出一些传奇故事来。高安作为一个县级领导，曾参与了县改市和升级的壮举，他领着人到北京一些最受人尊敬的胡同里转悠。到一些老将军老干部家里落座时，随便就能讲出这位英雄儿时的故事并且调动他们对故乡的美好追忆和怀旧情绪。他们带去的家乡特产，也必是极符合各人口味的，他因此而成为了将军家里最受欢迎的人。关系融洽了，感情深了，老人们称他为家乡的“父母官”。他那时无意中也曾说过我不过是个“从七品”，谈不上父母官，至少要是个正七品方可称为父母官呢。后来不久高安连升两级，由从七品蹦到地师级。有人就说他在老将军们那里发过怨言，是北京向地方打了招呼，才有他这般长进的。高安听后曾很生气，后想想气也就消了，当官还怕受冤屈吗？也许真有某位老同志向有关领导说了话呢。那些老人是都很喜欢他的，他明白。

高安上任后，对文化工作的重视分量加重了。拨款把成稿三年未能付印的民间文学集送进了厂；县志筹款的务实会议也开好了，那些满嘴牢骚的老夫子们喜笑颜开；做了一半因无钱一搁就是五年的图书馆工程又上马了。他还主动和前《鹤了晚报》总编一路上北京找老首长要钱。据说高市长还有个要修复本市境内三座有名的庙宇的宏伟计划……这些举动都是令鹤了人欢欣鼓舞的事情。就鹤了人的本性而言，宁可少建一个工厂，不能没有一部县志。重文轻商自视高雅也可以说是鹤了人精神中的一种特质了。

六十年代初期，高安和东方冉等几位热血青年，在鹤了城中是小有名气的。那时他们是《青春之歌》《红岩》《林海雪原》

等当时一批轰动小说的崇拜者，跃跃欲试挥毫弄墨也想当作家。《鹤了晚报》上的《花蕾》专栏上，常见他们年轻的手笔。因了那份刻骨铭心的与艺术结下的初衷和缘分，高安对文化工作的重视就很必然了。

高安和东方冉虽是同窗，因都已是人到中年，各人有各人忙不完的活，平时也就没有什么闲心互相串门了，在路上见了面，点点头，寒暄一两句，就匆匆而别。好在同学之间，早已是撕了做作和热乎的面纱，不讲什么客套了。淡淡的往来，也不至于影响感情。

一日清早，高安散步，一脚拐到义犬巷老街，顺便视察危房，见东方冉在那石板铺就的窄窄巷道尽头做气功，问："你怎么到这里来做气功？"

东方冉道："我搬到家里来住了。"

"你没住市委大院了？"

"你才知道我搬走了？真是贵人多忘事。"

"你这个人，也真是的。"高安知道，东方冉是带着情绪搬出机关的。但他确实不知这事。东方冉人到中年，仕途失意，这个打击固然是大的，但也大可不必生房子的气呀。这义犬巷是列在城市要拆迁重建的规划之中的，连自来水都没有供应了。高安压下后半句话，也不计较老同学话里的刺，他知东方冉的性格，无意指责他，"到你家里看看。"他说。

东方冉说："欢迎市长大人体察民情。"高安无言地一笑，伸手搂着东方冉圆浑的肩——小时候上学他也常这样搂着矮他一截的东方冉。

这青石的门、门两旁的石鼓、青砖的地和青砖铺就的天井，都是高安熟悉的。他原来住的黄牛巷，也是这样低矮昏暗潮湿的古老民宅。东方冉搬回老屋来住，白发老母住一间，他们夫妻住两间，饭在天井旁的木板棚里做，到巷子深处的古老水井里打水用，屎尿要到离屋五十米外的公厕里屙。这里的生活一切如旧。市长有些劝东方冉住回去的意思："这里什么都好，就是不方便。"说得委婉。东方冉道："我宁可不方便。图的是个清静，在这种地方就不必提防个谁了。"市长道："你还是想那些事情。""我还真不想那些事情哩。你觉得我东方冉真的那么小气量？这是真实的心理感受。"

白发老人来见过市长，赞叹唏嘘一阵他的出息，给他倒上茶。市长见东方冉房中柜上茶几上桌子上，摆放着许多古旧碗、碟、瓷坛、木雕等玩物，就来了兴致："你到哪里弄来的？""哪里有弄？我又没当市长。出钱买的嘛。""你的嘴真臭。你现在玩上了这个？""可以说是着迷了，说老实话，都无心上班了。人一旦进入到这种境界，人世间的纷争都会忘得一干二净，所以刚才我说我没有情绪。"东方冉顿时情绪高涨。"这都是什么时候的东西？"高安很有兴致地问。于是东方冉便抚着这些古物，一一向高安作着解释，从出品年份、如何鉴别讲到美学价值。不一阵，隔壁某机关的高音喇叭响了，中央人民广播电台的晨间新闻开始播音了。高安恋恋不舍地说："我该走了，今天约了个人。"他告别那白发老人。东方冉送他到门口："我不远送了，省得人家说你的闲话。""有什么闲话说？""你我是同学，不怕人讲你拉帮结派？我是犯过'错误'的，不怕人讲你一当上市长就要给我翻案？"市长说："你也真是，见了草绳当作蛇，神经过敏。我看你有工夫玩玩古物，倒也是个修身养性的活，可以少想些乱七八糟的事。"东方冉道："我要玩的还多着哩，没时间想别的。""这就好。有工夫我还要来看看。"东方冉说："当市长了，可不能玩物丧志呀。"市长道："废话。"

文化局长来向市长汇报：北京来了一位民俗专家，是专程来考察东乡谷米香大屋的。他央市长于某日在某餐馆陪一顿饭，以示地方政府对文化工作的重视。

鹤了城东去一百里有个谷米香大屋，外表就如普通的民宅一样，并无什么特别引人注目之处。自鹤了改市之后，一个记者竟寻着去看了这栋大屋，写了一篇题为《壮哉，明朝的老屋》，发表在一份很有名的旅游报上。鹤了城中各大小机关，因经费原因，仅仅订了几份指定要订的党报。个人订户，多是事关健康、电视节目预告、文摘之类的报纸，旅游方面的报纸是很难见着的。有一位在外面工作的鹤了人看见了这个报道，写信回来告诉家人，并不无欣喜地预料谷米香大屋不久可能会成为家乡旅游的真正热点。这个信息，曾传到了高安市长耳中，他让市政府办的同志去找过这张报纸，因没找着，也就渐渐淡忘了这件事。

现在市长听说有专家来考察，联系起那传闻中的报道，马上对这件事大感兴趣。鹤了土地上有这么一个富有吸引力的地方，近处菩萨远处显了，作为市长就不能无动于衷了。他是去过那栋大屋的，他怎么就没有看出什么来？高安有些愧疚。假如那真是一块风水宝地，切不可让其荒芜了的。

市长决心压下其他工作，对文化局长说他要陪那位专家前往考察谷米香大屋。局长一听，喜不自禁，陪同规格如此之高，他脸上有光啊。

高安得的这只青花釉里红墩式敞口碗，便是考察谷米香大屋的收获。他从那明朝的老屋一回家，就让秘书打电话叫东方冉来看这只旧碗。东方冉一进屋，高安便关上房门，有些神秘兮兮的味道。东方冉道："哪个吃了豹子胆，大白天敢来抢劫当今市长不成？"市长道："让人知道当市长的上班也玩这个，毕竟影响不好的。"东方冉将此物托到掌上，略一窥，便连连叫好："好东西，好东西，你怎么得手的？"市长说："人家用它在喂鸡，我看是件古物，我给了那个老太太十元钱，她高高兴兴洗干净，给了我。我怕人看见，做贼样的藏了，我是受了你的影响了，不是喜欢，我干吗要躲躲闪闪干这种事？""你要躲什么呢？《文物法》

规定允许公民收藏的，你也是公民，怎么不可以搞收藏？”“唉，话虽这么说，实际上就不得不考虑其他因素了。”东方冉道：“看了你这个样子，这辈子要我当省长我也是不当的，还是无官一身轻好。”又道，“你晓得你这只碗的价值吗？”“怎么？”“依我看，它值一万元。”“你莫说笑话。”“我是说真话。我明天请一个人来看看，他是个行家，我要证实我的眼力。”市长制止道：“我告诉你，玩就是玩，不可言钱，收藏嘛，是娱乐。另外，你不要告诉第三者，你我知道就行了。”“我会考虑你的乌纱帽的。我会让坏你的事的人来看吗？”市长便默许了。约好了第二天清早上班前来人。其实高安心里也想知道这件东西的真正价值。

东方冉引着欧阳玉琼来到政府大院时，院中还寂静无声，人们尚在酣睡中。此时高安已起床候在家中。东方冉向市长介绍毕欧阳玉琼，市长便说：“我晓得，你父亲是个人物，黄埔第六期的。唉，当年不回来就好了，这山州草县嘛，在那个时期，做事没有什么尺度的……那些事，过去了也就过去了。”原来玉琼的父亲是国民党西北某部的一位师长，投诚以后，统一在东北某地集训。集训完毕，人民政府安排了这批人的工作。但他恋着故土和妻儿，申请回了鹤了。不巧一回来就碰上了镇反运动，他在国军当师长是街坊都知道的，一声吆喝，他便不幸拉着被枪毙了，待上面来制止，为时已晚。高安虽无为数十年前的冤屈者致歉的义务，但作为一级政府的首脑，为鹤了历史上的错误，总觉得有一份遗憾，这情绪于是便从他的口气和表情中流露了出来。玉琼是个敏感的人，顿时对市长生出三分好感，说：“人也去了，想不通又奈何？只能解释为生死是命中注定了。”市长道：“也只能这么想了。”接着看视那件收藏。

玉琼接在手中，对着东方的晓光，先看底，后看花纹釉色，不过是一分钟光景，便如东方冉一般肯定地说：“一件好东西，在民间能保存到今日，真是不易。据说是在东乡谷米香大屋得到的？”市长道：“人家把它当鸡食盆在使呢。”“难得你有心收藏了，一不小心被鸡打翻了，多可惜。”市长道：“还不是受了东方冉的影响。”玉琼对东方冉道：“可惜我们都没去过那个地方。据说那里很古老，很有历史的。最近一定要去看看。”“好的。”东方冉响应着。“鹤了这地方，还真是藏龙卧虎。”玉琼赞叹，脸上便有了些自豪感。

市长指着碗底青花双栏内楷书“大明万历年制”六字款，问：“真是万历年间官窑的东西？”玉琼说：“你的怀疑有道理，当然不是。这是清朝雍正时期的仿品。先看款识，万历时期的东西，是很讲究的，款书端庄工整，敦厚刚劲，笔力较硬，转折部位多顿，捺多偏长。而这个款识，字体丰腴肥实，应该一气呵成的地方，笔画则有明显的停顿，显得拘谨无力，这是要努力模仿但又功力不达而显出的破绽。再看图案，万历时期的绘画一般是色彩鲜艳，构图饱满，画面繁密，甚至有些烦琐芜杂。可这幅青花瓜竹葡萄三女戏蝶图，用笔设色则是显得过于节制、简约，符合雍正时期的绘画风格。再看釉色，真品釉面有橘皮状的小棕眼，仿品呢，橘皮棕眼则是很细小。为什么我说是雍正时期仿的呢？这中间有故事的。雍正皇帝极爱玩古物，对当时已经衰落的瓷业深深不满，便派一个叫唐英的钦差大臣坐镇江西景德镇去振兴瓷业并仿制上古佳品，以供玩赏。凡玩古物的，都知道清朝有个叫唐英的大玩家，他的仿古技巧千古一绝，可以蒙骗许多古玩高手。这种‘釉里红’，那时叫‘宝烧’。釉里红在明朝，本来就难以烧成，技术要求太高，所以能留下来的东西极少，这样‘宝烧’当然就成了唐英要攻关的项目了。本来明万历年烧的这种墩式敞口碗，也是景德镇烧的，若干年后，又由他们的晚辈来仿制，比别处当然要有优势些。所以可以断定这是清雍正时的仿品……另外，从釉色上看，也是没到明的东西，尽管在老百姓手中，磨损得厉害，还是‘古’不到一定的程度。但这确实是一件极有价值的东西。唐英那时仿的珍品，也是要尽数送缴国库的，而且非上品不送。所以要流落到民间是极难的。看来谷米香大屋里，是出过有来头的人物的。物以稀为贵，这样的仿品的价值，嘿，真是难说了，要是唬那些一知半解的外国人，市长啊，你也就不必再当市长一天到晚忙碌奔波了。一家人怎么吃穿玩，也一辈子花不完的。”市长说：“你奉承我市长当得好还可以，一件玩物就不必奉承了。”玉琼一笑：“我现在是不受单位管束的闲人了，有毒的不吃，犯法的不为，为什么要奉承谁呢？”又说，“还有一点难得的是这只碗没有一点破损，古瓷最怕损，所以我说它有价值。”市长说：“这么贵重的东西，看来我无缘收藏。”东方冉问：“怎么？”市长说：“应该送交文物管理部门。”玉琼道：“高市长，这我又要恭喜你了。”市长说：“你又要奉承我？”玉琼道：“倘这是件真品，或许你要送交国家也无人敢阻拦你。但它正好又是一件仿品，你就可以堂堂正正收藏了。”市长道：“你懂法吗？”“玩这个不懂法是不行的，凡事都是有个度的。度就是法。”东方冉插言道。玉琼说：“我们可不是市井上以谋利为目的的角色，市长你放心。”高安道：“这就好。法不能违，玩也应玩得合法。”又道：“老欧你这个人，还真懂得不少，难怪东方冉说要叫你来看看。他也是个行家了，还吃不准。”玉琼说：“我有个亲舅舅，那才是个大行家，我常到那里摸点风。现在还是半瓶子醋，只能说略知皮毛，玩古物，无止境的，我自觉差得远呢。”

说着话，高市长孱弱的夫人起床了，满额头贴着白膏药却是绽着温善的笑向客人打招呼，然后问他们喜欢吃馒头包子还是面条，她这就去食堂买。抬头看窗外，天已大亮，太阳已洗着窗棂了。欧阳玉琼和东方冉忙起身告辞。市长不让：“你们就吃穷了我？”又说：“我也是要吃的嘛，大家一块儿吃，再聊聊。”东方冉道：“莫玩上了瘾哪，再戒就难。”市长说：“上瘾也不是坏事呀。”东方冉说我们早吃过了。市长也就不再留，寻了公文包，一路同他们出门。东方冉问:“你出去干什么?还要送不成?”市长道:“我要去招待所陪省里来的客人。”“你不是说……”“如果你们留下来吃,我就先陪你们,丢下那边叫别的市长去陪。”“我晓得,你们当市长的事多。”玉琼说。市长叹曰:“人在江湖,身不由己啊。”又叮嘱,“有时间,我们躲开去聊聊,东方冉你安排。老欧,别让人扫兴哪。”玉琼说:“在下敢不要前程吗?”三人大笑。市长向二人耳语:“不要对人说我有件东西呵。”说着拐过一个角门,往隔壁的招待所去了。

玉琼道:“此人谨慎、诚恳、文化层次高,又年轻魁梧,在官场上前途无量的。”

东方冉说:“老兄啊,恐怕这恰恰又是他的弱点呢。”

玉琼说:“那让什么样的人来当官?用奸诈之人?虚假之人?无知之人?猥琐之人?”

东方冉道:“这就由你去想了。官场上的事啊,嗨,不说了。你玩古物可以,官场上的事,你还没入门。”

第四章

谷米香原来是一个人的名字。谷米香是这栋明朝老屋的缔造者，后来就以他的英名作为大屋的命名。这个村也叫作谷米香村。*

谷米香大屋地处鹤了一个很偏僻的地方。鹤了县改市之前，谷米香村还不通汽车，一个东乡水库把唯一的一条出山路也淹没了。高安当副县长的时候，到那里检查过楠竹生产，先要在东乡水库大坝登上一种叫作"双飞燕"的小船，由人工操着如翅似的双桨，在缎子般的水平面上一扑一扑推进，优哉游哉，半日才划到水库尾巴上岸。诗情画意倒是不缺乏，若有什么急事要办，就会让人炸肝炸肺了。高安就曾有过这样的体验：初登船时，扑鼻而至清凉的山风，满眼翠绿叠嶂，青山秀水碧透如玉，白雾绕着峰峦，五彩的鸟结队掠过水面，尾翼轻点水面，一串晶莹的珍珠就摇落在无垠的碧蓝中……融入此情此景的人，是无诗也要吟出诗来，不会唱歌也要胡哼哼出点什么的。但老在一片静寂中漂浮不见靠岸，心里就要着急起来，毕竟大多数人不是携了情人来游湖的。当时同船的干部见高安急躁，趁热打铁请他与有关部门打个招呼，多少拨点款子，沿水库修条机耕路，也让谷米香人享受享受坐车的滋味。

高安陪那民俗专家再度进山时，傍水库有了条坑坑洼洼的土路，勉强可以开进车去。若是下雨天气，恐就不能行驶了。好歹

* 谷米香，一幢古老的乡间贵族老宅，古物众多，预示着将是诸玩家表演的大舞台。

总算有了条路，高安也记不清他当年是否和有关部门打过招呼，是否他在其中起了点作用。

一个不知名的记者写了《壮哉，明朝的老屋》这篇小文章后，也该谷米香大屋在沉默了三百余年之后要在此时抛头露面出一番风头，一家有影响的“文摘”马上转载了这篇文章，后陆续又有数家杂志报刊相继转载，一炒再炒，谷米香大屋便热了，引起了人们广泛的注意。民俗专家、新闻文艺工作者、旅游的、猎奇的各色人等，纷纷搭车来到鹤了城，然后向城中人问路：去谷米香怎么走？城中人大多茫然，极少有人知道谷米香这个地方的。汽车站的工作人员也不知道，因为他们的客班车行驶网点上没有这个名字。

那么谷米香有什么了不起的地方呢？她肯定是有她了不起的地方，不然何以能吸引那么多有头有脸的人来造访呢？自尊心极强和乡土主义极浓的鹤了人马上觉悟过来，先是在心中竖起谷米香的崇高形象，把凡是能找到的关于谷米香的文章找到复印了，互相传阅，再去探访那深藏于山中的奇珍瑰宝。

东乡水库源头再上去五里，是一个山垭口。翻过垭口，便见漫山遍岭的楠竹，似乎这山脉不会再生长其他林木。垭口下面的山脚，一片黑色屋顶稀疏在远远近近的楠竹中间。屋顶是江南常见的“人”字造型，常见的用木柴烧出来的青瓦，平凡至极，没有任何奇特之处。

下得垭口，从小小谷底塅落里走近大屋，避开了竹林的掩映，站到大屋的门头，亦无奇异之处，是电影中常见的青砖青瓦，却无镜头中的黑漆大门、金黄的门环、凶悍的守门石狮。屋宇并不高大，虽是青石的门并不威武。看门的也是石狮，只是藏在稻草秆子和柴火下面昏昏欲睡，踞守门头数百年，岁月早已磨掉了威风，疲惫苍老至极了。

屋后是高于屋脊丈许的一个圆圆的山丘，丘上也长着楠竹，无任何人工修饰的痕迹，大屋便围着这山丘而筑。半圆的形状，分作六七个青石大门而进。屋顶是连成一片的，屋内由许多巷道连着。一条半干半湿的小溪圈围着屋宇，有十来架石桥横跨小溪进入各个大门和小门。周围是田野，来不及舒展便很快被山脚踩了。性急的游览者企图在屋外找一个好镜头是不大可能的。外貌一如江南普通山村的平常，一如农家的平常，一如稻子和泥土的平常。而一俟进入屋中，情形便大不一般了。

有一个不容忽视的现实是这栋大屋不再是居住着贵族，而全部是农民。据说以溪为界，昔日的佃农和长工都住在溪的那面。那普通民房早已荡然无存，成为了田野。谷米香的后代几乎都成了农民。农民的生存没法浪漫，他们离不开牛、猪、鸡、鸭、狗、锄头、扁担、箢箕、风车、箩筐、柴火以及所有农具和杂物，这所有动物和实物都必须堆放在这只适合古代乡间贵族生活的屋顶下，给人以乱糟糟和遗憾的感觉是必然的。但这一切却掩盖和损害不了老屋高贵的本质：抬头所见到的支撑“人”字屋顶的无一不是雕梁画栋；所有石的和木的门框窗棂，无一不是由能工巧匠精工雕琢而成；每一块青砖都经人工打磨过，在没发明水泥的年代，砖与砖之间的结合几乎没有缝隙，据说全是灌的糯米浆；雕工精细、造型复杂得难以置信的床呀柜呀洗脸架呀椅子桌子呀，随便推开哪一个门都可见着。难怪高安所见的用百年老碗喂鸡的现象在这里并非奇事……

每个石门进去，就是五进和七进的天井。每一进由自地透顶的雕花格门隔着。隔门上尽管胡乱贴着年画或挂着辣椒干、包谷、干草鞋、袜布等，仍透着庄重和雅致。

无数的巷道连着各处庭院，人一沉进去便无法记起原路的。处处是相同的天井，相同的房间，据说做贼的都从不敢深入怕找不到出路，更何况是旅者。有时实在找不着出口了，便只好有求谷米香的后代了。宽厚的乡人便用手拉着旅者像引导小孩子一样走出迷宫，那宽厚的表情里面是深含了对自以为文明的旅者的嘲讽的。对坐飞机、轮船、地铁、电梯出没城市如喝稀饭般不费事的文明人，却走不出一个古旧的民宅，你无法不对那潮湿昏暗神秘兮兮的老屋顿生敬意。你所见的一切现代化在这个白胡子老爷爷面前不过是一个稚嫩的儿童而已。

在这不起眼的屋顶下，高峰期曾居住着两千五百余众男女，内藏数十口水井、上百方天井、千余扇门窗。但旅者在宽敞的几进堂屋中，往往看不到几个人，屋中安静异常，两千余众生遁到历史中去了吗？

这栋老屋的奠基人和鼻祖的坟茔，立在屋侧的小山头上，是谷米香的十九世孙永福、永禄、永寿三兄弟于咸丰九年重修的。阔大的四柱三碑石面上，刻有千言的墓志铭，记述着这位开宗鼻祖的不朽事迹。碑文上载谷米香逝于癸亥秋月。六十年为一花甲，按十九代后裔于咸丰九年立碑的时间略作推算，谷米香的盛大丧事便是明朝嘉靖四十二年的秋天了。谷米香大屋的年龄，因此有了三百大几十年，随便揭一片砖瓦，便要使美利坚合众国的摩天大厦以及他们的历史俯首无言的。

关于谷米香的来历有两个传说。

一是说东乡这人烟稀少的山中，某年突然来了三个气宇轩昂的年轻人，他们就在此开垦、娶妻、生子。他们三人以兄弟相称，情同手足，闲时便聚一处喝茶饮酒，下棋操琴，讲古谈今，看来势绝非等闲之辈。其中有个叫谷米香的，会相面拆字、卜卦扶乩、奇门遁甲、阴阳风水。他在此山中勘测良久，看中了三块风水宝地，便和另外两人商定长住下来，因亲生骨肉也终是要分门立户的，他们三人决定各择一地独立营生。谷米香不偏袒，将三块宝地，分别用纸写上“仕”“富”“人”三个字，搓成团，掷于地上，每人拾一个，由各自的命运去决定终身的选择。一人拾了“仕”，一人拾了“富”，谷米香拾了“人”。另外两兄弟有些不忍，因地都是谷米香择的，他却落了块弱地。谷米香毫无委屈感，认了命运的安排。选了“仕”宅的，后裔中果然有当了大官的；选了“富”宅的，曾家财万贯、堆金积玉，在皇城都买下过半条街；谷米香得的“人”宅，此后他家果是发人，繁衍极快。至今有句打口腔在东乡流传，谓：东乡有个谷米香，三十六岁见重孙。如此算来，三十六岁要见重孙，那么每一代十二岁就要生子为父。现在谷米香村，百分之九十五的人姓谷，都是谷米香的后代，占据了整整这条山沟。人是繁衍得多，谷家也真是只发人，出门做官、求学、发财的极少，大家都挤在老祖宗的屋里作田种地。年深月久，另外两家呢，渐渐地都消失了。祖上也曾当过大官、发过大财，终是因人丁不旺，没能把富贵的香火延续下来，仅留下谷米香一族。

第二种说法：谷米香是明朝某位皇上的后代，因争王位失败被追杀而改名换姓，由旧臣暗中护送躲到这南蛮之地深山老林来了却终生。因携带来了大量金银财宝，才有能力盖起这贵族方敢涉足的宅第。当然这围着山丘绵延足有两里长的建筑群，不全是谷米香时代的杰作，要花几代几十代的工夫方可落成。到了靠后的房子，已显出了清朝风格的大窗和线条简约夸张的雕艺了。

诸如此类的传闻和故事，很快由新闻记者和文人墨客编撰出来在各大小报、地摊小册子上频频刊出。文字又是一种随心揉捏的东西，在事实的基础上难免艺术加工，于是日久生出了令谷米香后裔也半信半疑的故事来，不知老祖宗究竟是皇子还是大亨抑或大盗。

但不管怎样，谷米香大屋是高山响鼓，名声远播了，慕名而来者，由文化阶层迅速扩展到平头百姓。甚至以前见过这栋大屋的本地人也回过头来凑热闹，她那么美怎么自己以前就没看出来？是不是一夜之间涂了神奇换肤霜、毛发再生精、皓齿灵之类的灵丹妙药使得她返老还童？否则自己就是有眼无珠，当初就不识好歹了。他们要来弄清楚一系列疑点。

人多了，沉寂安宁的谷米香大屋顿时热闹了。好几个月里，谷姓人还是瞪大着眼睛，不相信这个现实已侵入他们沿袭了多年默默无闻、缓慢平淡的生活节奏之中。

有关方面倒是富有一定的预见性的，随着热闹的升级，很快投资把泥巴土路拓宽并填放些沙石，交通是一件大事，不可再让人望路而生畏了。又着手组建“谷米香旅游开发区”，考虑到要修建卖参观门票的亭台什么的。

谷姓人中最早醒悟和认识自身价值的，要算一个叫谷定坤的年轻人了。*

谷定坤高中毕业后在家务农。农活没干三天，承受不了其繁重、寂寞和单调，便洗干脚上的牛屎，经人推荐，去村里的竹器厂谋事。谷米香大屋周围绵延数十里盛产楠竹，这竹器厂搞点粗加工，做些传统产品，倒也不缺活干，一时竟也为乡中年轻男女羡慕。谷定坤尽管是高中毕业生，在谷米香也算得稀奇，但要进厂去仍需得力人士推荐方可。进得厂来，见厂房里终日竹尘笼罩，工人无不满头大汗蹴在地上像蜘蛛织网般枯燥麻木地劳作，顿感这绝不是他能待得下去的地方，不一月就要憋出神经病来的，便匆匆逃了出来。此后到处走亲访友，外面的亲戚同学不少，这里混几天，那里消磨数日，身子和心似是悬在空中。不觉数月已逝，突然厌倦起流浪做客的生涯，复潜回家来，没什么活干，他就待在家里，一百八十度的转弯，足不出户了，终日半躺在昏黑的老屋床上，透过雕花的窗棂，看着小小天井里老天吝啬地赐予的一束光，偶尔从天井上空飘过的一朵白云，盼望有一只鸟光临，但这个要求也是很奢侈的。忧伤的定坤渐生龙囚深井、虎困牢笼的悲凉感。想自己这一辈子就困死在这老屋中实在是太不值了。父母亲不曾怨他骂他，在谋划着还是要弄点事给他干。有合适的事干，他就不会东逛西荡的，不会自己把自己关在屋子

* 回乡青年谷定坤，率先知晓谷米香的一砖一瓦一物将价值非凡。

里苦闷自己的。他有两个姑妈和一个姨在外面工作，父母亲便分头去和她们谋划如何安置他。一个农村户口的高中生要到城里吃皇粮是不可能的，打工又吃不得苦。大家便商定了，像他这样书生气十足的角色，最佳的方案是在乡中开个小店子，既轻松又躲了日头和劳累，一边开店，整日还可放磁带崇拜崇拜歌星。收入嘛，只要养下他自己就成，主要是要使他有事干，不致憋出病来。父母亲拿了方案来与他商量开店的举措，他无可奈何地哀叹一声，算是应允。父母亲便从姑妈和姨处借了钱来，在谷米香大屋过溪去两百米的油榨房，搭了个土砖的棚子，粉了石灰，安置好床铺和柜台，又把干商业的姨请来，指导定坤进货、做账，择了吉日鸣炮开张。

开始他还挺认真地做买卖。但乡中的生意，基本上是挂账的。手头有现金也要挂账，要到逢年过节，老板上门一家一家去讨的，这成了流行的习惯。眼见得货销出去了，却不见有现钞入账，挂账的本子倒是写得热闹。屋后是小学校，散了学小学生一窝蜂围着小店吵吵嚷嚷要买这买那，全是五分一角钱的买卖，现金倒是现金，但理抻那些零钱都要干到半夜，利润甚低。不日他做得便有些意懒心灰了。有时很累了也不开店门，人是醒的，懒得起床，常推开后窗，听屋后山坡上谷米香小学一位民办教师哼唱忧伤的曲调，听着听着，心情便更加沉重，想想日后漫长的日子无处寄托，便要往心里落去几滴眼泪，还有什么劲头开店呢？那民办教师叫谷美芝，是他小学和初中的同学。高中是在她一个有海外关系的舅舅那个学校念的。高考落榜后，到小学校里当了民办教师。定坤早她一年毕业，没能进得去学校当老师。定坤不嫉妒美芝，他自愧不如她，美芝有好身段会教学生跳舞，有好喉咙能教学生唱歌，他不行，连体育都教不好。为什么早早晚晚从美芝口中流出来的尽是忧伤的曲调呢？谷定坤也不难揣出美芝的心境——她何尝甘心在僻野山村当一个随时要滚蛋的民办教师呢？

店子终是关门了，屁股自然由父母去揩，定坤搬回老屋来住，为的是躲避美芝的伤感之音，同病相怜哪，伤疤是怕人揭的。在那个静穆的房间里，麻木地期待天井上空一片白云和一只飞鸟掠过，避了尘世的伤扰，倒也把日子打发得快。人苦闷的时候，最怕的是白日长。

忽一日，几个旅者来到他房外的天井里，指指点点谈论着房檐和窗台的木雕。定坤也是早知有人对这栋老屋感兴趣的。他认为那些风尘仆仆来考察的人神经有毛病，是吃饱了没事干。这些人见此屋中有人，便敲开了他的房门。有远客来，倒也破了整日的呆滞，多少有些新意，他为几位旅者倒了茶，留在房中坐。旅者兴致勃勃问着老屋的情况，他不感兴趣，也不知胡乱答应了些什么。

一位蓄着长头发浓胡子的中年男子，眼睛紧盯着桌上盛茶叶的一只旧瓷坛，凝视良久，开口道："小兄弟，能看看那只瓷坛吗？"定坤道："那又不是什么稀奇之物，看吧看吧。"那男人便起身抱了坛子，小心翼翼挪到当光处，上下左右抚视，眼里显出无限的慈爱来。然后放回原处："小兄弟，你家里，这样的瓷坛子多吗？""过去多，装米、装油、装芝麻，装豆子、鸡蛋、茶叶都用它。现在不多了，容易打烂。""你这只坛子卖不卖？"定坤惊讶："买这旧坛子干什么？"旁边一人道："我们这位先生哪，就喜欢收藏旧货，他今后要当收藏家。"定坤只是在书本上听说过收藏家，他尚不懂收藏有什么意义："你要是喜欢，就拿去吧。"那男人喜不自禁站了起来，马上给定坤开烟，定坤不抽。那男人又去抚那坛子，继而有些担忧地问："是不是要问过你的双亲大人？他们人呢？""下地了。""难怪屋里见不着几个人，都下地了。不知你双亲大人什么时候回来？"定坤见他迂腐："小事情，要问他们干什么？""那就好，那就好。"其余人喝尽了茶，催这男人：

“成交了吧，我们该走了。”男人道：“小兄弟，你要多少钱？”定坤道：“这个嘛，一件旧东西，怎么好开价？你喜欢，就拿去吧。”那人道：“不行不行，钱是要给的。这是只‘百子坛’，虽不是官窑货，这画面上的一百个孩童，都是我们的老祖宗用手工一个个描出来的，不容易呢。”定坤想：与这些人非亲非故的，他又一定要给钱，不要白不要，便不再推让：“图画呢也都磨得快没颜色了，盖子也都开了裂，先生一定要给，就给十元钱吧。”那男人将坛中茶叶倒在一张报纸上，然后掏出六张拾元币：“这只坛子，至少值这么多。”“给这么多？”“收下吧，小兄弟，我们搞收藏的，有本行的德行，讲究个公道。谢谢你，我手头还真缺一只像样的百子坛。”说着将钱置于茶叶上，双手抱定瓷坛，随人出门。定坤欲关门，又见那长须男人趄回来，递给他一张名片：“到了省里，有事来找我，不要讲客气啊。名片上有我的地址、电话。小兄弟你叫什么？”“谷定坤。”“好记，好记，再见。”说着迈碎步紧追同伴，双手死死地护着瓷坛。定坤窃笑：果是一个迂腐的人。

人去热闹消，一切复于平静。大人下地了，小人上学了，整个大屋空空荡荡，不无几分阴森。定坤进入房中，展示那羽翼般薄的名片，上面书：天天出版社，编辑，郭举，乐乐斋主（笔名）。下面小字是地址和电话。一年之后，谷定坤在这位叫做郭举的编辑的启发下成为了半个玩家。发越之后，他携了好古物去省城拜访“启蒙”先生，有几分感恩的意思。但当他按址找到先生家中时，这位迂腐而向往快活的“乐乐斋主”，不幸谢世——他几经周折不惜代价，在清朝名家曾国藩祖居湘乡县一曾氏后裔中，得到了一件曾大人生前使用过的文房用品。但此事很快被人知晓。郭举欢欢喜喜，携了宝物回省城途中，他被骗（抑或强迫）下车，于乡间僻野被人夺走玩物，且谋了性命。那物是什么，无人能说得清楚。事实真相如何，亦无确凿证明。但人是死了，验定乃他人谋害。是谷定坤跪拜先生骨灰盒子时，先生夫人这样向他描述的。定坤也没言身份，为先生英年早逝哭了一场，然后将随身带给先生的一方配有红木盒盖的细巧古端砚留在先生骨灰盒旁，辞别而去。出门后半日还觉得背上冷飕飕的，不知是为先生的屈死而怜悯，还是联想起自己同样的职业命运的生死难测而惶恐……

谷定坤初得郭举名片后，在屋中反复揣摩这桩无意中成交的买卖，又反复看视那文化人的名片，心境难以平静，又说不出为何而躁动，一人在床上翻来覆去，折腾到深夜还无法安眠。

第二天天不亮，他就披衣起床，洗漱完毕，收拾一个小包，踩着晨曦出了门。老屋尚一海沉寂。走五里路，到乡政府搭在此过夜的公共汽车去鹤了城。走到乡政府，百十米长参差不齐的街道，店门尚未打开几扇，街上零散着几个早起的，无不伸脖举颈，哈欠连连。原肉食站垮台后，改作了临时停车点，有个吃斋积德的木匠，在楠竹林中，寻了几棵歪脖子松树，做了些结实的长条凳，供候车旅人打坐。今日定坤是第一个来候车的，眼见露水把松木凳全打湿了，他也懒得擦一把，一屁股坐了，心事在渴望快点开车上。

从乡政府坐车到鹤了城，两个多小时路程，定坤下车后直奔姨妈家中，这时姨和大表妹还未出门摆摊。姨见他风急火燎地闯进来，不无惊诧：“定伢子，你这是从哪里拱出来的？脑壳上还有露水。”“从家里来的。”“真是从家里来？”“真是。”“不信不信，你这条懒虫，舍得起这么早搭车。”“今天有急事，我天亮就出了门。”“哟！”姨尖叫起来，“有办法，我这个外甥什么时候懂事了？晓得有事困不着觉了。”姨又问，“那你还没吃早饭喽？”这时定坤才知心里有事，忘了吃早点，此刻坐了下来，肚里便“咕咕”叫。姨忙吩咐大表妹：“丽儿，快给你定哥弄吃的。”灵泛的丽儿不待吩咐，已系了围裙，朝定坤浅浅一笑，准备下厨了。

谷定坤他妈是三姊妹，无兄弟。妈是老大，另外两个姨，大姨在鹤了城中，二姨在乡下。那三姊妹一共生了十胎，其余都是丫头，唯他是一个男丁，所以都从小视他如掌上明珠，百般爱抚迁就。定坤来城里大姨家住，也是如家里一般自在的。姨问他有什么事如此急。定坤就把昨天的古怪买卖详述一遍。姨曾是鹤了县百货大楼门市部主任，算得一个有经验的生意人了，听罢沉吟良久，问："你想做这方面的生意？"定坤点点头。姨挑起细眉："你做得生意？我累得要死，十天半个月没上班，好不容易帮你把个店子撑起来，你好歹也把它维持个一年半载的，做做样子吧，可你……"定坤打断她："这种买卖与那种买卖不一样，两个概念。""我不管你几个概念，买卖就是买卖，有什么不一样？"提起开店之事，姨心里余气难消。这时丽儿将做好的荷包蛋葱花面条端了上来，姨收了话头，张罗定坤吃面，问要不要放醋，放不放胡椒粉。定坤道你问过不晓得有好多次了，都听厌了，现话讲三遍，猪嚼狗不要。丽儿也在旁说我也听过千百次了。姨便叹曰："好心得不到好报。"

谷定坤吃过面，姨收拾碗筷，一边吩咐丽儿："你先去开门摆货。"姨现在不再在生意萧条的百货大楼里当门市部主任了，停薪留职出来，领着丽儿，租了北街玉兔巷口上一个屁股大的门面，朝走晚归，做小百货生意。丽儿去了，姨坐下来和定坤研究具体细节，姨怎么被定坤得罪了也不会不管她们三姊妹唯一一条独根的事的。定坤问："这城里，文化人也不少，不知其中有没有爱收藏的，我就不信这么大一个鹤了城，找不出几个郭举样的人物来。"姨想想，道："文化人，我也认不得几个，我做了二十几年商业，很少同文化人有来往。""你再想想，一个都没有？"姨再想，忽然一拍手："有了，我们店里原来有个柜组长，她老倌是博物馆的馆长，是个文化人，五几年就大学毕了业的，戴深度眼镜，像只四眼狗。我听她讲过，他们博物馆，就专收旧货的，我听她怨过她老倌，说他是收荒货的。"定坤激动起来："正是要找这样的衙门。”说着自袋中取出一只尺余高，平口、丰肩、缩腹的青花缠枝牡丹瓷瓶来。姨见它暗淡无光、色彩单调，便皱了眉：“我们老家的？”“是的。”“我怎记不得了。”“因为你不喜欢。”“你说这东西值钱？”定坤道：“正是。你没见那叫郭举的，看旧货时的那份高兴样子。”姨道：“世上事真怪，商店里漂亮的花瓶应有尽有，新的不爱爱旧货。”“你不懂的多着呢。”“嘿，你懂？”“我不懂，我会学懂的。”姨说：“就看在你的兴趣的份上，我陪你走走。”说着姨甥两人，拎着那只花瓶，径往博物馆来。

那馆长戴着眼镜，一人坐在极小的一间办公室里看一部线装的书。* 小房有两面的书架，架子未曾油漆过，旧得泛黑，如这馆长般的陈旧。架子上东倒西歪摞着书，书架上方至房顶，是长长短短的蜘蛛网，房中除馆长双肘伏的桌面放亮外，无处不盖满灰尘，亦如馆长头脸衣裤一般邋遢。

姨领着定坤进去，馆长低头斜眼注视良久，认出姨来，朗声道：“原来是……啊，坐，坐。”便拖过两把木椅，取一册书，反复去擦座板的灰尘。姨和定坤都不敢坐。姨道：“好久好久没看见丰馆长你了哇。”姓丰的馆长有些局促：“那是那是，坐坐。”姨道：“今天是无事不登三宝殿，有事情要请教你馆长。”“尽管说尽管说，地方上人，就不言请教吧。”姨把定坤介绍给馆长：“这是我外甥。”馆长说：“好好，年轻有为，年轻有为。”接着定坤取出那旧物来，递给馆长：“丰馆长，我想请你看一样东西。”馆长接过来，举到当光处，取下眼镜，端详片刻，又戴上眼镜，说：“不错，瓷质画工都不错，清朝嘉道年间，D 省 × 州窑烧的东西。”定坤问：“您看，这只瓶，值多少钱？”馆长说：“这个嘛，民窑烧的东西，年份也不是太久，价值嘛，当然喽，它很完整，没有破损……”他有些吞吞吐吐，闪烁其词，不愿言价。姨说：“你就直说吧，有什么不好说的。”

馆长略犹豫片刻，然后走过去关上房门，低声道：“你们是不

* 出道求教第一遭，便领略到人道、商道之深险。

是想卖给博物馆？”姨道：“据说你们收购这些东西。”“是的，这也是属于文物范畴，照说是统归我们收购的。”“现在还收？”“当然收。”“倘若你们公家收，值多少钱？”定坤问。馆长道：“小同志，怎么讲呢？公家收，就出不起什么价了，按我们平时的惯例，也不过是给个三五十元的。我们的资金有限，每年的工资都难维持，业务费就靠到别处去讨了。讨了些业务费，一般是要用来收购珍贵文物的，所以这样的东西就出不起价了。”姨道：“只值三五十元，来去车费工钱伙食费都顾不到呢，这种生意莫搞手。”馆长小声道：“不过，我建议你们不要卖给我们。”“这话怎么说？”“我给你们介绍鹤了城中那些玩古物的吧。他们出得起钱。”定坤忙说：“那就劳烦您老人家引荐。”馆长道：“唉，我是看在和你姨相识，你姨又和我内人同事的分上，给你指一条路。但有一条，你们千万不可说是我推荐你们去的呀。你们想：拿国家俸禄的，怎么可以把本应国家收藏的东西，让到民间去呢？如果你们首先不上我的门，责任也不在我，民间也是允许收藏的。偏偏是先到我这里……”姨道：“莫讲得那么吓人，这又没有犯法。”馆长道：“法倒也没犯，职业道德上就说不过去了。”定坤关心的是另外的问题：“丰馆长，倘别的人要收藏，我开个什么价合适？”馆长为难了：“这个嘛，民间的行情我就不懂了。买卖你们自己去做，反正你给他们比给我们划得来，我的话，只能说到这个份上为止。我不能教你去敲价。”姨说：“你的意思我们明白了。”

馆长告诉他们三个人的名字和地址。

定坤告辞馆长：“谢谢您老人家的指引，我真是一窍不通的。”姨说：“有了好处，不会忘记你的。”馆长连忙摆手：“千万千万不要说好处的话，只要不把我端出去就行了。”姨说：“出卖你，我们还算人吗？”馆长说：“有你这句话就好了。”

回家的路上，姨有些得意，对定坤说：“你注意没有，我们和

* 生花妙笔下的博物式单相思。

馆长见面时，他有些话说不圆，脸也红了一阵。”“没注意。”定坤说。“他为何又要担着风险，给你指条路呢？”“倒是没想过这个问题，我又没送礼物给他，他怎么这么好？”定坤觉得有些蹊跷。

姨有点卖弄地说：“这中间有故事的。”* 姨说二十多年前，那时候她长得有红有白，高大丰满，性情开朗，与人好相处，成天是乐哈哈的，在鹤了城中，也算得一个被人喜欢的人物，求爱者是应接不暇，她一挑再挑，想挑个十分中意的，结果是越挑眼界越高，越来越看不中人了。不觉年纪就大了。这个姓丰的和她的同事结婚时，她还为他们操办婚事呢。不觉他们的孩子三岁了，她还是单身一人到处流浪。她隔三岔五也去姓丰的人家里吃餐饭聊个天什么的。她去了，那姓丰的十分热情，左右前后陪着。他老婆便对她说：我们那一口子，在所有人中，对你是最客气的了。她当时并不在意。有一次姓丰的在街上拦着她，送给她一张电影票。那时候所有年轻人都是爱看电影的。她高兴地接受了。晚上临场时，并排坐一起的，就只她和姓丰的两人。她问他：你老婆呢？他把话题岔开了。她记得那次看的是一部俄国片子，片名忘记了。里面有男女搂抱的镜头，那姓丰的就跟着脸红起来，很兴奋的样子，情不自禁用俄语去译汉话。他读大学时学的俄语，他对俄国电影有感情，便在她耳畔喋喋不休讲俄国风情。后来姓丰的又单独请她看过电影，也是俄国的片子。好像讲的是列宁在哪里哪里。有一个晚上，他邀请她去他家做客。那时候所有干部，是没有套间房子住的，他家也就一间房。她进去后，他便关了房门。她见到窗帘也拉严了，正要问什么，姓丰的便兴致很好地给她倒茶拿零食，又给她讲俄国的爱情故事。那时候她也是一个故事迷，什么都爱听。听着听着，不觉夜就深了，她说她要回了，姓丰的便浑身抖起来，结结巴巴说要她就在这里过夜，他是很爱很爱很爱她的，爱她的美貌、单纯、快乐。他说他老婆孩子回娘家了，叫她不要怕。这时她急中生智，知他老婆娘家就是出城不远的菜农，便撒谎说：我傍晚还在店里见着她了，她说本来是要约我来你们家玩的，她说她有点事要晚一点才回来，让我等等她哩！姓丰的一听这话，脸立即就刷白了，马上弹起来，将掩着的门，拉开一条缝，真以为老婆马上就要回来。

“那是个没有用的男人，又想采花又怕老婆。我怎么看得上他呢？又干又瘦，眼睛两个洞，吓死人，戴上镜子像只四眼狗。”姨满脸浸溢着幸福感，毕竟有人追求过嘛，旋即又不无悲凉地说，“唉，这一晃也就二十多年了。”定坤道：“我不相信你的故事。”“你不信？我吃多了没事干编故事骗你？”我不信，看你如今的水桶腰，黄头发，满脸的雀斑，年轻时节怎么会漂亮？”“你这个坏伢子，就不信姨漂亮过。唉，岁月不饶人，也难怪你，怎么能从老人身上看出年轻来呢。但有一点你要明白，不是昔日有点私交，那丰老馆长今天能为你这么着想吗？”定坤对姨的浪漫史不感兴趣，支开话题：“你与其他文化人有没有过这样的私交？”姨嗔道：“你这个坏伢子。”“你当初骗了他，他还恨你不过呢，还帮你。”“他怎么会晓得我扯了谎呢？他会去问他老婆吗？”“那他是念着往日的旧情哩，你又没真做他的情人。”姨嗔骂：“死伢子，真是的，你们这一代人，没有什么话说不出口的。我们那一代人的感情，是你们这一代人理解不透的。”

姨是个爽快的人，姨甥俩可以无话不谈。

第五章

谷定坤持着丰馆长的介绍条子，按址先去找住在县委大院的东方冉。那时候东方冉还住着公房，也刚开始玩古物不久。虽说他那时的收藏层次还比较低，也很凌乱，但对于还未涉此界的谷定坤来说，却是大开眼界，有些目瞪口呆了。初见郭举，为他那份对古物的痴爱半点也不理解，而此刻见了东方冉的收藏，便隐隐觉出这是社会生活中一个高深莫测的行业了。这些在乡间甚至城里(如姨这一类市民)人普遍看不起的破旧东西，却被极少一部分人作为致雅物件来珍爱，这极大的反差，便要使定坤生出"高深莫测"的崇仰来。东方冉家中并无出色的家具，房子也不大，却在一间小房中，集中陈列着他的收藏。谷定坤平日在谷米香大屋中所见的日常家用古陶罐、旧瓷坛、花瓶、铜质烟斗、酒壶、木雕的笔筒、大大小小带盖不带盖的砚台等，在这里是应有尽有，很多款式花色，则是见所未见过的。尽管谷定坤此时确实还说不出这些东西有什么欣赏价值，心底也产生不来那份"喜欢"的冲动，但隐隐感到有一股神奇的力量吸引住了他。如一个文盲走进一家书店，虽说那些书对于他来说不如一个馒头实惠，但他是不敢在此轻狂粗鲁的，他会感到十分拘谨和自卑，如在神的殿堂，油然而生虔诚和圣洁。

谷定坤以为东方冉是一个笔名，不知有东方这么一个姓。丰馆长告诉他这是一个姓，并立时感到他这样的高中毕业生真是狗屁不如。

他尊称他"东科长"。东方冉在办公室见着他:"你不要这么叫,我早就不是什么科长了。""人家说你是。""你找我有事?""我给你带一样东西来。"说着谷定坤小心解开布袋,露出花瓶的肩口来。东方冉道:"你怎么知道我玩这个?""当然知道。""谁告诉你的?""是……"刚要兜出博物馆丰馆长,突然想起那老头郑重其事说要替他保密,便止了话头:"这个嘛,谁告诉的倒不重要。"办公室来往的人多,东方冉锁了抽屉,说:"到我家里去吧。"

进房之后,东方冉细看了这只瓶,说这件东西他可以收下。定坤便捧着它,置于那简陋的木架上,立时它便被高高矮矮、花花绿绿的瓷器给淹没了。

东方冉是一个寡言的人,好奇的谷定坤欲请教一下那么多摆设都美妙在何处,想多少学点知识。东方冉果断地打断了他,说他还有事,让定坤匆匆喝了茶,就一同出门。东方冉让定坤开个价,定坤听丰馆长说他那里收购,不过是三五十元钱,既然介绍他到这里来,肯定会合算一些。譬如到国营商店里买东西不能讲价,到个体摊点上就可以大加砍杀了。他便斗胆往上面翻了一倍。他在谷米香大屋开店时,没有什么商品可以这样猛翻一倍的。东方冉二话不说,当即付了款子。东方冉也没问他姓什名谁,也不问他的住址,如街上摆摊买菜者一样出钱购物走人。

告别时东方冉告诉他若他还有好玩的,尽管送来看看。他不在办公室便在家里,很少出外的。说这话时,也很平常,并无郭举那种痴痴的渴求,无所谓的样子。

一百元钱意味着什么呢?

谷定坤虽不是出生于一个富裕家庭,但自小受宠,也不会把百把元钱看得很要紧。但这一百元钱放在兜里,却是极有分量。*他觉得自这笔交易以来,突然懂得了一些生活道理。高中毕业以后

*谷定坤初出茅庐,略学一招,首战即胜,喜难自禁。

的几年，脑中是整个的一摊糨糊，混沌一片，现在似有了些光亮和清醒，有如在漫长的黑夜和沉寂中，渴望看到一丝亮光，听到一个声音。现在他寻到一丝还很弱的亮光和一个还很细微的声音，这当然是一个极好的预兆了，预示着他很可能会喜欢干这种事，会把这种事干得很有起色。因为他身处的祖屋，给他提供了极好的保障。

一百元钱当然还买到了极为宝贵的信息和市场行情。

谷定坤回到姨家，姨出门摆摊去了。他留下一个条，取了行李赶快回谷米香去，俨似生意场中的大忙人了，有了刻不容缓、惜时如金，怕错失良机的感觉。

出门时一头撞着丽儿回来。丽儿回来取水。忽然就长高了长熟了如一颗水蜜桃的丽儿就站在咫尺之内，女性的那种气息和温热一股脑儿钻到了他的体魄里，从来没有认真注意过丽儿所有成熟处的他在此时竟感到慌乱，血就奔腾着往脸上涌。而丽儿在这再无第三者的房间里与他相撞，早就是两颊飞红，拎着空暖瓶的双手颤抖不已。

为什么会陡生这样的感觉呢？

丽儿为什么要红脸呢？

他们表兄妹同在一起玩大，怎么也不应有如此的尴尬出现的。

僵持了一小阵儿，双方才镇静下来。定坤说他马上要回家了，丽儿挽留。定坤说我这个人你们用得着留吗？并交代丽儿，让她转告姨，今天同姨出去办的事，不要再和其他任何人讲。“姨这个人，心直口快，没脑子的，我怕她乱说，你记住说啊。”说着他便出门。丽儿站在门口送他。他走出数丈远，回头再看丽儿，她眼里有一股含情脉脉的味道。定坤在心里道：丽儿长大了，长大了，一下子就长大了。他突然也害怕看她的眼睛了，真是见了鬼。他一直是十分喜欢这位大表妹的，两人自小亲密无间，这一刻突然生出害怕，不是见了鬼吗？这时他突然想起开店失败之后，他最痛苦之时，姨回谷米香揩屁股，先是骂他一通，后又安抚他，叫他不必伤感，无非是亏点钱，亏钱买经验，也就等于没亏。毛主席教导我们：失败乃成功之母。但千万不要伤着身子。我们三姊妹，就只你这根独苗，你伤了身子就伤了大家的身子你晓得吗？你就没有责任感和良心？定坤听到姨这般美妙的思想工作立时就笑了。姨抹一把泪：高兴了就好，高兴了就好。你在乡下待不下去，就到我那里去，再挤也不缺你住的地方。或者你就做我的崽。不想做崽，就做我的上门女婿，把丽儿嫁给你，倒插门，插的是自己姨家，有什么不好？定坤的妈在一旁见妹妹说得没有谱了，便嗔道：你说话还要不要一点分寸！

姨那无意中说出来的话，定坤当时也无心去记它，他知姨说话是天上一棍地上一槌，当不得数的。但这时怎么把那本应忘记的话又想起来了呢？姨这话也肯定给丽儿说过的，丽儿这一向的反常表现足可以证明。丽儿的微妙变化只他可以看出来，他们之间太熟悉了。

不过现在不是想这些事情的时候，还早着呢。事业还一点都谈不上，没有资格谈爱情。谷定坤突然就有了事业感，这让他自己也感到惊讶。这个惊人的变化，是郭举和东方冉造就的吗？

打发走谷定坤后，东方冉并没有再去办公室，而是折回自己单元宿舍里，关上房门，细细地把玩刚刚得手的古物。这已成了习惯，无论得到了什么东西，他都要一人独自把玩良久，细细地观察每一个部位，像是在读一本书，非要将其读完，品够滋味才放手。从他的神情中，连家人也都怀疑他是在读书，整个的观察过程，口中还伴着喃喃独语、念念有声，但那些玩物身上，并无文字，有也不过是几句诗文。

在东方冉所收藏的花瓶中，多是敞口瘦颈肥腰者，仅是高矮不等、花色不同。这平口、丰肩、缩腰的花瓶，倒是第一次得来。在朋友那里，他是见过的，也一直想得到一只，却是难遇，可见这种形状的花瓶古时烧制得不多，传下来的就更少了。物以稀为贵。衡量古物的价值，往往并不在东西的年份久远，而在一个“稀”字。如一枚太平天国初期铸造的铜钱，价值可达万金，但始铸于先秦时期的刀币，有的只值几十元。因最初的太平钱，全国尚存不足十枚，但有了几千年历史的普通刀币却分布颇广。其时，谷定坤才让这古物露出头颈，东方冉便一眼看中了，心里窃喜：今日吉兆，有好物送上门来。但他不喜形于色，十分镇定地将定坤引到屋中。整个交易过程，也都让其平淡过渡，装出可有可无的样子来。心里准备着若对方喊出高价，他可能也会尽财力所为的，喜欢的东西、缺门的东西，他是不会吝啬的。他想不到对方开这么低的价，一眼可以看出，他是一个十足的生手。在如此低的价位面前，东方冉也没有显露出欣喜。本想要表现得热乎一点，请他吃一顿饭，让这个生手日后不再去找别的玩家，一心奔他这里，但他也压下了这个念头，甚至不问他的名姓、他的地址。他坚信他这种冷处理的办法，产生的效果会更好一些。他坚信他还会来他这里的，他在鹤了城中，暂时还没有第二个去处。老练的乡中二道贩子，一般是要“货比三家”的，手头的东西，先不轻易出手，要走三两个玩家，胡乱开价，哪个给的多给哪个，此人还没具备那份老到，他开的这个价位便足以说明问题。

东方冉将这只完好无损的青花瓷瓶小心地放置于一醒目处，方便每日闲时把玩，每得一件古物，数日中的精神便全系于它身上了。放妥花瓶，低头见地上有一纸片，是一张巴掌大的书签。突然记起这种卡片在哪里见过。拾起来，见上面写着三个人的名字和住址。第一个是他，另外两个，也是这城里半瓶子醋玩家。细看字迹，颇熟，再想想，这是博物馆丰馆长的手迹和卡片。东方冉突然明白，这乡中后生是丰馆长介绍来的。他为什么要介绍他来？按说这件东西，博物馆收藏起来也有价值的，以往很一般的东西他们都要的。好处为何自己不要反而推向民间？何况这样做绝非丰馆长平常的作为。这个人算得是鹤了城中真正的“古董”，古气的生活态度、古板的工作作风、古旧的思想意识，古物鉴赏家。此人是个工作狂，也懂得很多，但性情怪僻，难于接近，本单位领导和群众都是既怕他又不得不敬他的。东方冉他们开始玩古物时，曾慕名想去他那里学点经验，但刚进入他的工作室，目睹过他的线装古书和他那满桌子的专用卡片后，便被无情地打发出来，这个人的乐趣大概便是拒绝社交和朋友，而向往独处和孤单。

那姓丰的介绍这后生来又不让说出他的名字，想必他们关系非同一般了。是什么样的关系呢？东方冉倒也无心去想，他得了件好物，这是应感谢那老“古董”的。有趣的是这后生还来不及去与另外两位建立来往就把这个字条掉了，这意味着这人若还有东西，再送他这里是无疑的了。至少在一个时期内，他的翅膀还硬不起来，他还必须投靠他，就如一只羽毛未丰的嫩鸟对于旧巢的依恋。

东方冉悄悄地将这个纸片毁了，有意要断了那后生另外的两个去处。两天后谷定坤再来东方冉这里时，果然问起那个字条是否掉在他家里，东方冉摇头道没看见。谷定坤也就不放在心上，手头东西有人要就不必再找销路了。

毁这个小纸片时，东方冉不无刻薄地嘲讽自己：你光明正大吗？你是个堂堂正正的国家干部、知识分子吗？你历来鄙夷那小人之举，你这不正是小人之举吗？你玩古物不是力图让自己跳出世俗之险恶，超度庸俗之灵魂吗？但你的这种行为却背离你的本能……虽然如此自责，但他还是义无反顾地这样做了，他想他若是还要玩就不得不这样做。

东方冉的骨子缝里是向往高雅鄙视小人的。在鹤了城中，他算是出身于名门，他母亲是邻近B省一著名望族的千金。可惜东方冉出生后，外公家的显赫就已经逝去。* 只是在他懂事之后，陆续听得街坊支离破碎谈论着外公家族的豪强与仁义。一般来说，平头百姓是既羡慕富豪又同时要谴责其为富不仁的。东方冉从人们的评价中，知道外公家族大概是天下唯一的一个为富又仁的家族。

但母亲从来不对他言及外公家的事，几十年来，他也未与外公家族的任何人有过接触，据说外公家族是一个庞大的家族，母亲是外公第五房太太所生，母亲的兄弟姊妹有几十人之多，那是一个多么庞大而热闹的体系啊。从孤独中长大的东方冉十分向往那种大家庭的热闹，以至于后来每每阅读描写大家族的小说，便恍惚觉得这便是描绘他外公家族的面貌。

母亲只身来到鹤了城中，与一个手艺人结成姻缘。据说是母亲掏钱在这义犬巷买下的房子。母亲出身望族，知书达理，品性高雅，修养极好，深得街坊厚爱，但从外表却看不出半点贵妇人气概，俨如街巷中一普通妇人。父亲一生平庸，几乎不曾给东方冉留下什么印象，匆匆忙忙地就走到了生命的尽头。父亲一生对母亲是百依百顺、百般崇敬。东方冉长大后，无意中从街坊口里听到，言他并非这姓东方的匠人所生，是母亲带胎下堂的。他曾因此传言而气愤过，后来年深月久，觉得自己同父亲表面上虽也亲亲切切，有说有笑，但实际上形同陌路，无任何心灵沟通之处，就如阳光下的一个影子，你走快也罢走慢也罢努力也罢，怎么也与它重叠融洽不了。这样他才有几分相信街坊的说法可能正确。真正的血缘关系是鱼与水的依赖；植物根须与泥土的结合；唇齿的贴近。或者鱼有时也会狂躁不安，推波作浪，但始终离不开水的怀抱。或者树根不安分土地沉寂的拥抱要蹿出一截来，但

* 学识、城府、秉性、家教，注定了东方冉在行内要高人一筹。

始终是要插入沃土中延续生命的。或者牙齿也有咬着嘴唇的时候，但谁也不曾想过要分开。真正的血缘情感是无须后天去培养的，是天然的物产。东方冉多少次努力说服自己：那匠人千真万确是他的父亲。可是从心灵深处怎么也踩不到父亲的影子。但一俟想到“父亲”这个词，就有另外一个无法捕捉和描摹的虚幻的身影暖暖地融到了心田，无言地与心对话，那就是血缘上的父亲吗？

东方冉长熟成人之后，从体魄与外表上，与姓东方的匠人无任何相似之处。街坊善良地赞曰：东方多像他妈。东方冉心里明白这话的背后是什么。

血缘上的父亲，你是什么样呢？东方冉无心去寻找他，只是这么想想而已。他天性喜欢独自默想点什么，这只是一个想象的内容而已。

街坊言东方冉像他妈，有一点是由衷的：那便是赞许母亲血缘中不俗的品格和举止言行、难于言表的高雅气质、与生俱来的大度和超然传给了他。

什么时候东方冉也有了小心眼，开始玩点小动作呢？他也解释不清。也许是他免不了要和小人相处，就免不了要被某些病毒感染，常在河边走就免不了要湿鞋，免不了就要接受以毒攻毒、以牙还牙的观点，人的变化和命运总是免不了受老天的操纵的。外公的家族免不了由强盛走向衰落，母亲免不了由豪门走向民间，他的本是高贵的血统就免不了要掺和庸俗了。

尤其是他仕途失意，前途完全葬送于小人的算计之中后，这使得他往往能容允自己的“小气”。

读小学和初中的两年，他一直当着班长，他的成绩以及方方面面，都最适合当班长，老师和同学都乐于让他当这个“官”。令人觉得有趣的是高他半个头的高安一直当着副班长，那时候便显露出魄力和果敢气质的高安，竟心甘情愿处于副手的位置。事实上班上的所有活动，出谋划策以至于带头实施，都是高安。但高安并不小看甚至排挤他这个傀儡式的班长——这是许多年后东方冉一直看重高安的地方——有才干又能容人这就是非凡的品格了。

20世纪80年代末，东方冉和高安，同时都提拔到了科长这个位置。在三十多岁人生这最辉煌的年龄里，才当一个科长，没有什么值得庆幸的地方。老前辈中有十八岁就当将军的。现实生活中而立之年当县长、市长者大有人在。但有了这个台阶毕竟不一样，再要腾跃就容易多了。在省里特别是在地区，科长还只配上班开门打扫办公室来了客泡茶，而在鹤了县这样的小地方，一个科长走街上经过，是要惹得许多人行注目礼的，科长是堂堂正正的一个官。

具有家族光荣史的东方冉不嫌科长小，是很看重这个“官”的。母亲家教的核心是重仕途重才学而薄金钱的，东方冉接受了母亲的思想，从念小学起就一直在培养这份虚荣。

但是正当他上到一定的台阶，正准备一展宏图再攀高枝时，他无意中陷入一场无法理清的官场的纠葛之中，一生谨慎从不树敌的他被人算计了。就如一个小心的人走路，见到有石头挡路，有意避开石头，可石头还是要滚过来绊倒你。就如一个小心的司机开车，尽量小心避开隐患，但别的车子追着赶着也要瞄准着朝你撞上来。

无以言表的冤枉使他丢掉了科长这个位置。几年后在高安的暗中周旋下，才在名字后面打了个括号保留正科级。后来他知道了这是高安周旋后给的括号，他曾大骂了一通昔日的副班长，那大概是他有生以来第一次骂人，他觉得高安这样做使他更难堪。

丢掉科长帽子之后，他当即搬出了县委大院。

无聊之际他玩上了古物。由好友欧阳玉琼的引导，去东街口子上寻访李庶溪的遗址以及他的后裔李乐善，接受并津津乐道欣赏李庶溪的传奇。

东方冉感激欧阳玉琼，玉琼知他沉郁愤懑不能自拔，便寻一个能够转移他注意力又能够让他接受的玩儿来引导他，玉琼做得颇成功。

东方冉和欧阳玉琼的身世较接近，他们的心田同样得益于母系血脉智慧的灌溉，所以他们能成为好朋友。

两日后，谷定坤果然再登东方冉的门，一切在东方冉的算计之中，这次定坤带来一对直径八寸大的青花鱼碟，瓷质不错，青花鲤鱼用笔夸张潇洒，是乾隆时期的民窑制品，虽有小小破损裂纹，但岁月苍茫，能保留至今也是极不易的。另一件是一个红木雕笔筒，筒身阳刻梅花书童图案，雕艺谈不上奇巧繁复，却是十分的精美。红木制品无须施油漆，随着年代久远，经手抚摸众多，更显得润滑油亮光可照人，细腻如肌肤，这无疑是读书人家的传家宝。一见此物，东方冉便要联想起虚幻中的外公家族，他家里应是收藏并传下来众多此类的文房宝物的。这件木雕，已红里泛黑，看上去年份不在那对鱼碟之后。还有一只冬瓜式样的瓷坛，色彩艳烈，可惜是釉上彩。绘事热闹而功力平平，是清末民初的东西，因要适用于民间就难免滥造难免通俗。但时下这类曾广泛分布于民间的东西也不多见了。外行谷定坤倒是很看重这只瓷坛的艳丽色彩和品大。他说它可以装得二十斤油。坛壁果然湿腻腻的，似是刚把油倒出来不久。他说他是一直把它抱着来的，生怕打烂。

东方冉无法对一个一窍不通的外行说什么优劣高低之类的话，便说既然你都拿来了，就放在这里吧。依旧是一副不喜不忧的姿态。他让谷定坤开一个价，一副想尽快结束买卖的样子。

定坤见上次成交顺利，想这东方冉非生意场中人，不善讨价还价的，便壮着胆把价格略往上提了提。但他把那只东方冉并不愿要的瓷坛排在第一，碟子次之，红木笔筒再次之。东方冉见他那怯怯的试探，一眼就全看清了他内心的小九九，在心里窃笑他那纯属生手的幼稚伎俩，但并不点破他，如上次一样也不还价，按他说的数目付款。按当前收藏界的一般行情，光一个红木笔筒的价格，就在今日整个成交价的数倍之上，上海江浙等地收藏界渐渐升起的古名贵木雕热，使许多行家对诸如此类的大小名木雕品刮目相看。东方冉一见这件作品，其欣喜程度，是远在两目前谷定坤送来的青花缠枝牡丹瓷瓶之上的。

这个猛地闯进鹤了收藏界的年轻人，从哪里弄来如此不俗的东西呢？东方冉十分想弄明白那个也许源源不绝的宝藏库，想问问他的住址和姓名，问问这些东西的来源。但为长远利益起见，他还是没问，生怕打草惊蛇，生怕被来人看破了他内心的真正状态。

一切程序，如生意场中正常的买卖，不带任何感情色彩，看货、成交、送客，让谷定坤认为一切正常。

三个月之后，东方冉和欧阳玉琼欣赏了市长高安的珍贵收藏，赞叹不已。为鹤了地方民间还藏有如此佳品而高兴，这无疑要使这方土地更加厚实和有分量了。

这时谷定坤再携了玩物来见东方冉，东方冉突然指出了他的来路："你是谷米香大屋里人吧？"

谷定坤惊诧："东科长你怎么晓得我是谷米香人？"

"我猜的。"

"你从来就没有问过我的住址姓名的。"

"晓得了又何必问？"

"你这个人太深刻了。"

"但愿不是狡猾。"

"那倒不是，我是说你城府深。"

"我们的生意成交，你认为还合理吗？"

“每次都是我开价。要说不公道，责任应该是我。”

“不不，你开的价，也要我能基本接受，一个愿打一个要愿挨嘛，对不对？”

“看来我们都不是生意人，都不会讨价还价那一套。”

“还是要会一点才好。”说这话时东方冉有些内疚，他是占了生手谷定坤的便宜的，不好明说。承了良心的谴责，便这样暗示定坤，明不明白，就要看他的悟性了。

看来谷定坤一时是悟不到的。但迟早终究会明白过来的。东方冉有这句暗示的话作铺垫，日后谷定坤明白了，他也是仁至义尽了。

东方冉问：“你叫什么名字？”

谷定坤道：“安定的定，乾坤的坤。”

“我没猜错，果然是姓谷，好名字。若是打仗了，好带兵，定乾坤嘛。”定坤一笑，心里高兴。

再聊一阵，东方冉送客，说过些日子他会去谷米香大屋看看。谷定坤高兴地邀请他去他家做客。东方冉说一定去拜访。

出门时谷定坤觉得很愉快。这姓东方的，并不是一个很冷酷很傲慢的人嘛。

第六章

鹤了城自古是一个非常敏感的城市。或许是地方局促，与外界交往不多的原因，人们特别注意关心周围发生的事。一件新鲜的事，很快便要传及四街十二巷。新闻传播得快，反馈也快，人们不光是听听说说也就罢了，还要干预或模仿，坏的东西批判和抵制，觉得好的便要学习模仿。曾有位民俗专家在考察过谷米香大屋之后，突然觉得这个古犴狟国的遗民血质里有一种特殊的与众不同的东西，他对此很感兴趣，便隐姓埋名，在仍保留着老街原貌的黄牛巷一家个体旅社里，租房间住下，早出晚归，与市民闲聊，看视古犴狟国留下来的零星遗址，借阅图书馆珍藏的老县志，隐居月余，得出一句总结鹤了人品性的话：“这是一个不安分的群落。”*

用“不安分”来形容鹤了人的品性，似有些贬义，却也是找不到更准确的词了。

鹤了历史中，“不安分”的例子，太远的，无心去查典；就近的，随便就可拈出许多来——

据说鹤了城中，古来最被人看不起的是狸猪巷。狸猪巷的居民，多生活在最底层，多做苦力活，连做手艺的都没有几个。加上猪在十二生肖中，是给人印象最差的一种动物，这也要在人们的感觉中平添一分蔑视。这巷中稍有造就的，嫌弃猪的粗俗，经受不了舆论的包围，要搬到别的巷子里去住，老这么筛选，狸猪

* 一个上了年份的古城，必然要沉淀文化历史的精华，必然会育出一批古玩鉴赏的角色。

巷便成了藏污纳垢之处了，没处去的，便日渐集中在了狸猪巷。

说乾隆某年，狸猪巷中猛地跃起一颗明星：出黑汗者中有晚辈赶考中举，皇榜有名。此以后狸猪巷下等人子弟因有了榜样，不再菲薄出身，人人以那举子做榜样，生出“不安分”的念头来，发奋攻读，数年之后，果然一而再、再而三诞生高人。狸猪巷中人写进县志者，竟居十二巷之首。

又说是满清王朝崩溃后的一些年，天下大乱，军阀割据，鹤了城中，有一位缝纫师傅，持了绣花针反抗压迫闹翻身，竟以针刺死强人，夺了枪拉了队伍当了将军，这样一来，鹤了城中所有温文尔雅的男缝纫师傅，一窝蜂相拥着“不安分”都持针从了武，一时弄得城中无处请缝纫师傅。这鹤了城中也怪，那个时代没有女缝纫工的。这恐与城中普遍崇尚女人裹小脚的风气有关，女人裹了小脚，不得出门，只能在家中待着，做些家务和一般性的缝补刺绣。这个本该由女人垄断的行业，只好由男人来替代。整个鹤了城缝纫师傅绝迹的史实，现在仍活着的那个时代的老人记忆犹新。高安市长曾拜访过的那些老将军中，就有好几个是做缝纫出身的。

鹤了城因欧阳玉琼、东方冉等人领头开始玩古物；因去市长高安家里请示汇报工作，见那博古架上也日渐换上了古香古色的玩意儿；因谷定坤等好几个乡中的二道古玩贩子在四街十二巷乱窜兜售手中古物；因鹤了县改市后，一下子就拥进许多陌生面孔其中就有文物贩子……自这诸多现象出现在鹤了人的生活中后，“不安分”的人便坐不住了，觉得这个玩法有意思，既玩得雅致，又有利可图，既具文人气又与经济生活密切相关，这真是一件值得一玩的事情。

自欧阳玉琼、东方冉之后，鹤了城中，很快就有了一支小小的队伍。谷定坤这样的二道贩子，很快便不只走东方冉一家了，有了好货，要走三五家，谁出的价钱高便给谁，反正玩的越来越

多，不愁没出处。有“货比三家”一说便有“价看三家”一理。如此一来，东方冉他们再要捡漏子就难一些了。

玩古物，是少不了文化的，要有一定的历史文化知识和鉴赏水平。城中无此类学习班，也找不到老师，懂行的如丰馆长，绝不会将看家本事外传的。急于想玩的怎么玩？幸好国家出版部门也灵，见全国收藏热已起，便在最短的时间内连续推出了各个门类的指南啦手册啦鉴赏辞典啦等价格昂贵的精装书，让大家先入个门。一时间到鹤了市书店预付款求订此类书籍者络绎不绝。许多人专程进省进地区购买此类专著，读过一两本书，也就算入了门，可以学着玩了。

在鹤了古玩界，东方冉和欧阳玉琼的大师兄地位是没有疑问的，他们的一举一动一言一行曾引起大家的高度关注。据说他们要去视察谷米香大屋，便有好些人要一道去看看。说是去玩，实际上是要跟了去学点本事。

东方冉和玉琼拒绝与其他人同行，理由是怕影响不好。随着谷米香知名度的升高，据市长高安说很快就要开会采取措施保护那出色的明代建筑遗址，大家若结队一窝蜂拥去抢购古物，万一这消息捅出去了，还收得了场吗？民间玩古物，只能是偷偷摸摸地弄一弄，明目张胆地干，便要算作是违法了。

他们买了长途公共汽车票，不准备惊动任何人，以一个普通旅者的身份，去看看那珍藏在眼皮底下多年的奇迹。东方冉虽不再在科长的位子上，但凭以往的面子，到某企业或机关弄个车送送，还是可以的，但他不愿这样做。欧阳玉琼更是一个恬淡之人，视以权谋私者为仇敌的，就是东方冉弄了车，他也不会去坐的。本来玩玩古物、考察本地名胜古迹，是一个非常雅致的事情，倘掺入了庸俗便要大倒胃口。

他们原本打算搭早班车去，坐末班车回，花个半天时间，看一栋屋绰绰有余。谁知一进屋中，便出不来了，实际的情形，比人们传说的要丰富得多。以至于他们准备到乡政府吃一餐中饭的时间都没有了，仅在谷姓人家中讨几只红薯吃了充饥。

在古建筑的研究方面，他们尚是外行，但兴致和热情是绝不在任何从事古建筑研究的专家之下的。假如将丰富灿烂的华夏古文化遗产比作是烟波浩渺的大海的话，以往他们收藏的古物，不过是把“海水”盛在瓶子里摆在案头欣赏，要加上十分圣洁的联想，方可听出那远古的波澜壮阔的涛声来。而沉入谷米香大屋，则感觉是投身于“海洋”之中，恍如隔世，一片长在天井麻石上的青苔和悬于古老朱漆梁上的巨大的蜘蛛网，都浓重地透示出历史的分量。其余的一切，则更是值得细细地把玩了。光一个门槛就有尺余高，令小孩和苍老之人望而生畏，为何要做这么高的门槛而且保留至今呢？为此他俩就有好一阵讨论。许多农户的猪栏，都是用拆下来的古老雕花格门圈成的。一扇格门，至少要花去一个熟练的雕匠一个月的工夫，却被如此奢侈地用于关猪，这让他们看着心疼不已。老屋在日渐地被蚕食、拆除，有价值的东西被无知的后人视作废物……这时他们坚信高安描述的用百年老碗喂鸡的事实在这里是平凡景观了。

这居住两千余众的大屋里，果不见人影，宽敞的大厅里，多是无人穿行。黑洞洞的各个房间里，偶有响动和人影晃动，亦显得安静，看来这谷姓后裔，毕竟是有根本有良好家教的人家，不高声大叫和浮躁浅薄的。屋中的人，与他们相见了，一律献上一个笑脸，他们不提什么问，也就各自忙各自的去了。

所有房门几乎全敞开着，任何人都可以迈进去。当然他们俩不会鲁莽地闯入他人宅第。他们此行，不准备买什么古物，意在考察，迫不及待直奔主题不符他们的心性，他们曾经高贵的血统使他们难免羞羞答答死要面子。他们也明白：他们顶多是一个出色的玩家，而不能发财的，全因心理障碍太多。

他们走走停停，一个不经意放在墙角的洗脸架也足够他们品评一番的。他们惊叹这栋老屋的缔造者和后来的续建者，确是大智大雅之士，其对建筑和所有用具设计制作用心用工的精致程度，如不亲临考察，是难以置信的。据他们的感觉：当年这里居住着的应是贵族而绝不是农民。设计建造者提供的一切完全不适宜于农家。如今农家用以关猪关牛做杂屋的地方，全是占用了昔日老爷小姐的书屋和绣房。而绝大多数的厨房，因排烟和下水的缘故，几乎全在几进的大厅天井旁搭个简易的棚子。历史与现实，多么不协调，多么荒唐。

眼见得时间飞快地逝去，离搭末班车的时限越来越近。他们不得已加快步伐，但纵横交错的巷道、形状各异的跑马楼、别有洞天的厅堂和天井，如一个讲古的老者，才开始他的故事呢。

他们实在是无法细细品味这个内容丰富的故事了，只得匆匆寻到结尾处。只够上一个厕所的时间了，便找一处茅厕，小解了急忙去镇上赶车。好在如今有车坐了，再来也不迟，只好再约个时间来此住个三五天了。

小解的时候，东方冉见一鸡埘上盖着一个乌黑的雕花窗格，是活灵活现喜鹊戏梅的图案，布局灵动，刀法大方利落，正方形，边长两尺余，大概是小姐绣楼上的小窗了。东方冉喜爱不已，叫欧阳玉琼看。玉琼提了起来，也赞不绝口，满手黑地说："真是可惜，真是可惜，这么好的作品，用来盖鸡埘。看来这谷姓宗族，是到了完全崩溃的时代了。"东方冉爱不释手，说："我想把它买回去。挂在墙上，不是一个极妙的壁挂？""好，好，一定好。"玉琼赞同。说着便出去寻主家。"有人吗？"吆喝一阵，不见人应。玉琼说："没时间了，留个条，留点钱吧。"东方冉便于包里寻出张纸来，匆匆写了几句话，留下五十元钱，放在主人家房门外的椅子上，用稻草匆匆擦了一下那数百年尘垢，拎着窗格出门赶车。

两人快步赶到镇上时，末班车已坐满乘客，准备开路。再迟到几分钟，就赶不上了。

汽车长鸣一声，徐徐开动。但没走出十米，猛地急刹车，有人挥手挡车。“吧嗒”车门开了，一个蓬头垢面、满额皱纹的农人蹿上车来，朝车厢里搜寻。突然他发现了放在汽车巷道里的窗格，猛地扑过来，抢过那窗格，紧抱于胸前，怒容满面地质问：“哪个偷了我的窗户？站起来说话。”东方冉被这突如其来的情况弄蒙了，真个就老老实实站起来答：“老人家，是我……”那人眼里就充满愤懑：“好个你。看你人呢也像个人样，怎么干起偷偷摸摸的勾当？趁人家不在屋里你就偷走人家的东西。要不是有人看见你们做手脚，我还蒙在鼓里呢。”东方冉道：“老人家，我可是付了钱的呀，怎么能说偷的呢？”“付钱？你把钱付给哪个了？”“你们家里没有人，我把钱放在你家椅子上，还写了张字条，你没见着？”那汉子支吾着：“那也叫付钱？人都没有一个怎么叫付钱……”欧阳玉琼也站起来说：“怎么讲也不叫作偷嘛。你这位老乡也真够损人的。你这个破窗格，用它来盖鸡埘，给你五十元钱，你亏了什么呢？”那农人说：“五十元钱？你以为我这个窗户只值五十元钱？一百元钱我都不卖呢。我们谷米香大屋，一草一木都是宝，你们这些人，我晓得，都是来打主意的，不安个好心。”玉琼道：“我看你才是个宝哩，值一百元钱的东西，你舍得把它放在茅厕里盖鸡埘？”东方冉早已气得脸色惨白：“我怀疑你是不是姓谷。你们老祖宗不会养出你这么不讲理的后人来。”“我不讲理？到底是你不讲理还是我不讲理？没经主人同意你们就拿东西，和偷有什么两样？我也不跟你讲道理，这是我的东西，我有权拿走。”

这时车上有乘客不耐烦了：“哟哟哟，别吵了别吵了，什么了不起的东西，大家都有事呢，司机，开车。”东方冉道：“好吧，你拿走吧，真以为那是什么宝贝了，拿回去抱着困吧。”那人仍不下车："走？没那么便宜，这是我们谷米香地界，我想走就走，不想走就不走。司机你有本事就开车，除非你不再跑这条线了。"东方冉真正是上火了："你究竟要怎样？""怎样？你要赔偿我的损失。"玉琼道："你有什么损失？"车上这时有人主持公道："你这个人也真是，拿回去就行了。真是要钱不要脸。你这破窗户，送给我我还不要哩。"那人见无人支持他，气急了："我不要脸？是我偷了你们诸位的东西喽。我今日就偏不走，看这位司机敢不敢开车。"那司机果然就不敢开车。他是天天要跑这条线的，老百姓要为难他是极容易的事，司机怕百姓已成为当前的普遍现象。东方冉怕耽误大家赶路，就做了让步："好吧，别要赖了，窗户你扛回去，那五十元钱我也不要了，赔偿你的损失，下车去吧。"那人道："不行，你还必须留下名来，我要报告村里，下次好提防你。"东方冉道："好吧，你告诉你们村里或者乡里，我姓东方，在市委会上班，你们可以去市里告我。市委会只有一个姓东方的，好找。"

这时车上有个年轻女子站起来，拉着还欲强辩的农人，走下车去，在路旁嘀咕一阵，推了那农人肩膀一下，从他手中取过窗格，上得车来，柔柔地对司机说："开车吧，没事啦。"又朝东方冉一笑，"喏，你喜欢的，拿去吧，没事啦。"就把窗格递给坐在后面的东方冉。

汽车启动了。那农人不见了。

车上有人道："这位姑娘，怎不早出面？至少误了大家半个小时车。"姑娘也不做声，坐下去翻阅一本杂志。

乡中的汽车，陆续有乘客下车，快到市里时，车上已没有几个人了。东方冉和欧阳玉琼往前面挪，欲与那姑娘说话。

那姑娘见他们坐拢来，温厚地朝他们笑笑。

东方冉道："谢谢你，姑娘，好歹把那个蛮绊筋弄下了车，不然还要耽误大家。"

姑娘冲他一笑：“你要是不说出你的身份来，我还真懒得管哩。”

东方冉：“我有什么身份？”

“我听一个人讲过你，说你是鹤了城中有名的收藏家。”

“哦？还臭名远扬呢？”东方冉道：“姑娘你也是谷米香人吗？”

“不是还能劝走那个二百五吗？”

“二百五是什么意思？”

“我们谷姓人中最没有用的孬种，喜欢弄事，又穷又不要脸。”

东方冉道：“农村里穷，无非是想多杀几个钱。回过头来想，也可理解的。”

“要钱也不能这样啊。”

“好吧不说这个了。”东方冉说，“我知道是谁告诉你我的身份的。”

姑娘道：“这还用猜吗？你们这次来，没去见定坤吧？”

“来不及了。”东方冉搪塞。他原来说过如去谷米香，一定去见见谷定坤的，后和玉琼计议，觉得还是不见他为好，万一碰上了，那是另外一码子事。都是同行，都玩古物，现在定坤也是大半个行家了，不要使他误以为他俩是去抢他的地盘。谷定坤无职业，以倒腾古物为生，难免不会生出这样的想法来。

姑娘说：“是吗，我想你们若是见着他了，他会送你们上车的，他说他和你们关系很好，是吗？”“是的。”东方冉听出来谷定坤那话的水分，不便当着姑娘的面捅破他，其实谈不上什么关系好不好。姑娘看看欧阳玉琼，道：“这位一定是欧阳先生了。”玉琼一惊：“也是定坤说的？”姑娘点点头：“据说你们俩是情同手足，又同是鹤了城中玩古的高人。”“过奖过奖。”玉琼道：“敢问姑娘怎么称呼你？”

姑娘倒也直达：“谷美芝。在谷米香村当民办教师。高考落榜生，没出息。和大师们说话，真是惭愧。”

玉琼道：“怎么能这么说话？我们都没念过大学的。大家都明白，学问和学历也没有什么必然的联系，是不是？所以你也不必自责。”

姑娘道：“话虽是可以这么说。实际上，商标还是起作用的。唉，不说这个。我这次去市里进修，本也是想去拜访二位大师的，竟有缘在车上碰着你们。”

“你也喜欢玩这些？”东方冉拍拍那个失而复得的雕花窗格。

“受了谷定坤的影响。不过我这方面的知识太贫乏。”

“玩嘛，也不一定非要高深，主要还是陶冶心性。”玉琼道。

“正是正是。玩物玩味，应是重一个味字。”姑娘道。

玉琼和东方冉对视一眼，双方心里在说：这个姑娘心性非同一般。*

*玩家欧阳玉琼和东方冉进军谷米香，初逢乡姑谷美芝，见其不俗言行举止，预感玩界将添一好手。

很快汽车到站了，他们互相道了别，两人分别给谷美芝留了地址和电话。

在街上玉琼对东方冉道：“我们这支队伍，又壮大了，异性也加入了进来。”

东方冉说：“女人干事，不干则已，干上了，就非同小可。这个姑娘，不可小看了她的前途。”

“见了刚才那个姓谷的，对谷姓宗族完全失去信心。看到这个谷美芝，觉得谷米香还是后继有人。”

“这也没有什么奇怪，世上没有开不败的花。旺罢衰罢，并无定数，周而复始。谷米香的旺盛时期早就过去了。你看那房子，拆得不成形了，人的素质，就与传说中的相差更远了，不过，说不定什么时候又能崛起的。”

“崛起个卵。那屋址的风水注定了只发人，如今计划生育政策要彻底扼杀那风水了，还发什么？”玉琼道。

“不过这姑娘气质很不错，怕是留下了点谷姓祖宗的大家风范。”

“说大家风范，仅见一面，为时过早，不过至少比那个叫谷定坤的小伙子要有质量些。”

东方冉道：“我同意你的看法，一开始我就注意防着他。”

“怎么说，我们也不会被那毛头小伙子算计了吧？”

“不一定，老兄，多留点心。”东方冉道。

第七章

谷美芝到义犬巷六十五号拜访东方冉时，她刚进屋，市长高安也就一脚踏了进来。东方冉接着高安：“今晚你走错了门吧？”市长说：“是的，本是去找解手的地方，一头撞到你家来了。”东方冉道：“我家是茅厕，你我就都是蛆虫。”两人拍着肩，一阵笑。进房来，东方冉对美芝道：“我给你介绍介绍……”美芝道：“不用介绍，我早就在电视里见过市长大人的光辉形象了。”市长说：“你看，我每到一处，都要被狗咬。”美芝一愣，紧接着便和东方冉相对大笑。一句玩笑，便把市长与平民的距离拉近了，大家都轻松。*

*志趣相近，话语投机，官民无隙，难得难得。

市长说：“朋友们私下里聚聚，千万别叫官衔，别让我尴尬。自今以后我们立条规矩，好不好？我是好不容易才抽出身来串串门，还要让我当官，不是成心要累垮我？”高安平舒剑眉，浑身放松，有如鱼儿得水似的惬意，进门就问东方冉最近又有了什么好收藏，使人要想起公务应酬是多么沉重。东方冉向高安介绍谷美芝，高安从古玩架上转过头来端详美芝，一副领导重视的样子，大致是看在谷米香名气的分上，问美芝：“现在舆论界对你们老祖宗的来历有两种看法：一种看法是皇亲国戚，另一种看法是江洋大盗，否则依靠勤劳致富是盖不起这么规模的大屋的。凭我们现在地方政府的财力，莫说新造如此规模的屋宇，就是将你们现在拆毁的部分恢复起来都不可能。你是谷米香的正宗传人，你说你们老祖宗哪个来历更正确？”谷美芝道：“我当然想我们是皇亲国戚的后代了，谁也不愿老祖宗是大盗。究竟是什么，由大家去说，反正是几百年前的事了。”“你们的长辈如何对待这两种说法？”“他们无心关心这些，温饱都愁不过来呢。市长大人，别忘了我们那里是全县倒数第三的贫困乡。”“倒也是。”高安剑眉倒竖：“但愿谷米香的旅游开发能有所发展，给你们带来些好处。”

东方冉递上茶来：“好了好了，今晚不谈公事，高安你真是难得松闲一回的。”

美芝道：“这都怪我。谁叫我怎么看你都是个市长呢。”

高安一笑：“小谷你的嘴巴子倒是蛮厉害的。”

东方冉道：“她是当民办教师的，天天磨嘴皮子，怎么会磨不快。”

美芝道：“不是吹牛皮，市长你若是让我到你手下干个要动嘴皮子的公务员，我相信我会干得很出色。”

东方冉道：“你可以自学律师嘛，那是个吃嘴皮饭的职业。”

美芝道：“我正在自学。但要拿证，恐怕没有关系还不行。”

东方冉道：“你面前就有个最大的关系。”

美芝道：“如果高市长你是这么样的一个市长，我就看不起你了。”

高安道：“厉害，厉害。我记得我在你这个年纪，别说是县长，就是见了街道居委会主任也紧张。你就不怕我这个市长？”

美芝道：“倘是犯了法，要怕市长。倘是有所求，也会怕市长。我不犯法又无所求，就没必要把市长看得高高在上了。”

东方冉道：“有人言：五十年代群众怕干部，六七十年代干部怕群众，现在谁也不怕谁。现在干部的威望啊，一落千丈了。”

高安道：“这正是社会进步的表现。干部水平的最好检验是在这个时期，被人怕的干部怎么会当得好。”

美芝道：“老实说吧，我们这一代人，说要怕，除了怕流氓地痞，也没有其他人可怕了。”

接下来东方冉指着粉墙上挂着的那个雕花窗格，给高安讲他和欧阳玉琼的谷米香之行。高安听毕哈哈大笑：“要不是小谷解围，我看你们如何脱身。”东方冉道：“最后一步棋，我就说我是鹤了地方土皇帝高安的同班同学，把你兜出来。”高安说：“他们才不认得什么高安哩，天高皇帝远，我管不了他们。有道是不怕官，只怕管，他们只听村长组长的。如今的村长组长，恐怕也不晓得鹤了已经县改市，谁在当市长。原来每年县里要开三级扩干会，一直开到村长，如今就不兴这样铺张了，所以村长不会认识市长。”

东方冉和高安品过谷米香大屋中最不起眼的一方窗格后，话题便转到了谷米香大屋的现状。

谷美芝告诉他们：乡里和村里还有族里作了规定，从此不许再拆老屋，有要在外面盖新房的，不能取走旧材料。高安说这条定得好。

说自从谷定坤在老屋里大举收购古物后，外面乃至B省和D省的文物贩子也成群结队来各家各户收购索要。所藏的旧物，大概也扔得差不多了。现在谷姓人也变得精明了。学会了讨价还价，还懂得许多文物知识，有好东西，将价格叫得令外面的阔佬都咋舌。

东方冉道：“难怪那老汉，一个旧窗格也开海口。老百姓就是这样，无人理睬呢，自卑至极，稍作抬举，尾巴翘上天，全无把握。”

美芝道：“大家苦惯了哇。也没见过世面。突然一下子热闹了，大家不知如何是好。不过我觉得我们谷姓的百姓仍是驯良百姓，忠厚质朴、通情达理。那个老汉，我对他说，车上那个人，是我的老师，是个有知识的人，你还吵，丢了谷姓人的脸，他便马上闭上嘴，不再闹。如果说你是个官，他不服，说是老师，就尊重。”

东方冉改口道：“当然也不是所有老百姓都势利，不知高低。我和欧阳耽误了一餐中饭，找老百姓要两只红薯充饥，他们就横竖不收钱。”

美芝道：“前年来了一对上海夫妇，都是民俗专家，首先只准备搞一个月调查，后来课题太多，就留在大屋里过春节。我们是一户户轮着接他们到家来住，一户一天，不言钱字。民风总的来说还是淳厚的。至今我觉得谷姓人的家教民风，在乡里各宗族中，还算是最好的。如果是搬掉了一个‘穷’字，情形便会大不一样了。人一穷，什么毛病都会露出来。”

高安现在是每隔一个时期，便要抽空到东方冉家里串串的。东方冉一不进舞厅二不出外打牌串门，几乎每晚在家与他的玩物为伴，口中喃喃，似是和它们对话，高安来，从不扑空。每来，也必有新收获给他欣赏。只要是高安喜欢的，就取一两件去，所以他家里的博古架日渐丰满。高安放了些钱在他这里，自己不便出面收购，需要什么，便委托东方冉。仅是两人的默契，外人一概不知的。东方冉知高安的本性，为他收购时，一分不多一分不少按原价给他。亲兄弟，明算账，如此友谊才天长地久。

高安近个把月没来了，东方冉就搬出些东西来，互相观摩研讨，品其优劣，考证年份。谷美芝在一旁是听得津津有味。高安问她：“你藏了些什么好物，有机会去欣赏欣赏。”美芝说：“我还是个小学生呢。不过有些东西你也许喜欢。”高安道：“下次到谷米香去，一定登门拜访。”“只怕大驾难得光临。”“又说没意思的话了。”高安嗔道。

说着话，夜已是深了。东方太太在外面打牌，据东方冉说一时三刻是回不来的，她是牌迷。高安看看表，起身告辞，对美芝说：“有什么困难，找我不要紧。”又道：“住哪里？”“教师进修学院。”“正好同路，一起走吧。”美芝说：“不了，你先走吧，我还要和东方老师说点事。”“那我就先走了。还希望见到你，你是个性情开朗的姑娘。”“市长过奖了。”说着高安出了门。*

* 如此安排市长与小民谷美芝告别，应该不是随意的。

高安刚出门，美芝接着告辞。东方冉道：“你不是还有话要说？”“没了，我只是不愿同市长一起出门。”美芝道。“那有什么？”“怎么没什么？深更半夜，市长和一个年轻姑娘逛街，市民们从门缝里见了，会作何评论？”东方冉说：“想不到你这个黄毛丫头，鬼心眼儿还真多。”“我倒没什么，替市长着想哩。他是个不错的干部，应多干些日子。”美芝说。

美芝告辞出门：“我要是再来拜访，东方老师你不会讨厌吧？”

东方冉道：“这么年轻漂亮的小姐，谁会拒绝呢？”

美芝道：“真是的，想不到你也说笑话。”

东方冉送她出门，一盏街灯照着她的影子，身段均匀，不胖不瘦，行步沉稳，丰臀略略扭动，极尽风韵却又毫不挑逗。因有夜的陪衬，一头乌发的陪衬，颈根的肤色白皙光洁如细瓷——去谷米香时，东方冉就注意了那山地里的女子肤色特别白润。那是最洁净的水和最清醇的山风洗滤的缘故。东方冉闭了眼，再想想姑娘的容颜，是大眼圆鼻厚唇皓齿，漂亮不见妖艳，端庄不显迟滞，倒也是个出色的女子，但这份颜色，掺杂着一分不可侵犯的威慑，不是令好色之徒可以想入非非的颜色。可惜了，有模有样有口才有修养的出色女子，却被囚在山中，久而久之，红颜慧心，都要磨灭殆尽的。东方冉在心里为她可惜。

教师进修学院在西街的羊牯巷，谷美芝回校时虽已是半夜十一点钟了，但鹤了城的午夜仍是灯火辉煌。刚拐进羊牯巷口，一人挡在前面，美芝一看，是同宗族人谷定坤。

现在的定坤，是老板的打扮了，名牌的西裤和衬衫，锃亮的皮鞋锃亮的油头，脸色红润，神采奕奕，丝毫乡土气息也找不着了。

美芝略惊："怎么是你？"

谷定坤双手交叉着护在胸前，脸色不悦，愤愤道："你还认得是我呀。"美芝看那神态，有些来者不善的样子，便半开玩笑半顶真地针锋相对说："怎么？踩着你的尾巴了。"*

"倒是没踩着我的尾巴。只怕是有人在外人面前摇尾巴。"定坤黑着脸。

"你说清楚，口里是不是含着鸡 × ？"美芝较上了劲。

"谁心里干了什么，谁心里清楚。"

"清楚怎样？不清楚又怎样？"

"心里清楚的就不会乱去摇尾巴。"

"你，你，把口里的鸡 × 吐出来再说好不好？"

这时有一个过路人听了这脏话，"噗"的一下笑了。

"难听死了，小声点好不好？"定坤已觉不妥。

"告诉你，我这人粗也粗得，细也细得，做得仙女，当得泼妇，别惹我。"

"好好，不说了。"这时定坤见有人围上来看热闹，做出退让。

"有什么说不得的。你说说，我怎么摇的尾巴？"

定坤不敢高声了，一把拉着她："我请你吃夜宵，有话对你说。"

美芝试图抽出手来，却又抽不动，见有人注视他俩，也不便再耍泼，便由了定坤的牵引。

不远的地方，便是一溜儿十张小桌子的夜宵摊子。定坤拉着她占据了一个席位，坐定："我们小声说话好不好？"一去刚才的气盛。

美芝道："你是不是吃了火药？"定坤说："我要先问你，你来进修，怎么不告诉我？""你不是晓得了？""你害得我到处找

* 情，可以是原始冲动。爱，将由阅历和成熟改变。养在深闺与走出村寨的谷美芝，是不一样的。

你。”“找我干什么?”“你说干什么?你进了城，也应该到我姨家里报个到。”“喂，我如今是你的什么人了?没报个到，就有错?就应该由你发脾气?”“当然喽，你有了更有吸引力的地方去了。”“是的，我今晚拜访了东方老师，还有幸见识了市长大人，我心里很高兴。”“你怎么认识东方冉的?”“他不是你的好朋友吗?我不能认识他们?”“当然，你有权认识，他们是大师，有头有脸的人物，我谷定坤算什么?山野村夫，不能与人家相比的。”说着定坤的语气就有些颤抖了。美芝是个善良的人，见定坤退却且情绪沮丧，语气便柔软了许多:“你这个人，想到哪里去了。”

定坤顿了顿，不再说，起身叮嘱老板上夜宵，很快几样凉拌荤素和一大杯啤酒就上了来。他俩默默地吃着，再无什么话题可以凑餐，而刚才的话题再说下去也没有意思了。

气氛很沉闷，谷美芝象征性地胡乱吃了点什么，便称学校里要关门，起身离座。走出两丈远，定坤在她背后说他这一向在他姨家里住，美芝知道这是什么意思，没有搭理，拐进了羊牯巷。第六感觉告诉她:谷定坤心情很坏地在喝闷酒，今晚是必醉无疑了。

谷美芝躺在进修学院的宿舍里，心绪很乱。本来和谷定坤也没有什么，无非是斗几句嘴，以往也是常发生的，斗完了也就过去了，大家快快活活地说笑。今天是怎么了，双方都无法摆脱一个阴影。

阴影是什么，是东方冉和高安市长吗?

以前，谷美芝几乎没有接触过有良好教养的人、真正城市奶大的人、高层的人，她的活动范围是极有限的，她始终生活在农民中间和小学教师圈子里，除此之外，只是从书本中读到另外层次的人，那都是作家虚构的、可望而不可即的，而与高安市长和东方冉的简短接触，觉得突然开阔了眼界，某种想象中的人成为可视可沟通的现实，尽管高安和东方冉并没有表现出轩昂之气宇、翩翩之风度、满腹之才学、口若之悬河等种种大地方人的包装，相反他们是以最平凡最本质的姿态与她交谈相处的，但她分明感受到了他们品格中确实高人一筹的东西、能够让她欣赏和钦佩的东西、觉得亲切的超然尘俗的东西。其实她是一直在追寻这些并不具体化的只可意会不可言传的东西的，尤其是在她走出校门，住进属于她一个人的民办教师的房间后，常在梦寐中追寻这样品质的男人。她越来越不满足与她周围的人交往，当然她并不嫌弃他们，她自知她并不具备嫌弃他们的身价和本领，她不过是他们中的一员而已。就如她并不嫌弃圈绕着他们谷米香大屋的终年清澈透明的小溪一样，她饮用她，在她怀里擦洗沐浴，但她更向往大江大河的宽广与壮阔，她是属于要呼喊着狂热地跳进大江大河里尽情游泳的那种女性。那么男人是什么呢？应是大江大河，能够容纳女人、疏导女人、放纵女人、完善女人，使女人畅游而生敬佩，而又自叹不可征服的大江大河。

她从高安和东方冉身上似是闻到了大江大河的气息，尽管她没有更充分的理由说服自己，但感觉已是这样。她和他们相处得很愉快，以至于在再见到谷定坤时，突然觉得他很陌生，当谷定坤脸上颜色不好时，她立即就心绪更坏。她以前不是这样的，绝不是，她自认是个宽容的善解人意的也是能够控制情绪的女性，一般在别人心情坏的时候，她便能够做到抹平这种躁动的。她承认这晚是因了高安和东方冉，而致情绪极好又极坏，他们是制造快乐和忧伤的魔鬼了……

很显然她和谷定坤是相爱过了，否则谷定坤有什么权利吃醋，指责她擅自进入另外男人的世界呢？有什么权利埋怨她要来进修没跟他说，进了城又没去拜访他的姨呢？

她以前是看不起这个同宗族人的——读书的时候他便不在人前不在人后甘居中游无一特长；走上社会还摆着一副学生架子，拈轻怕重，好吃懒做；干不了农业又开不好店子；家中实在一贫如洗，仗着外面有几个拿工资的便到处游荡要装一个纨绔子弟的样子；浮躁不务实最后导致心比天高、命如纸薄，处处碰壁，精神忧郁，病病歪歪，足不出户，容颜憔悴……

谷定坤是在一夜之间突然变成另一个人的。

谷美芝再度见到他时，他精神饱满，容光焕发，天亮就扛包挑担急匆匆赶车上街，早出晚归，在路上碰着，都没工夫说上几句话，衣着也不考究，眼见得手粗脸黑，走路也皱着眉头想事，俨似一个勤劳致富的先进模范人物。有时候不出门，就关在房里研读精装的大部头著作，整天不露面。那时美芝对这浪荡子弟的突变而觉好奇，便踅进他家，看他读的什么书。

这时她才明白他迷上古玩。

玩古物是门高深的学问，美芝对此也十分感兴趣，早晚也去定坤家翻翻他买来和借来的工具书。因爱好，在这深山僻野之地，她成为谷定坤唯一的知音。这时候谷定坤无论是鉴赏水平和经济效益都大有长进，人逢喜事精神爽，心里高兴便有话要说，有时候三更半夜了也过来敲美芝的门，找她聊天，把个人收获和与外面的交流点点滴滴讲给她听，她爱听。那些内容，对于她来说，是一个陌生的领域，一块丰厚的沃土，可以从中汲取许多足以丰富自己的养料。

有时候聊到很晚，他天亮就又雄赳赳赶路忙他的生意去了，美芝那时很看重这样的勤勉，男人应该是这样劳作的，她认为。

一日，谷定坤对她说："我发了财就要娶你做老婆，不发就不生这个念头。你是我所认识的最优秀的老婆材料。"那时美芝觉得他说这话十分唐突，一时无言以对。

他说："你不要皱眉头，你我都是本族，不宜通婚是吗？我查了族谱，我们是上八代祖父的血脉，据医学鉴定：五代内才属近亲，你不必怕。"

美芝根本没有反应过来，更没有想过什么近亲的问题，不禁哈哈大笑起来。

“你笑什么，我说的是真话。”

但不管怎样，话已经挑明了，美芝没有拒绝的意思，也就表示她对他有了好感，都是二十大几的人了，何况现在爱情并不是神秘的东西了，哪天的电视里不是男女搂呀抱呀吻呀啃的，尽管发射到谷米香地方的电视讯号使屏幕总是蛛网密布，但那令所有成年男女感兴趣的镜头总是能让人准确而生动地品味出来。

这样谷美芝从定坤口中最先认识了那个薄命的郭举和鹤了城中的东方冉。“他们是我的启蒙老师，”谷定坤很挚诚地感激他们，“我光是从东科长那里，至少损失了几千元钱，那是我不懂呀，我付了他几千元钱学费，每次送的东西，都是我开的价，他没有还过价，他没有错，我如今一点也不埋怨他，因为我最先是从他那里坚定了我干这个的信心的。事实上我适宜干这个，我喜欢，我一定会干出点名堂来。”

后来谷美芝也随谷定坤携了乡中收购的玩物，到外面去倒腾过。倘要她去站柜台当营业员，她一天也不会干，但做这个买卖她不觉得难堪，因这中间的兴趣，不全在于成交金额的本身。成交的过程，可以尽情展览人的学识、修养、智慧、手段，是可以令旁观者赏心悦目的。

随着定坤鉴别技术的日臻长进，商业口才与谋略的日臻老到，荷包里的钞票也日臻丰厚起来。他很快具备了老板的风度和装扮，自信心也就水涨船高。一次美芝随定坤去省城文物市场观光，晚上留宿在繁华富丽的都市，他们到一个盛大立交桥下的空旷草地上散步喝饮料，这时面对纸醉金迷的背景，谷定坤胸有成竹财大气粗地吻了她。

她没有反抗，沉着地接受了。她是第一次被男人吻，心绪极乱。

在谷定坤的心目中，美芝是很圣洁的，她那种与生俱来的端庄凛然，在他们同读初中的时候就表现出来了，谷定坤设计良久的第一吻居然被她接受了，这使他震惊不已，得手之后他不禁流下几滴泪来。

以后的日子，除了拥吻，谷定坤不敢再有过分的想法，他要把他的结婚塑造成当今社会中最传统最圣洁的结婚，把最美好的留到新婚之夜。他们这批玩古物的，无聊之时也说些“当今世界无处女”的话题，他虽无力批驳这样的观点，但他坚信谷美芝是唯一的例外。

那么丽儿呢?

姨那么坚决地要将丽儿许配与他，要把城中的遗产给他，丽儿对他也是一往情深。但自从谷美芝真真切切地坐到他的身边，开始关注他的变化对他渐生好感时，他就不再想丽儿了，城市的丽儿与乡间的谷美芝是无法相比的，谷美芝天生丽质，那分特质不是谷姓祖宗遗传的，是来自母系，据说她有两个舅舅在国外，混得极是有些颜色，但任何人都无法从美芝和她娘口中得到证实。他和美芝相好之后，亦曾旁敲侧击做过好奇的尝试，都未得到半句口实，她身上因此更蕴藏了一种难于捉摸的魅力。

姨和丽儿自然是很快得知他另有所爱的，却也无可奈何，这是个人的事情，现在都是什么时代了。

谷美芝的业余兴趣，也因定坤的影响和调动，从唱忧郁的歌转到积极的收藏一边来。她凭自己的财力，也做些力所能及的收藏，她注重于收藏乡中妇女的手工织品、刺绣和古文房用品，偏重小巧精致。她只进不出，无商业色彩，为的是闲暇之时的欣赏。定坤说还分什么彼此我们一起干吧。她说她要拥有她的一片天地，她是不愿依附谁的那种女性……

鹤了之夜，闹哄哄的维持到凌晨一两点，也就安静了。谷美芝却仍是毫无睡意。她所住的三楼宿合，透过窗户，便可见围墙那面市政府的后院。微弱的路灯光从浓密高大的樟树的枝叶之中如针般弹跳出来。市长高安就住在那有了些历史的哪一丛樟树之中呢？一市之长偷了闲出去玩古物，多有意思。不见不会相信有如此性情真实的市长，而她所见到的一个乡村中学校长，都常常要做出许多伪装来。她为能结识这样的官员而深感幸运。

在谷美芝的不眠之夜，高安和东方冉的形象在她的脑海中越来越清晰，而努力要回想的谷定坤却愈来愈遥远。她不由得要反复检讨自己：我是一个见异思迁的人吗？是一个这山望见那山高的人吗？是一个忘恩负义践踏感情的人吗？

谷美芝设计着两个谷美芝，互相试图说服对方。不觉天已拂晓，谁也没有说服谁……

他的影子离她越来越远，不是她蓄意要疏远他，如云彩的消失，如露水的挥发，自然而然地淡远了，而高安和东方冉却在心中越发亲切生动，这使谷美芝惶惑：不曾与之恋爱的男人走近了心灵，而恋着的却走远了，也许他在她心目中从来就没有浓烈过，她没有过比较和鉴别，恋人在心中的分量应是怎样的。

谷定坤是要来找她的。但每见一次，便更觉陌生一次。他仍请她吃夜宵，那是好说话的机会，他说了，苦口婆心的，慷慨激昂的，痛心疾首的，但她觉得一点也不动听，没有一段是听得进去的、记得下来的、动人心弦的。

她在心里叹曰：他们的关系完了，无怨无恨地完了，无疾而终。她平静异常地听定坤说话，心里的结论是：完了。

谷美芝无意中在街上碰上了高中的同班同学柳林。柳林是个容易激动但又确实很可爱的女孩子，那时她们的关系很好。

高中的最后一期，班主任从县广播电视局请来一个叫柳三生（笔名田耕）的笔杆子给大家讲新闻写作课，要使学生们在高考即将来临时，增加点应付考试的资本。班主任向同学们介绍柳三生说，他们曾是同学，那时柳三生以全县最高分考取了复旦大学新闻系，那场大考柳三生捕捉作文考题就捉得好，得了满分，同学们于是对今天柳三生来帮他们捉题而热烈鼓掌。老师介绍说像柳三生这样的高才生本来是不应分到县一级来的，是因为——柳三生便抢上来说：主要是因为失恋才回故乡来的，因为那个出生于大城市的恋人翻了脸所以他就憎恨城市，而不是其他什么诸如思想境界高，等等。“啊”，“乌拉”，同学们因柳三生的坦率和真挚而大加欢呼，给了更为热烈的掌声，还伴有尖锐的口哨。班主任宣布欢迎柳老师讲课，柳三生于是就摇晃着智慧的几乎无毛的大脑袋坐到主讲的位置，柳三生不是学师范的，所以讲话语无伦次、颠三倒四，大家都准备了认真做笔记的，只好搁下笔。柳三生近三个小时的演讲，给谷美芝留下印象的是：他说干什么只要你认准了就要充满热情，一往无前，吃苦耐劳。写作也罢写新闻也罢，没有什么高深之处，你无视它你就能成功，他说他最多一天采访过十七个单位写出过三十五篇新闻稿子，有的稿子一份复写成几十份，往全国各省各地州市各兄弟县的广播电台寄，他最多一天收过五十张稿费单子，最多的八元钱，最少的也有三五元钱，有成就就会有收入，物质精神双丰收，不亦乐乎。他说他刚开始学写小说时，有一次兴致来了，写了四十八小时没有睡觉没有吃饭，突然一想：上班时间到了，迟到了是要挨批评的，连忙熄了灯去上班，一看办公室都落了锁，四野里一片漆黑，就说：真奇怪，刚才还是大白天，怎么一出门天就黑得这么厉害？复又转回屋里拉亮灯继续写，又说：奇怪，刚才外面还是天黑的，一进门怎么天大亮了？

这时同学们都笑得东倒西歪，有人竟转不过气来，面如土色，要死的一般，要在后颈窝的穴位上砍一掌才换上气。

笑毕，同坐一桌的柳林问美芝：“你说他多大年纪了？”美芝惊诧：“你问这个干什么？”“我要你猜。”“还不是和我们老师差不多的，老师的崽正好进幼儿园。”“嗨，没意思。”柳林翻着白眼泄气。

尽管柳三生的演讲无助于他们在高考时捕捉作文题，但还是有崇拜者求他签名，柳林是个爱热闹的人，也挤上前去签了名，签后很高兴，悄悄地给美芝看：是用那种粗水笔写的，龙飞凤舞一个“缘”字，柳林有些神不守舍的味道，对美芝说：“我这种人是极容易爱上他这种人的。”那时美芝惊呼：“你怎么会、会、会想这样的问题？”

后来想想，柳林比她长了三岁，怎么不可能想那样的问题？大姑娘的变化，是如夏天的蔬菜，日见不一般的。

在高考落榜的消息传到谷米香时，谷美芝同时听说柳林找上门去和老单身汉柳三生同居了。美芝当时淡淡地说了一句：她怎么会有如此雅兴啊。

谷美芝在街上走时，肩膀被人拍了一下，扭转头来，见一容光焕发、头发高高挽起的美貌少妇，一时蒙了。少妇哈哈大笑起来：“谷美芝，谷美芝，认不出我来啦。”这时谷美芝认出她来了：“柳林，是你呀，发福了，富态了，老板娘似的，怎么还认得你出来。”“这几年，你也晓得我在城里住，就不见你来走走，别的同学都来过，就只你拿架子，读书时也是这样，只你架子大。”谷美芝受了冤屈，不禁心一酸：“还拿架子哩，如今恐怕也就只我还困在深山里，吃的是朝不保夕的民办饭，我是无颜来见同窗啊……”“好吧，到我家去，慢慢叙。我如今也不上班了。”柳林说着挽了她的胳膊，香气扑鼻大摇大摆地搀了她走，美芝见有两个男人从一旁经过时使劲地吸了一鼻子无须花钱的香味。美芝说：“我还没有参加工作呢，你就不上班了，谁养你？”“丈夫呀。”“丈夫，还是原配丈夫么？”“死丫头，”柳林捅她一肘，“你就巴不得我离婚。”美芝说：“我见你这么阔，还以为你抛弃了前夫，找了有钱的台湾老兵呢，如今很时髦这么干的，我们市里，台湾回来的老兵又多。我料想那个写新闻稿子的柳先生养你不起。”“不见得，回去和你说。”“家里有让我吃惊的吗？”“也许。”

说着话，就到了广播局的宿舍了。老街也就这么大，串完四条街，也用不了一个小时。

柳林掏出一大串钥匙来，先打开一个仅四五个平方米的小院子的木篱门，再打开一楼房门上的防盗铁门，然后顺转几圈又逆转几圈扭开房门的新型锁。推门进去，揿开一盏顶灯，一见屋中摆设，谷美芝不禁“呀”地一下叫出声来。

第八章

鹤了城里玩古物的行列中，自添了柳三生和洪伟达两人之后，便掀起了一场持续很久的热闹。*

柳三生由对写小说和新闻的兴趣迅速转入玩古物的兴趣之中，是由采写一篇题为《最后一个收藏家》的纪实文学作品开始的。那时他隐隐听说了鹤了城中已故奇人李庶溪的一些事迹，很感兴趣，觉得可以写一篇小说或者是纪实文学，因材料不够，便找庶溪之子乐善补充材料。这李乐善也是个怪人，难开金口的，便装出一无所知的平民的麻木来应对柳三生的纠缠，就像对付欧阳玉琼和东方冉一样。玉琼和东方冉性格内向，心胸超然，什么事可求可不求，初见乐善木讷和做作，知他肚里有东西，不肯倒出来也就不强求。柳三生不同，看准了的东西就不顾一切也要弄个明白，便天天去缠乐善，缠得他无心干活，收荒货看错秤；又极其耐心地开导他说如今政策变了，远远不是以前的样子了，说你现在声称你有个兄弟在美国中央情报局，还有个兄弟在台湾当局当特务，也没有人来抓你，何况是讲一讲你死去了的父亲的故事，何况你父亲死时也并没有戴个什么反动帽子，你就是不讲你父亲，你如今也是收荒货当个体户也不能解决你的干籍……柳三生苦口婆心，打尽种种譬喻，做尽种种开导工作，最后李乐善被磨不过，多少也受了些感动，毕竟是来写他的父亲，而且是写好而不是写坏，便应三生之要求，讲了一些母亲曾告诉过他的关于

* 写手柳三生的出场，牵出久未出场的神秘人物李乐善，悬念撕开一角。

父亲的故事。

但是柳三生并没有听完便中断了采访，使刚有些谈兴的李乐善都感到惊讶。这时柳三生通过对李庶溪只麟片爪的了解便觉得玩古物是一件极有意义的事情。他是个极易冲动的人，认定了玩古物比写枯燥的文字将会更有意思、更具魅力、更能够完善人生、更具技术性专业性，那么他还写什么狗屁文章搞什么虚无的采访呢？

他干的是新闻工作，接触面很广，他一下子就打听清楚了鹤了城中几个玩古物的。他按捺不住冲动，当下就骑了单车去寻离他最近的东方冉，没寻着，便到城郊老城墙根下去寻欧阳玉琼。见玉琼清心寡欲、谈吐不凡、收藏颇丰，择了最具历史纵深感的地方而居，焕发出几分仙气，激动得不能自已，极想自己也能尽快进入这一种境界，干这行比忙忙碌碌上蹿下跳当新闻记者不知要高雅多少倍，为他人写稿做嫁衣，就是写上几篓几车，也毫无价值，当不得一件稀少的珍藏有意义。

他与玉琼侃了大半天，眼见中饭时节已到，玉琼便去屋后地里摘了几棒鲜嫩的玉米，用锅蒸熟，与他分享了，权作充饥。三生觉得：这是他吃得最香最难忘记的中餐了。至此他回去写了一篇题为《犴狟国遗址旁的高人》的稿子送了上去，但没有被通过采播，为此他站在院子里骂了几句娘。人家也不知他骂什么，无人搭理。他也不指望人搭理，把气出完了也就罢了，真吵架也费时。

他最后问欧阳玉琼，倘他也要学着玩，应如何入手为好？玉琼告诉他：像你们有工作搞专业的，时间不够，便侧重搞专门系列吧。如陶瓷系列、木雕系列、铜器系列、钱币系列、玉器系列、字画系列，等等。三生抚掌说：你这个指引极好，搞系列会更有成就，叫做集中精力打歼灭战，而不是遍地开花，叫做重点突破而不是眉毛胡子一把抓，叫做一竿子扎到底而不是水上漂。

玉琼赞曰：到底是学新闻的，看得准，词汇多。

柳三生由人领着，走访了鹤了城中几位玩古物的，增加感性知识。又找来一些专业的书看，掌握些基本术语。便一心筹划上马集中精力财力打歼灭战，急于想尽快拥有有特色的系列收藏。

正好柳三生手头有了一笔花来也不会很心疼的款子，不然对于工薪阶层，玩古物也只能是纸上谈兵，这是要钱玩的活。

这钱得来也易，让柳三生和柳林两口子睡梦里也要笑——

这鹤了城东去三十五里有个国营兵工厂，军转民后搞得好，赚了钱，与柳林所在的公司有业务来往。因一宗业务双方都得了利，便包了鹤了城中一家最好的舞厅联欢。柳林是公司的一员，当然要尽义务陪客。她用心描眉化妆，喷最好的香水，穿薄如蝉翼的衣裙，加上本来就丰腴的少妇的体形、姣好的容颜、轻盈的舞姿，一出场就被对方的总经理看中，自始至终便由他承包了，另外的人就不好再夺老总所爱。那老总体魄如牛扭动笨重毫无音乐感倒也罢了，就是手指头总有些不安分，在柳林那细腰和手背上来回荡漾。因是还要在公司里谋饭，柳林也就忍了，只盼望舞会快点结束。

中途老总问她爱人干什么的。她言干新闻的。老总说正好，我们军转民且有建树，缺的就是宣传，不知你爱人肯来赏光写点报道否？柳林说她可以说说。老总说：写好了，不会亏你爱人的。要来最好你们俩一块儿来，我派车来接，我们那里的舞厅也不错，只是乐手略差一筹。说着手指又在她腰上乱动……

柳三生听说有新闻写，兴高采烈地去写了。不过柳林没言那讨厌的手指头的事，不然柳三生不会去写的。写了，也就很快在三家报纸发了，在八家电台播了。军转民是个热门话题，这样的稿子好发。柳三生将剪报和电台播放通知单整理齐了，准备去领赏。厂里派车来接，柳林不愿再去见那老总，躲在房里不露面，来接的人点名一定要她也去，柳三生不知其中因由，帮了那边的人倒做她的工作，她只好随同去了。那老总还没如此规模地被宣传过，十分感激，备了好酒宴，给三生打了体面的红包，一定要留柳林跳一晚舞。柳林低头见那肥胖的手指头如蛇似的在扭动，顿生厌恶，只好以自虐的谎言称家里某人病了必须尽快赶回去，除此恶毒的谎言那老总是不会放人的。幸好柳三生是个糊涂的人，信以为真，也显出很着急的样子来。柳林见那老总周围转动的姑娘，尽管涂脂抹粉，却无一个上得档次的，便叹曰：合该我倒霉。

吃过中饭，老总领柳氏夫妇参观新项目。得了有些分量的红包的柳三生心里高兴，胡乱使用赞誉之词，让那老总喜笑颜开。参观完毕，信口说："老总你创下的这份业绩，真是不易，写几个小报道太可惜了，何不写一本书？那样可以写得全面、透彻。既写历史又写现实，既写领导集团尤其是一把手的轴心作用又可写群众是真正的英雄，还可写从中央到地方各级领导的重视，××首长和你握手的照片就做封面，你们领导集团开会的照片就做封底，产品照片发封二封三，规格多么高。既反映了厂里的全面情况又是一本对外宣传广告册，外面来人参观，你们的同志出外推销，都给一册书，要说的都说了，客气又漂亮，规格就上来了，我看你必须有这个意识。活要干好，宣传要宣传透，这才是真正的企业家风度。"

那老总听了，沉吟片刻，说："我基本上倾向你这个提议。要说宣传，也不是宣传我个人，有厂有产品才有我个人的荣誉嘛，对不对……大概要多少费用？"柳三生信口说："我没有编过书，有人编过，据说也不过是几万元钱吧。这个嘛，企业出书也不是你们首创，大体上都差不离的。""我再约几个人研究研究，要写，就请你来写，情况你熟悉，又是复旦出来的高才生。"三生说："只要老总信任，没问题。长的好写，怕就怕写短的，千言万语不知说哪句压秤。不过，"三生突然想起要搞就要从快，不可夜长梦多，“不过，要决断也是三五日之内，下个月我另有大的采访任务。”他卖个关子，欲套牢对方。

第三天，柳三生便接到电话，对方让他去签合同并点名要柳林也去。柳三生高兴地对妻说：“这就叫作有意栽花花不开，无心插柳柳成荫。我本是无意中说着玩的，花几万元出书，山州草县的企业一般是吃不消的。”他对妻算了一笔账，自己写、自己编、自己弄封面设计、自己跑印刷厂校对，让那在出版部门的复旦同学弄个便宜的香港书号过来，一切开销除掉，可赚得个一两万元钱。“一两万哪。”柳林狂呼起来，“我从来没见过这么多钱。”便搂着丈夫乱啃，认定丈夫是天下最有能力的男人了。要赚大钱了，三生心情也是极好，便宽衣解带，把与妻的陈旧故事练出许多新意来。

签合同时柳林高兴地去了。晚上留下来跳舞。柳林对丈夫说你不跳舞你就去准备材料，拟好合同，我陪陪老总。她打发走丈夫，怕他看见老总的手指不安分而难受。这晚上因想着明天上午的合同和预付稿酬，对老总手指的反应也麻木了。

整个采访、写作、出书的过程中，柳林又作出牺牲陪了那位老总几场舞。老总对她说：他要去出一趟远差，要请一个公关秘书陪同，愿出高薪，他是看中了她，要人品有人品，要口才有口才，上桌喝得酒，下池跳得舞。要她表态。柳林怕书出不来，不敢借故推托，便说待书出来了方可成行，说柳记者这人，一写起东西来，饭都不记得吃的，更莫说要他自己弄，所以她暂时走不了。于是老总就拍板：书出后即成行。柳林心里明白，既然是公务，怎么可以随便推迟呢？老总的用意也太明白了。

一切如柳三生的算计，书出了，钱到了自己的存折上。待那老总兴冲冲地派员来邀请柳林“出差”时，柳林对来人说：“请转告老总，我已有了三个月身孕了，妊娠反应很大，走不得了，请他另请佳丽好了。”从此不愿再见那副嘴脸。三生不解：“你哪里有身孕？”柳林道：“你莫管。”“那老总是有恩于我们的呢。陪人出一趟差有什么不可，没报酬也应该的。”“我不想去也得去吗？”三生无话，然后说：“这笔钱，你有一半的支配使用权，要买金器什么的，你尽管花吧。”柳林说：“那都是你的心血。”“不全是。首先你提供了信息，牵线搭桥。后来成交，也大多是看在你的面子上。”柳林搪塞：“还不是陪那肥佬跳了几场舞。”想想那人的不规矩，胃里就直翻，觉得这钱也不十分干净，就没去买一点金器。不然金器也是不干净的，不干净的东西天天戴在身上会不舒服的。

后来柳三生问她为什么不去买一点金器？柳林说我嫁给你就从来没想过要你买金器。再说，一个女人漂亮根本就犯不着戴金器，漂亮本身就比金子贵重。一个女人不漂亮还戴金器就更显得俗气。所以我对金器不感兴趣。柳三生说你真是个好女人。不过都像你，那些首饰工人都要失业，社会就不稳定了。柳林道：怎么天下女人都会像我？都像我都做你的老婆你忙得过来吗。

他们神不知鬼不觉轻而易举就赚了一笔钱，来路也正，劳动致的富，高兴之余，都不知如何花销。他俩都是农村里出来的人，没有花过大钱。除给双方家里寄去一点，全部存着没花。冰箱漏水应该换，彩电只有16英寸也要换，家具以及一切都应该换，一时不知换什么好，就都没换，大家都是这个生活水平，你出格了就要招人惹眼。在这个小城里，生活的准则是不能出格，便可相安无事，无大的烦恼。

柳三生要弄古物了！他回去把他的热情耐心地传染给柳林，柳林接受了，夫唱妇随，热情也空前高涨，觉得是花钱的时候到了。*眼见得深圳股市走下坡路了，房地产也在降温了，其他证券业刚刚想出头就遭霜打，金银首饰香港台湾比内地便宜。“什么保值，唯有古玩。”柳三生找来一张南方某地出的报纸给柳林看，上面的这个标题，鸡蛋大的字。

* 论收入论自由远不如玩古物，柳三生毅然弃文玩古，且出师大吉。真能如愿吗？

那么选择什么玩呢？

柳三生家里祖辈是木匠。在他老家，老祖父、祖父、父亲都是地方上最有名的角色。柳三生没有接过父辈的班，出门抄了笔杆子，但自小也闻惯了木的气味，看惯了父辈的手艺，对做木是极有感情的。

据父亲讲，他老祖父年轻时节就曾参与过东乡谷米香大屋的建筑和维修，说全县最有名的木匠都曾集结在那里劳作过。干活是极轻松的，要求做的活只要求精致，做多长时间是不受限制的。反正吃住都在那里，按月结工钱，招待也是极好。父亲说老祖父那时老实本分，被人荐去时，见谷姓老爷待匠人大方热忱，觉得不发狠干活对不起东家，刚去时分给他的一块山梨板，制作一块雕屏。老祖父起早贪黑，用心雕刻，不足半月就完成了。老祖父兴冲冲地扛着交给管家，管家一对工期，瞪大眼睛问他：半个月就雕好了？老祖父说雕好了，请他老人家验收。管家说：不必看了不必看了，这块雕屏不要了，看在你初来乍到不懂行情的分上，工钱照开，你按图再雕一块吧。这时老祖父方才明白：自己是干快了，见如此快便完了工，违了惯例，就认定东西没做好，看都不必要看。老祖父谢了恩，扛着那雕屏回到厂房里，将其好好地包着搁下，便跟着山里的猎人去山上狩了一个月猎。一个月之后，仍扛了原件去交割。管家验收了，对其手艺倍加赞赏，说花一个月干的活毕竟不一样，若是再多费十日工夫，会做得更出色。当即开了工钱，另分任务，令老祖父哭笑不得。

父亲说那时候干活，都是很讲究的，大户人家不在乎钱，但要手艺做得好。不像如今，都贪便宜，匠人出了力，却是收不到工钱，乡中人欠账有瘊，有现钱也不付，硬要拖到过年，还要匠人上门去讨。匠人心境似乞丐，如何做得出好手艺来？所以如今的木匠是没法同老前辈比了，大都是烧火木匠，钉钉子的木匠，不学也做得的木匠。为什么几百年前的老家具留到如今还经事还耐看还值钱还被人们视为祖业好好护着？那是东西过硬啊，现在的东西，哪一件可使得三五年？人心不古啊，人心不古。父亲连连哀叹。

柳三生要收藏古木器了，便回到乡里央父亲讲他那本经。父亲的绝活正因无人接班而惋惜，一辈子的研究成果因无人赏识闷在心里十分难受。但又不可发泄，明摆着儿子如今操笔杆子出人头地比跟他做木匠光彩十倍百倍。况且如今做木匠不必要学了，多年来，他的出色雕艺荒芜了，英雄再无用武之地了。儿子专程回来要他讲木匠经，不禁心花怒放，可以把满肚子学问一吐为快了。他当即替自己和儿子泡了浓茶，便坐下来神侃，从木匠的老祖宗鲁班讲到老祖父、祖父以及他自己。自然要复述一遍老祖父在谷米香的经历。讲完了人，便讲江湖道德、学艺规矩。再讲木匠分上、中、下三流，上流是善雕刻的，上流一等的刻工，光是使用的凿子便有七七四十九种，要能在桃核上刻得人物出来。一等的刻工还应是道德高尚者，神像和故事便是这类人刻的，功夫和道德不到火候的人，动手刻神像便要出事倒人的。父亲说老祖父是一流的刻工，以前是刻神像的。他和祖父略逊一筹，只能算是二等了。中流的木匠，善做精细家具，做风车打犁圆，掌本做屋。三流的木匠（不可说是下流呀）便是做点粗糙农具、打水桶脚盆，做一般的房梁门窗了。再谈木料。木料也是分上、中、下三流的。上流的木有紫檀木、红木、花梨木、乌木、剑川木、黄杨木等。很多好木，他别说使用，一辈子见都没有见过。据说好木甚至贵似金银。中流的木是樟木、梓木、楠木、红松、杉木等，这类木材在民间使用最为普遍。三流的木，便是水桐树、白杨、马尾松、桑木之类了，只当得柴烧，打得篱笆。再接下去，便讲木工技巧。说着说着，父亲还要搬出多年没用的工具来表演给儿子看。三生不是回来学操作技术的，便让父亲免了这道程序。

柳三生从乡里回来，信心更足了，星夜走家串户，向几个玩古物的打招呼，要他们留意古木器，有好玩的成全他，并请转告各乡间的二道贩子，有好货尽管送到他家来，价格从优。

有人当即就告诉他：谷米香大屋有一张古床，造型繁杂如宫殿，其制作精细程度难以置信，使用许多年了不见有一丝缝隙，光大大小小相镶的图案、故事雕屏就有一百零八块，架起来，要占半间房。上床去，要经过四道如同门似的斗拱。说有人想收藏，因对方要价有点欺人，关键是还要弄汽车去拖，至今还没有成交。

柳三生听了，回家来怎么也睡不着，刚合眼，那传说中精美绝伦的雕花床就移到脑中来了，然后就是好几个收藏的在争抢咬价。他是个好胜的人，想此物藏不了，算什么角色。越想头脑越清醒，索性爬起床来等天亮。掰着手指头算，看从哪个为其吹过牛皮的关系户那里可以弄得一台免费车，明天无论如何要把那床弄来。最后算到新近不久为其吹过大牛皮的 ×× 兵工厂军转民公司的老总最有希望。好不容易盼得天亮，盼得上班时间到，便急匆匆去邮局打电话。必须到邮局去，私人买卖在单位打电话草木皆兵。算是顺利，一拨就接通了那位老总。老总问：“你爱人快生了吧？”三生一蒙：他问这个干什么？想想老婆曾胡编过怀孕的故事，便道：“唉，莫谈了，早流产了。”“流了？”“流了。”“现在身体恢复得可好？看都没来看她。”“好好，只是比以前更苗条了些，老总你什么时候来，我叫她好好地陪你跳两圈。”“好好好，我是要去看她的——喂，你找我有什么事吧？”三生便说想请他出一趟车办点急事。老总便慷慨答应了。

柳三生高高兴兴回去，老婆正起床梳洗，乌发披满一肩，几分慵懒里，竟伴着万千风情，半透明的睡衣里，什么也不曾穿戴，未曾生育过的如少女般的体魄无比地诱人。三生忍不住双手从后面搂住了她，将半秃了的头埋进那丛秀发中，差些就要把她往床上按。柳林嗔道："都什么时候了。"三生方想起正事，叫她赶快搞饭吃，吃了好去取钱，取了钱好去谷米香。接着把昨夜和今晨的经历详述一遍给老婆听，老婆听了也高兴，说："我今天无事也同你去。"三生说："正好我也要个帮手"。只是妻子听说要的是那位老总的车，略显不高兴。三生问："你怎么了？"老婆道："没什么。"秀眉又舒展开来。

一切如愿，几乎没费什么周折，一天的工夫，柳三生夫妇便把那果然是名不虚传的雕花古床弄来了，价钱也完全是如了那谷姓农人的意愿，柳三生兴致好，懒得为追加百把几十块钱磨牙。当晚夫妻俩就腾出一间房来，将那古床小心架起，反复观摩良久，越看心里越是舒畅。他是懂木工技艺的，知那工艺制作的难度。午夜洗尽一身臭汗和疲劳，在床上交代老婆：明日买些糕点水果，把鹤了城中几个玩古物的叫来家中聚聚，有了一件收藏，也有了个话头，干上这一行了，就要互相有个交流。未等老婆发表看法，眼皮就如胶粘，混浊沉重的东西不由分说就灌满了脑壳，倒头便鼾声大作。

第二天晚上应邀而至的是欧阳玉琼、东方冉、市长高安的司机何志、企业家洪伟达、小水电公司的林氏兄弟以及林氏兄弟带来的另外一个不知名的兄弟、农村里来的周顺清等，都是爱玩古物的，挤得柳家水泄不通。吃罢茶点，柳三生推开房门，拉亮一个百瓦灯泡，将那收藏展览在众行家眼底，紧接着便是一阵唏嘘。只见那物：虽说朱、黑、金、蓝诸多漆色大都已消退剥落，但丝毫不影响整个形体的华美富丽。床两侧挡板和前面斗拱架子上方，通体雕刻花枝叶纹，枝叶布满，鲜花盛开，仙鹤、鸳鸯、凤凰、喜鹊等吉祥鸟翔舞栖鸣其间，灵动活泼，甚是可爱。床头上方及床内挡板大块面积处，则是刻了姜太公遇文王、岳母刺字、吕洞宾酒醉岳阳楼、郭子仪贺寿等故事。两个床柱的挡板，竖着刻有"乾坤如意""福寿康宁"的楷书，亦盘绕着缠枝牡丹。

整体多层镂空、高浮雕、阴阳雕刻，互相呼应，起伏有致，造型各异，刀法明快精练，变化多端。仔细观看，有些画幅精细处还镶嵌了薄螺钿及银片，不过所留已是极少了。除整个制作工艺的精美外，其实用的设想也是极其丰富的：有床头柜，有置于床内侧的衣箱、首饰及化妆用的大小抽屉，有上床的踏板，有可供斜卧的靠背，有放置灯具烟具和碗碟的地方，简直可以在床内读书进餐。

大家抚视良久，纷纷祝贺柳三生旗开得胜，得了好物。欧阳玉琼对东方冉道："我们去谷米香时怎么没有发现？"东方冉说："那屋内住着数百户人家，我们才走了几家？"三生央大家鉴别年份。玉琼说，论木雕艺术，起源是极早，据介绍有了七千多年历史。但木雕家具的兴起，是明清时期。这床来源于明清建筑群的谷米香大屋，就不难看出其年份了。

接着大家讨论起这床是给新婚夫妇睡的还是给德高望重的长者睡的。相持不下，只好不了了之告别柳氏夫妇。

柳三生的收藏在古玩圈内有了影响，果然第二天就有人送古木器来，是一张红木的小圆凳。柳三生问应该有配套的其他物件，如桌、椅等。来人说没有。三生收下了，但留有遗憾。乡下的二道贩子周顺清第二天下午汗爬水流用三轮车拖来一对樟木雕的太师椅和一张茶几，倒是配了套，三生欢喜不尽。

一时三生家里热闹异常。

三生求物心切，还到各玩家家里索要他们收藏的木器，央其成全他的系列。价格不论，由大家出价，显得异常大方。出得起钱，就不愁没有来路，三生因此进步非常之快，很快家里就塞满了古物。日常用品只好退位，多搬出来塞在临时搭起的棚子里。好在住的一楼，屋后有块空地可以使用。

几月之后，待谷美芝应邀去他们家做客时，就只能侧着身子在屋里进出了。美芝见柳氏夫妇一时玩得如此出色，是禁不住要大呼小叫起来的。

另一个玩得出色、进步显著的是企业家洪伟达。*

* 随着企业家洪伟达的闪亮入道，鹤了城的玩家基本到场，正戏即将开锣。

洪伟达六十年代和东方冉他们一起废寝忘食搞过文艺创作，后来许多年在地区某厂工作，不久前率家小回鹤了故乡来办实业。鹤了地方，古来盛产茶叶，但人们作尽种种努力，也没有让这份实在不错的地方特产形成拳头。洪伟达回乡办的企业也十分简单，租了一栋荒废的厂房，把有了四十年历史的鹤了茶厂生产的茶叶买过来，招了几十个工人，添些简单设备，于茶叶中掺和一种香料，指挥工人装进大大小小的盒子里，再打包发运出去。香料和所有包装盒子，全是他在广东某财团任董事长的堂叔弄过来的，销路也是他叔一手操持。洪伟达自己都不明白怎么一下子就当了企业家。厂门口挂的牌子是“鹤了精制茶厂”，茶叶盒子包装却是“御制香片茶”“中国广东 NOA 集团公司制造”。

不管怎样，洪伟达便是当之无愧的企业家了，他解决了几十个人的就业问题而且待遇不错；一个废弃的厂房每年从他那里可以获得比较丰厚的租金；大批销售了鹤了茶厂总是滞销的茶叶；办厂头年就赞助了市政府一台八成新的日本进口丰田面包车，至今跑得风驰电掣；第二年又赞助市第 × 届中学田径运动会和独家举办市首届时装大赛；保送一个考取了重点大学而无钱入学的农村青年深造……如此炫目成绩，洪伟达不企业家还谁企业家？鹤了工业企业的不景气已成为市长高安寝卧不安的忧虑，他是多么希望出现成百上千的洪伟达，要他封个什么头衔都行。

洪伟达玩古物几乎与柳三生同时起步。此之前他的兴趣在舞厅和唱卡拉 OK，不知他怎么突然一下子就冷落了舞厅和麦克风。这中间有人为的因素。

洪伟达大致也是受了昔日文友欧阳玉琼和东方冉的影响，也想当一个玩家。他亦接受了欧阳玉琼的建议：搞系列收藏。

他有别于柳三生，专事古陶瓷收藏。伟达果是财大气粗、出手不凡，在他堂叔给他买的一栋房子里，安排一间大的，添置了三面墙自地至顶的博古架，很有点大干一场的架势。

柳三生最初开始收藏，虽说有股猛劲，但有老婆把握，还是有节制的。价钱太高的，要请教同行里手，是否合理。他们那笔钱，与洪伟达比便是弱小经济了，经不起几下折腾的。

洪伟达则不同，只要是喜欢的，便不必顾及其他。附近以及外地玩的，知伟达慷慨，纷纷登门，很快就有了建树，收到了一些够得上品位的东西。这收藏也好比是沙里淘金，淘的沙多了，金的获取概率也高。洪伟达舍得钞票，不惜滥收，哪怕百分之九十九的不够档次，只要淘着几件好货，就算是赚了，这就充分体现出财力的优势来。

伟达自见识过柳三生的几分狂劲和慷慨之后，便有些较劲的意思，想他能有几个钱，那么狂？这样，就有热闹看了。手里有物的，无不想贪个好价钱，这样古木器就都送到柳三生门下，陶瓷器皿便一股脑儿流到了洪伟达屋里。

又因他们刚开始玩，求货心切，不计较几个小钱，那些送货的，便也得尺进丈，暗中高抬价格。以前一只晚清时期的青花民窑瓷坛，五六十元钱即可成交，洪伟达刚挤入市场不久，出价百十元那些二道贩子还紧抱着不肯出手，兴冲冲地要送到洪老板那里去。城中一些工薪阶层资力弱的玩主，便暗中叫苦，怨洪伟达和柳三生把行情搞乱了。但买卖如何做，有各人的自由，这是不好指责的。

由柳三生和洪伟达掀起的热闹，毕竟是一件好事，它至少吸引了更多的人参与玩古。深藏于民间的东西纷纷挖掘出来，为古玩界增添了不少辉煌。流通也因此搞活了，外省外县的一些行家和爱好者也慕名参与了进来，鹤了古玩界就再不是小心翼翼、雅静寂寥的文人气十足的景观了，更具冒险性、刺激性、商业性、风险性了。

对于真正的玩家来说，是不怕行情乱的，不怕风险的，就如是游泳的好手，大风大浪更能展现他们的本领和能耐。欧阳玉琼和东方冉在一旁静观热闹，很欣赏这种局势。玉琼的看法："反正是玩一玩，又当不得饭吃的，我们没多少钱的玩法不一样，有钱的，玩法不一样，不管怎么玩，总是一件雅致的事情。"东方冉道："刚开始时，都难免有这么个过程，容易激动。不过我们玩的时代背景不一样，更纯粹一些，现在一开始就具有商业性。"玉琼道："恐怕你我站在岸上看热闹，也维持不了多久，囊中羞涩是玩不下去的。"东方冉道："我倒是没想过要装得很清高，本来就是与钱挂了钩的活哩。只是不大习惯。再看看吧，时机还没有到。"玉琼同意："还没到。"

两个鹤了城中古玩界真正会"游泳"的，还站在岸上看热闹，什么时候也要下水去搅和呢？

第九章

一日，欧阳玉琼推着单车在自由市场闲逛，见二道贩子周顺清衣冠楚楚、满头油光，顿生好奇，便唤住了他："顺清，发了财喽？"* 顺清见是鹤了古玩界的高人，忙堆下笑来："原来是欧阳老师。这话怎么讲？""看你这身打扮，这个派头。""难怪你这么说，我以前给诸位的印象怕是太邋遢了。今日稍稍收拾一下，反倒显得不正常。"

这周顺清原是个收荒货的。父母亲死得早，他居长，底下还要拉扯三个弟妹，靠种田显然无力养家糊口的。经人指点，他十六岁就开始走乡串户收破烂、翻垃圾，家隔县城不远，送到废旧收购站换些现钞供一家人吃喝。破烂收得久了，又有幸接触了欧阳玉琼和东方冉等人，也略知了废旧物中哪些东西值钱哪些不值钱，渐渐地也集中资金，好说硬磨，把乡中百姓藏的瓷器铜器什么的，廉价收了来，转手给县里玩古物的，收成便大大强于收荒货捡破布塑料片废铜烂铁了。一些日子之后，便索性不收破烂，专事倒腾古物，当专职二道贩子。他吃得苦，不贪享受，四乡八蝦转悠，夏天常是着一领宽大的汗衫，冬天则是一件军用棉袄。他这一成不变的打扮，是深刻在欧阳玉琼他们脑海中了，这日稍作改变，便使人觉得新奇。

玉琼再看他手中，无了昔日进城不离手的装着古物的大旅行包，而是拎着两只缚了翅膀和脚爪的黑鸡婆。玉琼又问："看样子

* 近代中国民间收藏，始于上世纪八十年代末。走乡串户的『二道贩子』广泛搜罗藏于民间的古物，送到有文化、有余钱的玩家手中，迅速成全了一个产业链。

今天是去做客喽？”顺清盯着一对鸡婆，不禁脸一红，把玉琼拉到街边背阴处说话：“实话对欧阳老师说了吧，我今日是去送礼。送的人，你也是最熟悉不过了——柳老师和洪老师。”“哪个柳老师、洪老师？”“柳三生和洪伟达呀！”玉琼扬头一笑，又严肃了脸道：“你这个人呀，就是太自卑，什么人都喊老师。要教过你本领的人才称得老师的。”顺清道：“比我有文化的就是我的老师，我吃亏就是没文化，不知多么羡慕你们有文化的……最近你也晓得：我从他们两人那里是得了不少好处的，我送了不少古物给他们，他们出手也大方，好好歹歹都要了。”玉琼道：“依我看，你是真真假假也送了些给他们吧？”顺清又一阵脸红：“有什么瞒得了你这位高人的呢？就对你承认了吧，假的也难免送了些去，但我还是没有赚黑心钱。不喊高价，我今后还要做人嘛。他们现在正在旺势里，识货功夫也差点火候。”“所以你也就趁火打点劫。”玉琼插言道。顺清一笑：“现在是这个世道呀，不懂行的，总是要付些学费的，我当初也不晓得付过多少学费了。在你那里没有付过，你是很少要下三流的东西的，但在人家那里付过呀。”

顺清接着说：“我这个人，受不得好处，今日买两只鸡婆去送他们。我晓得他们都是有钱的主，看不起一只鸡婆，但我只有这个水平，礼轻情义重，表示一个意思，我心里也好过一些，人还是应该懂味的。”

玉琼道：“你倒是个本分人。”

顺清说：“实在是对不起你欧阳老师，我以前就在你那里学过不少知识，打扰过多次，我就没有孝敬过你。如今人家给我利多我就送鸡婆，你看我这副小人肚肠就是这样，你可千万大人不见小人怪……我也是想过的，你这个人不比别的人，我就是要送你你也要拒绝的。说老实话，柳老师洪老师对我是恩重如山，但要讲尊敬二字，还是你欧阳老师，你有真才实学，人品也高。我不是奉承你，我为何要奉承你呢。”玉琼道：“还不是奉承？”“不是，你又不能让我当一个干部。”

玉琼说：“其实你也送过我礼物。”

“没有吧？”

“你送过我一包茶叶。”

“快莫说快莫说，羞死人。”

“那时候你只有送一包茶叶的能力。不比今日的一只鸡婆差。”

“哦，我记起来了，可你把它又退给我了，说我不拿回去，就不许我再登你的门，你这个人哪……”

玉琼看看太阳已高，就辞别顺清：“你快去忙你的吧，好好干，现在是时候，不过你也用不着去感谢谁，你也是劳动所得，不容易，何况你得的那几个收入，不算一回什么事的，你还没见过钱是什么模样哩。”

顺清送他：“你走好。”

周顺清称不上玩家，生活所迫，无心赏玩收藏古物，手头得了东西，当即就出手了，略得了些利润，马上将其作为本钱，又去乡中搜寻可供城中那些顾主玩的。

顺清没什么文化，也无须持一本诸如《古玩鉴赏指南》之类的册子来把握手头拥有的东西，他凭简单的直观以及经验，看到一样东西，觉得花多少钱收购了合算，便尽其所能买下来。如一枚铜钱，按收购站收购废铜的价格，只值几块钱一公斤，如持铜钱的老乡，索价超过了三五元，他就不要了。一个旧砚台或一只古瓷碟子，他的封顶价也不过是二三十元钱。以他的财力只具备这个能力，花多了钱的货要是出不了手，他一家数口的生活便没了着落，这是要慎重从事的，宁可少赚，也不可贪婪，绝不能亏血本。从乡中收到的东西，倒腾给城里的玩主，除去来回的车费和一天的伙食，一天还能有个三十元钱的进项，便心满意足了。

周顺清是个矮墩胖子，阔大的脸，嵌着细眯的眼睛，双眉倒竖，一对很深的酒窝，善眉善目，就是睡着了，也以为他是在笑。轻言细语，开口一溜白牙，满脸洋溢着谦卑与诚恳，其表情甚至往往有些低三下四的味道。谁也不会觉得他有奸诈的，谁都可以支使他，甚至可以欺侮他。

他手头有了玩的，到城中人家来，总是用中指轻敲房门，轻言细语问：× × 老师在家吗？并要立即自报家门：我是周顺清呀。他知城中人喜爱关门闭户，不愿生人打扰，叫花子敲门的也多，甚至也曾有劫匪趁大人不在家时要挟老人和小孩儿，所以非熟人的声音是不轻易开门的。他采取主动，以避嫌疑。

他称他的顾主的老婆为师母。比他年岁小的也一律恭谦地称“师母”，让那些女人脸红的同时因得到了尊重而高兴。顺清习惯好，进人家屋里去是一定要脱下脏鞋子才进屋的，不抽烟也不吐痰，人家午休时不去，吃饭的时候不去。不吃人家的茶，怕人家嫌他有病，身上长期背一只军用水壶，只是偶尔讨主家一壶开水。不接受主人家任何果品吃食的招待，就是苹果送到了手中也最终要放回原处的，不可让人觉得他贪馋。进门便要逐一向老人小孩儿问安。对师母说有要动劳力的只管吩咐。至此他深得顾主家人尤其是“师母”喜欢，说这个乡下人既斯文又不讨厌。顺清因此把鹤了城中的玩主家里走得很熟。

他的经营方略跟同样来自乡中的谷定坤不一样。定坤是买主要他开价，他性急，对自己的东西毫无把握也随便叫出价来，显得很爽快的样子、义无反顾的样子、大丈夫一言既出驷马难追的样子，心底里骨子缝里有一种虚荣：怕买主小看他是乡下人，言他小气，吞吞吐吐要死不断气。他不能以一个寒碜的二道贩子的面目出现，宁可少赚钱或便宜丢了珍品也要顾全面子——尽管他认为他不是一个二道贩子，干这行是非文雅之士、有学之士不可胜任的，但心底里还是虚怯的，所以要在精神面貌上振作。

周顺清完全务实，他热衷于干这一行，皆因既体现了他的职业优势又比收荒货划得来，他靠的是此门赚吃赚穿，养家糊口，他一门心思盯在钱上，不再考虑其他任何方方面面。他三十大几了，娶不起老婆，他因没有读过几天书，下面的三个弟妹则一定要送他们读书，每人至少要把初中读出来。父母早亡，长兄当父，他不可推脱要尽教读之责任。弟弟长大了，不能像他一样娶不到老婆，所以他需要钱，一是要钱，二还是要钱。有了钱他就可以实现他的愿望了。整个愿望和理想便是拉扯大三个弟妹。三个弟妹也真如他的子女一般对他十分依恋，百般敬爱，其懂事、听话、吃苦、顾家、体谅他的种种美德，在乡中也是独一无二的。乡中百姓说：无娘崽最懂事。含辛茹苦的周顺清每每在劳累的时候、在炎热的太阳底下和凛冽的寒风中叫喊奔走时，只要想起他的弟妹，心中便轻松愉快，便凉爽，便温暖，足以抵御劳苦，足以化解寒暑，觉得生活有意义，有奔头。当他干上了收购转卖古物这行而至收入大增，尤其是日久技术渐见精深，甚至也能鉴赏点优劣，品出点味道之后，心境是更好了。他身后有广袤的农村，走到哪里都有人叫他吃饭留他住宿，这是他的优势，是他十多年走乡串户建立起来的关系网，这是其他欲玩古物者无法与他竞争的优势。他对这个职业更是充满信心了，努力琢磨如何干得更好，更全面，更精深。

这收破烂，是最被人看不起的职业，周顺清心里何尝不明白呢？叫花子尚不到垃圾里讨吃的，他们却是要到垃圾堆里寻吃的，终年不能穿一件好衣服，与叫花子是差不多的地位了，好些的只是说仍在劳动，没有讨。无论在城里和乡中，收荒货的无不是晚景比较凄凉的老人。瘦骨嶙峋、容颜憔悴、衣冠破旧、步履踉跄、有气无力等大致便是从事此职业者的生动画像。周顺清眉清目秀、脸色红润、体魄结实、富有朝气，在荒货收购行列中几乎是独一无二的。难道干这行也要年轻化？人们要这样想。人们也就要多注视他几眼，然后叹曰：年纪轻轻的也干这个。他心里是什么滋味呢？

他的弟妹长大之后懂事之后，也联合起来三番五次阻止他再干这行，说是大家吃糠咽菜，都不念书了，也不许他再干这个就是最贫苦的农人也看不起的职业。顺清没有被他们说服，百般解释说：干这行，只不过是不好听罢了，有什么不好？我觉得我干这个，比讨米的要好听；比接生婆比改坟捡骨头的排骨先生要干净；比杀猪宰羊的积德多。与那些不正派的媒婆和算命排八字装神弄鬼的巫师比，我不骗人；与那些游手好闲的懒人比，我受人尊重；比种地的我轻松些；与那些鱼肉乡民的干部比，我清白。想来想去，还是个好行当呢。弟妹们说服不了他，也只好作罢。

其实顺清不过是强打精神罢了。别的不说，你收破烂再有钱，人品再好，任何姑娘都不愿嫁你的，她不愿戴一顶“嫁了个破烂汉”的帽子。他是有过如此的体验的，有好心的乡党曾替他撮合过婚事，姑娘和其父母无一指责他的人品，皆因他干的此业声名低下而告失败。

一日，顺清倒腾古物稍有出头，便当即换了干净的衣裤，扬眉吐气地扔了那担破箩筐和称鸡毛鸭毛、破铜烂铁、破布旧书、塑料皮、橡胶片、龟壳鱼骨头、玻璃碎片、酒瓶等废物的卑贱无比的老秤，买一个硕大的外面是塑料内面是布胆并配有黄灿灿拉链的提包装古玩，容光焕发地向弟妹们宣布：从此我不再收荒货啦，从此以后叫作搞古玩，干干净净的生意，轻轻松松的功夫。弟妹们自是喜不堪言，陡觉大家身价倍涨。

现在生意是要做到城里去了，不仅仅是和老百姓打交道了，有了本质的区别，顺清是要好好地想想的，想来想去，也没有什么高招，生意场中，最高境界也就是“以诚为本，和气生财”。这八个字对于顺清来讲不是陌生的话题，这么多年来，凭一担破箩筐一杆旧秤的家当养下了四个人，靠的便是以诚为本，和气生财。想那城中的生意，大不了也应是这么去做的，只是应表现得更纯粹更彻底，那都是上等的人、文明的人、讲究的人。

所以周顺清以最温驯谦卑的面目出现在鹤了城中，虔诚地叫所有玩主“老师”，叫他们的老婆甚至未婚妻为“师母”，力戒将农村人马虎、不讲究、不卫生的毛病带到人家屋里去。

与初闯生意之门的谷定坤不同的是周顺清从不在出手物件时首先开价的，无论买主怎么推让请他开价，他坚持不开，这可算是他经营方略小九九吧，表现出这种被动的姿态，至少有三大好处：一是谦让客气，给人留下好印象。二是可以掩盖他在这方面学养的贫乏。他对自己手中的东西尚无把握，喊高了价，怕人家不能接受，怕人笑话。漫天要价则会断了生意门路伤了人缘。喊低了，经济上会吃亏，他是想赚钱的呀，他极需要钱！三是让主人开价，主家亏了，日后不会埋怨他。主人赚了，当然就是主家的福气了，他也没有什么后悔的，以后他好进人家的门，算得不是人情的人情。

他的准则是自己不可亏血本。玩家开的价，在他买进的基础上有赚头，就成交。赚头大，他就装宝，古物无定价，玩家喜欢便是价。倘若主人开得实在太低，顺清便要满脸堆笑，央主家高抬贵手，能加一点更好，十元八元不嫌少，在其他人是无所谓的，城中一个小孩儿的开销，都在他们全家的开销之上呢。一元两元，对他们来说都是不可轻看的。自出入城中许多日子以来，他就从未进馆子吃过大米饭和炒菜，而是到小摊子上吃面、吃油饼、吃馒头等廉价又有数量的食物充饥。有时当日实在回不去了，就租住城郊附近菜农的大铺，不敢观望任何一家旅店的招牌。

也有小气的玩家，看中了他手中的东西又加不上价，顺清想想实在划不来，就说：你不愿再抬一点，我就送给你吧，没图得成本，就图交个朋友，莫为几块钱伤了和气。这么一说，玩家反倒不好意思了，也都明白这古物不是农家园子里的瓜菜，白送你也没蚀本，这是顺清从别人手中购来的，路费是要的，时间是要的，他一个农人，怎么贴本送得起如此就是不“贵”也有几分“重”的玩物呢？一般也就经不起他温善的激将法，就加他些许钱。他这人也极易满足的，所求也不多，大家都明白，好打发他。

也有的时候，玩家出的价钱，比顺清的收购价还要低，这时他心里便要倒抽一口冷气了。暗暗叫苦：我要亏本了。怪自己收购时不冷静，没眼力。但也抱一线希望：也许是这位玩家故意压价，也许是他眼力不准。这都是可能的。那么也不必为这一时之挫而失去信心。顺清心里嘀咕甚至难免慌乱，但不影响脸上所有毛孔里盛满的笑容。这种时候，他知差距甚远，也就失去了磨牙磋商的信心，对方怎么“高抬贵手”他还是要亏血本的。他就笑容可掬地收回原物，说：下次我一定给你送一件让你十分满意的来。买卖不成仁义在，他信奉这个，给人一个软和的台阶，留下后路，下回好进门。

周顺清与谷定坤不一样之处，还极注意形象塑造。定坤稍有建树，便是一身名牌，油头粉脸，俨似大老板了，平时走家串户，只拎些小件物品，稍大的东西便要雇车请人，一扫昔日之窝囊，高扬着翻身农民的旗帜。

顺清依财力，也是可添置得像样衣着的，但他一如既往地穿宽大的棉毛汗衫和可经滚打的军用棉袄，只是保证了干净和不破烂。他觉得他不管怎样宽裕了，在城中玩主眼中，他仍是农民，是个二道贩子——他是丝毫也不为人称他二道贩子而气愤或者不悦的。是二道贩子又怎样？二道贩子也分品位等级的，也分善恶优劣的，关键是要让人不设防不讨厌你这个二道贩子，如何称呼，不过是一句话。一句话既当不得衣穿，又当不得饭吃，也说不成病人，说不破皮肉。那么既然是农民，是二道贩子，就不如保持农民和二道贩子的形象。农民霸蛮要装扮成贵族公子哥儿们，人家就会鄙夷你说你小人得志，说你忘乎所以，说你怎么蹦也屙不出三尺高的尿。若是碰了疾恶如仇的玩主，他就可能要设着法子算计你、糊弄你、杀杀你的火焰、让你“学学”做人的道理。倘你能保持原汁原汤的农民味，就是心硬的人，也会生出同情和理解来，会不计小处，出手也就大方。周顺清是悟透了人性深处的这一些其实最简单不过的心理的，所以他保持着固有的面貌，以求博得玩主们的好感，也可说作是“苦肉计”吧。果然鹤了城中的所有玩主就一致言他好，同情他，不防备他，更不算计他，生意场中也总是往宽处放，他于中其实是得利不少的。这使他深感这一表演的成功与好处。“人生就是在唱戏啊。该要扮个什么角儿，就要能扮像，哭得笑得喜得忧得。”他这么感慨万千地总结。

周顺清最先接触欧阳玉琼、东方冉他们，因他们是行家，他只可能从他们那里获得些跑腿的工钱。他们是工薪阶层，花费不得已要谨慎，并非小气，顺清明白。在他们那里不可能谋取丰利，却也能使他脱贫，他是很满足了。

突然柳三生和洪伟达这两个在他看来是大腕级的玩家猛地冒了出来，对古物的需求量大甚至不加选择，这使他兴奋不已，他一天到晚马不停蹄组织货源，有时候通宵在乡中的山野里跑跳。为能尽快地满足玩家的要求，他破天荒向人借钱作周转，还破天荒雇劳力搬运大件重物。

在柳、洪二人较劲的热闹中，也并非周顺清一个人，同时有好几位二道和三道贩子为他们提供货源。那些老手和新手先是给柳、洪二人甜头吃，将价格基本定得合理使之容易接受。当他们胃口被调理得越来越大时，就渐渐紧收口袋，悄悄地把价往上拉，供货也日渐地稀少，装穷叫苦说乡中所藏是越发少了，日见难收了，制造有利于敲价的气氛。这生意场中的小动作，周顺清当然是最明白不过的，任何一个细微变化，均看得清清楚楚的。但他有一条准则：既不暗示玩家留心陷阱，也不参与同行的不轨之举。

但经小贩们造成的形势，对他无疑是有利的，水涨船高，前头乌龟爬了路，后面的乌龟照路爬，尽管他仍坚持不先开价的基本原则，但柳、洪二人见他宽厚忠实，就会参照了给人家的给他，决不亏他，他就在一旁美美地捡落地果子。加上他最勤奋，以前收荒货脚路宽，因此他提供的玩物就相应最多，获利也就最丰厚。光从柳、洪二人处所得，短短数月中，他在乡中就可算作是冒尖的户头了。不过这个“尖”是人家看不出来的，仅他和弟妹们心里明白。他们很快就在深秋的季节里请人翻修父母留下的破败了的旧屋；给弟妹们添置衣物；送长成大人了的大弟去学开小四轮柴油车——他差不多可以买一辆小四轮了。

因此周顺清是十分感激柳、洪二人的。他与人不同，赚了钱，还能记人家的好处。因为同样付出劳动，以前收荒货是入不敷出，如今则可以置业修屋买车，内中便有了并非可用气力来衡量收入的不公平的成分，这是要让他稍稍不安的地方。他要买了补性好的、对他来说是价格昂贵的真正的土鸡去送那顾主，以平衡心态，好再做买卖。

周顺清告别玉琼后，反复去琢磨他那话：“你还没见过钱是什么模样哩。”想我怎么不知钱是何模样呢？过去想见见百元一张的“老人头”是什么样子，一直见不着，后来从柳三生和洪伟达手里也接过来了，这不就是模样最好的钱了？再想想：欧阳老师说的这“钱”，恐不是具体指的钞票。我得的这些钱，中间虽有非诚实劳动的成分，毕竟还是辛苦所得。而世间不劳而获的主子，岂止千万？赚冤枉钱者，岂止千万？付出三分体力，得十分收成的，岂止千万？不出汗的富贵与出尽黑汗仍贫寒的人家，何止千万？就鹤了城中几个玩家而言，东方冉和欧阳玉琼是工薪阶层，柳三生和洪伟达也是拿薪水的，后者花钱的慷慨就令前者望尘莫及。他们的钱是哪里来的？

因此钱与钱是不一样的。

钱也是世上最大的难解之谜。

拎着黑鸡婆走街过市的周顺清是想不透那些深奥的问题的。但这鸡是要去送的。以前的一切不提，为日后更好进门也应该有所表示，这买鸡的钱毕竟也是他们身上掏出来的，他有什么钱？以前穷得叮当响，常无米下锅。用最简便的眼光来看这钱的来路，便证明他此举是有意义的。人家弄得到大钱，是人家的命。人与人，比不得的，不必眼浅，眼浅不能帮自己赚钱。还是应把心思和力气用在自己如何赚钱上，这样就好，会安贫乐道、干劲不散，会积米成箩、滴水成河。

顺清还是个有趣的人，常为鹤了城中的玩主，讲些他在乡中收集求购古物的趣闻，博大家一乐。

说是他到山中去，身上是不怎么带现金的，买一袋子香皂、洗发剂、丝袜、乳罩、口香糖、巧克力、学生用品什么的走家串户。因山中，多是男人在外，女人在家。男人或是上山或是出外搞副业，家中诸事，就是女人做主了。如看中了谁家家藏的古旧碗碟、铜器、细小玉件、铜钱旧币什么的，你一般不要与其开价讲钱，便提出来用物与之交换，他所带全是妇女儿童喜爱之物，而山中妇女往往想要点什么，出去买又不方便。想想家中的古旧之物，不中看了，很多是破残了，换些实用的日用品也合算。此时物比钱更现实。给个十来块几十块钱，女人不知用来干什么好，而给她一堆实物，琳琅满目，感觉上远胜一两张纸钞，更具吸引力。而顺清的实际所花比付现钞要省出许多来，只是自己多费了些搬运的气力而已。

如主人问顺清此物值多少钱时，他也不以钱来做直接的价值评判，便以山人最熟悉的物来量值，或者说：你这只瓷坛值一石谷。主人想想：这点不起眼的旧货，竟值一石谷，一石谷的分量多足，于是乐于成交。或者说：值几斤清油。主人想想几斤油是那么容易得来的吗？从捡茶子到晒茶子到榨油多么复杂，便欣然同意成交。或者说：你这对银手圈值十块香皂附带一个乳罩一瓶花露水。把这么多女人喜欢的东西一股脑儿推出去，即可成交了。倘给相同价值的钱，相反她们会以为亏了。

一次，他看中了一户人家一只内外施了绿釉的古陶盆，釉色均匀，造型如鼓，窄边宽底，特有韵味，是为少见。主家则用来洗碗筷，碰碰磕磕的，让顺清看着提心吊胆，生怕一不小心碰碎了。他当时并不声张，进城时带了两只好看塑料盆回来，拎了去，说要兑了他们家那只洗碗盆。主妇一见这大红的塑料盆比自家的瓦盆好看，比瓦盆大，比瓦盆轻，比瓦盆经事，碰不烂打不破，丑货兑美的，小的兑大的，易坏的兑不烂的，何乐而不为？当即成交。只是不解：为什么人家要用好货换旧物，便问顺清："你要了这瓦盆干什么？"顺清道："养金鱼。""塑料盆不好养？""鱼闻不得那种气味。""外面没有好鱼缸买，偏看中了这丑货？""好的是有，但我买不起。""要多少钱？""上百元。""花上百元买鱼缸是划不来。"主人同情他。主人又问："你一个做农业的，养金鱼干什么？"顺清说："那你穿衣干什么？""挡太阳挡寒气呀。""那又戴银手镯干什么，头发上扎花手巾干什么？""摆看哪。"顺清道："我养金鱼也是摆看。"主人便笑了，理解他要陶盆的用心。

倘开口说出钱买下那只陶盆，主妇不一定乐意，面临的现实是下一顿饭用什么来洗碗。

当然这件古陶器的价值至少是塑料盆的几十倍之上。

顺清曾看中了某乡党家中的一只小酒杯。那是个孤寡老人，膝下只有二女，已出嫁许久。女儿孝顺，知父嗜酒，便常送些家酿的酒来孝敬他。老人常是取出一只精致的古旧瓷杯，正襟危坐，独斟独饮，其乐融融。酒到酣处，便向人吹嘘：此杯是祖上传下来的，很有来历，说他祖上曾是一个轿夫，服侍过一位大官人。一日那大官赴宴，与人划拳豪饮，最终不胜酒力，但被罚的又必须喝下，此时祖上在一旁伺候，见主子不行了，便自称是那贵人的亲侄，愿代世伯饮酒，对方应允，便与祖上干杯。祖上救那大官一驾，那贵人高兴，回府后，便赐祖上一个酒杯。一代代传下来，到他手上，已是历经数代了。顺清是听过这老者的酒话见过那只酒杯的，便生出念头，要弄到手。

一日顺清打了两斤乡下小甑蒸的高粱酒，炒了一盆猪耳朵，请那老者来家中品尝。老人也不推辞，有请即来。顺清取出一对镀铜的合金高脚酒杯，看去竟是金光闪闪，倒了酒进去，荡漾着五彩的颜色，那老者见了奇异，问这杯怎这般耀眼、酒水怎会这般奇妙，顺清说："这是过去皇帝使用的杯子。"老人叹曰："皇帝用过的御杯，在下怎么好饮。"顺清一笑："不要害怕，我哪里见得着御品？这是当今工厂里仿制的。"老人道："真漂亮。"爱不释手，举杯眯眼，反复观看。

顺清本是烟酒不沾，为陪那老者，舍命饮了半杯，顷刻便颈脖脸颊通红，似是大醉了。再三劝那老者，不一会儿他已酒至半酣。顺清装醉一推那合金的酒杯，酒杯摔在石板地上，"叮叮当"滚去丈余远。拾起来，不曾有半分破损。老人见状，先是一惊，后转为安，道："这杯子真好，摔不烂。"顺清道："你老人家今后可别喝醉了，你那祖传的瓷东西，就经不得一摔啊。""是啊，我是老了，气血不足了，经常手发抖，那杯子迟早是要在我手里打烂的。"顺清跟风进屁眼，立刻回到本来的用意上："打烂了，也可惜了，不如我就用这对金杯换了你那宝贝。你不愿换呢，也行，以后可别再用那杯子喝酒了。我不大喝酒的，这对杯子就送给你了，也是乡亲一场。”老人道：“这如何使得？”“没有什么。”顺清一脸的大度。

再敬酒，老人已有八分醉意，不介意，又“叮叮当”推下去合金酒杯，便连连说：“真是老了。”离席时说同意将那杯子与顺清交换，便带走了这一双摔不烂的杯子。顺清以两斤酒和一对合金的小杯，便换得一只正宗清五彩精工细瓷杯。最后顺清还嘱：“你老人家什么时候觉得划不来，你又取了去，我拿它也是摆个看，喜欢那些花色。”老人道：“还取什么，不过是只喝酒的杯子嘛。有酒，碗也吃得。”

鹤了城中的玩家听罢顺清的故事，便道：“顺清你这个人，看样子老实，其实是一肚子的鬼，蛮会算计乡下佬嘛。这叫作‘老实人鼻子空，肚里响雷公’。今后可要提防你。”

顺清说：“也不能说是算计。这些古物，在他们手里，也不作值钱的东西来保护来使用的。尤其是陶件瓷器，一不小心就打烂了，烂了就不值半文，他们还不以为然呢，实是可惜，不如设法弄出来，由行家里手去保存。我做的是善事，怎说是算计呢？”

“你不是做手脚赚了他们的钱吗？”

“这点我承认。我赚他们的钱，你们赚我的钱，更大的老板又赚你们的钱，这就叫作鸡婆吃大虫，大虫吃细虫，细虫吃毛虫。我当条细虫，也作孽呢。”

大家想想，也有道理，觉得顺清的坦率，仍是可爱的。

第十章

市长高安原居旧址黄牛巷，紧贴的右邻何东海何大叔，在他荣任市长的一个月后办了退休手续。高安和何大叔的老二一般大，读书是同班，那时出入何家也如是在自家一般随便，全无顾忌。何大叔和他爸一样，还有邻巷东方冉他爸，都是温厚的人，走路怕踩死蚂蚁，连儿子调皮也不忍呵斥的。所以孩子们在这三家穿梭得最多，留下很深的印象。*

高安记得何大叔对他是特别地看重，甚至超过了他自己的子女。何大叔常用慈爱的眼光看他。和他说话，也如是同大人说话，那口气里甚至充满着一种敬意。言“敬意”二字也许不适，但这种情愫，在高安长到十五岁时，便明显地感觉到了。他一旦感觉到后便十分地不自在，想何大叔未免太过分了，这要使晚辈难受的。后来高安细究过何大叔这种过分的抚爱，弄明白了，原来还是在他几岁的时候，何大叔家曾在某个大雪之天，收留过一个气息奄奄的远路人。此人做小生意，年关了还在鹤了地方收账，因被小人洗劫了，又饥又饿，挨到城中，已无力支撑身子，倒在雪窝里快冻僵了。何大叔清早起来扫雪，在巷口将其背回家来，留在家中，为其调养了数日。那远路人身无分文，饥寒交迫，得此恩泽，不知如何报答何大叔好。一日坐着无事，他说他祖传了一个排八字的方法，可预测出一个人一生的福、禄、寿、数命运来，他要好人何东海报出生辰来，替他算着玩玩。何大叔

* 山州草县，看相算命卜卦巫风遍地，薪火相传，禁之难绝。土生土长的一市之长，纵位高权重，也只能是听之任之。

不信邪术，他毕竟是参加过土改的老干部、老党员。但见此人不是以此业谋利的，便让他测着好玩。此人便取过纸笔，将何东海的生庚时辰写在纸上，再画圈画线，最后画出个乱糟糟的图来，似是有屋宇有山河有银子有各种食物草虫之类的东西。画毕，便依了图中路线，一一道出何东海自出生之后的经历，读书、谋事、娶妻、生子等，竟说得十分地准确，令何东海惊诧不已，好似此人与他朝夕相处过一般。至于以后的命运，何东海是半信半疑，不放在心上。后兴致上来了，又替老婆排八字。又把邻居高安的父母也请过来，为其细细地推算。

那远路人排好高安父亲的八字后，连连呼道："好命好命。"接着说下一些话来，其中要紧处，言他是一女一子，先花后果。子女命里都带"进升"，"男带进升，打马进朝廷，女带进升，穿金戴银"。日后这一双子女，均是要大富大贵的。当时听毕，高父并无喜色，为不败那人一腔好言，仍回报以温厚一笑。事后和何东海说：我这清贫世家，祖上无一有出人头地的。树有根，水有源，聪明有种，富贵有根，肥水怎么也流不到我们家来的。不过，一子一女也倒是算中了，我那老婆，自生下一女一子后，再也不曾坐胎。

何东海不同意高父的看法，说我虽不懂相术，但一见你那儿子，就觉得与众不同，我坚信这孩子会有点名堂。

那远路人调息了数日，肚中填过酒饭，就千恩万谢告辞而归，从此再不曾谋面。此一场戏言，说过就过了，大家都不曾放在心上，唯何大叔则念念不忘，对高安百般看重。

后高安的姐姐参军，与军人成婚，姐夫扶摇直上，数年后在北京任了要职。至九十年代，待高安上北京寻见鹤了籍老将军老干部时，全是姐夫从中安排，出车接送，规格甚高，姐已是应了当年那异人"穿金戴银"一说了。高安时下戴的一顶乌纱，不同寻常，也应了那异人"打马进朝廷"之说，算是朝廷命官了。高安父母，做梦也没想到晚年要当老太爷老夫人。冬夏之季，南方又冷又热，便被北京的女儿接去享福。春秋之时，仍回故里与故人叙旧，不胜荣耀。

高安出任市长一月之时，父亲趁他有暇在家进餐，对他说：“你何大叔退休了，他想请你吃顿饭。”高安觉得有点蹊跷：父母亲是从不干预他的生活更不干预朝政的，今日突然提出何大叔退休的事，内中恐有因由，便征求父亲意见：“我去还是不去？”按一般的规律，父母亲则是不再发表看法的，全由他酌定，顶多把人家留下的话转告于他。但父亲这次例外：“依得好，你如今是有职有权了，不可随便去吃人家的饭，话说吃了嘴软，拿了手软，不好办事。但何大叔的饭你还是要去吃。他退了休，吃也无妨的。”高安便答应去吃。他是极尊重虽无文化但是极有分寸的父亲的。父亲与何大叔，多年的邻居，感情甚笃，何大叔有求于父亲从中做说客，不知作过多么大的思想斗争。而父亲应允了下来，也必是鼓足了勇气的。知父莫过子，高安知父亲是从不为难他的，从没摆过老子的架子强加过他什么。这真是天底下最好的父亲和最好的邻居了。想想许多属下的干部，总有扯不完的皮，满足不了的要求，需分出来许多精力，方可勉强安抚过来。人的品位，真是不可同日而语的。

何大叔是建国后的十一月份参加革命工作的，真是气运不佳，早一月就可享受离休老干部的待遇了。以后一直加工资都吃亏，何大叔没有过怨言，倒是旁人替他惋惜。何大叔一直是在机关当一般干部，到退休时还是个科员。组织上曾考虑在退休之前安置个副科级位子，找他谈话，他说几十年来都没当上官，老了再当也没有什么意义了，如今要乌纱的也多，我当了副科长呢也加不了工资，就让给别人吧。他六十岁一到，就申请退了休，决不拖延一天。如今机关干部普遍不愿退休，到了年龄，与其谈话，要提出种种要求来，或要打括弧加官衔；或要等着提薪，再办手续；或要求解决子女家属问题；或要求对历史上的某个结论作一次修正；或要等到住上新楼再退……而何东海，一到年龄就主动退了，不提任何附加条件，如此境界的人，真是凤毛麟角了。在机关几十年，他看着高安长大、参加工作、当局长、当常务副县长、当市长，就从没有向他提出过半点要求。想想这样的好邻居好干部，市长心里是暖融融的。

这餐饭当然是要去吃了，就是何大叔有什么要求，他也要尽力满足他。这是个好人，好人不能老吃亏，他就吃了几十年的亏。“爱哭的孩子多给奶”的办法不对。

高安欣然应约出席黄牛巷老邻居的晚宴，这让何大叔夫妇高兴不已。他们知高安品性，没备大鱼大肉，做的家常菜肴，倒也丰盛亲切。何大叔陪他进餐的整个过程，是既高兴又不时流露出不安来的，高安自然看得出来：他是有所求的。

饭毕，是水果，是茶，又兑茶，时已是城中灯光闪烁，何大叔的表情，便渐见焦灼了。高安知他有难言之苦，索性点破道：“何大叔，你有什么要我办的，尽管说出来。我也是有原则的，能够办的，我尽力而为，不能办的，也不能违反原则，你也不必忧虑，说出来商量商量。”

这时何大叔才长舒一口气：“我还真不好说出口，好在是知叔莫如侄，得罪之处，也不怪的，我也就从直了。”高安说：“说吧说吧。怎么就这么见外呢？你是看着我长大的。市长名号，其实就如是一件衣，我现在把这件衣脱了，就剩下我高安了，是不是？”高安朗笑数声，便把气氛造得轻松了。

何大叔便道：他是四个子女，当年知青下放了三个。三个呢如今都在乡下，一个嫁给了农民，一个现在乡下教书，去年才脱掉了民办教师的帽子。还有一个在农场里开车。三个都没上来，成家立业了。也不怪组织上，命中注定了如此，他本人也没有能耐安排，天生了又不愿求人。老四呢，当兵退伍到了地方，一直还没有安排下去。他们都老了，身边想有个人，也好在急难时不致麻烦邻居。老四在队伍上，也学的开车，为他们师长开了三年小车。现在想继续开车。这是本行，有道是内行莫丢，外行莫钻，学到的技术不要丢了。小儿没其他奢望，就是想开车。想来想去，要是能给你市长开车多好呢。听行政科说，政府要进司机，几个老的开得太久了，要换班了。这小四呢，也就是你的亲兄弟了，我们两家，多年来牙都没碰过一次呢。你当市长，也要个亲兄弟在身边照顾。没有贴心人也不行的，如今的人心哪……你如今是树大招风，政治这东西，说险恶也说得的，大家都是在政界混的人，明白，不必谁来提醒。用小四比用其他人，还是不一样的。我们共产党人，不兴拉帮结派、结党营私，但私人感情还是有的。再说，小四是你的兄弟，使唤起来也方便，打罢骂罢也不会见仇的。倘不是十分不便，你就把他带到身边吧。我工作四十余年，也没有向组织上提出过任何要求，至今还住的是要拆迁的私房。没有想到，要保持一辈子不向党伸手，晚年还是没有做到，没保住气节，想来也真是难堪……说到这里，何大叔眼圈就红了，像做了愧疚的事。

高安道："你这个要求也不过分的。城市户口的复退军人，有政策都是要安排的嘛。这事你也别乱想了，不就是很常见的事吗？我放在心上好啦。"

又说了些闲话，高安告辞，那两个老的，一直送到巷口，千恩万谢，目送他远去才归。

高安大步流星往回赶，还有几件大事等着办呢：今晚还要召集人研究应对农民在某水库闹事的办法，左不得右不得，必须慎重；要准备应付明日省里的检查，必须自拟汇报提纲，这是体现个人能力的时候，不成拿个稿子去念；还有一个中外合作项目的详细方案要看，等着拍板……真是没有时间去吃何大叔的饭哪。并不是当市长拿架子不愿接近平民，实在是无法分身，也许因此要得罪许多同学、同事、老师、邻人，那也是没办法的事。而一旦坐到了何大叔的家里，你还不能表现出急躁来，不能催饭，不能说我今晚有其他事要办，要制造宽松的气氛，要表现出诚意和对他们的尊重。当市长啊，当久了，是要把什么都磨得光溜溜了的。属于个人的小自由，太少太少了。*

*在人情文化的大染缸里，市长也不能幸免被染。

何东海的老四何志当了市长高安的司机之后，果是如亲兄弟一样地对他忠诚、贴心、善解人意。他知高安是比较喜爱交响乐和中国民间乐器独奏曲的，便配备了一批洋人诸如贝多芬老头子们的交响乐磁带和国粹的二胡、笛子、古筝等磁带。市长不爱听流行歌曲和过于响亮热闹刺耳的民歌。他努力要保持恬淡宁静的心境，好静、好沉思，这样的音乐最能适应他的心境。上何志的车后，高安感到惊讶，问:“小四，你哪里弄来这么好的磁带?”何志道:“交响乐好买，国粹的磁带倒难弄，有的是翻录的，如今的生意人，多是崇洋媚外的。”“不错不错，很好。”他乐悠悠地欣赏着。何志当然也有自己的爱好，他把流行的通俗的带子，待市长不在车上时独自欣赏。

他知市长在车上的习惯是睡觉、听音乐、读报纸杂志。有人同行也不聊天不谈政务的，要把这一段光阴，悄悄地留给自己。他知市长喜好收藏，恰恰他也是一个收藏爱好者，自入伍起，就开始集邮，他便把他订的收藏与考古方面的小报，扔在车上，供市长浏览。他知市长还喜翻阅小说和书法方面的杂志，而这些东西，作为一个政界人物，是不宜在办公室里阅读的，他便给市长在车子里辟一个小小天地，车后的玻璃下，是常堆放着类似的杂志的。市长常读得入迷，很多时候，车到目的地了，要何志提醒下车。

高安为何志的安排细腻而满意，想他果是如兄弟一般体己贴心，那何大叔不知在背后做了多少工作。

何志还如许多首长的司机一样，爱车如命的，一停下就擦洗个不停，车子常是一尘不染，车内则常是淡香弥漫，无任何异味，他自己不吸烟，也制止任何人抽烟。知市长不抽烟的，一定是厌恶烟味，就是为其他人出车，他也要拉下情面保证此车的纯洁性。

大家都羡慕高安市长有个好司机。为此高安暗自高兴，毕竟是按他的旨意安排到政府开车的，如有不好的口碑，他也不好对自己交代——尽管他已是政府的最高长官，无人能指责他。

高安和何志有共同收藏的兴趣，这也是维系感情的纽带。他们有一个互相交换的条件：高安要搞酒瓶商标图案系列收藏。因到外面陪客赴宴的机会多，可以接触各类名酒。但苦于一个当市长的，不好散席时拎了空酒瓶走，这件事就交给何志了。何志便如集邮一般用心地为他揭商标并藏于专门的册子里。但何志有交换条件：想收集社会各界名流的签名。恰这也是市长的便利之处，凡有各界名流的集会，市长一般是必到的。他虽陪市长一起到了，可他毕竟是开车的，与名家接近不便，这个工作他完成不了，便有求市长，只要一有机会，他便将一些专制的纸片塞给市长，让他在接见和谈话之时，别忘了为他签名。

他们配合得十分默契，结果两人的收集均有很大建树，甚至令欧阳玉琼、东方冉他们看着都眼热。但他们不具备工作的便利，想干也干不了。

高安一有空闲，便要悄悄地去与玉琼和东方冉等鹤了城中的玩家一晤的。很多时候，何志也随了去，很快把各个门户都走熟了，大家也把何志当高安的兄弟看，说话也不避讳。久而久之，何志也留意收藏点古物。平日省吃俭用，把工资和奖金全贴了进去，不久也有了些好看好玩的。某日邀了市长去看他在黄牛巷住宅里的收藏，竟令市长也大吃一惊。何氏夫妇见市长也爱好玩这些，便不再指责儿子。何志领了市长来，大概也是想堵父母的口。平日父亲见他玩这个，老唠叨怕他玩物分心误了开车正业。

他们视市长如皇上之尊贵了，生怕儿子有丝毫怠慢和闪失。

何志得了好物，也常和市长在车上聊聊，市长倒也极有兴致，与其磋商鉴赏把玩。除这个话题外，市长便沉默如一座冰山了。任何其他话题，何志都是不敢轻易开言的。他敬高安如长辈，爱他如兄长，也怕他如老虎。市长一俟拉长了脸，剑眉耸立，不管是因何事何人不高兴，他都要吓得小腿肚发颤。市长极少批评人，极少发脾气，但不高兴起来，会令所有下属都如何志一般紧张。或许不爱发作的人发作起来就有如晴天霹雳特别可怕。

不过何志也很欣赏市长这点脾气。真正的男子汉，应是有点脾气的。一个管着百万人口的市长，应有点杀气，有几分威严，婆婆妈妈是成不了大气候的。大丈夫应拿得起放得下，品得甜也吃得辣，医得死人好也诊得坏人死。高安是具备这点气概的。其实他更适宜于乱世中于战争年代当将军，那样能展开个性的翅膀，而和平官却是不能，制约如蛛网，得处处小心。何志为高安生错了朝代而惋惜。

市长高安业余时间的去处，一般只两个人晓得，一是他夫人费老师，一是司机何志。上班的时间，在办公室，高安精神抖擞，可以果断地处理任何棘手的事情，回答任何来访者的问题，如是在公堂上，公事公办，光明磊落。高安怕就怕下班，怕黑夜，怕人到家里来找他。要到家里找而不到办公室找的事，一般就是麻烦的事，不好公断的事，难解决的事。所以他不得不躲避开去。更多的时候，是有公务缠身，必须躲开去办。就是没有公务，也要在办公室挨到晚上十一点才进屋的，或者就找东方冉他们聊天去了。费老师和他的父母，便在家里大开着灯，打开客厅的门，尽家中所有摆好香烟和点心，热情地迎进送出各种来找市长的面孔。每天都举行这样的盛典，让来人见不到市长也心里舒服，原谅做市长家属的也真不容易。尤其是见身子孱弱、起身都要搀着椅背的市长夫人，一轮又一轮为来访者泡茶，脸上挂着四季的春风，有怨气要发的来访者也不得已要息了怨怒。费老师说：问题总是不能完全解决的，一人难合百人意，市长再有能耐也不是千手观音。但是人见不着，问题解决不了，态度可不能差呀，总要让人有满意的地方。

因此，无人不言市长夫人好，连带了当然也要说市长好。

非紧要的事情，夫人是不公开市长的去处的，只说让明天到办公室去找。有紧要的事情，何志便能找回市长。

高安与东方冉他们相聚的时间极其有限，有时候好不容易脱得身去欣赏把玩一阵子古物，好不容易聊聊政务之外的话题，也常被何志因急事寻走。高安不喜欢带手机，那样他的自由就一点也没有了。

何志在这种场合见到的市长，便完全不是公务中的形象了，只见他眉目舒展，表情轻松，如孩童般天真烂漫、无忧无虑。言谈也是异常活泼，插科打诨，谈笑风生，不必考虑逻辑性，随意发挥，正如他所说他是把市长的外衣脱了，剩下了本来的高安。而平时哪怕是在家里，都要披上市长的外衣把高安严实地包在内面的。这种时候，何志真不愿夺走他难得的轻松自如，但又不得已要拉走他。谁叫他当的是市长呢？尽管克制的市长从不曾流露过因他打扰了兴致而不悦，但他心里仍深深抱愧。他想他这一辈子就是动员他当市长他也是懒得当的。

市长此时的轻松，不是故作的、单方面的，是玩家们共同创造的轻松与和谐。既然高安脱掉了市长的外衣，大家就从心底里视他如平常的玩家了。大家丝毫没有巴结的意思、迎合的意思，所以市长能在这里过得愉快。

玩家之间，各有了什么好玩的，一般都是公开的。各玩家都有自己的偏爱，对东西的看法也不尽相同的，这便有了大家之间的交流，谁看中了什么，可以以物换物拿去，或出钱买走。大家都是道上人，识得优劣好歹，就不言赚钱的话了。要赚也不在圈子里赚，这是不成文的内部规矩了。高安去各家串门，看中了喜欢的摆设和小品，也出钱买些回家玩。令何志想不到的是：他很快也是个行家了，叫出的价，竟使那些收藏者没有什么话说。对一些古物的鉴赏也日渐精到。人们私下里对何志说，高安的悟性极好，知识也丰富，读的东西过目不忘，若是专门玩这个，或许会成个大家。何志明白：大家绝不是奉承高安。不禁也为高安的才智高兴。很多时候，他就把高安混同于他的亲哥了——这也与父母亲的唠叨有关，“他就是你亲哥了，你要这样待他，小时候我就把他看得比你哥还重”。爸老这么说，他听多了就无意区分亲疏了。

何志受高安的影响，日渐对集邮兴趣淡漠，而对古物另眼高看了，觉得其中学问艰深，是最高档次的玩法了。钻进去了，是了不得的事情，可以成为一个学者，那就不仅仅是能成为物质财富的拥有者了。市长对跳舞啦唱歌啦等都兴味寡淡，没法子要应付的他也能应付得过去，卡拉 OK 竟也唱得极棒。但真正使他愉快和经久不衰的是玩古物。这说明它可以寄托更高的情致。于是何志也仿了高安的举措，悄悄地学着玩。

高安有个观点：不在于藏物是否丰富也不在物之贵贱，而在于玩味。何志十分的认同。什么味？应是一种高雅之味、不衰之味。

出身微贱家庭、当了数年小兵，退伍后又找不到工作赋闲两年因而心境十分灰淡的何志，突然开上了鹤了城中最好的小轿车，拥有了市长司机、秘书和兄弟的特殊身份，尤其是随了一个他衷心崇敬的贤明的首长又有了共同兴趣爱好的沟通，这让他觉得是时来运转了，苦尽甘来了，心情十分的畅快舒坦，连生养他的父母亲都惊异于他为什么变得这么快，变得这么好。

二十五岁的何志在同市长高安以及古玩界的接触中，认识了虽说仍是乡下姑娘、但心性高雅非同凡俗的谷美芝，初见她便有了无法自制无可言表的激动，他觉得他二十五年来是首次情窦初开，他坠入了爱的深渊——尽管一时还不过是单相思。

据说爱能使一个男人变得勇敢，变得智慧，也会无所不为。这以后便要生出许多故事来……

* 圈内有了两位貌美女性，就有好戏了。谷美芝还没有淡出谷定坤，市长的司机又迷上了她。

第十一章

何志第一次见到谷美芝，是在柳三生家里，那正是谷美芝在市教师进修学院作短暂进修的时候。柳夫人隔不了两日就到学校里来叫美芝去她家里改善伙食，老同学之间也好叙叙旧话，犹是有着共同的玩古物的兴致，话题就更集中更合口味了。美芝也乐意去，这城中她再无别的亲朋，所谓进修，一天也只有半天课，还有半天和漫长的夜晚，是要有些去处的。她不喜欢逛街，特别是谷定坤一下课就来找她，要说清楚什么，很坚定地要缠到她同他重归于好才肯罢休的样子。至此她感到非常烦，也正想找个地方躲起来，柳林那里，便成为了她好藏身的地方。一般她就待在柳林家了。*

一日，东方冉到政府大院公干，事情完毕，见市长的门开着，高安正在翻报纸赋闲，便踅进去看他。高安也是难得坐在办公室的，也难得此刻没有人，见东方冉来了，很高兴，便坐下来聊天。真是三句不离本行，才开篇便引到古玩的话题上去了。东方冉就告诉市长，新近鹤了城中古玩界的兴奋点集中在柳三生和洪伟达身上的首尾。说到内中的一些细节，引得高安哈哈大笑起来，这令左右对面办公室里的同志感到惊奇：市长真是难得有此愉快的，猜想是从哪里贷到了千把万元款子或者引进了一个大的项目。

东方冉告诉高安，这两位仁兄因出手大方、手头宽裕，舆论也造得充分，在很短的时间里倒也很有建树。他说如果他有时间，可以陪他去看看，说两人都藏了点好东西。东方冉还重点介绍了柳三生从谷米香大屋弄来的床。高安道：我在那屋里，也走访了不少人家了，怎不见一张什么奇特的床？东方冉道：我和玉琼也去了那里的，也没见着。那地方真是个藏龙卧虎之地。

高安说他倒是想去看看热闹，时间另约。一日相约好了，傍晚东方冉步行来邀高安，两人避开闹市，穿街过巷先往柳三生家走。三生那边，东方冉也是事先关照好了的，言市长这两日要来走走，让他晚上不要出去了。这样柳林和谷美芝也知市长和东方冉要来，便将杂乱的屋子收拾出个样子，自己也是浅施粉黛，选出不艳不俗的衣服来装扮一番。这两人也是鹤了城中非同一般的人物了，是应给他们留下良好印象的。美芝于一个月之内两次有幸见着高安，觉得很荣幸的。印象好的人总是乐于多见见的。见见又怎样？有什么实际的意义？其实那是大不一样的，好的印象是如一炷清香，能够在心中燃烧很久很久的，人的精神不是被类似的感觉在维持吗？美芝把对高安和东方冉以及欧阳玉琼的印象和感觉，与同学柳林细细地谈过了。但是她没有给柳林谈她与谷定坤的关系以及眼下的烦恼。她知柳林无法帮助她摆脱这份烦恼的，她是个没有多少主见和心计的女人。但她为何要吐露她对另外如叔一辈的陌生男人的感觉呢？或许是那些话如闷胀在心里的气体，非要一泄方可轻松的吧。谈一次，柳林没有什么反响，就如同听听街巷市井的闲话，是记不住的、不留意的。谈第二次，有了一些印象。而谈第三次，便觉得有些非同寻常了。耿直的柳林便道："你这个妹子，是不是爱上了他们中的谁了？"谷美芝道："你怎么这么想问题？你这个人真是没有一点浪漫主义，看问题那么实际。""我感觉是这样的。如果某个异性的形象老在脑子里转，忘不了，时时拿出来品味，这就是爱情了。我是这样经历

过的。那年三生缠在我脑子里后，我毕业考试都无心应付了，结果考得一塌糊涂。”美芝道：“那是你，我没有这样的感觉。”说这话时，她想到就是她第一次被谷定坤吻了的当晚，她独自躺在床上，要努力重温那种晕眩和幸福感，却怎么也找不着，于是她麻木而安静地睡了一夜。是爱的种子埋得太浅，是爱的潮头来得匆忙了些吗？她不知道。她没有过柳林式的体验。

她怀疑她和谷定坤是否爱过，或者是只吻过而没有爱过，或者喜欢并不等于爱。唉唉，她只在书本上读过爱，爱究竟是什么，她尚觉朦胧。

那么就暂不言爱吧。柳林怎么可以把爱牵扯到中年男人的身上呢？她想都没想过这个字眼。只是她觉得与这样的成熟男人相处很有意思。她很欣赏他们身上的某些东西。就如是看戏，看风景，好看的看了，留下了愉悦，一定要有什么目的吗？

听说高安和东方冉这晚又要来，谷美芝脱口对柳林说：“我们有缘。我想去找他们聊聊，又不好意思打扰，尤其是见市长，很难的，现在不费力又要见着了。”柳林说：“人与人见面都是一种缘分。无缘对面不相逢的。”谷美芝突然觉得说这一个“缘”字是多么草率，“缘”字是可以随便说的吗？幸好柳林没有往某个方面理解，不然又要说出些难听的话来。她忙遮掩道：“快收拾，有客要来，屋里这样子，好意思吗？”柳林叫苦：“我就是不会收拾。”俩人就忙了起来。

高安是第二次和谷美芝见面，第一次和柳林见面。东方冉虽到过三生家里几次，也是初见柳夫人。见二位都是姿色出众，衣着素雅，谈吐不俗，倍觉愉悦。高安进屋就看视那古床构造，雕工绘事，赞叹不已，连连对谷美芝道：“你们的老祖宗真不简单。”美芝道：“这床也不一定就是姓谷的人造的呢。”高安道：“倒也是呀。”很赞同她的看法，觉得她不附和，有独到的见解。

但遗憾的是市长进屋不足半个小时，便被何志叫走了。市委书记有急事相请，便驾车把他拉走了。高安与两位小姐拉拉手，连连道歉。而这时买西瓜去了的柳三生还没进屋。

这样何志看见了谷美芝。就只见她一举手投足，一扬眉顺眼，一露齿开言，便认准了她是他梦中寻找已久的女神。

何志开车送走市长之后，复又赶到柳三生家中，就与谷美芝闲聊起来。何志是来过柳家的，三生和柳林看在他和市长的关系分上，不敢怠慢他的，这亦是对市长的尊重。何志在此，极是随便自如。何志也是半个玩家了，与美芝的话题不见外，有几分投机，甚是惬意。不久便把美芝的大体身世和行踪弄明白了。二十五岁的青年何志，全无城府可言，见遇着了可意的人儿，是全身心都投入了的，恨不得立刻表明爱的心迹，得到爱的回报，其飘飘然痴痴然的神情，在有过爱恋经历的柳氏夫妇看来，已是裸露无遗。但那谷美芝仍是镇定自如、有礼有节、斯文沉着与之神侃，不乱方寸，似是丝毫也不曾察觉何志的失态，令那性急的柳林在一旁干瞪眼，想暗示美芝尽快收了话头，而又无计可施。

不觉已是夜深，柳林提醒何志："你不去接高市长了？"何志道："不接。"一看表，抱愧地对柳林道："太打搅了。"柳林道："这倒没什么。"说着，何志便要送美芝回教师进修学院。美芝谦让一两句，也不再忸怩，便告辞柳氏夫妇。

何志将谷美芝送到学校门首时，说："不嫌弃我和你交个朋友吧。"美芝一笑："怎么会呢，何况你是市长的兄弟呢。"美芝下得车来，见谷定坤站在校门口等她。美芝朝何志招手告别。定坤走上前来说："真阔气呀，有市长的车送。"美芝道："不能吗？""只你有这个格了。"美芝不愿再与他磨牙："你有话，我们明天再说吧。还有十分钟要关校门。"定坤急了："我们，不能再待五分钟？""明天吧。"谷美芝一扭好看的腰肢进了校门。

第二天一清早，谷美芝还在洗漱，同学柳林就来找她，单刀直入问："昨夜何志在车上没对你说什么吧？"美芝道："几分钟路程，有什么好说的。”“他，没怎么，你吧？”美芝一笑：“我是小孩子吗？”柳林仍不解眉结：“他昨夜的话，还有那神态，你真没察觉出什么？”美芝道：“我不管人家是什么心事。”“我真担心，嗨，谁叫我那么喜欢你呢。”“你不必对何志那么反感。”“反感？一点反感都没有，真的。”“也许我措辞不当，你心里有点那个，我其实早就看出来你的心情了。”

柳林沉吟片刻：“我真说不清楚我这么早跑来干什么。我只是有一种预感，催着我来，可以说吗？”

“我们姐妹一场，有什么说不得的？”

“我实在说不出何志这小青年有什么不好。要是他向你求爱的话，你还真不能挑剔他。但我预感他有一分杀气，抑或是邪气，我说不清，只是这么个感觉。”

美芝安抚她道：“莫设想那些丑恶的东西好不好。”

柳林道：“那你就听之过之吧。我也不是来劝你提防哪个。”

“我明白。”

第二天，何志再来找谷美芝时，谷定坤又碰着了。定坤没做出什么举动，站在远处看着他们说一阵话，就悄悄地退走了。

也就几乎是在一夜之间，谷美芝就判若两人了，这使谷定坤百思不得其解。他反反复复检讨这一时期以来自己是否做了对不起她的事，说了有伤她自尊心的话。

就如是一夜的寒霜，将她眼中平时给予他的千般柔情打蔫了。她如同是一个突然失去记忆的人，把多日来他们之间好不易培育的亲切忘记了，把令人心醉的拥吻忘记了。那眼中的内容淡漠至极，仅仅剩下她认识他，认识他是一个同姓族人。

这些日来，他神魂颠倒，努力想弄清异变的原委，想唤起她的“记忆”，然而却是毫无结果。她一天有大半时间不在学校里，不知泡在哪里。结果发展到有豪华的轿车接送她了。他打听到了，那是鹤了市里最高首长的坐骑，他一下子就蒙了。当他再度证实她眼中那熠熠辉煌并没有消失而是给了一个开车的司机时，他的意志就完全崩溃了。

他突然想到并不是他有什么错，原来他是不配她的。不管他如今是否发了，他仍脱离不了低贱的出身。谷米香的贵族时代早就与他们无缘了，几十代人了呀。他以上的几代，都是大字不识一筐的农人。而谷美芝呢？外婆家极其神秘的家史昭示着她血统的高贵。这是不容置疑的，他从她身上体验过了，他毕竟那么贴近地接触过她。她那份气质本来就常令他心怯，只是他从来没有想到过会有今日的结局。

如果当时因心怯而敲响警钟，也就不会在情感上跌得这么重了。

他从美芝眼中，寻不出一丝对他的怨怒、不满、歧视。仅仅是平淡，如水似的寡淡！

谷定坤不打算再去找美芝了。他想他要找的东西，绝对找不回来了。他非常失望。恍恍惚惚地准备回谷米香老家去躲避现实，怕再见美芝与人亲近的行为。这使他联想起刚高中毕业无所事事时兀自深居在老屋中的麻木情形，现在十分想再度锁进那与世无争的牢笼中去。

坐汽车离了鹤了城，一个小时之后，汽车停稳在一个叫妙空山的地方。此处下车再行数里，便是鹤了地方很有名气的一处佛教圣地。山不高，也不险峻，因是出了个叫作妙空的高人而得名。据说这妙空，曾是鹤了城一百五十里外翠朗山翠朗寺大法师旷如的师父的师叔，与旷如的师爷共同操掌过翠朗盛事。

妙空山佛事旺时，据说也曾有庙宇寺殿十余座。但在当今活在人世的人们的印象中，仅有一个妙空寺，倒也盖得气宇不凡，庄严宽绰。亦曾多次被毁过，现在又逐渐恢复过来，朝拜者又与日俱增，香火日渐旺盛，庙中又聚下了上十位出家人，晨钟暮

* 谷定坤失恋，求签言婚姻不顺。路遇民间异士指点，还有不测风云。

鼓，倒也热闹。

定坤突然想起自己这么倒霉，何不去问问神明，是否命中该有此劫？如是在劫难逃，也就认了命。

定坤就下了车。行至山脚，在一庵子前的溪里洗了手脸，虔心买了香烛鞭炮，上到山顶，进入妙空寺中，跪拜菩萨，报出名姓和管辖他的社主神方，摇动签筒，请出一张婚姻签来，到尼姑手中兑了，只见上面写道：

叩圣求签问婚姻
费尽心机事难成
劝君收拾金钩去
别有嫦娥侍伴君

定坤读毕签，长叹一声：命里不该和美芝厮守，罢，罢，也没有什么可悲伤的。*

下山时，顿觉头脑清醒许多，似是放下了一个包袱。想想姻缘前世修，自然有一个定数，不要去怨她了，还是把生意做好，有了梧桐树，还怕凤凰不来垒窝。便大步流星奔下山来，到山下的小站上等车回谷米香。

等车时，有个老头挑着两头猪，也在候车。其中一只钻破麻袋逃了出来，死命往山上跑。定坤便帮忙去捉猪，累得一头一脸汗，才捉住那顽畜归案。在田里撩水洗了手脸，喘一阵，才平息过来。那老头说着感激的话，又递给他一支皱巴巴的烟，定坤本不抽烟的，心里闷，就接受了，点上抽几口解闷。那老头盯着他看了几眼道："兄弟，看你的气色，印堂带煞，怕要出点事。"定坤见那老者有几分清气，料他懂点相术，便道："倘是见破了呢？"老者说："何时见破的？""有好些日子了。"老者道："如现在见了，还可作抵。如是半日之前见的，还不能算数。只怕你还有不顺，兄弟小心为是。”“没有大事吧？”定坤见那老者说得肯定，有些慌乱。“无伤大局，只是小患，兄弟不必惧怕。依得我看，兄弟不宜在生养之地发展，只怕要离乡背井，方可前途无量。”

这时汽车来了，往山外走的，老者拎着猪上了车，定坤挥手告别。心里又生沉重，想未必命运如此不济，出了件倒霉事还要再出？

谷定坤只个把月没有回家，乡中情形已是大变。在进入谷米香大屋的通道旁，已修了间古朴的小屋，红墙琉璃瓦，欲与身后的老屋相呼应。屋外墙上，保留一块粉墙，上面写着“古迹参观须知”，有若干条，并规定了门票价格，屋内已坐了两个戴红袖子的乡党，专事售票验票。谷米香人终于有了经济意识。其实包括谷定坤在内的一些乡人，早就提出过老祖宗的业绩不可白让人看，要产生经济效益的想法，但无人受理。人们不相信谷米香会成为热点，就是热起来了，也觉得这不过是一瞬的时髦，兔子的尾巴长不了。区、乡的领导则认为没有旅游设施，没有投入，不好收人家的钱，何况那屋中住着人，并没有让出来专让人观赏。

看来这岗亭是村中谷姓人自己的动作了。

定坤回家一问，果是如此。村里改选了，新任支部书记的父亲便是当今大家公认了的族长，他是谷米香老祖宗的七十二代孙，也是这屋中两千余谷姓族人里辈分最高的长者了。所有屋中的人包括其中有年纪比族长还大的，都是他的晚辈。原来支书由别人当，族长不便干涉政务，族中有什么想法反映到他耳里，他采取的是消极的态度，听之任之，向年轻的当权者说也说了，是否听得进，他也不再过问。共产党的天下，族权是不可凌驾于政权上的，否则便是违法的。如今是政族一家了，偏偏这支书又是个孝子，族上的权威就自然高涨了。

族长原是个教师，退休在家已有二十多年了。没事就整日戴着老花眼镜在家增修族谱，尽一族之长的责任。再就是在空旷的老屋中，朗朗有声地阅读报纸。他订有几份报纸，读报是连报屁股里的征婚广告寻人启事都要读透的，自费订报的费用一分钱也不曾浪费。他记忆尚健，信息量因此很大，屋中很多族人都来他这里打探各人所需的信息。如今的报纸，版面上多是谈的经济，久而久之，他那重文轻商的顽固观念也有所动摇，深感到经济救国救民的重要。

他的业余兴趣，还喜作诗文对联，见了屋外青山绿水、四季转换、时世变迁、族人新喜，便抑不住高兴，要哼出些诗联来，用纸抄了，反复修改，收藏下来，俨如是藏了钱钞，自以为是个精神富翁。逢年过节，便是他最忙的时候了，各家各户都要他写联张贴于门首，以增节日之喜色。屋中两千余众，老少族人中，也不乏能吟能书者，生姜还是老的辣，他又是旧社会过来的老先生，便更相信他的表演。因平生最重诗文，读报纸副刊便更认真，对文史之事更重视。见报上报道政府对我国的历史文化遗产的开发与保护日渐器重，便要联系这栋祖屋的命运来思考问题。见老屋是日渐衰败，不胜感慨，常一人面对浩瀚祖业，长吁短叹，又无可奈何。

自膝下小儿选任支书之后，族长精神振奋，建议小儿抓的第一件事就是要保护祖屋，不准再有任何人为的毁坏。族人中有要分居出去另起新屋者，不许取走一片砖瓦。一栋完好的祖屋，眼见得已拆毁许多处，损失巨大，不能再继续下去了。第二件事是立即修建售票门楼。过去是“君子不言钱”，现在应是“君子要抓钱”才合时世之潮流，不要白不要，能抓的收入不抓不是白痴？谷米香不是富而是穷，祖屋要维修，何处出钱？收钱之目的，主要还是要引起来访者的重视。如今谷米香有模有样的是个值得一看的地方了，来人进的进了，出的出了，如同出入茅厕一般放任，也就没有了严肃意义。所谓值钱，是要收钱才值钱。第三条，相应地要配备导游，不能让游人乱动乱窜甚至取走古物，这屋中一个破窗格都有几百年的历史，不可小看的。不能让这屋中的任何古物外流，近来已流出去太多，很有绝迹之虑。若是看不到古物，大家都睡沙发床坐沙发椅，人家还来谷米香看什么？

族长讲到动情处，便愤愤然要骂人了，说有些人办事就是搞形式主义，搞花架子，虎头蛇尾、鼠目寸光。不是很早就成立了个“谷米香旅游开发区”吗？不是说要卖门票要保护古屋资源吗？结果放一挂爆竹吃一顿饭挂一个牌子，什么实事都不办一桩。问题的症结是什么？还是那些人不姓谷，或者姓谷的也姓得不地道，谷米香兴衰荣辱，与他们无关痛痒，不贴肉不贴心哪，请人哭娘哭爷怎么伤心？所以自己的事情得自己来搞，自己的门面自己维护，自己的品牌自己树，自己的祖宗首先要自己看重，不能依靠别人的。

新任支书谨遵父嘱，立即开会动员，集资搞开发。并规定了许多保护祖屋的条例，发放到各家各户。条例不是盖的村里的章，村里代表的是政府，不可胡乱颁布法规的。算是族里搞的，也可说是新时期的族规吧。为保证有章必守，有规必循，族规上写了，有违者是要施行处罚的。言谷米香之所以在地方上几百载保持盛誉，几千人住在一个屋顶下不乱规矩，靠的是族法严明。

谷米香的族法族规，在这方圆百里，确曾是极有名气的——

说是这大屋顶下居住着男女千众，虽共着一个谷姓，但非一母所生，男女之间的爱恋情欲，终是难免要发生的，如没有严厉的手段，风流事情的衍生，是比单家独屋的乡居里要频繁便利得多的，日久这一旺族便会声名狼藉。为制止这种衍生的可能，族中有旧规往下传：凡族中男女通奸的，一律处死。据说：1952年，还发生过族中令亲生父母勒死伤了风化的红花闺女的恶劣事件。

说是那时谷姓人丁兴旺，势力极大，结果地方上都不敢娶谷姓女子为妻。为何？因乡中有不成文的习俗，女方如在男方受了羞辱冤屈什么的，女方家族为顾其面子，都要出面讨公道，常常发生斗殴现象。如男女双方家族势均力敌，打个平手，鸣金收兵，各无遗憾。一方稍弱，也无关紧要。这谷姓家族，在附近几省中都是庞大强盛得令任何姓族都无法战胜望而生畏的，谁敢与其开亲？

为使谷姓女子能嫁出去，族中也有规定：凡谷姓女子出嫁后，在婆家若发生吵嘴、打架乃至非正常死亡的，家族一律不予过问。这样外人才敢娶谷姓女子为妻。因有了此族规，谷姓女子知出嫁后，娘家人不会为其撑腰的，就都养了极好的脾性、善良的心肠、勤劳的品质，出嫁后少有与丈夫吵闹翻脸的，无不孝敬公婆、和睦乡里，倒也极少发生谷姓女子在外受虐或自虐的现象。

至于古来优秀治家方略，也是族规中之重要训条了，不然这一屋几千众如何有安宁之日？

虽说旧族规已消失许多年，但若干年形成的良好的治家做人的传统，仍一代一代往下传，这屋中仍难见奸淫、斗殴、盗窃等恶劣丑态，古风犹存、美德昭然，这也是令观者为之动容、感受甚深的。

新族规第三个方面的内容，便是针对谷定坤来的。

父母告诉定坤：支书来找过他两次了，嘱他一回来，便让他去见族长，有要事相谈。

果不出那老者所言，不愉快的事情马上就降临了。谷定坤从此再不能在这屋中取走一件古物了。看来真如那陌生老者说的，此处不是他再图发展的地方了，非要离乡背井出门谋生。

定坤感到庆幸的是：这一年多来，他将这屋中能拿得脱手的，也都拿得比较干净了。

自见郭举和东方冉并初尝出些倒腾古物的甜头后，他就大举搜罗了。因见得外地的二道贩子和游人中的行家纷纷盯住了这块风水宝地，他那时就有了紧迫感。这屋中老少，哪个不熟？外人自是无法和他匹敌的。族人都不富裕，此地田不多土也缺，人均才几分田地，一年到头，用心耕作，还顾不上一家一年的口粮，还需筹钱籴粮食。那么钱从何来？俗话说靠山吃山。而这山上多是楠竹和马尾松，都是树木中最不值钱的种类，卖不起价钱，何况山林多为公有，分到各户者，能保证烧的不缺，除此之外，再从山上寻不出钱来。加上交通不便，近一两年才勉强有汽车开进来，致富无门路，竹木业开发一时无法形成规模。年复一年，也不知大家是怎么苦熬过来的。这屋中的族人，给定坤的印象，多是苍白憔悴，蓝衣青裤，少见笑谈高声，毫无生机。谷定坤开始倒腾古物，正是钻了这乡中贫困的好空子。

因家族的古老，因稳定的居住环境，因与世隔绝，家家户户便都保留了不少祖传的用物和摆设。还因生计的艰难，各种新时代的工业产品，成为了大家可望而不可即的奢华品，极少有买新弃旧的，人们阔气不起来，便将古物小心留着，谨慎使用。这样也保存下来不少好物。

尤其是“文化大革命”的红色风暴没有席卷这个角落。红卫兵站在进山的水库大坝上，见如叶似的小舟载着人在碧蓝幽深的水上摇摆颠扑，便面有惧色，不敢深入，想那洞中也无“四旧”可破了，更少有人知那洞中还藏着一栋可一把火烧掉的最大的旧屋，侥幸便放了谷米香一条生路。“文化大革命”的印记，在谷米香人心目中，仅是大队干部们遵照公社革命委员会的旨意，拆除了几座土地庙。

谷米香大屋中本应统统砸烂的古老瓷器、铜器、木器家具、牌坊雕梁等，均保留了下来。正是因为这些古物的存在，才有了那篇《壮哉，明朝的老屋》的文章；才有了好几位民俗专家的流连忘返，赞不绝口；才有了电视纪录片在几家大城市中的电视节目中推出因而声名在外，因而有许许多慕名的游客远道而来，因而一些玩古物的以及文物贩子蜂蝶般的扑了来拼命吸吮。

谷定坤真是得天独厚，又醒悟尚早。他让父母到有工作的姑妈等亲戚家里借钱，把姨的所有存款也取了来，大举抢购古物。

那时候定坤也不识好坏，见是古物便收。价格标准也无定规，仅是带了几件东西给东方冉，便依照那个价位下压百分之五十左右收购。收一只康、乾时代的青花或彩绘的瓷坛瓷瓶，也不过是给几块十几块钱不等，品大的多给几个，品小的少给几个，就如是买菜，按多少重量付账。

当时族人问他："这些旧东西，收破烂的都不要，你收了干什么？"

定坤答："我也不晓得干什么，反正城里有人要，我就代他们买。你们也不必要晓得干什么，觉得合算划得来，就卖了，留在家里也没什么用处。"

那时定坤不必登门到户去收购，都是族人送上门来的。他们觉得卖掉一只旧瓷坛可以买进三五只新瓷坛；丢掉一个旧铜镜可以换进一个半人高的穿衣镜；铜酒壶、铜吊壶给了谷定坤，比给收荒货的要多出两三倍的钱，划得来，合算，大家就踊跃出手。定坤一时忙得不亦乐乎，楼上、地下、床底、柜顶都堆满了东西。资金也深感不足，但他不想赊欠族人的，深知倘不是手头困顿，怎会丢掉祖宗留下的东西？值钱不值钱，不管，总算是一个眼界，见物如见故人吧。谁也不是心甘情愿扔了伴随他们多年的东西的。族人一般不愿给外面来收购的，因亲缘的关系，要照顾他的生意，他就更不好拖欠本来就不多的款子了。族人手头都紧呀，等钱花的地方实在太多，大家见定坤慷慨不赊欠，很是欣赏。为周转资金，定坤不得已肩挑手提。早出暮归出入城乡，尽快脱手一部分，取得钱回，收购更多的东西。精神近乎一种狂热的状态，不知疲劳，食不甘味，整日亢奋，也没算过账，只觉得资力日见雄厚，藏品日见丰富。

但毕竟这屋中所藏也是有限的，不久就减弱了势头。这时定坤才冷静下来读点古玩方面的书，提高个人资质、品位。这时谷美芝进入到他的生活中来了。他有了工夫慢慢来琢磨品评美芝这个人，古物塞满了的胸间，渐渐地腾出一块来给异性。

随着货源的减少，定坤出手的东西也逐渐紧收。把好的留下来琢磨，把平常的拿出去抛售。他一时尚不能成为行家，但不缺乏谨慎，注重从交易中提高鉴赏水平。付出的学费他不心疼，但不可老付学费呀。不要说深奥无底的文物鉴赏，就是经营方略，也是千变万化、诡秘莫测。无论是鉴别能力和经营手段，他都是白纸一张。一个机遇突然降临，形势又是异常逼人，他毫无准备又必须临阵应战，这是需要勇敢、需要智慧、需要毅力的。

这一个时期，是他个人发展最辉煌的时期，所以他得到了谷美芝的欣赏。他从美芝那里也得到了很大的精神力量，因共同的兴趣，他们一起研读资料，对照辨别疑难，苦苦探索，技艺因而日见长进。很快他便极难被别人算计了，倒是时常算计算计同行。倒也不是存心要算计谁，只是想与同一水平线上的人较量来证明和体现自己的能力，其间就不无赌博的意思了。男人的天性中，有一种无可抑制的赌博欲，只是有的人没有机会表现而已。谷美芝对他这一点甚是反感。她说你就一心干你自己的事情好了。你干好了自己的事情，你本事高了，就是胜利，何必要与人赌狠呢？何必要在算计人家得胜后体现自己的价值呢？要赌就与自己赌，与自己的过去赌，我希望你不出风头，潜心深造，这种人才能超凡脱俗，成为真正的高人。他是记得那些话的。他也不晓得他是否接受了她的那些观点，那样去做了。要干的事情很多，商场如战场的体验他是深有感触了，他没工夫去琢磨美芝所言的那些道理。

技艺长进、经营得道的直接效应便是经济效益直线上升，有些古物的出手价令他自己都惊讶不已。有些物件根本用不着他玩什么手脚便有大把的票子送到手上。这世上也真有出手大方的藏家。谷定坤很快便财大气粗起来，一下子拥有了不少钱后不知如何是好，便要做出许多花钱摆阔气的梦来。他首先想到的是要在他心爱的人身上花钱。谁知美芝又是个性情恬淡不爱钱财的人，她声明："你不要给我买什么东西啊，买了我也是不要的。"接着他便说他的钱要由她来管理，不无幽默地说：男人是赚钱的，女人是管钱的。美芝道："不听不听，我是你的女人了？我才不管你的钱哩，你千万不要告诉我你有了多少钱。我建议你也不要到外面吹嘘你有多少钱。钱能说明一个人的什么呢？"

一般市井的人，一旦有了钱，止不住总是要讲钱的，这是体现个人价值的东西，怎么不会引以为自豪，怎么会不溢于言表呢？就是努力在克制，不知不觉地也要流露出来的，心里高兴了就要笑，悲痛了就要哭，吃多了就要打饱嗝，性欲亢奋了就要做爱。不知不觉地定坤便要与心上人讲他的花钱计划：要在哪里盖一栋什么样的房子；要购置什么牌子的音响和彩电；要拥有一辆能载一家三口出行的摩托车；要买个门面开个文物商店……谷美芝提醒他："今后我们的话题，最好不谈这些内容。你心里钱塞得难受，和你父母说去，和你姨说去，和你那个丽儿说去。""天，天，天，你说到哪里去了？好，好，好，我不说了。"他最怕谷美芝谈到丽儿，他曾经向她说过他姨要把丽儿嫁给他的事情，是要向她证明他是深爱了她而不屑姨的美意的，谁知这反倒成了美芝的一个话柄，不时拿来刺他，让他神经紧张。这时美芝便要戏谑他：既然没有什么，怎么脸红，怎么紧张？这真令他哭笑不得。

那么不说这些，又说什么呢？不久他觉得他和美芝在一起的时候，话日渐地少了，要努力搜寻些话来，总难如愿。

神秘很快消失了，共同的追寻已无新意，热情消遁，这些，谷定坤是分明地感觉到了的。

可他们是亲近了的，拥吻过的，吻过，又吻过，每次见面的节目，节目并没因某种变化而疏淡。这难道不是最能系稳人心的东西？

定坤想：其实就是族上不赶他走他迟早也是要走的，谷米香不是他能长久待得下去的地方。就是要玩古物，也只有在城里才玩得出样子来。那是供富有阶层、闲适阶层玩的东西，那雅兴不属于农民。

他也想象得到族长和支书要对他说什么话。说什么话也都无关紧要了，他要在谷米香干的活也基本接近了尾声。他知这大屋中还藏有不少东西，如金银首饰玉器等，但这些人们是轻易不拿出来的，还不懂的人也知金银玉器值钱。这屋中手头稍稍宽裕的人家，也不曾把古物拿出来，只要有米下锅他们就不会拿出去兑钱。钱与物比，他们更相信物。所以说这屋中的潜力仍是很大的。天长地久，日月更替，世事纷繁，谁知谁藏了什么东西。有的人金玉其外，有的人财不露白，人之秉性的不同，也不可断定谁手中有好物，谁手中就一定没有。这老屋对于土生土长的谷定坤来说仍是神秘的。神秘也罢，明白也罢，他也不对这个地方寄托很大的希望了。离乡背井不致使他伤感，倒是谷美芝的变异让他耿耿于怀，心如磨重。

定坤对父母亲说："我也不想去见族长了，我晓得他们要说什么。我迟早也是要去外面谋生的，族里就是能容我，我也是要走的。堂堂五尺男子，何必再去听他们一顿教训。"

父亲劝他："他们要说什么，也就由他们去说，总不能来抄家吧。你左耳朵进，右耳朵出，不放在心上就是。去还是去，我们总还是谷姓的人，有屋有田产在这里。"

"这是什么屋，是什么田，靠这个活得了命吗？我一件东西玩得好，就够买下这个破家业。我看丢了算了，我们到鹤了城里去，傍了姨他们生活，买块地做栋屋。"

母亲道："可不能说这样的大话呀，孩子。一些族上人就说你倒腾了大家的东西发了横财，你还要这么说大话，不是不打自招了？"

"说了又怎样？谁还把我吃了不成？如今不是过去的家族天下，如今是有法度的共产党的天下。"

父亲说："也不说那么宽，为人还是谨慎为好，乡里乡亲，也还是要的，不可得罪了。人一生也不能说不求人。你还年轻，见得少。就算是你现在年轻气旺，可以在外面混得饭吃，万一有个兵荒马乱，你不回祖屋回哪里？"

"我还真巴不得打仗哩。把地都炸平，把汽车都炸翻，把忘恩负义的人把这山望见那山高的人都炸死。"说这话时，他是针对了那汽车司机何志和谷美芝来的。

父母见他的情绪不对头，便不与他理论了，安抚道："先吃饭，困一觉，车也坐累了。"

后来火气消了的谷定坤还是去见了族长，倒要看他说些什么。

穿过两条弄堂，在南头五进的第三只天井左侧，便是族长的家。刚刚用过夜饭，大家都坐在大堂天井旁聊天。支书见他来了，招呼到房里说话。电灯拉亮了，房中是笨重的老式架子床，古旧的太师椅，高大的衣柜，岁月蹉跎，已不见原来的色泽，一律是黑不溜秋灰蒙蒙的。定坤一看就知这都是没有什么价值的古旧家具，系民间匠人所造，平民的用物。柳三生所购之床，在谷米香也是凤毛麟角，定坤生长于此，都未曾见识过。这屋是太大太大了，有人在此生活一辈子，都不曾走访完所有人家，更难知各家底细。

族长在麻帐里喘息，支书言家父病了，定坤就到床边问了安。族长喘着对定坤说："你坐下，我有话，就由老五给你说吧。"责任感极强的样子。老五是支书，族长最小的儿子。

老五给定坤倒了茶，便坐下来对他说：“你回来了就好，族里新近定了规矩，你父亲想也对你说了。首先要说明的是族里新规是经过各分支的当家人研究了的，也不是针对某个人。其中有一条是从今以后，谷米香的旧物，一件也不许外流了，人家来要，不准卖，自己人就更不能卖。再没有钱，也不能把祖业卖了。这屋里的东西，也可说是各家各户的，也可说都是老祖宗的。没有老祖宗当年盖下的这大屋，育下这一族人，哪有大家的今天？这个问题大家要想明白。这栋屋还没有彻底倒，这个宗族就不会散。

“本来今日这话，是要你伯祖父给你说的，你伯祖父伤了风不便说话，就委了我给你说。我不是以支书的身份对你说，这也是需要说明白的。你也是个文化人了，高中毕了业的，你事后会堵我的口：支书怎么说这样的话。说什么呢？也不必转弯抹角了，就是告诉你，你从今以后不能再做古玩买卖了。你如若还要以此为业，也行，那你不能在谷米香做，也不能取走谷米香寸木寸草。你到外面做，随你的便。* 为什么一定要当面与你说明白呢？因为你们年轻，也没听说过什么族规，也不知我们祖上族规的严厉。现在既然由各分支当家人定了规矩，便不能儿戏的。到时候有什么过分的惩罚，村党支部是管不了的，乡政府也是管不了。除了法律之外，乡规民约也是允许存在的，所以我今天要把丑话说在前面。

“还有些题外的话，在这里也一并对你说了，我想是只有好处，不会有坏处的。现在族上有不少人到你伯祖父这里来说了，说你便宜收了大家的古物，高价到外面销售，赚了不少不义之财，眼见得你就成了花花公子，花钱如流水，衣角掀得人倒。赚了钱，没赚钱，这也没有什么把柄，如今是个讲赚钱的年头，赚钱的门路也宽，谁也管不着。但大批的祖业是从你手里流出去了。你一人干还不够，还把美芝也带上了，两个人搬，就是一仓

* 玩古风起，谷米香人方知祖上所留古物的价值。族上立新规：禁止本族人谷定坤和谷美芝倒腾祖上古物。

谷，像老鼠样一口衔一粒，不久也要搬空的。族上人对你们的看法是蛮不好的。别人来打我们谷米香的歪主意，尚可理解，可是自己掏空自己，家鬼弄家神，就有问题了，若是在过去，便要开祠堂门问你们的罪。至于恋爱，便不是什么问题了，人民政府规定，近亲出了五服便可结婚的。但也不是没有人说长道短，起码你们就不该当着族人的面、学生的面也拉拉扯扯的。我们是个大家族，这样拉拉扯扯，不知道你们出了五服的，还不晓得到外面造多大的谣：说谷米香今不如昔，有伤风化，没弄得好，我们谷米香两千余人的面子，会要被你们送尽。要注意哩，为大众想想。

“当然你们倒腾古物的事，过去了的，便不再作话说，那时候没有定规矩，也不能全怪你们。但现在划了线，就不可乱来了啊……美芝进修还没有回来，回来了你伯祖父还要找她谈，村上也要找她谈。你若是见着了她，就把这个意思告诉她。另外，村上根据族上的提议，让她教完这一个学期的书，下学期就不必再去学校里了。她不能为人师表，过去教唱学生的一些歌，也有不健康的，爱爱爱，老是爱爱爱的，下面都是小学生呢。

“要说的呢，大体上就是这么一些。你也不必有什么意见，大家都是为族上好。姓谷的过去是一面红旗，现在讲民族传统，谷米香是有好传统的，这面红旗还要再树起来。怎么树？就要先从规矩做起，无规矩不成方圆。你还有什么要说的吗？”

谷定坤道：“没有没有。”

“你接受得了，做得到吗？”

“做得到。”

“这就好。我们谷姓人，就没有孬种，都懂得顾全大局。”

谷定坤就再去与族长道别，族长咳着说：“好自为之，好自为之。”定坤在心里冷笑一声，扬首而去。

回到家中，父母亲忙迎着他，不无紧张地问：“都说些什么？”

定坤道：“你们放心，不至于开祠堂门的。能有什么好说的？我才不听那些乱弹琴哩！”

自己倒没有什么，却是为美芝的不幸而难过，要不是他领着她也搬弄古物，也不至于今天丢掉那只也算是饭碗的饭碗。乡中女孩子，有个民办教师当，避了风雨，也就是很了不起的造化了。尽管他为美芝对他的冷淡而心灰意懒、精神忧郁，但同情心、爱怜心并没有丧失。一旦她知族上如此待她，她能承受得了吗？

他觉得他是再不能在这个阴森森的屋顶下生活下去了。

那么美芝怎么办？

第十二章

欧阳玉琼骑了单车，手捧了一只黑白相间的花猫到市委办公室来见东方冉。东方冉正关了门翻看一份事关文物的报纸，这份报纸多载某地考古新发现，出土了什么珍稀的东西，某某地方侦破了巨大的或特大的文物抢劫走私集团等颇具吸引力的文章。东方冉是每报必读。上班时间一般是要守在办公室的。守在办公室无所事事就寻些书报看，将《文物报》和《人民日报》混在一起看，有人来访，将文物报压在下面。并不是怕谁打小报告反映到哪里，他已是无官的人，又四十多岁了，还怕谁批评不成？只是觉得没有必要在上班时间也肆无忌惮地玩古物，讲起来总不是很好听的事。机关毕竟还是机关，应该有个总体形象，个人有情绪，也不能怪机关的。

玉琼进来说："我买了只猫。"

东方冉道："恭喜你呀，添丁啦。最近又有了新发展，开始研究猫啦？"

"我是来把它送给你的。我一个单身汉，进门一把火，出门一把锁，没人伺候它，会饿死的，也是一条性命呢。"

"猫怎么会饿死？"

"怎么饿不死？你以为有了老鼠就饿不死了吗。"

"猫不是生下来就捉老鼠的吗？有老鼠吃，美味佳肴，怎会饿死。"

“你这人哪，坐办公室也坐呆了，如今的猫呀，哪个还捉老鼠？这是什么年头了，你还是老观念。”

“猫不捉老鼠，谁来捉老鼠。”

玉琼将猫放到办公桌上，拍着它的脑袋：“你问它。”

猫就挤眉弄眼，朝东方冉挖苦地一咧嘴，似是说：你还真不懂世事。

东方冉叹曰：“如今呃，猫之不猫。”

玉琼道：“你别埋怨猫。我问你，你坐在这里干什么？”

“上班哪。”

“上班干什么？”

“有事做事，无事看报。”

“干活的时候多，还是看报的时候多？”

“这个用得着问吗？”

玉琼道：“这就是了。上班的不上班，与做猫的不捉老鼠有何区别。猫之不猫，人之不人。”*

东方冉听毕哈哈大笑，便搂过猫，亲切地说：“猫兄弟，咱们彼此彼此。”抚弄片刻，递给玉琼，“你还是带回去，我家也无人养它。老娘老了，自身难保，老婆天天忙于学文件，‘中’‘发’‘白’136号文件，关于‘洞’‘索’‘万’同志的处理意见。”

这时办公室门被一下推开，悦耳和响亮的笑声随同滚了进来。东方冉与玉琼一见，是谷美芝和柳林两个。两人笑成一团，弯腰折背，泪花四溅。

东方冉忙反手扣了门，嘘一声：“两位小姐，请稍敛声，这是上班的地方。”

好不易才抑制了笑浪，人却还是在一抖一抖的。玉琼问：“二位佳丽，你们笑什么？”柳林道：“我们偷听了你们的全部谈话，实在是忍不住了。”玉琼问东方冉：“我们没说笑话呀，说的都是

*上班的不干活，做猫的不捉老鼠。暗讽什么呢？

正经事呀。”东方冉道：“绝对正经，论证猫与老鼠在改革新时期中的经营机制转换问题，报上天天这么说的。”说着俩人又“噗”地大笑起来，一时无法制止。好在隔壁办公室里有人吵架，互相将噪音平衡了下来。

待二位平息了，东方冉道：“二位今日是过门客，我去买个瓜来，以示欢迎。”美芝道：“这又不是家里，你要去买瓜，我们马上就走。”东方冉道：“那就只能表示在心里了。是什么风把你们吹来了？是走错了路吧？”美芝道：“我们见欧阳先生骑了‘通身响’直奔贵市委，想他一定是来找你聊天的，我们就随后跟了进来。”玉琼问：“你们一直躲在门外？”柳林道：“古玩界都讲你们俩是鹤了城中的高手，我们想窃听你们在传什么经，多少也想学一二招。”

东方冉道：“慢着，小谷你说玉琼骑的‘通身响’，是什么意思？”

“他的车子是铃子不响通身响。”

东方冉朗笑一声：“你瞧我这个脑壳，怎么就没转过弯来。”

玉琼道：“我骑这‘通身响’有两大好处，一是小偷看不上眼，二是省得漂亮姑娘来缠我。”

“哈哈哈”，二位又哄笑起来。

接下来还是谈到猫。

玉琼说：“二位来得正好，这猫有主了。因它是只公猫，我和东方冉都不愿要，同性相斥。”

柳林笑道：“正好美芝没结婚，就许配给她吧。”

美芝又笑得弯下了腰，已无力反攻。

这时玉琼说：“我现在要给诸位讲讲这猫的来历。”柳林说：“正是正是，你无心养猫，怎么又买猫？”玉琼道：“我被这猫要弄了一回呢——”

很早的时候，玉琼就知道一个有意思的去处。说是鹤了城西北方向十余里外，有个叫婆婆坳的地方，住着三五户人家，有一口好井，井上方有一个寸草不生的岩头。岩头缝中，长着一棵松树，拳头大小，树身弯曲似弓，终年也只就屈指可数的些许松针绿着，皮如枯壳，风吹即“簌簌”往下掉。如不是松针绿着，要怀疑那树是枯死了。奇特之处是那根如巨爪，紧紧巴着岩缝，才将生命延续了下来，据说那树已有几百年寿数了。松的畸形，便终日照在如镜的水井里，甚是有点韵味。据说这婆婆坳得名是历史上曾有位八十岁的老婆婆出家在此修行。此处无庙无庵，何以修行？说那婆婆一日梦见一井一松，菩萨指示那便是她的修行处，佛在心中，大自然为万物生灵之母，黄土处处有灵气，皆可修行的。那老婆婆便寻访梦中佳境，寻到此地，竟是如梦中所见不差毫厘，便借岩身挡风避雨，饮清泉解渴充饥，闭目静修。那老婆婆原是富贵人家之长尊，儿孙满室，更有在朝为官者，享不尽的荣华富贵，最终的归宿竟是佛门，一时成为美谈。

玉琼对此类民间故事不感兴趣。前些年县里抽人成立民间文学集成办公室，专事收集鹤了地方的民间故事、民间歌谣、民间谚语，叫做三套集成，国家统一要搞的。那位早已离任的县图书馆馆长出任集成办总顾问，他提了玉琼的名，觉得他善收藏，善鉴别，一定也有民间文艺之天赋。县里有关部门致函玉琼厂里，把他抽调出来做收集整理工作。工作了一段时期，他便对这项工作生出反感，凡是活生生真正来自民间的东西，几乎全被那几个文人加工润色过一次，或加强了思想性，或将方言改作国标语，或掺进了漂亮的词汇……就如摆弄盆景，将原生态强按人意修剪过一次，已原貌全非、脱胎换骨了。玉琼是玩古物的，古玩界最怕的是在本来的模样上刻字加款制作，不是赝品也被弄成了赝品，本来值钱的东西变得毫无价值了。民间文艺也如是一种精神古物，和实物一样，是不可磨灭更换本来面目的。历此一段文字活，从此玉琼便对任何美丽的民间传说都要持怀疑态度，看作蹩脚文人的故弄玄虚。做集成工作时，也听说过婆婆坳的故事，一直没去看那景观，亦是怕失望。

这日天气晴朗，气候宜人，玉琼便决定去看看那个地方，了却一桩心愿。鹤了地方的古迹、庙宇寺院、自然景观，他是都看过了的。他走遍了鹤了的山山水水，没有哪个地方不知晓的，便把这最近的一处留在最后来品尝。

骑了“通身响”，打听着走了约一个小时路程，寻到那婆婆修行之处，见果是有一岩头，有一棵不错的松树，亦有一口井，但井水不再如传说中的清澈，恐早已废弃。环视四周，山无好树，田无好庄，风景平平。其实这也是玉琼预料中的事情，因此并不为此行遗憾，婆婆坳的知名度本也不高。

岩后百米，有一户人家，屋后有竹，院前有池塘，地坪扫得干净，玉琼便推车前往屋中歇歇脚，讨杯水喝。

屋中无青壮，唯一老者看家。玉琼吆喝一声，老者应声出来了，互相搪塞几句客气的话，老者留座，倒上凉茶。玉琼就坐在院中阴凉处，纳凉散汗。

不一会儿，老者口唤“咪咪”，引出一只猫来。此猫黑白相间，毛色油亮，憨态天然，煞是可爱。就在玉琼脚下不远处，老者于怀中取出一只碟子来，放于地上，于内面装些许饭食并切碎的干鱼块。小猫一见便扑了上来，一边嬉戏，一边慢慢嚼食。

一见那碟，玉琼眼睛顿时一亮，那是怎样的一只瓷碟啊，只见它：孔雀绿的釉色，碟口直径约七寸，内外施釉，碧翠雅丽，看上去色泽似显晦暗，但正是这深暗，便一眼可断定它是大明时期的窑品，那时还烧不出亮翠的孔雀绿来。怎样了得的一件东西呀，玉琼还可想象：碟子底下应有七个由枝杈烧成而留存的钉痕。想不到此行，还可见着这样的好物。*

但玉琼深藏了喜悦，边与老者说着话，边作高兴状，蹲下去欣赏那猫戏食。一时想不出怎样才可得到此物。如今农人也精明

*『猫碟游戏』，堪称经典的收藏与被收藏故事。

了，因常有收购古物的来乡中穿梭，百姓也都知旧物值钱了，都学会了漫天要价。

见那老者满眼慈爱，倾心专注于猫一身，玉琼觉得应先从讲猫入手。一言及猫，老者便眉飞色舞，讲他们家养猫是祖传绝活，几代人与猫结下了不解之缘，爱猫如人，也不知繁衍过多少出色的猫来，方圆百里都是知名的。因这是猫的故乡，多少年来，这屋中就不曾见过老鼠。

玉琼就想，他那么爱猫，倘是先把那猫买下，再言猫今后吃食不习惯，求他把碟子也附带配上，不是得手了吗？

于是玉琼也扮出无限慈爱的样子，说他也极爱猫，他想买只猫回去养了。老人说：你是真正的喜欢？玉琼道：真正的喜欢。老人说：我也不是做猫生意的。如是不真正喜欢，我是绝不卖给人家的，怕它到人家屋里受苦。人家是真喜欢，我也乐于出手。我们培育出来的猫，可不是一般的猫，到人家屋里叫一声，这屋里便从此安静无鼠虑，真正是老鼠见了猫，跑不赢的。我家每年要出好几窝猫崽子，也要放些出去做善事，如今天下老鼠大乱……

接下来成交，老人开价昂贵，一只猫如一条大狗的价，令玉琼暗暗吃惊。但想到若能得到那碟，这个价钱又算什么？一手交钱一手交货，老人收了钱，抱起花猫，亲吻数下，恋恋不舍交给玉琼。玉琼抱过猫，装作不屑那碟一眼的样子，转身就告辞。一扭身，在暗地里狠捏这猫数下，那猫尖声呜咽起来。玉琼放下猫，猫便朝那碟子扑过去。玉琼道："老人家，这猫恋家哩，如何养得熟？不然就这样吧，你把那猫碟子也一并交我带了去，好让它习惯，觉得如同在家里。"

这时那老者正俯身收拾碟子，见玉琼转身，便含笑说："我想同志哥跑这么远来，也不是来买猫的。要是我把碟子也卖给了你，日后谁登门来买我的猫呢？"

被更高明的诡计所揭穿，玉琼的脸通红了，一时无话可说。

正值玉琼呆怔之际，老者抱起猫，放到玉琼的单车篓中，道："不过同志哥你相信我，这确实是只好猫。"说着就小心藏了碟子，踅进屋去。

玉琼言毕上当经过，众人不禁抚掌大乐。

玉琼道："想不到那茅舍村野，也有识古物的高人，诱人上钩的办法也甚是高明，真是强中更有强中手。当时我不甘心，便到当地打听那老头的来头。倒也无甚大的来头，只是把婆婆坳的传说修正了一下，说某年确曾有个富婆在此隐居过，至于是修行还是躲灾避难，就无从考究了。估计当年那富主，带过来一些官宦人家使用的物件，便流传下来了。我当时也纳闷，这老头手中怎么有这样的好物呢？原来也是有出处的。"

这时东方冉拍手道："大家快分头去打听一下，看还有哪些人买过婆婆坳的猫。问问周顺清、洪伟达、谷定坤、小水电公司姓林的。我估计还有人买过猫的，不然那老头操作也不会那么熟练。"

玉琼道："我想也有人上过当。不过我是斗私批修敢亮丑。有些人怕是打落了牙齿往肚里吞，怕丢面子不敢说。"

又说了阵闲话。东方冉面露疚意道："两位小姐是初临茅舍，不让我去买瓜，办公室的茶杯呢，我又不敢给你们泡茶，真是不好意思。"说这话时，两位女士就有些告辞的意思了。东方冉道："你们是不是有事要我办的？所谓无事不登三宝殿。"美芝道："想倒也是想来拜拜师傅的，不过今日是无意中撞来了。"柳林说："既来之，则安之，正好碰着二位高人，也不妨请教一下。"说着，从口袋里摸出一个玉塞，从白瓷般的腕上褪下一只玉圈，又从粉颈上摘下用绳子穿挂着的一个玉坠，一并放到桌上："对玉我俩还完全是门外汉。看过点资料，还是一窍不通。要请二位吐点识玉真经，不会保守吧？"

东方冉指着欧阳玉琼："这个辅导任务由他来完成。他是玩石头的高手。玉不过是石头的精华而已，没什么神秘。"

玉琼就说："你这不是为难我吗？刚才还笑我被乡野村夫耍了一盘。"玉琼本是极不愿在任何人面前谈什么玩物技巧的，叫作真人不露相。现在被逼紧了，撕不下面子，又是面对美艳的女子，心志也就难持清高了。他说玉是古玩中的一大类，历史悠久，学问渊深，品种又繁多，是极难一下子说得清的，他也只能是作些粗浅的解说，如能达到粗略识别真伪就不错了。玉琼先拿起那玉圈，告诉二位：这是假货。虽也是石料，但够不上玉，内行称之为烧料，仅看光泽和硬度，是不可轻易断定为玉的。然后拾起那玉坠，便肯定这是块好玉。好在哪里，也作了一番说明。再拾起那玉塞，便和东方冉相对一笑，对柳林说："东方先生是研究这种玉的专家，这个专题由他来辅导。"东方冉朝他一横眼："你这个猫贩子，没得名堂。""你就好，两位佳丽本来是来求教于你的，你就干干净净地往我身上推。""你，你好人做一半，不是前功尽弃了？""你研究这种玉比我在行，并不是我不愿为小姐们效劳，二位，是不是？"这时二位女士被他们的隐语弄糊涂了。

柳林便央东方冉："东方先生，也谈谈你的看法嘛。"

东方冉只好接受："柳小姐，我先问问你，这玉是哪来的？"

美芝道："当然是她先生送她的情物喽。都说人身上有玉，血压高的也不高了，摔倒了也不会中风，是凉血的宝物。她如今是金身玉体了，要佩带点宝物的，所以她先生舍得花钱武装她。"柳林道："少说些，没人说你是哑巴。"

东方冉道："身上有玉，确是好事。三生送你玉圈和玉坠，佩挂在身上，倒是不错的。不过这件东西嘛，"东方冉不好往下说，犹疑片刻，"首先可以肯定这是件出土的东西，你们看，可见土中埋久了，有土色吃进去的痕迹。"接着东方冉讲如何鉴别出土玉器。

玉琼说:“你也和她们讲讲这块玉的用途嘛。”

那二人异口同声说:“对。”

东方冉白了玉琼一眼，只好往明处说:“这玉塞呢，不宜带在身上行走。”“怎么?”柳林问。“我说了你不必有什么想法呀。这玉塞，是古人专为死人制作的，在汉代颇为流行，别名叫作‘九窍塞’。九窍即是耳、眼、鼻、口、肛门等。古人为让尸体埋于地下永不腐化，其中有一个办法，便是要堵塞人体的所有洞，不让体内精气流出来，玉塞就是派这个用场的。”柳林叫一声:“哟，死人用过的。”便惶惶地看着那物，面有惧色。东方冉道:“依推这也应是块汉玉了。虽不是一块很好的玉种，但年份已久，也难得。还什么死人不死人的，恐怕那尸体两千年前就化成泥水了，有什么怕的?”

但柳林是再不敢要这物了，连连骂柳三生:“这个秃猪，真没得名堂。还为我好哩。”玉琼和东方冉只好在心里暗笑:这个柳三生，马屁拍在马腿上了。不懂也该先学着点。东方冉没直说是塞过死人肛门的，就算是很照顾三生的面子了。

谷美芝倒也大方，拾起那物，放进口袋:“世上哪件古物不是与死人做过伴的?怕什么，都是几千年前的故事了。不放在身上就是，收藏起来，摆在玻璃柜内。”

东方冉道:“不要低估它的价值啊，这东西拿出去是很抢手的。”

隔一阵，柳林也就平静了，和美芝互挽了，告别东方冉和玉琼。猫最终还是给了柳林。柳林说:“喜倒是喜欢，就是我这人办事毛毛糙糙的，怕养不好它。”美芝说:“它不听话，你就吓它:我用玉塞塞你!”柳林一笑:“你这个死鬼，还挖苦我。”玉琼再补一句:“再不听话，你就说:叫老鼠来吃你!”大家又笑。

送走客人，东方冉戳玉琼一指头:“你这个鬼，成心要吓那女子，又嫁祸于我。”玉琼道:“彼此彼此。”

接着东方冉正经了脸："今天你来得正好，我给你说一件事，最近市委信访部门收到一份举报，是谷米香大屋里人写来的，措辞激烈，痛责文物贩子蚕食谷米香的文化遗产，要求有关部门制止。其中点名举报了谷定坤、谷美芝、柳三生、洪伟达等人。信访办的人见我懂文物政策，征求我的意见应如何妥善处置。我一看吓了一跳，幸好其中没有点我们的名字。"玉琼道："点我们干什么？我们又没蚕食他们的文物。""幸好我们那次去参观的指导思想是君子动眼不动手。"玉琼道："你不是弄了个破窗格？"东方冉道："在他们看来，那就不是文物了。事实上也不是。再说我们来去匆匆，谁晓得我们是谁。""我是点了名也不怕，不像你，还在市委里坐。"东方冉说；"也不是怕不怕的问题，挂了个名在内面，总是不愉快的。羊肉没吃得，反惹一身膻，划不来。你说我还为什么担心？""为什么？""你不记得啦，高安不是也顺手牵羊在那里捡了个大便宜吗？"玉琼道："那件东西倒还真值得检举一下。"东方冉道："幸好高安去得早，那时候他们那里基本上还是块处女地。我见这个举报，不能转到有关部门去，真的细细盘查起来，高安也脱不得干系，也怕那老太婆有朝一日一时不懵懂了，从电视里认出市长来呢。我胡乱讲些文物政策规定什么的，告诉信访办，那是乡里人大惊小怪，不懂，破东烂西也看作是文物。现在社会上有几件真正的文物？这样说一通，也就没什么事了。"玉琼道："现在老百姓也真是觉悟得快，说真的，这应是件好事。老百姓应该保护自己的利益，可惜觉悟晚了，不知有多少人去蚕食过谷米香。"东方冉道："照这个形势发展，你我的活，也就长不了啊。"玉琼："真正要玩，何在乎一定要玩文物古器呢？"东方冉道："倒也是。会玩的什么都可玩出水平来，欧洲有个人就专收各类拖拉机。"玉琼道："有个人专收二战时期的战斗机呢。""有个人专收各种避孕药和避孕工具样品。""有个人专收使用过的避孕套。""有个人想把自己收藏起来，又不晓得藏在何处。”“哈哈哈”说着两人互相指着鼻子大笑。

一个星期后，部分信息反馈到欧阳玉琼和东方冉耳中：

周顺清买过婆婆坳那老者的猫。

谷定坤买过猫，没有对谷美芝说，走不远就愤愤然扔了。

小水电公司的大林买过猫。

大林的两个玩古物的朋友也买过猫。

城郊一个二道贩子也上过当。

既然连欧阳玉琼都被人耍了，上过当的也都不以为丑了。此事一时成为古玩界的笑谈。朋友们有时在街上相逢了，便打趣地问：最近去不去婆婆坳买猫？大家就又一阵儿笑。

这事也传到圈子以外。圈外人不大明白其中奥秘，倒是真有些想要玩猫的主，因一时在市上找不到猫，便跑到婆婆坳去买猫。那老者也极会辨颜色，知是真买猫的来了，便按真卖猫的价销售宠物，一时倒也兴旺。

也不知那人家日后是否成了养猫专业户。

第十三章

谷美芝从教师进修学院短训结束回到家里后，就被族长召见。族长对美芝也说了类似对谷定坤说的一番话。口气是非常重的，言她和谷定坤是谷姓人的叛逆，出卖祖宗，等等。谷美芝是个刚烈的女子，不像谷定坤口里雄伟内心虚怯。族长的谈话虽是苦口婆心，但那些过分的措辞严重地伤害了她，当即她就与族长争执起来。她丝毫也不承认她做了什么错事。本来也觉得她和定坤的行为有些出格，但火气冒上来之后，倒把本有的内疚烧得干干净净。她是那种服软不服硬的角色，犟起来，石头也要争出血来。族长气无所容，口口声声要开祠堂门。美芝说你们要开，我就死给你们看，不信你们就不属共产党管。吵了一阵儿，不了了之。支书告诉美芝：教完这个学期，下学期就不要再去教了。美芝说：明天就不去了，何必等到下学期。这个月的工资我也不要了，够大方的吧。*

美芝气呼呼地回家去，和娘诉说原委。娘说：族长对你说的，也都对我们说了。你走的这一向，变化可大哩。不要听他们说的，更犯不着生气。他们不要你教民办了，正好。就是要你教，你也要辞职。你大舅来信了，让你从现在起，到城里去租房子，读电大也行，读什么训练班也行，要突击攻英语。再就是学裱画，一定要拜好老师，尽快学好手艺。所有费用他那里汇来。

美芝就叫娘找出信来读。大舅的信写得很迫切：叫她努力

*『此处不留爷，自有留爷处』，且看女中豪杰。

干好那两件事，不然他也帮不了她的什么忙，他说他在垂暮之年，要对他们最小的妹妹负责，妹妹也快日落西山了，便要拉她一把。但是倘不具备外语和裱画手艺这个基础，他也无能为力帮她，到国外去，没有硬功夫是吃不上饭的，谁也帮不了谁。

美芝读信后精神十分振奋，她对娘说："这也是我最想学的两件活，我记忆力好，语言能力强，高考时就只是外语成绩考得最好。"娘也高兴："这就好，你准备到省里去还是到地区去？"美芝毫不犹豫地说："到鹤了市去。"娘说："那怎么行？一无好的英文教师，又没有好的裱画师傅。"美芝道："我保证学好还不行吗？我难道不想对自己的前途负责？"娘也就无言以对，依了她的主张。娘觉得女儿能把握好自己，女儿很有分寸尺度，不会乱来的，从小就体现出这个长处来。

娘后来也试探性地问到了她和谷定坤的关系。美芝便告诉娘：经过一个时期的接触，她觉得定坤还是缺少了点什么，而对于一个男人来说，这一点又是很重要的，他们可能很难再走到一起了。娘说也好，你现在把心思全放到学习上去。美芝说："恋爱倒也不见得会影响学习，问题是值不值得恋。值得恋的，有助于学习，不值得恋的，就要伤神了。"娘说这些事我不懂，你自己保护好自己就是。

娘又交代："你舅舅的计划，也就放在我们心里好了，不必与外人讲。"

美芝道："我知道。八字还没一撇的事，声张什么。我是最看不起那种成事不足败事有余、嘴巴上存不住三粒饭的角色。叫作菩萨没雕成，鸡巴就雕起老高的。"

娘嗔道："你就是这个毛病不好，野起来像个男伢子，什么话都说得出口。"

美芝道："我也担心我这个人今后有没有男人喜欢我。"

"定坤不是喜欢你？"

“不如我的人喜欢我只能说是我的悲哀，要是我喜欢的人喜欢我才说明我是真值得喜欢。”

娘说：“也不知你有没有福分碰上你喜欢的人，我晓得，你的口味是蛮刁的。”

美芝道：“那就慢慢来吧。道路是曲折的，前途是光明的。”

娘说：“我也没有好高的要求，只要临死前，有人叫一句外婆也就心满意足了。”

美芝说：“那也容易。那时候你糊涂了，出一块钱请个伢子来叫你一声就是。”

娘叹一声：“养你有什么用。”

美芝说：“养儿防老，积谷防饥。有没有用，要到你老了的时候才看得出来的。”

“等我老了，你又漂洋过海了呢？”说着娘的眼睛开始湿。

女儿道：“我接你跟我一起去还不行？”

“天远迢迢的，我坐汽车都晕，还坐得飞机。”

“那就坐火箭。等你还来不及晕，人就到了。”

“唉，说到哪里去了，八字还没有一撇。”

“都是你说起的。人还没死，就怕臭了尸。”

“你那张嘴哟，不晓得像谁。”

谷美芝背着行李卷走出谷米香大屋的时候，不曾回头看一眼这栋颇有名气、历史悠久的祖居。她也想努力挤出一点离别之情，却怎么也做不到。是不是族长一席话伤了她的心呢？她想也许人要到了怀旧的年纪，才开始怀念故乡的，那就等到那个时候吧，现在是无法做出矫情来。

谷美芝在鹤了市新城区租了二房一厅带厨房厕所的房子。她去邀同学柳林帮她布置打扫房子。

柳林因她突然决定要在鹤了城中定居而感惊讶：“你怎么想到

要来这里定居？”

“现在兴农民进城。”

“不是。”

“那就是想念你。”

“不是。”

“这就算作是个秘密了，不久也就会公开的。”

“你这个人总是神秘兮兮的。”

柳林又问：“你一个人要租这么大的房子干什么？”

“大不比小好？”美芝问。

“可你没找到工作，又没做生意，我担心你房租的压力。”

美芝道：“我炒古物赚了钱。”

“鬼才信你。”

“信不信由你。人不可死量，水不可斗量呢。”

“不信不信。”

“信也罢，不信也罢，反正我住下来了。”

房子很快布置好了，倒也弄得雅致、简朴、舒适。美芝将自己所收藏的几只古瓷坛和一对两尺余高的青花瓶都摆列在客厅里，四幅因裱装时间过久、棱边均已磨坏、但画工倒是极见功力的古画，也挂到客厅粉墙上。梅、兰、菊、竹四君子列齐了，顿使房中古韵袭人。家藏的一只高嘴铜吊壶也弄了来，作为壁挂，安放在与梅、兰、菊、竹四君子对应的对面墙上，房中便更显得完整统一了。这种铜吊壶，城中人已是极难见着了，也可算作是稀少的古物了。

权当饭厅的一间小房，四壁空空。柳林说：“这里好放一本挂历。”“放挂历？印刷品？”“不好吗？”美芝道：“还亏得你如今留职停薪搞古玩专业，还停留在印刷品水平。”柳林问：“放什么？又是铜吊壶？”

 美芝想想：“最好是去乡里弄一床蓑衣来，酱黑的颜色，四周是毛须，中间是绳编，上方再配一个棕叶织的豆青色尖顶斗篷，乡中的情趣，古朴的图案，色彩柔和典雅，真是件好壁挂。”

柳林道：“依我看，最好是去乡里牵条牛或一只羊，摆在这里。”

美芝道：“我看你还是回公司上班，你不配当古玩专业户，这个水平怎么能胜任。”

“我看你也不过是铜壶、蓑衣、斗笠的水平。”

两人斗着嘴，并不影响感情也不影响手中工作。忙完了，俩人都累得不能动了，双双倒在床上说话。

美芝说：“房子搞好了，我想请高市长和东方先生吃一顿饭，你来帮忙，就我们四个人吃。”

柳林说：“你倒会巴结领导。”

美芝：“我有事想请市长帮忙。”

“帮你找工作？我也正在纳闷，你民办不教了，一个人跑到城里来，依靠什么活命。我看请一桌饭，不见得就能解决工作。”

“不知市长是否请得动。”

“请动了也没希望找份工作。”

“你这人，开口闭口工作。找工作我会找他吗？我一个吃农村粮的，怎么能安排工作。”

“找他干什么？”

“到时候你自然晓得的。”

“那就试试看吧，也许请得动。我看他们对你的印象都不错。”

“你凭什么？”

“凭感觉。女人在这方面的感觉是非常灵的。男人的心深沉，但眼里流露出来的却简单，一看就知道他喜不喜欢某个女人，或者有不健康的想法。”

“那是柳三生的眼睛，看着你发直了就想上床，我看别人不一定是这样，各人的流露是不会一样的。”

柳林说：“好啦好啦，不谈这个啦，再谈下去就要出格了。我倒也喜欢和高市长他们接触，当大官又不拿架子，不做作，难得。这种人有档次。”

美芝说：“假如你现在没结婚，假如高安没当市长，你会嫁给这个比你大二十岁的男人吗？”

柳林道：“会。”

“为什么？”

“一个女人对一个男人感觉好，大五十岁也会嫁给他。女人爱感情用事。女人不在乎男人的年龄，而在乎是否出色。”

“假如他一无所有呢？”

“一个真正出色的男子汉，迟迟早早，最终会什么都有的。”

美芝赞扬道：“你这时说的话，比刚才水平高多了。”

柳林说：“你的意思是我的水平再高也不如你高。”

美芝道：“回答基本正确，加三分。”

两人就在床上扭打起来。

谷美芝和柳林再度拜会东方冉，求东方冉邀请高市长去赴她们的家宴。东方冉面有难色，言高市长是极少去人家家里吃饭的。为什么不去吃？可以替他设想出许多理由来，毕竟是在市长这个位置上。美芝道，能请得动，当然是更好。不能来，也无关要紧，也可以理解。如他也想放松放松，就去走走。也不叫作吃饭，就几个人，随便吃点什么，也没正经事要谈，完全是会友的性质。东方冉答应尽力而为。还告诉美芝：高安这人，不喜欢排场，不喜欢拘束的。如是请得动，吃什么，怎么吃，便要因人而异了。美芝说她一见市长这人，便知他会喜欢什么。

结果很快有了信，市长答应来，约了某日的晚饭。这时谷美芝反倒有些手忙脚乱了，忙与柳林商量做什么菜，赶紧开始动作。

这日晚上七点钟，天已黑尽，东方冉陪着市长，步行而至。东方冉告诉她们：市长五点钟还在地区招待所开会，辞了那边的会餐赶回来赴私宴的。市长乐哈哈道：“怎么样，小姐们，够意思吧。”便将屋中气氛调节得十分活跃。市长要进厨房参观，美芝挡着门：“有些节目，暂不公开。”市长道：“我最担心的是你们会弄出十碗八碗的大鱼大肉来。接市长吃饭，多隆重的事情。”美芝道：“等着看吧。”

女的进了厨房。

男的便在小客厅里欣赏谷美芝的所藏之物。

高安小时候做梦都想当个画家，那时候没条件，买颜色和纸都是很奢华的事情，便在家临摹连环画，临过十几本，线条功夫大有长进的，可惜后来中断了。但每到一处，见了好画就流连忘返要品个够。每进书店，也是先关注画册。凡正式出版的中国各国画大师的册子，基本都收藏了，常一人独自观赏，权当调节疲惫。见谷美芝墙上有好画，立即粘了上去，细细观赏，将题款一字字念出声来，几方朱印，已色泽暗淡，便凑近去，也一一辨认出来，赞曰：“好画，好文，好印。虽不是名家，我看也不是等闲之辈的手笔。用笔、设色、章法、题款、治印，都是十分的讲究。从印上看，作者自称为‘臣’。称臣者，必也是个官了，最低也是个七品。那时的官，没点真才实学，怕难得当上去。这个水平，在如今是个大画家了，我看我们鹤了市几个搞美术的，功夫要达到这个程度，还有很大的距离。唉，与老祖宗比，我这个当官的，浅薄得无地自容了。东方冉你看呢？此画应作如何评价？”

东方冉道：“画我不大懂，只有画过画的人才能真正品出高低三等来。”

“今后见了有好字画，倒是可以帮我收藏一点，行吗？”

"因纸难保管，市面上古字画不多。这品字画呢比品其他物件更难，更要有专业知识，所以玩字画的人不多。我尽力关注一下。"

"其实大家都一窝蜂去搜罗名家字画，也未见得路子对。固然名家不可否认，但许多与名家同一水平线上的专家，大多数得不到承认，其中有个宣传的问题、人际关系的问题、机遇的问题，如今是这样，过去我看也存在这样的问题。我的兴趣，不在于收藏名家字画上。一方面名家手迹少，二来仿品赝品多。真正赏玩，非名家的佳作，一样可以满足。我也藏了几幅这样无名之辈的作品，反复去和当时的名家之作对照，并不见得差多少，甚至各有千秋、各有长短。"

东方冉道："我看你今后作报告，可以把这个观点引申进去，比干巴巴的报告，要生动深刻得多。"

"你讲到哪里去了？现在不谈政治。"市长说。

说着柳林出来叫入席。

推开列席的房间，高安和东方冉不由自主地"啊"了一声，略略吃惊。席面与环境，别开生面，极富情调。*

未曾开电灯，点的是两只青花瓷的老式清油灯，上下是如碟似的阔边，中间是五六寸高的细腰。上面碟里，倒了清油，油中浸了棉纱做的灯芯，点燃了，通明透亮，并无油烟。

桌上只有六道菜，盛菜的不是碗，而是市面上已少见的陶钵，俗名称蒸钵，内着深酱色的釉，外是白泥的胎，色彩对比鲜明柔和。饭碗则极奢华，是清道光年间出品的敞口尖底青花白瓷碗，薄胎细瓷，虽无款，也算得上品。东方冉将碗托在手上，说："呀，呀，呀，可别失了手呀，这一跌下去，这碗饭便要值几百元钱的呀。"极是看重这古物。美芝道："这是我家藏的，也只剩下六只了。今天有贵客来，自然要拿出来使用。"

椅子也是乡中搬来的。是用人高的嫩松树干，剥了皮，趁生

*一个风雅、精彩、坊间难见的饭局。

湿将其扭曲，折成矮小的坐椅，就只屁股大小，高不足一尺，靠背刚好顶至肩胛骨，又是斜势，人坐上去可微仰其身，坐板前方有横杠突出，可抵住屁股不至滑出，坐感甚是舒服。造型奇拙，可见匠人刀斧痕迹，古朴厚钝，极富山地风味。

只是饭桌平庸，便用一块蓝底白花布罩了，也生出几分古朴来。

六道菜，是四素两荤。素菜是山中的嫩竹笋；不称其为菜的干蕨菜；马齿苋；豆角、洋姜、腌白菜、酱黄瓜、酸辣椒等一律自瓦坛里藏过的混合坛子菜。荤菜是一只红烧野山兔、四只煲斑鸠。

酒不用白酒，也不用啤酒，是家酿的糯米甜酒，用一只民仿清的青花松竹梅纹壶装了。这壶制作也甚是奇巧：盖上提纽是一梅结，壶把为一松枝，壶嘴为竹节。盛开的梅花、清朗的竹影、苍劲的松枝，相映搀携，岁寒三友，高洁淡雅，竟也仿出了康熙官窑作品的几分味道，赏之爽心悦目。

市长高安上桌便连连叫好。美芝说：“几道不值钱的菜。虽不值钱，只怕你们也挺难吃得到的。”高安道：“不是难吃到，而是吃不到。”东方冉道：“你们也真是用心良苦，清油灯、道光的碗、岁寒三友酒壶、松木椅、瓦钵、米酒、山里菜，还有蓝花布，配齐了，古香古色纯良民俗，嗨，真是有意思，我看你们二位的水也够平了。”柳林道：“不是‘你们’，我是打下手的，全都是美芝的构思。”“不错不错，真是美而又芝。”东方冉是喜笑颜开，极是惬意。高安一笑：“这‘美而又芝’怎么解？”东方冉道：“芝是灵芝的芝，美而又芝就飘飘欲仙的意思了。”高安听毕，高声大笑起来。柳林和美芝更是忍俊不禁，清油灯火一时闪烁摇摆。

米酒就倒在道光的碗里。美芝说：“没有好酒杯就宁可不用酒杯了，先生们不要见怪，来吧，不敬酒，各便，得罪得罪。”

高安欲举筷吃山菜，突然道：“噫，这筷子怎么这么重？”美芝便抿了嘴笑，柳林说：“你感觉是重吗？”市长说：“重。”便举起再掂。东方冉也把头偏过来视察。高安取过东方冉的筷子比较：“果然不同。”东方冉拿过高安手中的筷子，只一掂：“你这是双紫檀木筷子。”高安对美芝道：“这又是你的收藏了？”美芝道：“她的先生要花大钱索我这双筷子。”柳林说：“他们谈判了三次。”高安道：“非同小可，非同小可。”细看，筷身刻的是息翅安歇的凤凰。凤头便是筷子头了。精工镂空雕刻的凤嘴凤目凤冠，美妙绝伦，俨然活物。拿在手上，不由得要捏得很紧，生怕掉地上摔坏了。这双筷子通体紫黑，润如肌肤，幽幽古香细细袭来，拿在手中，远不是筷子的感受了。

“东方先生，实在对不起，只有一双紫檀木筷子，就孝敬了市长大人，请你包涵了。”美芝说。东方冉道：“理应如此，理应如此。”高安道：“那我就当仁不让了。如东方冉不服，就一人分吃一支。或者下次请客由他享受。”美芝道：“下次就怕难请到你们喽。”高安道：“反正我听东方冉安排，他原来一直当我的班长。”东方冉道：“你这么一谦虚，我就不胜荣幸了。”

大家就兑着很难吃到的米酒，说着话，慢慢品，兴致高了，吃什么都味道好。都夸美芝这人像个大家闺秀，竟还会做菜。美芝说我们农村妹子，十几岁就都上了灶台的。

吃着，市长高安提议：“现在我们每个人，都来讲个故事。以精短为主，要，有笑的效果。谁先讲？东方冉先讲。”东方冉道：“你建的议，当然你先讲。”“我是节目主持人，当然由我点将。”

东方冉道：“好，我先讲。我原来在县委办公室搞情况综合，每月要召集下面各区搞办公室的同志汇报生产。每月都开，开多了，有的人索性连本子也不要带了，就凭记忆汇报。有一次，一位同志汇报他们区的春耕积肥热情高，效益好，说截至汇报这日，全区一共积肥九万八千九百八十八担半。主持会议的同志觉得这个汇报有漏洞，想几角几分可以带小数点，这积肥一担便是一担，半担是怎么一回事？便问：喂喂，你那半担是怎么统计上来的？底下的同志觉得说漏了嘴，忙遮掩：我上车来开会之时，见一个农民挑着一担肥料摔了一跤，那半担掉到河里去了，只剩下半担。”*

“好好！”大家鼓掌，大笑。

接着谷美芝讲。说有两个人喝醉了酒，都不承认醉了。两人东倒西歪相跟着走出酒店。前面的说：这路走起来怎么不稳？后面的说：那是路修歪了。走一段，太阳大了，后面的一看前面人的影子，惊呼：你的耳朵怎么掉地上了？前面的一摸耳朵说：没有掉呀，只是怎么长到葫芦上去了呢？后面的一摸耳朵也惊呼：是呀，我的长得也不对位子。

“好！”大家鼓掌。笑。

市长点柳林的名，柳林说没想好。

市长便讲。说这鹤了城东街渡口旁常有人设摊打气枪。气枪子儿不是铅弹，是小铁钉后面带棉线的那种，打出去，取回来可再使用的。一日某个玩的一枪打飞了靶，正好打在过路的一个农民耳朵上。农民从耳朵上将其扯下来，说：想不到，这街上的蚊子这么大一只。

众笑。谷美芝举手道：“我反对，诬蔑农民兄弟。”

东方冉来了劲头：“我接着讲个短的。”说某农民兄弟看了病去注射室打针。护士吸好了药水举着针催他打针。他没打过针，不知要如何打。护士说：把裤子脱下来。他一听大惊：一个男人当着一个女人的面怎好把裤子脱下来？仍站着不动。那护士生气了：叫你把裤子脱了，这针还打不打？他见那护士生了气，便怏怏地无奈把裤子脱了。那护士见他脱得精光，骂一句：畜生。他忙答道：出身？出身贫农。那护士便在他屁股上扎进针去。回去他对人说：还是要出身好，首先那护士举着针不打，脸上难看死了。后来她问我的家庭出身，我说出身贫农，她一下就给我把针

* 令人开颜的美妙段子，可见作者十分熟悉乡野生活。

打了。

众笑。柳林即捂了脸。

美芝道："坚决反对，坚决反对。"她说她接着讲一个。说一个下放干部下到某生产队。当晚队长派工，说某某去犁田，某某去插禾。干部一听，那些活都是又累又重的，他都干不了。突然队长宣布某某到队上集体猪栏里护理猪婆起草的事。干部一听：想起草这活轻松，忙主动向队长报名：我和某某一同去参加起草。

高安和东方冉大笑。柳林木然。东方冉道："这不是说我，我没有下放过。"柳林问："起草是干什么？"美芝道："是母猪发了情，与公猪配种。"柳林道："羞死人。"

高安宣布："不互相攻击了。故事不能带绿。"

东方冉道："现在该柳林讲了。"

柳林推辞："我确实没有。"

"讲什么都行，你不能只剥削别人。"

柳林道："一定要讲吧，也讲一个。"她说她和柳三生谈恋爱的时候，家里原是不同意的，听旁人挑拨了，说柳三生其貌不扬。她第一次领三生去见父母，怕印象不好，便到商店里选了个假发套，给三生戴上，一看：半秃的头猛长一头乌发，果然帅气许多，便充满必胜的信心携了三生去见家人。想只要瞒过了这一关，今后生米煮成熟饭，少几根头发又怎样？从县里坐车到镇上，走路从镇南到镇北家中，大热的天，早已汗水淋漓的。三生与家人一一见过面，说了些客套的话，然后到一旁去洗脸。她妹妹高兴，殷勤地在一旁服侍未来姐夫洗脸。三生洗了脸，又取下头套去洗头顶，洗毕，复将头套戴上，问妹妹：你看看，戴端正了没有？

众大笑。一致评价还是柳林的故事最好，现实题材，刻画人物生动准确。

大家又接下来瞎聊，不觉已过去三四个小时，桌上菜肴已收拾干净，酒也见了壶底。高安说：“这是一顿没有造成浪费的饭，也是最有特色的饭。”

美芝道：“市长大人是不是鼓励？”

“我今天不是以市长身份来赴宴的。”他说。

饭毕。早已有茶和水果摆好在厅里。水果也是土产：山中的杨桃和石梨。杨桃应是未全熟时，摘回来埋在谷糠里，一月之后取出来，通体柔软，剥皮食之，甘甜可口。石梨则是山中自然生长未经嫁接的梨树，果子大如乒乓球，成熟的时间极长，经霜打后方可摘食，其时已是皮如橘黄，浆汁饱满，香脆无比。两位城中长大的男子，何曾吃过如此的野果，竟不顾肚中饱胀，连食数颗，连连称奇。

最后市长问谷美芝：“你搬到城里来，准备做什么事？”

美芝道：“自有生活门路的。”

“有什么困难吗？”

“没有。”

东方冉道：“有也不妨说。”

“真没有。只是我想学裱画，这倒要请市长帮个忙。”

“哦？”

“我晓得：如今省城最有名气的馨兰轩轩主阳泰老先生，是如今省里在世不多的裱画大师之一了。据说他祖上，和我们翠朗山翠朗寺的旷如大师有交往，得了仙家指点的。这阳泰老先生，‘文化大革命’时期，到你家里避过难。我想拜他为师，要请你引荐一下。听说他收徒苛刻，收费昂贵。收费一项，不必说什么优惠的话，我有准备的，只是希望他能收我为徒。一旦进了门，我不会让老先生失望的。”*

市长道：“你怎么晓得这些的？”

美芝道：“自有门路。”

市长说：“这个好办。阳泰老先生当年就想带我去学他的绝

* 谷美芝想拜省城名望最高的装裱大师阳泰老先生为师，她知道高安能帮上这个忙。

活，可惜无缘。我写个条子，就说你是我表妹，他是必收不辞的。此人德操极高，有报恩思想的。说不定不收你的费用。”

美芝道：“费用是不收也要付的。人家那本事，不是钱可买得到的。你放心好了。”

市长当即就写了条子。美芝小心收藏了。

东方冉道：“现在准备仪式，你们结为表兄妹，应该有个形式吧。”

柳林道：“要拜一拜的。”

美芝“腾”地便红了脸，不知如何是好。

市长哈哈笑道：“今天的好饭好菜好果子，不就是仪式了？”

夜已深了。高安和东方冉告辞而去。

客走主人安。忙碌了两天还专门回一趟老家备物的谷美芝，一下便瘫软在沙发上，闭了眼睛，脸上漾着疲惫与愉悦，喃喃道：“真不错，真不错。”柳林也说：“今晚真愉快。下次我家也要搞一次，还是请你当设计师。怕就怕请不到贵客，没你的面子大。”美芝道：“胡说什么。你就没面子？我就是借了你的面子才请动他们的。”“我不相信。”“信不信由你。”“真的，我希望常有这样的小小聚会，和好人在一起。”柳林说。

第十四章

谷定坤从族长那里得知要停谷美芝民办的消息后，忙赶到鹤了城中来找美芝，想告诉她，好有个思想准备，女人的承受能力比男人弱的。待赶到城中，辗转些时，弄明白了，言美芝已结束学习回到老家。定坤再往乡中赶，想如果她得知了那个消息，应该去做些劝慰工作，也许于此危难之时，同病相怜，他们会因此而重归于好，他好劝她同他一起去鹤了城中发展，同做古物的活，落得个无人管束。回到谷米香大屋时，听说美芝已卷起行李，辞了教师之职，远走高飞了。去问美芝家人，回答得含糊其词，一副管她不着的模样。定坤想不到美芝性子如此刚烈，这半期书都不教完了，一个月工资也不要了，想那心情一定极坏，此刻是需要安慰的，便试探着问她母亲：美芝心境如何？她娘答：还好吧。真的正常？真的，美芝这人爽快，不装假的。她娘说。定坤心想也许真这样，不再问，便回家打点行装，准备去鹤了城中定居。屋中楼上，还有若干古物，都一一装进厚纸壳包里。一时不想拿出去的几样好的，准备埋藏在家中。便将父母的床移开，揭起地上四方的青砖，在泥地上挖个坑，怕邻居发现，半夜用纤维袋将泥巴装了，由父亲一点一点拎了，倒到屋外的水塘中。然后将东西藏到地窖中，再盖上青砖，将床移至原位，不留半点痕迹。*

忙乱两日，一切就绪，天不亮将行李和能带走的物件，悄悄

*倾心向往的，不一定能得到。无心得到的，不一定不是向往的。

背到镇上。找了个装木炭的便车，给司机几包烟，连人带物，安全送到城中姨家里。乱七八糟的东西，立时堆满了姨的客厅。姨和丽儿正在诧异中，正待打问，定坤擦把脸，洗掉手上的炭末，来不及回话，就出门去找美芝。

他知柳林是美芝的同学，向她打听美芝去处没错，便去找她。

柳林隐隐知道他们的关系，曾向美芝询问过。美芝持了沉默的态度，并责她不该打听这些事。从美芝的态度中，柳林揣摩他们之间有了蹊跷。加上她对谷定坤并无好感，此人虽衣冠楚楚、有模有样，总觉得其精神并未脱山中人的壳，是怎么也不配美芝的。见他来找美芝，又无要紧事，便说：美芝准备在鹤了定居，但时下到省里学裱画去了。其实美芝还没有走。定坤问有多久？柳林答约是三个月或半年，她也不太清楚。人已走了？走了。柳林肯定地告诉他。定坤道：其实我也没什么要紧事找她。只是担心她被取消了民办教师，一时心里难受。当初我领着她弄古物，影响了她的前程，我有愧疚之心，来跟她说说。柳林说：这一点你放心好了，她没有任何不愉快。定坤说：真是这样就好。

回姨家的路上，定坤想：我和她的缘分，看来是彻底断了。罢，罢，大概这也是命中注定了的。有的人恩断情绝时，闹得鸡飞狗跳大打出手；有的人离异喜笑颜开，进馆子举行分离宴会，言是夫妻不成朋友情长存；有的人分手平静如水，万千情爱一朝幻化，水上打一棍留不下一点痕迹。他们是后一种。看来想不通也得想通了，世事便是这般没有道理的。前景如船行大海，漂泊无定，谁也难料将发生什么。发生了什么，好的不好的，都是正常的，必须想得通。这样谷定坤便不再犹豫、不再幻想亦无恨无怨，把对美芝美好的感觉凝固在心底。于是在回姨家的路上，脚下有了劲势。多少日来，脚下都是轻飘飘的，像踩在棉花堆里一般不踏实。

走进姨家，定坤便高叫肚子饿了。姨接着他，嘱丽儿：“快搞饭吃。”丽儿便朝定坤浅浅一笑，一挽袖子进了厨房。

姨看着定坤：“你刚才的脸色好难看，现在好看了。”

定坤道：“刚才是下雨，现在天晴了。”

姨指着一地的东西：“这是怎么回事？”

定坤道：“现在如你的愿了，搬到你家来住。”

姨喜笑颜开：“这就好，这就好。其实你早就该来的，你总是屎尿多。丽儿丽儿。”她高叫。丽儿从厨房里探出头来：“有事？”“你表哥正式搬来住。”丽儿道：“这事也叫我。”姨是个心里藏不得丁点事的人，高兴得团团转。姨以前开玩笑说要把丽儿嫁给定坤，亲上加亲，都如是自己的子女，其实这不是玩笑，倒是她的真切想法。

原来这丽儿并非姨所生。姨当年长得漂亮风骚，因此就把婚事误了。最后年纪大了，只好嫁给一个刚亡了妻、膝下有一周岁小女的男人。姨父当年倒也是一表人才，鹤了城中的美男子，跳得一脚好舞，胡琴也拉得动人，常自唱自拉，引得多少人羡慕。姨嫁他虽心有芥蒂，图的他风流有才，并不失格，昔日女友，并无嘲笑她就低拾破烂的，都真心道她般配，不久一丝心虑也就抚平了。尤其是那已逝女人留下的小女，对她竟有天然的亲近，她也就如养亲生女一样地领着她，直到后来她也生下两胎来，都如一般的看。她是个心里有事直接写在脸上的人，有亲疏之分就必然表现出来的。丽儿懂事后，姨对她说她不是自己生的，丽儿也照样与她亲近，这令姨父十分的高兴，前儿后母水火难容的现象，生活中司空见惯，这娘女俩能做到这一步，真是难得，因此就对姨百般爱怜。只是姨父有一个约定：因丽儿是没有生母的，日后要给她招个上门女婿，这样就可把丽儿长久留在身边，不能让她受半点冤屈，这样就可安告那亡妻的在天之灵了。膝下只有三女，招个上门女婿，也是很有必要的，老有所依嘛。姨父一生随和，大小事由了姨做主，从不干预。姨父这唯一的一个愿望，姨应是尊重的。但姨心里有个小九九：日后招了女婿，也就是必然的继承人了。这个家虽无金银财宝，积累了几十年，多少总也有些东西，至少是有了套私房。几十年后，辛苦一辈子的汗血，一股脑儿扔给外人，何不留给自己的血脉。因而她很早就想到要把丽儿嫁给定坤。娘家几姐妹，就只定坤一个男丁，有什么好处，免不了都要想到他身上去的，更不可残忍地把他扔在农村中受苦。

眼见得丽儿和定坤都长大了，都长得周正出色。

姨父对定坤满意。

丽儿也喜欢表哥。

姨就长长地松了一口气。心想由定坤来继承她的遗产，仅是迟早的事了。

谁知平地里冒出个谷美芝来。

定坤把美芝带到家中吃饭的时候，姨细细端详了这乡下姑娘的举止言行，深深被那气质征服了，自认丽儿是难与她比的。外甥若能得到此女，也真是一种福分。她在这个现实面前是气无所容、痛不欲生，多年来的算计一下被打破了，心情之坏是可以想象的，她准备了要把定坤叫上，关在房里痛骂他三天三晚，方可解得一时之恨。尽管如此，她还是不得不承认那谷美芝是一个无可挑剔的好姑娘。

姨终是没有能把定坤叫上痛骂三天三晚。一是没有机会，自定坤和美芝相好之后，便极少见他到家来了。二是也不忍心，三姐妹就这一根独苗，既是姐心上的肉，何尝不是她心上的肉？再说他又错在哪里呢？如今是恋爱自由的时代，他有权利选择，何况也没有和丽儿办什么法定手续，没义务要对谁负责。想想她当年对长辈的叛逆精神，便不好干预定坤什么了。高兴了，他认你这个姨，不高兴，就不认你这个姨。如今的年轻人，父母都管不了，何况姨。她还是多栽花少栽刺好。只是丽儿很痛苦。她生性柔弱，不像她这样心直口快，喜怒皆形于色，有事往心底怄，表面是笑的，泪往心里流。丽儿一周岁就由她拉扯，如亲生也无异了，怎不知她的心性？姨也没有好的口才开导她，只是待她更好，比待亲生的两个女儿还好几分，以此来慰藉她受挫的灵魂。

突然定坤改变主意了，把行李都搬了来，无疑是与那谷美芝断了，姨这一喜是非同小可的。

姨不再多言什么，手忙脚乱地去腾房间给定坤。救火似的指挥一家人把行李往内搬，生怕定坤再跑了似的。

这顿饭谷定坤吃得很香，也不知有多少日子没吃过这么好的饭菜了，多日来干什么都无精打采，吃什么都食不甘味，全因心里压着一块沉重的石头。现在将其放下了，虽留下此生难以驱走的阴影，毕竟轻松了，胃就有了正常的蠕动和感觉。

饭毕，街上已是华灯初上，姨他们在忙房子，定坤便叫丽儿和他一块儿上街，丽儿说要换件衣服，定坤说不必了，终于要邀丽儿逛街了，姨在一旁看着心里甜滋滋的，忙催丽儿快去快去。

定坤把丽儿带到一家大商场，到服装自选柜为她选衣服，丽儿说我不要什么衣服，定坤说这个不由你做主，便给她选了一堆从内衣小玩意儿到外面的衣裤裙子，丽儿一见，惊呼道这要好多钱的，定坤说这个钱我拿得出，又带她去选皮鞋。还欲购首饰，可惜关了门，只好作罢。

回家来，定坤洗了澡，洗去一身疲惫，躺在姨整理好的房间床上，十分的舒坦，便叫丽儿，你也去洗个澡，试一试衣服鞋子。丽儿洗过澡，来房中取那一大兜衣物。定坤说："你就在这里试，我当观众。"丽儿红了脸："我回我房里试。""你还怕丑？我还没见过你穿衣服？我就给你穿过衣服。""那是小时候。""大了又怎样？"丽儿道："我还是回房去试。"定坤跳起来关上房门，拉下窗帘："我要你就在这里试，我做观众，人家又看不到。"

丽儿无奈，便在定坤的注视下试穿，由定坤评判。试穿罩衣罩裤，倒也没什么，表兄妹，熟透了的。再往内试，就犹豫了。定坤道："这就算是我给你买的订婚礼物了，你不高兴？"丽儿当然高兴。娘高喝一声"你表哥正式搬来住"时，她就感到她的命运有了重大转机。当表哥说领她去买衣服时，她悬起的心就彻底地放下来了。还只十来岁，娘就常开玩笑说要把她嫁给表哥，以至于她心目中便只有表哥了，也不曾再拿社会上的任何男性去与表哥做比较。男人应是如何的？她说不出道理来，没比较便无鉴别。反正她的心系在表哥身上了就什么也不想了。丽儿最典型地体现出女性天性中对男人的执着和依赖。

她也不知自表哥与他那本族姑娘相好之后的日子她是怎么度过来的，梦中常常哭醒过来又要装出无所谓的样子。当然现在不一样了，幸福刚刚降临便可把万千忧伤顿时忘得一干二净的。她太单纯了。

丽儿知自己迟早是他的人了，也不再违拗定坤的意思，只是央他："你闭上眼睛。"便躲到床侧去脱尽身上旧衣，试穿内面的小件。定坤也真闭了眼睛，再度睁开，见蚊帐一侧一个刚穿戴好小件的丰腴身子，热血立时就在全身奔腾，人已是无可自制，跳下床去，胡乱一把将丽儿抱了起来，放倒在床上，身子和嘴就紧贴了上去。丽儿欲待挣扎，不出三两下，就浑身瘫软下来，如从高山绝顶坠入云雾缭绕的深谷，飘飘然，人是无法自控了，骨肉早已酥软如绵，融入云雾之中。眼里尽是金碧辉煌，却看不见任何物质，鼻际异香缠绕，如至仙境，舌头也就不由自主迎合了出去，触到对方，顷刻烂醉如泥，人事不省，幸福如水，淹没至顶。

定坤也是燥热之至，浑身颤抖不止，迷蒙中支起身来细看身旁的尤物：不是美芝乌黑细润的头发吗，不是黑白分明充满灵慧的眼睛吗，不是小巧精致如玉般光洁的鼻子吗。这都是他多次欣赏过且百看不厌的。而那陌生的多少回想看又不敢侵犯的身躯呢，被保护得最隐蔽最珍贵的部分呢？如今也全裸露在眼前了，竟是如此的丰满、白皙、柔软、细嫩……定坤感动得泪眼蒙眬，口中喃喃：美芝呀美芝，你都给了我了，我这一辈子是无法报答你了。巨大的晕眩阵阵袭来，觉出自己是一座山，体内积压了几个世纪的岩浆再也无法抑制，快要破壁而出了……

男人原来应该是这样。

黑夜竟是如此的短暂。

真正让谷定坤彻底地回到现实中来的，是丽儿不再如表妹而是以妻的体贴来服侍他：为他打洗脸水，给他的牙刷挤牙膏，替他修指甲，细心地拈去头发上的一截草屑，饭上手茶上口百依百顺，柔情依依。这已不是谷美芝了，谷美芝不会如此似使女般的供奉他。倒是他会倒过去宠着美芝的。他会心甘情愿为她做一切。倘要圆全一个做丈夫的梦，塑造丈夫的自尊，他应选择前者。但后者的行为可能更能符合他的愿望。

不管怎样他终要选择前者。浪漫固然可爱，现实更为严酷。现实迫使他把心灵的砝码移到现实中来。

伟丈夫还意味着征服和主动。丽儿能够满足他，谷美芝却不能。

疯狂的颠簸和不倦的缠绵稍有平缓之后，谷定坤冷静下来，默默地说：应是好好地过生活了。见怀中如虫似蜷伏的丽儿，顿感责任重大。

第十五章

20世纪90年代的某个秋天，有一件事情的发生，把鹤了城古玩界的热情又推上了一个台阶。不但使在玩的兴致更高，同时吸引了更多的爱好者。许多政府官员、人民教师、工人阶级、个体户、无业游民，身上随便就可以掏出几个古钱和玉器小件来。过去的概念是女的戴点金银首饰，现在很多小青年以及中年男子，颈上都用绳子穿着一方小小的古玉坠、玉块、玉璜、玉璧、玉人、玉兽等，也不管是不是适宜于人佩挂的，只要是小巧精美中看的，都佩挂着，以示时髦。也许有不少是从店里买来的新工或者不属玉列，自然无人去考究真伪，身上挂了一点就不一样的，好像不多少玩一点就显得没有文化，没有历史感，愧对鹤了这方厚土的养育。

很多人家，受这股古玩风的影响，悄悄地把家里博古架上或平时放在显眼地方的花瓶、插屏镜、佛菩萨、自鸣钟之类的饰物都撤了下来，附庸风雅地把自己家中以及亲戚家中的古旧瓶瓶罐罐拿出来擦洗干净，摆在当眼处。家中没有的，便设法到左邻右舍或附近农家不分好歹收购一两件摆上。外行的人来家，一见摆着这样不中看的东西，惊呼这是怎么啦？主人则是以无限宽容的表情原谅来人不懂。在玩的友人来了，则进屋便要靠近去赏玩品评一番，于是便有了知音的亲切，以为自己进入到了一个艺术层次。

这种风气的形成，互相渗透、互相影响的速度非常快，就如当年喇叭裤和长头发的流行，一夜之间就有了出色的景致。

起因是南方一个著名旅游城市的一个古董商，三度开着一辆密封式的汽车，来鹤了城中各玩家乃至乡中贩子手里收购古物，其出手大方，令这没见过大钱的山野之地一时沸沸扬扬，一时竟有传说言某人一个古钱卖了十万元人民币，而这个古钱币是此人在清明下乡祭扫祖坟时，在乱葬岗上一脚随便踢出来，捡着留下来玩的，最后兑成巨款。

这样的传闻，也许信以为真的人不多，但足可以助长一股崇古之风的形成。现在内地人一窝蜂地拥向南方沿海开放城市打工，有的农村几乎是十室九空，地无人耕，谷无人收，而人被南方的金钱和花花世界征服，快要忘了祖宗。现在，鹤了的古物反被南方爱慕，不惜重金来收购鹤了人不足挂齿的破烂，恰是证明了他们的贫乏、自己的富有。作为鹤了人，理应以此为荣了，要兴起一股高雅之风来重塑自己的形象。

此风起源于企业家洪伟达的一趟旅行。

企业家洪伟达在酷暑的季节，带着他的公关秘书米娟小姐前往南方那座美丽的城市发展事业。洪伟达不是和米娟小姐一同从鹤了市出发的。米娟小姐应中南五省一个茶文化研讨会的邀请，一周之前已代表总经理洪伟达先生前往某城去参加会议，财务上的女士们、先生们亲眼所见洪总将一个烫金的请柬交给米娟小姐并交代财务准备会务需开支的经费，由米娟小姐打了借条并由他公事公办地批了同意借支的字样。*

米娟小姐走后，洪伟达就打点前往那座美丽的城市去谈一笔业务。称那里某四星级宾馆的老总原是他的一个朋友，那时他在地区某厂搞供销时在旅途中认识的，那位朋友还联系了另外几个宾馆的老总，准备在宾馆客房使用洪伟达的“御制香片茶”，每

*那个时代，作为生意人，出门带个小妹，才代表时尚和身价。

房每人每日数小包的消耗，累计起来可是个大数字，如这宗业务谈成了，他们茶厂恐怕要扩建了，这个消息是多么的令人振奋。这将是在他堂叔垄断的产品之外的生产计划，利润将会更可观，怎不令人振奋？这消息让洪总的老婆孩子也振奋不已，他们家要买一辆奥迪小轿车也就指日可待了。至此，那母子俩欣然同意取消暑期洪伟达原说带他们去北戴河度假的许诺。商场如战场，时间就是金钱，信息似彩虹，不抓住时机就会兵败如山倒，钱似一江春水向东流，彩虹化为乌有。那母子俩心胸开阔顾全大局，使洪伟达深受感动。北戴河之行既已无望，洪伟达便将他们母子俩送到正在开发企图辟为旅游度假胜地的翠朗山，在著名的旷如大师主持过辉煌佛事的翠朗寺中，包租了一间刚开发出来、带卫生间彩电的禅房，安顿这母子。鹤了城中的初夏已经热得让人喘不过气来，这海拔一千五百米高的禅房里竟是寒气逼人，床上还是度冬的铺盖，早晚需着夹衣方可坐得住。洪伟达在浓烈的宗教气氛中为儿子准备了十五盒香港枪战赌博功夫片，每天只许他观赏一盘，其余时间要练习写毛笔字，如果在诞生过伟大的书画家和装裱大师的地方都练不好字那简直就是教而不化了。

洪伟达下得山来，汗如雨下地出发往另一个火热的城市奔去。

他在省城与米娟小姐会合了，坐上空调的列车继续朝南行走。随身携带的“御制香片茶”样品不知是遗留在长途客班车的行李架上，还是某个饭馆空调雅座的不锈钢餐桌脚下。

洪伟达和米娟小姐愉快的南方之行，收获一定是很大的。其中一个收获是无意之中为鹤了古玩界的朋友们办了一件不错的事情。

一日，洪伟达由米娟小姐陪着，兴致很好地游览了一个叫作“古玩一条街”的地方。他和米娟小姐在一个碧绿得有些像掺了化学药剂的游泳池里共同游弋的时候，听到一个满身是毛的老外用半生不熟的中国话问服务小姐：这个城市有没有卖古玩的地方？小姐十分谦卑地告诉老外有个叫“古玩一条街”的，应该怎么走怎么走，讲解得很详细。老外高兴地说知道了知道了，便在用一只啤酒瓶压着的几张皱巴巴湿漉漉的美元零钞中用食指和中指夹出一张，塞到领口开得极低的服务员小姐的胸前衣内，两只长着毛的手指头插得很深似还搅了两下。老外猥狎地笑着说谢谢，那女孩则回报他一个飞吻。

这样洪伟达和米娟小姐便慕名去参观了古玩一条街。才领略不久，洪伟达便哑然失笑：这也能叫古玩一条街？我洪伟达一人便可开三条这样的街。*

房子街道倒也有几分古气。房子是新盖的仿古建筑，仿得是惟妙惟肖。街道是麻石板路，转弯抹角的步行街。

可惜的是腹中空空，名不副实，光有形式，并无内容。所有店中，虽是琳琅满目，瓷器、陶器、书画、竹刻、木雕、玉器、砚台、印章、漆器、钱币、烟壶、铜器等品种齐全，造型丰富，做工精巧，应有尽有，但百分之九十九点九是仿古东西和新工艺品。偶有几件古物，多是清末民初的作品，无不破损残缺，工艺平平，仅是有几分天然的古色而已，均摆在醒目的位置，以此为店中精髓，货中主导。就瓷器一项，所陈列之物，都是如洪伟达家中最次一级的物件了。再看看标价，令洪伟达大吃一惊。在鹤了城中，随便花几十元钱便可买得到的晚清彩绘民窑冬瓜瓷坛，在这里是高出十倍左右的价钱了。

洪伟达想：也许好物藏在后面，不轻易拿出来吧。便问服务员：内面是否有价值更高的古瓷？服务员说：没有。伟达不信，说你们是不是欺我们没钱？服务员说绝不是，古物没有货源，仅有不多的存货，每天只摆几样出来，不可全亮底的。而且购古器需搭买一件其他的东西。洪伟达道：可怜之至，可怜之至。

再走一截，也不见有奇迹，洪伟达便坚信果真是古货贫乏

* 不出远门不知道，走出去方知鹤了玩家水平之高。连洪伟达这个半桶水，都可以在那繁华市井充师傅。

了。但游人却是不少。游人中竟有一半是红红绿绿的老外，兴致很好地围成一堆听服务员讲解古物。那些仿古字画、文房四宝最是好销。但有些老外也像洪伟达一样，专事关注真正的古物。让服务员取下古器来，细细品味，对那些残缺破损摇头不止，面露遗憾。再问内面是否有存货？没有。没有也就面带憾色地买下破残的来，不假思索就甩出美钞或港币。让服务员细心地包了，一道又一道缠牢绳子，极是看重这些玩物。国内游客多是看看热闹，掏钱的是外宾，也许那些价格令国人畏怯吧。生意是很好，成交量颇大，可惜好物甚少。

洪伟达由米娟小姐挽了臂膀，继续前行。古玩一条街约有两百米长。走到一家刚装修开张的店子，见服务员在搬卸货物，便站着观看：开张的店子是否有甚好物。一般是新打马桶三天香，开张之时，是都要亮出最佳阵容来的。老板见洪伟达白净的皮肉，肚皮微腆，着大花的衬衫，白色皮凉鞋，有美貌小姐挽着，坚信他是港佬无疑，便叫他坐下休息。他们便坐了下来，也想歇歇脚了。一位服务员小姐过来问：先生要点什么？洪伟达说看看有什么好的，先看一看。他们就忙于开启各种包装往博古架或货架内摆。正中醒目的位置，仍是供古物的。有三五件上了架，无非是一般的民窑瓷器，质量平平。

突然取出一件物来，有两个服务员开始争论，一说是一只笔洗，一说是一只香炉。只见那物：高四寸许，口径约八寸。大口，唇内折，浅腹。器身施深蓝色釉，略带紫，胎质坚硬，倒也釉色均匀，无破损，形似笔洗。洪伟达想：倘真是只笔洗，倒也是今日所见唯一的一件好物了，便不由自主地站起来，凑上去观看。他专事收藏瓷器，日久揣摩为伴，已有深深的癖好，见好瓷便要生冲动。那老板见雇员争执，也过来看视，沉吟良久，作不出评判。洪伟达说：“可以看看吗？”老板道：“请便。”伟达将物倒过来看底，道：“器形不错，釉色也好，无损败，年份已到雍正，可惜了，是只香炉。”那雇员仍坚持：“是笔洗。”老板问伟达：“何以见得？”洪伟达道：“笔洗是平底。你看这底有三足，虽足不高，也不过是半个多厘米，外形虽与笔洗无异，但凭足便可断为是香炉了，古人作器，是有严格区分的。另外，笔洗经长期使用后，沿口必有被笔杆磨损之处的，而这个沿口，没有任何损痕。因香炉是固定在神座，不轻易搬动的，所以磨损极少，虽年份已久，却能保存完好如初。”老板道：“对对对。先生内行。请坐请坐，取饮料来。”有服务员小姐马上便送上饮料和吸管。洪伟达有几分得意地坐下来享受，心想：这繁华之处，专事古玩的地方，水平也如所藏一般浅薄，他这鹤了城古玩界的半瓶子醋，竟可以在此地充内行里手，真是有趣。若回去谈及，要令乡党笑掉牙齿的。

一会儿又出来一位老板，他恭谦地递上名片，一见上面字样，才知是此店的当家老板。这老板也索要了洪伟达的名片。名片是怎样了得的头衔：中国茶文化研究会会员。中国广东 NOA 集团公司董事、副总经理。中国鹤了市精制茶厂厂长、中国鹤了市作家协会会员、戏剧家协会理事。鹤了市茶文化研究会（筹）主席。老板详读了名片，把“筹”字读成了“寿”字，然后热情洋溢地说能与洪老板交上朋友（还有嫂夫人？）真是三生有幸，并当即宣布要和他共进午餐，要好好地聊聊。米娟小姐有些不自在，扯了一下洪伟达的皮带，洪不理，慷慨应允了那老板的邀请。想出门在外，也不必拘谨了，交个远处的朋友（何况是玩古物的）也不错的。有道是：在家靠父母，出门靠朋友。要搞企业，少不了要有广泛的交际。不可老由堂叔牵着鼻子走，倘有朝一日老人家作了古，自己路都不会走了的。

这一顿饭不但吃得开心而且极富开拓意义。

开心的是洪伟达针对该城为何古物贫乏作了一篇令他自己也感到佩服自己的演讲。

他说："为何贵地古物稀少呢？光从瓷器来说吧，我国瓷业发展的高峰期宋朝，曾有汝、官、钧、哥、定等五大名窑。这五大名窑除哥窑出于南方的浙江，其余都在中原地带，陕西啦，河北啦，河南啦。后来几朝几代的进化，南方著名的也只有长沙的铜官窑、江西的景德镇等，贵地在历史上是没有过有名的窑业的。一些著名的瓷器多集结于中原，要流入贵地就是件难事了，那个时期的交通运输也不允许。就是南方的长沙窑、江浙一带有名的越窑、江西吉州窑等，离你们这里也是千山万水。这样，你们民间就基本很难看到优秀的瓷品了。另外，据我的收藏经验，古物不但因地而异，还因人而异，多是要有些历史渊源的。该地或埋过哪个时期的名门望族，可以从墓中出土一批好物；或出过达官贵人，这些人要从朝廷带回一些好物，日久便分散在民间老百姓手中了。但自古的文化中心是在中原，达官贵人也多集结于此。贵地现在虽说是屙金出银之地，经济发达地区，但不妨直说，历史上曾为南蛮之地，那时皇上多把犯罪欺上的官员流放于此，那些倒霉蛋能携带了什么好物来呢？单这两个原因，便要造成民间古玩藏品的贫乏。这也是无可奈何的事情，不是今人的过错。但我觉得：你们今日也不必自暴自弃，是完全有望改变这一现状的。完全可以一样玩得轰轰烈烈，那就看怎么干了。"洪伟达埋下这个包袱后，给老板们同时指出一条光明前途。

这时他详细介绍了他所居城市鹤了的情况，讲该地的历史，讲民间蕴藏，讲明朝老屋谷米香，讲出过大家旷如大师的翠朗山，讲历史上留下过英名的达官贵人、才子学者、将军土匪，说到兴奋处，牛皮就也跟着上来了，说随便走到哪一户老百姓家里，将坛坛罐罐聚拢来，就够武装此地一家店子的门面的。言如今鹤了城中那些玩家手中的藏品，随便挑出一家的，便够丰富此地半条街。而这样的玩家有多少呢？他现在扳着手指头都数不过来……

这一顿海吹，令那老板是如醉如痴了，想不到今日会遇见这样一位福菩萨。正苦于店中古物奇缺的生意人，在洪伟达身上，似是旱枯的季节巧遇了一泓甘泉，而那深藏于山中的泉水将是涓涓流淌，源源不断，取之不竭，用之不尽的。便深感自己所居之地，正如洪先生所言，不过是块绚丽的沙漠而已，掘地三尺，也寻不出什么古物来的。

这精于生意的老板，觉得抓住洪伟达是大有利可图的，便百般劝酒敬菜，称兄道弟，做出大有相见恨晚的表演，待洪伟达海吹已毕，酒也有了八分醉意，便不再敬劝，让小姐上水果、冷饮，让其心境平和些后，便进入了他请客的原意。老板说："洪先生，我想把腿伸到贵市去，不知是否可行？"伟达道："怎么一个伸法？""这就要有你的帮助了。"伟达便拍胸脯："只要兄弟我能帮上忙的。"他其实也料到了那老板热情款待的用意，与自己的想法也是一拍即合了。"到底是出将军的地方，我一眼便看出先生是个讲义气的好汉。""过奖了过奖了，我不过是山州草县的一介村夫而已。""山中可是藏龙卧虎之地呀。我一听先生讲你的家乡，简直是入迷了。"

伟达道："你说吧，有什么要我办的。我们可以联手办点像样的事。"

老板道："我想弄车到你们那里采购一些旧货。"

"这个可行吗？政府允许吗？"

"完全可以，有关手续你不必管，我只要你回去牵线搭桥，引我见见诸位玩家，要他们支持支持我的生意。"

伟达说："这个好办，都是几个一起玩的，你去了，没有冷淡你的道理。你放心。"

"这我就放心了，有把握了。今天碰着你，真是有幸。"

"这叫作缘分。"

"真是缘分。"老板高兴，又道，"洪先生此行度假的费用，由我们包了。”

“不，不，不，那成何体统。我好歹也算个‘家’字号，何在乎这点开销？”

“正因为是先生不在乎，我才要你给我一个面子，你不会不给我这个台阶吧？也让我下次好见你的面，进你的门呀。”

“你这位老兄啊，也真是的。”洪伟达觉得再推让就是真不给人家面子了，只好应允了，心里想：一定是要成全他的鹤了之行。

“洪先生你也是个走世界的人，我想你也不会拒绝的。”那老板见米娟有几分醉意进了卫生间，便附上洪伟达的耳朵，“要是嫂夫人累了，今晚就让她好好休息，我给你另作安排，出去做做按摩，唱唱歌。怎么样？”

“这个嘛，就不用了……”

“客随主便嘛，我们这里，比你们那里强的，恐怕就是玩了，先生你既来了这里，怎么不见识见识呢？好啦，说定了，一切由兄弟我来安排。”

洪伟达含糊其词道：“再看看吧。”

……

为什么说洪伟达这一顿饭吃得极富开拓意义呢？果然一个半月后，那位老板领着助手开来一辆卡车，径直开进洪伟达的工厂里。由洪伟达热情地接风，并请了鹤了城中几个玩家作陪。他们相互之间，进行了一场愉快的交易，为鹤了古玩界吹进了一股清新的风，还有某些观念的变化。

洪伟达回到鹤了市两天以后，米娟小姐才回来，她向洪总简单汇报了会议的盛况。洪总说你辛苦了，休息两天吧。米娟说开会吃得好睡得好玩得好，有什么辛苦，便坚持回来就上班。她的境界很高，对大家鼓舞很大，上下更呈团结向上的气象，令伟达甚是高兴。市政府有关部门便来总结他们厂思想政治工作的经验，准备发政府内参，洪伟达欣然同意采写。采写的同志附带了说他们科室是清水衙门，上面来了人吃了几顿饭至今挂账没开销，洪总是否……洪伟达说没问题，心情好人就爽快。但此行他没有给厂里带来关于“御制香片茶”是否最后能打进那个美丽城市各大小宾馆的准确消息，只言希望是大大的。

出去了半个月，回家稍事处置一下生产上的事，便把城中几个搞古玩的找来，如实地谈了与那城中古玩一条街某老板磋谈的情况。大家一时拿不准主意：“你说呢？你在外面跑得多。大家都没干过这种事，听听你的高见。”

洪伟达说：“依我看，鹤了城中几个搞古玩的，大多数比较清苦，都是拿了工资或者干的个体，节衣缩食在玩，这未必也太寒碜了。我看手中的破破烂烂，不妨抛出一点，那边是连旧瓷片都很难找着的，人家出得起价钱。那里外国人走动得多，有对我国古文化感兴趣的，只要是旧物就有人要。要是欧阳玉琼屋后那几块犴狴国都的大石头搬得动，老外只怕也会弄走的，我看今后大家若要玩得潇洒一点，玩得档次更高一点，就要有点经济头脑。现在真有了好物，手头没钱只能干瞪眼，只能看着外面来的人弄走，所以我对这种状况是很着急的，我希望大家手里的东西更精、档次更高。”*

有人道：“也难得你这么用心。”

东方冉说：“问题倒也不在大家愿不愿意参与流通，关键是能不能搞。平日大家内部收藏交流，也都是在本市范围内打打闹闹，这个手中转到那个手中，大都没出鹤了，好处是有些东西一经收藏者藏了，就保护起来了，在不懂的人那里，毁了就毁了，这么些年来，十有八九是人为的毁坏了，留至今日的是微乎其微了，所以我看搞收藏是件好事。但是公开把手中的东西卖给外面，政策上过不过得去？我建议回去仔细读读有关文物管理的法规，能干就干，干不了的就不要触犯法规。那样把古玩界的名声搞臭了，大家也就未必好过日子。”

*见鹤了玩家都清苦，钱少买不到好东西，洪伟达穿针引线邀来个古董商，让大家丢掉些手头芝麻，好去换西瓜。

有人响应："东方讲的有道理。大家咨询、学习一下再作计较。"

有人就立即到博物馆丰先生那里，找出来所有事关文物的现行政策来学习。又送到东方冉那里细读。他是正宗的党政机关在职人员，他玩得，大家就玩得。

经对照文件反复计议，大家觉得此举可行，便让洪伟达通知对方来。自己就回家中认真清理藏品，对照有关法规细则，力争让出手的东西不违章法。这公开性质的交易，众目睽睽，小心为好。玩古物者，是不同于市井中的生意人的，不愿在钱的问题上有什么闪失。

东方冉原本也是希望自己成为一个很纯粹的玩家的，尽自己的财力收藏喜爱的玩物。久而久之，胃口大了，眼见得收藏界的热潮逐升，好东西也就多起来了，而自己则是捉襟见肘了，眼巴巴看着自己喜欢的流到人家手中，如柳三生所收之床，显然那是人见人爱的作品，但就是他发现了，他也是力所不能及的。现实如此的严酷，使他很容易接受洪伟达的观点。所谓流通便是要有出进，要有取舍，做生意是这样，搞古玩实际上已卷入经济生活中，一样应有流通才能搞活的。日久的积累，雷同的收藏也就渐多起来，很有一些已成为累赘，觉得存之无味，弃之又可惜，房子窄小，快没处堆放了，是应作些处理才好。这城中有不少后来学着玩的，有人就想从他手中买些玩的去武装门面，如柳三生和洪伟达就多次登门拜访，想要他的东西。他一口咬了：自己是留着玩的，只进不出的，除非是以物换物，不言"卖"字。努力要保持真正玩家的风度，另有一层想法是最好不要在本城人中间产生买卖来往。这玩物本是价无定论的，因人而异的，说贵说贱，全凭个人的爱好和鉴赏水平。手中的东西，便宜给了人家当然好，若人以为贵了，就要造成误解或者纠纷。玩古物本是件清静雅致的事情，倘若让金钱从中蚀了其品性、导致人际关系紧张，便没有什么意思了。本着这些原则，数年以来，东方冉没有让人出钱买走过一样东西。有些小件，朋友们一定索要，也不收钱，或者相送，或者以物兑换。如此雅淡心境，倒也被鹤了地方玩古物的同行普遍尊敬，就是谷定坤言在东方冉这里付过不少学费，便宜送了不少好物给他，也没有什么好指责东方冉的地方。因东方冉没有拿自他手中廉价购得的东西去牟利，人们也就无话可说了。

东方冉回家去，也对所藏之物作了认真的筛选，将富余的、一般的东西清理出来，抹去尘土。如是本地人索要，他仍是不会出手的。现在千里之外的地方购买，日后没有任何麻烦，这倒是可以考虑的，再羞羞答答，就没有什么必要了。手头确是十分艰紧了。一日老婆高兴地说她打麻将赢了，他竟伸手找老婆借了几百元“肮脏”钱，收了几枚好古钱。想这钱一定是要还给她的，不然这几枚好钱也会暗淡无光了。可他就一直没有凑齐这笔款子，几百元竟就难倒了一条好汉。多少年来，他没穿过时髦的衣裤鞋袜，衣服没有超过百元一件，裤子没有超出六十元一条，皮鞋一直选买邻县一个乡镇企业的产品，虽是样式旧点，却是耐穿，一双三十多元钱的牛皮鞋可穿得两年。他生性洁净，烟酒不沾，豪华场所不进，粗茶淡饭之外的结余，便全投入古玩之中了。好在老母已是多年吃斋，到附近的尼姑庵中一住就是数月，基本上没有什么开支。以前这么过日子，倒也自视清高，自得其乐。但现在世风不同了哇，一窍不通的柳三生、洪伟达们，皆因手中钞票丰厚，就可藏得好物，这让他无法再保持心境平静。他不羡慕人家吃海味、穿名牌、坐好车、玩靓女，却羡慕人家有好藏品。

钱这个东西是最贱的也是最宝贵的，是最坏的也是最好的。

严格地说没有丰厚的家资作保障，很难成为大玩家的，也就很难见到真正的上品。没钱就只能永远玩点小猫小狗，小家子气。

东方冉需要一定的钱！不容他不这么想。

靠什么生财？应是靠古物养物。他一个工薪族，不可能有另外的门路。友人平时常笑他生活落伍，也知他的积蓄全投于古玩中。见柳三生、洪伟达刚开始时玩得发疯，也劝东方冉像有的人一样，趁机去“杀”他们一刀。东方冉毫不动心。趁他们混沌之时“杀”他们，倒也不难，而迟早他们是要清醒的，到时候如何见面？

现在倒是可以干了。近处好过年，远处好赚钱，赚远路人的钱没有近虑。

东方冉还到高安家去。高安照例是很少在家的。他对费老师说他要取些高安的古物去。费老师说你尽管拿吧，也不问取去干什么。知他们是兄弟般不分彼此的，高安玩的也多是他弄来，由他去摆弄好了。东方冉将高安博古架和书房中一些有破损的没多大价值的旧物，挑选了些带到自己屋里，静候那远处的老板来，如能抛出，积了钱，再去替高安弄点古字画。高安也是个穷玩家，仅放了两千元钱在他身上，这能收得着什么好物呢？破破烂烂、工艺平平的不想要；稍像样的，人家开价动辄是几百上千，真正是为难他了。可见暂时高安还没有受贿，拿几千元钱玩古物，他自己也会觉得好笑的。

外地老板来了，封闭式的汽车开来了，洪伟达已开始动作。东方冉的意思是：人家是头一次来，大家不要“杀”得他们太厉害，不可断了后路。我们毕竟不是生意场中人，现在鹤了城中某些生意人就把自己的形象践踏了，一个地方县改市，刚引起外人注意，有个谷米香，还有个翠朗山也在开发，人家愿意来看看，多好的事，门刚打开，某些败类就乱“杀”客人，看今后谁还来。都不来，鹤了又要变成一只死鹤。我们要吸取这个教训，让双方都合作得比较愉快。另外，让他们单个接触，千万不可搞得满城风雨，这事太敏感，外行以为我们在走私文物，秀才碰了兵，有理讲不清的。伟达那里更是关键，工人眼多嘴杂，又开一辆外地的汽车来，都应有搪塞的办法。

大家接受了东方冉的意见，努力保持平静。

和那老板一行人见过面、吃过饭之后，便一家一户悄悄地动作。那面的价格行情，伟达早已通报给了大家，大家心里有数。那广东老板是极精的生意人，想头一次来，要尽量多给大家点甜头，所以成交几乎无多少争议，进行得非常顺利。那边准备了充足的包装材料，成交一项就当即包装了，拿出去，不招人显眼。

一周之后，那辆配有银灰色密封式车厢的卡车平安地开离了这个城市。四十八个小时之后，那边给洪伟达挂了长途电话：安全抵达，向伟达以及支持了他们的所有玩家深表谢意，并再次叮嘱伟达，不可再与那古玩一条街的其他店子发生业务往来。他欲垄断这条渠道。

成交后，那老板曾用红包给牵线人洪伟达封了数目可观的业务费，洪伟达不屑一顾："你要这样做，就不给我面子了。到你们那里，你们热情接待，我纳而受之。你们到了我这里，我岂可不尽地主之谊，我要是接受了你们的报酬，你让我日后如何做人？"那老板见洪伟达执意不受，便一把搂住伟达，眼圈就红了："我走南闯北，和千千万万的人打过交道，真还没见过你这样宽仁厚义的。"

这次有两人未曾出手一件东西。一是欧阳玉琼，一是洪伟达。玉琼是个没钱的玩家，藏品不多。他重玩不重藏。藏品中，大多是残品。手头有秦砖汉瓦、唐画宋瓷，但基本上都是只麟片爪，缺损得已不成样子，仅可从那破残物件上追溯原件精神，已无甚经济价值了。他是个杂家，方方面面的东西都有一点，有的还是极珍贵的传世品，可惜体无完肤。因此他的东西只有赏玩、

研究价值。洪伟达的瓷器，乱七八糟堆满一房一地，令那老板眼花缭乱，但他声明他的藏品仅供参观，概不出售的，因为他是有钱的主，不必依赖以物养物的办法去发展。

而鹤了城中其他玩家，都多多少少抛出去了些东西。谷定坤和柳三生最多。定坤在谷米香搜罗了不少物件，多没有出手，在等待某种时机，他虽无什么先见之明，却是预感到古玩之热在升温，所以他采取了紧缩和谨慎的方略，存了不少东西。这次见那老板出手如此大方，便不再犹疑，抛出不少。柳三生一上马便大刀阔斧，那写书的钱很快便挥霍一空，全压在玩物中了，还扬言要去银行贷款，他说他自信是看准了这个市场的灿烂前景。正在此时洪伟达介绍的人来了，他便抛掉一些平常之物，用以转活资金，再上台阶。

东方冉在此场意外的交易中，获利也颇丰，手头还从没有拿过这么多钱，不禁也有几分欣喜，如再碰了好物，也就不会显得窝囊了。市长高安所得部分，也是可观的。东方冉不准备告诉他这次行动，更不可告诉他代他做主变卖了旧物。他把他的钱分门立户存了下来，以作日后的投入。

大家都在这次活动中受益不少，如此轻易获得的钞票告诉大家：时下最保值的，恐也只是古玩了。正如报纸上所言：炒“股”不如炒“古”，以经济价值而言，也预示着这个领域前景看好。洪伟达此举，最大的功劳，还不在于让大家都赚了些钱，而是增添了信心和活力，给正走得欢的闹钟又上紧了发条。以往鹤了古玩界的观念是重一个“玩”字，用心收藏，为日益增多的藏品而高兴，并不考虑其他，洪伟达之举改变了这个单调的观念，注入了流通的活力，让大家明白：适当的流通可使大家玩得更好。

大家高兴之余，觉得应该好好地请洪伟达一次客，趁机众玩家也好好聚聚。伟达穿针引线，自己并没有抛一件东西，又拒绝了对方的红包，倒是自己赔出不少，有人谑称他是马大哈企业家，有此义举却是不易，理应刮目相看，理应请一请。大家这次团结奋斗、通力合作，双方都很愉快，没制造出什么麻烦来，也值得贺一贺。有人就提议：这次柳三生和谷定坤获利最多，应由他俩出“血”。定坤和三生慷慨应允。

一日，鹤了城中的众玩家在鹤了最有名的仙鹤楼聚集了，只有市长高安和谷美芝没到。大家边吃边聊，也没怎么敬酒，整整说了半天话，极是开心和投机。最后欧阳玉琼说了一番话，大意是这次大家取得了些成功，但不利的因素也将很快滋生的。如再要收购什么玩的，难度恐怕就大多了，价格也会因此而上抬的，各家务必有准备，务必应该有另一手打算。一件好事发生了，伴随而来的难免有不测之处，不能没有这个警惕。玉琼这也算是于热锅上浇了一瓢冷水。

但当时大家听了，并不怎么在意。

果然不出玉琼的预料，不日，周顺清就找上洪伟达的门来。顺清虽一口一声叫他老师，口气里却有几分怨意，说洪老师你们有了好门路，怎就不让我们也来分一成？平日我们也没有少为洪老师你们效劳吧。如今有了饱饭吃，就不想想给我们乡下的也吃一口呀。洪伟达是个不怎么使脑子的人，一拍脑袋，十分内疚地说：“真是对不起顺清，我倒是真把你们给忘了，其实那边是要东西的。这都怪我，怪我。但是我又去哪里找你呢？你又没个电话。这一向你也不来走走。”顺清说：“你走半个月，我来了两次。”伟达说：“我回来也有些日子了，就不见你来。”“也真是凑巧，这个把月准备做屋的事情去了。结果财神爷就溜了。”“你不是说你整修了屋子的吗？又做什么屋。”“唉，总觉得旧屋不如新屋，人就是这样，总是好往高处想的。”伟达道：“看样子你赚了点钱喽。”“还不是各位老师的关照。”说到这里，洪伟达倒真是有些难受了，城中这些玩的，多是拿了周顺清他们平日送来的玩物，以高于原价数倍乃至数十倍给了外面人，而顺清他们则没有捞到什么好处。顺清倒还反过来感激大家呢。

洪伟达告诉顺清："这次对不起你们，下次我那朋友还会来的，到时候我通知你们，有饭也应是大家匀着吃才对。"顺清一喜："大概什么时候来？""那面会听我的消息，我让他们来，他们便来。你说说看，什么时候来好？"顺清想想："那就稍等几个月吧。"洪伟达就答应了。顺清说："洪老师你真是个讲义气的人，当大企业家了，还这么平易近人。""说来说去，还是要感谢你们。你们不弄些东西来，大家拿什么玩？""洪老师，如此说就见外了。"说着，顺清说不多打扰，并诚恳地邀请洪伟达方便之时到他们乡下走一走。伟达开玩笑说："要是我带个小姐来呢？"顺清说："带谁来是你的事。我只认是接待你。""真的？""如今是什么时代了？你不要把乡下人看得古板。"伟达道："我一定要来的呀。""只要你不嫌弃。"顺清恭谦地说。

顺清其实是代表了整个乡中二道贩子的情绪的。城中几个玩的，都程度不同地遭到了乡下佬的诘问和埋怨。尽管这些交易做得很神秘，社会上不太清楚，但怎么也是瞒不住本行同道之人的。*

* 洪伟达帮了玩家，却又忽略了成全大家的下线『二道贩子』。

这样大家心里都有一点疚意。凭什么赚的钱，大家心里明白。

正如欧阳玉琼的预言：很长一个时期，果然就没有人送什么东西来了。乡下那些玩主有了明显的对抗情绪。

周顺清从洪伟达这里获得那老板会再度来此收购古物的信息后，回去就组织资金、储备货物，准备盖新屋的钱全拿出来了，房子打了基脚，让其停工。弟弟刚扔掉一台旧小四轮，准备买新机器的钱也一分不剩地拿出来了。他马不停蹄地四乡八塅跑。知那面城市里不分粗细好歹只要是旧货就要，便把以前他看不上眼的旧物，重又去买来，就是民国期间的花瓶、青花喜字坛、黄铜墨盒、木雕桌椅、书橱、香几、屏风、古玩架、花插等都收了来。以前为一元几元钱的出入，顺清都要磨半天，这次在乡人眼中，他显得慷慨大方了。很快便收集了不少东西。钱还是不够，后来把猪也卖了，把鸡鸭也卖了，还找信用社借利息不低的款子，孤注一掷，设想了可以做一回像样的买卖。他是个极沉稳的人，苦怕了，如此规模的投资，倘货出不了手怎么办？如今所收的这些东西，大都是鹤了城中那些玩家看不起的。他之所以大张旗鼓地搞，是已有买卖做在前面，那边又是真正的缺货。为慎重起见，他专程去妙空寺抽了张求财神签，神签上判曰：

喜鹊枝头叫几声
樵夫得意正逢春
良机在握宜投本
时来运转铁似金

顺清得了好签，喜不自禁往那功德箱内扔了十元钱。下得妙空山来，于山下茅庵里见有算命的瞎子，再请他算一卦。心里对那妙空山上菩萨道：不是弟子不信神签，也是求财心切，想再讨个吉利，好下决心大干一场，请菩萨宽恕。很快卦算出来了，言立冬财旺，东南方向有贵人慷慨解囊。真也说到边上了。

既有洪伟达的准确信息，又有神道和邪术统一的看法，还有什么不敢大干一场的呢？

立冬前五日，秋高气爽，万里无云，顺清所居的丘陵地带，满山灌木，金黄一片，景色甚是宜人。洪伟达与米娟小姐来到顺清家中。顺清早备了洁净房间热情接待，杀鸡宰鸭，好不殷勤。伟达便与米娟小姐，在小山包上欣赏田园风光，绚丽秋色，带了气枪打雀子和田鼠，玩得甚是开心，晚上也要调笑许久才安寝。顺清的妹妹说：“他们不像是夫妻俩。”顺清唬道：“怎么不像？城里老夫少妻多着呢。有个台湾回来的阔佬，七十多岁就讨了个二十岁的妹子，在街上手挽手走。”妹妹道：“那人就是一身金子，要是我，也不眼馋他。”顺清道：“要是你日后真嫁了个阔佬，也省得我到处去收荒货了。”妹妹说：“你呀，钱就是命，命就是狗卵子。”顺清道：“至少现在是这样，人还没脱贫时，命就是狗卵子。”

伟达与米娟小姐住了两晚，极尽欢娱，愉快归去。走时嘱顺清做准备搬东西去鹤了城里，那边的车子即日可到。但务必是夜里把货卸到他厂子的仓库里去，以掩人耳目。顺清说：“有什么怕的？我不比你们，你们头上还有顶好看的帽子。我是仰起困，还有一个卵。扑下困，卵都没有一个。”伟达说：“不是你的问题，是我。人家还要以为是我搞的。其实我这次是一件都没有成交，完全是为朋友们效力，再要背个冤名就划不来。所以大家还是谨慎点好。”顺清马上明白：“你说得有道理，我照你的办。”

南面那个城市的古玩店老板再度开着汽车来鹤了城中购物时，基本上是几个乡中的二道贩子与他成交。城中几个玩的，舍得再拿出去的东西，已不多了。尤其是近月来，无货源来路，进展甚微。虽说这次的旧物质量不如前次可观，但总算也是满载而归，双方合作也算愉快，这都是洪伟达从中调停的结果。乡中二道贩子的目的是赢利，难免要讨价还价的，好在那边的老板也是精透了的，知道和玩家打交道跟与纯粹的生意人又不一样的，留了一些余地，供小贩们周旋，让他们满意。

来去匆匆。无话。

几个二道贩子都发了一笔财，极其高兴，也要请洪伟达的客，奉承的话快要把他淹没了。伟达说请他一个人他不想去，要请把鹤了城中几个玩家也请上，加起来也不过是两桌酒饭。大家采纳了伟达的意见，觉得还是搞大团结好，便分头去请各玩家。但基本上都没有请动，也许是城中玩主串通了一气抵御的，好像这次他们毫无建树而让乡下人捞了一大把而不舒服似的。欧阳玉琼是个与世无争的高人，这次仍没出手什么东西，心境平和，一请即同意来，但听说都不来，也就一溜烟骑着单车开了溜。洪伟达见都不响应，便让大家将酒饭取消了。大家便不知如何感激他才好。伟达便说："你们一定表示呢，也行。我的秘书米娟小姐家在乡下，现正在家里做屋。什么都不缺，缺的就是劳力。你们都是做惯了的好角，就一起去帮她两天工，如何？就算是代表我去的，我也帮不上什么忙，出不得苦力，这点就远不如你们了。"大家都言好，这对他们来说是小菜一碟。就相邀了买一些礼物，一同去米娟小姐家中帮工。由周顺清领路，浩浩荡荡开到米娟家中。那人家大吃一惊：一下子送这么多礼物，来这么多好劳力，怎么回事？大家说这是洪总派他们来的，礼物也是洪总送的，令那家人感动不已，觉得闺女真是找了个好主子，如此体恤下属。米娟小姐被洪总出其不意的一手弄得感激不尽，觉得更是应忠于主子才能报答。古物贩子中有人怀疑："洪总怎么会对一个打工仔这么好？"周顺清抿了嘴笑，只他心里明白，当然这是不能乱说的。

转瞬已是春节快到了。洪伟达那位朋友写了信来，言那边这年春节，估计有十余万海外华侨要回乡省亲，这是他们古玩店生意最为旺盛的时候。那些海外游子，对祖国的古物是十分看重的，带一点回去，摆在家中，如见祖国灿烂的历史文化，自豪感也就油然而生。见物如见故土，要保持对故乡的心灵亲近，天远迢迢，往往就只好依赖于物了。所以鉴于此，他还想在年前到鹤了组织一批货源，还要请洪先生从中帮忙。那老板欲在鹤了市作家协会会员洪伟达面前也来点文化，在信中结尾处写道："我们南国眼下是花团锦簇、蜂飞蝶舞，你们那里恐怕是端雪纷飞、天寒地冻了。"把"瑞"雪写成"端"雪。何况离"瑞"为时还远。

洪伟达把这个信息告诉城中玩家，好让大家做个准备。大家聚了聚，说让他来吧。但告诉洪伟达：不可再通知乡中那一拨人了。伟达尚不明白其用意："这有什么要紧，有饭大家吃嘛。"小水电公司的大林道："他们不是也吃饱了一顿吗？再要让他们吃饱，我看你就要饿瘪了。""此话怎讲？我不明白。"便有人问洪伟达："最近一个时期，你有什么收获没有？""不多，有一点。""比以前呢？""比以前差远了，没有人送东西来。""这就是了，是什么原因你知道吗？""没细想过，怕也是民间东西日见艰少了吧。"大林道："那些乡中玩的，见可以直接从那些老板手里以物换出大钱来，怎么还会送给你？你给得他们几个钱。"洪伟达沉吟半晌，道："这倒也是一个问题呀。帮了城里的，又不忍心丢下乡里的。乡里的尝到了甜头，自己又会缺了口粮。这事情真是难办……这样吧，就叫那古董商不要来了，城乡两边如今打了个平手，不再让他们来，今后相安无事，该怎么就怎么的，按既定方针办。"

玩家们说："还是让那老板来。"*

"还来？再来了，事情弄糟了，可不能再怪我呀。"

"来，让他们来。再有什么闪失也不怪你。事实上谁也没怪你，你让大家都得了好处嘛，这是事实。"

洪伟达也不细想什么，打电话让对方来。不日，汽车果然就又来了。

但这回那老板很不顺利。他拜访各玩主时，大家非常客气地接待他，请吃饭、跳舞、唱歌，闭口不谈交易之事。老板终是憋不住了，开言请求诸位帮助。大家口径一致地说：现在鹤了民间，藏品也日见少了，收购不着了。各玩主手头还有一点，是要留着自己赏玩的。这老板见形势与前两次比，是一百八十度的大转弯，十分纳闷，便请教洪先生是怎么回事。洪伟达也觉奇怪，想想难道真的大家手头都没有东西了？老板便打听那批乡下二道贩

* 洪伟达让二道贩子在古董商那里也尝到了甜头。有奶就是娘，他们就抛开了鹤了玩家。这就叫作：做人难，做生意难。

子的下落。伟达道：他们手里可能也没有什么东西了，许久不曾送一点东西到城里来嘛。以前隔三岔五就有人来的。洪伟达见来人有些着急，便领着他们再度逐一到各玩主家中索物。大家见数日来那一行人没有收到什么好物，便说还是要看在老雇主的面上支持一点，搬出些坛坛罐罐、木器、竹器、玉器、铜器来，但索价远远超出老板的计划。

事已至此，老板也就要使出生意人的伎俩来讨价还价，亏本的买卖还是不能干的。但大家的态度是十分明白：本意是大家都不愿再将手中藏品抛出去了，不是钱多钱少的问题。如老板一定要，也就不存在谈价钱的话题了。话已是说得没有多少余地了，最后老板只得忍痛出大价钱购得一些东西，总不能让车子放空回去。想这其中有诈，又不知是何因由。洪伟达见此情也十分着急，便让那老板选走了自己藏品中的一批下品，凑个数，不负这一趟远行。好歹有了个交代，总算落了心。想这大概也是他们最后的行程了，鹤了古玩界似乎也已不欢迎他们再来了。他们受此一挫，也不会再打这里的主意了的。

最后一日，那老板突生念头，想去拜访那位游离于交易之外的欧阳玉琼先生。洪伟达便陪他同行前往古城墙根下。洪伟达这时突然想起玉琼在玩家们头一次交易成功后泼的冷水，觉得真是有先见之明。

那老板见玉琼住的是城郊僻静的民房，屋前杨柳依依，一脉清澈的池水，屋后是巨大的远古石头残墙。三间瓦屋，有两间堆满各种残瓷损瓦、古陶旧碗，立时就觉如入仙境，感慨万千道："我们那个花花世界，是找不出这么一方净土来了。欧阳先生看来要成世外高人了。坐到你的房子里，就真不想回去过那种神经病一样整天疯疯癫癫的生活了。"

玉琼施以清茶待客："到我这里来，就寒碜了啊。没有好吃的，烟也拿不出手，更没有让你如意的东西带过去。我是手头艰紧，无生财之道，平生多以收集古旧残物赏玩，我信了那句古话：一管以窥全豹。没钱有没钱的玩法，感觉是一样的，一件残片，加上幻想，也可见古人智慧全部，足矣。”

老板道：“洪先生说你是鹤了古城里的鉴赏家。要是先生能到我们那里走走，真是三生有幸，可以学到不少东西的。”

玉琼说：“莫听他们瞎吹，我不过是摸得东西多，玩得久，古玩领域大如天，学海无涯呢，不敢说‘家’字的。至于去南方看热闹，现在也是时髦，我想我迟早是要去看看的。”

“要是先生去，一切费用我们出了。”

玉琼道：“那倒不必。”

后来那老板谈到这次生意不很顺利，觉得大家情绪有些不正常。玉琼说，其实这也是正常的。这古物藏留于民间，如同是某种矿藏，越挖就越少，却不会再生。加上民间尚无保护古物的意识，损耗也是惊人的。不久前某地农民植树时无意中挖出座商周时期的坟墓，墓中有一只灰陶罐，百姓以为罐中藏有金银首饰，一锄头把罐子打烂去寻金银。他不知他这一锄头下去，就打烂了他们一村人好几年的衣食；捣毁了一大片山林；砸碎了一个乡镇企业；甚至是破坏了一座小型水库。所以这古物又如是山中的珍禽异兽，存活艰难，要逐一藏到有识之士手中，有个时间问题，有时候三两年都毫无建树，怎么可能一车车被拉走呢？那老板想想也颇有道理，但看势头，鹤了地方远没有山穷水尽呢。

接下来洪伟达和那老板，便细细地品味玉琼的收藏。他的藏品价值，不全在古玩上，甚至没有一件完整的东西。偏重于民间艺术包括了民间手工艺品的收藏。譬如是鹤了地方颇具特色的妇女围腰，小小围腰上就留下了风味各异的民间刺绣；当今农村中已少见的绣花布鞋，包括了一部分三寸金莲鞋；农妇用形状各异的白瓜挖制成用来舀水的瓜勺；山中老人据己所爱用山中自然弯曲和多节的老树枝杈削成的各式刀斧味极浓的拐杖；乡里孩子用苦竹根制作的火炮枪；山里巫师道士用黄祷纸画的线条粗犷、形状古怪的镇妖灭邪的“符”……品种繁多，按系列摆布着，每个系列的实物少则数十件，多则上百件，丰富多彩、琳琅满目，虽来源俗界却是品位不俗。那老板视之赞不绝口，从商业的角度叹曰：“要是在我们那里搞一个民俗展品拍卖会，你这些东西，港台老板全会买走的。”又说，“我们那个地方虽缺古玩，民俗的东西还是有的呀，我回去不是也可以搞个专柜吗？”洪伟达道：“你们都是想赚大钱的，哪潜得下心来搞收集呢？我们欧阳先生，收集这些，你晓得花了多少年工夫吗？这个工钱是没法算的。”那老板道：“真是了不起，了不起，我辈真是自愧不如。”洪伟达道：“到你的钱赚到一定的时候，再静心去搞收藏吧。”老板说：“只怕到时候也身不由己哟，我是永远也到不了欧阳先生这个境界的。”*

*鹤了玩家中，欧阳玉琼最清苦，玩的大都是残次品。没有人想到，玩到最后，他能把残次品玩出价值。

后来欧阳玉琼取出一片打磨得光滑平整，胎坯薄如蛋壳的黑陶器物碎片，镶嵌在一只制作精美未施油漆的小木盒内，下垫一块大红色绒布，托起一片沉着的古色。玉琼又拿出一支碳素墨水笔，在盒盖内侧写上几行小字：

科学“碳十四、热释光”测定
南宋“岳州窑”陶片
杨幺部属之杰作一斑

字迹娟秀工整，如印刷体一般。玉琼写完，将木盒盖上，复打开，见盒子启合灵巧，递给那老板：“你想想看，有点意思没有。”老板摸着头，沉吟半晌，突然一拍大腿：“有意思，有意思。”与玉琼相对一笑。洪伟达见两人笑，目瞪口呆，不知所措：“什么意思？不妨说了。”

玉琼对那老板说：“既然是有点意思，我给你准备几件同样的，给你明天带走。我是个不错的木模工，这个牛皮倒是吹得的，做盒子不用请人。”老板说：“光是这盒子就很有意思，值钱。先生肯帮忙，有什么说的。”

洪伟达如坠云雾之中：“我不明白你们说什么。”

老板也不直说，晃晃那盒子：“说不定欧阳先生真能帮上我一把呢。”顿生几分高兴，小心收了那有雅致包装的陶片。伟达这时明白了：“这就好。玉琼这里，这等好物倒是不缺。”玉琼道：“我在洞庭湖边上风餐露宿寻访之时，你在家里烤着木炭火呢。”伟达道：“我没有否认你辛苦呀。”

回去的路上，老板越想，高兴倍添，对伟达说：“现在古物不易弄到，价格也将日渐昂贵，倒是这等残件，既可见远古精神，又能让一般顾客也能接受，这个路子说不准前途光明。”伟达说：“告诉你啊，玉琼给你准备的，可不是一般的古物残片哪，如此东西，哪里不可寻出一些来？意义在哪里？在于是历史人物杨幺的杰作，是洞庭湖之火土做成，一件陶片，便是一段历史，一个神奇故事，一脉风水。”老板听言，不禁笑出声来：“经你这么一解释，这生意是做定了。要是把故事印成说明书，附于盒中，不是更好？”伟达道：“千万不可画蛇添足呀。现在有些风景名胜，本来本色不错的，经那画蛇添足的解说一渲染，反倒让人恶心。你老兄可要吸取这个教训。”老板道：“你这个建议确实重要。”

第二日，欧阳玉琼来送行，又带来两件陶片，盒子已不是木盒，而是粘合起来的杉树皮了，更富古朴精神，远古风貌。那老板一看更喜：“这个更好，更好。回去试销后，我就要给你打电话的。”玉琼淡淡一笑：“不过是玩一玩，不必看得很重。如真能够帮你一把，就好。”

互相握别。

洪伟达见那朋友头两趟满载而归，这次却空了半个车厢，心里有些难受，觉得没有尽到地主之责，对玉琼道：“他们不会再来了的。我也不晓得大家搞的什么鬼。这实在是对大家有好处的嘛，怎能让人失望？”

玉琼道：“大家也没有什么错，不必一阵子把自己掏空了。对方越是表现得急切，就越是告诫大家要谨慎。你也放心，他们还会来的。”

果然第三天，那边便有长途电话给洪伟达：欧阳玉琼的小品非常受欢迎。有些涉外企业要求成批订货，作纪念品送人呢。他要求欧阳先生尽快包装出一批来，年前他派人带钱来取货，信誉问题，请洪先生担保。待洪伟达高兴地去通知玉琼时，他正在制作盒子。他胸有成竹地对伟达说：“我晓得他们会再来的。”伟达说：“你是个精怪。我原以为你是个不食五谷的家伙。谁知你也是要赚钱的。赚钱呢还不要本，拿不花钱捡来的破瓦片子赚钱。人家说讨米也要备根棍，你是棍都不要一根。”玉琼说：“没有钱的，就只能去洞庭湖边上捡陶片。”伟达道：“你莫装穷叫苦，其实你比谁都富有。”“你这么一表扬我就高兴了。我天生了是不说一个‘没’字的，人穷志不短。”说着伟达叫他抓紧炮制，不赚白不赚，那老板有钱，到时候也未必不可咬咬价。

腊月古历二十九，那老板派来的两个人冻得瑟瑟发抖，在鹤了城下车后径奔欧阳玉琼家中。进屋就喊冷，说想不到这里会这么冷。玉琼烧了大火，用明末清初制作的紫铜酒壶给他们烫了热酒，很快便将两人暖过来。暖了身子喝罢酒，那两人的眼睛就盯在这只长嘴瘦颈的刻花酒壶上了，他们才不去欣赏玉琼的碎陶损瓷哩。玉琼说：“你们不必打它的主意了。紫铜的酒壶，明朝以后就基本看不到了。它是要和我为伴然后一同入土的。”那两人连连叹惜无缘得到，便不再作话题。

来人取走了玉琼在十日之内赶紧制作包装出来的玩物。来人说这远远不够填满春节期间客人的一角肚子。玉琼说：“这玩意儿只可我一人制作，不可请人的，所以产量不会多。”“春节期间先生是否还可赶制一批？”“告诉你们老板，销完这一批为止，南宋岳州窑陶片，不会再出现在贵城市了。”来人无奈，小心用旅行袋装好这批玩物，大年三十儿清早搭车往回赶。鹤了城中已是笼罩着浓烈的新年气息，所有人的心事全系在节日的欢娱中了。玉琼和伟达送那两人上车，抱歉地说没留他们过年。他们说：“过年有什么意思？有钱人是天天过年。我们那里不看重过年的，都在忙生意，有十万人要回大陆来，够大家忙的。”他们对春节已没什么特殊的感情了，心全被钱蚀了。

那老板不刻薄，给了欧阳玉琼一笔丰厚的报酬。伟达说：“这一下你就发了。”玉琼说：“怎么发也不如你一个手指头。”伟达说：“那我成了鹤了城中的大老虎了？我估计肯定有不少人要宣布是我的姑妈、姨，甚至是真正的亲生父母了。有些妙龄少女马上就会得白血病。黑势力有绑架我妻儿的可能。国外的大亨多有这种经历。你老兄是否帮我物色个保镖？”玉琼道：“有了钱，恐怕不是这些开销喽。”“是什么？”“你自己还不明白，问我？”伟达有点慌了，小声问玉琼：“你是不是听人家说什么了？”“听是听说了，不过你放心，我不会外传的，放在心里好了。”伟达感动了：“你真是好兄弟，不愧是那时候一起写快板的。”玉琼道：“都有些什么艳事？说说，我又不是外人。”伟达瞪大了眼睛看玉琼，想一会儿，似是恍然大悟：“你这个鬼，原来你是诈我。”便要去捅玉琼。玉琼笑着跑开，叫道：“此地无银三百两，不打也自招了。”

正月间，周顺清从乡下来给城里各位老师拜年，手中备了好几份乡下做的灰水年糕，给每人送一份。因是手工做的又配了鹤了地方传统的作料，城中人在油水太厚之时，吃点清爽舒坦的，感觉甚是好，都讲周顺清给太少了。顺清高兴：“我还怕你们看不起这乡下不值钱的东西呢。既然你们喜欢，明年过年我管你们吃个够。看来传统的东西还是过得硬。”心里便由食品联想到古玩，更加坚定了对这个行业的看重。因古玩谋了丰利而使他这个年过得最为红火：新屋落成了，小四轮开进家了，有能力投资二弟去学兽医了，替小妹办了学缝纫的拜师酒，信用社的钱还了……周顺清梦里都是笑的。

到洪伟达家中拜年坐得久些。企业家过年最难过的是“酒”关，洪伟达果然就喝醉了。他老婆说他这一醉已是四餐没吃饭了。顺清便嘱他老婆蒸一碗他带去的灰水年糕，略施一点白糖。然后他去叫洪总起床。伟达见顺清来了，便强打精神起了床。顺清服侍他洗漱，叫他吃点东西试试。伟达说再不能吃什么了，一吃就作呕。顺清说你尝尝我带来的传统食品，看看效果如何。听顺清都能使用“传统”这样高雅的词汇了，想人赚了钱真还可以变得聪明和开放呢，便道：“就尝尝你的传统食品吧。”顺清便叫师母把年糕端上来。洪夫人端着热腾腾的“传统食品”上来，嗔道：“我都比你小几岁呢，你老是师母师母的叫，今后再这样叫我就真不高兴了。”顺清憨厚地笑笑：“好吧，今后就不这么叫了，师母。”“噫，又叫了！”顺清就捂了嘴巴。洪伟达举筷夹一块灰水年糕，刚入口便滴溜溜融了似的滚到喉咙里去了，说：“噫，怎么回事，像猪八戒吃人参果似的。”一连又吃了几个，吃出美味来，大叫道：“顺清，不错，不错，果然是好东西。”便吱吱溜溜吃完这一碗，额头上沁出汗来：“这东西还醒酒呢。”

说一会儿话，顺清便问那个有钱的主什么时候还来？洪伟达就把他们第三趟行程的冷遇说给顺清听，总结道：“估计他们也不会再来了。谁料又会发生什么事。人家做生意是很算计的，出一趟车，费用不是好玩的。”顺清喃喃道：“不来了，不来了？刚来过就断路了？”脸上便显出遗憾和失落来。伟达道：“你们还准备了他们来的吧？”顺清道：“你指的‘你们’是谁？”伟达不便说出二道贩子这个难听的词，哑了言。顺清细想想，若有所悟道：

"我明白了，明白了，这中间有些蹊跷，并不是大家手里没有东西，是有人成心不让他们来……"伟达道："你明白了什么，说来听听？"顺清道："难道你不明白？你现在是鹤了地方玩主中，唯一没有抛东西的，其实你心里最明白。"伟达默神：怎么应该我最明白？看着顺清脸色有几分被辱弄而生的愤懑，再联想起欧阳玉琼的预言，果然就悟到了些什么，却也不便说穿。直至送走顺清，也不再提这件事情。

尽管古玩界的同仁对这次经济活动守口如瓶，但还是把消息透露到社会上了。玩家们越是吞吞吐吐不愿将过程说出来，那些对此感兴趣者的猜测和设想便越丰富。蛛丝马迹便可加工编造成玄妙的故事。人们关注这件事，倒也不是眼浅谁谁谁赚了钱，不是觉得这个行当一本万利极具诱惑，大家就要一窝蜂学着玩古，兴奋点是在于现在全国人民向往南方的开放和金钱，而南方一个美丽城市反过来崇仰历史厚重的鹤了古城，这就极大地满足了大家的虚荣心。快要被时代新潮流淹没的小小山城，因古物"矿产"的丰富也如南方一样辉煌，引人注目。这便是大家要尚古的目的所在了。因"古"而注定了这个城市的不朽，那么大家就应以"古"为荣，要想方设法佩戴点古物，多少也玩点古物，懂点古玩知识，否则便不算是一个出色市民了。

第十六章

在鹤了市首任市长高安的施政方略中，有一条是改造旧城区，建设新城区。改造旧城区的规划中，首要任务是要迅速拉直和拓宽东街，然后在东街码头上修一座大桥横跨鹤了河，联结新城，这样城市就整体化了。

拉直和拓宽一条古老的街，谈何容易的事情。首先是争论。争论的焦点是古迹的保护与破坏问题。从感情上说，高安十二万分不愿意毁了这麻石的街面和两边青砖、青瓦、白色的垛子建筑物。建新城的原则和目的之一是要保护旧城风貌不至于破坏，把高楼大厦修到新城去。这东西南北四条街，犹如是人的手足，是统一的，缺一不可的。但联结新旧两城是非走东街不可的，东街成了纽带，就注定了要拓宽，要能跑汽车，要能为城市的配套服务。这等于要残了鹤了古城的一条腿而换来鹤了古城根本性的变化和飞跃。这当然是要引起大争论的。鹤了人可以不关心国家大事，但却本能地要关心自身的大事。

争论大概维持了一个时期，不知是大家想通了还是争疲了，后来大家也就觉得改造东街是势在必行了。天安门还不是跑着汽车？搞规划的部门反复讨论了市长的建议：拓宽拉直的东街两旁，一律恢复原街原貌，与西、南、北街严格配套。有这样补救的措施，也是能说服争论的双方的。

争论毕竟是嘴巴上的事，难的是实际的工作如何开展。有五十余个老邻土居的住户要搬迁，有两个街办工厂和五个机关要移位。机关倒也好说，搬到哪里都办公。工厂则要另划厂址做好妥善安排，安排不妥，恼了工人，便无安宁之日了。最令人头疼的是居民。绝大部分的居民是住的私房，新旧两城沟通了，他们的屋门口便是最繁华的铺面了，日后随便在门口摆个小烟摊，摆几盒槟榔，摆点盐茶蛋，都要谋下来一家人的生活，要让他们主动让位，何其之难。也许有人会说：退后的新街，按原样安排老街的门面不就得了。倘是如此简单也就好了。恰恰那新修的大桥，几乎把半条旧东街都丢到引桥底下的桥洞中去了。五十户原临街居民，只有二十户可继续上街，余下三十户便下了桥。僧多粥少，饭分派给谁吃合适？为此事市长高安在百忙中抽出时间，一家一户挨着谈话做宣传，促了膝商量如何渡过难关。一次不成，谈两次、三次，历时半年之久，到正式拆屋修街时，倒也勉强把工作做下来了，至少没有人成为钉子户死活赖着不搬。直到随着一排排古老的墙倒了下去，没有人挡在推土机前寻死觅活时，高安方松了最后一口气，觉得又完成了人生中没完没了的战斗的其中一个，但不知又有什么难啃的骨头迎接他。感觉到精神很累，成天绷紧着应付各种事务，生怕有什么闪失。倒也不是怕丢乌纱帽，问题是这方天地里的政务，到他这里必须有个了断，无处推诿，不可躲避。如将水中鸭子赶上架，无依无援了，进退扑闪全要由自己把握。“父母官”一说是最贴切不过了的，为人父了，一家之长了，义无反顾天经地义要挑起这个家庭重担，谁也取代不了。

了结了一件扯皮的事，说不定哪个人突然冒出来，制造新的麻烦来。在这个难得的空隙中，得赶紧放松放松，自然是找东方冉或者是玉琼。他不看好人们普遍认为好放松的地方，比如是歌舞厅吧，他嫌舞厅人多，烟味浓，浊气重，音响大。若是有人发现他到了该舞厅，必有一些爱图表现的人要和他讲几句话；哪位发了财的阔佬要为他点歌，还要将鲜花送到他怀中来；老板因他的光临便要介绍最漂亮的小姐和他舞一圈，再请他的第二任或者第三任太太陪他再舞一圈……他本是来休息的，却又被推到众目睽睽的首席，任人摆布，工作中这么累，生活中还这么累，还有虚假和做作，何必呢？自从在公众娱乐场所被众星捧月过几回之后，从此便想方设法躲避人多的去处。

他缺少的是静。他需要静。

他一有闲空便想到古玩界的闲适清静，他常怀恋谷美芝那顿饭，以及那些平常难得的氛围，谈谈政务以外的话题，确是一种理想的精神调节。不看文件看古玩，联想点远古的风云变迁，将被现实快压扁的思维飘浮至一个美妙的虚幻之境，甚是惬意。

他让司机何志开车送他到义犬巷去找东方冉。何志下车到东方冉门首敲敲门，见屋里是一桌牌，东方夫人说他到欧阳玉琼家去了。何志想家里一桌牌，东方待得下吗？当然是要走的。高安说你还送我一截，这些天累死了。何志便将车子开到城郊不能再开的地方。高安便令车子回去，自己信步往老城墙根下走。

远远见黑黝黝的一架峰峦下，亮着如豆一星灯火，那便是玉琼的家了，周围再无任何光亮，那灯火如是一颗心沉浸在无边静穆的海洋里休息，此时高安的心是多么需要如那灯火一般的安闲啊。

高安敲开门时，那二人正将脚埋在被窝里聊天。高安道："这正是应了促膝谈心那句成语了。"二人都为高安黑夜来访而高兴。玉琼深感抱憾："我一个单身汉，家无鼠粮，可惜没有什么好招待二位嘉宾的。"高安道："你这个人，还是要放开一下思想，还是要成个家，少年夫妻老来伴，要有个热脚的，东方冉也不能天天来给你热脚。"玉琼道："单身打了多年，习惯了，又四十大几的人了，不想那些了。"高安道："四十出头就不行了？你没见有个民谣说'三十不浪四十浪，五十正在浪尖上，六十还要浪打浪’。”东方冉笑道：“这个民谣，没写进你的报告里去吧？”高安说：“写进去也不妨。从好的方面理解便是劝诫年纪大的人不必妄自菲薄，应继续保持革命斗志，浪是浪漫的浪，革命的浪漫主义嘛。当然，要往庸俗的方面想嘛，性质就变喽。”东方冉接口道：“欧阳时下正是浪的时候，正值当年，大有作为。”高安笑道：“这可不是我的意思呀。”

玉琼说：“你们拿我开心呀，良心大大的坏了，老天会惩罚你们阳痿。”

东方冉说：“老夫老妻了，和阳痿的感受也差不多了，用不着老天来操劳了。”又对高安说，“不过我告诉你，如今有人追玉琼了。”高安击掌道：“好，好，何方人氏？”玉琼道：“这话说得没边了。”东方冉说：“那就暂时保密。”高安说：“倒也不必现在就晓得，早晚是要见面的，到时候我愿意以市长兼朋友的身份主持婚礼，规格不低吧。人家出高价请都请我不动的。”

茶还是有的，玉琼是抽烟喝茶的大王。上了茶，高安便开始欣赏玉琼的最新收获。大家谈得也非常开心，一直到司机何志敲门来接人，方知已是夜深。

回家的路上，东方冉对高安说：“有件事，不知该不该对你讲。说心里话，我既不想听这样的话，更不想传这样的话。”高安说：“你不说我也猜出来是扯皮的事，你不愿讲的，还有什么好话呢？本来今晚是要彻底放松的，还是没有做到完全彻底。讲吧，谁让我当市长呢。”东方冉说：“你还记得那个李庶溪的儿子李乐善吧？”“怎么不记得，这次还搞熟了哩。”“哦？”“他是东街的搬迁户。引桥有个桥墩，正好在他的屋正中。他这次的表现是那五十个搬迁户中表现最佳的一个。我上一次门就把工作做好了。”“他没有向你提什么要求？”“没有哇。”东方冉道：“表现最好，恐怕就麻烦不小啦。”“怎么？”“他专程来找过我。他要我向你求求情，新街修成后，他想要个临街的铺面。他说他没文化没职业，靠收点破烂、摆个水果摊子，有时还不得已搞点迷信帮那些愚昧之人治病谋生。老婆又是个半痴不呆吃白饭的，若今后不依赖门面，一家人非饿死不可。说得很可怜。他说他城中既无亲戚又不认识一个干部，只因父亲原是鹤了城中玩古物的，虽与你们没有过来往，好歹你们也是一条道上的人，走投无路之际，来求我找你说句话。说能行呢，则是大幸。万一不行，也不怪谁，只好再回乡里去，领着一家人去讨米。”*

高安道：“莫说得那么吓人，如今是搞社会主义，开口闭口讨米。”又说：“虽说如今搬迁的工作做通了，还有安置的麻纱没开始扯呢。如今的情况是两只脚要套在一只裤筒里，还要走路。如何走？我让有关部门至少拿出五个以上方案来讨论。不然还会出大事。这个李乐善的事，我现在表不了态。你的意见呢？”

东方冉道：“我还能有什么意见。我说这个话，本就不该。”

市长道：“不过这个人的态度不错，很支持政府的工作。”

东方冉说：“这恰恰就是他的高明之处，明知胳膊拗不过大腿，不如给个人情，反正是要求你的，留下个好印象。”

市长说：“也许是这样的，抓住了人人爱奉承、爱恭维、喜欢顺从者的弱点。”又对何志说，“小四你抽空去秘密调查一下，看这个李乐善的生存状况是不是如此糟糕。”何志答：“好的。”市长对东方冉道：“叫那李乐善不要来找我。也不要提什么搞古玩同道的话，这有什么联系？工作就是工作，玩便是玩，两码事。”

东方冉道：“他想来找你，我制止了他。答应他这话由我来说。我叫他有事找我。”

市长说：“这就好。这件事太敏感了。”

说着到了车旁，车子已被露水打湿了。

后来何志的调查结果，符合李乐善所述，他是所有搬迁户中生活最困难的。

* 旧城改造，离群索居靠捡破烂为生的李乐善断了生活门路，不得已来找东方冉他们帮助。

或许是出于对贫困者的同情；或许是念其在搬迁工作中的通达；或许是碍于东方冉虽无倾向性却也不缺乏含情的介绍；或许也是看在那旷如大师唯一的关门弟子、争议很大的玩家李庶溪的面子上；或许是市长一时心血来潮，高安为李乐善的请求作了有效的暗示，由何志去出面，在新街铺面规划中给李乐善留了个位置。

一日，那李乐善喜笑颜开地到义犬巷来拜见东方冉："拜托你为我说的话，真在市长那里起了作用了，街道上已通知我了，说方案已经定下来了，临街铺面有我的份，说市长亲自批的方案。这件事，真是搭帮了你，搭帮了市长，我真不知如何感谢你们才好。我也晓得你们都是鹤了城中有名的清高之士，我若是要买烟送酒请饭呢，你们也是不领情的。要是家父在世就好了，他手里必是有好玩的，送两件给你们，也许能凑个高兴。可惜我没接了家父的班，不能和你们交个道上的朋友，也就没有好物送你们，要请东方先生千万原谅了。这个忙可不是一般的忙呀！今后我一家几口的吃用，就都全系在那一丈宽的门面上了。"

东方冉也高兴："解决了就好。我也没有帮什么忙，只是传了个话。市长倒还真当作一件事在办，该感谢的是他。不过你有谢意呢，也就放在心底里好了，千万不要提酒送烟上市长的门哪，你不知他的脾气，那样他还会怨我的。晓得吗？"乐善道："那是，那是。""你也不可到处讲是市长帮的忙啊，那样你就把他往火坑里推了，这是个十分敏感的问题，是两条腿往一个裤筒里挤的问题，晓得吗？""明白明白。只是有恩不谢，觉得人就没做成个样子似的。""面对现实就好。不要把好事变成坏事。""那是，那是。"乐善是恭谦之至。

李乐善欲告辞又磨磨蹭蹭不想走，东方冉看出那窘态来，道："你还有什么不好说的话要说吗？"他说："话倒也是没有了，我想请你代我办一件事，又不好意思再开口，叫我为难哪。""说吧，只要好办的。”东方冉鼓励他，心里不大乐意麻烦事上身，但见了他那可怜样子又心软。

李乐善说着抖抖索索于身后取出一只脏兮兮的布袋来，解开缚袋的绳子，取出一个报纸包，小心抖开报纸，内面是一摞杂乱的古旧国画，有三五幅，大多是斑痕累累，虫蛀的小洞密布，很是有些年份了。东方冉不大懂画，但略窥便知那画工不凡，是几件好物，见屋外有人声，怕生人进来撞见，忙叫乐善包好。见无人进来，乐善道：“我晓得高市长业余爱好喜欢写点字画点画，也爱藏点古字画的。最近我收破烂，正好乡中有个老人，拎了这些旧纸来，说是好画。我也不懂，见真是画，便收购了。他说要五十元钱一幅。我想贵是贵了，后想想市长喜欢玩这个，我也正好欠着人情债，就想着给市长留着玩吧，便买了下来。我想请你参谋参谋，这烂纸是否可以送市长，有没有一丁点价值。”

东方冉说：“倒也不是拿不出手的东西。不过要送市长你自己去送，我不能帮这个忙。”

李乐善急了：“问题是我去见市长，合不合适？你原说要我不轻易去找他的。如今他真帮了我，就更不好去见了。”

东方冉想想：倒也是不可让他拎着一包东西去见高安。一个个门敲着问市长住在何处，不会闹得满院风雨吗？那么高安会痛责他给他惹了麻烦的。便道：“我刚才讲了，你不要送什么东西来的。那样不是搞交易吗？市长也是不会要的。我看你还是拎回去。”

“我留着有什么用？还不是废纸一张？给了喜欢玩的或许是好物，我们外行留着揩屁股还嫌不经事，一揩就破。这样吧，东科长，你好事做到底，你就替我转交了，也不要讲是我送的，就讲是你替他弄的。这样也就了却我一件心事了。你想想，人家帮我办了这么大的事，我屁都不放一个，心里好受吗？”

东方冉想想：这李乐善也是一门心思要谢情，谈不上巴结更谈不上行贿，事情都已过去了，再送点玩的，性质是不一样的。市长也确是喜欢好字画，也曾托他方便之时留意帮他收一点。偏偏别的玩物都可收着，就不见有旧纸面市，这李乐善手中的东西怎么可让其跑掉呢？便说：“这样吧，你那个想法倒是可以考虑的。但还是照原收购价付你的账，不然我交不出手。”乐善也不再推托：“这样也好，免得我留下一个巴结之嫌。”一共是两百元钱，东方冉点出钞来，李乐善收了。东方冉道：“市长这人，无别的业余嗜好，倒是真喜欢观赏好的书画作品。”李乐善说：“但愿他喜欢。”东方冉突生一个警惕：“你怎么晓得市长喜欢玩这个？”乐善道：“一市之长，是何模样，有何爱好，可都是家喻户晓的。鹤了人有喜好打听名人隐私的习性，你又不是不晓得。我听书店的人讲，有好的画册和名人字帖，他是都要收藏一份的。”“你也常去书店？”“不瞒东科长，我正是因为没有文化，才要多少也读点书。我倒是书店的常客，平生也没有别的兴趣，没有别的去处。”“这个习惯好。”东方冉赞赏道。“你不要对市长说是收了我的东西呵，那样会弄得你我都为难。”乐善说。*

* 问题解决了，李乐善想请东方冉代他送几张翻垃圾捡到的破残古画感谢高安市长。东方冉不从，坚持出钱买了下来，要保护老同学。

东方冉好不容易与忙碌的高安联系上，说替他收了几幅古画，看什么时候给他送去合适。高安说不要往家中送，他到他那里去取。如此约了，一周之后高安才抽出身来。进屋就迫不及待嚷嚷：“东方冉，取东西过来看看。”东方冉就把他让到房中。高安便关牢房门，再拉上厚窗帘。东方冉道：“又不是做贼，光明正大的事嘛。”高安道：“主要是怕有人来找，我的时间不多，只好装作无人在家了。”便细心展开那几张旧纸。

一幅是五尺横披。画的一树素梅，枯蔸清瘦如铁，却是孕出壮健的枝干，斜插而出，舒展的疏枝上著满盛开的蜡梅和含苞待放的花蕾，画家用笔冷峻，尽显凛冽寒风中傲立寒梅之冰肌玉骨、清冷幽艳之高贵品质。可惜题款字迹已被虫蛀坏，依稀可辨出“冷蝶”和“迟玉”等字样。名款只存一印可辨，因纸色陈旧，一时难得辨出。高安叫寻放大镜来，举着镜子揣摩许久，终读出“玩玩山翁”四字。

一幅是四尺长立轴。完整的一幅兼工带写山水图。题款是：山溪听泉图。岁在壬子秋中应野谷先生嘱。名款为：臣安如印。下押印：云中子。画工也极是讲究，层峦叠嶂盘薄绵延，一泓清溪穿行环绕其间，飞瀑不时跌宕于层岩之上，分远近轻重同时弹唱出数种美妙音符来，更有古松翠柏修竹疏柳掩映，山涧谷底有一茅舍水榭，一老翁就盘坐于其间听泉，甚是悠闲。

另一幅是三尺立轴。纸色更旧，近乎铜黑。隐隐可见一株墨兰，疏花简叶，气势飘逸，施墨浓重，端庄华贵。这纸旧得好，那墨兰如融到深沉的夜色中去了，便要溢出远古的暗香来。无款识。一方印压在左下角，仅见暗红，已不辨字迹。

还有一幅，是一幅八开的册页。册页一般为八页，十二页，十六页。而这单页却孤零零地漂泊于此。是一幅写生画，一株奇松盘根错节，虬屈之体紧伏于一崖头。松树下是一月牙形天然石井，井中碧波荡漾，与青翠群山遥相呼应，其灵秀瑰丽，虽水墨作成，却是栩栩如生，呼之欲出。题款一行瘦金体行书：翠朗十二景，月映苍松。款署：旷如画。下押一方印：半樵。

两人读毕，高安长吁一口气，眼中充满犹疑，问东方冉：“你这是哪里弄来的？”东方冉道：“先不说来路，此画如何？”高安道：“你也看了的，还用问我吗？我觉得这不应是你我所能得到的东西。来路大有问题。”东方冉道：“你来之前，我倒还真没有认真拜读，确是好物？”高安道：“先不说别的，你赶快把你那本《历代书画名家》词典找来。”东方冉从书架上搬出词典。高安道：“先查名安如，号云中子的。”按笔画查了，典中无此人。高安道：“此公虽未列入名家之列。但无论从画从字从印看，都不是一般的东西。安如印中自称臣，必是受了皇封的。你再查查壬子年是哪一年。”东方冉很快从词典后面附页的历代年考中查出：“一八五三年，咸丰三年。”高安道：“这已是百多年前的旧纸了，难得如此完整，真是难得。再查查‘玩玩山翁’，这是号，不是名。”东方冉熟练地自号中去查名，有号玩玩山人，玩玩居士，玩玩老翁，偏没一个号玩玩山翁的。高安道：“也是没有列入名人录的。但当今要找出一个画梅能超出他的，实在太难。好画，好画。只怕比那云中子更早。”*

东方冉道：“这个画兰草的，恐怕到了明代。看这纸，是未经损坏，天然的老旧。”高安道：“我们来细看一下墨色。年代久远的墨色上，往往有一些类似白霜的印痕。你去弄点药棉来。”东方冉的夫人是医院里的，药棉不缺，很快撕了点来。高安举着放大镜，果从浓墨的兰草叶子上发现出白霜的印痕来。他便取过药棉，轻轻地去拭擦，道：“如是擦不去，可见此纸是年份深久了。能擦去，就可能作伪。不过要作伪，也要仿名家的，不会弄出无款识的东西来，”轻轻揉擦一会儿，说：“这幅墨兰，正如你所断，至少也到明代了，或许更远。”

高安小心收起这三幅古画，然后将那册页平铺于东方冉的书案上，压上镇纸，压抑不住眼中的欣喜，细细把玩。

东方冉道：“这真是旷如大师的作品吗？”

高安道：“真家伙，不用考证，我是见过大师的真迹的。”

“他号半樵吗？”

“当然。你查查词典。”

东方冉很快查出来，念道：“旷如，生于1831年，字启文，号半樵，又号苦行旅人。江夏人。自幼出家。擅长书画装裱。又工山水，善诗文金石。曾留‘寺中仙’美名。”

高安道：“旷如是我们鹤了历史上的骄傲，晚年在翠朗寺主持佛事四十年，亦在此圆寂的。也是我们相邻几省的骄傲，晚清我们这几个省份内，旷如算是一个大家了。我在省委党校学习的

* 画好，必有来头，经不起高安追问，东方冉最终说了出处，却给清廉的高安埋下了麻烦。

时候，在一位领导同志家里有幸目睹过旷如大师的作品，是一幅五尺山水大中堂。那是我平生第一次读旷如的大作。那时我震惊了。有两个震惊：一是自小就听说旷如有才学，但一直没见过他传世的什么东西，以为是山中无老虎，猴子充霸王，对山里人眼中的‘大家’持怀疑态度，认为他们的审美标准很低。一见此画，我确是大吃一惊，甚至从此对翠朗山都刮目相看了。二个震惊是这位领导同志手中，怎么会藏有旷如的杰作？他不是本省人，又是近些年才调到这里来的。想想那个巴结他的人的来头也一定是了不得的。那刻我嫉妒得要死。此前我走访了省博物馆和地区博物馆，连旷如的纸片都没有藏一片哩。”

东方冉道：“你今天是第二次震惊了。”

高安道：“用震惊的词远远不够，你想想，旷如大师的作品就摆在这书案上，这怎么会叫人相信呢？”

“可它真的摆在这里。”

“真的摆着，一点不假。”

“你这一说，我今夜困不着了。”

高安道：“关于这册页，我给你讲个故事。大师那册页题款中不是有个翠朗十二景吗？”

东方冉道：“我们做小孩子时就能背诵翠朗十二景，现在年轻的就不清白了。”

“翠朗十二景，旷如曾把它们画成十二张册页。这是他晚年绘事中的精华部分。这《月映苍松》恐怕就是其中一张。我是从那位酷爱古字画的领导同志口中得知旷如作过《翠朗十二景》册页的。他说这套册页，据传是旷如绘事的高峰。他说他有生之年，只要有幸一睹芳容也就心满意足了。这幅《月映苍松》，比我所见他的中堂，功力确实更成熟老到，所以我坚信它是十二册页之一。”

高安又说：“知道了有个十二册页的传说，去年我参加翠朗山旅游度假开发区成立大会时，我专门钻到寺里住持的禅房中翻看残存的寺庙大事记，足足寻找了三个小时，好不易寻着一句话：‘庚戌岁春夏，大师作翠朗十二景。’所以我证实了大师曾有过这样的作品。据推算，大师那年有了七十九岁。后来我问寺中资深的和尚：是否听说过旷如大师作过《翠朗十二景》的画。那些不知都是从哪里来的游方和尚，只晓得这山中曾有个叫旷如的大师，竟不知他身有绝艺呢。这事也只好不了了之，从来就没指望再见到大师的作品，料不到今天在你这里见到了。”

东方冉道：“这已是属于你的了，怎么又是我的？”

“属于我的？”

“你出了两百元钱买的，五十元一张，一共四张。”

“你讲清楚，我弄糊涂了。”

东方冉觉得不必避讳老同学，便把李乐善送画一节讲述了一遍。

听毕，高安道：“我估计李乐善是编的故事。”

“他为什么要编故事？”

“怕你我不接受呀。你想想，旷如大师画的册页，一般应是他留着自己赏玩的，常翻翻，老了，难亲临自然美景之中了，可以在房中案头欣赏。那李庶溪是旷如晚年的关门弟子，可能也是陪旷如写生为其端砚磨墨的唯一的侍从。这宝物落到庶溪手中的可能性最大。不然如散落民间，肯定已会被人搜刮走，会落到大腕或者大人物手中，可偏偏不曾露过面。这乐善呢又是庶溪唯一的后裔，庶溪会不留点东西给他吗？所以出自乐善之手，倒是正常的。流落到平头百姓家里的可能性不大。”

东方冉道：“故事这么编倒也是无懈可击。只是凭直观，那李乐善确不懂收藏，我们是去过他家里的，一眼就看出是纯粹的小市民。再说倘他手中拥有了如此宝物，他早也就兑作银子，在鹤了新城盖了大厦，不必诚惶诚恐来贪求一个小小门面，赖以生存了。”

高安道：“你的看法也有道理。但是不管怎样，这画你我都不能接受。”

“怎么？”

“前次侨办的同志对我说，有个我们鹤了地方出生的台商，来我们这里考察时，便向侨办的人打听过旷如的十二册页。他愿花十二万美金收藏下来，出不了口，就寄存在国内，留给他后裔，因台湾回归祖国也是迟早的事，不必急着带回去。那台商愿出十二万美金，实际价值可就远远不止这个数目了，那可是价值连城的珍品哩，我怎么敢承受，何况只花五十元钱。”

“你的意思是退给李乐善？”

“最好是这样，物归原主。”

“倘乐善的话又是真的，确是乡中无名之人当旧纸送上门来的，我们退给乐善，乐善又当旧纸卖给别的玩主呢？卖给行家倒也罢，若给了水平低的，乱七八糟裱糊了，就真是可惜了。要是给了胆大妄为者，为赚暴利走私给了海外，更是可惜，还要害苦一批人，戴上走私文物的帽子，那一辈子不就完了。”

高安言穷，道：“反正我是不敢要。”

东方冉说：“我看这样，你先藏了，请阳泰老先生裱好，到时候你觉得你不配藏，就上交国家还不行吗？只要你不走私，就什么事也没有。”

高安道：“你说到哪里去了。”

东方冉说：“你说你今夜还有事，我就不留你了。”便催他出门。卷好那画，一并装在一个纸筒里，递给市长。市长也不好推辞了，心中当然是喜爱那物的，又道：“我还有钱在你那里吧？”东方冉道：“有的。”“听何志说，你们最近赚了南方人的钱？”“也谈不上赚，正常的交易。”“难怪何志一身名牌，抽的是洋烟。”“他才玩时间不久，也有收获，应该的嘛。”“据说你把我的破烂也变卖了些？“确有其事。”“我想我迟早要在这个圈子里跌跤的。”“如果在我手中跌了，我以性命担保。”“以后少把我拉进去。”“我们一直是这么做的，你放心好了。”“那就拜托了。”说着高安踏着夜色，快步去追赶另外的事。

高安去省里参加一个会议，便把旷如大师画的册页带了去，求阳泰老先生重新装裱了，以便好好地保存。本是要亲自面呈阳泰老先生的，顺便也去看看那个招人喜欢的谷美芝，看技艺学得如何了。但一投入会议，便无法抽身了，便草草给阳泰老先生写了个便条，让司机何志开车将画一并送去。告诉阳泰的地址后，还叮嘱何志径直将画送到那老先生手中，要老先生过目了，讨回音过来。说这不是件小事。

何志知市长得了名画，也是不敢怠慢的，开车直奔阳泰老先生的裱画店。其实他是来过这里的。知谷美芝来此学画后，他就借出车进省的机会来看过美芝两次了。这次刚把市长送到宾馆，就驱车去见过美芝了，只是不敢久待，见见就回宾馆待命。现在市长复又让他来，想他可以和美芝待得久一些，心里很是愉悦。

再度敲开建设路上东坡街125号的门，谷美芝见是刚走不久的何志，微皱了眉头：“你又来了？”何志说：“这次是来办一件大事。”“大事？”“高市长的私事。”“高市长的什么事？”美芝问着，脸上的一丝不悦随之消失。何志就取出市长写给阳泰先生的字条来。谷美芝取过便条，读了，问：“画呢？”何志道：“我带来了。”“看一看。”何志略一踌躇，没立即取画，想市长交代了要亲自交阳泰先生，意思便是不可让外人看破。美芝说：“不能看看？”“能，能。”何志立即讨好地答，想到了这屋中，又无外人，还有什么不可看的。但这一迟滞，敏感的美芝脸上便有了些颜色：“先别解开。是不是市长交代了不许让外人看？”何志搪塞道：“没有哇，没有。他不过是说要我待阳泰先生过目后讨回音过去。”“哦哦。市长没对你说什么别的话？”“别的话，说了很多话呀。”何志一时弄不明白美芝需要听什么话，便随便寻出一句来，“他说本来是要来看看你的，也不知你学裱画学得怎么样了，但有公务在身又吹了。你来省里后，他也来省里开过两次会了，一直没有抽上闲空来看你。他深表遗憾。”“这是你编的话吧？”“骗你有什么意思？”“至少你那话里有水分。”虽然美芝这么说，心里还是很高兴的，也不看画了，画是迟早要看的，还会经她之手帮着裱。当即便给何志倒茶，热情倍添，何志顿觉房中熠熠生辉。美芝告诉他：大师午睡未曾起床，要他稍等。

何志心里想就是等一天半日也不烦的，眼睛就追着美芝团团看。只见她来到这里不出三个月，就长得更白净了，身子也更丰腴了些，简直到了多一两肉嫌多，少一两肉嫌少的美妙境地。加上省城文化环境的影响，她本来的天生丽质里又添了几分风韵，也是修到了再多一分显得浮，再少一分嫌不足的地步。依旧是素淡的衣着，脸上也不曾化妆。披肩的头发，用一条小白手巾扎了，看似极随便的不经意的装束，仔细观察，却又是精心设计过的。淡紫色的半长宽松毛线衣配了紧身纯白的洗水布长裤，上宽下窄，飘逸又显干练，极富现代感；头发仅做了个大波浪，束发后因而显得蓬松。这蓬松里就显露出几分慵倦和疏懒来，这便是女人的妖媚和娇嗔之处了；泼墨似的头发上盛开一朵五瓣的白玉兰，黑白分明，洁净明快，纯白手巾镶织的是金边，又富于几分华贵；虽未描眉，但眉侧的绒毛显然被精心地修刮过了，这一弯明月则更显明亮生动。如旧的双眸，如旧的鼻，如旧的唇齿，美妙如旧，加上惟妙惟肖的修饰，既保持了山地的质朴清丽，又恰到好处吸收了都市的华贵。

自第一眼见到这个来自乡中的姑娘后，何志就觉得他的整个心思便在她身上了，这种爱慕完全是一种直觉，毫无道理可言的。自部队到地方，也不知和多少美貌的女子擦肩而过，甚至打过交道，但从来没有一个人能如此强烈而霸道地占据他的心灵。

短短的数月中，他已有些魂不守舍了，一有机会就要来看她。

她到省里学艺的第五天，他出车送一位老红军到省里来，就迫不及待地来看了她。她说不好在大师家里说话，大师年事已高，好静，说到街上走走。他们便在一家咖啡馆里坐了坐。第二次来看她，也是这样，他们换了个地方，在一个可以看到全城风貌的电视发射塔的茶座上。两次都是美芝付的账，态度极是坚决。何志无奈，竟也说出句幽默的话来：你也让我表现表现一个男子汉的尊严吧。美芝一笑，说：你也不必争了，我不会让你为我付账的，一般总是男孩子为女孩子花钱，但我偏不愿做那样的女孩子。

说这话时，美芝便要想起谷定坤的。无论怎么她都不可能把他们那段经历忘掉。要是那时谷定坤没有为她花钱，她也就没有什么可遗憾的了，她永远会觉得欠了人家的什么，而又没法子偿还。所以她想她从此以后和男人在一起，不管是恋人还是朋友，都不要对方花钱，那样他们分手也罢成为夫妻或者好友也罢，她都不会因得到好处而内疚的。为什么要生出如此古怪的想法来呢？女人花男人的钱不是天经地义约定俗成的事吗？她不，她是与众不同的。

至于她将宝贵的初吻简单冲动地给了谷定坤，倒是没有什么后悔的。谷定坤没有什么可指责之处，是她不成熟的表现。但这也是人生必经的过程，否则如何变得成熟？

每次谷美芝执拗地付账时，何志心内便生出难言的苦涩来。好像与她的距离，又拉开了一步。他努力试图接近美芝，感觉是不但从没有接近过，而是越走越远。但表面的应酬上，谷美芝是无可挑剔的。她热情、爽朗、有礼有节，甚至含情脉脉。无论谈什么她都在悉心倾听，不厌其烦。何志当然是要绞尽脑汁，变换方式，努力想找出一些让她感兴趣的话题来。尽管美芝都在周到地应酬，但事实上何志看出来她内心的冷漠。唯一让她真正感兴趣的是谈论他和市长高安的关系，高安最近在干什么，高安小时候的事情哪怕是顽皮的没有多少意义的事情。你语无伦次、琐琐碎碎地谈着，她不时插嘴，笑一两声，这是她真正高兴的时候，她在投入。倘若她神情专注地听着你说而不再插科打诨，那么她已经对这样的话题毫无兴致了，她的心早已飞了，不过是出于礼貌在竭力应酬而已。那么她怎么会对市长的话题这般感兴趣？是她崇仰市长还是爱慕他？后者似是不可能的。爱情其实是个非常现实的东西，明智聪颖的谷美芝何尝不明白内中利害。她这种人不会被纯粹的浪漫主义贻误青春的。

在省城的夜街头，在搂肩搭背的男女青年鱼贯似的擦肩而过的时候，他和美芝也曾混迹其中。那时何志看着跟前这个浑圆的肩头、细长洁白的颈根，无不想也伸出手去亲拥的。但他的手似有千斤之重，怎么也抬不起来。而这样的机会很快便消失了，建设路上东坡街 125 号的门牌抬头即见，美芝柔情软语地道声再见，一闪身就没入那个神异的门洞里。这时他才后悔不迭，掴自己的巴掌：你没卵用，没卵用。一直要后悔到后半夜才勉强入睡。

正如他那些有着丰富的男情女恋经历的同长大的哥们儿所言：男女之间其实是不复杂的。他也知道不复杂。循序渐进波澜起伏的恋爱进程是小说家的想象，那是令 90 年代青年读来喷饭的情节。他第一次在柳三生那里见着谷美芝后，当晚心潮起伏难平，就设想了第二天再与她见面时的情节：说些有趣味的话，然后在僻静处就半碰半依半开玩笑地搂定她的肩膀。用朋友们的行话说这就叫作“上菜”了。大家都是这么“上”的，看中了谁就这么“上”。女孩子和你相对一笑了，互相说笑话了，打打闹闹了，与你在僻静处一并走了，她心里也就什么都明白了，还要什么过程呢？还要等到什么时候才“上”呢？二十五岁的何志曾按他这样的策划“上”过女孩。从小一起长大的哥儿们介绍他“上”一个女孩子，他就轻而易举地操作成功了。但过后便觉索然无味，什么美感都留不下来，像什么事都未曾发生过。据说那女孩子应约第二晚又在“老地方”等他，他没有去，但没有负疚感。以后很长时间没有“上”过姑娘了。而他的哥们儿，陆续都在若干次尝试中，最终都选定一个，成家立业，养儿育女了。但他仍是单身一人。哥儿们说他不成家是想多“上”几个玩玩，不想过早被吊死在一棵树上。他也不作辩解，由大家去说。他当了市长的司机，开着全市最好的汽车招摇过市，令哥们儿羡慕得要死。不是羡慕他的车子好（又不是私人的）也不是羡慕其职业好，却是羡慕他好“上”女孩子，拉一个往车上塞，吱溜溜开到僻静处，不经风雨不被蚊叮虫咬，听着好音响，开着空调亲热，何其舒适。很多小车司机便是这么干的。有言道：十个司机九个骚，一个不骚是草包。何志就绝对不是草包了。何志也不理会哥儿们的嘲弄，这个层次里的人会有什么好念头？社会上还有说“十个老板九个骚”“十个屠夫九个骚”的，说谁都可以这么说的。“骚”倒也正常，不骚反倒不正常，不是性功能有毛病就是同性恋。

他曾鼓足了勇气，设计好了每一个步骤以及说什么有趣的话，教师进修学院的巷道里也是僻静昏暗的，是最理想的“作案”地点。但是近在咫尺的谷美芝却如菩萨一般圣洁，令他邪念的魔力无法凝聚。无边的法力附了她那玉体，怎么也让凡俗之徒靠近不了。那美妙圣洁的体肤还焕发着灿烂的光辉，把这昏黑的巷道照得雪亮，他那灵魂暗处的淫孽简直就无处容身。

他失败了。但思念更甚。

一次次失败。思念更加剧。

她便是他想要找的人，他却连开口求婚的勇气都没有，怎敢奢谈一个“上”字。

但他不甘心，他在等待着自己的勇气和智慧的奇迹产生……

下午三点，阳泰老先生准时起床了。老先生白须飘飘，鹤发童颜，有几分仙风道骨，视之令人敬畏。何志来过这里四次了，还是首次见他。美芝附上耳去，介绍了何志。先生叫取过字条和画来，在案几上展开，顿时容光焕发，脸生异彩，告诉何志："回去告诉小安八个字：上上佳品，无与伦比。老朽当尽力完美。"美芝过来打发他："就这么回市长的话吧。"何志惶惶地告退，那老先生也不言送客，再不曾看他一眼，双目锁定在那册页上。出得门来，美芝悄悄对何志说："告诉高市长，蒙他介绍，我在这里干得很好。希望他有时间也来这里坐坐。"何志说："我尽量把他拉了来。""好的。"说着美芝便无声地关上包了铁皮的门。何志啐一口：老家伙，到底是财大气盛，目中无人。又叹曰：美芝莫要受了他的影响才好，本来就清高过分。

何志开了车回宾馆，立时脑中一片空白。乘兴来见美芝，得到了什么呢？但她送他出门时如此贴近的气息又令他激动。一看前面红灯闪烁，急踩刹车，差些闯了红灯，吓出了一身大汗。

回去复了市长的话。市长高兴地说："办得好。这件事，不可让外人知道啊。"极是郑重。何志忠实地点了点头。又把谷美芝的话转告市长。市长唔一声，说知道了。何志细看市长的表情，看不出半丝对美芝的特殊关切来。心想那女孩或许是单相思，自己是多虑了。真对不起市长。

* 柳三生同时尝到了收藏与经济效益双赢的甜头。

第十七章

20世纪90年代中期某年秋天的丰硕收成，把鹤了古玩界的热情和档次都送上了一个新台阶，对于柳三生这样易冲动的人来说，狂热已是推至了极限。他把那些雷同的、有破损的、玩乏味了的木器和漆器，作为处理品扔给那个南方的老板后，得到的是令他感到吃惊的现钞。当那一沓沓万能的钞票由一双肥胖的手传递到被清苦的笔杆磨出了厚茧的猴爪子般的手里时，柳三生立时就喜形于色，差点就要抱着被那老板再三夸奖过漂亮的老婆亲一个嘴。* 此时也更加容光焕发的美丽少妇柳林见他失态，忙沉下脸来向他挤了一个眼色，叫他进厨房去杀瓜来吃。他也不知老婆朝他挤眼色是什么意思，便稍稍压抑住冲动，进厨房杀瓜。这时他听见老婆异常沉着地对那老板说："先生是初到我们这山州草县来，我们也是第一次做交易，也不懂得咬价，总之合作得很愉快，还有第二次第三次来往嘛，不要因为多几个少几个钱而伤了和气。所谓和气生财，对不对？"那老板鸡啄米似的点头："对对对，柳夫人真是品貌高雅，心胸也开阔，难得难得。"那双水淫淫的眼睛，一进屋便紧盯着柳林那就是着了薄毛衣却还是掩压不住的高耸的胸乳。柳林想进去换件大衣服，以避那芒刺似的眼光，又觉得那样过于小心眼，便没换。虽说交易非常成功，内心难抑喜悦，可心里同时酿出了几分不快，尽管生意已毕，觉得不报复一下太便宜他了，便说："不过，倘若用公平交易的原则来评价我们这次的合作，老板只怕还应多少高抬贵手，才显得更能增进友谊。对不对？”“这个嘛——”老板一顿，没有想到她在交割完了还会提出这个问题。“当然喽，这只是我的一家之言。你是大地方的生意人，要怎样更合理，你心里明白。”柳林依旧是不动声色。老板略一踌躇，即刻爽朗地一笑：“就凭柳夫人你的漂亮，你话说得圆满动听，我也不言合不合理，就凭我们朋友一场，我再加你一千元，好不好？”柳林沉静地一笑：“数目是无关紧要的，贵在诚意。”“好好。”说着老板便去皮箱里取出一沓钞票，递给柳林：“这可是超出生意规矩的呀，夫人心里是明白的。”柳林伸出玉掌接了。接款的同时她感觉到一个肉乎乎的指头在她手心划了一下，继而听到几声淫笑。这时柳林联想起那个兵工厂某公司老板的指头，心里马上涌上一股怪味，有欲呕吐的感觉，她没来得及应酬一声“谢谢”便起身进了内屋。这时柳三生才杀了西瓜出来，为买卖成交作一总结。这时柳林在内屋听那老板对三生说，什么时候你们夫妇俩到我们那里玩一玩呀。特别是像夫人这样的气质和才学，要是在那边发展，前途无量的。三生应酬说，很可能会要麻烦你的。

那老板走的时候，还围着柳三生收藏的那张雕花古床看了一圈，惊叹不已。此之前他一进屋就看中了这古物，愿出高于收购价数倍的钱买下它。三生夫妇当然是闭口不言卖字的。三生说唯有这物是雷打不动要留着自己玩的。光是栩栩如生、造型各异的人物就有六六三十六个，各种鸟兽就有一百八十只，他自己花了数月工夫，还没一一欣赏过来呢。最后那老板见无法将这物据为己有，便也吐了真言：如是我得了此物，就是穷到了没饭吃的那一刻，也不会丢的。兄弟，好生留着它，皇帝老子困的，也不过是如此。

送走客人后，柳三生又倒抄着双手，围着床转圈，置那一大堆钞票也懒得去整理。柳林叫他几次：“收场呀，很晚了。”他一点都没听见，沉浸在自己愉快的品位里。见柳林在收拾钞票，说："我今天最大的收获，并不是这堆好看的花纸，是那个老板最后的两句真心话。他是口岸上见多识广的大生意人，他以最高的评价肯定了这张床的价值，我心里就更有数了。"

后终于不转圈了，坐下来吃一片瓜，对柳林说："你们女人真是厉害，最后还要杀他一刀。"柳林道："我见你那忘形的样子，你恨不得要他吻你老婆一口才舒服似的。""真的，我当时见他给那么多，大大高于我们的估价，我是准备了还要送他几样小件玩的……谁知你比我更贪婪。"柳林道："越是这种时候，你就越是要冷静，要他以为是公平交易，下次就正常了。你一露馅，下次他便要欺你不懂行，便会杀你。你认为那些人是吃素的吗？你的毛病就是猴急猴跳的，没有一点城府。"

三生道："夫人教训极是。我这人有大谋而无小略。大智若愚。善于吃小亏占大便宜。"

柳林一笑："猴子也言大智，好笑。"

三生道："我倒真没想到你会火上加油，倒打一耙。我真是十分知足了。"

柳林道："本来我也没这么想的。我见那双鬼眼睛老在我身上乱扫，我就生恶念要杀他，不杀白不杀。"

"谁叫你漂亮呢，要是答应给他一个吻，这种人还会给你一千两千的。他们这些人，花钱已不是钱，是纸，是水了。"

柳林愠怒道："亏你说得出口。我看你今后破了产，你不逼我去卖淫才怪。"

三生叫道："啊哟，宝贝，你说到哪里去了。今天是大喜的日子，是玩古物以来初见成效、旗开得胜的日子，赚了大钱啦，该好好地庆祝一下才是。来，吃瓜，吃瓜。明早上仙鹤楼吃早茶，现在鹤了城也学南方，早茶品种有几十样。"便举一块瓜去喂小他五六岁的爱妻。

柳林推让:“我不吃。你吃。我现在吃不得冷东西。”

“就吃不得冷东西?还只是秋天呢。”三生不解。便兀自吃,水汁流湿一胸。

两人收拾完毕,疲惫已袭了上来。

三生道:“我俩今晚困这张皇帝老子也不一定困得着的床。今天是个大吉大祥的日子,该享受享受这床的滋味。”便让柳林搬被褥床单过来。

两人睡上床,举目所视,四周全是雕花挡板,宽敞如是宫殿,古气袭人。三生高兴起来,便搂了柳林,亲热良久,胸臆间热潮翻滚起来,下面就探头探脑按捺不住了,伸手就去摸索妻的衣扣,说:“我估计今晚是个做儿子的好时刻,最好的事都会凑在一起的,叫作双喜临门,财兴人旺。”

柳林护着裤腰:“不行不行,身上来了。”

三生道:“来了又如何?我看过一本古清宫房中术秘籍,说‘撞红’也是怀孕一绝。我们一直不孕,恐怕是要走‘撞红’这一遭哩。以前一些小册子里面讲的,说什么月经期忌房事也是乱弹琴,只要注意卫生,什么事也没有。”

柳林道:“你对这方面的研究进步倒是蛮快呀。看来男人有了钱就在研究这方面的问题了。”

三生道:“遭雷打火烧的就会这么去做。我这人记性好,看了什么不想记也记得住,有什么办法。”说着便倍添温存。

柳林身子也早已酥软,也半信半疑了三生“撞红”一说,便叫他起床去洗净身子再来。

只听见水刚响,赤条条一个身子就又爬了上来,并随手抓来几条干毛巾,嘱老婆垫在底下:“不可弄坏了这床,圣物不可污秽的。”

柳林道:“倒是蛮细致的呀。从来没见你如此细心过。老婆来了也不顾死活,倒是心疼你这宝贝床。”

三生道："莫胡思乱想，集中意念塑造未来的儿子，今日好运气，苍天派财神助我，是天人合一。在珍稀古物上造人，又是古今合一，好好地干。"

两人就扭做一起，尽力而为。

不觉柳三生在鹤了城已工作了好几个年头了。喜欢听广播和看电视新闻节目的人，都知道鹤了城中有个会写的角色叫做田耕。田耕是柳三生的笔名，写稿落款都是通讯员田耕。在鹤了城中，说柳三生的名字反而没人知道，甚至广播局内部的人很有一些都不知柳三生是谁。工资表和值日水粉牌上写的都是田耕的名字。

三生刚来时还是引起了鹤了宣传系统的注意的。复旦大学新闻系的毕业生自愿到一个偏远小城来工作这本身就是一个新闻，就如是大学生支边的性质了。但不久就没有人注意他了。不就是写点许多人都能写的新闻稿子嘛。有人形容得更污秽，言三生是塞报屁眼的——无非是为报纸补白的一类文化人。加上柳三生其貌不扬，头发半秃，言辞木讷，不事修饰，实在看不出复旦名牌生的半点痕迹来。这样柳三生便淹没于鹤了古城的芸芸众生之中，只是田耕这个名字如池塘中的小鱼细虾，不时探出头来冒一两个水花儿。

一日，省委宣传部的一位部长由市委宣传部的一位部长陪同来鹤了市检查指导工作，然后参观谷米香大屋和翠朗山翠朗寺以及翠朗十二景。在鹤了宾馆下榻后的这位省里的部长，突然想起鹤了地方有个叫田耕的通讯员。那时他在省报负责，常处理田耕的稿件，觉得文笔精练、逻辑严谨、命题准确。他的稿子，要不不能用，能用的几乎不要作删改，颇见功力。便很关切地问鹤了市委宣传部陪同的部长：这位叫田耕的老同志还在不在？市委宣传部领导一笑说田耕是位年轻的同志，并言他是复旦的毕业生。

省领导说这么年轻啊，原来是复旦的，怪不得一看就知是受过正规训练的。那爱才的部长不顾旅途疲劳，马上要召见田耕同志。市领导当即打电话给广播局领导，要田耕即到宾馆来见省领导。

半小时后，广播局的领导汗水淋漓地到宾馆来见市领导，不敢径闯省里首长的套间，便让服务员小姐将市领导叫下楼来，说田耕找不到。市领导不悦了："怎么会找不到？""应该是在家值班的，又没安排他的外采任务，可是……""到家里找呀？""家里也去找了。他老婆说他只走一天的，现在三天都不见人回，连换洗衣衫都没有带。""干什么去了？""他老婆也不知他干什么去了。""上班时间怎么可以……""这位同志现在迷上了古玩。早就无心上班了，稿子也懒得写了，远不如以前积极。据大家猜测，他必是下乡或者出外收购古玩去了。""这样啊，可省里领导点名要见他，夸他有才能呢。""就说他公出了吧。""事到如今，也只能撒谎了。他是不是有什么情绪？""这个人倒也没有什么情绪，只是有点搞小自由的毛病，困个懒觉什么的。"市领导说："好吧，你去吧。晚上还派人去他家里看看。回来了，就立即让他来。"广播局领导应诺退下，为没完成任务而内疚。*

省领导见没有找来田耕，略有遗憾，便问："他成家了吗？"市领导答："成了。""房子、生活等都没什么问题吧？""都解决好了。""入党了吗？""这个，还不太清楚。""如他有加入组织的要求，你们要重视。没有要求，对于这样有真才实学的青年知识分子，要引导。倘若实在没有这方面的想法，如思想品行好，要考虑安排到人大、政协里面去参政议政。基层领导班子也应考虑这样的'四化'人才嘛。现在还要求有民主党派人士进入班子。当然喽，也许你们已经这样做了。"市领导答："我们已有这样的动作。"说这话时，额上就沁出一层虚汗，这说明他还不是一个在应付汇报时沉着老练的干部。省领导又说："你们不是说要恢复《鹤了晚报》吗？"市领导忙说："是的是的，报告打了好几次了，

*被鹤了玩界称为『第一痴人』的柳三生，彻底丢弃了专业与政治前景，入迷旧物不能自拔。

一直拿不到刊号，省新闻出版局还没有首肯，这事部长您还要打个招呼。鹤了现在升级了，有条件了，何况历史上有过一份报纸，属恢复的性质。”“假如真办报的话，档次就不能停留在一般水平上啊。先要有一班能人，像田耕这样笔头硬、受过正规训练的，多多益善。我最反对吵着要办报，结果又办得一塌糊涂、不堪入目的。”“是的是的，鹤了是个历史文化名城，不办则可，要办则办好。我们一定按部长的指示办。”

市里的部长见省里的部长如此重视田耕，便又重点讲了几条关于培养和起用新闻战线有识之士的意见，并表态市委宣传部会有明确具体的措施，还要汇报到地区去。

一个默默无闻的田耕，竟会被省里领导如此看重，这是让市领导始料不及的。真是近处菩萨远处显。市领导送走省里领导之后，马上召集有关人士研究田耕的问题。尽管广播局的领导对田耕有异议，特别是近一段时间内表现欠佳，还是决定了原则上是要起用到领导岗位上来，尽量发展入党，不入党则安排市政协常委。不然是不好交代的。省级领导都关注他，下面还有什么说的。尤其是这件事对尽快促成《鹤了晚报》复刊有举足轻重的作用，市长高安在市财政十分紧张甚至部分教师开不出工资的情况下，还准备把报纸经费列入财政预算。钱有了，倘宣传部门还迟迟拿不到刊号和批复，市委宣传部还有什么资格谈改革开放搞活？万一拿不到刊号，就叫田耕拿着报告去找省里的部长批字，由部长赏识的笔杆子去疏通部长甚至是比市委书记和市长出面还起作用的。但是田耕以什么身份出现呢？代表谁呢？让田耕带着情绪去会办好事吗？一个高才生“支边”多年了，谁都没过问过他进步的事他能没有点情绪？说到这里，市委宣传部长便批评市广播局的思想政治工作和班子建设工作没有抓好。

拿了个具体方案后，市委宣传部责令宣传部政工科长和市广播局长去找田耕单独谈话，尽快做好各个方面的工作。

科长和局长接受任务出来，倒也轻松，想这是去做好人，去给人好处，去送人情，有什么难的。倘是去宣布处分人或动员老同志退休倒是要伤透脑筋。想人啊，运气来了真是抵挡不住的，那田耕做梦也不会想到好处会硬栽到他头上去的。照那省、市领导的口气，《鹤了晚报》总编辑的头衔，十有八九，怕是非他莫属。他一步便可跃上数个台阶，平步青云走完人家要走十几二十年的路。这就真有必要考证一下他家祖坟究竟葬在什么风水宝地。一句老话也真是说得好：时来铁成金，运去金似铁。

宣传部的政工科长和广播局长双双登临柳三生的门时，三生仍没有回来。柳林见领导和同志们救火似的一拨又一拨来找三生，甚感不安，不知出了什么事。看他们的表情，又不像是出了什么倒霉的事，诸如作风问题等。做老婆的通常最担心的是丈夫出这样的事。柳林见科长和局长不急于走的样子，便沏了好茶拿了好烟取了细软果子款待这顶头上司，自她下嫁至此，倒还是第一次见如此级别的头头登门。领导见有好茶好烟好果子，便坐下来，打趣说："生活水平不低的嘛。"见柳林俊俏的模样又配着甚是昂贵的衣着，也是不由得要多看几眼，也是能坐得住的。柳林倒是不拒绝如此艳羡而又善良的眼光的。待安坐下来，柳林问大家救火似的找田耕有什么急事？广播局长便省略了某些暂不可公开的细节而把省、市领导关注田耕的事说了一遍，又对田耕的前段工作业绩作了肯定。政工科长则是动员柳林作为妻子，应鼓励田耕在政治上要求上进，在事业上更上一层楼，等等。说得柳林心里热乎乎的。原来是省里的领导要见田耕，原来是市里的领导要重用田耕，作为妻子，当然是深感荣幸的，夫贵妻荣，她当初下嫁他不就是看重他的才气吗？她也感到很长一段时期以来三生完全疏淡了工作和那支令她敬佩的笔杆。但她觉得他玩玩古物也是不错的，市长高安、东方冉他们这样的高人不也是爱玩玩吗？在这两者之间，她尚不知应该怎样处理才更利于丈夫的发展，因此也就无话。现在听领导同志开导也只好点头称是，做不出什么答复来。这便是深奥莫测的政治吗？她是不懂政治的。

两位领导走后，柳三生就风尘仆仆地回来了，满头满脸是灰，一身汗臭，几天不曾洗澡，白衬衣领子一圈黑，俨似一个搞副业的农民了。柳林怨道："这几天你死到哪里去了？你只说走一天的。"三生刚要张口解释。柳林便道："不说了不说了，赶快洗澡，局里、部里找你有事，救火样地找你，门都敲烂了。""什么事这么急？""我也说不清，去就明白了。"便推他进浴室，为他准备衣服和热水。是备的崭新的衣裤。南方老板的阔绰是那个兵工厂老板无法比的，就只一场交易，柳林这个主妇便没有必要在钱的问题上过于算计了。柳三生惊诧自己什么时候就有了如此合体的衣服。柳林说天天和你困，难道还不知你的长短胖瘦吗？三生道：女人是天生了细心的，看来我这一辈子是不能在外面出事了。柳林说：不要说出事，只要一动那个念头我就明白的。男人道：可惜我还没有发现比我老婆漂亮的，万一有也难免不胡思乱想。女人听了心里凉快。三生着了新装，在房里转三圈，说穿着浑身发痒不自在，央老婆还是批准他脱下来，说我从来没有这么一本正经过，简直像个嫖客。柳林不肯，道：万一要你当个什么官，难道还要一步步从头开始训练？三生一笑：我能当官？

柳林催他快去见官。柳三生便挺直着腰绷着腿走出门去，僵硬如柴，害得柳林在门后一阵笑。心里却窃喜，这种没外表的男人不易出问题，如今真正爱才的女子稀少，多是钟情于花拳绣腿。

不到一个小时，柳三生就打道回府。柳林忙迎上去问："都谈些什么？依我的印象，领导还没有单独找你谈过话。"三生答："倒也是的，今天是很重视。谈的呢，无非是希望我向党靠拢，要求上进，在年轻同志中做个表率。""就谈了这些？""就这些。其实也是老调重弹。我在学校里就听过多次了。我都可以这样找别人谈了。”

柳林道：“据我的猜测，这次恐怕不是一般性的谈话。好像是要提拔你，动员你入党。而且显得很着急的样子，还要我做你的思想工作。”

三生淡淡一笑：“哪有这么好的事。多少人等着提拔，等着加入组织，怎么会轮到我。真要培养我，怎么会是现在才开始？我来这里又不是一天两天，一年两年。”

“这次不一样，上面有人示意。”

“这我也察觉到了。只是我没有这方面的想法。”

“倘若一定要你干呢？”

“你呀。你在这方面还太幼稚，严格地说你还是个学生。不过我倒希望你永远像学生一样的单纯。女人不可城府太深，尤其是我这样的人，特别害怕与城府深的女人生活。我不能够保护自己的。从这个意义上说，我是不可涉足政治的。”

柳林说：“我不懂你们男人的事，倒是你们男人城府深呢。不过女人是喜欢男人城府深的，好躲进去不想事。”

三生惊呼：“哎哟，你还挺有思想的嘛。女人是既要单纯又要不蠢，像你这个样子最好。”

柳林听来心里甜丝丝的：“口里这么说，谁知心里怎么想。”

三生一急：“好心得不到好报。”

只隔一日，东方冉来柳三生家造访。三生不在，柳林热情地接待了，忙着摆好茶好烟好果子。她对东方冉的印象极好。

东方冉是一年四季发丝不乱，衣着整洁又不花哨，最引人注目的是皮鞋总是擦得光可鉴人。柳林打他身旁经过时，还闻到一股淡淡的清香。这是很难从男人身上闻到的气味，绝大多数男人身上总是浸淫着烟草味、酒味、汗味。柳林的许多女友觉得男人应该是烟草味的、胡子拉碴的、不加修饰的、粗犷甚至不无野性的。柳林也曾赞同那样的观点，她当初毅然选择柳三生时，除看重他的才气外，至少是一点也不嫌弃他的不修边幅、不拘细节。而真正和一个男人在一起生活了，就觉得当初的观念，不过是从书本上和电影里看来的而已，彻头彻尾的浪漫主义和纯粹的艺术虚无。现实生活具体化了，也就是饮食起居，这是每时每刻与之相伴的、不可躲避的。柳林终有一日在狂热的爱的巅峰过去后，便十分讨厌柳三生满口的烟臭、身上的异味、衣衫的油垢。任何衣服都密布了千篇一律被香烟火星烧出的小洞。为此就常引起口角，浪漫便一扫而光了。

东方冉整洁的穿着、锃亮的皮鞋、干净的衣领，多一点嫌多，少一点嫌少的仅宜于男性恰如其分的清香，其实柳林早就注意到了。当然，男人不一定是这样的模式，但她喜欢男人洁净整肃。柳林打听过了：东方冉身上流淌着贵族的血液，他的举止言谈、品行涵养决定了他应是这样一个斯文君子，这使她敬佩——因她仅是一个小镇上小手工业者的后裔，根基浅薄，不免惭愧。如今街上，油头粉脸、衣着光鲜的男人比比皆是，外观远胜东方冉，但柳林一眼就可看出其浅薄和良好包装里的稻草，往往顿生“嫖客”的感觉。

东方冉进门便问：“三生呢？”

柳林答：“说去一个朋友家里看一样东西，又去了大半天。”

“我看他是鹤了古玩界第一痴人了，全身心地投入。最近又收了什么好玩的？”

“有。你坐下，先吃点什么，慢慢看。”柳林就手忙脚乱拿东西。觉得鬓角有一束头发没弄妥帖，甚是恨自己毛糙，看人家男人都是一丝不乱的。

“三生不在，你不必忙，我也不打扰了。”东方冉有些尴尬。

“有话就不能对我说？”

“当然可以，据说三生在家里一般是不怎么做主的。”

“你就索性说他怕老婆得啦，你们知识分子喜欢拐弯抹角。”

“哈哈，知识分子，我们看样子还像个知识分子，成天装模作样也拿一支笔看一份报。其实真正的大知识分子是贵先生。”

“现在也不‘分子’了，整天和贩子在一起，想当个‘贩子’了。”

东方冉道：“说到这里，我也不忙于走了，和你谈谈‘分子’和‘贩子’的事，反正这个家也是你当的，和你说了就等于和三生说了。”

“那要看是什么事，我能做主的，真还不多。”

“不要谦虚。”

“真的。”

“不妨直说了吧，我今天来，是受人之托，有人请我来当说客的，说我和三生是道上人，我的话他也许听得进去。这么一说，你也就明白我要说什么了。其实这样的说客，我是不愿当的。我和三生，是古玩圈内的朋友，只说道上的话，不应说别的。我之所以来了，却是我愿意来的。我正思量着怎样和三生说才合适，正好他不在家，对你说，就用不着遣词造句注意分寸了，而和他说，就极容易把事情说僵。他和宣传部、广播局就说僵了，没法再说下去了。

“我个人的看法呀，柳林，你参考着听哪。虽说我在政治上是个倒霉蛋——当然我仅仅只承认我是倒霉，是命运不济，而不是我个人品质的问题。如何倒霉也不必说了，我也没有对任何人说过。好事说不坏，坏事说不好，到了靠说来澄清什么，便十分苍白无力了。据谷美芝小姐说你对我的家世了解颇多，对我的倒霉过程恐也知之不少，但我必须申明几点：一是不可全信。二是谢绝同情。三是对某中年男子的私事关注太多这恐怕不是件很好的事。”

柳林“扑哧”一笑：“某些人恐怕是自作多情吧。不过自作多情也不是坏事。”

东方冉笑道：“我是开个玩笑，不然你会误以为是领导找你谈话。好吧，还是说正经事。虽说我在仕途上是栽了跟头的，但从心底里，从骨子缝里，是不讨厌出人头地的。这与我自小受到的家庭教育有关，与我的血统有关，‘学而优则仕’的观念根深蒂固。具体说说你先生吧。一个山沟里木匠的儿子，好不易读了复旦，学了很不错的专业，这对于他本人、他父亲、他的家族，是多么了不起的事情，这是应该好好珍惜的。你当初不也是爱他的才学和勤奋，才嫁给他的？他是应该好好地发挥发挥专长的，发挥得好，是能光宗耀祖，管那么几代人的。你后几代的人都有牛皮可吹：我祖上的某某是何许人也。

“当然喽，是块好钢要倒霉生锈，自己也无可奈何。是块金子没有人发掘出来也就埋没了。但是现在不同哪，据我的猜测，上面是要起用你先生了。而且用法也是正当的，不离开他的所学之长哪。当然，有些搞专业的，不想当官，这可以理解，但是不丢本行专长的官与耍嘴皮子的官是不一样的，鱼儿没有离开水，而这水不是死水，是活水，希望之水，可乘势上游之水，这有什么不好？还有一种说法，讲准备复刊的《鹤了晚报》老总，迟早也会落到三生头上去，他最具学识资格。当然从‘官’的角度上讲，当个报社老总，还够不上个七品芝麻官。有人戏说，若在北京街头骑单车，不小心刹车失灵，随便就会碰着一个厅级干部。但是当好了个报社老总，名声可就远胜一届市委书记、市长啊。鹤了这个地方的民风，历来是最看重文化人的。谁写了什么好文章，家喻户晓。

“当然我不是说现在就有个位子等着三生去坐，报社老总的位子非他莫属。那也许是几年以后的事。但三生年轻啊，年轻就是大本钱。好就好在他的优势是如今背后有人推，上面有人提。三生应识时务，努力争取朝这方面努力才对。我是崇尚‘无为无不为’的道家思想的。有些事，得不到的，不必勉强；有希望的，不要放弃。

“至于玩古物，那只是一份业余消遣，一种个人爱好，不可太认真的。对于周顺清和谷定坤来说，这是一门职业，他们别无所长，以此谋生。我们玩的性质不一样，特别是三生，有专长的，可不能顾此失彼的。我刚才说他玩痴了、入迷了、倘再往前迈一步，走火入魔了，就糟糕了，这要警惕。这个担子在你身上，你最清楚他的思想脉搏。

“我个人的看法，他应以本业为重，这是可以大有作为、青史留名的。当然，历史上也有大玩家，但毕竟没脱一个‘玩’字，毕竟是玩人家的艺术，何谈创造？再说，凭我等的学识、财力、地理位置，能玩出什么大名堂来？最可怕的，是玩家没当成，倒成了个一身钱臭的贩子，就更可怕了。好不容易成为个受人看重的知识‘分子’，又倒过去变成个下九流的‘贩子’，这事情，怎么说呢，无先例吗？多得很。现在高级知识分子贪图钱物、贪图享受下海学当‘贩子’和‘骗子’的不稀奇。

“好吧，今天说得太多，扎扎实实当了一回领导。管他娘，真官没当成，当一回假官。不过我希望你把我的话转达给他，让他仔细想想。”

柳林是听得很认真的。凭她的社会阅历和生活经验，不可能也没有替丈夫设想过前途，她现在是完全倾向东方冉的观点了：“我完全接受你的看法。你是如兄长样地真心关怀他。我想我今后再不叫你什么老师了，叫你东方大哥，这样亲近，如何？”

“按年纪理应叫东方大叔。”

“你占便宜。”

柳林又担忧：“我不知道我能不能说服他。他是那种很偏激、很狂热，又很固执的人，身上有很多他父亲的东西。他父亲是一讲雕花老式家具就激动，对什么沙发啦等新潮东西是一概否认的。大家都拿他没办法。家里全是棒硬的凳子，坐一阵就通身痛，我是懒得去他家里的。”

“人的本性，是没办法彻底改变的。有时候也得想通点。不过三生的思想工作，你做不通，也就没办法了。”

“我会尽力而为的。我希望他珍重自己，这也是珍重了我。”

“你这个观点不错，夫贵妻荣嘛。”

又说了一阵话，不见三生回，东方冉就告辞：“我还要去办公室应酬一下，拿人米钱，替人坐班，也是天经地义的事。”柳林说：“三生的观念可与你不一样啦，一走就是几天，鬼都不晓得到哪儿去了。”东方冉叹一声：“我们这代人与他们这代人，毕竟不一样，也不足为奇。”

柳林终是没能说服柳三生。

苦口婆心的枕边风，动用了百般柔情甚至以离婚为威胁都无济于事。

柳三生在十字路口的选择，在鹤了古玩界的反响颇大，褒贬不一。

柳三生的观点也极简单：说他们那一届毕业的，有当了大官的，有把笔杆子摇得呼呼响的，有下海捞钱发了的，有在海中自杀的，有削发为僧的、有做了名妓的……他无法评判究竟谁好谁不好，谁沉重谁轻松，谁超然谁自在，谁富有谁贫穷，谁风光谁低贱，谁长久谁短暂。他说他这人的最大优点和最大缺点就是一旦喜欢干什么，就会抛弃任何杂念和其他诱惑，玩命般地干下去。考大学是这样，写东西是这样，玩古物也是这样。他无法改变自己，日后肯定是成也萧何败也萧何……

这也是一种人生。大家也就无话。

生气的是好心的领导和柳林。不过这世上热闹的事多，很快就又有热闹盖了这小小波澜。太阳照样起落。

不久，田耕的名字被人遗忘了，柳三生的名字又响亮起来。街上逐渐多起来的玩古物的都晓得广播局有个叫柳三生的古木器收藏家，很有点藏品，并不知道柳三生原来就是大家早就熟透了的田耕。外面有一些喜玩古木器的，也慕名来鹤了城中打听拜会柳三生，与之交流和切磋，互通有无。柳三生家一时门庭若市。柳三生公然宣布写命题作文的田耕已成为历史，搞古玩的柳三生已茁壮新生。本身的工作已无暇顾及，每周去办公室待一会儿象征着还算是本单位干部。广播局每周仅去办公室照一眼的人不仅仅是他，老同志新同志比他还年轻的同志都有，没有什么不心安理得的。广播局又分来个戴眼镜的大学生，在毕业生分配竞争十分激烈的时代，他没有被安排守传达室(像他一样没有背景没有关系的同学，就很有一些分去守传达室或者到了乡镇企业。这是个处处人头攒动人满为患的年头啊)而直接就当了新闻记者拿到了记者证，真是不胜荣幸。于是，他也如柳三生当年一样不辞劳苦热情高涨地一天采访十几个单位写十几篇稿子。柳三生拍着他的肩膀道："老弟，好好干，我当年也是这么干过来的。"他还向他秘传一稿多投，建立广泛发稿渠道的经验，提醒他："靠工资你没法进馆子请女朋友的。以经济建设为中心的时代不可没有经济头脑。"他又建议他也弄个笔名："写文章，是不能没有个好笔名的，没有好笔名，在基层的人眼中，你就不可能写出像样的文章。"那学生恭谦地请前辈(不敢称老兄)赐名。三生道："我叫田耕，你就叫田地吧。"田地！诗化、宽广，田园气息，朗朗上口，真是妙极！那男孩高呼万岁。三生忧伤地说："但愿你不把这个笔名将来像扔狗屎一样地扔掉。"男孩不懂，只是对前辈感激不尽，主动腾出位子出来让他大出风头，真是个极好的人哪。难怪还能讨上那么美艳的老婆。如不是有感恩思想他甚至要爱上那个风流少妇的。这可是个敢爱敢恨的时代呀！

柳三生有了替身，完全可以赋闲了。广播局也没法扣他的奖金，不只他一人赋闲。何况他是有来头的。说不定他哪天心血来潮不玩古物了想走仕途，一夜之间就当了局长什么的也是可能的。“复旦大学”那块招牌如幽灵随时可以拿来施法的。

眨眼又快到了春节。

三生一天问柳林几次：谷美芝什么时候能回来过年？问得柳林火了：“你是不是想打她的主意？”三生道：“比这件事更重要。”腊月二十七，终于得知学裱画的谷美芝回来了，三生便迫不及待地拉着柳林去见美芝。正好柳林也想与数月未见的挚友叙话，也就快快同去了。“你找她干什么？”妻问。三生不答：“到时候再告诉你。”“今夜我不回来住，我要和她说说话。你办了事就走啊，不要影响我们说话。”“那我今晚和谁睡呢？”“去街上随便找一个。据说有些巷子里秘密恢复了过去的青楼。”“这可是你答应了的。”柳林捶他：“该死。”双双穿街过巷。以往是手挽手，佳人配才子，无限的风光，现在隔了一段距离走。柳林想昔日田耕已逝，佳人不可配贩子的。

见了谷美芝，也不容大家说久违之后的亲热话，三生猴急，对美芝道：“我还是念念不忘你那双紫檀木筷子。不过你放心，这次不是来谈判的，不准备索取你的所爱了。我来拍它们一张照片，请行方便。”美芝取出宠物，让拍了照片。三生当即告辞：“夫人来时交代了的，说你们姐妹要叙话，不许我搅乱了，因不敢违命，故先告辞。”说着告别了美芝。

当晚，柳三生就站在照相馆等着快冲快洗出快相。

第二天清早，三生搭公共汽车赶往谷米香大屋送照片。很早他便与那谷姓人中自谷定坤之后的一个古玩新秀发生了联系，委他寻找一双“公”筷子。那个在谷米香宗祠订了族规制止谷姓古物外流的境况下还斗胆偷贩祖业的亡命之徒，不知“公”筷子是何物。三生说他看到了一双出自谷米香的“母”筷子，势必还有一双“公”筷子，天有阴阳，地有公母，有母必有公，有一双凤筷，必有一双龙筷，想请他在族中慢慢查访。他愿出一万双市面上竹筷子的价钱收下那“老公”来。那二道贩子说他文化低还是没弄懂，要他提供一张“老母”的彩照来，好作对照。谁知谷美芝一去便是许久，此事就一直没有了结。

现在柳三生是不好去谷米香了的。因弄走了谷姓人的雕花床，那里的人民耿耿于怀，再去就会生麻烦的，尤其他那一个秃头易被人认出来。为避麻烦，他出发前将那年首次见岳母娘时买的只戴过一回的头套取出来，戴上，掩了秃顶，又用老婆化妆的眉笔把眉毛涂粗些，再穿上笔挺的西服，照照镜子，兀自笑了：十足的嫖客呢！面目已全非，才放心大胆去谷米香大屋见那贩子。想：尝尝做特务的滋味也是不错的。难道这不比当个什么局长、副局长、政协委员滑稽好玩？

正月十五，那谷米香宗祠的叛逆果然弄来了那双紫檀木“公”筷，与谷美芝手中的长短大小一致。雕工是一样的精美。筷子头当然是龙头了，镂空雕刻的小小龙头也如那娇凤一般的生动，真是妙不可言。柳三生喜上眉梢，因时刻记住了老婆喜时不可失态的教导，才没有忘形。小心收下那沉甸甸光灿灿的宝物后，忙让那乡人入座，说今日是元宵，便大呼小叫喊在内屋打扮的柳林煮元宵待客。那人道不吃了不吃了，说还有事要办，很急的样子。三生见那情势，也不挽留，当即按约点钞付账，提出一只大红塑料桶来，大小面额的票子花花绿绿塞满一桶，看来出进颇大，来不及清理成扎。那人也不讨价，高兴地收了那可观的收入，藏到贴身的口袋里。三生最后还拈出六十六元钱，塞到那人手中，说这是与他开年后的头宗生意，祝他今年六六大顺。那人千恩万谢收了，忙不迭告辞。

三生见那人猴急火急的毛糙性情，倒是有点像自己，不禁暗自笑了。院子里的水泥荡得太光，又下了小雨，他那么急性，真担心他会摔跤，便将窗帘拉开一条缝，关心那人的安危。只见他走出小院，矮墙后面就钻出个头发披肩、唇红眉黑、肩膀尚显尖削、胸臀尚未丰满的小女孩来，那乡人一把就搂了她，在头发上吻了吻，财大气粗地朝外走去。三生打一个冷战，心想那还是个少女哩，想这谷姓人也真是胆大包天，这么干迟早要犯法的。今后是再不能与这种人发生往来了，以免牵连进去。

放下窗帘，心思就扑到了那“公”筷上，便躺倒在真皮的大沙发里，细细品味那古物。闭了眼用手抚那身体，喃喃道：什么鸟女人，形容物体细腻便用肌肤来比照。就是内人那世间一流的细肤，也是远比不上你的润滑的。然后美美地点上一支烟，以烟助兴，自娱自乐。烟灰不知不觉全落在胸上，忽闻到化纤被燃的焦味，便叫柳林快看看哪里烧着什么了。午觉起来叫眉眼修填已毕的柳林赶忙到厨房看火，不见有反常，再到厅里，见三生胸上已腾起青烟。柳林气极，也不想高声大叫了，叫过无数次了并不能改变什么，就坐在一侧静观一套崭新的衣料被焚。三生觉得奇怪，看看沉默的妻，再顺着妻麻木的眼光看胸前，忙跳起身来扑打。看看胸前已烧出一片小洞，气急，掴了自己一巴掌：“这世上的卷烟厂怎么不统统起火烧掉呢！”卷烟厂竟成了纵火的元凶。

三生见柳林生气，便踱到她背后，将这双奇妙的龙筷伸到她眼前晃荡。柳林一见这异物，顿生惊奇，也是爱好物的习性了，便丢了刚才一幕，接过那筷子来，屏了气静观细摸。三生说：“美芝那双是母的，我这双是公的。怎么样？你先生还是有点板眼的吧，会钻山打洞吧。”柳林再看一阵，然后长叹一口气：“公的又怎样母的又怎样？龙又怎样凤又怎样？只是你一个人高兴，不懂的，拿它吃饭还嫌重，还嫌打滑夹不起菜来。怎么样精致，也是一段死木……”

三生知她的言下之意是什么。因他拒绝了她的劝说，这口气一直还没有转过来，心头一直残留着阴云。三生从沙发上收起那筷子，寻一卷卫生纸，小心卷了，收藏起来，然后对柳林说：“我准备干一件你喜欢的事情来。唉，你们女人，心眼还是浅了啊，只图一时虚荣的。有什么办法？喂，从现在起，你不要打扰我啊。也不见任何人，夜饭也不要叫我吃。”说着进了内房，关死房门。柳林不知他要干什么，一人无趣，便收拾妥身上，出门来，倒锁上房门和铁门，到街上逛。也没回去做晚饭，东逛西荡，见熟人站着说说话，不觉天就暗下来，各处街檐下五颜六色的灯笼就陆续被点亮了。“三十夜的火，月半夜的灯”，鹤了人的习性是到了元宵节，家家户户要制作灯笼的，让小孩子提着，房中屋前挂着，都要凑一份雅兴，不敢冷落了这个传统的节日。公家单位上更是财大气粗，无不要在单位门首装上各种故事灯、豪华彩灯，均系电动，灵动雍容，甚是吸引人。按照古典气派重修的仙鹤楼，四层的雕屏画栋、飞檐悬梁，今日当街一面，外廊檐下全挂满了形状各异、大小不等的灯笼，灿若群星、亮如白昼。人物故事、飞禽走兽、山水花卉，各色景观应有尽有。各街各巷以及城郊来的数支舞灯的队伍，在此宽敞的当院，排了队表演，观者如云。柳林看一阵舞灯，觉得没甚新意，便信步上楼看那廊上挂的仿古灯笼的雕刻功夫，远视倒也有模有样，走近细看却不堪入目，与家中所藏的那些老祖宗的雕刻手艺，相差十万八千里。一时觉得无奈，忽闻一股香味，想自己还未曾进晚餐，这过年的前前后后都不知饱饿了。循了香味进入内厅，见当头悬了“元宵擂台”的横幅，十余家据说新中国成立以前就各有市场的元宵制作店家，在此展销自家的特产，并是当场供应熟食的，柳林见有空席位，也不知哪个王婆的瓜好，随便买了一份，慢慢吃了，倒也觉得清淡，便让店家再备一份，用熟食盒盛了，带回去给埋头闭户不知干什么勾当的柳三生吃，权当晚饭。

柳林开门进去，正好柳三生也从内房开门出来，拉亮客厅的灯看壁上闹钟，他已在屋里待了四五个小时了。三生一脸通红，喜色极好地递给柳林一叠纸，道："你看看，写得如何？"柳林接了，见是由柳三生署名写的一篇文章，题为《龙凤御筷风云录》。柳林觉得有趣，就倒在沙发圈里拜读。文章说某年某地有个七品芝麻官，接到京都指示，要他进京面圣汇报工作。这七品县令想进京去面圣，总要带点礼物吧？金银珠宝他无力供奉，后想想当今皇上乾隆是个爱玩的主，便想到送他一件玩的。进京路远，大的带不动，也怕弄坏，便想带件小物。带什么呢？突然想到本县有个高人，善雕刻，能在一个桃子核上雕出活灵活现的人物花鸟来，便命他寻段好木，雕件小玩意进贡皇上。问那匠人雕什么好？那匠人言：据说乾隆是个美食家，就雕双筷子给他吧。要雕呢就雕龙凤两双，皇帝一双，皇后一双，一物送了两人，皆大欢喜的。县令高兴地采纳了那匠人的意见，便弄一处僻静的房子，打扫干净，焚香秉烛，供匠人赶制御用之物，备了好酒好肉供那匠人享用，且不许凡俗之人与那匠人接近，也不许那匠人的老婆去与其亲热，怕染了尘俗和邪气。七七四十九日，紫檀木的龙凤筷终于制出，县令一见，精妙绝伦，不胜欣喜，重赏了匠人。备好快马，只等上面来通知，即赴京都面圣送礼。后上面来信，言乾隆皇帝已微服私访下了江南，约他再听通知。县令便将那龙凤筷小心藏在屋中，静候机会。

谁知这龙凤筷制成便成了圣物，放在屋中，夜静之时，便作出杯盆碗响鼎沸人声来，隐隐似有许多食客在欢饮，更是焕发出奇珍异肴的香味，让周围数里的百姓贪馋不止、尽情吸鼻，不知是哪里办酒宴。后查寻出是县令欲送圣上的一双筷子在作美，便惊叹不已，一时广为流传。

一日来了几位气度非凡的远路客人，求见县令。县令见来人不凡，便接至内堂，摆上茶点，与之海聊。话是极其的投机，有相见恨晚之感。说至酣处，那客人中有一人道，这百里之地，都有美传，言县令有双好筷子要赠送圣上，不知是否可以一睹芳容。县令高兴，并无顾忌，便叫取出筷子来。客人看了，说道：好一对龙凤御筷。然后交还于他，拜谢而去。

不久，上面派快马来催县令：让他即日赴京，带上那筷子去面圣。传令毕，那差役谄媚地恭维县令：大人此行恐要委以重任，到时候不要忘了小人喽。县令木然。差役便说：数月前见你那筷子的客人，你道是谁？正是当今天子！他金口封你那物为龙凤御筷呢。县令不信。差役道：草民百姓，敢言一个御字吗？不要命了。县令联想起那些风度翩翩、出语不凡的造访者，便相信是碰到圣上了。想自己马上要飞黄腾达了，不禁仰天长笑，高吟道：龙凤御筷，龙凤御筷。笑毕，高兴过度，气绝。

当夜一个蒙面大汉，盗走了已故县令那双龙凤御筷。从此流落民间。若干年后，在H省鹤了市重现英姿，完好无损。据收藏者言，60年代初，三年自然灾害期间，百姓无物填胃，饥饿难眠，便取出御封之筷，寻一空碗，作扒饭状，顷刻肚中饱胀，可挨一宿。云云。

柳林一口气读毕，激动不已，心潮起伏，忙叫柳三生："这双筷子真有这么神呀？"三生道："你相信吗？""相信相信，你写得真是太好了。""那你现在高兴了吧。你不是希望你的丈夫写文章吗？就写一篇满足你的虚荣心。"柳林道："你是怎么收集这么多素材的？"三生道："你以为我一天到晚在外面乱蹦着玩吗？"此时三生已在吃柳林带回的元宵。柳林见状，忙放下稿子，道："怎么就不晓得搞热吃呢？"便抢过去，在他脸上轻轻一吻，柔声道："大才子，稍等啊。"一扭美妙的腰肢进了厨房。三生喜滋滋道："这还是开年第一吻呢。还是写文章的讨女人喜欢。"

第二天，柳林自告奋勇去邮局发稿子。三生写了个信皮，叫柳林挂号寄了，以防丢失。

不久原稿照登，一字不曾改过。某古玩方面的报纸慷慨给了柳三生整个第四版。这也是专写豆腐块文章塞报屁眼的三生自写字以来发表的最长的文章。夫妻俩自是高兴之至。复印了若干份，送各界朋友，也送县委宣传部曾关心过他的领导。

柳林持了报纸，首登同学谷美芝之门。美芝拜读了，称赞写得不错。柳林道："你说我们这筷子，真是御封了的吗？"美芝大笑起来，笑得涕泪横流。柳林木然："你笑什么？"美芝好不容易喘过气来："你呀，你呀，是真是假，你回去问问你先生吧。"

柳林回去再问三生。

三生道："你当时信以为真了，难道我还败你的兴头？"柳林说："你骗我。"三生道："你的可爱之处就在这里。"不过柳林并不为受骗而气愤。丈夫想写就写了如此大块的文章，高兴都高兴不过来呢。这种自豪感是大把大把的钞票换不到的。

三生告诉柳林：从此有人来看那双筷子，你就只说这筷子并不是我们家的藏品，而是一个不愿公开姓名的收藏家的。

美芝也过来嘱柳林：从此不要说我有那么一双筷子啊。

他们的预见很准确，自这篇文章出笼后，本城的、外埠的，就有不少玩家和猎奇的来求见柳三生，要一睹那御筷英容。三生一般少在家，柳林只好说谎抵挡，不再展示那物。亦有不少写信来咨询的，柳林也一一如是打发，一点也不因此惹出的麻烦而心烦，倒是应酬得很愉快，觉得很光彩。这就叫作知名度，叫作社会影响，男人有出息，就应体现在这些方面。

此类文章，柳三生自然是不会送给东方冉和高安他们这一些人看的。但东方冉经那些玩的盘问不过，倒是寻着看了。办公室那些年轻的问他：如何？东方冉答：这又不是真实报道，反正是写着玩的嘛。他不好直言什么，但话中之话已暴露无遗了，明人已尽谙话中分量。

那龙筷三生刚得手，就按捺不住请几位高手看过了。每得了好物，他是止不住要请大家鉴赏品评一番的，好像这样才算得到了真正的承认，这样心里才更踏实。因这筷子毕竟是餐桌上要沾口水的俗物，终是难登大雅之堂的，东方冉等并不十分推崇。

东方冉是个杂家，什么都玩一点，瓷器、陶器、漆器、金银玉器、铜器、钱币、木雕、字画、砚台、古墨、碑帖、古书，手头多少都有一点。有的多，有的少，逐渐地筛选，将好玩的留下来赏玩，一般的便交换或出手了。

他所藏的木雕不多。盖因是真正的名贵木雕，鹤了地方并不多见。诸如紫檀木、花梨木、红木、伽南香、乌木等名贵木种，都不在本地出产。黄杨木倒是可以生长的，但由于气候原因，长势极其缓慢，老长不大，年年十八岁，有“长三寸缩三分”一说，就是百年的老黄杨，也雕不出什么像样的作品来，乡人平时仅多取它雕刻图章。由于名贵木材的缺乏，此地木雕，一般便用本地特产樟树和山梨树代替，最具特色的谷米香大屋木雕群，便几乎全是由樟树完成的。樟树木质毕竟较松，肤理略显粗了些，何况樟木最大的毛病是容易开裂，是很难胜任极其精致的作品的。因此鹤了民间，上乘的木雕佳品并不多见。偶有名木作品收藏，也多是过去在外当官的和朝中遗老告老还乡时携带回来的。

那年，谷定坤送来一个红木笔筒，东方冉是足足独自细玩了一周。他玩古物多年了，仅是在别人那里见过红木作品，自己则是梦寐以求也无缘获得，偶得此物，当是喜不胜收。至今他藏木不多，手头除一件名贵的红木笔筒，一件紫檀木的笔架外，还有一个乌木的小佛像，据他和欧阳玉琼分析，怀疑这物是件近代作品。其余就全是樟木制作的观音像、罗汉、插屏、太师椅和配套的茶几了。现在除了几件精致的小品木雕外，其余的都处理了。一部分给了胡搅蛮缠的柳三生，另一部分给了南方那个老板。

他最怕玩木入魔的柳三生，坐下来就很难起身，话题全集中在古木上，如此单调的话题，会让任何痴恋古物者都会感到沉闷的。人活着毕竟不是吃古物睡古物吧。而每次来他还要反复叮嘱：

“手头有了木器，成全成全我啊。我有了其他的，也成全你。”东方冉每知他要说这段话，身子就一紧，肌肉发麻，想这书读多了的人，大都难免迂腐。幸好他不愿干行政工作，不然会闹出许多笑话来的。

自那双龙筷得手，文章也面世后，柳三生携了那物，专门来拜会过东方冉，请东方冉赏玩。东方冉见那细小龙头，雕刻得甚是精巧，不由得也爱不释手，三生知东方冉早年也是写过不少东西的，自己炮制的文字，不过是为柳林他们这个层次的读者解解乏，不可给东方冉看的，因此闭口不提那文章的事。

柳三生磨蹭许久，似有话要说，又说不出口的模样。东方冉见又是夜深，便点破他：“你还有什么话要说的吧？”三生低了头：“倒也是有，不大好意思说。”东方冉笑道：“你这人哪，都是几个老在一起玩的了，还有什么话不可说的。”

见东方冉也真是诚恳，三生便道：“我其实是想要看你一样东西。”

东方冉道：“我的藏品，你不是都看过了的吗，还有什么保密的？”

三生道：“你有只好木雕笔筒，我没有见过。红木的，还有款记，是名人用过的东西。”

这一说东方冉倒是噎住了。从谷定坤手中得来的那只红木笔筒，倒真是深藏了不轻易给人看的，也少有人知道他有这么一件藏品。这玩古物的，谁也不会尽数兜出手中所藏给人看的，大都要留一手，不愿被人窥破所有秘密。像柳三生这样暴露无遗、喜形于色者不多见。东方冉试图在古玩界树立一个宽容大度、豁达坦荡的形象，被三生一下子捅破了隐私，着实难堪。人被顶到无退路了，只好尽力周旋：“你怎么晓得我有一件红木作品？”三生道：“这个嘛，手里有好物，总是有人晓得的。”

东方冉知道这肯定是谷定坤告诉他的。也曾有几个密友曾见过此物，但决不会到外面张扬。便道：“这也保密，肯定是定坤告诉你的。”

三生被一语道破，尴尬应道：“是定坤。”

“他怎么说？”

“他说他有件好物，便宜给了你。那时他不懂，以为是个树兜刻的，又没花什么成本，所以轻易丢了。”

“他后悔喽？”

“这……不会吧。”

东方冉心里不悦：“定坤哪，这怎么说呢，有人不懂，文物当废品扔。懂的，如郭沫若老先生曾在垃圾堆里捡到过珍品，这么说来，是我有意要杀他的黑了？我当初也是不懂的，花大钱买了不少不值钱的，也付了不少学费，这找谁去评理？定坤的红木笔筒，我当初，也以为是普通的树兜呢。好在我与定坤的交往，从来是他开什么价我就给什么价，合适的，我要了，嫌贵的，我不要便是，从不压价的，怕日后有麻烦，你看，果然是秋后算账了吧。”

见东方冉脸色不好，话中有骨头，三生知把话说过了，忙劝解：“你想得太多了，太多了。这买卖嘛，一个愿打、一个愿挨，捆绑不成买卖的。这不懂，是自己没修到功，不是人家的错，你千万不要有什么想法。”

东方冉故作大度地一笑，掩了内心的不悦：“我倒没什么。总结自己这些年玩嘛，也还是像个男子汉的，不出尔反尔，也算得光明磊落，从没有算计过谁。”

柳三生当然从话中听出了进一步的刻薄，便赶忙打和牌，最后检讨：“都是我这人，眼馋，有好物没看到，困都困不着的。今日也就不看了吧，惹得先生不高兴，心里甚是不安。”

东方冉道：“真没有什么不高兴之处。不过你现在想看那物也看不到了。”

“怎么？”

“北方有个朋友来看我，也是喜欢玩的，他送我几斤核桃，我见他喜欢那笔筒，就让他拿走了。”

三生顿足道：“可惜可惜。”

“我也是不大懂哟。我玩木玩得不多。”

三生道：“你等于是拿一台彩色电视机换了他几斤核桃呢，唉，唉！不过也不要紧，钱财如粪土，仁义值千金，只能说明先生大度，你是赢了，一点也没亏。”

“亏你说得好。不过人家可不这么看哪，以为我乘人不懂，大赚了一笔。”

“这个嘛，蛇烂骨头出，事久见人心。只要几个玩的，大家心里明白就行。”三生安抚道。

事已大体说清，夜已深沉，三生告辞，出得门来，一摸一额头的汗。

东方冉掩了门重回书房，从柜子里寻出那笔筒来再度把玩。想自己编故事的能力，毕竟不比柳三生编的《龙凤御筷风云录》差。那文章可唬柳林和那些老外，这故事则足可让那柳三生死了要见这名木的心，也会蒙过那谷定坤，省得他们再来纠缠。如给他看了，他胡搅蛮缠也要弄过去的，这人有股傻劲，奈何不了他。

再想那谷定坤，便陡生反感，不知他要到外面放多少风说我当初占他不懂的便宜，但愿柳三生把他的话传给他听。幸好那时他看出那人，并非驯良忠厚之辈，一开始打交道就与之保持距离，不然名声真可被其弄臭的。显然自这之后，东方冉不可能不对那谷定坤另眼相看了。

第十八章

春天的美好，其实是更多地体现在山清水秀的地方的。温暖的阳光，青翠的草地，艳丽的花朵，这只是春消息，而并非春的本质和全部。就如是要领略苍莽浩瀚的雪景，便应站在大东北辽阔的疆土上；要欣赏真正壮美的海涛，需到海南三亚鹿回头的某处礁石上。真正春天的全部生机，是潜藏和展现在祖国南方的山地。春按照严格的农历节令的指示，一丝不苟地降临在这里。不像大北方那样姗姗来迟，一晃而过，也不像热带地区那么面目模糊，四季难分。大地和人们同时脱下苍槁臃肿的冬装后，一个鲜嫩无比的春姑娘便活脱脱地降临了，一年一度，一年一新。她跳跃在草地上、花朵上、山山岭岭上、田畴河流上，连空气也被她彻底地改变了。就是无力观赏绚丽春装的瞎子，只要一吸鼻子，便抑不住春心荡漾，美美地说：春天来了。

除最美丽的颜色从土中一齐冒出来外，千百种鸟雀草虫也一齐从土中或从哪个树洞里走出来，以各自不同的歌声，没日没夜鸣奏出一年中最欢乐最响亮的乐曲。

立春三天，水暖三分。昨日还是冰凉刺骨的水，春姑娘一声灿笑，便猛地温暖许多，农人的赤足，便可按农历节令的指导，不假思索探入河川水田里去而不受伤害。

南方山地的春天，是看得见的，是闻得出的，是听得到的，是摸得着的。

鹤了的人民，是十分喜爱和眷恋自己四季分明的故乡的，尤其是那迷人的春天。如有耐心去查阅县志，历史上从鹤了走出去的文臣武将，有不少放弃京都或大地方的荣华富贵，要告老还乡，解甲归田，重回故里来安度晚年。由于这批人物的还乡，便促成了这个地方宗教、教育、社会福利事业的比较发达，许多庙宇、学堂、道路、桥梁便是由那些达官贵人捐资修造的，迄今尚可见许多古代遗迹中留有他们的芳名。

鹤了古玩界，几乎都能讲出一批本地历史上的名人来，因为他们从这些名人曾经的还乡定居之地，往往能得到一些好古玩或是有价值的残件，那都是他们从朝廷带来的，于是这方土地便变得厚重许多，全因那里珍藏着瑰丽的文化遗产呢！县志上就明确地载了如今尚存留于世的翠朗寺、妙空寺，鹤了城中的仙鹤楼、望鹤塔、崇圣学堂等著名古迹的捐资建造者的赫赫英名。

鹤了城北街的将军山是一个流传了很久的小地名，离犴狟国都古城墙遗址不远，欧阳玉琼站在自己的屋前，举目可达。玉琼他们这一批人就曾去考察过“将军山”的来由，因县志中无记载，民间也无传说，无据可查，不了了之。但建国以后，人民政府却让那无由可考的将军山变成了名副其实的将军山，盖了二十余栋小别墅，里面全部住着因解放祖国而功勋卓著的将军和红军老干部。每年有一批又一批的红领巾开到将军山上听老革命讲战斗故事，然后修花剪草扫地搞卫生。那些老人完全有资格在北京、上海等繁华的都市拥有这样规模的一栋别墅，但他们却要回来。陆陆续续，从新中国成立初一直到80年代末，还有人告老还乡，要在故乡安度晚年，落叶归根。

鹤了县改市，正式大规模上马开辟新城区，市长高安让规划部门在新城区靠近鹤了河最安静美丽的地段，划出一块，命名为“归侨区”，与将军山相对应，专为海外游子归来建造房子创造便利。消息刚发布，便有十余位归侨和台湾老兵报名买地建房。很有一些老人，在海外拥有丰厚的资产和豪华的安逸之所，却要把归宿选择在故里。很快有几幢漂亮宅子落成了，几位丧妻的台湾老兵把子孙留在海外，自己携了刚娶的有共同乡音的年轻美妻，住进新居，呼吸故乡的空气，喝鹤了河的水，快活无比。这一时成为鹤了城中的热门话题。那造型别致的宅子，惹得人们一队队去参观。当然关于老夫少妻的景观便要引起一些不同的看法了。久而久之，大家熟视无睹，也就不觉奇怪了。这让居住在将军山的功勋们心里有些难得平衡。归侨区的臣民，过去是什么呢？这情绪反映到高安那里，高安当即到将军山与老将军们促膝谈心，讲改革开放的新形势，好歹才把工作做通下来。

更有一件奇异的事情：洞庭湖洲曾围湖造田，一时人稀地广，万年老湖，土地肥沃无比，随便撒种，便可长出丰硕的果实来。有关方面为解决鹤了大山区里一部分贫苦山民的困境，欲将他们移至湖区定居，但做尽思想动员工作，竟是无一人愿走出茅棚，宁可半饥半饿，长年接受微不足道的救济。也要龟缩在山林溪边。据调查，至今尚有几兄弟共一个老婆的；没有房子在树上学鸟儿垒窝栖身的；刀耕火种以猎兽和靠吃红薯山药度生的；几代人一字不识的……尽管如此，他们还是咬住青山，无视富庶……

走出鹤了的，荣华富贵留不住，要回来；贫困的，拒绝富裕的吸引，不愿出山。

山地有什么如此大的吸引？

肯定是有她说不完道不尽的诱惑。

其中是否有世代血脉相传的山民对于祖居之地良好的地理环境和气候的眷恋呢？

这里有山、有水、有平地、有五谷、有花草、有良木、有百兽，更有象征冬天的皑皑冰雪；有繁花似锦的春天；有浓绿如缎、蝉鸣似潮的夏季；有秋风染红的万山。

分明的四季改变着自然景观，人们生活在一个美妙的变幻莫

测的世界里。人们在不同的季节里干不同的活，穿不同的衣，吃不同的蔬菜，看不同的风景。从冬的呆滞中走出来，是春的浪漫。从繁忙炎热的盛夏脱出身，是秋的洒脱和收获的喜悦。大自然的铸造，日久就有了鹤了人秉性中不朽的坚韧和灵捷。那位考察谷米香大屋和鹤了古城的教授，言鹤了人“不安分”，是否就包容了如此的秉性呢？

有几位南洋老归侨，在鹤了新城区的宅第里迎接第一场白雪时，竟是惊喜若狂，争相在院子里堆雪人，浊泪纵横地说几十年没看到雪了。他们是冲着鹤了有雪要回故乡的吗？

将军山的高级居民们无不在自己的独院里植着十几种乃至数十种花木，称故乡的春天，才是真正的花季，走南闯北伤痕累累，最后的归宿当然要安排在花季里了……

又一个春天来了。

属于鹤了古玩界的这个春天，是不同寻常的。

脱下冬装的玩主们，今春不仅仅是身上轻松了，心灵亦是极其轻松愉悦的。那南方老板给大家程度不同带来的好处，让大家时时感到精神充实，物质富有，更重要的是让大家看到了古玩业的光明前景。“盛世搞收藏”，他们有幸成为了这个新兴的、将是经久不衰的行业的排头兵。他们还想跃跃欲试从以前那个自我陶醉、不无拘谨的小圈子里跳出来，走向广阔的市场。

这个春天，阳光更加璀璨，因为古玩业的美好前景得到了更进一步的印证——春暖花开的时候，某日，省报头版在一处不起眼的地方，刊载了一条简明新闻《省会文物市场开张 各界玩家踊跃参与》。市场是每周逢星期日开市，地址设在建设路上东坡街。这条不起眼的新闻首先被每日必翻各种报纸的东方冉读了。待东方冉再与各玩主通气时，大家竟也很快都细读了。

这个消息，对古玩界来说是一件很大的事情，这意味着沿海开放改革之风内移了，内地也可以公开上市玩古物了。此以前，大家是有顾虑的，是小心谨慎的，仅是悄悄地在圈子里玩一玩，就是胆大易冲动的柳三生，也从不在单位上暴露其玩事的。尽管东方冉曾在信访办悄悄地压下了来自谷米香村的上告信，但是不久古玩界还是知晓了此事，因为谷姓后裔不仅仅是向县委信访办送呈了告状信。尽管文物管理部门并没有制止南方那位古董行老板来鹤了收购古物，但事发后有不少保守的市民，向市里有关部门反映了情况，表示了不满，指责这些玩的是不肖子孙，是出卖祖业。有关部门根据谷米香村的上告信，曾作了认真的调查，一时空气倒也有些紧张，有胆小的便把好物转移和藏了起来，怕有个什么运动突然降临。同是一件玩事，说玩可以，上纲上线上升到反动也可以，大家见得多了。好在这些令人恐惧的忧虑有如晴空中的一朵乌云，很快也就消遁了。

但它毕竟在人们心里留下一道阴影，假如有更大的阴云随后席卷而来呢？人们不得不设想那样的可能，还是小心些好。

这场春风吹来的信息，就尽可以彻底消除心底的阴影了。

省城新辟的文物市场，就在上东坡街125号谷美芝学艺之处左右。后来人们弄明白了：那阳泰老先生花重金买下的宅第，据说曾是若干年前苏东坡老前辈下榻和挥毫过的地方，东坡街也依此而得名。阳泰老先生是看重那一个传说的。后来H省的一些大名家，要把字画送到这里来装裱，也是冲着这份远古的灵气和阳泰老先生的手艺。人民政府择了此处作文物市场，也是冲着那份古韵吗？

鹤了城中最先入市的是谷美芝和谷定坤。集市就设在门外，谷美芝自然捷足先登。开市后消息才见报，见报后的第一市谷定坤就投入了。他周六搭车到省城住下，第二天天一亮就拿着矿泉水啃着面包到此候市。待谷定坤和谷美芝入市旗开得胜之后，鹤了城的其他玩家正在商量着结伴什么时候去那市面上看看。有人还城府颇深地预测这样公开化的集市上，绝不会有什么好东西面世的。

但很快有好消息传开：言刚开市两场，谷美芝在她那年迈的阳泰老先生的指点下，收了一批不错的古字画。说是谷定坤刚入市就得了件好物，当场转手就赚了几千元钱。

美芝仍在阳泰老先生府上学艺，大家不好去求见她的收藏，但一经捕得消息，城中不少玩主就蜂拥着到定坤家中打探市面上的情况。

谷定坤由他的新妻为诸位道友沏好茶、拿名烟、摆上等的果子，邀请大家到那仍是簇新的卧室中入座。他介绍完市场的盛况后，并不掩盖传说中他旗开得胜的战绩。他说他首次入市，身上不曾带物去展销，他是去摸摸行情。这省城里人，往往是有些欺生的，先不带物，慎重些为好。不过还好，来这里逛的，大多是行家或者至少也是爱好者，社会上的二流子是不会有这份雅兴的。摆摊子的，多是附近乡中的农人，不分青红皂白，只要是家里的旧物，就拿来摆上，往往令人啼笑皆非，但内中也不乏有一些中看的。另有一部分，是“半桶水”的乡中二道贩子，其水平是远远低于鹤了乡中那批二手玩主的。够得上内行品位的，就极少。他们手里绝无真品，倒是花里胡哨堆满一地，摆下诱饵，静候那些半生不熟的玩主上钩。*

他转悠半天，仅看中了一个“半桶水”手中的一只花瓶，一尺二寸高，细白瓷胎，着珐琅彩外黄地开光胭脂红，远看去，艳丽炫目，疑是新工赝品。但蹲下去，取到手中细瞧，不禁大吃一惊，竟是一件清三代(康熙、雍正、乾隆)的优秀作品。见此好物，是难免喜上眉梢的，但他马上复了平静，告诫自己不可失态。其实高兴又怎样，凭他身上的财力，是无法买下它来的。正在踌躇之时，另有一个玩主也俯下身来察看此瓶，看毕，道：“老兄啊，这是古玩市场，新东西拿来摆什么。”那物主说：“我看你这位老兄，恐怕不是诚心来入市的吧？”“什么意思？”“老

* 谷定坤出道晚，『学费』付得多，竟也很快能在市面上左右逢源，还带动了鹤了玩家向省城进军。

兄好像是……不太内行吧。”那人有些恼：“你是说，我是个外行吗？”“真正的内行，可以讨价还价，但不会把黑说成白，把真说成假的。”“那么你这是件真品喽。”“至少也不会是如老兄所言，是件新工吧。”“你说是什么时候的东西？”二道贩子道：“恕我言直，如不是件民（国）仿清的东西，我就算枉干这一行了。你老兄口里可以说这是件新货，倘心里不承认它，你也就没有资格到这个市场上转悠了。”

这时定坤一听物主将其判断为民仿清的作品，心里一阵暗喜，在一旁就静候着不走，心就开始急跳起来。

那人听言，并不再恼，哈哈一笑：“我也不与你争论，就算是件民仿清的好物吧，祝你好运气。”说着扬长而去。

贩子目送他，蔑视地摇摇头。

谷定坤也随着摇摇头，眼睛则看着那贩子。

贩子如遇知音，笑对定坤：“这位仁兄，你的看法呢？”

定坤道：“倒真是件民仿清的好货。”

那人道：“一目了然的东西都看作新工，我想他也并非杀我的黑，而真是不懂。”大有遇了知音的高兴。

定坤道：“这不奇怪，这样的人多。秀才碰了兵，有理讲不清，其实老兄你是犯不着对这种人费口舌的。”

“正是正是，我真是说多了话，同这种人谈话，不是对牛弹琴吗？”那人略顿，“老兄你对这件东西有兴趣吗？”

“倒是喜欢，尽管年份不久，瓷质画工都是不错的。”

“老兄是个内行。”

“也不是什么内行，只是喜欢玩。”

“你开个价吧。”

“怎么是我开价呢，颠倒了吧。”

“好好，冲你也是个行家，道上人，六元钱怎么样？（六元即六百元，道上人交易的行话，一元称一分，十元称一角）”

定坤想想："说实在话，六元倒也不贵，只是我们这些没钱的主，心里想玩，荷包里却东西不多。"

"多少你要？"

"四元吧。"

贩子道："四元是不可能的，我想你也明白。这样吧，取中间的数字，五元，你也不必再还价了，你绝对不亏的。"

定坤就付了款。

道谢时定坤还装得平静，转过一个弯，就禁不住窃笑起来，心里道：这岂止是值六百元的物！

果然前面就有人挡了他的道。

只见那人，布衣便鞋，装束平常，却是高鼻鹰眼，目光如炬，说话时一扬高耸的喉结，颈部衣领处便有一星耀眼的翠绿色一晃，那是挂在颈脖的一块小小玉佩。谷定坤只一瞥，便知那玉价值昂贵，心想是来者不凡了。那人示意定坤到街边一阴凉处，说想看看他手中之物。定坤小心托着送上，那人更是小心接了，细细揣摩观视。然后说："先生此物，不知出不出手？"

定坤道："可以谈谈。"就凭他那颈脖上的饰物，就具备谈的资格。一般人是没资格言"谈"的。

那人道："六十六元钱，给我算了，你们这是兴'六六顺'的。"

定坤一听大惊，想今天碰上了个好日子了，财神从天而降呢，但喜而不露，道："只值六十六元吗？先生看上去也是身手不凡的人呢。"

那人马上接口加码："七十六元。"

定坤道："八十六元。"一旁就暗暗称赞自己竟是如此镇定。

那人道："告诉你，别乱叫了，你是碰上我这样的好主了，你心里不明白？不要像小贩子那样讨价还价了，那有什么出息。"

 定坤心里一紧，脸皮就发烧，忙镇定下来说："成交吧。"这东西虽工好，到了清三代，但毕竟是民窑烧的，卖出这个价，确已是到顶了。他确实碰上好主了，倘还要咬价，便真是不懂味了。

那人一招手，不知从哪里突然蹿出一条大汉，一米八的个子，一把络腮大胡子，五大三粗，西装革履，拎着一只价值昂贵的鳄鱼皮老板箱，如同是抓着一张扑克牌。大汉当即就俯身在地，“啪”地打开箱盖，取出一叠现钞来。定坤接过来一沓儿，“哗啦啦”，钞票是如金属般响亮和沉着，不用细看，这票子不假，中间也没有夹白纸——这一套，他早在银行认真实习过，他老婆初中的一个同学就在银行点钞。

匆匆成交，定坤恐有变，自己单枪匹马，不是那大汉一只胳膊一条腿的对手，忙奔离文物市场，打个“的士”，飞驰长途汽车站，跳上一辆刚启动开往鹤了市的客班车。一直到家，不见有人跟踪，慌忙存了钱，才落下心来。据某些恐怖的传闻，不得不使身上有大款的平头百姓胆战心惊、忧虑重重的。

大家祝贺谷定坤旗开得胜、开市大吉，吵着要他出点“血”。定坤高兴，便当即答应下来，到望鹤古塔旁的望鹤庵里去吃夜宵。一干人就一哄而起，相拥着出门来，往城西的望鹤塔进发，丢下一地的烟头和瓜壳果核什么的由丽儿和她娘去收拾。有人问定坤：“不携娇妻去？”定坤道：“什么娇妻，都老夫老妻了。”“哟，没一年工夫就老夫老妻了？”“恐怕是早几年就预支了吧？”定坤嗔道：“越说越没名堂，内人今年还没满二十呢。”有人道：“女孩子发育得早，十二岁就可以做得用。你不是自己承认的老夫老妻吗？”定坤一时语塞，大家哄笑。

这鹤了城也怪，虽说原鹤了县的人均生活水平尚处于国家定的贫困线上，但城中却难见贫寒晦气，除任何时尚大家都要赶一赶之外，吃喝之风也是罕见的。天气稍一暖和，四街十二巷户外的热闹处，断黑便要摆上若干小巧桌椅，备了荤素的精致菜肴，各色酒水饮料，只待华灯初上，便有食客穿戴整齐，来安坐享用，说说笑笑，一直要闹腾到半夜；盛夏之季，通宵达旦都不为奇事，一派太平盛世的热闹景象，颇有几分贵族气的。这种景观，从暖春开始，一直要持续到隆冬。

包括一些不敢问津夜市的鹤了人在内，令许多人想不通：人们哪来的钱吃喝呢？如此吃法，是可以将一座并不富庶的鹤了城吃空的呢！

不管怎样没有吃的道理，人们还是日复一日、月复一月吃了下去。菜肴多是山中的野兔、田鸡、獾狗、田螺、笋干、豆角、韭菜、豆芽、鸡爪、鸭肝、猪小肠、牛肚、臭豆腐及各种卤味，切得均匀，整整齐齐装入干净的瓷碟之中，热食就在卤锅里翻腾。用山药和活蛇泡的谷酒，就装在民国和清末出品、有几分古气的大瓷坛里，由食者自舀自饮，一只小小竹端就搁在坛边，极是便利……每每入夜，便满街飘香，害得人禁不住要流涎，只要口袋里还有几个子儿，便要领着家小去吃光为止。所有外来的客人，更是经受不住这巨大的诱惑，非要吃尽山中的美味不可，再坚强的胃，也是经受不了那份引诱和折腾的。

说到望鹤塔的望鹤庵去吃夜宵，便是鹤了城中一流的食客了，尤其是在这春暖花开的季节。

从西门出城，临河的山崖上便立着南宋理宗淳祐二年(1242年)修造的望鹤塔。捐资者姓左名瑾亭，曾是理宗座下的大臣。后左公或是失宠或是遭贬，回故里养老，取出积蓄，修了此六层石塔。据说清道光年间曾被雷击垮塔顶，后修复。此塔至今仍保留完好，成为鹤了市一大景观。内中还有个有趣的传说：言“文化大革命”时期，有红卫兵欲去炸毁此塔，待队伍浩浩荡荡开到塔前，突然从塔内蹿出条水桶粗细的大蛇来，将队伍惊散，其中有三四个受了惊吓，半年之后才恢复正常。家长不再准许红卫兵子女去动那神塔，后勒令一个五类分子抱了炸药去炸那塔。那分子无奈，点燃了炸药包欲冲进塔身，但刚至塔前，一失足竟跌到了河中。一声巨响，水柱高达数十丈。炸翻了一河鱼，那分子却身无寸伤。于是这塔便在城中传得更神了。于是再也没人敢去毁掉它了，让它长满青苔茅草静立至今。柳三生带的那个叫田地的学生，听说了这件奇事，便找到那位仍健在的摘帽“分子”，采访当年他是怎么干的，那人笑而不答。但他那老婆心直口快告诉他：“也不是什么石塔保佑了他。他当时不想作孽做坏事，好好的一个塔，又不坏事，毁它做什么？当时是故意失足往水里滚的，先往河里扔炸药，待药包响了，人才往水里跳。”田地觉得并不神奇，听完就走，全无来时的兴致……

石塔旁边，历来是有个望鹤庵的。倒是曾被拆毁了，也没有巨蛇去护它。近年来聚集了几个老尼，在原址寻一处旧民房栖身，在内面供上佛像，朝吟暮诵，便吸引了一些善男信女，香火也就日渐旺了起来。又到处化缘，积砖聚瓦，默默如燕子衔泥般苦苦积累，日久竟也渐渐地恢复了原来庵子的面貌。

为筹集资金，继续发展善事，几位老尼及忠实信徒，适应了改革开放的新潮流，仿了城中夜市的规模，在这庵子里也辟了一个夜市，专供斋素。出家人以慈悲为怀，行善为本，自是坚持薄利多销的原则，尤是将斋菜做得干干净净，在全城所有摊位中是最让人放心吃的了。因吃夜宵者，多是年轻人，无酒是不成市的。可这清净之地，酒色是大戒，怎可用酒？便取了折中的办法：仅供啤酒。因有啤酒是饮料的说法。

最先光顾尼姑庵夜市者，是文艺、新闻等界喜好清净之士。此处尤是风光秀丽——前面是河，右侧临山，左右周围，是城郊某大户承包了的百亩桃园，景色煞是宜人，吸入肺中，尽是花草水汽之清香，耳畔是剔除了车响人喧的潺潺水响，还有老尼的低声吟诵，这“吃”就要多出几分诗情画意了。

这桃花盛开的季节，花飞蝶舞，夜幕盖了四野杂色，尽剩灯光媚照下的花瓣，人就置身于花团锦簇的仙境中了。谷定坤道一声上望鹤庵来，大家就抑不住兴奋了。这里当然也是古玩界常光顾的地方，到这里消夜，无形中身份就有了些重量，物以类聚，人以群分，那些搂搂抱抱、打打闹闹、痞话连篇的少男少女，就不敢到这里来坐，害怕那些正襟危坐之士的审视眼光。

鹤了古城窄小，只十来分钟光景，便走尽西街，来到街尾的望鹤庵。夜赏桃花，是难得的美妙情趣，庵子场院里几乎是座无虚席了，众人好不易才占了一个席位，要下斋菜、啤酒、香烟，半坐半躺在竹制的躺椅上，由花香和清风沐着，望着被微风割成鳞片的鹤了河水，锡箔似的闪光，徐徐西下，就着秀色，吃着聊着，甚是惬意。

酒到酣处，话题又集中到谷定坤的收获上。有人说是定坤财神菩萨敬得高。定坤有些恼："你们的意思是瞎眼鸡子天照应喽？不是这样，不是的。"说着便露出些懊悔的颜色来："我是付出过沉重代价的。""哦，"有人对此有兴致，"还有故事喽。"

定坤微红了眼睛，打着啤酒嗝，说道："我手头，曾经也有过一件这样的好物，所以我一见它就能引起注意。"

"哦，倒是没听你讲过。"

"讲什么呢，那是件耻辱的事情。那时我初出茅庐，不懂。我就像那个二道贩子一样，误认为是件民仿清的东西，轻易给了一位行家。我是付过大学费，才吃亏长智的。这样的历史能够拿出来说吗？也只有到了今晚，此时，才能够说出来的，自己给自己挽回了面子嘛。

"唉，想来想去，还是一句老话说得好，'元身不健，没水洗面'，干我们这行，没本事，便要活活受人摆布的。不要指望依靠别人的，要靠自己，不然便要由人宰割。"

有人发现话中有刺了："定坤，你有些醉了吧。"

"醉了怎样，说了醉话又怎样？过去我是不敢说醉话的，我的翅膀还不硬呀，我要依赖别人呀。我现在就是醉了，也飞得起来。不敢夸海口，一般的东西，我一看也就有个八九不离十了。我不敢说宰人家，人家再要宰我，恐也不易。”

道友插言：“这次你不是宰了人家？”

“正因为我是被人宰过了的呀。其实我是没有赚钱的。我手头就曾拥有过如此的好物，可惜丢了。就算是几年之后又找回来了，大家说是不是？”

“当初是谁宰了你？”

定坤道：“这个就不必问了，过去了的事情嘛。我被宰的，何止只是那一件呢。人呢，我也终于弄明白了，越是道貌岸然的，就越是要小心提防了，倒是小痞子什么的容易对付，叫做明枪易躲，暗箭难防。”

话说到这里，大家心里突然明白了什么。今晚鹤了玩古物的，都有谁没来呢？欧阳玉琮、东方冉、柳三生、洪伟达没来，市长高安没来。有人就赶紧把这敏感的话题引开，提议喝多了的众人，去桃花丛中撒一泡尿，不容谷定坤说完，就一齐跳起来，拉着定坤奔到桃林里小解，一时地里刷刷响，扰了草虫的歌唱，一时奇静。

一泡长尿下来，好歹息了刚才的话头。谷定坤酒后吐真言，话既已出，怎么收得回去？不久就在古玩圈内传开了。人之关系，千丝万缕，世上没有不透风的墙。

后来大家明白了，东方冉曾经廉价收过谷定坤一只珐琅彩瓷瓶。至于是清三代的东西还是民仿清的作品，是否完整，品大品小，就不得而知了。

大家隐隐感到：鹤了古玩圈内，因此恐怕有些麻烦的。这定坤也是得意忘形。这是大家不愿看到的事情。

因了谷定坤和谷美芝成功的鼓舞，每逢周末，鹤了城中的玩主几乎倾巢出动，搭头晚下午五时的末班车，走两三个小时，到省城寻一处便宜旅店草草将宿一夜，第二天清早起来，洗漱了，随便吃个早点，便到东坡街静候开市。

也不知是什么道理，凡是来此交易赏玩的，都到得奇早。首先几场，倒也熙熙攘攘热闹到上午十时左右散集。后来待到早上八点，便空无一人，集散曲终了。难道内中有什么怕见天光的秘密交易吗？令人不得而解。

最热闹是天大亮的时刻。有物的，就在地上铺一张塑料布，摆上不多的几样东西。古物多是易破易损的，也是稀少之物，不可能多带。玩这一行的，毕竟是少数人，所以市面上并不拥挤，也从无人闹事，交易进行得有条不紊，极是平和斯文。

最初几集，城郊附近好奇的农人居多，待手中之物很快抛出后，纯粹的外行便告退了。以后的交易，就都是在层次不同的玩主之间进行了，取长补短，抛出手中多余的，又购进自己手中没有的，交替着玩。至于谁是以此谋生的，谁专事收藏，鱼目混珠，已是分不出青红皂白了。在市面上，谋利者没人歧视，玩家也没人尊敬，物成为了主体。

欧阳玉琼和东方冉曾自认是正宗的玩家，自遭受那位南方老板的冲击后，也就无斯文体面可言了。既已曾经参与过世俗的热闹，也就不会拒绝第二次。经不起道友们的邀请，他们也相随着大伙儿，到有过东坡老先生传闻的集市上去凑热闹。也和大伙儿一起住廉价的旅店，兑着矿泉水吃面包。东方冉对玉琼道："我们如今也是人不人鬼不鬼，斋不斋荤不荤了。"玉琼道："其实这早就不应是什么奇怪事了。不是很早就有民谣这么唱：工人夺了权，农民分了田，不三不四赚了钱嘛。如今是杀得猪叫是屠夫，捉得老鼠是好猫的时世。世俗和清高，划不清界线了的。你当干部又怎样？自命不凡又怎样？人家才不注意你哩。""理论上你倒是进步了。脚步恐怕还是原地踏步。""我不是也赚了那位南方老板的钱？""彼此彼此。总而言之，我们都在进步。但与柳三生、谷定坤他们比，我们就相差甚远了。”玉琼和东方冉，就是在省会的文物市场，面临几省数县的众多行家，他们乃是一流的高手。市面上有了好物，绝对逃不出他们的眼睛，仿品赝品，不能够蒙哄他们。在这类交易中，可说是如鱼得水，只赢不输的。市场毕竟是市场，行家里手多，玩物集中，品种也多，这可算得上是个大舞台了，这比他们当初在家想象的要有意思得多。英雄总是要有用武之地的，在这大市面上走走，就是得不到什么，也可在交流中获得提高。尤是这种气氛很合他们的胃口，如是一个会游泳的，宽阔的水面更能激起他的兴致，其泳技也会发挥得更好。

他们和同行都获益不少，鹤了市这支队伍的整体素质颇令外人佩服。可惜市面上极难重现谷定坤所逢的好景，大家也多是小打小闹，仅可言略有进项。倒是好玩！大家每逢周末就相聚了，有共同的话题，谁得了好玩的，互相可把玩一个星期，业余生活因此变得更充实而有趣。不像平时，互相往来总是有限，甚至数月难以谋面。鹤了人的秉性是好热闹、好串门、好说话的，耐不得寂寞，不像大城市里的人，楼上楼下左邻右舍老死不相往来。这个市场的开放，竟成了大家一个聚头，很是不错。

由这些“资深”玩主领头，逐渐地一些后起之秀也加入到这行列里来，队伍壮大许多，更是热闹非凡。不觉春日已去，炎夏来临，望鹤庵周围的桃园已是果实累累，街上各处的夜市，已随着暑气，再往夜处伸延。这个美好的春天在鹤了古玩界极好的心境中一晃就消失了，要令大家生出不少遗憾来。

汽车运输公司也有个玩的，一日突然一拍脑壳，责骂自己蠢死了，怎不向公司领导申请在周末为古玩界专辟一趟车次呢？人数正好是一车了。凌晨三点出车，六点到达，八点返回，运输公司正要业务，玩的也可省去一宿旅费，反正大家夜宵也要吃到夜半的，双方有利，几全几美。这个建议一经提出，立即得到各方响应，便很快有了一辆车专送玩家进城。鹤了城中的这件玩事，因此而显得更职业化、正常化了。甚至市长高安也随同大家坐着客班车去观赏过一回文物市场。这令大家非常高兴，这就彻底地意味着他们的行动，是不同于那些走省跨州的商贩的，玩这个是既有面子也有里子。面子是文化，里子是金钱。

第十九章

鹤鸣地区行署接待处处长程红一日亲自开车来鹤了市拜访东方冉。初相见时，东方冉有些认不出他来了。市政府的陪同人员介绍过程红之后，东方冉一时满脸通红，连连道歉说对不起对不起，不是一个老熟人嘛。东方冉倒也反应灵敏，立即反守为攻，埋怨程红是发福了，官运亨通因而气色也变了，所以不敢相认。那程红灿烂一笑，搂了东方冉的肩膀，表现出感人的宽宏大度，一点也不见罪下级竟然疏忘了上司，反而一口一声恭谦地说着“拜访”的字眼。*

* 东方冉仕途受挫专事收藏，本已离尘甚远，重被撩动春心。

几年前，程红在另外一个县干着和东方冉同样的工作，去行署汇报情况、修改材料时，经常相聚的。那时候，程红并不起眼，是小字辈，东方冉还帮过他。其时鹤鸣地区八个县的笔杆子凑在一起，东方冉是大哥大，极受大家看重的。程红当时是发自内心钦佩东方冉逻辑严谨、思路清晰而又不古板且颇具文艺色彩和幽默感的口才，看好他那一手漂亮的钢笔字，尤其是修辞改句功力深厚，弄份材料如吃汤丸似的轻松。吃酒和参观，他总是傍着东方冉，说：“你们鹤了县，自古文人墨客层出不穷，要沾你一点灵气。”东方冉总是哀叹：“我算什么文人，与鹤了地方的真正墨客比，我连气都沾不上。顶多说我是个爱好者，是一件文字工具。干我们这行，不是工具是什么？上面什么意图，我们就得怎么写……”

现在东方冉翻开了俨如昨日的记忆一页，不胜感慨、不无悲凉地在内心苦叹：前几年的小字辈，一晃就当大处长了，自己却是夕阳西下。据说接待处长的工作，就是努力让各色人等吃完政府拨给他们的每年几百万元钱，再就是无休止地折腾那几台好车，多么潇洒的肥缺！

程红打发走陪同，舒心地对东方冉道："现在自由了，我们好好地聊聊。本来老早就想来拜访你，那时还没拿到驾驶执照，带个司机不便利，现在我是想走就走，说来就可以来。"

东方冉道："大处长了，欢迎多来鹤了走走啊。"

程红说："这话是你说的吗？你不觉得见外了……你现在干什么？"

"看报纸。上午看报纸，下午看报纸。"

"上班能坚持看报纸，不去打牌就是好干部了。走，到宾馆聊天去，这里来往的人多，又握手又打招呼。"说着程红便催东方冉出门上车。

东方冉草草收拾一下报纸茶杯，反扣了门，随程红出门。院里停着一辆深蓝色的轿车，太阳沐着，反光刺目，漆水是极好，问："这是什么好车？"程红答："蓝鸟王。""要几十万吧？"东方冉识车是老外。程红道："这还不是我们处里最好的车。好车我不想开着跑，不想让人说闲话。"东方冉说："那你还是个廉政干部喽。"程红说："我还记得你说过的话：不在人前，不在人后，天塌下来有长子顶着，安稳是佛。""我说过这样的话？""我的印象是你出口就是哲学。""这你就要叫我肉麻了。""反正那时我对你印象好。我与我的老乡，现在的严副专员扯淡时说过，让你干一个县委书记，都绰绰有余。"东方冉凄苦地一笑："你这样说，我就更难受了。"两人进得车去，车子就像泥鳅似的悄无声息游了开去。

市里安排程红住鹤了宾馆的套间。程红关门时将锁钮把上的一块牌翻转了，上书：请勿打扰。说："我们安安静静地聊聊。"

房里茶几上，摆着香蕉、苹果、葡萄以及鹤了特产酱豆腐干和盐水花生，三五牌香烟，听装的青岛啤酒，翠朗山牌矿泉水及花花绿绿的饮料。东方冉见了，问程红："你一个人吃得过来呀？"程红道："我们和你们宾馆是一家。他们到了地区，也是吃住不掏腰包的，我们下来了，还不是往死里回敬。""真是往死里回敬。"东方冉叹曰。

沏了香茶，互相让了座，边吃着果子，程红说他这次来，是专门来取经学艺的，因他也玩上古物了。说东方冉的名声，在鹤鸣城中的古玩界，也是叮当响的。不过鹤鸣城里的水平和规模，是不能与鹤了相提并论的，相差十万八千里。那个现代化城市，只有高楼大厦，无文化厚度可言。程红说你老兄记不起了我，我可一直没有忘记你，你的所有情况我都清楚。说得东方冉脸又一阵热。接下去就是古玩的话题了。也只有这样的话题才可能让东方冉坐得下来。鹤了宾馆修成了三年，他就没进过这豪华套间，他的天性排斥雍容繁华，他现在住在没有厕所的民宅里，甚觉惬意，一点也不留恋现代建筑的方便与气派。

在官场上不明不白摔过跤的东方冉，对官场上的人便有了天然的防范抑或是保持距离。但见这程红，人上了级别仍能保持往日的坦诚和纯真，不一会儿也就剔除了心中芥蒂，也以友相处，以诚相待。对他有官在身却能偏爱古物，颇为赞赏，就如赞赏市长高安一样。为官之人倘一门心思用在"官"字上，很难说与"野心"无关，那是很可怕的。

探得程红深浅，东方冉知他并非一知半解，也可称得上是道中人了，话就更易入佳境。说到酣处，东方冉说："不如到我家里去吧。"程红道："我也正是想去你家里观摩，都说你藏了好物，就是不好启齿。我听人说，一般的玩家，是很难进入你的藏宝屋的。""你听谁讲的？""鹤鸣城中几个玩的都这么说。说倘能得到东方冉的邀请，除非是了不起的大人物。”东方冉哈哈大笑：“恰恰相反，农村里的二道贩子，出入我家都是平常之事。”程红有疑：“真是这样？你看人言多么可畏。也说明你这个人过于清高孤傲，以至于外界把你传得神乎其神了。”“那么走吧，到我家做客去，你就是那了不起的大人物了。”

程红就起身寻出只塑料袋，往内装那些吃的。东方冉说：“拿这些做什么？”程红道：“拿到你家去呀，边吃边聊呀。省得你掏荷包又去街上买，客人来了，总不能不买吧。公家的，不吃也浪费了，何不公私兼顾了。”“你这人，怕我招待你不起？”“实事求是嘛。”东方冉心里道：这人倒也实在。

收拾妥了，程红又给宾馆经理打电话，告诉他，中午原定在宾馆吃的饭，撤下不吃了，改在东方冉家里吃。如有好带的菜，中饭时节，就让人送几样到东方冉家里去，省得人家为操办饭菜耽误了谈工作，他要和东方科长好好地谈谈工作。东方冉一笑，心里道：好一个谈工作，还让人送菜，接待处长就是这样当的？程红对着话筒说：“你认识东方科长吗？”听筒里声音很大地答：“怎么不认识，鹤了市没人不认识他的。”“莫讲得那么玄乎。他住哪里晓得吗？”“晓得，义犬巷，老屋里，我是他的学生，程处长你怕还不晓得吧。”“学什么的学生？”“玩古物的学生。”“东方冉真是桃李满天下呀。”那经理道：“东方先生的‘工作’可是搞得最出色的，你要他好好地谈一谈，认真总结总结，在全地区推广推广呀。”程红一笑：“你这个精灵鬼。”说着放下话筒，对东方冉道：“你们鹤了人，真是精，什么都瞒不过你们的。”东方冉道：“这位经理家里，也有几样好物呢，有空我领你去看看。”程红道：“好的好的。说是在海南岛海口市大街上，随便撒出去一把黄豆子，打中了的，都是董事长，没打中的都是总经理，我看你们鹤了城中，随便碰一个人，恐怕都是个玩古物的里手。”东方冉说：“这话也没全错。”说着话，又上了车，滴溜溜由东方冉指引着开往义犬巷。

这“工作”一谈，就从上午谈到下午。晚饭又是宾馆送的菜。再紧接着谈到晚上十一点，程红总算把东方冉的藏品看个够，不懂的又逐一问，他兴致勃勃，倒是累得东方冉哈欠连天，几度眼皮要被黏拢去，上这样的初级课确是枯燥无味。十一点宾馆经理来请他们去望鹤庵吃夜宵，说席间还备了民乐，请了位山中樵夫来吹树叶。这位好玩的经理说他某日独登翠朗山，在大山深处偶听到一烧炭的樵夫将树叶吹得俨似仙乐，当即与之相识了。以后有了贵宾，就去接他来吹奏。他能仿几十种鸟叫兽鸣，惟妙惟肖。他是个文盲，却记忆力惊人，现代乐曲，听一遍便能仿得出来，节奏准确无误，真乃奇人。这位山野寒士，如今身上拥有了美元、日元、港币和台币呢，他为来此谈项目和探亲的海外人士作过了多场表演，深受外人青睐。如今市长高安一有贵宾光临，便让他去接此异人。听说有此节目，两人便相随着出门。这件奇事，连东方冉都是第一次听说，想这大千世界，真是无奇不有，生活是如此之丰富，真该去欣赏欣赏那奇异音乐的。

一宿愉悦，美难言表。

来日那程红本应是回行署公干的，因在此玩得开心，东方冉还答应领他去几个玩得好的主子那里走走，有中意的他也可捎几件去，至少不会杀他的黑的。程红兴头就更高了，取出手机，与在家辛苦陪吃陪玩的副处长打了电话，言这里工作还未谈完，要推迟一两日，家里诸事，要请他多多过问，如车子不够用，可找某某局借一台，那局长是他的老乡，好说话的。言毕，对东方冉道:“我那副手，有个长处是责任心强，愿意多揽事到身上。”东方冉道:“这就好，方便了你玩。”程红说:“这就叫作领导艺术，人家要权，就多给他权，乐得个开明形象，多一份自由。”

程红就躲开市里有关领导的会见，由东方冉领着，穿街走巷拜访一些玩主。看中了有些好玩的，主人又同意出手，程红就捎下了一些。因有鹤了古玩界的龙头大哥陪着，就丝毫也不必担心被人宰了，像他这样的半瓶子醋，单独是不敢入市的。

东方冉见程红打开的票夹，内面全是百元票面的大钞，厚厚一沓，出手甚是慷慨，有如是那些商界大腕的气魄。东方冉纳闷：一个年纪轻轻的行政干部，哪来这么多的钞票？如今谁有钱谁没钱，按以往的观念去推理，是完全失灵了。本该有钱的呢没有钱，不该有钱的却花钱如流水。

走过几家玩主，东方冉征求程红的意见：是否有兴趣还去看看鹤了的几处名胜。他言都曾看过了，翠朗山、妙空山、谷米香村，还有太平军遗址等，都看过了。只是以往来去匆匆，没有机会与东方冉细聊。玩了三天，兴致极好，收获不小，一厚沓钞票换了大包小包十余件好玩的，告辞东方冉打道回府。这晚，他强留东方冉和他一并在宾馆豪华套间里住。

夜深人静，程红拉上窗帘，闭了房门，换了副庄重的面孔来和东方冉谈另外一个话题。

程红就近挨东方冉坐了，做出推心置腹的势态，说道："这回专程来见你，有一个感觉，几年前的你，和现在的你是两种精神状态。这也是我预料中的事情。本来我早就计划着来看你的，但我有个顾虑：合不合适？见了面说什么话？因这个问题没想好，就一直拖到今天。

"工作中过去了的事情，就不谈了。我看得出来，你尽管把精神的寄托转移到玩物上，实际上并没有丢开那个包袱。这个包袱就是你被冤屈了，你不甘心，这些忧郁，其实是写在你脸上的。

"我的想法：既往不咎。好好地考虑今后的路子，你才四十多岁，就像老同志一样地整天读报喝茶打发光阴，有些可惜吧，尤其是你，大可以做一番事情的，论笔杆子、嘴巴子，论才气，论谋略，论为人处世，我不是吹捧你，我到地区也混了三年了，在几大家院子里，还没有见过一个有你这么全面的。你不能消沉！倘若你年纪再大几岁，我也不会这么劝你。如今用干部，年龄是个宝，没希望的事，我不乱出主意，问题是你有希望，什么优势都具备。你什么都好，毛病恐怕就是鼻子太硬了，脸皮太薄了，太清高孤傲了。多年来就没见你来地区走走。几年前我们一起当文字工具的，如今也大有说得上话的嘛，当初大家可都是很佩服你的，你怎么就不上来走动走动？当然你肯定是深恶痛绝‘求情’之类的字眼的。大概有血性的男儿，都讨厌这样的字眼，据说高市长后来给你恢复一个科长待遇你都大发了雷霆，求情就更不可能了。但我以为人生在世，朋友之间走动走动，常交流交流，通融通融，没有什么不好。人活着往往好比是鱼，应是往阔处多游荡游荡，哪儿有好食，哪儿有活水，就寻得着了。静待一处，恐怕就难免坐吃山空，束手待毙了。有言道是人挪活、树挪死。人呢多活动，还是有益处的。你们鹤了的名人，不都是往外面挪，才活出名来的？都窝在家里，怎么出头？我当初在县里，是比较顺心的。但就是不安分，想着要走，像鱼一样，想阔处肯定食多，有活水，一横心丢了坛坛罐罐，就走了。走了还是好，地区的所有条件毕竟比县、市好，地方大些嘛，中央和省里也看得见些嘛，火车轮船从那里经过嘛，水自然就要活些，土就肥些。我当年待的部门，如今连工资都开不出，地区就不可能存在如此的问题。

“我这次回去，准备找严专员详细说说你的事情。你也应放下架子，积极配合。有机会我陪他到鹤了来，他也是个文化人，读中文系的，平日也喜欢欣赏点古玩字画，我想他会帮你一些忙。倒不是指望他给你翻案，我的意思是你应该脱离这个地方，不走迟早有个阴影罩着，总觉得曾经牵扯到某个人际纷争中去了，何况当事人，有些还在重要位置上，有些人还在遥控指挥。

走开了，到新地方去，凭本事发展，大地方，小恩怨还是少些。

“现在的问题是你要解放自己，这个问题解决了，就有希望。你出身名门望族，不可甘居平庸就这样与平头百姓一同混日子的……”

东方冉由程红说着，几乎就没有插什么言。他觉得心中一根埋藏得很深的几乎发锈了的弦被程红拨动了，多年不曾有过的激情跃跃欲试试图发出一点声音。这说明他对自己的信心并没有完全丧失。

只是那声音一时无法张扬开来，那需要时间，需要刺激，如一把钝了的刀，要慢慢地磨。

程红的一番肺腑之言，朋友衷肠，令他感动。毕竟不过是同开过几次会，帮他改过几次材料而已，如今他飞黄腾达、春风得意，还如此看重那萍水之交，委实不易。

来日清早，东街桥头的李乐善，如约给东方冉送来一样东西：是东方冉请他为程红刻的一方印章。

这李乐善，一直是收购废旧物品，做点小本生意，与文化素来无干系的，怎么突然刻起印来了呢？

这秘密是欧阳玉琼一个曾跟他学木模的徒弟发现的。他告诉玉琼说李乐善早早晚晚躲在房里刻石头。玉琼把这信息与东方冉说了，两人就相约了偷袭过李乐善一次。果然就撞见了乐善在干这活。当下见了，两人竟是大吃一惊：那乐善床下一个木箱里，大大小小藏着上百方印石——不过都是市面上最廉价的石头，有的已磨去大截，看来是他练功夫用过了的。从尚未磨去字迹的几方印看来，他已到了相当的火候。玉琼和东方冉对治印、书画尚无深入研究，但也见识得多，知好歹优劣的，不禁暗中惊叹：这鹤了城中，喜好弄印的，可随便数出七八个人来，其中不乏从过名师指点的，但他们的学养和刀法，无疑都在李乐善之下。

乐善所举被人撞破，并不气恼，这东方冉和欧阳玉琼，也算得是他们一家的恩人了。如今这桥头繁华地带的临街铺面，不是搭帮他们向市长说话，怎能分得到他的名分下。如今占了良好的商业码头，就不必再一头一脸一身灰去干收破烂的活了。现在正儿八经地开起了南货店，干干净净地当老板，坐收渔利。早晚便由老婆孩子去看店，自己可以躲到屋里去干自己喜爱干的。

东方冉和玉琼见乐善那几把刻刀，均已被手磨得锃亮，很是有一些年份。玉琼便问："这是你父亲留给你的吧？"乐善也不好隐瞒了："是的。"东方冉道："他老人家当初一定教过你的。"乐善答："是的。"脸上就骤生愁云。关于他父亲的话题，非常敏感，内中定是隐藏了许多痛楚的。玉琼忙拨开话头："看来你一人躲着，刻凿了有些年头了。"乐善说："只是现在日子宽裕些了，才凿着玩玩。没有文化的人，能玩出什么样子来。"东方冉道："你又何必躲躲闪闪呢？还生怕人看见，关门闭户的。"乐善道："丑媳妇怕见公婆面嘛。"玉琼道："恐怕不是丑媳妇哟，倒是有些渊源，有些来头哩。"乐善说："过奖过奖。"

告别时，东方冉想索要他的一方闲章，刻上"清静怡然"四字。乐善面显难色，涨红了脸，不言肯，也不言不肯。东方冉开玩笑说他小气。乐善更急，说："你帮了我那么大的忙，莫说是一方贱石头，就是买个鸡血石送你都嫌轻。只是我这本事还拿不出手。你还宽容些时，待有了长进，再登门请教。"见他坚辞不肯，东方冉也不强求，只是走时选了几方印，盖了几份拓片带走。

在印鉴书画方面，市长高安颇有研究，东方冉便把这几份拓片送到高安手中。高安抚视良久，赞曰："想不到我们鹤了，深藏着这样一个治印能手。"东方冉和玉琼从高安的评价里印证了自己的眼力，甚是高兴，不由得要对李乐善刮目相看。原来就觉得他身上有几分神秘，现在则是更甚。一个半文盲怎会有如此灵性呢？自然是得了高人李庶溪的真传的，而他又绝口不愿提父亲。

半年之后，东方冉持了一方好石，请李乐善为好友程红刻一方印，他想不出拿更好的礼物送他。进门就堵住乐善的口：“上次你让我失望，这次来不至于又是一句话打发吧。”乐善无奈，接受下来，但留了余地：“能刻好就好，刻塌了就要请你恕罪了。”

这日清早，乐善来送印章，双眼布满了血丝。东方冉道：“怎么回事？”乐善道：“不瞒你说，我一宿没困，试刻了好几方，最后才动你这方名石，不敢马虎呀，又是送地区来的领导，我没脸面不要紧，不可失了你的面子，总算勉勉强强凿成了。”乐善一抹额头上的汗，告辞而去。东方冉细看拓片，心里欢呼道：这人迟早怕要接下父亲的班来。

程红起床洗漱后，东方冉送上这方印，道：“我请个粗人给你刻了方印，不知合不合意。”

程红接过来，道声谢谢。举着石头到当光处细看，而后面露悦色：“你送我这么贵重的礼物呀。这是叫作‘桂花黄’的寿山石吧？难得难得。”又细看拓片，刻的是“程红之印”四个篆字，便盛赞说，“字也刻得好，大巧藏拙，刀砍斧斫似的力度，真也少见这种风格。”再三道谢，小心收了。

东方冉见他颇能辨石识字，心里高兴，道：“刻家闭门修造了多年，这是一方处女印呢，你有幸得了，实是不容易的，鹤了地方，还没有人能得到他的赠予呢，此人深居简出，少与人往来，社会上至今还没有第四个人知他擅弄金石。而且他还是个只有小学文化的生意人。”

程红兴致大增：“有如此异人？可惜这次没去见见他。”

东方冉：“他不见外人的。见了你也看不出他的奇异处来，普通的市井中人，他身份卑微，却是来头颇大，他父亲就曾是翠朗寺旷如大师的关门弟子。”

“啊，难怪难怪。我在翠朗寺见过大师的金石藏品，见长之处是善用钝刀。真是树有根，水有源，我说此公的刀斧味怎么这么浓。”

东方冉道："我在翠朗山见过你的书法。第二重山门右侧的石壁上，刻有你所书翠朗十二景之一的'金枝扫台'四个字，对吧？所以我想你应该有一方好印的。"

"我就正是没有一方好印。至于写字，你就莫笑话我了，那回陪首长上翠朗山，开发区的同志搬出纸笔就喊要留墨宝，我自愧少学，请其他首长留了，执意不肯拿笔的，被缠不过，才写了几个字，谁知他们给刻到石崖上去了，这真是一个天大的玩笑，我怎敢在旷如大师活过的名山上题字呢。"

"他们肯定来找你要过赞助了。"

"正是，他们拍了那石崖刻字的照片来找过我。我给他们周旋了五万元。"

"五万元买个名声。"东方冉讪笑。

"他们是先斩后奏，可不是我的意思啊。也不是说我不想出风头，但不能在翠朗山玩火的呀。"

东方冉道："不过那几个字，倒也写得雄浑苍劲，颇见功力，比那山上大部分的现代石刻、首长题字要出色许多，至少不见外行尾巴。喂，你什么时候练得一手好字了？"

程红道："还不是当初羡慕你的钢笔字写得好，才开始有心练字，启蒙老师还是你老兄呢。"

"你又要让我难堪了。我可是毛笔都提不起的人。"东方冉叹一声，心中隐隐作痛，自己的才华曾影响了别人，却又被自己荒废了，这些年，都干什么去了呢？这程红也真是个好进取的有心之人，因而就更是看重他。

吃罢早饭，互相道别。程红嘱他："不可泄气呀，慢慢来。"东方冉道："走着看吧。"那"蓝鸟王"就一喘鼻息，鸟似的轻捷无声地飞去了。

与那程红短暂的一晤，东方冉平静的心境被搅得稀乱，程红一针见血的剖析，使他坐卧不安了。他淡远世事纷争，努力将精神置于古玩的螺壳中，骨子缝里其实并没有超脱，只能说是一种逃避，一份消极，一个投降而已。倒是自己作践了自己。这是现实，不承认也得承认的。他不敢捅破，被别人捅破了，便不安宁了。

偏偏就忘了进取！

那么他该不该如程红煽惑的再来一番振作、换一个环境呢？倒是该认真想想的。

本欲与欧阳玉琼合计合计，这么一个年纪了，有没有必要出走？后想想玉琼这人与尘世离得很远，对政治更是陌生，他能拿得出什么主张来。这城中也还有几个贴心体己的朋友，是可以作为高参的，想想也没必要了。他们帮不上一丁点忙，如没有调成，反而会张扬出去，弄得满城风雨，他生性是最忌做这种浮泛之事的。还是先依靠程红的周旋，能走当然是件幸事。在这个地方跌倒了，就是能在原地爬起来，也不光彩，而到一个新地方，便完全是一个新人的形象了，那程红的观点是有说服力的。难怪他年纪轻轻就能得心应手谋得高位，称心如意地安顿好自己，不得不承认他在人际社会中驾驭自如的本领，那也是一门精深的学问，就如是弄古玩的学问一样，是有深浅高低优劣之分的。

于是东方冉不无悔疚地想：假如拿出自己聪明才智的一部分用来对付人和保护自己，也不至于有今日的被动。在这些方面，他是远不如程红了。其实挫折倒也并不可怕，可怕的是跌倒了没有爬起来的决心，甘心认了倒霉，正如程红所言，把自己贵族的血统廉价地掺杂到平庸之辈之中，这确是自己最大的悲哀。

程红走后，东方冉坐在办公室里已无心看报了，自己在和内心对话，搬出种种理由来说服自己……

那程红倒是个言而有信的人，不日真随那严副专员来到了鹤了市，抽暇和东方冉打了电话，言某日某时严大人有半个小时空隙，他可拉着他，单独到义犬巷他宅第看看，让东方冉在家静候，尽量注意不要让闲人冲了那很难得的机会，要好好地和那位大人拉拉感情、议议策动之大计。

程红尚能如此操心，东方冉不积极响应就太没道理了。这日东方冉将家中收拾停当，遣一个学着玩的小青年，立在巷口的店子里，拦截这晚可能来找他的各色人等。作了准备，要好好地利用那半小时，也许那是改变命运的一刻呢。

程红陪了那少壮的副专员准时光临东方冉家里。东方冉和夫人，有礼有节地款待了他们。因那副专员和市长高安是省委党校的同班同学，东方冉和高安又是中学的同学，一俟言及这层身份，便全无了拘谨。东方冉领那要员稍事观赏了几件古物，便让其坐下来品尝自备的几样山中果子。那副专员大腹便便，言是刚和市里几位头头吃过了，肚中是芝麻也容不下一粒了，便向东方夫人索要了一碗放有花椒的浓茶解酒。这晚他兴致很好，说晚餐的野兔和斑鸠做得好，不愧享有食界盛誉的“飞斑走兔”一说。又夸走进了东方冉的书房，就如走进了鹤了古城的历史和经典之中，真是美不胜收。再夸这用山中清泉泡就的有辣味的茶好喝，叹惜这用山里特殊药材熏制茶叶的方法没有成为专利广为推广真是科学界的失误。东方夫人倒也灵敏，见那专员喜欢喝这烟味很浓的山茶，忙包了两包，并掺入山椒，送专员一包，送程红一包。专员高兴地说：这个礼物我倒是要收了。

这专员是个爽快的人，不容程红和东方冉提及今晚的主题，便主动告诉东方冉，你的事程红已经对我说过了。嘱他到地区去找两位同志：一位是某办的某主任；一位是某部的某科长。当即就要过纸笔，分别给东方冉写了两个便条。写过条子，抬手一看表，刚好就逝去了半个钟头。程红就说走吧，双双起来告辞东方夫妇。

出门时那程红悄声对东方冉道：“严副专员是个舞迷，今晚有场好舞会。你们市剧团和文化宫的佳丽倾巢出动。我知你不爱舞的，就不邀请你了。”一边说着，那专员便邀请东方夫人一起去跳舞。夫人婉言谢了：“我是个牌迷。跳舞却不能开步，真对不起。”便送专员到义犬巷口。程红的“蓝鸟王”就泊在街旁，此时程红已钻进车去，发动了车子，打开后门候着首长。专员与东方夫妇拉拉手就告别了。待汽车走远，夫人道：“这个专员，和人握手，害怕人家有传染病似的，才搭上就赶紧缩了回去。”东方冉道：“这就叫作领导风度，若即若离，点到为止，保持距离。”夫人道：“要么就不握了。”东方冉说：“不握也不行，脱离群众。”夫人道：“这握手的学问也真深，”又嘱丈夫：“我的任务完成了啊，你回去收拾，我打牌去了。”一扭确实好跳舞的身材就走了。东方冉甚至没来得及向夫人公开他的计划。只是说有两位外地要人要到家来，她应该尽一份女主人的周到才好。夫人就留下来了。白天上班忙，晚上的心思便系在牌桌上了。只盼望客人能按时开步走，给东方冉写的什么条子也就全不在意。

东方冉请了假，持了专员的条子启程去地区活动。他是二十余年的“老机关”了，平日又不告假的，管他的头也不问他请假干什么，去哪里，要几天，由了他去。反正他那办公室也是形同虚设，可有可无的，谁都可以兼管下来，走了也好，管理员要少送几次开水，少扫几次地。

东方冉坐的是长途汽车，为的是避开人们的眼光。市委、市政府两院，每日都是有小车去地区公干的，他以前也管过车，找便车是极易的事。就是让何志开高安的车送他一程也没话说的，但他明智地选择了搭班车。

这已是农忙的季节了，搭车的农民少些，车就没那么挤了，很快也就到了地区。他径直往行署接待处去找程红。此前程红交代了的，如他去了地区，一定要去找他。他不在，就到办公室找小猛。小猛就如是他本人，一言东方冉的大名，就会好好安置他的。程红交代得明白："你也不要怕麻烦了我。我又不请你到家里住，也不去街上买菜来招待你，我手下管着两个宾馆三个招待所，还少你一个吃住的地方吗？"东方冉想想也没有什么不好意思，又不要程红掏腰包，不给他添麻烦，一年那几十上百万给人家吃也是吃，还在乎我那两顿，人家少敬一轮酒就够我半月吃住了。

出发前也没打电话，反正那边是有人接待的。没人接，自己也不在乎开销个一两百的，若真论是要赚钱，在古物里稍一黑良心，便要杀得那些"半瓶子醋"玩主呱呱叫，千儿八百也只是一阵子工夫。

来到接待处，正巧程红出差去了。他便找小猛。一个娇小妩媚的女孩子就问你找小猛干什么？东方冉道我是鹤了市的东方冉。那女孩子就面若桃花灿烂一笑道："我就是小猛。你就是东方先生？久闻大名。"东方冉不禁倒退一步："你……怎么是小猛？"女孩道："你是见我没半点猛气是吗？我是面善心猛呢。"东方冉一笑："你真不应该叫小猛，应该叫小丽什么的。"小猛就笑道："好多人这么说，有人还担心我找不到男朋友呢。你最近要来，程处长交代了的，你放心，我来做安排。"便拨一个电话，没说两句，便放下，起身对东方冉道："先住下，洗洗，辛苦了吧？"东方冉道："谁叫我们是山里人呢，路又这么长，没法子。"小猛道："到这边来工作吧，这是唯一的解脱办法。暂时也不可能修条火车路到你们那里去。你来了，我就跟着你学玩玩古物，那是最有意思的事情。我考大学的时候，就报了考古专业，取的却是中文系，没有如愿，遗憾终身。"说着他们往楼下走。东方冉见遇了知音，兴致就好："你也喜欢玩玩？"女孩道："谈不上喜欢，现在还没入门。听程处长讲你们那里盛况空前，真是羡慕。""你有机会到鹤了来，我陪你走走。""要来的，一定会来。"东方冉在

* 且看机关做派，方知求人之难。

心底羡慕那程红：年轻潇洒，谋了好位置，还配了如此有成色、有品位的小姐做秘书。

就安排在行署大院旁边的宾馆里吃住。这也是以前他们开会改材料常住的地方，但现在样子全改变了，就只几年的工夫啊。岂止是一个宾馆的改变，整个城市都变得陌生了。以前几乎每月都要跑一次地区，都跑厌烦了。后来不必要跑了，就渐渐淡漠了这个方向。每想起这个方向，便要勾起一分伤感和失落，这也是不愿来走动的原因。

东方冉洗漱吃喝好了，便开始他的活动，这里毕竟是熟门熟路，不必程红引路。

先是持了专员的条子去见某办某主任。

这主任是个大忙人。内外两间房，中间隔着玻璃墙，玻璃上垂着长幔子。主任在里面接见人们，外面坐着等候接见的人。挂了一墙的报纸，大大小小有十来种，还有茶喝，沙发也很软和，这些设备可让等待接见的人心里舒服和消磨等候之苦。

好不易轮着东方冉进去。那主任戴着宽边的有色眼镜，难识面目，因而推断不出年龄来，但一双手却是清秀无皱，依此即可断他至少没老。他坐在一张大办公桌后，桌子上堆满了令人敬畏的文件，身子就几乎被埋在文件堆中了，只剩一个脑壳和半张脸面在外。

东方冉将严副专员写的便条递了过去，就坐在主任对面的沙发里。这时东方冉发现房里还有其他人——大概是谈过了话又还有问题没弄明白，在等候机会插进去再问的。*

那主任接过条子，略一浏览，便道：“你的事情严专员已经当面对我说了。由我们办里出面调停协办，已经没有什么问题了。要落实的基本都落实了。家属子女的安置也都作了考虑。”一听这话，东方冉这不易冲动的人，也顿时燥热起来。这事情还没开始动作就都落实好了，这不比喝粥还便当吗？

那主任接着说："不过有一个小小问题，你还要配合一下。现在由于严副专员发了话，各方都动作起来，基本上都满足了你们的要求。你姐夫和那个富婆最终也服了法院的判决。但是现在判决是一回事，执行起来又是一回事。所以你还要到法院多跑一跑，催一催。看你有没有同学在政法部门，让他们也出出面。公事公办还掺点私人感情，效果便不一样了。你姐姐在农村里，拖儿带女的，不容易，还是要靠你这个做舅舅的多操劳。我是见严专员又出面又写条子，才给你出的这个歪主意。你到法院去，可不能把我出卖了呀。你们这些知识分子，容易冲动的，冲动起来就要露馅的……你还有什么问题吗？"

东方冉刚听到下文，便知那主任弄错了人，欲插言提醒他，见他滔滔不绝，便没开口了，让他讲完，看他究竟要错到哪里去。

见他提问，东方冉哭笑不得，说："主任同志，你是不是再看看严专员写的条子？"那人又举起一个便条来看，说："还看什么？是写的关于你的事情呀。如果没有什么问题，你就抓紧去活动吧。那富婆是个合资企业的实力派人物，有钱。但是有钱是一回事，能不能弄到又是另外一回事，也怕夜长梦多哩，抓紧去吧。"主任语重心长道。

东方冉有了几分气恼："这……"

主任道："万一执行不了，你再来好吗？下一个——"

东方冉站起身来，欲再开口，下一个是个女的，披头散发开始哭诉她的事情了，根本不容东方冉有插言余地。再一看那办公桌上，一个青石镇纸压着一叠长短不一的各式便条，那大概都是领导同志写的条子。在今日的公案中，东方冉拿来的条子，不知是第十几张了。

一见此景，东方冉顿时泄了气。想如今领导的条子，滥得不可再滥了，说得不好听，有如便纸一般庸俗了。如此泛滥的指示，还有多少严肃性，还有何分量可言？东方冉本欲找回那条子的，想想找回来了又怎样？找回来再递上去也许他会再度念错。谁知他桌子上、口袋里、字纸篓中，有多少类似的条子。

东方冉悄没声地退了出来，心境极是沉重。看来出师不利，头关就弄出笑话来。且笑话又不是个吉利的，将他扯到一场莫名其妙的第三者插足男女离婚的官司中去了。

还去不去找那位科长呢？东方冉是个经受不起挫折的人，一步走塌，就眼前一片灰暗了，也就不再想去找人了。看看手表，也快到下午下班的时候了，便回到宾馆里去，无聊之极，便打开电视机，里面播的是内部录像，打得血肉横飞——又是凶兆！忙闭了电视。这时电话铃响，取过听筒，是一个柔美的女声，说他的晚饭备好了，在五号小餐厅的三号台，请他过去享用。这时倒有些暖意袭上心头，那程红的安排真够意思。

刚要起身，电话铃又响，是小猛。小猛说："真对不起你东方先生，本应是要陪你进晚餐的，碰巧今晚是我们同学聚会，走不开，委屈你了，将就将就吧。这样，八点半我叫车来接你，和我们一路去跳舞，我陪你跳。"东方冉道："你尽管去玩好了，我要你陪什么？这里又不是不熟。""讲好了，跳舞去啊。""不啦，我不会跳舞的。""那就安排你看巴可。""什么'巴可'？"小猛一笑："巴可，巴可，也就是电影了。""没有什么好片子。现在能写的不写影视，三四流的写手能写出什么好片子来。""告诉你，凌晨之后的片子值得一看。""看什么？""三级片，你在鹤了市看不到的。""我相信也没什么意思，不看了。你玩你的吧，不要管我，成为你的包袱我就心里不安了。""那好吧，你到街上走走，夜市也是不错的。祝你晚安。""晚安。"放下听筒，方忘了问程红回没有。想程红回了，会来找他的，便去吃饭。

吃罢饭，拨了一下程红的手机，回音说没有开机，想程红一定是没回，便洗漱了，踏着夜色，去看看变化颇大的市井。

出得宾馆，穿街过巷，抄近路到了火车站附近的闹市。几年不见，果是高楼林立，车水马龙，夜如白昼，昔日的冷清一扫而光，疑是到了京都或省府的繁华之处。东方冉不爱热闹，但身处此景，亦是止不住要发出惊叹的。正如程红所言，大地方的给养和生机，是小地方无法比的，高安他们这届政府，尽管使尽了吃奶的力气，想改变鹤了城的市容，但与这鹤鸣的发展相比，仍是无可比拟的。

东方冉无意到挨肩擦背的人流中去碰撞，也经不起霓虹灯光的闪烁，驻足看看夜景，便蜗居到宾馆中来了，找了几份报纸来消磨时光。因对这个城市有了好感，心境就渐好起来，下午的不快暂且放在一边。想反正来了，明日还是去见一见那位科长吧。但不再抱大的希望，期望值高了，往往难使心绪平衡的。

第二天上班就去地委大院见那科长。这边的情形是大不一样，偌大的办公室，就那科长一人待着，空空荡荡，无人来访。

科长是个女的，竟穿了新潮的衣服，施了淡妆，有很纯正高雅的香水味自她身上挥洒开来，这倒是东方冉所欣赏的，时髦之风吹到这昔日庄严肃穆的大楼里来了，委实不易。而鹤了市几大院子，则还是着几十年一贯制的古板面孔。

东方冉怕再遭受昨日的误解，在向那科长交出严副专员的字条时就向她同时介绍了自己。

那眼角有了鱼尾纹的科长道："不用介绍，我认得你。我那原丈夫老 × 是和你一道写官样文章的。"东方冉本欲说你就是老 × 的……见她在丈夫前面加了个"原"字，便不好说什么了。那女科长见东方冉尴尬，便笑笑："没什么，离婚两年了。"这么一说，见她洒脱的样子，东方冉倒也轻松了。

这时电话铃响。

科长道："对不起，我接个电话。先给你个定心丸，你的事，严专员给我打过电话了，只要那边没问题，我们这边是没问题的。”

东方冉便取出一夹报纸来读，掩了脸，做出回避听电话的样子。想想今天不错，至少对上了号。

电话里是絮絮叨叨的家常话题，好不容易才搁下听筒，东方冉看了表，一个电话打去了二十分钟，所谈内容，没有一件是与这科长的身份挂得上钩的。

科长这才张罗给东方冉泡茶，倒是没有一点架子，说：“听说你家里有不少古玩，是吗？”东方冉道：“听谁说的？”“你们市里的干部。你不认识我，我倒是常听人说起你的，什么时候去了鹤了，要到你屋里去欣赏欣赏。”“你有此雅兴？”“我有个舅舅是个鉴赏专家，常听他谈这些，挺有意思的，我家还订了一份《文物世界》杂志呢。”“欢迎你到我家做客。鹤了地方，还真有些好玩的呢。”“你们那方水土有灵气哩！”

说到这样的话题，东方冉顿感轻松，便有了三分投机，在这里就坐得住了。

电话铃又响了起来。

科长朝他压压手：“对不起，你稍候。”又接电话。

你现在在哪里？几天了，又不来个电话，真叫人……今天还回不来？真是的，说好了昨天回来的，让我等到一点钟，见92次早开过了，还不见人回，我才睡觉……事办好了吗？给我买的？花了多少？不要不要，那么贵重，我承受不了，真是的……

东方冉听见说到这个程度，大约也是三十大几的女人了还在听筒里撒娇作嗔，料想对方是未婚夫或恋人了，便立起身，“咳”一声，走出门去躲避，极懂味地给轻轻带上办公室的门，让她放开声音说。他在厕所里无屎干拉地蹲了一阵，又细细地洗了手，像做贼般的踱到那办公室门口，见还在说，又往卫生间去洗手，再踱过去，终于听见道了“拜拜”，才推门进去。

科长一脸幸福的样子，似是不曾打断过地对东方冉道：“我跟你说呀，老东，你的这门本事，才是真功夫，可以保得衣禄饭食的。要是你能到沿海开放城市去发展，真是前途无量。去年我到我那在深圳的姐姐家去住，与我姐夫合作的那个香港老板，有钱想收藏古物又不懂行，至少被那些赝品蒙走一百万。我想要是能请到你这样的行家呀，那香港佬会高兴得要死。”东方冉附和道：“我只要他给我五十万咨询费，他还可赚五十万。”“就是喽。一面是要人才，一面是人才浪费，好可惜的。”东方冉试图把话题扯到正题上来：“可我这毕竟是不务正业。”她说：“什么是正业，写材料是正业？当官是正业？我不晓得你是怎么看的。我要是有你那门本事，早就远走高飞了，跑到大地方发展去了。我姐来信说，沿海那边，炒‘股’的热潮是彻底地过去了，炒‘古’却正是火候。玩股票多是机遇的因素定胜负，搞古玩则是要靠真功夫了，所以行家断定这个行业是会经久不衰的。”东方冉道：“怎么玩，毕竟是玩，玩不成大家，玩不成正果的，更难青史留名、造福人类。”“哟哟哟，老东哪你这人倒还挺放眼世界的呀。”

“叮叮叮”电话铃又响了。

科长提起听筒。示意东方冉稍候。

放下听筒，那科长望着东方冉，眼泪就双流了下来，忙掏出手帕擦了，克制着镇定下来，对东方冉道：“老东，你祝贺我吧。”“祝贺你……”“祝贺我荣调深圳。”东方冉也为她喜：“祝贺祝贺。”“我们握握手。”东方冉就尴尬地迎上去和她握手。科长道：“你真是个福星。”“怎么？”“你一来就给我带来了福音。”“是吗？”“你不晓得，我在这里等候我姐姐的好消息，足足等了四百天。这次我姐夫在澳门的发展有了指望，才解决了我的问题。”“到那边是干什么？”“改行。到公司里去。”“干企业？”“当然是搞经济工作喽。到深圳干行政，除非有肥缺，否则，就不好怎么形容了。”“你在行政上，至少也干了上十年，老科长了吧，轻车熟路的，是不是有些可惜？”“告诉你吧，我一年前就是副处级研究员了。老严是官僚主义，要我当一辈子科长才痛快似的。我十八岁招的干，在机关混了十五年了，如今都要丢掉了，没什么可惜的。愿意干的事情才是珍贵的。”

东方冉道：“‘愿意干的事情才是珍贵的’，这话倒是有点嚼头。”

她说：“说内心话，在这里混，我也说不出有什么不好。到那边去，也不知究竟好在何处。去年我在那边休假，打过一个月工，只是觉得比干行政工作充实痛快。我这人天性喜新厌旧，不安本分，恐怕迟早会栽倒在此也说不准的，可我也顾不了那么多了，那边的观念和节奏是全新的，我想去，大概也是图了这个。”

电话铃又响。

是个啰啰唆唆哪里请吃饭的电话。

电话的轮番轰炸，让东方冉坐不下去了。他想尽快结束这次拜访，待她讲完，便起身告辞。她也不留，说：“我可能很快就要走了。你的事，我会关照接我的人认真办的，关键是要催着政府那边先办过来。”

电话再响。

东方冉终是被催走了。

他茫然地走在街上。

一个副处级干部的工作日志上便是写着这些内容。假如他有幸进得地区，再奋斗三五年，在快五十岁时提拔到这个位置并且坐在这间房里，将是什么样子？又有多少意义？而且她是如此看不起她这个令很多人垂涎的位置。

他心绪灰冷。

那么还见不见严副专员了呢？

第二十章

谷美芝学艺一年期满后仍回鹤了城中租住的房子里来，一面替人裱画，一面攻读英语。待羽毛丰满后，即要漂洋过海闯世界了。她由母亲安排去学装裱时，对这门技艺并不以为然，仅把它当作一块可超度自己逃离山区困境的跳板，不过是一门手艺嘛，能成什么大气候？是难以满足她的高远心性的。

但与阳泰老先生相处一年之后，认识大变，方觉这门手艺学问高深，非要学养和人品极高的人，方能成为真正的装裱大师，这就远不是“手艺”的概念了。*

自高安差何志送来旷如大师的手迹《月映苍松》之后，阳泰老先生是亲手裁纸、调浆、装裱、上轴，且一直是处于高度亢奋的状态，完成最后一道工序时竟是热泪盈眶。这奇异的反常曾令美芝震惊，一个裱画匠的情绪竟能被名画左右是当时的美芝无法理解的，这种激情是一般匠人不会有的。省里有几位在全国都颇有名气的书画家，平日是见了省长也未必会打招呼的，而将作品送到阳泰老先生这里装裱时，却是表现出无比的恭谦。这份殊荣，是从事其他技艺的匠人可以享受得到的吗？

自那时起，美芝便彻底地爱上了这门技艺，潜心钻研，刻苦磨炼。这时她才明白舅舅为什么要她学装裱了。这到国外去，也不仅仅是一门混饭吃的本领。如要混饭吃，不是可以像众多中国留学生甚至是学者一样去洗盘子吗？舅舅是要对她负责的。一个

* 天有阴晴，人有忧乐。乐的是学成了一招手艺，忧的是摆不开痴汉的纠缠。

中国人出去替人洗盘子绝不可说是为国增光了，也谈不上是个人的体面。

原说是学半年的，因见是高安的推荐，阳泰先生说你就待一年吧。当时美芝高兴得差些跳起来。她就见了多少达官贵人推荐的求师者，阳泰先生见都不见，更莫说入门。他功成名就，应是休息静养的时候了，如此高龄已带不动徒弟了，何况还有包袱，倘徒弟不能为师增光，一世英名不是毁于一旦？这也是阳泰老先生不再收徒的顾虑。谷美芝是最后一个。因是要在余生报高安一家之恩，又见美芝天资聪颖，才收留了她的。

一直到省里那些名家首肯了让美芝侍弄他们的作品，阳泰老先生才说你可以回去了。先生还自题了“学海无涯”四字赠送美芝。美芝这才含泪告别恩师。

如今那古朴苍劲的“学海无涯”四字，就悉心地装裱了，挂在美芝的客厅正中。一日市长高安来见了，在那幅字下整整站了半个钟头，说是越品越有韵味，而后对美芝道：“你真幸运，能得到老先生的字。我就无缘喽。”美芝道：“我下次去拜访他的时候，说你想要他的字。”高安叹曰：“你在他府上待了一年都白待了。你想想，有哪一个登门求他字画的他给了？”美芝说：“倒真是没有谁讨到过他的手迹。”高安道：“这老先生很怪的，你讨，他不会给，不求的，他却主动写。”“你讨过吗？”“我晓得他的秉性，每次去，装作十分喜欢字画的样子，就从不直接求他赐字，可就是不讨，他也不给，真是气人，所以我说你很幸运。”美芝道：“这么严重啊，那这幅字不能再挂出来了，怕人偷走。”

高安说：“你师傅是装裱大师，同时又成为书法大家，就看你这个徒弟，能不能接这个班喽，仅仅当个裱糊匠就悲哀了。”

美芝道：“试试看吧，倒是不敢有辱师门的。”

美芝腾一间大房出来供装裱用，也不必办营业执照，不依此谋生活，主要还是练手艺。替人裱了字画，一般只收点工本费。

但她的原则是非要她看得上的作品才裱。一天只花半天工夫操持此业，其余时间则另派他用。倒是更乐于装裱古旧字画，有时花半月时间拼贴侍弄一张古画，也耐性十足，乐此不疲。有人就不解：美芝在城里租了房子，裱字画又不收什么钱，靠什么生活？美芝只好一笑搪塞，不敢露了海外舅舅供养的秘密。

因美芝拜的是名师，技艺确比城中另外几家裱画店高一个档次，鹤了地方最好的作品便多求助于她装裱了。也有省里和地区的名人将作品送到这里来的，可惜时间周转太长，排队均在几个月之后。

她这里常有佳品上墙，鹤了书画界的人士，有事无事，就常到这里来观赏字画。加上她生性爽朗，涵养极好，待人热情诚恳，长得也端庄俊丽，更是让人感觉舒服。有些常来玩的，甚至索性带了菜来，就在此下厨，她这里自然成了一个艺术交流中心，这对她各方面素养的提高也大有裨益，日子过得非常惬意。

当打听到谷美芝的归期后，何志便和美芝预约了某日他开车去接她。果然那日高安的坐骑便停稳了在上东坡街125号。美芝本不想贪这个便宜，现在每日由省城开往鹤了市的班车和中巴车，来来往往已有上十趟，极是方便。便问何志：“你是专程来的还是搭便？”何志答：“便车，送人来省里。”“市长知道你出车吗？”“当然知道。”“他没说什么？”“没说什么。”见车已来，便坐何志的车回鹤了。何志有心在车内备了花花绿绿包装的红姜呀杨梅呀芒果呀橄榄呀什么的，请她享用，放的也是情意绵绵的磁带。美芝心存怀疑：何志的话里恐有假，他是要尽一切可能向她献殷勤，试图感化她。

她重回鹤了新城区租住的房子后，何志一头一脸灰替她打扫卫生，后来又车来车去地替她张罗添置装裱需要的一应用物，甚是卖力。以后只要不出车，晚上都要过来坐一坐，并不多打扰，知她要做的事多，有需要他做的，寻着做了，无事可做，站一站就走了，走时总是显出无限深情来。这使美芝心里很难受，他如此多情，如此奉献，一旦她不能接受他的最终要求，他会承受不了的，他的精神会垮的，甚至会反目为仇的。

看来这样的局面不能维持下去了，他的感情投入越多便越不易割断，而且她回来了，隔得近了，有了他出入的自由(不像在省里，他不敢擅入阳泰先生的府第)，因而升温的机会更多了。这种虽说并没挑明但却是明摆着的关系，必须迅速割断，不然真是后患无穷的。那个在很多问题上糊涂的柳林都看出了危险并多次警告过她，她再不可心慈手软了，这样做正是为了不彻底伤害他，更不愿与他结仇。

一日，美芝交代好友柳林："今晚你十点钟到鹤了大桥上找我。""什么事？""不要问，准时来。"柳林木然地应允了。

这日是月中，断黑不久，一轮皎洁的明月就升了起来，将大地洗照得如同白昼。

这晚何志衣着整洁，在刚理过的浓发上抹了油，精神抖擞地又来看望美芝。见那模样，美芝心想：这样标致的小伙子，鹤了街上，什么漂亮姑娘找不到？偏偏往一个无法燃起激情的人这里跑。看他那种神情，美芝顿时心软，又不想伤害他了。但还是咬咬牙，横了心说："你来得好，我今夜放假，月光也好，我们出去散散步？"

"散步？"何志脱口而出。他不相信美芝会说出这样的话来，心里却是一阵惊喜：难道她……

"怎么，不想散步？"

何志马上赞同："当然是好。"

两人便沿了新修好不久的新城区的宽阔街道，徐徐往沟通联结新旧城区的大桥进发。新城居民不多，大街上与旧城相比，只寥寥数人行走，显得过于空荡了。

只三五分钟光景，就上了大桥。他们就倚栏站着，观赏田野月色。三孔的大桥，横跨过鹤了河，高大雄伟，桥两端踞着威武的四只雄狮，是一个侨胞赞助的。那侨胞在捐赠仪式上，热泪盈眶地说：过去鹤了河上没有桥，来往人等都是搭的渡船，他有个聪明绝顶的叔叔，就是因乘渡船到城里上学，不慎落水淹死的，所以今天政府修桥盛举，他要有所表示。接着便向市长高安深鞠了一躬。

在鹤了人的心目中，这座大桥是和高安的名字写在一起的。这桥市里没有拿出一分钱，全是高安领着人，数次出入北京等地筹集的款子。又因是筹款艰难，不敢草率花了，因此每一项工程和每一种材料，他都要亲自过目审核价格，弄得那建设方的包工头和施工者叫苦连天，抱怨市长就只给了他们一碗饭吃。

桥栏上浮雕了“鹤了大桥”四个字。美芝问何志：“高市长为什么不题字？他是最有资格题名的。”何志说：“他坚辞不题。”“为什么？”“乐于做无名英雄吧。”他们就谈起了桥。谈桥时何志有发言权。谈桥必要谈高安，美芝听高安的故事很开心。但谈完桥，便断了话题。双方心里都在设想如何启开那个不同意向的敏感话头。

月下的鹤了河，就如是一条银带，凝固了似的围绕着鹤了古城，仅有清凉的水汽从桥洞下升腾上来，说明它的存在，水从桥下过，仍是不见任何响声。该流的都不流淌，这气氛更是有些沉闷了。有只夜鸟在空洞的桥洞中叫了一声，美芝不由轻“噫”一声，沉寂被一下撕破，给了她说话的一个契机：“何志，你说说看，我就在这鹤了城里租房子住，当个体户好，还是到很远的地方拿固定工资好？”何志道：“你的意思是，另有高就？”“我学裱画，就是我妈的安排，是先有码头再造船的，有个博物馆的缺空着。”

何志说：“在外面也是裱画，在家乡也是裱画。何必要离乡背井呢？老辈人不是讲究个落叶归根吗？台湾那些发了财的，最终还是要住到故乡来。”

“我也是这么想，但是身不由己呀。”美芝指着桥下右前方那樟树林后面归侨区闪烁的灯火：“他们不出走，怎能衣锦还乡，住上那么豪华的院子？本地老农，一辈子不出门的，挨得着边吗？”

“出门倒也不坏，只是也不应是女人出去赚钱的。”

“假如男人养不起呢？我这人，还是最信任自己。何况学的裱画，真有本领，在鹤了地方也可惜了，小地方出不起大价钱，也少有让人满意的好画裱。这个行业的出息，还是在大地方。”

“看来你是执意要走喽？”

“我说了，身不由己，遵的母命。”

“一人出去独闯天下？”

“哪能呢？当然是有亲戚啊，我胆量再大，也是不敢一人出走的，女孩子毕竟是女孩子。”

“你妈也一道去吗？”

“有可能是举家搬迁。谷米香已不是过去的谷米香了，没有多少值得留恋的了。”

何志半晌不语，而后吞吞吐吐道：“假如……有人陪你呢？”

美芝知是何意，一笑说：“怎么可能呢？”

“假如有可能呢？”

“心有可能，现实不可能的。大家也都不是中学生了，晓得现实的无情，是不是？”

何志道：“你说的不是真话。”

美芝道：“倘是真话呢？”她觉出这语气中有了伤感的味道，俨似就要告别故乡了。

何志一时语塞，良久，喃喃道：“我还是不大相信。”

谷美芝不好再说什么，解释多了可能就适得其反。就盼着柳林快来，要了断这无法进行下去的谈话。

那柳林果就按时到了，见了美芝的身影，老远就喊叫起来。两个身子很快就融到了一起。

谷美芝这一手没有完全奏效，那何志还是一如既往地痴恋于她，只是来的次数少了些，精神憔悴了许多。美芝见他这个样子，有些于心不忍，人家毕竟是一往情深呢。但心里更烦，就如是夏天的黄昏走在乡道上，要挥开缠绕头顶的飞虫却总是赶不开一样的烦躁。她就找来柳林，如此这般吩咐她去再劝劝何志。

一日，柳三生又得了好物，在房里喜得团团转。柳林知他是又要叫人来分享喜悦的，非那样发泄一通才得以平静，便嘱他顺便叫何志也来玩玩。当晚他们备了烟酒，道友们互相约齐了几位，来家里看新的收获。何志也来了，柳林就把他叫到内间，按美芝安排的程序，以取笑他的口吻说："何志，什么时候吃你的喜酒？"

何志道："你这是撒的什么清水网？"

"还瞒我，有人到了省里，有人就寻着机会往省里跑，人回来了市里，有人就失了魂似的围着团团转，还保什么密？几个玩的，谁不明白。"

"你这人也是，人家哪里痛便往哪里戳。"

"又有什么变化了？"

"你和她像亲生姐妹样的，还装傻。"

"你是说她要远走高飞？"

"柳林，你对天发誓，她是真要走还是不想理我？"

"她要走，我发什么誓？你这个人也真是有味。"

"你一点也不清楚？"

"走是真要走，老家在准备卖掉房子呢。可是走有什么关系？你这个男人，真没有卵用，就不能先'做'了她？生米煮成了熟饭，到时候该怎么就怎么。"

"柳姐呀，人与人不同呀，你是你，她是她。三生老兄喊一声‘做’了你，就真的把你给做翻了。她就不同喽，也许正因她不是易‘做’翻的人，我才这么投入。”

“你这个死鬼，说冤枉，不怕遭雷劈。”

“现在我也别无他法，如她真是要走，就一直守候到她走。我跟她走也是不可能的，世上没有男人跟女人走的道理。我是投入太大，自己也劝不转自己了，要到她走了才死心的，我如今是中邪了。”

柳林这才细劝：“这你就大错特错了，明知不成的事，何必要强求？现在小青年恋爱不是有一种‘三草’哲学，叫作，‘兔子不吃窝边草，好马不吃回头草，天涯何处无芳草’嘛。天涯何处无芳草，未必这鹤了城就再无出众的女子。你是高市长亲如兄弟般的红人，等两年不想开车了，随便就会放一任科长当当，这城中的花儿随你采，谁不想攀龙附凤？青春可贵呢，应好好地珍惜……”

何志埋了脑壳：“你也不必劝我了，我自己都劝不过自己呢。她不走我肯定是不会死心的。我们这开车的呢，十有八九直来直去不容易转弯。”

柳林也就无话了。

回去复了美芝。并说：“你真幸福，有人这么苦苦追你。”

美芝就烦：“你还取笑人家。”

柳林：“你真要走啊？”

美芝道：“走不走，到时候再说，你不要对外人说我和他的事，也不要说我走不走的事。”

柳林说：“你这人，总是神秘兮兮的。”

这鹤了古玩界，互相来往密切频繁，谁肚里几根肠子，大家都一清二楚。

谷美芝是得以市长高安举荐，才有幸进得那高人阳泰老先生的门楣并学成归来；市长高安是极难赴私宴的，除吃过何志家的外，就接受过美芝的宴请；自鹤了大桥贯通后，只要有空，晚上高安便要散步到桥上看看，这是他心爱的成功的近期之作，自是百看不厌的。每来看桥，便要再走三五分钟，到美芝的屋中看看墙上又有了什么好字画，他有赏玩字画的嗜好；那谷美芝呢，对于众多来访者来说，待人是有礼有节有分有寸不亢不卑，大家言她是“冷面美人”，而见市长驾到，不可抑制地便显出女孩的活泼和生动来……这些大家都是有目共睹、心领神会的。而大家不知的呢，则是高安所藏的古旧字画，经东方冉之手，由谷美芝慢慢在整理装裱，难怪墙上常有古人佳品悬挂，令众人赏心悦目。而此类东西，按古玩界不成文的规矩，一般都是不愿公开主子的，众人也知趣不问。大家都知市长和美芝私交不错，美芝这人心性极高，视野高处大概也只有市长了。明白到这一层，也就放在各自心上，不作话题传播。人与人之间的友谊，既可愉悦双方，亦可鼓舞别人，有诗人就形容如是璀璨的烛光，照亮自己也照亮别人。这没有什么不好？谁也不曾把他们的这层友谊往别的方面瞎想。自古英雄爱美人，美人爱英雄，是不朽的主题。在大家心中，鹤了这小地方，市长和谷美芝，就有些英雄和美人的影子了。

倘要说会把市长与美芝的关系往偏处设想的，也就只仅仅是何志了。

何志对高安的忠诚和热爱是不容言表的，他愿全市人民都爱戴市长，他平时偶尔听到有人非议市长，便无端地要生出恶意来。

唯独不愿谷美芝爱慕市长——尽管他知道这种爱慕是纯洁的、正常的、无可指责的。

原因是最简单不过了，因为他爱她。爱是自私的。

有了这种特有的敏锐和嗅觉之后，因市长光临或每每谈起市长，谷美芝突然反常的表情和举止，都能引起他特别的注意，因而就有了嫉妒，嫉妒市长的风度、市长的地位、市长的勃勃英气、市长的才华。一个自我不可抑制地流露出妒意，另一个自我发誓说胆敢嫉妒如兄长般的市长简直是天地不容。矛盾的他就这样生活在矛盾中，不能自拔。但最清楚市长的也莫过于他了。市长只是如兄长般看重这个气度不凡的女子，而从来不曾生过什么非分之想。他要嫉恨市长太没道理了。可就因为有他的存在，美芝就不可能再把热情倾注于别人。如果说她是单相思的话，她也会乐此不疲，专注于那份并没有任何现实意义的幻觉，实实在在的市长她是得不到的，那么她贪图什么呢？这让何志百思而不得其解。世上真有人依靠幻想生活吗？

何志的心里于是开始聚积愁苦，不知与谁诉说方可剔除，凭个人的意志已无望排解，越积便越厚。

从部队回来地方找工作无望的日子里，心里积满了如此的愁苦。那时他借酒浇愁，方得一时的解脱，经常是醉醺醺的，幸好醉酒之后不闹事也不乱说话，只是倒头大睡。见他如此消沉，父亲才撕下面子找的高安。也日怪，精神愉快之后，他便滴酒不沾了，甚至闻了酒味就要作呕。

现在他鬼使神差又站到了街头巷尾的小南货店柜台旁，依傍着装酒的瓷坛，老毛病又复发了。有时睡一觉醒来，闻到自己的酒味，不禁大吃一惊：开车之人，怎可喝酒呢！懊悔得要死，痛责自己不已。

但市长高安还是闻到了自他肺中呼出的酒味。

市长异常严肃地警告了他，说宽容也只能有一次，别的都好说，唯这个不可容允，如果市长的司机都可喝酒，这鹤了地方便要乱套了，不仅仅是个安全问题。

何志能下不为例吗？

第二十一章

和何志一样，东方冉与此同时，也陷入深深的苦闷之中。何志的苦闷只能压在心里，不能与人倾吐。东方冉的苦闷也只能埋藏心底，不可与人言说。都有着同样不可告人的苦衷，但何志的境况要好，有苦可以借酒浇愁，可以精神萎靡，借此以自我排解。东方冉有苦却仍要装得若无其事，如往常一般的大度乐观。*

他下了极大的决心，试图让生命再作辉煌的一跃，但很快便被当头一棒，打回原来的位置。心里受到的伤害，比第一次更甚。倘说第一次是飞来横祸，这次则是自己捧了脑袋去撞墙。

他的这次行动，以庄严慎重开始，以滑稽可笑告终。

自上次从地区活动回来后一个月，程红来电话催他再去一趟，恐是有些什么眉目了，他应召急赴地区。程红将他安顿好之后，便邀请他到家里看点东西。是夜月色溶溶——也正是那谷美芝在这迷人的夜晚，在崭新的鹤了大桥上约见痴人何志的时候，他随程红来到他那装修豪华的私人宅第里。

程红正是处于收藏古玩最热火的阶段，急不可待地搬出几样新得的东西请东方冉鉴赏。

其中有两件东西，活脱脱一下就跳入他的眼帘，一见此物，东方冉差些就要惊叫起来，闭过气去。幸好平日有好涵养，不然会丑态百出的。

那两件东西，一个雕花红木笔筒，一只紫铜墨盒。这正是他

*好物被作践，灵魂被作践，东方冉悔不当初。倒也能自宽自解，重回玩家心态。

一月前赠送那严副专员的古物。怎么一下子就成了这程红的藏品呢？这两件东西，均是东方冉珍爱的作品，深藏在柜子里不拿出来给人看的。红木笔筒的主人曾是谷定坤，是柳三生三番五次登门想索要的东西。那紫铜墨盒，正方形，边长三寸许，盖上刻的是高山溪流茅舍书生润笔图，刀法细腻，人物草木栩栩如生，流水磨墨声如在眼前耳畔，甚是生动灵秀，空白处刻的是行楷的四行诗：

书法何人见墨精
右军池上竹风清
兴来得意无真草
满纸云烟笔下生

字迹细如发丝，却是清晰刚健，毫厘处不减半分神韵，显然是那高人手笔。落款是：光绪元年应华垣先生嘱 以年镌。

从这字画的功力、墨盒制作工艺的考究及使用时抚摸磨损的程度，可断为是那大学子使用过的物件。

东方冉听程红说那严副专员学的是中文专业，又对古玩有兴趣，便忍痛取出自己心爱的珍品去讨他的欢心。反复想了，专员是个文化人，送文化方面的礼物尤是古玩，自当是上上之礼了，而提烟携酒，那是俗人之举。关于要不要送礼物的问题，他和自己斗争了几个轮回，以他的品性，是决然做不来这种事情的。朋友之间互通有无这无所谓，而为达到个人目的去送人情，性质便大变了，与行贿也就无甚区别了。他有生以来，还从未干过这样的事情。

如今是轮到要自己去“贿赂”人了，尽管表面上看去是几件玩的，但骨子缝里性质却是一致的，如将这玩物换成钱，数目也是可观的，远比什么金银首饰之类值钱的。这个弯很难拐过来，对于他来说，思想要来一次脱胎换骨的转变。但世情是这样啊，送礼之风盛行的世情不是他东方冉可以抵挡的，不是他看不惯就可消遁或减弱的，他在机关里待得久，对内中奥秘了解甚多，什么故事没有听到过？就这一次吧，看在“前途”二字的分上，未必不可忍辱负重一次，人在矮檐下，不得不低头。人一旦到了此境，倒也是应想想：自己与那专员非亲非朋，他凭什么一定要为你的事去费时伤神呢？他是爱才吗？你又有多少才能？时下有真才实学的少了吗？再往穿处说吧，当干部吃皇粮的，上面怎么说下面就怎么做，要“才”干什么，谁来坐这个办公室都可胜任。人家为你操劳了，你送点玩的，也是一种回报，一种情感交换，有来有往，农人在庄稼身上下力气，庄稼以收获来回报农人，这难道不也是一种解释？

这样东方冉说服自己以后，便取物壮了胆去拜访那专员。待持了专员写的条子，两度找人大失所望之后，他还是凝集了十二分的勇气，斗胆去拜会那专员。这次他体验了平日从人家故事中听来的所有感受：他就站在行署大院宿舍区专员楼下的广玉兰树阴里，看着二楼严副专员雪亮的客厅里人影晃动而不敢进去。他手里拎着礼物，是应在无旁人的情形中交出的，这样送受双方都不至于尴尬，何况还有话要说，那是要等其他来访者走尽方可登楼的。好不易听见门响，有人“噔噔噔”下得楼来，举步欲上，见那玻璃后面仍有人没走尽，只得又往浓阴中缩，静候机会。良久不见有人下楼。

想想今晚是轮不着他了，他放弃了等待，回宾馆休息。人说这般去送礼见人，有如是像做贼一样的感觉，他算是淋漓尽致地体验到了。此时倒无了愤懑，只是觉得可笑，笑别人的可怜，笑自己的可怜，也笑那受人朝拜的专员可怜，他未必就没有过朝拜别人的经历？这晚心境倒也平静，横了心想这物一定要送出手，看看究竟有多难！突然觉得：人们都是夜里去，要借黑夜掩盖自己的嘴脸，自己何不早晨去呢？就暗暗算计了：在专员明日上班的前一刻钟去，那个空当是他既吃了早餐又还未曾出门的好时机。

第二日，他真是如愿以偿了。他刚举手敲门，门便自开，专员夹着黑色公文包出门上班。他一眼就认出东方冉来，悦悦地招呼了，忙让座。东方冉说您上班去吧，就在门口站站，说带两件玩的给他玩玩，专员收下了道声谢就交给了夫人。东方冉就在相随着下楼时说了几句他的事，专员就一边认真地听着，口里“哦哦”应着钻进了准时来接他的轿车，探出头来，客气地问东方冉要不要一起走？东方冉说谢谢了。

一个月后，他千辛万苦挖空心思送出的礼物竟流到了程红这里，巧的是程红竟叫他自己去认自己的东西，真让他哭也无泪，笑也无声。事已至此，也只好定下心来，强打精神应付，便先不讲优劣，问物从何来？程红道：“不瞒你说，这是没花钱的，我回乡下老家去办事，见一个高中同学家里摆着这物，农民嘛，也不懂，我看是两件古物，便说给我去玩，他说拿去吧，就拿来了，回来擦抹干净，真还是件好物。”东方冉道：“你没问是从哪里弄来的？”“问了，说是小孩子到什么亲戚家去玩，亲戚拿给他玩的。”“什么亲戚？城里的还是乡里的？”“那就没说了，他们家城里乡里亲戚都有，严副专员也是他们的什么亲戚，说来说去，我们家也和他们都沾亲带故的，一个地方人，待久了，互相结亲，便都有瓜葛了。”东方冉“哦”一声似是什么都明白了，此时只觉得胸臆间塞得满满的，快要喘不过气来。

后来也不知在程红那里都说了些什么，只见他是认真学习的样子，频频点头称是，然后极小心地将这两件物包扎收藏了。可能是他再一次告别他珍爱的东西时狠狠地夸了它们一通吧？

他当即说他不想争取调动了。说这话时他坚信他是冷静的、平和的、不带情绪的。

程红望着他，半晌说不出话来。然后十分遗憾地说："这不是……功亏一篑吗？都有些眉目了，特地叫你来……"

东方冉道："另有原因，是个人的原因。真是劳烦了你左右周旋。"

程红只好是苦笑着摇摇头。

东方冉就当即告辞了那个让他从此背上一个耻辱包袱的地方。

他作践了他的好物。

他作践了灵魂一次。

他不可饶恕自己的。

幸好这一切，也还只有他一个人明白，不然他真是无脸见人，无脸见那些亲爱的古玩界的朋友的。只有这时他才真正体会到他们这个小圈子的温暖、高雅和干净。待在鹤了车站下车时，他像是放落一身枷锁似的在心里高呼：我回来了！在鹤了待得好好的，何必要去瞎倒腾呢？他后悔不迭。

回来后即见何志在义犬巷一家小店子里喝酒。他头发蓬乱，衣冠不整，面容呆滞地举着一块豆腐干，兑着烧酒，茫然地听着几个老酒徒在海阔天空胡扯。东方冉顿时一惊：何志怎么能喝酒！倘是往日，必是要社会责任感极强地将他扯到家中，狠狠地训刮一通的，好让他断绝此劣习。但他现在却没有这样做，看他一眼，也就匆匆地走了。一个不无恶毒的观点就跳了出来：人呢好好坏坏，坏坏好好，都是命中注定了的。劝又有何用？天要下雨，娘要嫁人，由他去吧。料定这何志要倒霉也是迟早的事，也如自己倒霉一样是防不胜防的。*

* 暗恋遭拒，连失恋的资格都没够上，何志除了借酒浇愁，能如何？玩界老大东方冉也无力劝他。

另一件晦气的事也凑到一起来了。他刚去办公室坐班，柳林便来拜访他，那柳林一见他眼圈便有些发红，她叫他东方大哥。不容他说什么便欲将一肚子委屈要在娘家胞哥面前倒出来似的，她说她家三生现在是走火入魔了，心魂已被全牵到那些古旧木雕

* 柳三生变态，柳林无援。东方冉又能帮上什么呢？

里去了，最近更甚，到了疯疯癫癫、废寝忘食的地步，有时半夜也爬起来，把灯扯得雪亮，一人将那些玩物拢在身边，眯着眼傻笑，逐一抚摸和与之呢喃对话，像养了一群孩子似的，一晚他将十来个木雕菩萨、金刚、鬼役什么的，也拢在身边，教他们唱歌。她被吵醒后，迷蒙中见丈夫被神鬼包围着，着实吓了一跳。他怎么会这样呢？是不是那些曾受过香火的神鬼被搬到家里（而不是殿堂神位上）不安作乱害人呢？她提出来要用香火将那些神鬼送到该去的地方去，却遭到三生一通痛骂。

他如今也变得暴戾了，夫妻之间不说笑话了，常是莫名地发火。在她身上折腾得也更加奇怪起来，老是怀不上孩子时，便从哪里听了说要“撞红”，使她例假期也不得安生，不久她就被弄病了，医生警告说再这样下去要出大事的，才作罢，又说可能是性生活太频繁了，精子不成熟难以使之坐胎，便克制了一月一泄，仍无建树。后又双双去妙空寺拜了观音娘娘，请那老尼执卦，问出几个坐胎的日期来，并向观音许愿……那柳林一口气将肚中浊气倒个干净，才抬起头，有些惊愕地看着东方冉，似是清醒了些地说：“我怎么说这么多呢？真是对不起，一些丑话也对你说了，我不知我是不是也传染了神经病。莫笑话我呀东方大哥，这鹤了城中，我也没什么亲人，平日见你是个有城府又仗义的人，也是古玩界的龙头大哥，就想对你说说，我真把你是当娘家的人了哩。其实说又怎样？清官难断家务事，我也没有指望谁能去劝转他。我真是碰了鬼，我当初爱的是田耕，却嫁给了个柳三生……”

若是以往，东方冉会耐心地劝导她怎么正确对待家庭矛盾，并教她如何去引导误入迷津的柳三生的。他不是应友人之邀，好好地劝过柳三生走仕途吗？*

但他没有这样做。他说：“假如在你这个弱女子面前出现了一条恶狗，你只有两种选择：一是迎上去，使尽你的全身解数与之搏斗。再就是忍气吞声绕道躲开。”说这话时他觉出那阴森森的语气，发自阴险的心灵暗处，不敢畅达地经过坦诚的喉舌，而是从牙齿的缝隙中迸发出来，脸色尽管努力保持了平静，显然已无了昔日的热忱和可靠。连那阅世不深、心无遮拦的柳林也看出了他的反常，一下便觉得他陌生了，疏远了，不近人情了。

柳林想：这些玩古物的，怎么都难免古怪呢？她分明觉察出东方冉的冷漠，便怏怏告辞。

昔日见柳林那娇柔的身段、妩媚的神态，无不要生出几分怜爱来，今日却如见一具木偶，美感全失，东方冉暗暗吃惊：自己果是变得恶毒起来了吗？

第二十二章

待那鹤了城中和乡下的玩主兴致盎然，每逢周末到省城的文物市场狩猎和兜售手中之物时，谷定坤便悄然退了出来。他最先尝到了入市的甜头，也最先感到这种市场的衰颓势头。这古物毕竟不如其他可再生的产品，拿来交易的毕竟有限，何况玩家远远多于贩子，有了好物赶紧被人收藏了，不再拿出来交易，于是市场便渐渐现出其供难应求的局面来。于是便造就了一批又一批明的和暗的伪品仿造者来。一些历史上有名的老瓷厂，那些快作古的老窑工们纷纷出马，使出绝技来仿烧古瓷，其产品有的被国家的文物商店公开标明为仿品出售，有的流入民间商贩之手，就以假冒真谋人钱财了。

谷定坤不再满足这种小打小闹、苦苦狩猎渴望奇迹出现的愚蠢方式。他把眼睛盯得更高更远，主动出击，寻求大目标。自从在更大的市场上闯荡过之后，他自觉学到了更多的东西，不仅仅是古玩鉴赏能力的提高，生意人独有的手段和方法，也日渐应用自如了。他很快交识了许多来自五湖四海的大玩家和在古物上发了迹的大款。他们的故事和手段更让他崇拜和着迷。与那些玩家和商贩相比，鹤了城中的道友实在是太小家子气了。一心要干大事业的定坤便注意和那批出色人物接触。加上他具备了一定的财力，可以到处去闯荡了，虽说还不敢大肆铺张，但坐个卧铺、乘乘飞机、住住宾馆请人吃个饭，都已不再是值得考虑的问题了。*

*这山望见那山高，铤而走险，是玩界常见的毛病，谷定坤未能幸免。

一日，谷定坤来到南方一个美丽的城市，想想洪伟达交结的那位古董商不就是在这个城市吗？何不找他去聊聊，也许能捕到什么信息，便从名片夹中寻出那位曾三到鹤了的老板的名片来，对照着寻到那古玩一条街上的那家店子，问店里人，某某老板在不在？店里小姐说老板早不在此了。定坤问哪里去了？店员言不知道。店员反问他是哪里的。他说是H省鹤了市的，和那老板是朋友。闻此言那小姐便说请稍等，去内面叫出一个人来，那人给他写了个地址，谷定坤按址找到了那位老板，许久不见，也断了生意门路，那老板倒也不忘曾有过的交往，热情地款待了他。

谷定坤问："你怎么没有开店了呢？"

老板道他已不满足小打小闹了，况且也组织不到好货源，便把店子让给了妻弟去开，自己则开始做地下生意，独来独往钓大鱼。

"都做什么生意呢？"

他言还是做的本行。

老板谈起与鹤了断了的交易，深表遗憾，说："这对你们也是有好处的嘛，你们那里的人，观念还是不行的，不懂流通。首先还是合作得很好的，怎么突然又出了故障？我疑心你们内部有矛盾，是不是这样？"

谷定坤道："这你倒是猜对了。现在时过境迁，你也不再当店老板了，倒不妨说说内中的玄机。我们城里那些玩物，多是乡中贩子送来的。你们后来让那些乡下人尝到了甜头，他们就断了城中的活水，这城里的，就自然不可让你们再来收购了，这也可叫作地方保护主义吧，为了要保护自己的利益，就不可再让你们露面的。到后来大家不都漫天抬价吗？那是一种没有办法的办法，让你们觉得无利可图了，便会断了这条财路，不再往鹤了跑。那乡中的贩子便要乖乖地再往城里送货，他们是以此谋生的。也曾想断了与城中的交往，最终还是坚持不下去的。"

那老板说:“原来是这样。我的估计还是没错。不过生意场中，这样的算计也是可理解的。我们这边，恐怕比你们内地还要残忍激烈得多。”定坤说:“倒是难了洪伟达，他是中人，引荐你们来，让城乡两边的人都得了好处，最后是两边都得罪了。城里的不让他再牵线，乡中人怨他倒在城里一边，他知是城里玩家的算计又不敢向乡人公开，他是两头受气。”

老板道:“洪先生真是个好人，不过我担心他那个厂子是否能有大的作为，他是个好人，但不一定是个好生意人。”

定坤道:“先生又说对了，他的茶叶销路其实都是由他一个堂叔包销了的，他实际上是个傀儡。”

老板道:“是喽，我总感到他还不是一个精明的企业家。他生意还好吗?”

“要是有一天他堂叔死了，就难说了。”

后来就谈到了他们共同感兴趣的生意。那老板说港台方面有他很有来头的内线，如能弄到古今名人字画、官窑瓷器以及各种稀有古玩，一辈子只要做一两件也就够了。他就向谷定坤提供了一份印刷精美的各类文物的价目表。见那表上列出的价格，一只明清时期官窑瓷碗，一件小小玉器，甚至一只精美的鼻烟壶，其价值都在百万港币之上，不禁目瞪口呆，说:“都这么值钱哪?”

老板说:“没见过大世面吧，好物是值大钱的。所以玩到你这个地步，不必再遍地开花了，要把眼睛盯在大目标上，应集中精力和智慧钓大鱼。”

定坤想想，突生忧虑:“这不叫走私文物吗?犯法的事搞不得。”

老板一笑:“谁想犯法?我想坐牢吗?当然不。我是从来不与老外接触的。狡兔也有三窟嘛，真正的大鱼才不会轻易被捉到哩。你日后一旦有了好物，可交给我们去转手，这不就比我还安全了？”

这晚那老板强留定坤在家中歇了。定坤说在宾馆定了房子，还有同伴。老板坚持不让他走。他们就喝着很浓的咖啡，谈着他们共同感兴趣的话题。

最后那老板问定坤：“你们邻县，被农民挖出来一个西汉墓葬群来了，你听说了吗？”

定坤道：“没听说呀。”

老板就掏出一份报纸来：“在国内没造成什么影响，有关部门很快出面干预了，但却没有瞒过香港佬的报纸，你看看。”

定坤取过来，见是一份印刷十分精美的香港报纸，果是登了W县出土西汉古墓的情况，还配了照片。便十分惊叹他们怎么信息这么灵。W县出土汉墓的地方，离鹤了市不过是百多里地，怎么就没听说？

老板道：“据我所知，一些陪葬品流散到民间去了，据说那陪葬品中，又以西汉铜镜居多，西汉铜镜制作在历史上是一个重要时期，这你明白，不容我说。你们W县这件小小的事情，可就引起了港台古玩界的高度注意，就打上了那些流入民间的铜镜的主意。你看，”他拿出一沓彩色照片来：“西汉时期铜镜的代表作大多在此。”

定坤便接过来细看，他对铜镜的渊源与发展、欣赏与鉴别，也是略知一二的，但手中没有过藏品，平时在道友手中，倒是没有少见过。知珍品是极值钱的，一般之作则比比皆是。中国的铸镜历史已有四千余年，不知要遗传多少下来。

老板道：“要是你有意，可去W县走走，如能弄得到出土后尚完整的汉镜，我可促成你和海外玩主成交，这样的机会，不要错过才好啊。W县有我一个朋友，你可去找他，说不定他有些门道的。”说着便寻张纸片，抄下那人的地址、电话和姓名来。

谷定坤有些怀疑，他怎不直接去和那W县的朋友见面呢？

便说："我陪你去 W 县走走吧。或者我回去告知你朋友你的想法，我不好意思从中插一杠子的。"

那老板一笑，也知谷定坤用意了，说："我这一口南方话，到 W 县去不成了人家的猎物吗？说是那里有关部门现在追查得紧，尤其是对外地人特别关注，还出告示要收缴那批流散陪葬品。我那朋友，也只是个小打小闹的角色，胆子又小，真有了好物，也无资金收购。我几次约他到我这里玩玩，连玩一趟的车旅费都舍不得，他是难成大气候的。你不同，眼界和财力，都到了可以干点大事的火候。但那种人却是信息灵、钻劲足，古玩界是少不了这样一批人的，就如你们鹤了乡中的那位叫周什么清的人，他们是一个类型。"

谷定坤告诉他那是周顺清。

定坤经他解释，倒也无疑了，答应不妨去试试。老板便交给他一套照片，并告诉了他这般铜镜在这里成交的实际价值。但反复交代了：东西可要看准呀。定坤嫌他啰唆，那要花大价钱的东西，不看准行吗？这是玩家最起码的警觉了。他远不是最初给东方冉和欧阳玉琼等人送东西的谷定坤了。每想起那个时候的幼稚和冲动，便要耿耿于怀。

谷定坤告别南方这座美丽城市后的第二十天，在鹤了市望鹤庵备下夜宵，恭候鹤了古玩界的龙头老大哥欧阳玉琼和东方冉，丽儿在此之前一天就分别到欧阳和东方家请过他们了。

谷定坤平日那些有所得罪这两位大哥的话，经人添油加醋分别传到了他们耳中，他们曾私下里交换过感想，很是有些愤懑，认为定坤这小子是翅膀硬了，得志便猖狂，迟早是要栽跟头的。但见那丽儿一脸微笑来相请他们，本不想赴约，又怕被同仁笑话气量浅，还是快快结伴而来，也不知那定坤是因何请客，是不是要当他们的面，做个检讨什么的呢？如能这样，那定坤还算是个清醒的人。

待玉琼和东方冉到时，谷定坤已和一些玩的正在热闹地碰杯，原来他俩是弄错了时间。谷定坤赶紧请这两位高手上坐，这时他脚步已显不平，喝得有些高了。

谷定坤掏出两面圆形青铜镜来，请玉琼和东方冉鉴赏。此物镜面完好，凹处略嵌有绿色锈斑，镜内饰朱雀图纹，带篆意的隶书铭文是“见日之光，美人在旁”八字。从图案、铭文、“V”形的纹饰等看去，应是西汉时期的代表作。送经玉琼和东方冉看过后，定坤便乘了酒意，说他新近得的这两面铜镜，既不易又碰巧，不易是信息不易，易是出师顺畅。定坤也未先征得两位龙头大哥的看法，便讲起了一通他对这面汉镜鉴别的理论来。玉琼和东方冉便在心里窃笑：这小子果然是染了些不好的毛病。这玩青铜器不是他的强项，见他背诵着理论，便知他是临时抱佛脚看的书本。诸如古玩鉴赏词典之类的书，全国现在一窝蜂也不知出了多少版本了，开始出的倒还有些真知灼见，有一定的参考价值，到后来出的，几乎就是胡乱照抄或由一知半解、毫无实践经验的人来胡扯了。这样一来，也不知害苦了多少求知心切的初学者，而让一些奸商得益。这鹤了城中有不少初学玩的，一窝蜂凭借书本上马，很快便以吃亏上当告终而退下阵来。玩古热潮，随着省城文物市场的降温而降温，真有如六月的暴风雨来也快去也快。这谷定坤本不应是被书本误事的老手，因毕竟没有修到火候，浮躁自负还未褪尽，就很难再上一个台阶，终被书本所误了。

原来定坤是要他们来帮忙识镜，并不是做什么检讨的，他们心里便有些不悦了。见谷定坤请客破费，欧阳玉琼和东方冉碍着面子，只好在亮灯下细细看、摸、闻、敲那铜镜，有如是中医看病的望、闻、问、切。但见那定坤是十分的把握，又似是作过了仔细的推敲研究，一口断定那是件出土的东西，他们也就不再多说什么。这时要作否认，他听得进去吗？先来的那批三流的玩家，一窝蜂灌他的米汤，见定坤得意洋洋的样子，更不可泼冷水了。欧阳玉琼几次提出先离席，东方冉知玉琼脾性，话不投机的场合他是如坐针毡、疾恶如仇的，见定坤已远不是过去的定坤了，早就坐不住了。罢席时，已有了七分醉意的定坤对两位说："十天之后，我还要请两位大哥，和……所有兄弟姐妹们来吃杯庆功……酒，到时候要赏光……"

也不好问他是因何要庆功，玉琼和东方冉便匆匆道谢告辞。在路上玉琼道："倘定坤要依赖此镜庆功，恐怕要栽了。"

东方冉道："那作伪的手段也真高明，照说这铜器作伪，外表制旧都是小事，唯新铜的铜臭味是很难除掉的，这个镜子例外，竟处理得连一丝铜臭味都不曾有，世上真有高手，但愿定坤不至于按真品理解，不然真是要栽个大跟头的。"

玉琼道："古玩界更高妙的作伪手段恐怕还在后面呢。原子弹都造得出来的时代，还愁弄不掉铜臭味。"

谷定坤依照那南方老板的线索，在 W 县得到这两块铜镜之后，确是做过力所能及的研究。为慎重起见，直到请鹤了古玩界的玩家吃过夜宵后，才最后付清那两个 W 县土著的款子。为买下这古物，他几乎动用了近年来的所有积蓄。他信奉那老板的观念：大投资，大回收，舍不得银弹子，打不到金凤凰。像这样的汉镜，在那边脱手顺利，少说也要赚个十来万元的，是在这小地方小打小闹数年血汗钱的总和呢！

定坤与那老板打过电话后，便携了这宝物启程前往南方，心情是如押解黄金般的沉重。他与长途汽车的司机串通了，付了笔不小的费用，于黑夜中撬开客班车底板，将这铜镜用油布包了，牢牢地嵌在一处怎么也查不到的地方，以躲避万一的检查。那司机打包票说万无一失的，他往日从沿海携带走私录像机、录像带、香烟等只是没带过海洛因，就是置放于车盘底下的，从没有被检查出来过。

谷定坤此行倒也顺利，那老板在家里迎候着他，甚是热情。老板说成交是没问题的，可按曾定好的价钱成交。定坤这一喜是非同小可，那路上停停顿顿行驶的三十多个小时，可真是不敢合眼哪，要是一旦被查获了，如此巨额走私，牢底都会坐穿。这一口气终于松了，也就等着成交了。那老板说明天再去做一个科学化验，如真是汉镜，那就皆大欢喜了。谷定坤相信自己的眼力，就答应了耐心等待，当晚将那宝物贴身放了睡觉。

天亮后，匆匆吃过早餐，和那老板往一个科技单位赶，那是一栋设计别致典雅的奶黄色大楼，两人奔上楼去，七拐八拐，在一扇门头停下，一个着白大褂的人点头接着他们，径直走到一间窗帘拉紧了的房子里。那人坐到一个机器旁，将镜子送到一个铁口里，机器接着一阵嗡嗡响，很快那铜镜被吐了出来。那白大褂冷冷地对那老板道："假货！"便往外走。

"假货？"定坤头皮一麻，不禁叫出声来，人是全无了知觉，肚腹空空，身不由己，不知是怎么由那老板拉着走出这个美丽深渊的。

如此重大失足，那谷定坤自是承受不了的，物质上是几乎一贫如洗了，精神上更是打击沉重，不久前还因屡屡在省城文物市场上得手而扬扬得意，牛皮吹得震天响，却一下栽倒在 W 县两个乡下贩子手中，真是有苦说不出。*

也不知是怎么晃晃悠悠回到鹤了城中的。白天在鹤了车站下的车，竟然不敢从大街上经过，怕见熟人。在一个无名小巷里找个小酒店坐了下来，面对熙熙攘攘的农贸市场，要了酒和花生米，坐等天黑了才回家。脑中一片混乱，整日将现实和梦幻搅在一团，备尝了做白日梦的味道，那梦就老纠缠在一个疑案里，那疑案的大体过程便是：那南方老板和 W 县的二道贩子，本就是黑道上的狼和狈，见他上钩后，便赶紧让 W 县的人与他接头，难

* 屋破又遭连夜雨。谷定坤玩到两手空空，回到原点。

怪事情进行得天衣无缝，顺利畅达。这W县的人绝无此高超的作伪水平，也是那老板一手操持安排的，难怪他不干那开店的小本经营了……

痛恨、屈辱、后悔、羞愧、自责等世上最痛苦的感觉一齐注入他这尚没有经历过大的磨难的体魄里，他的意志是彻底地被打垮了。

趁了夜幕，他酒醉醺醺地沿着街道两旁房屋的阴影，躲躲闪闪回到家中，头脑如此浑浊，唯一件事情清醒：出发前他不光是向欧阳玉琼和东方冉，还向其他几个玩的打过招呼：踌躇满志地要请他们来吃庆功酒的，现在将如何作交代?

谷定坤回到家中，头发蓬乱，眼圈发黑，目光呆滞，脸色苍白，几天工夫便瘦去一壳，令家人大吃一惊，他姨和丽儿未问因由便先红了眼睛。见家中气氛悲怆，定坤倒生出些镇静来，凄苦地一笑说大事倒是没出，只是背了些钱时，姨便百般抚慰说钱是身外之物，去了又来的，千万不可伤了身子，留得青山在，不怕没柴烧。于是一家人忙得团团转，蒸的蒸参汤，弄的弄饭菜，安置他洗澡换衣。谷定坤想想他还真不能垮下去，他如今便是这个家的主心骨了。何况他还没有养下儿子来，娘她们三姊妹的希望都系于他一身呢。这样想着，便喝了参汤，吃了热饭热菜，将穿得发臭了的衣裤脱下来叫丽儿扔了，准备到乡下老家去住些时日，养养受害惨重的心。

谷定坤已许久不曾回谷米香去了，想起老家便不快，他是族人将其赶出来的哩！还有什么感情可言。现在回去，也不打算见人，只是想在那昏暗的老屋里静心住几天，仔细想想这几年来走过的风雨历程，是否有要检讨的地方。

路过妙空山时，心里便涌起一阵酸楚和愧疚。因是曾在此抽过一张不理想的婚姻签，因而便淡忘了要敬奉神明，倘常来这寺中走走，不时请教一下神明，问问行居前程，也许不致吃这么大的亏的，现在是愧疚也已晚了。

车行至离家十里许，爆了轮胎，司机叫人下来，又笨手笨脚换轮胎，待赶到乡政府，天已黄昏。定坤想趁了夜色回去也好，见了本宗祠的人不打招呼不好，又实在不想与任何人打招呼。下得车来，磨磨蹭蹭让人走尽，待天全黑下来，才往家走。快到谷米香时，见村口的牌坊已砌好，朦胧中见牌坊上方写了三个遒劲的字：谷米香。牌坊过去数丈的小山包上，老祖宗谷米香的墓地两侧，移植了几株高大的翠柏。坟场也扩大了许多，看不清碑牌是否有变化。断黑时分，正是家家户户吃饭之时，定坤竟也没有碰着什么人，就走进漆黑的堂屋，摸黑回到家里。

这乡下的电灯，比油灯亮不了多少，老父母见儿子回来了，高兴得手忙脚乱，倒是忘了看儿子的脸色神气。吃过饭，说了些家常的话，定坤说累了想睡，娘便去整理他的房间，一会儿他就躺到了自己的床上。想想曾经躺在这床上，呆滞地望着天井上方一片蓝天的凄苦日子，而今天背运倒霉，心境不好时又回到这沉闷的老屋中，心里甚是悲凉。脑和心是极累，却怎么也睡不着。不久便听见左右周围隐隐传来农人劳累一天后发出的甜美鼾声，顿生感慨，还是安贫乐道好呵，倘自己现在和大家一样过，有什么此时的巨大失落感呢。

又不知过了多久，实在睡不着，便披衣起床，出门往外走。熹微的天光倒也把户外的河川道路分得明白，指引着心事重重的谷定坤信步闲逛，思绪便如这旷野一般浑浊沉重。

冥冥中他已经沿着一溜宽阔的石级，登上一个小山包。他坐在一片柔软的草地上，举目看看，身后竟是老祖宗的寝陵，坟头坟沟以及护坡，都荡成了水泥，碑牌倒是依然如旧，看来乡党已筹资好好地维修了祖坟一番。

“捉贼！”墓地里突然响起炸雷似的一声吼，定坤吓得跌在草地上。与此同时，便有几支手电罩定了他，不容他睁开眼睛，便有几只有力的手按住了他，并迅即将其五花大绑了起来，缚住双臂的绳就连套在颈上，勒得他直翻白眼，自是出不得声，然后就被半拖半搡着拉到族长所居住的厅堂里。

闹闹哄哄的声音，已惊动一些人围观，族长和支书也披衣起了床。定坤被推至灯光下，大家这才看清了是定坤。有人就松了他颈上绳索，族长就到他前头问话："好你个贱骨头，你什么时候想起要挖祖坟的？"

定坤一时蒙了，喉咙被勒得生痛，一时无法开言。

"快说快说。"族人中有人愤怒地吼。

定坤半晌才说出话来："挖祖坟？挖什么祖坟？"

"你这个不肖子孙，还装宝，要吃打不是？"

定坤道："你们凭什么捆绑我？你们这是侵犯人权，这是犯法的，知不知道？"

支书道："捉了五天了，总算把你捉到了，你还要什么赖，快讲出来，同谋的还有谁？"

定坤真被弄蒙了："你们要捉什么人？"

"就捉你这盗墓贼。"

定坤想村中可能是发生了偷盗祖坟的现象，误把他当盗墓贼抓了，忙道："你们抓错了人，我今天下午才回来！"

"谁也没见你回来。你半晚上一个人到坟地里去干什么？"

"这个嘛，我心情不好，出去走走。"

"出去走走？谁信你的鬼话，半夜三更还出去走走，偏偏又走到坟场上，没这么凑巧的事。把这不肖子孙捆紧些，不用家法，谅他也是不招的。"族长严厉地吩咐。

这时定坤的父母踉踉跄跄奔了进来，抱住定坤，高呼手下留情，言定坤确是傍晚才从市里回来。

族长再问有谁做证？

没有人答复。

定坤说：“我回来没有碰着人，”急中生智道，“不信你们派人去乡政府问那个宿班司机和售票员，他们认得我，可以做证。”

这时族中有几个老者也起来了，其中一个声色俱厉地说：“你早不回来晚不回来，要趁着夜里回来，又偷偷摸摸地往坟上跑，这盗墓的十有八九就是你们一伙了。”

另一个说：“你这孽畜，最早开始就变卖祖上古物，弄得此风屡禁不绝。谷姓人的祖业要被你们卖光了。你们干这一行的和盗墓的本是一家，不是你又会是谁？”

定坤父母又气又急，连连辩白：“你们真是冤屈定坤了，你们看他身上，泥星子都没有一点，身微力小，哪里像个盗墓的？”

“他不能放哨吗？不能指挥吗？他是个行家，哪能要他亲自动手？”

定坤知道秀才碰到兵，有理讲不清的，哀叹命运多灾难，平白里一波未平，一波又起，屋破又遭连夜雨，只能软弱无力地申辩：“你们要有证据，不能凭猜测办事。你们要记住这还是共产党的天下，你们私设刑堂搞逼、供、信是犯法的……”

族长厉声道：“凡是盗挖古墓，也是犯法行为，国家也要严厉制裁的，我们伸张正义，何错有之。”

这时有人向族长建议去抄定坤的家，说不定有盗墓工具等罪证。

族长当即点头同意，吩咐人将定坤绑在厅堂廊柱上，由人严加看守，另外分拨人马径奔定坤家中抄家。

定坤和其父母强烈抗议，也如是虫蚁的哀鸣了，无济于事的。父母还被族长叫到一边，狠狠地责骂一通他们教子无方，以致不务正业、出卖祖业，又好吃懒做、到处流浪，还丧尽谷姓人的脸面去当什么上门女婿。连举数条罪状，真让定坤父母哑口无言了。

这一抄家，倒是抄出麻烦来了，定坤藏在阁楼上和床下地窖里一部分未曾及时转移的古物，全被收缴出来，摆放在族长的厅堂里，大大小小的瓷器和铜器有好几十件。倘说众族人对定坤是否真是他们要捉的盗墓贼还持怀疑的话，现见到清查出来这么多有待转移贩卖的古物，则是真正义愤填膺了，无不用仇视的口气，纷纷指责定坤以及那犯了“包庇罪”的父母，倒是族长不必再说什么话了。

谷定坤的精神完全垮了，没有了丝毫反驳的勇力，耷拉着脑袋由人捆着、斥责着。原指望着将这老屋里保存的几件精品倒腾出去，作为东山再起的成本，现在也成了泡影，他是完全无望了。此刻正所谓一贫如洗了，只剩下赤条条一个枯壳。

现在谷定坤是两罪并发。支书反复拷问他究竟是与谁同谋企图盗挖老祖宗的寝陵。这些年来，究竟倒卖出去多少谷米香的祖业，都销到了什么地方，支书说如不坦白出来，他也就只好把他交给族上去处置，共产党便管不了他的事了。至于族上是如何处置，要他做好充分的思想准备，他对族上犯下如此罪孽，纵是一死，也未见得能偿还的。

谷定坤万念俱灰，也不在乎支书的威胁了。生存本已无望，如何处置还不是一样吗？

一直捣鼓到天亮。

支书派去问乡政府宿班司机和售票员的人已回来，证实昨日谷定坤是在市里买票上的车，确是途中坏了车，弄到傍晚车才到站。盗墓一事，就暂不作话题，但并不排除谷定坤的幕后操纵。后来定坤才弄明白，在他回乡前几天，确有人在那祖坟背后右侧的陡坡处挖洞，欲掘其墓，被人发现才未进行下去。于是族上便每夜派人值班守卫祖宗寝陵，正好他便撞在火口上。

天亮后，围观的人更多。支书怕惹出大事来，便做父亲的工作放了定坤，但没收了所抄的古物，安放在族上，待日后建起陈列室，作为展品。被捆绑半晚的谷定坤，手臂肿得如大腿粗，半月来淤血不散。乡中亲友都哭哭啼啼来看他，有人主张写状子告族里私设刑堂触犯刑律，有气盛的主张去族长家里放一把火。定坤说那都是无用之举，政法部门要管的大事还多着哩，谁来理这族中之事。放火烧也是毁了谷米香的业绩，族长有什么值得烧的？便不了了之，大家忍气吞声，自认背时。

族长还宣布了：永久驱逐谷定坤，不许再在谷米香定居。就是父母老了，也不许他回来尽孝，一应丧事由族上承办。当即就挥笔在尚未付印的族谱草本上，将他的名字划掉了。

是不是谷姓之人，准不准回谷米香，这对谷定坤来说是无关痛痒的事，妙空山前曾巧遇的看相人就说了他是个离乡背井的命，就是族中不赶，他也是要远走他乡的。他痛心的是他的事业惨遭夭折！

这年冬天，谷定坤在鹤了古玩界悄悄地消失了。一些人还在念叨着吃谷定坤的什么庆功酒哩。谷定坤这一走，便不是一月两月，一走就杳无音讯，连他姨都不知他去了哪里，整日泪眼迷蒙地盼望他的归来。这使古玩界的朋友也心里难受，常去安慰他姨。他姨告诉大家，定坤最终出走的时候，心境是极坏，默默地收拾着衣物和几本书籍，告别姨说要走一段时间，说不可在鹤了地方待下去了，并坚持不让姨和丽儿送行。姨见状不同往常，便嘱丽儿暗中跟了去。在路上定坤见丽儿尾随，先是劝她回家，丽儿不回，便骂，骂也不回，定坤便扇了她几个耳刮子，打得她脸肿鼻青嘴角流血。丽儿哭丧着脸只好回来。姨逼她：你的丈夫要远走高飞了，也许从此不再回来了，嫁鸡随鸡，嫁狗随狗，你不随了他去，我可从此不养你，骂得丽儿便又去车站追随丈夫，姨便搜出家中所有现款，捋下手上金戒指和耳上耳环，赶到街上塞到丽儿口袋里，待丽儿再赶到车站时，那辆赴省的班车就徐徐启动了，丽儿忙跳了上去，总算让定坤身边有了个人。

定坤遭此厄运，大家没有帮上他一点忙，心里极为难过，毕竟大家都是道上人，道上人不搭把手谁来帮忙？也怨定坤这人脸皮薄，自尊心太强，人生谁无错？谁无难？完全不必如此作践自己的。

对定坤有成见的欧阳玉琼和东方冉，则更是难过，如当初他们给定坤指出那物有假，也不至于使他走到这一步。也怨定坤不说他是做的这么大的买卖，如知他投入这么大，又是与南方的奸商发生商业往来，怎么有成见也是要提醒和制止他的，这可是倾家荡产的大事啊。

听说了谷定坤在家乡受辱的事，玉琼和东方冉非常气愤，专门找过市长高安一次，高安听了，也甚为光火，忙责令一个调查组去调查，落实无误后，狠狠地刮了那个乡的党政领导一通，让他们讨论，是否撤了谷米香村那个支部书记。

可这一切，谷定坤都已看不见听不着了，他带着身体和心灵的双重伤痕，不知在何处流浪。

第二十三章

眨眼间欧阳玉琼的妻子蝶儿抛开玉琼和儿子，撒手西归已有了整整十年。

十年忌日，玉琼请了妙空寺中两个和尚在家为亡妻念了三天经，祝愿她在西天活得好，诵经期间吃的是斋素，到散斋这日，玉琼才邀请了鹤了城中几个在家的玩主去家里聚一聚。觉得十年前的光景恍如昨日，诵经期间，妻的音容身影，便在几间土屋之间晃动，心里更是忧伤，便想约玩友们来解解愁。大家到齐后方知是玉琼为亡妻做法事，就怨他不曾通知都来坐坐夜，把大家看扁了，便急吩咐腿快的去北街店里买鞭炮、香烛、神纸，弄齐了一应祭品，大家才肯一同进屋，烧香放炮祭奠那短命女子一番。这让玉琼又大恸衷肠。*

* 岂是虚无梦幻，但见情深似海。

因是散斋饭，又坐在亡人蝶儿画像下进餐，大家也就吃得拘谨，以往玩主们相聚时大呼小叫的习惯也节制了下来。吃毕饭，大家小憩了一阵儿，就纷纷告辞，留下东方冉和洪伟达继续陪伴玉琼说话。

这三天的斋素以及这顿丰盛的散斋席，自然不是出自玉琼的手笔，他是个吃馒头和方便面的高手，这屋中有一个手脚麻利的女子晃来晃去，全由她操持一切。事关这年轻女子，便要先引出一段话来——

这年轻女子，也就是一年多前东方冉当着高安的面取笑过欧阳玉琼的追慕者，高安曾许诺要为玉琼做证婚人，这话一搁便是快两年了。

这女子大家也不陌生，便是那乡中玩主周顺清的妹妹。周顺清自从在那南方老板手中谋了丰利后，就买了缝纫机，把妹妹送到鹤了城中来学缝纫技术。那师傅见这叫冬儿的姑娘本分忠厚，学艺用功，尤其勤快，手脚麻利，什么都会做，甚是喜爱，如亲妹妹似的待她，并给她一间房住。本来签约是学的一年，但一年后并不放她回去，苦苦留她，一心要在城中给她觅个人家，说你再回乡里去真是委屈了你。顺清见妹妹有出息，也高兴，巴不得师傅留她，为她张罗婚事。若真是妹妹在城中有了落处，一家人出进城乡，也有个挂袋歇脚的地方，何乐而不为呢。他当初一心要花大钱送她到鹤了城里拜师学艺，也是有这层意思的。

顺清曾领冬儿去过欧阳玉琼家的，谁知冬儿一见钟情，便咬定结过婚生过儿况大她二十岁的玉琼不放。当初东方冉说玉琼有人追是一点也不假的。

冬儿此举，周顺清是竭力反对的，因冬儿论条件，怎么也不至于嫁个比她大了二十岁又是结过婚的男人。欧阳玉琼的人品自是没说的，就是那个年龄和身份难嫁。何况那刻正是城里玩主和乡中贩子因在对待那南方老板的问题上矛盾尚尖锐的时候。乡下那批人认为欧阳玉琼最奸，待两败俱伤时，他从从容容从中得利，而且正儿八经的好物一件也不拿出来，弄些破瓦片去哄人。顺清倒也不这么看玉琼，不过他认为他可以通过南方老板这座桥梁，多赚几个，谁知财路一下就被城里玩家胡乱抬价给掐断了，欧阳玉琼和东方冉是龙头大哥，他们会不会是出谋划策者？他心里一直对玉琼和东方冉心存怀疑。当然随了 H 省省城文物市场的开放，大家的生路平等了，也就没有必要老记恨那些事情了。

但觉得冬儿要下嫁欧阳玉琼无论如何没有道理。可是他无法说服长大了的妹妹。冬儿是个躁性子，与他的怯懦正好相反的。

冬儿也没有别的道理，反问如父母般的长兄：“你说你希望我嫁个好人，还是要我嫁年龄嫁钱财？”那周顺清自是无言以对。冬儿又道：“你要我学那个米娟小姐我可学不来，我这一辈子姘妇是不当的啊，那才真正叫你脸上无光。”

事情就这么搁着，周顺清改变不了冬儿的态度，也没有允口答应。冬儿和玉琼也不急着办，不冷不热一拖就是许久，倒让周顺清纳闷。

冬儿的师傅到处为她张罗对象，冬儿无一中意，直到那脾性极好的师傅都快发脾气了，冬儿才公布心中所爱。师傅怨她怎不早说，冬儿说怕你像我哥一样反对，我就站不住脚了。师傅哈哈一笑说恰恰相反，她是蛮看重那个欧阳玉琼的，不就是那个捐赠“文革”前整套《鹤了晚报》的人吗？图书馆宣传橱窗里登过他的大照片，知名度很高的哩。说这话时，冬儿知有个台湾回来定居的老兵，正在向孀居的师傅求爱呢，那老兵比师傅足足大了三十多岁，难怪师傅此刻有如此开明的态度。

话是说了许久，眼见得起步还晚些的师傅都快住到鹤了大桥下面的归侨住宅区去了，冬儿的婚事还是搁着，师傅也免不了老催。

却少有人知道：搁着的原因在欧阳玉琼。

冬儿是单相思，玉琼还从未有过这种打算。那冬儿也犟，不改初衷，常出没于欧阳玉琼家中，替他干一应家务活，也不看玉琼脸色是否高兴，我行我素，她不相信世上男儿真有铁石心肠的，一来二去，一晃日月就逝去了快两年，冬儿想他不急，我倒还真不急，我这年纪人家还在大学里念书哩。

见玉琼要为亡妻念经，冬儿便抽出时间来替他操持一应事务。周顺清那无女主人的家庭，担子是十二岁就上了冬儿嫩薄的肩膀，她什么都能干。待打发走念经的和尚，做好散斋的席面供各位玩家吃过，收拾妥帖了，便告别众人，风急火急往师傅家赶，她和她师傅在北街一带很有名，生意奇好，往往是大年三十儿还在替人赶新装的。

冬儿不向洪伟达辞行，看都不看他一眼，她对他自己有妻小又和乡下姑娘米娟私通十分气愤。

东方冉和洪伟达动员欧阳玉琼把婚事办了，冬儿似是没有什么可挑剔的，况对他是一往情深，如玉琼还看不上她，也就真有些不可思议了。

玉琼说并不是看不上冬儿，但他怎么也提不起娶她的激情来，婚娶应是动人心魄的甜蜜事业，如调动不了那种感觉，就如同是吃饱了面对一桌美味佳肴而没有胃口，如走累了面对一座高山而无力登攀，勉强为之便要乏味。

洪伟达便顿生疑惑，问他是不是有性功能方面的毛病。他以自己的体验，四十多岁的人，其能力并不见得比年轻人弱的，玉琼十年独守空房而对婚娶无兴趣，这实在令人费解。

欧阳玉琼说并非这样，便讲出一些稀奇的故事来——

说是自蝶儿突生怪疾，来不及送医院便撒手西归后，五七三十五天之后，亡魂返回故里，这样他每夜都几乎在梦中与她幽会。在生时他们没有红过脸，死后一如既往地相好。奇怪的是他如和蝶儿在生时一样，隔三差五要与之做爱的，如今人死了仍在梦中进行，醒来枕边虽是无人，自己却是精泄意尽，畅美无比。十年中竟从无间断，所以也就没有必要再娶以求体肤亲近之欢了。

而另一奇异的事情是在屋前那口清澈的小小池塘水面上，可见着蝶儿姣好如初的容貌。生前那蝶儿甚是喜爱这口鹅卵石铺底的小池塘，每天清晨不在房里对镜梳妆，却一定要到池塘边顾盼倩影。她平生极爱洁净，那池塘里是容不下一片枯叶的。她死后，欧阳玉琼便续下她的夙愿来，让一池清水如亡妻在生时一般清澈，以示缅怀。某一个月色明媚的夜晚，他无意中到池塘边散步，便见妻的面容完好生动地映现在水中，以后每逢月色皎洁的夜晚都能在此清池中与妻见面，为时可达十余分钟，这样隔水相聚已整十年了。在他的视野里，妻并没有离开她，在他的生理上，一如妻在生时的正常交合，因此他也就没有孤独的感觉，也不会因独身而对异性有分外的要求。

东方冉和洪伟达听了，甚感惊奇，问欧阳玉琼是不是因思念亡妻心切而生的幻觉？玉琼说绝不是的，他以往从不相信鬼神菩萨的，他长到这么大没有敬过神。自他和妻的幽灵做爱过后，裤裆是湿腻腻的，而与亡妻池边相遇并非一回两回的眼睛发花，整整十年哩！由此引发，他便开始相信人有魂魄的说法，所以要请了和尚来为妻念经，所以要敬奉亡妻的肖像。他曾请江湖术士算过了亡妻落气时分的运道，那术士说他妻死得好时辰，落了仙道，已羽化为仙家了。据说人之死辰也如人之生辰一样重要，同年同月同日降生的，有的长大后可成贵人，有的则是下人，可见生辰足可以影响人一生命运。死辰亦如此，好则能落仙道，坏则是鬼道。仙道可上天堂，庇佑后人，鬼道便下了地狱。

欧阳玉琼相信亡妻落了仙道一说。

东方冉道："怎么这么些年来，没听你说过这么稀奇的事情？"

玉琼道："这是夫妻间的事情，怎么要拿出去说呢。今天是高兴，为蝶儿做了法事，大家也来看了她，就说到这一层了。"

洪伟达说："月圆之夜，我们也来这池塘边会会蝶儿吧。"

玉琼说："也是怪事，生人是看不见的，我曾邀请冬儿一起看过，但有别的生魂在，蝶儿就不会来。"

"她是不想看见你和别人相好。"洪伟达说。

玉琼说："扯淡。我问过那些江湖术士，说鬼魂是回避生魂的。阳气毕竟强过阴气。"

东方冉道："你常与蝶儿幽会，何不征求一下她对你的婚事的意见。”

玉琼道：“我想都不曾想过这样的问题。”

洪伟达说：“你这就是说胡话了，一个年轻女子常出进你这单身汉的屋子，帮你做这做那，人家的用意也那么明白，你就真的麻木不仁、坐怀不乱？”

玉琼说：“我当然是明白冬儿的意思的。我劝过她，我离不开蝶儿，叫她不要再有什么想法了，世间好男儿多着哪。可她像你们一样，也不相信我说的话，对人说我神经有了问题，要耐心等我恢复过来，真叫人哭笑不得，她又是个很执拗的人，怎么解释也无济于事，我越作解释就越以为我神经有问题。”

洪伟达说：“我看一百个人听了你的故事，一百个人会觉得你是因思妻心切神经错乱了。”

玉琼惊愕：“你们真这么看问题？”

“真是这样。”

玉琼低下头来：“难道我真的神经有问题？不会，绝不会。”

东方冉道：“依我看，你那百分之百是幻觉，你应立即回到现实中来，把你们的事办了，就正常了。”

玉琼道：“可我从来就不曾怀疑过自己。让我再作些试验吧。”

一日，冬儿在街上见了东方冉，说要和他谈一件事情。这之前东方冉早就知有个冬儿，也是早就在玉琼那里见过冬儿的，偏从没有和她说过话，谅那冬儿是个怕见生人的很腼腆的乡下姑娘。见冬儿主动要找他谈件事，自然肯定是事关玉琼，便满口答应下来，冬儿便和他约了，到冬儿师傅的缝纫店里去谈。

东方冉应约前往，见她师傅不在，不容问，快言快语的冬儿便说师傅和那台湾老兵谈得很酽巴的，已无心干活了。东方冉便趁机问：“你和玉琼的事呢？”冬儿说：“八字还没有一撇。”模样便有些伤感。东方冉不放过这个题目：“你说欧阳玉琼，是不是真的生活在幻觉里？”冬儿说：“我说不准，我也被弄得信以为真了。”“有什么依据？”“不晓得。”东方冉突然想起玉琼所言与那亡灵梦交之事，便问：“你常给他洗衣的，没发现过什么？”“洗衣与做梦有什么关系？”“你仔细想想。”“想不出来。”“你帮他洗内裤的时候，发现过什么吗？”“他的内裤从不让我洗。”“为什么？”“我们只是朋友，他不好意思让我洗内裤，我也不好意思替他洗的。”冬儿的脸就红了：“不说这个，我想给你说说另外一件事，但你首先要答应替我保密，就只你知我知，好吗？”见那冬儿脸色神秘，东方冉便答应下来那条件。

冬儿便告诉东方冉，那欧阳玉琼真正神经有问题还不表现在婚姻方面，一个大男人迟早也会在幻境中拔出来的，何况自己这个年纪也不急着结婚。冬儿接着说出另一件稀奇的事来——

这北街玉兔巷有个叫荣公公的孤寡老头，已是白发白须白眉了，也不知有了多少年纪，反正儿子孙子都已先他而去，身边已无亲人，忽一日中风瘫痪，仅能滚滚爬爬勉强料理自己。好在他身边有些积蓄，可雇人护理。但老头脾气大，所雇之人，顶多也只能待个十天半月，左邻右舍也只能是早晚学学雷锋，于是便频频换人。那老人一生爱热闹，行动不方便了，便清早由人搬出来，坐在门首，观看街头巷尾的人来车往。

玉琼上街是必经玉兔巷的，见路旁多了个白须老者，不禁要多看几眼。尤其是见那有几分富态的老者，身旁就放置了一只古香古色、造型典雅的紫砂壶，不时举起，往口中送一两口水，玉琼便驻足下来，踅进去和那口齿尚清的老者聊天，眼睛就不由自主往那紫砂壶上睃。因曾被一个猫贩子捉弄过，这回就慎重得多了。初相识，怕那老人有嫌疑，轻描淡写说几句，就匆匆告别。第二天，玉琼装了不经意的样子，又来闲坐。此时那老人便知玉琼身份了，说他曾在图书馆宣传橱窗里见过他的大照片，他便是无私捐赠《鹤了晚报》孤品的好汉。欧阳玉琼一听那老者竟能说出“孤品”这样古玩界的专用术语来，顿生一点警惕，心想也如是上次在农村里碰到一个懂行的猫贩子一样，这垂暮老人说不准也是一个行家呢。再看那紫砂壶，便有点心怯了。便和那老者聊天，于是略知了他的身份：壮年时他曾是这鹤了城中混得不错的买卖人。买卖做得不小，曾带着船队顺鹤了河，入洞庭湖，再经长江，到过武汉、九江、芜湖、上海。吃过香的喝过辣的，在大口岸上睡过碧眼金发的洋女人，与湖匪交过手，也是饱经沧桑的一生。因此不凡经历，玉琼就断定老者那手中之壶必是有些来头的，或者他屋中还藏有好物。*

* 名贵紫砂现民间，恐是高人逢高人。好戏又露头。

再度来访时，老者已将那紫砂壶换上一只新的搪瓷杯子。玉琼知那饱观世态的老人已从他眼中看出来者不善，此刻他便有些坐不住了。但那老者并不在意，仍留玉琼打坐。接着说出些辛酸的话来，言是人老了不死又无后人护理，连个说话的人也没有，活着也如是行尸走肉。说他奔波一世，饱见世面，手头还是有点东西，却没有继承人，甚是悲哀……

这一日老头说了很多凄凄凉凉的话，让玉琼听了心寒，生出许多同情来。自那以后，玉琼便每日去看他，护理他，陪他说话，偶尔也将冬儿带了去，替那老者收拾房间，洗晒衣物被絮，甚至为其洗澡擦背，如同是那老人的孝子贤孙一般了。

这样持续有大半年了。

冬儿说：玉琼如今简直是着魔了，一门心思便在那老者身上了，也不知那老者许的什么愿，能让玉琼如此用心侍奉他，照说玉琼也不应是那种贪得无厌的人。

东方冉问冬儿：“你倒知道不少情况呀。”

冬儿道：“前面的知道，以后达成了什么交易，就不知道了。我猜玉琼是要服侍那老人到死，老人便答应把什么好物传给他，或者就是那只陶壶吧，那老人和谁都合不来，只和玉琼有说有笑的。”

东方冉也犯愁：这玉琼是个心性极高的人，不会为贪求一只紫砂壶而做出有失身份的事来吧？

东方冉自认为是了解玉琼的，在这鹤了城中也算是无话不谈的密友了，但他突然觉得玉琼陌生起来。冬儿央他这件事不要对玉琼讲，说他对这事特别敏感。东方冉知这玩古物的，都难免有自己不愿公开的秘密，当然犯不着去捅破它，便答应下冬儿不说，心里却是留下了一个疑团，倒要看那玉琼是个什么结局。

第二十四章

柳三生获得一个重要信息，说翠朗山中某农户家中，有块奇重奇硬的木板，上面刻有一些难辨之字。

不由分说，三生就备了款，携带一本楷、隶、草、篆四种对照字体的《书法字典》，当即买了车票，由人指引，直奔翠朗山，百多里路，乘坐的是公共汽车，一路有人上下，又多是携带着大包小件的农副产品甚至活猪活鸡，走走停停，竟走了三个多小时。

当晚在翠朗镇上歇了。心里老想着那又重又硬的古木，将会是什么东西，一夜未曾睡好。现在佛道之事日见旺盛，翠朗山又列入鹤了市的重点开发地区，朝香和旅游的便日渐其多，这昔日破旧的小镇迅速有了街巷的格局，农民纷纷在此做屋开店，旅馆一下就有了好几家。天刚亮，小镇就沸腾起来了，远路香客纷纷起床，要趁早上山敬奉诸路菩萨，然后下山来赶当日下午的汽车离去。

柳三生感觉是一夜未曾睡稳，天亮被人吵醒，索性就起床赶路。他这人不能有心事，有心事便往往兴奋得不能安神，无事则一倒下去便可睡上一两日不吃不喝不拉不醒的。以往搞创作也是这样的，有了题材，非一口气干完不可，干两三天不知疲倦甚至不知饥渴，一直要到完成一件作品方可安心作各种补充。几乎一晚没睡的柳三生，精神抖擞地经人指点，顺着翠朗山深深的峡谷，往树深林密人稀处进发。在路上也曾想了：这种蛮荒之地，会藏有什么好古物呢？但也抱着一种可能碰上奇迹的侥幸心理，充满信心前进。*

大概走了二十余里山路，已是半上午光景了，才寻到了那户农家。三间瓦屋，倒也收拾得干净，仅一个老太婆在家守候，他向那老人说了是某人介绍他来的，山里人好客，很快便有滚茶和洗脸水送到。三生急着看物，老太婆便引他进屋去。那昏暗的房里，有一个竖挖的地窖，上面盖着几块木板，其中便有一块灰尘霉斑蛀蚀的木板，有几寸厚，四尺长，尺余宽。三生借了微光，用手掌抹去一层尘垢，然后用指头敲敲那木板，即发出如钢铁般沉浑的声音。玩木已到了一定火候的柳三生，所谓近水识鱼性，近山识鸟音，这一摸一敲，便知是块好木，不禁心中一喜。老太婆说板子背面还有字呢，三生试图将其翻过来，插手下去，一使劲，竟如铁板似的纹丝不动。三生央那老人去外面叫两个帮手来，一会儿来了两个邻人，三双手将这木板抬到场院里，翻过来看字。这一见，三生的心也就快要从喉咙口跳出来了。

只见这木板中央，刻了一个篆体的“寿”字，落款是楷书“慈禧御赐”四字。是慈禧太后当年钦赐臣子或寿星的匾额，他听说过，那时候人均寿命不长，如出现了五代同堂的老寿星，皇上都是要送匾的。此物周边纹饰和色彩以及框边，因岁月久远，早已消退，但深刻进去的字仍保留完好，书法雄浑博大，苍劲雍容，刻工亦是十分考究，用料是名贵的红木，一见就知非等闲之物，柳三生自是爱不释手，心里早已是瘙痒难耐了。但牢记了夫人的教导，不可露出内心的狂动来。

三生就对那老人说他想买下这块木板，老人说买了干什么用？三生沉住气，说这段木料结实，他想买了去，做家具上的雕花挡板，老人说你喜欢就弄了去吧，只是木太硬会伤锯子，原来他们家做家具时，曾想取它来做抽屉，因锯不进去而作罢。三生

* 柳三生走火入魔，爱物心切，招来横祸。

同情地说：就是锯得进，也太重了，做抽屉拉不动的。

三生怕夜长梦多变卦，想尽快成交走人，便让那老太婆开个价，老太婆说她不懂，让三生多少给一点，三生说给你们一百元钱吧，我也是要一块硬木使，不然也懒得走这么远来买块木板，老太婆觉得一百元钱不少了，便欣然应允成交。

接下来是如何弄出山去。如按普通木质的板子，一人扛着还会嫌轻了，但这红木质的小小木匾，就如铁石般沉重了。三生便委那老太婆寻两个脚夫来，用一根粗竹套上绳子抬了出山。一直走到下午三四点钟，两个大汉累得汗湿衣襟，歇歇停停，好不易才抬到翠朗镇的旅店里。三生念他们辛苦，付了八十元脚力钱，打发他们高高兴兴地走了。他关上房门，开始品味这从未见过的钦赐之物，人虽累些，能得如此意外收获，心绪是极好。那么此物怎会深藏于那山中呢？据他的考察，那无名山洞中，历史上是未出过可享受皇上钦赐的人物的，最大的可能是出过五代同堂的老寿星。不管它，重要的是现实，而不是来历。这翠朗山中的土匪曾是有名的，就不可以去抢山外的显赫人家？三生便找出抹布来，带湿细细地擦抹尽匾上的尘埃，那细腻紧密的红木，果是不凡，显出暗红的闪亮光泽来，比任何漆色都显得沉着润滑……一直到了黄昏，欣赏了个够，方才觉得肚中饿了。想想一整天竟未曾吃什么东西了，忙出门到楼下馆子里，点了几样好菜，风卷残云般通通吃下。打着饱嗝，望着碧透了的翠朗山和隐隐可见的寺庙的红墙绿瓦，诗情画意顿时注满胸臆之间，不禁乐陶陶地吹着口哨，哼着歌子。天黑下来时，便稍稍擦抹一下汗迹，打点睡觉，待明日清早起来赶早车将物搬进城去。

也不知是什么时候，柳三生困得正死，突然被敲门声惊醒。他拉亮灯，起来打开门，一下子房中就拥进来五六个怒气冲冲的农人。不容他说什么，一个黑脸的汉子便对一个白脸的中年人一指那房中的木匾：“就是它。”那白脸人走近去一看一摸，在黑脸人耳畔说了个字，黑脸汉子就指着柳三生骂道：“好你个大胆的贩子，趁我们兄弟不在家，就骗走了我们家的东西，幸好我们菩萨敬得高，还没有让你得手。”柳三生急了，知是那主家找上门来了，忙说：“慢慢慢，我们先把话说清楚。”另一个黑脸汉子说：“还说什么，物归原主，抬走。”就有同行的解下扁担上的绳索，欲抬那木匾。三生张开双手挡着来人：“你们要干什么，这东西我可是……”话没说完，便被人推了一把：“还啰唆什么，赃证齐全，还啰嗦。”黑脸人道：“我看你这位同志真是骨头有些作痒了，要人给你捏一捏才好吗？知趣点你明天清早走人，我们也不拿你到镇上派出所去。如今正是要捉拿骗子。”三生眼见心爱之物要付诸东流，气急道：“你们可不要耍无赖啊，这做买卖有买卖的规矩。要到镇上去就到镇上去，非骗非抢，怕什么鬼？”黑脸汉子道：“还不是骗？趁我们都不在就下的黑手。”三生道：“那个老太婆不是人？她可是亲手收的钱。我买的是她的货，与你们无关。”“她七老八十，人老心钝，做得什么主？”“你那点钱，能买得下这皇上的钦赐之物吗？”那白脸人说。黑脸汉子逼近他：“这不是诈骗老人无知是什么？”三生说：“怎么可以证明这东西是你们的？告诉你们，犯了抢劫罪，是要坐牢的。”黑脸人说：“谁证明？我们这些邻舍都可以证明，这木板在我们家传了几代人，谁都晓得。”边上人说：“不要跟他啰唆，赶路要紧。”便冲上来，抬起那木板。柳三生寡不敌众，无可奈何，便奋身扑在那木匾上，手脚乱蹬。“哎哟”一声，不知踢着谁了，便有人道：“这狗杂种还打人。”只听得有人吼道：“打这臭贩子。”三生身上头上便遭到沉重的打击，顿觉眼冒金星花，身子似是轻飘飘地要离他而去……

柳三生醒来时天已显亮。他已躺到床上，身旁站着旅店老板。老板一脸呆滞，木讷地望着他。他知老板无可奈何，便朝老板挤出一个笑脸，权当安慰。老板心情沉重地打了热水给他洗脸，又泡了杯糖开水给他喝。一会儿他挣扎着起了床，对着墙上的镜子照照，除嘴角有血的痕迹、右眼角青肿一块外，倒也无别的外伤，手脚也还能活动，只是脑袋沉重，他又躺下来闭目静养，一闭眼便见那木匾被乡人抬着喜气洋洋得胜而归的景象。

大天亮时，旅店里的客人纷纷起床，上山的上山，出山的出山，窄窄的街上已有踢踏乱响的脚步。三生起来，拎着随身携带的小包，脑袋依然木沉地随了众人去赶进城的早班车。这镇上是有熟人的，“田耕”的大名，全市所有的乡镇干部大都知晓。过去市广播电台每日向农村播出的稿件中，大部分出自田耕之手。他来到任何一个乡镇都可受到热情接待，但他既然是悄悄地投宿于个体旅店里避人眼目，也就不好在挨打之后去求助于当地政府，因个人收藏而引起的纠纷，地方政府也无力调解，况他确是投了机，欺了乡人的无知，这种事还不可公开，哑巴吃黄连，只得暗忍了。

柳三生回到家后，只觉浑身无力，身上也无甚疼痛，只是想睡觉，似是一年半载未曾睡过的那种疲惫。进屋二话不说，倒头便睡，竟也无梦，死去的一般。

柳林见他眼角青肿，问他是怎么回事，三生甚至来不及撒谎安慰老婆，便一合眼就睡死过去了。柳林给他擦敷消炎止痛膏什么的，竟是没有知觉。柳林做好中饭，叫他起来吃，好不易推醒了他，他喃喃道不想吃只想睡，便又睡去。晚饭亦如此。柳林见三生平时也是生活无规律，饱食饥餐，能开夜车，能睡觉，也就不很在意，由了他去，反锁上门去约谷美芝看电影。美芝手头有活，晚上也在裱画，她看一看，陪着说说话，颇觉烦闷，便早早回来睡觉，见三生仍睡得死，没再叫他，兀自怏怏睡下。

第二天柳林起得早，到隔壁房里，见三生还在沉睡，心里便多少有了些火气，他这出去只在外面待了一晚，也不至于累得这么狠吧，怎么累，这睡了近二十个小时，也该调节过来了。是不是在外面做了什么彻夜不眠、寻欢作乐的事呢？平时三生和她做完床笫之事，就是显得如此之累，睡得如此之沉的。柳林看看，他眼角的青肿经敷药已消失，便欲将他叫醒，三呼五唤，不见回音，便动手推他，又伸手到他腋下抓痒痒，他平时是最怕痒痒的，一触手浑身便如触了电似的抖动，经了一阵折腾，好不易他喉咙口才“咕咚”一响，转过气来。柳林强拉他坐起，忍不住一阵数落，说看你前天晚上究竟干什么去了。柳三生脸色苍白，面无表情，紧闭着眼，坐一小会儿，才长吁出一口浊气来，睁开眼见了柳林，眼里就湿润了，脸上也有了生气，这之前是根本没有听见妻说什么的。对妻说：“呵，呵，幸好你及时把我叫醒了。”

柳林有气，不答。

三生道：“柳林哪，你若迟叫我一阵子，我就回不到阳世来了。”

柳林说：“你不要说笑话。你回答我的问题。”

三生道：“以前我也是不信什么鬼神的。昨夜里却是清清楚楚碰上了鬼。两个青面獠牙的赤发鬼，拿了根绳索，不由分说便套到我的颈上，要我跟他们走。我说我跟你们走干什么？他们说我寿数已尽，阎王叫他们来拿我，我一听慌了，这不是民间故事中常说的人之将死，小鬼来捉魂魄吗？想千万不能跟他们走，这一走，魂魄到了地狱，肉身就死了，我怎么能死呢？我上有父母，家有娇妻，膝下尚无子，还有一屋的古玩未作交代，可不能连遗嘱也没立就撒手的。我身体孱弱，颈根又被索子套住，动弹不得，不能逃跑，我苦苦央求他们，宽限我一两日，将家中事务作个交代再去阎王那里上任。小鬼说什么都可通融，唯此事马虎不得，说着拉起我就走。这时候正巧你就来了，你把我朝阳世拉，小鬼把我往地府拖。还是你力气大，把我拉过来了。柳林哪，你再迟来一步，我就完蛋了。”

柳林说：“不信你，鬼话连篇，想吓我是吧？”

三生说："你当然会不信的，嗨，我的衣服都汗湿了。"便叫柳林去拿衣服换。但头依旧沉重，不禁露出痛苦的表情来，柳林见他气色不对，问他是不是病了？她还真没见三生病过，连喷嚏都不曾打过的，三生也不愿流露出痛苦的模样来，他是很能吃苦的，便咬咬牙忍住，说没有病，换了衣，柳林弄好早餐，他吃了一口，很想吐，便没吃了。柳林说："你真是病了？"便有些着急起来，三生还是忍了："真没病。只是困太久了，没胃口，晚点到街上去吃。"努力装出没什么的样子来。

早饭后，少病的柳三生想去医院看看，不病的人最怕病，一有不适就心烦。他走到市第一医院，找到一个熟悉的医师，说想请他详细检查检查，但瞒了挨打的一节。这个医师是经他采访过并写了通讯在省广播电台播过的，对他很负责，领他做了几种检查，然后给他开了一大包药，说不要紧，药到便会病除的。

柳三生抱了药回来，很用心地吃那些药，在医嘱的分量中都加了点码，想尽快恢复正常。柳林见他抱了药回来，才知他是真有病了，也相信他说小鬼拉他去见阎王的话有几分真实，不禁害怕起来，百般地护理他，反复盘问他突然怎么的不好起来，眼角的青肿是怎么回事？三生仍不肯说出那段耻辱来，暗亏已经吃了，就不想让妻再难受。

用了药，三生仍觉非常疲倦，只想睡觉，但强挣着尽量不躺下去，想起那小鬼捉他一节，夜里更是不敢睡死了。几天不出门，按时限刻在家服药，仍不见有什么好转。

也是活该柳三生有难。正值他身子饱受摧残之际，那谷米香的人又找上门来，索要他们祖上的那张雕花木床。

一日，三生家中突然闯进来三个乡下人，掏出村上开的介绍信，对柳三生夫妇说明来意：欲赎回他们祖上的遗物。说这事他们族上集体讨论过了，又汇报到鹤了市的有关部门，这张雕花木床，是谷米香祖传木器中唯一的一件珍品，当初族人不懂，也不怪你们这些收藏家。现在谷米香搞开发，要把古物调集起来办展览馆，不然谷米香也就没什么历史可言了，所以不论花费什么代价，也是要把这物赎回去的，不然他们这批后人，就无脸向老祖宗交代了。*

三生听毕气极，有话急于要说，因孱弱又说不出来，急得眼泪在眼中团团转，要弄走这床无异乎是要他的性命了。

柳林自是不服，但仍是好言和他们说理，说东西已买进许久了，现在不再是姓谷而是姓柳了，这是受法律保护的，当初也是正常交易，非偷非抢，这要再赎回去，须得他们同意。而什么都好说，这东西是绝对不可能放手的，叫他们放下这个希望。

说来说去，双方火就上来了，那谷姓人也不是等闲之辈，扬言无论是走白道还是走黑道，谷米香以往流失的文物，什么都可以不收回，这床是无论如何也要收回的。走白道是打官司、告状，看谁说这床不是姓谷就找到谁头上，走黑道呢就不必说了，不相信谷米香大屋中上千男子汉就弄不回老祖宗的东西。

话已是说得很绝了，柳三生越急越无说话的气力，再急，就"砰"一声倒在地上，人事不省了。

柳林就号啕大哭起来，说如果姓谷的把她丈夫气坏了，她就要放火烧了谷米香大屋。这一哭一骂，左邻右舍的人就走了过来，谷姓人见状不便再谈，便悻悻开溜，扬言说还会来的，东西是要的，让柳先生先治好病再说。

柳林和邻人，七手八脚将柳三生抬着，径奔医院抢救。柳林从未经历过这么大的事，慌得全无了主张，好在当晚城中就有好几个玩主，闻言三生病重，便过来帮着照料，谷美芝便住到柳林家来帮她守家，柳林当着谷美芝的面痛骂一顿他们那姓谷的族人无聊、不讲理、无知……美芝就由了她骂，待她发泄毕，说："我也是他们赶走的呢。"柳林便抱着美芝痛哭，并说出柳三生梦中

* 祸不单行，柳三生收藏的爱物，又遭主人强行索要。

撞小鬼的故事来，说要是三生死了，她怎么办？美芝斥责她：“尽说些不吉利的。人哪没有个灾病的。”便动员柳林备病号饭菜，积极配合三生治病。

第二十五章

市长高安的夫人费晓兰身体不好，这是众所周知的。所以一般知内情的人去找市长，进屋便要制止费老师起身泡茶拿吃的。通常每晚都有人去找市长，少则一两批，多则十余批，有的干部见市长家来访的多，便索性留下来不走，替费老师招待客人。那费老师尽管体弱多病，对待来访者是从不厌烦的，尽最大努力做服务工作。大家都很同情她，市长也尽量减轻夫人的负担，能自己动手的尽量自己动手，譬如他就从没有让费老师为他洗过衣服。夫人就是三伏的天气，手脚一下冷水便会生病。因此高安极少在家弄饭招待客人，非要私人招待的客人，便带到馆子里去，自己掏钱，款待一顿，标准是一致的：两菜一汤或三菜一汤，说明白一是夫人身子弱下厨有困难，二是市长不是老板，只能招待出这个水平，当然谁也不会见怪，谁到市长这里来，都不是来谋一顿好食的。

这天破例，高安早晨起来后对夫人说，晚上他要请两个客人吃饭，这客人非同小可，要费老师亲自下厨，费老师知丈夫是极少请人到家来吃的，此客一定不同寻常，当然是欣然应命，抖擞了精神，吃下几种预防出毛病的药片，便上街采购。市长说菜不必搞得多，但要煮得烂，他请的是老人。

晚饭应邀前来的是司机何志的父母何东海夫妇，何东海是老机关干部了，知高安家中状况，见是费晓兰亲自掌勺下的厨，深感过意不去，埋怨高安，说倘是知费老师下厨，他们是无论如何也不来赴宴的。高安说，今天接你们夫妇，用的是高规格。何氏夫妇连连称谢，口口声声不敢当。尽管市长吩咐了不必多搞菜，费晓兰也还是大盆小碗地客客气气弄了八道菜，待菜上桌后，她累得在餐桌旁直喘粗气，已无吃的力气了。为遮掩窘态，才勉强举筷，其实什么都不曾吃下去。这情景何氏夫妇和高安都看在眼里，高安忙高声敬酒劝菜，想冲淡某种气氛，但何氏夫妇并没吃好，一桌菜几乎没动什么，就双双罢席了。

饭后用过了水果和茶，高安才慢慢道出这请饭的因由来。

市长说："今日请二位来，吃顿便饭，确是不成敬意，小时候我就没少在你们家吃过饭，顽过皮，长大了，忘倒是不敢忘记的，只是从来也没有回报过。过去的事，我常跟费老师唠叨的，所以我今日破例请费老师做饭，也是要表明一份敬意，可惜你们都没吃好，怕是不合口味吧。

"另外，我还要和你们谈谈何志的事。志伢子这几年跟着我，对我是百般关照，我对他也放心，不该他办的事，我也安排他办，他是司机兼秘书了，人们都说我们亲如兄弟手足。车子也确实开得好，因他爱惜车子有了名，把整个政府和市委车队的作风都带好了，车队每开会，就把他抬出来做榜样，团市委好像还给他评了个全市十大杰出青年，表现确实不错。

"可是最近他突然染上了喝酒的恶习，这喝酒也不是什么坏事，但开车的喝酒就是恶习了，从科学的角度来讲，司机是绝对不允许喝酒的。第一次我在车上闻到了酒味，我警告他下不为例。我事情也多，没有问他因何要喝酒，是不是有什么不顺利的事？照说他有什么事，也不应瞒着我。

"结果前天他又喝了酒，他送我出去开会，车子刚开出政府大门，就在大街上撞翻了一个农民的菜担子，蔬菜撒了一地，幸好没撞着人，正是上班的时候，人多车多，一下子就围了很多人，连围观的人都闻到了志伢子身上的酒味，有人就幸灾乐祸说，市长的司机也喝酒，这就有好戏看了。什么好戏？头一幕，就是街头巷尾的重要新闻：市长的司机酗酒开车出了事，鉴于这种事情不能给交警造成压力，不能让此风在鹤了蔓延，我当即让政府办把何志从司机岗位上撤下来了。我对志伢子说了，你不能开车了。他很后悔，说要痛改前非，下不为例了。我还是坚持不让他开车了，工作另作安排，所以这件事，要对你们二位老人说明白，我希望你们支持我的工作，市长不带好这个头，今后工作难做的。”*

一听这话，两位老人顿时脸色大变，沉吟片刻，何东海表态说，他没有什么意见，反复检讨自己家教不严，让儿子给市长脸上抹了黑。高安连忙解释不是什么抹黑，人人都是难免犯错误的，只是当了这个市长，不能不严格要求下属。

何东海的夫人眼里就湿润了，央市长能不能给他最后一次机会，说儿子最爱的便是开小车，而且是为市长开，既有面子又有内子，人家看得起，还当了市长的秘书。

何东海便制止老婆说下去，自责说本来就给市长添了麻烦，还有什么脸面去求情？

市长高安送两位老人回去的时候，送得很远，心情很沉重。何东海反过来安慰劝导他。

高安回家的时候，连从不参与市长任何公务的费老师也说这样做是不是有点残忍？况那何志是如兄弟般贴心，市长说我也知道有些残忍，尤其是伤害了如我父母一般疼爱我的何氏夫妇，但有什么办法呢？谁叫我当的是市长哩！好心的费老师又劝丈夫，不必因此等芝麻小事过于费心，有大事要干呢！

几天后，市长高安贪得闲暇，晚饭后便到鹤了大桥上去散步，这鹤了大桥如同是他的一个恋人了，只隔几天未见，便要思念心切的，便牵肠挂肚的要去看看。这不仅仅是看桥了，他当初

* 何志嗜酒，高安忍痛大义辞退。高夫人和谷美芝提醒市长谨防小人。

排除众议、力举上马的新城区也日见繁荣起来，归侨住宅区第一期工程的十栋小洋楼已售完并住上了海外归来的鹤了游子，第二期工程的十栋业已竣工，据近期报告，楼房都已有了新主，预付款都已收妥，估计第三期工程可以付诸实现。因归侨中有不少人手中拥有可观的款子，人在此定居了，准备在鹤了市最美丽的一块土地安度晚年，有人就热心在新城区投资办起了企业，虽说大多是食品加工业、竹木制品业等规模不很大的企业，但对于鹤了市这样交通不便、底子薄、条件差的贫困地区，也是了不起的变化了。新城区因此而沸腾了，彻夜机器轰鸣，新厂房眼见得一栋栋立了起来。作为一市之长，这样的景观，便是他心目中最美丽的图画了，没有什么比这些变化更能让他激动的，作为一个土生土长、在古旧的老城里待了几十年的市民，最渴望的事情是鹤了富庶，何况他当着父母官，人们把厚望寄托在他身上。

关于归侨区，市民中也有议论的，说那里是“红灯区”“腐化区”，原因也极简单，一些台湾老兵纷纷娶了嫩妻，几十岁的人了老来风流，便被人们看作是有伤风化了。这种看法，甚至在国家干部中也盛行，一次高安在市直机关工作会议上就批驳了这种观点，批评说老百姓这么看问题倒也情有可原，国家工作人员也这样随声附和便有问题，婚姻自主、恋爱自由是受法律保护的，法律就没有规定老人不可娶少妻，我们就是要欢迎更多的海外同胞回来定居，只要他们愿意回来就是好事，他们荷包里有了钱，就要用来投资，这对发展鹤了是大有好处的，这一点谁都明白，所以我们应在法律和政策许可的原则下，尽可能为他们创造宽松舒适的环境，千万不要人为地设置包括舆论在内的障碍，不要拒人于门外，相反是要敞开大门……干部中对市长的发言持两种态度：一是十分的赞同，二是酸溜溜地说：市长的观念蛮开放的呀。

市长这样的态度，也可以说与新城区的新气象、归侨住宅区工程的进展是有密切关联的。

这晚高安刚走上桥头，便见谷美芝站在桥上朝他招手。美芝走近前来说："我在这里等你几天了，真正是见官难哪。"市长说："等我做什么？有什么好事？"美芝道："当然是有事。"市长说："恰好我这几天忙，没工夫出来散步。"美芝邀请道："到我那里坐坐好吗？"市长说："又有了什么好画？正想去欣赏欣赏。""你真是大忙人哪。""市长不忙算什么好市长。"美芝道："你倒是挺不谦虚的啊。"市长说："我有个朋友说，很多时候，人是骄傲使人进步的，我也有同感，人的自信心很重要。"美芝道："据我所知，可惜你还不是这样的人，倒是谨慎有余。""是吗？"市长哈哈一笑，对此评价，不置可否。

进得屋来，谷美芝便迫不及待地说："据说你不让何志给你开车了？"

市长说："怎么，你也替他说情？"

美芝道："我凭什么要替他说情。只是觉得心里很难受的。你知道他为什么喝上了酒吗？"

市长说："倒是不知道。"

美芝道："他向我求爱，我拒绝了他，他就心情不好，以至于借酒浇愁。"

"其实，这后生还是不错的。"

"你是劝我同他相好？"

"那倒不是，萝卜白菜，各有所爱，爱情的事，旁人无法指导的。"

"我说不出他哪里不好，但我对他没有兴趣，但我又不想伤害他，真是矛盾。如今是不想伤害他也已伤害了，还让他丢了方向盘，当然我也不是要你收回成命，不让他开车了也一定是有道理的，我只是想和你说说心里的话。"

市长说："你心地善良，可以理解。但何志车是不能开了，至少一个时期内不能。”

美芝最后说：“有句话我想告诉你，你应该当心一下何志，何志绝不是一个很轻松的角色。”

市长一笑：“你想到哪里去了。”

美芝严肃道：“我不是多心，不是小心眼，据我的观察，他没有你想的那么单纯。”

市长道：“这么严重？”

美芝道：“我和柳林都感觉到了，何志这个人杀气很重。告诉你呀，女人的感觉往往是比较准确的，我不是一个凭感觉去评价人的人，说这话，是有些依据的。”

市长轻描淡写地说：“好吧，我提防着，有句伟大的话叫作‘防人之心不可无’，对不对？”

美芝说：“你不以为然？”

市长说：“我记下了。”

以前费晓兰没少见丈夫在家里严厉批评甚至痛骂某些失职的部下，每逢这种时候，她就缩进房子里或者领着孩子出外，怕被挨训者尴尬。她不以为丈夫那样做是过分了，她也从没有指责过丈夫不应该那样，她坚守“不参政”的原则，自然包括不说好也不说坏，虽说有时候不忍心看那些被训斥者的可怜相，心底里却暗暗认为当官应是有点杀气的，所谓“一将功成万骨枯”不无这层意思，出色的领导应是恩威并举的，这“威”就包含了对部下的严厉约束和具有老百姓所言的“杀气”。费晓兰是个心肠柔软的女子，却不愿丈夫成为一个婆婆官、大善人，这是令她自己也弄不明白的事。

只因为喝一两次酒丈夫就下了何志的司机之职，这事却让费晓兰很难放开，在她的心目中，有何志能够留在丈夫身边，也就如她留在丈夫身边一样了。何志是个心极细的青年人，能够非常得体地照顾丈夫，有时候出远门不用车，市长也把何志带在身边使唤，可见丈夫对他的信赖。干部中传言他俩如亲兄弟一般和睦友爱，这是不假的，这份情感和默契绝不是做作的，不是因市长的官阶而有了司机的必然服从，是超越了上下级关系，是何东海夫妇与高安父母邻居加兄弟几十年情感积累的延续。

丈夫身边少了这么一个人，还到哪里去找一个呢？费晓兰一直想这件事情。丈夫既已决定下了他，是木已成舟，不可更改的，她也无力回天，只是觉得遗憾，老想着那爱车如命的何志将会怎样的难受。她曾问过何志：你准备开一辈子车呀？何志说他直到开不动了他也不嫌弃，他说他小时候就最喜欢跟在汽车后面跑，为的是闻那股烧过的汽油烟味。费晓兰曾叹曰：简直不可想象！天下会有如此爱好。他只想开好车，替有头有脸的人开车，所以在鹤了市替市长开车，是他最高的人生理想了。这个权利一下子被剥夺了，他心里会是什么样子？

一日，费晓兰抽了闲暇，想去安抚一下何志，问问他有什么想法，她真想帮帮他。费老师是在一家小酒店里找到何志的，她说她找何志，连住在他附近的小朋友都知道了何志热衷的去处，随便就把她引到何志身边，见何志颓废的样子，费老师心里很沉重，昔日随着丈夫招摇过市、精神抖擞、衣着整洁的何志，竟不些日子就变成了个市井游民、街巷酒徒。

何志见了费老师，虽是血红了眼睛，仍本能地显出尊敬的姿态来，慌忙拉过一条酒店里那千人坐万人踏的油光黑亮的凳子来，请她坐下。他曾对人说：这鹤了市中，我最崇拜的男人是高安，最尊敬的女人是费晓兰。有人便打趣道：那你今后要找的老婆，就是费老师式的喽？他说：不。人问：为何？他说：那我一辈子都抬不起头来的，她这人做人的功夫已经到了顶峰，非要是高人才能配她的，我这人还是混浊了些，在她面前一站便要显出猥琐来，整天在一面镜子前看自己的丑样子，难受的，抬不起头来的，甚至在这样的女人面前，你连做爱的勇气都没有了的。人道：

你前面的道理尚可理解，后面的就是胡说八道了。何志道：真的，我想就如同是佛教徒见了观音菩萨，是绝对不会产生任何邪念的。

何志在费晓兰面前果就羞惭地低下了头，戏谑地说："大姐，我发现我最大的兴趣，并不是在车，而是在酒，难怪有人一生嗜酒如命，我现在才体会酒的好处。"

费老师说："你说的未必是真心话吧……你心里难受，有什么就对大姐说吧，看我能不能帮你。"

"没有什么难受的，大姐，我不骗你。"

"你又说假话，或者是酒话。"

"我晓得你来找我的用意，同情我，大可不必，大可不必，市长没有错，真的，他警告过我，我也警告过我，但我宁可丢了车也要喝酒，我是迟早要丢了方向盘的，想躲避也不能躲避这个现实。"

"大姐知你染上这恶习的原因，其实，何志，婚恋之事，本是命中注定了的事，男子汉大丈夫，大可不必……"

何志忙打断："大姐，你快不要讲那些大道理了，这些道理我也能这样对人家说，其实生活中有些事，是任何高深的道理都指导不了的，没有用的，譬如大家说太阳很温暖，但对于心灰意懒的人来说却会是冷。"

费老师说："啊哟，你还真有一套的，你没有醉呀。"

"有言道酒醉人清醒，何况我真是从没醉过。"

"那何必要喝呢？"

"我也解释不清楚，真是的。"

"既然解释不清，也可不喝呀。"

"我想慢慢地，自然就不喝了的，但这要有个过程，我也不知哪刻不喝了。我想我终有一日会不喝了的。"

"这就好。以后有什么打算？"

“上班呀，反正到海边打工，我是不去的，这鹤了城中，还是有好玩的，有值得留恋的地方。”

“这么想就好。”费晓兰是做老师的，能够创造良好的说话气氛。她耐心地陪着何志说了一阵话，何志的心情就渐渐好了起来。

最后何志对费晓兰说，他不想再见到车了，想到行政科去抓基建，如她方便，请她与有关方面说说，能成则好，不成也无关要紧。

费晓兰答应去说说，但只是说说，不打包票的，她有她做人的难处，她处于一个最好说话又最不好说话的位置。

费晓兰回家后对丈夫说了她曾找过何志的事，并转达了何志想到行政科去抓基建的意思。

丈夫说：“他想去抓基建？”

“是的。”

“他很敏感，市委、市政府正好要盖一批宿舍楼。”市长这时突然想起谷美芝的忠告来：“抓基建对于心术不正的人来说，可是个肥缺。”

费老师说：“你看着办吧。我只是找他说说话，他很烦的，开导开导他。”

丈夫道：“我知道你不会答应他什么的，他不懂建筑，懂的还是车，还是让他到机关车队修配厂去吧。”

费晓兰便不好再说什么，劝丈夫早睡，他是每晚必看一个小时书方可入睡的，因此常常弄得睡眠不足。

第二十六章

柳三生的病反反复复，时好时坏。好起来如常人，仍回家中来料理众多玩物，坏起来不进饮食，痴痴呆呆，五音不全，呕吐不止，睡去则呼噜沉沉，如脑出血者的症状，连常人都知这是脑子里的毛病。市医院尚无先进的脑检查仪器，有人建议柳林找车拖到省里去做个脑 CT 检查。主治医师说不必了。这医师与柳林沾亲带故，是市里最好的内科医师之一，极是认真料理三生，柳林便听他的，把希望全寄托在他身上。

柳三生从未病过，更不知住院是何滋味，此一病非同小可，把他家里和岳父家众人都惊动了，嫡亲的一干人众川流不息往来于乡间和医院，三生的家里成了旅社，每顿有十来人吃饭。柳林没经过大事，整天是混混沌沌不知所措，家中一切全由了亲眷去料理。

一日，某亲人持了三生的生辰八字，去请在街旁路边谋生的瞎子算了，回来告柳林说：家里不清洁。柳林不懂迷信，问“不清洁”是什么意思？亲人说是不应该放在家里的东西放在家里了，譬如那些菩萨、金刚、罗汉、鬼怪，都是有神位的，要受香火的，怎么能东倒西歪扔在床头地角呢？是那些东西害苦了三生。柳林说我早就觉得这些受过香火的神像不能留在家里，果然今日要害人。便马上与亲人把十来个造型各异的木雕神像清理出来，让神像们整齐地排列在一块门板上，然后点燃香火，柳林与家人均跪拜于地，向神明菩萨谢了罪，求菩萨原谅三生的过错并保佑他早日康复，再让家人恭恭敬敬地抬着，一股脑儿送到附近新修复不久的城隍庙中，受黎民香火供奉。

柳三生住院期间，谷米香大屋派出五位均是须眉半白了的长者，到市政府指名要找市长高安请愿。这请愿在基层已不是什么稀奇的事了，复员退伍军人、教师、退休老工人、倒闭和半倒闭企业的代表、街道居民，也常是因个人或本集团的利益问题，要到市政府怒容满面地拜访市长的。有些问题是解决了，绝大多数的问题不是政府不知道，不是不想解决，而是政府也无能为力。但不管怎样，能得到一个答复，有时可以谋到一顿饭吃，乡下来的，可以到招待所住一夜，第二天派个车送回去，也不算白请愿一场，所以小型的请愿活动渐渐成了一个平常的节目。

市长一般是不见请愿者的。市政府大楼一层的头一间便挂了信访办的招牌，那里常年有人值班，配备了温和敦厚、能说会道的优秀干部来迎候那些怒容满面的上访者，极尽恭谦地倒茶递水，一副无限同情和理解的样子，来访者流泪，也掏手帕擦眼睛奉陪，然后推心置腹无半点官架子地促膝谈心，倒也常能化险为夷，大事化小，像一杯冰镇的冷饮，减弱些许人们的火气。

这谷姓五老却不好对付，他们似是经了名师指点，准备了充足的钱米，分别住在亲戚和旅店里，也无甚火气，决心不受信访办的轻易打发，一心要当面求见市长，扬言是哪怕等十天半月，也要等到百忙的市长大人的。

信访办的人劝说过三两天后，见无希望，便报告了市长。正巧高安由几位玩的陪着，去医院看望过柳三生，并知病发之时谷米香派人来索要他那雕花木床的事情，便答应亲自接见这几位老人。

由那谷米香族长领头的五位老者，是极尽斯文之态，一副知书达理的样子。市长听柳林讲起一批谷姓人粗暴地欲抢走她家收藏的情景，觉得与眼下的态度很不相符，看来那谷姓人是软硬兼施要赎走那古物了。

果然是讲的那雕花木床，老人们呈上有千多人签名、长达十余页的请愿书，求市长从中调停，以免发生什么不测。那族长说得好：市长大人您既是本市的最高长官，又是鹤了古玩界的玩家，于公于私您都是最好说话的，这事您一定要成全了。

市长说，一张床，值得你们如此兴师动众吗？

族长说，值得。便说出一个关于这床的故事来——

那族长说，不久前他们从邻近B省的W县县志上，发现了有关此床的记载。话说乾隆五十五年，W县有个富甲一方的大财主叫阎百万的，足下有位千金许配给谷米香一位后裔，阎百万备下了丰厚的嫁妆，其中就有这张雕花木床，这雕花木床怎么会写进县志呢？因它是当时闻名W县乃至全国的一位雕花木匠的作品，这位木匠曾雕过进贡给乾隆爷的紫檀木佛像，皇上对那贡品爱慕不已，问是何方雕工所作？地方官报上这木匠的名字，乾隆当即便御口封那匠人叫“阴阳手”，意为有天工地造、神鬼莫测的本领。这“阴阳手”未被御封之前，便几乎是阎百万常年雇用的匠人，偌大一个宅子，无以数计的雕梁画栋、屏风刻品，均出自“阴阳手”以及众弟子之手。据说这张陪嫁木床，“阴阳手”领着十名弟子，整整雕造了十个月才完工。当然御封后的“阴阳手”，从此便是官僚阶级了，除为皇上官家制作精品外，是不可再为民间服务了的，阎百万也不能再雇用他甚至求见他都要作揖的，这床是他留在民间的最后的作品。

“阴阳手”御封之前的作品，一夜之间自然是身价百倍，凡从民间可以找到的，都被官府登记造册，阎家陪嫁的雕花木床也连同“阴阳手”的大名一起写进县志里去了。柳三生收藏下的这张床载入县志的名字叫作“四重百零八景玉榻”。“四重”是要过四道绣帘方可至床位，“百零八景”便是雕花板块的总和了。据考证，那县志中记载的便是存留于谷米香的这张古床，那床头正中阳雕山水画上是留下了“阴阳手”的款记的。

邻省W县的阎百万家，离谷米香并不太远，翻过两座山也就到了。可惜那阎氏下嫁到谷米香后红颜命薄，未曾生育就一命呜呼，所以在谷米香残留的族谱中，仅可见乾隆五十五年谷姓人某分支房头有阎氏的记载，这就无误地印证了那“四重百零八景玉榻”系阎氏的陪嫁品。

讲完这一节来历，五老便苦苦央求市长能成全他们赎回谷姓传家宝的夙愿。说现今看来，谷米香作为引世人瞩目的地方，如拿不出真正像样的古物，也就没有什么分量了。老人说如果他们赎不回老祖宗的遗物，也就没有脸面再回族里去，反正也带足了钱米，在市里等候政府的明确答复。

市长批评说，上次你们到人家屋里去威胁人家就不对了，尤其不能动手抢，那是犯法的。

五老连连赔礼说那样做不对，年轻人不懂法，有鲁莽之处，祈望市长原谅，所以这次他们特来请政府出面解决。

市长顿感这样的麻烦事又落到政府身上，倒还不如让他们私了，政府确无精力应付这样的事情。那柳三生爱古物如命，如今他生命垂危(主治医师曾私下里对他说三生已无望康复，去省里做脑CT检查都没必要了)，这种时候，怎忍心去做他的思想工作，让他献出他最心爱的收藏？而做不好这个工作，那五位老人恐怕是铁了心要天天到政府办公大楼来上班的。

高安便想了个延迟的办法，对那谷姓老人说：“现在那柳同志重病住院，这种时候，政府也不便去做动员工作，他得的又是脑子里的病，尤其不可受刺激，这也有个道德问题，对不对？何况这个人收藏古玩，也是国家允许的，你们谷米香的东西现在成了他的个人收藏，要赎回来，不可霸蛮，应慢慢做思想工作，所以你们先回去，待他病好了，我找他谈谈。”

那老的欲再说什么。

市长一挥手，很干脆地快刀斩乱麻：“就这样定了吧。如果你们信赖我，愿意通过合作途径解决问题，就先回去。”

秘书便趁机进房来催客，对众人说：“真对不起，市长还有会。”便拥了市长出门。

那几个老的，见市长答应了做工作，那病人也确是病重，觉得可以缓冲一阵子，便相邀了暂且回谷米香去，再作道理。但留下暗哨，什么时候探得那姓柳的病好了，他们再度来讨市长的回复，此物不收回去是绝不罢休的，事情已闹出了些眉目，谅姓柳的也不至于将那床转移，根据国家的有关条例规定，这1790年的东西，又是出自名家之手的作品，是货真价实的文物了，谁也不敢怎样它的。

柳三生在翠朗山被人毒打后的第十七天，精神突然奇好，对医师说他想回家里去住一晚，还想洗个澡，换换衣。他不用人护理，便回到家中。柳林服侍他洗了澡，给他吹了头发。三生见所有木雕人像全没有了，问柳林是怎么回事？柳林说你还留恋那些木脑壳吗？就是它们在家中害病了你，我们把它们送走了，你看看，刚送走鬼神，你不就精神了许多？柳林见三生要回来住、要洗澡，从心里高兴自己做了件了不起的事。柳三生苦笑着长叹一声，不好再说什么。亲人们哪，有谁知我被人毒打了一顿还不敢对老婆说的苦衷呢？

当晚三生说他要一个人安安静静地在那张雕花木床上睡一觉，柳林说要不要我陪你？他说不必了。柳林见他在医院里也没有睡好，就不再坚持，指望他的宝物能促成他的好觉。

第二天早晨起来，见三生睡得安详，张开两手，搂抱着许多雕刻精美的小件古玩，身旁几乎快堆满了。柳林心里哀叹：真是走火入魔，人病成这样还如此痴迷，便没有叫醒他，和留宿在屋中的几位亲眷悄悄地做过早点吃了。一直到屋中收拾毕，已是上午九点钟了，柳林才去推摇丈夫，催他去医院吃药打针。

谁知她千摇万推，千呼万唤，再也叫不醒丈夫了，他已离她而去，其时刚满三十二岁。

柳三生躺在他最心爱的玩物上，搂抱着他生命的寄托，了结了他年轻的生命。*

柳林见丈夫推不醒了，尖叫一声便晕过去了。但一瞬间又清醒过来，忙厉声指令泪流满脸的亲戚："快去叫 × 医师来，三生的身体还是软的呢，快，快！"

很快 × 医师汗爬水流赶来了，身边带着两个护士并一应急救药物。医师掏出听诊器去听三生的胸，又拨弄一下三生的眼皮，幽幽地说："已经迟了，他是五个小时前去世的。"

柳林止不住号啕大哭起来，一边央求她的几位亲戚："快救救他，他的身子还是软的，他还能活。"

医师说："冷静，冷静。他的脑子死了，神经系统坏死了，没法子救了。"

"可是他身子还是软……"

医师说："我知道。"

"那怎么身子还是软的呢？"

医师道："身子软并不能说明……"

"不能说明他活着是吗？"

医师说："相信科学吧。给他准备后事。"

柳林绝望了："可他，身子还是软的……"

一会儿，家人和单位上的人越聚越多，悲声震耳，旁观者无不落泪，毕竟是还不该与死亡有联系的年龄啊。

不一阵，鹤了城中一些玩古物的，纷纷闻讯赶了来。广播电视局也动作起来备办丧事。

* 柳三生被催逼致死，却选择了没有举报故意伤害他的人。

闹闹腾腾，已是中午了，亲友便让柳林寻出衣物来给死者洗抹装殓，令家人十分吃惊的是三生依然是体软如常人，照说早应僵硬了，于是哭声又起，说三生并未死去，叫送医院。

乡中有见过世面的亲戚就质疑：三生是否有什么未了的心事？乡中老人作古，因要等到想见的亲人而没有等到，就是魂魄被阎王限时限刻索了去，往往死不瞑目，一定要听到了亲人的呼唤才放心西归的。便把柳林叫过来，她是他最贴心的人，让她问三生有什么没交代的事、不放心的事要活着的去完成，好让他尽快归到他该去的地方。

柳林本不信这些，但又解释不了丈夫仍软着体肤的现象，便由乡中亲戚指导着，对着面如纸白的亡夫一一发问：

外面有没了结的账务吗？

要我给你过继一个儿子吗？

不要我改嫁吗？

要我改嫁吗？

丧事从简、尸体火化吗？

到乡下择块好地，修座大坟，做几日道场吗？

这些古玩分送给朋友吗？或者变卖了养家？

把乡里的父母接到城里来？

……

不是，不是，都不是，乡中亲戚似有十分把握地替代死者回答。

该问的似乎都问遍了，最后柳林的眼光停留在死者仍躺着的这张雕花木床上，是不是想带走他生前视若生命般宝贵的这件古物呢？如今生命消失了，灵魂恐还系于这物上不肯离开。柳林便问：“你是想带走这张木床吗？”

话刚发出，奇迹就出现了，三生鼻子和嘴角就沁出一丝鲜血来。那内行的亲戚忙招呼：“是了是了，三生没了却的就是这件心事。”柳林便含泪说：“你……放心去吧，这床我烧给你，带到天……堂里去……”亲戚拨开柳林，说：“快给他洗抹装殓，趁他手脚还是软的，等一下硬了就穿不进寿衣了。”

柳林一听那个“寿”字，心一酸，又泪流满面，三十二岁，怎可称“寿”哟。由了亲人手忙脚乱为其擦抹尸体，穿衣着袜，不一阵，料理完毕，便见尸体僵直如柴，灵魂已放心西去。

由广播电视局、乡中亲戚、古玩界的友人三方组成的治丧委员会定下的大体方案是：先在城里开个追悼会，再将尸体运到故居，做一天两晚道场，然后烧了那张雕花木床伴灵。于是分头发讣告，张罗布置灵堂，采买一应物资。柳三生在鹤了城中，无论是当年写文章还是后来玩古物，都是一个出众的人物，手头也宽绰，这丧事是要热热闹闹地大办一场。

柳三生的暴死，最感震惊的是鹤了古玩界的同人。在家的道友几乎全到广播电视局院里为三生守灵，回想起与三生相处玩古物的乐趣，活生生的一个痴汉子，突然就没了，令人好不心酸，好不沉痛。近处乡中一些二道贩子，闻讯也都赶到城中来祭悼三生的亡灵，许多人是在三生这里得到过好处的。城中和乡中的两路人马会合了，因三生的英年早逝，顿觉人生是这样的紧迫和不可测，便都消化了以前因那南方老板来此收购古物时造成的城乡隔阂，觉得大家应好好地互相拉扯，不计较细节，珍惜生命，好好地玩玩，像三生这样一蹬腿，后悔也罢享乐也罢，都不能谈了。

城乡两方玩古物的，举人牵头，凑了份子，到店里扯了十丈价格最高的细毛呢子面料，买了十万响爆竹。这鹤了地方死了人，亲朋好友都是要赠送些祭仗的。祭仗的内容有花圈、有香纸鞭炮、有现金实物、有布料(称作文)，等等。花圈和文是摆在外面供人看的，祭悼者把自己的名字写贴在花圈和文上。丧事的热闹与否，由花圈和文的多少、质地的优劣以及祭悼者的身价来决定。

十丈细呢长文悬挂了出去，十分的壮观，在鹤了丧事历史上是吉尼斯纪录，一时成为街巷中的美谈，所有玩古物的，把自己的名字签在白纸上，附到文上，打头的名字竟是市长高安，其中科、局级以上干部有七八人，规格之高也是空前的。晚上，古玩界的同人齐齐向柳三生的遗体告别，点燃十万爆竹，响彻半个城市。

大家找到负责治疗三生病的医师，询问三生因何而死？医师说据他诊断，大脑组织严重挫伤，颅内积血，恐是被人打伤或自己摔伤，像那损伤程度本来是活不到十七天的，所以也不让其转院治疗。不知怎么居然还活了这么久，这也几乎是一个奇迹。医师反复问过患者，他矢口否认曾被挨打和摔伤的推测，病因因此便成了一个谜。晚上，大家坐在灵柩前守灵，那是一直要守到天亮的，大家为三生不明不白的死因讨论了许久，作了种种设想，终因无头绪可梳理而作罢。

柳三生的死讯很快就传到了谷米香大屋，三生的灵魂要带走那雕花木床的夙愿也传到谷姓人耳中，那五位老人急忙打点进城，无班车可乘了，便雇一辆小四轮踏黑往城中赶，五老备了香烛鞭炮祭拜过柳三生的灵位后，直奔政府大院家属宿舍，也是听说过费老师身体不好，不敢打扰市长夫人，便在市长楼前草地上席地而坐，静候市长回家睡觉，要阻止烧毁那张古床。

半夜时分，倒也候着市长了，谷姓五老便缠住了市长，言那死者人死了还要带走那古物实在没道理，人死如灯灭，阴阳两重天，阳间之物与虚无缥缈的阴府会有什么联系？清明上坟给阴人烧纸钱，也没见谁烧了真的钱币呀。五老还告诉市长，如柳家真要烧掉这传世宝物的话，他们谷姓人也已准备好了要拼死抢回那古物的，他们这便是正式向政府报告，先礼后兵，到时候出了事，也不是没打招呼。

高安道："假如请你们来当市长，有什么更好的办法避免这个矛盾吗？"

那族长答："有。"

"说说你们的办法。"高安已无奈了。

族长道："那柳先生因爱那古物，死难瞑目，活着的不满足他死后的唯一夙愿，也是会一生不安的，办法只有一个，调集能工巧匠，用竹、木、纸张，扎一张一模一样的纸床，烧化了伴他，农村里死了人，怕亡人到阴府没住的，不是也要烧一栋纸糊的千年屋吗？我相信那有教养、有文化的柳先生的英灵，能接受这个做法的。"

市长说："后天就要下葬，来得及赶制吗？这床可不比平常的千年屋呀。"

族长说："来得及。我们族里就有能工巧匠，再到外族去请人。那百零八景，扎匠吃不消，我们出钱请市里的画家画，原物可是万万毁不得的呀。"

市长道："我今夜也要去为三生守一阵灵的，我找丧家谈一谈。"

五老雀跃："那就有劳市长大驾啦。市长呀，这古物说来说去，既是谷姓族人的传家宝，但对于外人来说，也是鹤了市的珍品，也是可以替你市长撑面子的哩。"

市长说："我这就去了。"

市长来到灵堂里，先与东方冉、欧阳玉琮等玩家说了这层意思，再召集柳林及三生生前的主要亲人，分别做了一阵工作，完全抛开那谷姓人想赎回老床的意思，言是要保护文物，并保证有逼真的纸床替代，倒也很顺利地把工作做通了。不看僧面看佛面，区区小事，有市长大人出面，乡下人想见他一面都难呢，见他如此谦卑的口吻，还有什么说的。

于是由六个扎匠五个画家组成的班子，马上开始动作，奋斗两天两晚，按原样规模缩小一倍的一张仿古纸床，惟妙惟肖地完成了。面对如此高妙的仿品，观者无不啧啧称好，连口服心不服的个别亲友，也无话可说了。

古玩界的朋友够义气，亡者被搬到乡中做道场时，大都也随了去，最后陪陪三生，使之乡下道场的规格因有不少城里人参与而升高，令丧家很有面子。

柳林思夫心切，见古床不能随夫而去，便选了大小十来件三生生前最喜爱的精致雕件，准备下葬时，一并放到棺木中陪伴丈夫。东方冉等连忙制止，说万万使不得，如今盗墓成风，知三生身边有此好物，这坟墓头天筑就，当晚便要被掘开的，你想他尸横郊野吗？柳林想也是。但仍选出几件，投入那烧仿古纸床的大火中，由三生灵魂携去。

第二十七章

约是柳三生亡故后的两个月，玩主周顺清在鹤了古玩界一连爆了两个冷门。一是一人独吞了故人柳三生遗留下来的古木器和企业家洪伟达的所有玩物。二是在青蛇巷嫖娼被抓。

自柳三生病倒之后，周顺清便鞍前马后协助柳林服侍三生，直至三生尸体落土，整日可见顺清东奔西跑、汗爬水流料理繁杂的事物，虽说乡下亲戚中有不少青壮的，因大家沉于悲痛之中，又对城中事务陌生插不上手，大大小小跑跳的事情，就全压到他身上了。他不像城中玩主，各自有一份工作要应付，他是无业游民，可以整日扑在照料三生的事务中，整整半个月，不曾贪闲半日，这使柳林深受感动，顺清的表现是胜似亲兄妹了。柳林也十分信任顺清，一些钱也由他经手去花。顺清是个细心的人，那繁杂的开支，哪怕是买一对蜡烛、一刀火纸的小数目，都要开具发票到她那里交账；不是公家店里买的，如到民间配的药方，无发票可开，便要主人打个白纸条子，也一并交到柳林手中，大小事情办得利索得体，经济上干干净净，迂腐得有时令柳林难堪，埋怨顺清：“你这么一分一厘的算，人家还要以为我小气。”顺清道：“亲兄弟都要明算账，何况我是为朋友办事，应该这样。”*

三生作古后，柳林一人孤单，有三个人常去看她，一是谷美芝。有时美芝还和她做伴过夜或者把她邀到新城区自己的房子里去睡。二是东方冉。柳林是口头拜了东方冉为兄长的，当众也叫

* 凭着二道贩子的殷勤和精明，周顺清轻松地吞下了柳三生的遗物。

他东方大哥，三生在世时，古玩界的人无顾忌，戏谑东方冉说你的表妹数不清吧？京剧《红灯记》里李铁梅有唱词曰“我家的表叔数不清”，按意移到现实生活中便变得酸溜溜的了。东方冉曾正色警告众玩家：什么玩笑都开得，这种玩笑可开不得哩！可大家照样开，说认了个表妹是大喜事，还索要东方冉的酒喝，不上仙鹤楼，到望鹤庵吃夜宵也行，东方冉无奈，只好沉默。当然三生亡故后，柳林成了寡妇，众玩家便不再开此类玩笑了。东方冉去看柳林，无形中也是默认了当大哥的责任。柳林对他十分的信赖，一天不见便打电话给他，可见他去走走，对一个精神受重创者是何等重要。三是周顺清。乡人周顺清无甚高雅的言谈，不可为柳林解闷消愁，却乐于为失去男人的女人做些粗活，换个煤气罐，移动个床柜，籴米买油什么的，就全依赖顺清了，隔一日不见顺清去，柳林便有些盼望，顺清几乎是天天去看看柳林，他如今有了一辆摩托车，那车身虽已无三寸完整的漆水，但比单车还是强，进城便方便许多。他每日下午准时去柳林家，有什么要他干的，帮着干了，没事就忙自己的去了，一般是不敢到一个俏丽的寡妇房中多坐的，沉重的自卑感压迫得他至今不得解脱，致使他不敢多看城市女子的身段和脸蛋，怕闻女人的香水味。

有几次顺清和东方冉碰上了，便在柳林房中多坐了些时，三生落土五七三十五天之后，一日柳林不无惊恐地对他俩说：晚上隐约听见柳三生如平时样的回来摆弄那些古物，她恐自己多疑，又恐是做梦，便睁大眼睛再试验一晚，仍能听到三生的叹息和动作。她想三生人虽死了，灵魂可能仍在他珍爱的古物上，到阎王那里报过到之后，仍来赏玩他的古物，当晚就打开所有房间的灯，惧怕得不敢再入睡，拥被坐至天明。顺清和东方冉便劝她：完全是她的心理作用，世上纵有灵魂一说，也是如烟似雾一般的东西，哪能有力量搬椅抬桌呢？柳林说她也是不相信迷信的，可她实实在在听到响声呢。

这以后晚上柳林到美芝那里睡，大白天才敢回家。美芝听她这么一说，心里畏怯，也不敢过来给她做伴了。

一日，顺清对柳林说："你这样来来去去的，也不是个办法。冬天呢，热天呢，跑来跑去就不方便了。"

柳林道："你有什么好主意？"

"我先要问你，三生一去，你又无正式工作单位，今后怎么生活？"

"我没想过这个问题。"

"也许你能再找个有钱的主，不然真应该对自己有个安排。"

"我不想再结婚了。"

"年纪轻轻，不结婚不可能的。"

"假如我真的不结婚了呢？"

"不管怎样，我建议你对自己有个安排。"

"怎么安排？"

顺清道："不知你最近看电视没有，市里有个新动作，准备在新城区修建一个'三里商业长廊'，底下是临街铺面，楼上是住房，面积有宽有窄，适应各个层次的投资者，产权归投资者，发房产证的，分三期付款，现在报名的十分踊跃。我想像你这种情况，手头有点票子，不如就去定购一个铺面，上有房子安家，下有铺面可自己经营，也可出租，这样一辈子的温饱也就谋下来了。你这样坐吃山空，长此以往，恐有问题。"

"市里真有这么个打算？"

"你不信？都已修出个规模来了，你去看看嘛。我都在那里排了队，付了定金，手里有几个钱，不置业，一阵子就会花光，物价又是飞涨，一元钱到明年不知还值几角。"

"这个建议，倒是值得考虑考虑。"

顺清说："再说，你也不敢一个人再住三生住过的房子了，换个地方就好了。总不能老去美芝那里借歇吧，倘她结婚了呢。"

“是的是的，我是不敢回老房里去睡了，我真是听见响动了，我怕。”

“我还有个建议，”顺清顿了一顿，“不说了吧，不好意思说。”

柳林说：“你把我当外人了？”

“倒也不是。”

“你说你的，听不听还由我呀。”

“你这么说了，倒也没什么不好说了。”

柳林鼓励他：“说吧。”

“我建议你把三生留下的那些玩的抛出去算了。你不懂行，又不善保管，迟早也怕歹人欺你是个弱者，起坏心拨门撬锁弄走，到时候双手抓个屁，何况留下了那些东西，三生的阴魂终难回阴府地曹安家，就是你今后搬走了，只要物在，三生照样会去，那物没了，三生也就死心了，不会成为孤魂野鬼了。”

柳林道：“如果按你所说的去买商业门面，倒也还真差些钱。”

“我是个人之见，你自己想好，到时候不要怪我出馊主意啊。”

“这些古物抛出去，有人承受得起吗？”

“总是有大玩家能承受的。”

“你让我冷静地想想。”

“好吧。这是你个人的大事，是该好好地想想。”说完顺清告辞。

第二天顺清又去看柳林。

柳林主动续出昨天的话题，对顺清说：“你打听打听，鹤了市中，有没有这样的主。”

“好的。”

“我想要么一次性了结，要么就留下来等大主子。我一个弱女子，不懂生意，不会算计更不会打官司，扯不起皮，讨不来账的。”

顺清道：“当然是一手交钱，一手交货。这玩古物，不比其他商品，有大众行市，伸缩性太大，日后谁也说不清。”

“我也这样想。”

“你也是半个玩家了，慢慢地清理一下，不高不低，不偏不颇，估个大体价格来，让自己过得去，也让人家吃得消。我赶紧去为你找主，不过你不要兴师动众，弄得满城风雨，古玩界说复杂也复杂，说长道短的也有，这些你也明白。”

柳林说：“我会注意的。”

说着顺清便骑着那辆三手或者四手的摩托车兴冲冲地走了。

此后数日，周顺清除那张“四重百零八景玉榻”外，一手交钱，一手取货，一股脑儿收购了柳林手中上百件大大小小、优优劣劣的木雕作品。顺清口里说他是替人家代的劳，但古玩界的人看得出，绝非那样，这买卖古物，是不可代劳的。柳林倒不在乎是谁要，怕三生的阴魂附在古物上不散，也想筹款购买商品房，乐得一次性将那物处理了，她十分信任顺清，价格行情她心中有数，人家也欺她不到。那张雕花木床因了市长高安的调停，完璧归赵，回到了故里。那谷姓人倒也不吝啬，没让柳林在经济上吃亏。鹤了城中一个玩主，如同天上的流星，在夜空中一划而过，生命连同玩物，彻底消失了。柳林看着搬空了的房子，心中好几天空落得发慌。

那骑三手或者四手摩托车、穿廉价的衣服、一分钱捏得水出的周顺清，竟能一下子甩出十来“元”钱吞并亡故玩主柳三生的藏品，令鹤了古玩界颇觉惊讶，而几乎与此同时，他又以更大的力度，吞并了另外一个活着的玩主洪伟达的收藏。*

洪伟达的事业并不“伟达”，正如古玩界有人预言的那样：一俟他堂叔那棵大树一倒，他这企业家的招牌也就要摘下来了。不

* 洪伟达并无『伟达』之处，一夜之间破产，其玩物亦被周顺清同样拿下。鹤了古玩界，论藏品，二道贩子成了老大。

久前，他那八旬高龄的堂叔果然仙逝了。他去广州吊孝归来后，神情沮丧，先就自己打垮了自己，对茶厂失去了信心。堂叔在世时，包揽了厂子的技术和销路，他坐收渔利。待到堂叔的儿子接管老子的事业后，就要按正常的科学管理来要求他了。堂兄在堂叔的灵堂里只找他谈了十分钟话，他就觉得他必须放弃办厂，他根本不能达到堂兄的要求，他既无企业管理才能，对茶叶技术更是一窍不通，而这些本事又不是三朝两日学得到的。他曾和同龄的一批朋友哀叹过他们这一代人：正是长身体的时候没有长好身体（五十年代末过苦日子）；正是读书求知的时候没有学好知识（“文化大革命”时期）；该享受爱情的时候不敢恋爱（七十年代谈恋爱要向组织汇报的）；到了走仕途的成熟年龄没有文凭（八十年代）；想下海赚钱年纪又嫌大了还有家小拖累（九十年代），人生中最重要的几个关键时刻无一不是逢上艰难险阻，因此万念俱灰，只好听天由命，得过且过。洪伟达这几年来有堂叔撑腰，倒也挺拔了胸脯走得有模有样，支柱被抽掉后顷刻就瘫软如泥了，万千怨怒就归结到老天有负他们这一代人的头上。

厂子无疑是要解散的，迟散不如早散，早散还多少救得一些资产，少开一些工资出去，这笔账他还是会算的，倒是应该有一个如何散的筹划，好合好散嘛。

当洪伟达赴广州吊孝时，他的属下便看到了这个曾显赫一时的企业末日已降临，各人肚里的乌龟就活动开了，自卫是人的本能，不必谁去点拨，不等伟达清醒过来，大家都悄悄地动作开了，茶叶拿走了、电扇下走了、旧机器当废铁卖了……能拿走的，就如流水一样，悄没声地就从暗处流走了。不用洪伟达深怀疚意、充满悲凉的发表演说，厂子已名存实亡了，职员们在等着与他告别，相处数年，还是有感情的，怎能不辞而别？待诗人洪伟达回到现实中，他的厂子早已成为了一个无肉的躯壳。伟达只好大度地傻笑着说：“真快，真快，你们个个身手不凡，都能当好厂长，真正不配当厂长的，就是我。”

洪伟达的妻家，是个强盛的家族，光亲生兄弟姐妹就有十个，旁系的亲眷数不胜数，待他们杀气腾腾地开来护卫厂子时，空落的院子里只剩下傻乎乎的洪伟达了。

也是合该洪伟达倒霉，所谓屋破又遭连夜雨，妻弟帮他整理文件债券等物时，竟翻出一盒录像带来，取回去放了，竟是他在南方那个美丽城市里，与米娟小姐做爱时录的，他早就忘记了这办公室抽屉里曾放置着一颗炸弹。这下便开了锅，妻与那一家人，义无反顾地就宣布与他情断义绝，逼他于三日内就办了离婚手续。房子、儿子、存款都归了老婆，厂里那些搬不动的机器，都由了那如狼似虎般的妻兄妻弟去处置，他能躲过一场好打已是大幸。外灾内患一起降临，洪伟达自是承受不起，不日便减肥几十斤，走到街上，熟人竟不敢认他。

待几个玩古物的得知伟达遭此大难时，一切已经了结，只能是深表同情。伟达妻家兄弟，在鹤了市井中是有些名气的，打架闹事多是有份，鹤了地方就这么大，各类“名人”几乎家喻户晓，因此就是明知伟达被他们欺了，众人也是无力相助的，那不是说理的对象，何况伟达做出那样的蠢事来，理上便输了一筹，所以他只好独吞了苦果，不敢出外张扬半句，在不讲理的人面前还输了理，只好是忍气吞声。

属于洪伟达的，就只剩下那一房古物和一面墙的书。妻兄妻弟本欲是要一把火烧了那些东西的，妻念了往日夫妻的好处，见他极爱那些玩物，就让兄弟手下留情。幸好那批半文盲妻兄弟们不懂古玩的价值，否则洪伟达奋斗几十年，一贫如洗只救得一个光身子。

最先知洪伟达落魄的是周顺清，他无事骑了摩托车四处转，伟达又是他最大的主顾，隔三岔五是要去会会他的，所以刚出事便获得了信息，但是除表示同情外，他帮不上半点忙。

伟达和顺清的感情不同一般，他看好顺清口齿稳、人忠厚，在鹤了古玩界，也只敢领着米娟去他家幽会。顺清不是嫌贫爱富、落井下石之辈，见伟达落魄，自己又帮不上忙，便早晚来陪陪心绪极坏的伟达，和他说说话，劝他吃点东西。伟达的丑闻顷刻传遍市井，怕见世人，白天躲在破烂厂房的楼上不敢出门，多是顺清出入此地与他做伴。想想昔日门庭若市、各方朝拜、好不威风，顷刻间门可罗雀，冷火消烟，不胜悲凉。顺清也无高深哲语相劝，便问了他的生庚时辰，到街上请一个瞎子算了，回来告诉伟达："难怪你要背时，你走的是'流霞'运，'流霞流霞，不死也要脱层皮'，现在退财背时，没有伤着你的性命，是不幸中之大幸呢，你命中该有此一劫，是逃不掉躲不脱的，慢慢挨吧，过了这条运程就会好的。"伟达长吁短叹，只得认了命。

一日，伟达对顺清说："看来我只好远走高飞了，我与我堂兄通了电话，我说我现在走投无路了，要他给我一口饭吃。这种时候，他也不会不管我的死活吧。想不到，我会沦落到像谷定坤一样离乡背井的。"

顺清说："在这里倒下去，不能在这里站起来吗？非要到外面去吗？"

"你不晓得，光是老婆那一家子人，就会踩得我永世伸不得腰，更莫说左右周围的歧视。鹤了这地方，人们最恨的不是抢劫杀人，却是桃色事件，人一旦在这个方面栽了跟斗，一世都莫想抬头，我反复想了，还是走好。"

"那就暂时避避风吧。"

"顺清你替我物色个主，那些玩物，抛掉算了，打狗也要个冷饭团，我到外面图发展，多少也要点成本，也不可白吃我那堂兄呀，他也不会供养我，资本家反动派，是六亲不认的，我如今是买张车票的钱都没有了，不得已要这样做啊，这比卖血还要痛苦的，无路可走了，还有什么玩的兴头。"

顺清一听大喜。伟达去广州吊孝之时，他正吞并三生的遗物，进行得十分顺手。见伟达遇难，知他迟早也会变卖玩物的，他不像欧阳玉琼和东方冉他们，是壮士饿死不卖剑的，他们是真玩，是爱，是品味，是丰富完美人生。洪伟达玩古物大半是附庸风雅，是点缀春风，钱多了，人闲了，凑热闹玩。所以顺清也如用心体己帮柳林看护病人、料理丧事一样，好好地陪伴这落难的倒霉汉，以诚恳热心做铺垫，给人以好印象，心贴近了，好伺机下手，功夫不负有心人，果然就又轻而易举地等到了这一刻。

周顺清毕竟不善招摇撞骗，也无新的伎俩，仍是说有人委托了他与伟达成交。这伟达出手心切，弄了钱马上就要离开这鬼地方，就不管是谁要了。伟达天生了不懂精明算计，顺利时不精明，逆境中也不精明，草草估算了价钱，就把堆满半房的各类物件统统给了顺清。顺清从那些物中，至少挑出一半仿品赝品来，说：“你身上肥的时候，不知有多少人吸过你的血。”伟达说：“无愧的是我没吸过人家的血。”顺清说：“如今你落难了，那些得了你好处的呢？一个都不见了。”伟达道：“这也正常，自古道：有酒有肉皆兄弟，急难何曾见一人。如今也就剩下你了。”见顺清还在挑拣那些他出过大价钱其实一钱不值的伪品，便制止，“就不必挑了吧，真真假假你都拿去，伪品不算钱，你以后也可拿去骗人。”顺清道：“我可没有送过假货给你呀。”说这话时，顺清脸上又是一热。伟达叹曰：“这中间，你送来的恐怕要占五分之一，想不到，如今又落到你怀里，我竟无力收藏，我承认我是世上最无能的男人了。”顺清纠正道：“我是代的劳，我哪有这么大的资本。”他仍在笨拙地遮掩个人的私欲。

想不到洪伟达也是玩了几年的角色了，倒还不如半瓶子醋柳林善于把握自己的东西，伟达开的价，竟远远低于顺清的估计。顺清叫弟弟小心地运走了这批东西，当即从一只塑料袋里，掏出一沓沓整齐的大钞，点给伟达。见这空落的房间里，放着厚厚一沓票子，伟达暗淡的脸上又有了一点光泽，他反过来感激顺清帮了他的大忙，说以后若是发了，还是要感激他的。这一说，顺清反而不好意思了，他占了一大把便宜倒被人感谢，对于他那尚未泯灭的农民的良心是一个伤害，他的脸腾地红了，幸好是夜晚，伟达难以察觉。

伟达说他明天搭早车就走，让顺清不要告诉任何人他的去处。

顺清说："你又不是犯了法逃跑，搞那么神秘干什么？"

伟达说："你不晓得，事情远没有结束呢，我那发了疯的鬼老婆，出钱雇了流氓地痞，扬言要毁了米娟的容，米娟那边叔侄兄弟也多，说米娟生是我的人，死是我的鬼，讨米叫花也要让她跟我走，我倘不快逃走，万一出了人命，我脱得身吗？再说我自命难保，还养得下米娟？"

顺清道："倒也是应尽快躲开去，避开锋芒。"

这时已是夜深，伟达灭了灯，叫顺清陪他坐最后一夜，准备坐到天亮，不误去赶进省的头班车。他将几万元钱款子绑牢在腰上，外面穿着破旧的衣服，打扮成个乡下人。顺清心里说：他也终于晓得要藏锋芒了，这哪里是昔日财大气粗的洪老总呢？看来倒霉能让人变得聪明。伟达还在一个布袋里塞了几件换洗衣衫，几本书，还有几只实在舍不得给顺清的玉圈，一方小小端砚，一方出土的汉印，随身带着，依此浪迹天涯。

这时有人敲门，外面叫的，是一个熟悉的声音。打开门，开了灯，见也是一个玩的，就住在米娟小姐上屋场。进来后，便急匆匆地告诉伟达："洪总你快走，米娟家里的，准备把她送到城里来，死活要交给你，还准备报告公安局，看谁敢毁米娟的容，就开一千兄弟的队伍来，铲平谁的房屋，现在米娟家里，族长正领着族上人在喝雄鸡血酒，作战斗动员，说要同你老婆家里的人血战到底呢，说不定天亮就要开队伍进城来。"

这个二道贩子，也是得过伟达不少好处的，其中不少伪品就是他送的，光是他在伟达这里得到的好处，回去就做了五大间红砖屋。洪伟达曾扶他走上脱贫致富的康庄大道，焉有不报滴水之恩的道理？

这时火药味才真正浓烈起来。

伟达就捉住那人的手，颤声说："兄弟，真谢谢你，这么晚给我报信。"那人道："应该，应该，你是个好人哩。"

顺清也觉情形是十分紧急了，便果断地说："洪老师，我看你今夜就必须走。"

伟达慌乱了，全无了主张："现在黑灯瞎火，如何走？"

顺清道："打'的士'走。你准备准备，我到夜市上去叫一辆'的士'来。"便飞似的掠出门去，骑上摩托车，到夜市灯火明亮处拦了一辆"的士"。一小会儿顺清领着"的士"来了，顺清替伟达付了两石钱（两百元），让"的士"径送伟达到省城。伟达慌忙钻进车子，顺清说："走好呀，出外小心，米（钱）我替你付了的。"伟达深深感动："这怎么要得……"顺清说："快走快走。"

"的士"便像蛇一样慌忙潜入夜海。

顺清长吁了一口气，出钱打"的"送了他，也算是对良心的一点安慰。又替伟达担忧：这么一个不精明的人，在外面会混出个什么样子来呢？拿了自己与洪伟达相比较，倒是暗暗佩服起自己来。出身微贱又怎么样？高贵的洪伟达不是成了落汤鸡吗？那美艳俏丽、高昂张狂的柳林，急难时，不也是对他言听计从，最终乖乖地也被他一口吞了吗？好样的周顺清，你是条绵里藏针、外柔内刚、精明沉稳的好汉！你会前途无量的，他得意地拍了拍自己的肩膀。

周顺清半个月之内独吞了两个玩主的收藏，顿使鹤了古玩界不敢斜眼看他了。谁也不相信这个至今未脱寒碜谦卑外壳的乡下人，能够一口气不眨眼悄没声地甩出这么多票子。他什么时候赚了这么狠的一笔呢？如今这世上，谁发了，谁荷包殷实，谁有真才实学，从外表相貌是无法推测了。那谷定坤当初在省文物市场上刚捣腾出几千元钱，就大举请客，传扬得满城风雨，人人皆知。这周顺清远在定坤之上，却能宠辱不惊、心境平稳，城府之深，实在应为大家佩服。尽管他闭口不承认是他的财力，是替人代劳，但谁也不相信他的鬼话，这鹤了城里玩的，除洪伟达外，个个都是精怪，顺清那谎言简直是小儿科。

周顺清也知大家看出了他的野心和实力。他矢口不承认，那是瞒外行的。

周顺清的藏品，如今是鹤了地方数一数二的大户了，以前他要谋衣食，要养弟妹，买空卖空也是不得已，渐渐地他懂得囤积居奇了，不轻易抛出手中之物，非要看准了好价钱才出手的。玩到如今，当然不再是停留于通过“货走三家”来确定手中之物价值的水平了，什么东西，一到手便知轻重了。

自具备了一定财力之后，他便不停留于在鹤了城乡中周旋了。他是无业草民，又是独身一人，无工作单位，无家小绊脚，除了随大家一道跑省城文物市场，还跑更远的地方。他坐得车，挨得饿，经得冻，住得有臭虫的旅社，没地方住，在车站候车室凳上一歪也睡得香。他把网撒得很开，收获自然就会不一般了，往往不经意就可捕上大鱼，这在古玩界不为奇事，这样他与同行拉开距离也是情理之中的事情。

走的地方多了，世面见大了，长了知识，也要长胆识，长智慧，渐渐地周顺清就不光是卖出去，见了有合适的，也买进来，功力不到一定的火候，是不敢轻易买进的，正因为他对自己的眼力有了八成的把握和有了畅通的销售渠道，才敢斗胆吞并柳、洪两家的藏品。出身微贱的顺清，做梦都想着有朝一日能昂首挺胸走路，这次豪迈之举，总算满足了他的夙愿。他发现城中那些玩的看他，再不是居高临下了，这让他很高兴。他觉得他不是以往猥琐的他了，他上升到了另外一个阶层，是乡中的地主，城中的富农。尽管他是极反对出风头、图虚荣的，但还是抵挡不住虚荣的诱惑，一方面他时时告诫自己要谨慎不张扬，一方面又向往虚荣给予他的精神力量。

周顺清没待鹤了城中那些精明的玩家明白过来，便成功地吞并了两大玩家的东西，是他人生中最大的一次成功，应该好好地庆祝一下。

他不准备请客，大举请客就是自食其言了，他不是说替别人代的劳吗？再说请客要花很多钱，他舍不得，他承认他纵使发了财，也还是小气鬼。也莫怪他小气啊，几十年来苦怕了，苦怕了的人把钱米看得紧，这是无法改变的。他也没有什么很知心的朋友，也不是不想交朋友，这也是穷的原因，人穷生自卑，穷的人最怕被人看不起，世上谁愿意和穷人交朋友的？没有。因此就封闭自己，久而久之，成了个孤独者。此时周顺清多么想和一个知心体己的朋友分享一下内心的喜悦啊，可是没有！人心里积压了过多的悲苦和喜悦，是渴望与人倾吐的，苦水倾吐了，就轻松了。喜悦倾吐了，才觉得是被人真正承认了的喜悦，就如是理想变成了现实，就如是把室内的好花搬到外面给人看，就如是收到了有价值的古物，要让别人也喊好才是真正的好。这种被分享欲，以前在那亡人柳三生身上是表现得最彻底的。柳三生性格外向，不愿压抑自己，要一吐为快，其实人人都是一样的。

因喜悦得不到分享，乐极的周顺清顿感有点郁郁寡欢，便决意要自己给自己庆祝一番。

送走洪伟达的第三晚，周顺清理了发，洗好澡，换了经妹妹烫过的衣服，准备到街上寻一处清静的地方，多要些酒菜，美美地为自己祝贺祝贺。他不上仙鹤楼，也不去文人出没的望鹤庵，那种地方人多，因人多，东西也就必然贵，吃的实惠是他的宗旨。一边走着，便记起青蛇巷深处，有两家吃的去处，又干净又便宜，便信步往青蛇巷走去。

灯光升起之时，青蛇巷两家吃的，也当巷支起了凉棚，把小桌摆到了小巷的石板街上，琳琅满目的各色小吃，也都整齐列于一个大案板上，让过路人流涎。这时吃的人不多，顺清独占了偏僻的一席，财大气粗地要了十来个小份冷盘，要了啤酒、饮料、汽水、一壶热茶，甚至还要了一杯店家泡制的药酒，摆了整整一桌，庄重认真地请自己的客。自己对自己说：干杯。自己敬自己：莫客气，吃菜吃菜。油光满脸，喜气洋洋，春风得意，一人喃喃自语，惹得小巷对面一个当街坐着借这边店家灯光读武侠小说的小姑娘窃笑，不时将眼睛从书上移开来看他的傻样。顺清心里高兴，不在乎人家怎么看，美美地独斟独饮，将那十来样各色荤素，嚼得又烂又细，要百分之百地品出味来，感觉是三十余年来，吃东西从来是囫囵吞枣，以塞饱肚子为目的，从来就没注意"味"是什么，现在是有了品味的身份和资格，可不能轻易糟蹋，这就叫作享受！

啤酒是苦的，饮料太甜，药酒辣喉咙，汽水吃了打嗝，茶中的茉莉花香闻不惯，这些东西，夜宵摊子上人人吃得喝得津津有味，百吃不厌，味道究竟好在哪里？他努力用美好的心境去细细探寻其间好味，却怎么也品不出来。这时两个自我出现了，一个说：肯定是有好味的。一个说：实在不知妙在何处。不禁有些沮丧：我还是个乡巴佬啊，有钱了又怎样？连味都品不出来。

以往吃饭，狼吞虎咽，三五下解决问题，不过是人家吸一支烟的工夫，现在检讨起来，那就是俗人的表现啊，贵人是秀气的，细嚼慢咽的，从从容容的。这次周顺清就要吃出一种高雅气质来。他不慌不忙，舌头沾一沾酒，如酒徒般美美地半合一阵眉目，再徐徐睁开，夹一筷子，缓缓送到口里，好一阵不再动它，边嚼边看周围的行人和风景，中途起身屙了四泡尿，磨磨蹭蹭地吃了整整四个小时。来这里吃的人很少，过往的行人也不多，倒也清静，让孤独惯了的顺清惬意。不时见左右周围的门洞里，出进一些神秘兮兮的男人，行色匆匆，空着手像赶上班似的，有年岁大的有年纪轻的，都不拿正眼看他，瞟他一眼，就低下头或掩了鼻，快步越过，像下级见了领导，小偷见了警察，穷汉见了富翁的那种神态。顺清一时纳闷：难道是人们恐惧于他的豪举吗？不是，绝不是，街上每晚有多少食客，人们才不去注意谁哩。突然想起：这不是青蛇巷吗？一俟想起另外意义上的青蛇巷，顺清身上就顿生一种莫名的冲动和燥热，不禁就注意起那些神色异常的男人来，要从他们的眼神中破译什么，不禁就要多看看有着一个丰臀的小店老板娘几眼，不禁就要频频审视对街那小姑娘是否在真心看书，小姑娘也不时睃他一眼，那对弯弯的细眉很动人，于是顺清便更有耐心往下吃了。

原来这青蛇巷，在旧社会里，是鹤了古城中最负盛名的烟花场所，窄长的一条巷子，粉楼林立，什么紫竹楼、怡红庄、香椿阁、雅茗院、春心栈等，连建国后出生的乡下人周顺清，小时候都从大人们不衰的话题中，记下了诸如此类一些粉楼名字来。长大以后曾慕名来这城中找青蛇巷看粉楼，但这污浊之地早已被新生政权彻底改造过了，除青石板的路面依旧外，其余什么好看的都不复存在。

青蛇巷的引人注目，主要还在于它曾源源不断地向社会输送了一批脱胎换骨的青楼女子，历朝历代都有达官贵人、富豪绅士慕名到此，赎走一些被污浊涂身却是金玉其内的美艳女子，一夜之间，由下贱之辈变作深阁贵妇，如脱出污泥的荷花，如剥壳的竹笋和板栗。青蛇巷能够扬名，当然在于各烟花楼主调养人的本领，玉不琢，不成器，好木不雕变腐朽，一个美人坯子，不经调教，只不过是一个腹中无物的空皮囊而已。那时候的青蛇巷，终日是歌舞升平，琴笛悠扬，古墨飘香，每到一处所在，壁上廊中，无不挂满出自纤纤玉手的书画之作。青蛇巷的粉头走出去，无不是出口成章，仪态万方，如风摆柳，眉正眼不斜，俨如大家闺秀，哪有半点风尘女子的迹象？所以这就要让许多中老年丧妻要填房的，欲纳妾讨小的，甚至未曾婚配的贵人施顾青蛇巷了。当然，也不知有多少好男儿要毁在此地，多少田地家产要倾销于此。开篇所言的李乐善的父亲李庶溪，就是在青蛇巷染身之后被逐出家门的，可李庶溪又是在此启蒙而爱上书画技艺，以至于日后流浪江湖时成为糊口手艺。鹤了城中的富家子弟，又有几个不曾在此染身的呢？只不过有的张扬了，有的掩盖了，被逐出家门的也就只李庶溪。那李老大人也是太认真了些。

有意思的是，这鹤了城中居民和乡下农人，家里养了面目清秀、体形姣好的女子，出落到十五六岁年纪，竟不言嫁事，不教书画女红，心甘情愿送到青蛇巷中来，由各楼主去调养，把这里作为一块跳板，指望日后被贵人看中买去填房作妾，好攀龙附凤，一家人伴着得些好处。这种举措，竟也为当时极封建的鹤了人默认，觉得情有可原，青蛇巷当时成为一个艺妓学校了，要此类学生的都到这里来挑选。

顺清曾听古玩界的友人谈起过青蛇巷死灰复燃，又暗中聚了些女子卖身的事，没想到他却选择这个被众人注目的地方吃夜宵，难怪来吃的人不多，少不了是要躲避嫌疑。一见身边来往的这些躲躲闪闪的男人，顺清已尽知奥秘，算是印证了友人说法的正确。

他也无所谓要鄙视青蛇巷这种沉渣泛起的现象。他在这个社会中是作揖无人受、放屁没人听、微不足道的小人物，他看不惯又如何？他也没想过要来这种地方潇洒，过去的青蛇巷不是草民可以潇洒得起的，今天大概也是如此吧？他周顺清倒也不是出不起钱，心理障碍仍在于自己小看了自己……

周顺清喝足了，吃饱了，坐疼了腰，尽了兴，便像所有大款一样，潇洒地吃一半剩一半，结账起身离座，脚步不禁有些踉跄，身子轻飘飘的，脑子一片空白，甚是快活，这就是醉酒的滋味吗？醉的滋味这么美妙难怪好多人要求得一醉，不禁感慨万千地叹曰：唉，我周顺清居然人到中年才体验醉酒的滋味。真不值呵，不值！

突然脚下一顿，绊着什么，只觉身子一斜，差些摔倒，强睁醉眼一看，见是将那看书的小姑娘绊倒了，忙去扶她，那姑娘紧皱柳眉，依着他的手臂站起，脚脖似是扭了。顺清抱歉地说："对不起，我是喝多了，我扶你进去，住哪个门？"姑娘就朝身后一努嘴。顺清扶她进门，屋内不甚明亮，什么也看不清。姑娘说她住楼上，顺清便扶她上楼，木楼梯极窄，两个身子就挨得很紧，小姑娘柔软芳香的头发便抚到他的脸上，那结实丰腴的臀紧蹭着他的大腿和小腹，如泥鳅般溜滑的小手则紧抓着他的五指，这一贴一蹭，顺清的酒顿时醒了大半，心就不禁乱跳起来。上得楼来，顺清扶那姑娘坐到一张木床上，说不痛了吧？姑娘说还痛大哥你帮我揉揉，说着她脱下一只袜子，露出一只如玉般洁白细腻的小脚来，顺清也就身不由己握在手中揉了起来。这一揉动，便揉出一个莺啼般的娇声来，一只温热的小手便插进了顺清的头发中，有言道：男人的头，女人的腰，只可看，不能闹。头皮神经极是敏感，顺清便觉得那如泥鳅样滑腻的手指像是插到了心脏深处。最后那双小手索性搂定顺滑的脑袋，紧贴在她坚挺的胸乳上，怦怦的心跳就在他耳畔敲打，这顺清随了几分酒意，不觉浑身酥软，嘴唇就抬了上来，极顺利地就贴在另一张小嘴上，两人就扭作了一团，"咚"地倒在床上。

周顺清来不及问自己一声为什么就落入一个没设伪装的陷阱里。毕竟是三十大几的男人，应成家的年龄时穷，没人看得上，年纪大了手头宽裕了又要挑选人家，世上艳事便一再错过，因而抵抗能力就极弱了，就如是饥渴的人和牲口，见了好吃好喝的便不问是否能吃喝，先要满足器官需要为快。

周顺清如同是细细品味刚才的佳肴，也要慢慢品味这手中的尤物，一个大概不到二十岁的鲜嫩的小姑娘啊！他压抑着胸中腾起的火焰，像剥一只春笋样的慢慢剥去女孩的衣衫，一个洁白丰腴的五短身子就脱出来了，这是他三十多年来所见到的最美妙的图画了，随着阵阵娇声浪语，顺清心花怒放，豪情激扬，把世界扔到了九霄云外……

顺清意想不到自己竟是如此强健、如此阳刚，有使不完的劲，泄不尽的情，那炽烈的火稍作平息，顷刻又腾地冲天而起，周而复始竟是没完没了。这时他联想起平日无聊之时与那个乡中寡妇的窝囊苟合，那如母猪般粗糙的皮肤，布袋似的干瘪奶子，满口黄牙和一腔酸气，死猪似的仰面八叉躺着毫无诗意，就如同是在一块破布上排泄，想来就觉恶心，便更珍惜这城中尤物的美妙，心力于是倍添，竟不知足。青蛇巷啊真是名不虚传的青蛇巷，缠人的蛇！想人真是不能穷的，穷了就只配吃那粗糙之食，苟且贪生。

不觉窗玻璃上已有熹微晓光，突然楼下一阵响动，顺清感觉不妙，但来不及披挂遮羞，房门便被推开了……

周顺清被带到治安联防队后，这才彻底清醒过来，胆小怕事的本性就暴露无遗了，竟冷得浑身哆嗦，缩作一团，刚才的英雄豪气顿时一扫而光。审他的问他叫什么。他刚说出名姓，旁边就有人道你就是周顺清哪，便在审他的人耳畔说了些什么。顺清想警方那人是认得他的，或许是一个玩古物的吧，要真是碰上了道上人，念了共同兴趣的分上，能网开一面饶了他此遭就好。但情况并不乐观，那审他的冷冰冰地对他说："周顺清，你嫖的，还是个雏妓，知道情节严重吗？罚款一万元，交了钱，不作话说，保你的名声，不服呢，游街示众，两条路，你选择一条。"顺清一听蒙了，一万元，天，他可是一分钱都捏得出水的呀。刚要求情，那审他的便叫下一个，有人就把他塞到一个暗房中。这晚的行动，不知抓了多少个。

真所谓乐极生悲。悲凉之际，周顺清才反省到自己本是一个稳重精明的人，怎么会做这草率之举呢？就是熬不住，也不要在青蛇巷作案呀。真是精明一世，懵懂一时，自是懊悔不已，恨不得去墙上碰脑壳。*

不觉天已大亮，房中一律栽着脑壳的，陆续被提出去走光了，只剩他一人没有表态。叫他怎么表态？既不想出一万元也不能游街。出一万元和游街示众无异于都是要他的性命，哪一条都不能答应。

顺清见那门口守他的，就是昨晚认出他来的那个青年，便满脸恭谦地附上去和他说话："请问这位同志，你怎么认得我？"

青年道："你周顺清不是大名鼎鼎吗？"

顺清一惊："我什么时候大名鼎鼎了？"

"你可是鹤了城中最大的收藏家了，唉，想不到会栽在一个小暗娼手里。"

顺清捶着脑壳："我该死，我糊涂……"心想这小青年果是个玩的，能够注意他的，也只是圈子内的人，便想从他身上寻点希望，"事已至此，还有什么说的，我是死老鼠听猫拖了。兄弟，看样子你也喜欢玩玩古物的。"

青年道："谈不上。"

"什么时候开始玩的？"

"有年把了吧。"

"藏了些好玩的吧？"

"迟了迟了，等我们学会了认秤，屠凳上已没有了肉卖，还能弄到什么好物。"

顺清道："迟早倒是不论，还是在于用心，那死了的柳三生不

* 得志之时无节制，还没有享受战果，周顺清就被他人拿下。好在他生意场中练得几分诡诈，得以自救。

是下海迟吗？收获却是相当大。”

顺清便和他聊着古玩的话题，闭口不言当前的事。说着说着，突然灵机一动，自己在鹤了古玩界混了这么久，也交识了一批这城中有头有脸的角色，今身陷囹圄，危难之时何不向他们求援呢？真是蠢到顶了，如今干什么都要关系。看来只有通过这个青年，方可把消息传递出去。

又与这青年聊了一阵，套出来他喜好收藏古钱币，又知他是某工厂临时抽调出来的联防队员，便恳求他：“兄弟，你干几天，又要回单位上去的，铁打的营盘流水的兵，我们今后关门不见开门见，我也不求你放我，也不求你找他们说情，这你都有难处，我只求你给我打两个电话出去。我家里呢，还有几把北宋钱和几个太平天国钱，我是不玩钱币的，如被人保出去了，那些钱币你都拿去玩。你怕我食言吗？那你去圈子里问问，我周顺清是怎样的为人。我这回不安分，也是光棍熬急了，初犯就被人抓了，也是活该倒霉，比起人家来，我算个什么？兄弟，求求你了。”

那青年见说到钱币，顿时眼开，见顺清胆小可怜，也真是个老实人，何况今后可打进他们那个玩的层次里去，便答应接班的来了，便给他去打电话，反正这罚款也分不到他们这临时工手中，通夜到外面做歹人，也只补个夜餐费，他有情绪！

顺清千恩万谢，忙让他记下东方冉、某局一位局长和某办一位副主任的电话。嘱不论谁接了，都要请其转告市长来说个情。那青年反过来嘱他：“你出去了，可不能把我兜出去的呀。”顺清道：“兄弟，你太小看我了。”

那人走后，顺清在那不是牢笼的牢笼里等候音讯，真是度时如月，心想也不知市长肯不肯给这个面子，假如市长不在家呢？

半上午时分，听得联防队对街的小学放完做课间操的广播，走廊里“咚咚咚”一阵响，昨晚那审他的干部来了，铁着脸叫道：“周顺清，出来，回去。”守卫的开开门，周顺清点头哈腰：“谢谢关照，谢谢关照。”心里却窃喜，那电话是打出去了，生效了。干部道：“谁给你通风报信了？”顺清心脏一阵猛跳，忙镇定，装出一脸麻木：“报什么信？”干部道：“你走吧。下次不要让我们逮着。这次便宜了你。”顺清连连称是，颤颤地退出去。一见街上艳艳的阳光，顿觉自由是何等的宝贵。出门便飞跑起来，怕那警官再度来抓他回去似的。

第二十八章

市委组织部的领导同志找东方冉去谈话，准备让他重新出山，到某办去当一把手。东方冉马上反应过来，组织上不可能突然想起还要起用他，不外乎是两个因素：一是那神通广大的程红可能给市里有关领导打了招呼，当初许了愿要调他上去而没有成行，以补歉疚。二是市长高安可能捕到了他想走而未达的信息，不好当面安慰他，便让组织部迂回来这一手。市委、市政府的几个头，东方冉都没有什么过密的来往，真正关心他的也只可能是高安了。*

*小城小地方小人物，关门不见开门见，人之间盘根错节。

记得几年前高安让有关部门恢复保留他的正科级待遇，他曾找高安大发了一通脾气。这次却显得异常平静，他耐心地听那领导同志讲完后，便起身告辞，他说那个位置还是留给别人吧，不知多少人眼睁睁等着那个空缺，据说干部满三十年工龄便可退休，只干一两年我就可以退了，我不用动员便会主动申请退休，决不拖延一天，也好空出个位子来。

上次激动，说明他对仕途的得失还感兴趣。

这次麻木，则是完全失望了。

东方冉完全生活在自己的空间里了，不再按部就班去坐办公室，三天打鱼两天晒网地去看看，嘱办公室里年轻的同志，有事打电话到家里找他。会有什么事呢？几个月来，一次也没有人找过他。

这义犬巷原说要拆除重建的，因经济形势不乐观，看来三五年之内动不了，东方冉便请人将老屋装修粉刷了，便舒适明亮了许多，新添了博古架和囤积古物的樟木箱，做了个更大的书案，重温以往的爱好：画中国画和写毛笔字。要干的事很多，又都是兴致所致，便不再想别的事情了，多蜗居于屋中自娱自乐，倒也快活。

也合该那周顺清不背时，那迷恋古玩的小青年按顺清所嘱，拨了几个电话都没找到人，大白天大家都忙，谁会待在家里呢？只东方冉待在家里。

电话打到东方冉这里时，正巧欧阳玉琼也在此打坐。那青年详告了周顺清的境况后，东方冉轻描淡写地说："知道了。"便搁下听筒。要是以往，依东方冉的秉性，他会为道友着急，马上会去为之奔波的，现在却变得有几分幸灾乐祸，连自己都惊诧于自己的变化来。

东方冉对玉琼说："告诉你个有趣的消息，是你想不到的。"

玉琼道："凡是我不知道的，当然都是想不到的。"

"事关你未来的妻兄。"

玉琼一怔："未来的妻兄？"

"装什么糊涂喽，人人皆知的现实了。"

"哦，是指的冬儿的大哥周顺清？什么妻兄妻兄的，只你们讲得热闹，我真是没有想过要变成现实。唉，就不说了吧，怎么说也没有人相信的。顺清有什么有趣的消息？"

东方冉说："他玩了个才十六岁的姑娘。想不到这个土财主有这般浪漫吧？"

玉琼一听吓一跳，不禁站了起来："真有这么回事呀？"

东方冉朝他摆摆手："镇静，镇静，反正也不是你妻兄，犯不着为他着急。刚才电话来说，他现在关在联防队，要罚款一万元。"

“你是说顺清嫖了娼？”

“在历史上有名的青蛇巷当场抓获。”

“顺清这人，是怎么搞的？玩玩倒也罢，居然去嫖娼。”

“还不是发了点财，福气浅了，盛不下，要溢出来，走的是和许多暴发户一样的路，钱多了身子作胀，骨子作痒，便要做坏事，要尝尝牢狱的味道。”

“现在怎么办？”

“着什么急？看顺清是愿意出钱还是不要名声。这钱他也出得起，吞那柳、洪两家，一口气就甩出十来万，让我们这些老玩家都望尘莫及，真是青出于蓝胜于蓝哪。”

“说什么笑话，还是应想办法把人弄出来才好。”

“顺清托了个人出来递口信，叫我们去找高安发话。”

玉琼说：“这种事，市长怎好出面？顺清毕竟还是个农民，不知轻重的。市长要管大事，抓奸的事他也管，算个什么市长。”

“我看叫那个发了点财就忘乎所以的家伙尝点苦头也好。”

玉琼想想：“还是不妥，毕竟他也是古玩界的一个角色了，这种事一旦传出去了，对大家也有影响。人家要说：看哪，他们那些玩古物的，那样的德行！不讲某个人，而是把大家一布袋装了，你我也要受到莫名伤害的。”

东方冉道：“我看你呀，是想救妻兄心切吧？什么大家大家，青蛇巷以前名声那么不好，后来也还是有人住，也没有炸掉呀，也没有人小看青蛇巷住的人哪。”

玉琼道：“好了，别耍嘴皮子了，那顺清固然可恶，也还是个老实人，不是爱干那种事的人，蹲在黑房子里，肯定着急，我们不能袖手旁观。”

东方冉说：“倒真是不可找高安，他不能说这种话，表这个态。我看找周副主任吧，他是从公安那边调过来的。他学玩古物，又是在你那里启的蒙，你没少带他去外面跑过，没少传过真经，我就说是你妻兄出了事，要他去发话放人。”

玉琼道：“又是妻兄。好吧，随你怎么去说，你们都是场面上的人，好说话。我不好和周主任说这样的话的。”

东方冉便给周副主任打电话。东方冉并没有说出什么玉琼未来妻兄的事来，玉琼在一旁就长长地松了一口气。

两人又说了一阵话。周副主任打电话来说走人了，前后还不到一刻钟。那周副主任表功说那边不愿放人呢，因他们知道周顺清是个拿得出钱的主，不可轻易放了这条大鱼，抓到周顺清，大家满以为能得些好处。周副主任说这个人是非放不可的，他是有来头的，和市长高安都是称兄道弟的。联防队说那就要市长写条子或亲自打电话来，周副主任见非摆点官架子不可，便加重分量，说市长就是委托我来说话，没有市长的指令我敢说硬话吗？我也是从公安上出来的，我还不知轻重、不懂利害关系？见他这一唬，便立即放了人，一分钱也未曾罚到。周副主任说：“怎么样，还是够意思的吧。”有些讨好的味道。

见周顺清脱了险，玉琼放了心，便告辞回去。东方冉送他：“顺清出了事，不至于影响你娶冬儿吧？人民政府的政策是一人做事一人当，你应做执行政策的模范呀。”玉琼只好一笑了之。东方冉还是极有分寸的，和玉琼开尽各种玩笑，却注意不言及半句他与那瘫痪老人过往从密的事情。

玉琼刚出门，便又是柳林打过来的电话，那分明有了几分娇嗔的声音不容推辞地说：“你过来呀，我有事同你商量。”自三生谢世之后，东方冉念那女子可怜，每日去看她一次，从一个小巷子里斜插过去，到她家也只十分钟时间。说准确些，是柳林要求他过去看她，哪怕只说两三句话，在门口站一站，就如同吃了安定片似的保得一阵平静。

东方冉当然是个精明之士，他看得出来，还在三生在世时，那柳林便对他有了爱慕之心。她常约了谷美芝去他办公的地方看他，后来索性一个人也去找他，心里有什么事、不应该对丈夫以外男人说的话也跟他说，进而发展到在他面前发泄对丈夫的不满，而对他又是百般敬仰和信任。这女子竟是毫无遮掩和节制的，每见他，眼里便放射出一种异彩来。她有吃零食的习惯，常见她手里拎着、兜里装着花花绿绿的塑料包装袋子，见面便要强塞一点给他，这往往让他十分难堪，生怕旁人看见，这么小手小脚的可是如今年轻恋人的举止呀。每匆匆与之见过之后，当着一些人的面，分别时她那含情脉脉、恋恋不舍的眼睛总是盯在他身上，他急啊，心里说：朝别处看吧，看看别的男人吧。幸好那柳三生也是个粗心的人，从不去分析妻眼里的内容。*

* 东方冉，德能双全，鹤了古玩界大哥，却也难免被情所虏。

那时东方冉设想：只要他稍作姿态，伸手搭着她的肩，搂住她的腰，和她拉拉手，她会立刻倒进他的怀里的，会的，他有十成的把握。

但他不会那么做。对柳林的种种爱慕之态视而不见，故作麻木。

其实他是喜欢这女子的单纯、灵慧、丰满、漂亮的。还只二十挂零哪，比他差不多小去一半，对于他这老黄牛来说，那是一畦鲜嫩肥美的水草呢，贪馋和爱慕，自是人之常情。

那时他的心理障碍太多：他是一个政府官员，虽不在权位上了，实际上机关里的人无一不尊重他，因是被人算计而至下台的，天然逆反厌恶权贵的人，便更是同情和看重他，他的同事无不坚信他会重见天日、再创辉煌，于此苦熬难关的期间，断然是不可自己打垮自己的。在古玩界，他是被大家公认了的龙头大哥，大哥怎可去打小弟内人的主意呢？有道是朋友妻不可欺，兔子不吃窝边草，这有违江湖行业的职业道德。在市民眼中，他出身名门望族，那么他就不能像市井中人那么随随便便胡来，不可轻侮了这个身份……

柳三生暴毙后，那柳林便转而依赖他了，每每和她短别，不难从她那痛楚的眼神中读出。三生病重及安葬等重大事宜，她都与他商量，而且坚决按他的意思办，在无比哀恸的日子里都拿一只眼睛注视他。他若去帮着干点粗活，她便马上叫一个乡中亲戚去替代他，不让他累着。三生死后，她也仅仅是希望每日和他见见面，只一日没去，电话便追来了。这份依赖和信任让他深受感动，觉得不去安抚她，良心实难安稳。

一日去见她时，那堆满房中的古物尽数搬空，她抱歉地对他说："我都处理给周顺清了，你不要笑话我守不住家业啊。"他惋惜："倒是有些可惜。"她说："我有苦衷啊，尤其是三生阴魂不散，常来搬弄，我怕。"说着她取出一个精致的黄杨木雕寿星，一只清仿明福禄寿岁寒三友纹剔红果盒，一只可与他送给地区行署副专员那红木笔筒媲美的双猫戏蝶图剔红笔筒。这都是柳三生藏品中的精华，他以前也是见识过并悉心品玩过的。柳林把这三样东西交给他："这是我留下来送你的，没让那周顺清弄走，我一个妇道人家，成不了个玩主，留着也没用。"东方冉忙不迭推让："使不得，使不得，这么珍稀的东西，我受当不起，你还是留着吧。"心里不由得佩服柳林，能选出精华留下。"你不受，那我就要生气了。难得你在危难时帮我理事做主，来安慰开导我，这也是我的一片心意嘛。"东方冉还要谢绝，她的柳眉就倒竖起来："你一定不受，我就把它烧了，被人家看不起的东西，还值什么呢？"见柳林是动真气了，东方冉才勉强收下，想日后一礼还一报，再伺机回报吧。柳林见他收了，才有了喜色。她说柳三生生前极珍重的那双紫檀木龙筷，送给了谷美芝，给她配个对。她说这鹤了城中，真正贴心的也就只他和美芝了，现在丈夫没了，丢下她一人，便更是体味到友人的分量来。

柳林使用"贴心"一词，不禁让东方冉心跳起来，她把心灵很重的分量不由分说便依傍到他的身上，看来再要躲避甚至逃脱这个女子是很难了，唯一的解放是让她再嫁。

待柳林的哀伤随着三生坟上的青草没了顶而至冲淡之后，东方冉试探性地曾动员她再嫁，柳林便道：“这是所有人都期待的事情，你说这话也不必躲躲闪闪，一般来说都是要嫁的，大家都会以为我耐不得寂寞要再嫁的，我当初连书都没有读好，匆匆忙忙还没有到结婚年龄就嫁了，结婚证都是让熟人开后门到乡下去领的，那时把结婚想得很浪漫，但经过了几年婚姻生活之后，我算是体会到了结婚的所有滋味，我想我恐怕很难再婚了。内中的道理，我也就不说了吧，各人的体验不一样，人与人的想法不一般。只是，我想要一个孩子，没有要到，这倒是最遗憾的事情。”话说至此，东方冉也不便再作动员了。他知经此大劫的柳林，远不是以往那个好奇的、没什么主张的小女子了。

见柳林的电话催得急，东方冉便放下手中的活往那边赶，心里想：接触这么频繁，迟早是要出事的，但并没有制止自己这样做，不知怎么就听其自然了，多少年来想努力去做一个高尚的人、一个纯粹的人，结果还是成为泡影，是因上调未成反遭羞辱，某种欲望彻底破灭的那一刻开始动摇的吗？也许是的。自心灵再次受到重创之后，他觉得他变了许多，很多昔日看不惯的可以接受，昔日说不出口的也不顾身份地说了，变得有些玩世不恭，有些故意作践自己了。

见到柳林时，她气色很好，说：“我请你去看一样东西。”东方冉道：“你说你不玩古物了的，怎么……”“是另外的东西，走吧，到时候你就知道了。”说着出门扬手拦了一辆满街满巷乱窜的机动三轮车，不知自哪一日起，大街小巷就挤满了类似的车子，上面搭个简易凉棚，夏遮阳、冬遮雨，刚好能坐得两个人，人们叫“慢慢悠”。这鹤了城中人是越活越潇洒了，造就了街头巷尾幽静去处几十上百个夜宵摊点外，很快又养起了一支浩浩荡荡的三轮车队。鹤了毕竟还是个小城，坐得起“的士”的人不多，人们选择这灵巧的三轮车，很符合市情，这老城的街巷，如曲折的肠子，拐弯抹角，许多地方汽车无法挤进，三轮则可胜任。这小城中人，阔佬毕竟太少，但人又极好虚荣、讲究享受，这“慢慢悠”正好迎合了人们的需要和消费水准，穿过整个城市，也就只需打发两三元钱，如今鹤了城中人出门就扬手叫车，十来分钟路程也懒得走了，很有点派头了。外面的人评价鹤了人是“螺丝不像壳像”，手头还没有钱，也不可显得窝囊。

那“慢慢悠”冒着黑烟打着响屁，只三五分钟便摇摇晃晃把东方冉和柳林送到新城区，在市长高安的新作“三里商业长廊”下了车。距高安在东方冉处眉飞色舞讲起他的新构思也不过是七八个月，这个整齐宽敞的新市场想不到这么快就做成躯壳开始内装修了，一两里长、上千个小小铺面、三层四层参差不齐的楼层组成的市场，一俟开张，无疑是这鹤了城中最大的自由市场了。在这银根紧缩，国营商业无力在新城区盖出高楼大厦的时候，这由有钱的个人集资、国家统一规划的做法，倒真是个推动繁荣的应时之计。东方冉这就要在心里暗暗为高安喝彩，当市长总是要有些政绩的，他不愿他的同窗挚友在任内无所作为。

柳林将东方冉带到一处房子前，掏出钥匙打开铺面的卷闸铝合金门，领他上二楼，再上三楼，美滋滋地问：“怎么样？”东方冉说：“不错。”柳林道：“这屋子现在姓柳了，你向我道喜吧。”东方冉一惊：“这屋是你买下的？”“不相信吧。只差水电安装完，付掉第三期款子，就可交房发房产证了。”东方冉说：“真是要祝贺你。想不到，你不声不响就置了大业。”柳林道：“就这件大事我没有对你说，要让你吃一惊。”东方冉承认：“倒真是吃了一惊。钱够了吗？”“把那些古物抛掉，刚好凑齐。”“不错不错，在很短的时期内，就创下了点业绩，奔了小康了。”“我想我这步棋没有走错，依靠那铺面，养下命来，我就有了自由，今后就不必去依赖谁了。”东方冉突然想起她说不再结婚的话，果是有心计留了条后路来。东方冉道：“你这房子里还是空荡荡的，需要我帮什么忙吗？”柳林道：“不了，都安排好了的，等搬好了，我再请你来。你就送我一幅画吧，不必题任何字，让我去画中读。好吗？”“我的画如何要得？我还没到送人的水平哩。”“好歹全由人去品评，那不是你的事。”东方冉答应了：“好吧。”又说：“你搬家，我叫几个弟兄来。”柳林说：“不必不必，这事周顺清早说包了的，他得了我不少好处，他要回报。”于是东方冉顺便讲了周顺清出事的情况。柳林对这种事并不在意：“周顺清，只能是这个水平，没什么奇怪。我不管他心情好还是不好，到时候他会来的。”

给柳林画一幅什么样的画呢？东方冉回家之后，没有轻易裁纸挥毫，只是在心里琢磨画的内容。一日突然心血来潮，忙取纸磨墨。这段墨是一位友人从北京荣宝斋带回来赠他的好墨，来历是明代制墨名家鬼真道人若干代后裔家制的“乌龙髓”。砚是家藏的一方四星端砚。墨磨至酣处，竟是满屋飘香，东方冉连连吸鼻，倒也是第一次闻到好墨香，不禁心旷神怡，目明气畅，平日练习是舍不得用这方好墨的，因是第一次画送人的画，故慷慨差使。磨好墨后，便用汉白玉的一双古镇纸压了宣纸，提笔就一气呵成了一幅墨竹图，觉得是凝聚了精血所作，又使的是名墨名砚，便丝毫不怀疑它是否能送人上墙，不假思索便盖上了印章。印章是他央那治印高手翠朗山中高僧旷如大师关门弟子之传人李乐善的手笔，印刻得不错，多少也是沾了些古人灵气的，配他的画是绰绰有余。他谨遵柳林之嘱，未作任何题款，印章也是取了最明白的一方姓氏章，上书：东方冉印，其余闲章也一律不加。

见柳林乔迁之日已近，装裱已来不及，便请人托了，正好家中还有个长宽均三尺的枣木镜框，可套这画，便配上玻璃，小心装了，趁乔迁之日，给柳林送去。柳林给他打电话，说祝贺的人也不少，让他晚些去，因他是怕热闹的。晚上十点，他叫了辆三轮，拖了这画往新城区进发。

只个把月工夫，柳林竟将那房子布置得很有点规格，大大区别于市井人家的模式，可以看出，她是得力于那谷美芝的指点的。一楼出租，二楼是客厅和客房杂屋，三楼是卧室。柳林说他的画要挂到卧室中去，这时屋里已无贺客，东方冉便扛着镜框上三楼。沿屋顶的墙边是装有挂画条的，镜框倒也很顺利地挂牢了。四十瓦的日光灯照着，尽显出那画的面貌来，细微处比白天所见的还明晰。

画面正中是孤独独的一杆瘦竹，被狂风舞乱了的枝叶，倾倒向一边，因竹竿的顽强支撑才不被压服，两边是淡墨皴擦渲染的乱石，狰狞可怖，更是衬托了青竹那坚贞、傲岸、超逸和清雅的品格，看去很有些悲壮的意味。东方冉画竹，用的是狂草笔法，读来畅快淋漓，画石却是行笔迟滞，充满伤感。

柳林看视良久，然后叹一声，眼圈就有些红起来。

东方冉问："如何？"

柳林道："很好，很好。我以前竟不晓得你会画。"

东方冉说："读中学的时候喜欢，后来中断了。这一向无聊，又重操旧业，谈不上品位，闹着好玩……你看出什么来了？"

柳林说："看见了你，画的就是你，怀才不遇的你，淡泊、清雅、孤傲的你。我晓得你心里很苦，偏偏又虎死不倒威……"

东方冉一笑："不是这么回事，我很正常，画是画，人是人，不可同日而语。"心里却是一酸，佩服柳林的眼力。

柳林说："你不要骗我，你不要在我面前强打精神，什么我都明白。你不必把苦痛埋在心底，应该对人倾吐。"说着柳林便按灭了那耀眼的日光灯，东方冉见她腮边有一颗晶莹的东西一闪。

柳林抬起头深情地望着他："你不要走了。"

东方冉一阵慌乱："不。"

柳林坚定地说："不！"便偎着他，柔软的缎子睡衣裹着的一个浑圆温热的身子就全瘫软在他怀里。柳林埋下头去，动人心魄的温言软语便从那泼墨似的密发中飘溢出来：“我自信我是能让你快乐的，能让你轻松的，能让你畅所欲言的。相信我，我不是过去的柳林了，我不会给你添麻烦的……其实是很久很久了，我就梦想有一间属于你和我的房子，所以我今天不感到突然，一点也不，迟早也会有这一天的，你会这么认为吗？你也不会感到突然，我不相信你是个麻木不仁的人，不相信……我真想要一个儿子，有了一个儿子我就是真正的女人了，万事皆休了，我要生一个你和我的儿子，我不想再嫁，嫁人太累太累……我晓得你也想要一个儿子，你娘也想要一个孙子，可是你只生了个女儿。你们那个有声望的家族，是要有人传宗接代的，是不是？你说。用不着羞羞答答。”突然那张娇艳无比的瓜子脸抬了上来，两眼注满清泉。

东方冉顿时觉得胸臆间无比清亮，万千浊尘顷刻一扫而光。这种感觉，还是孩提时代有过，是母亲牵着他的小手，奔跑在阳光洗照下的青翠的草地和清悠的池塘边的那种感觉。这时他突然想到了当年欧阳玉琼也碰上了一个要和他生一个儿子的好女人蝶儿。玉琼也是和自己一样，传下来自母系的优秀血统。他和玉琼的命运竟是如此相似，难怪他俩心性相通，这令小说家都忌讳的雷同情节却是发生在他们的身上，真实得要让人怀疑。

一日，东方冉那白发老母自附近的尼姑庵中下来，无限慈祥地到东方冉书房里叙话。东方冉让她老人家在自己的大藤椅里坐下，自己则站着。母亲从在家中修行吃斋发展到住到庵子里吃长斋也将近一年了，每月到家中看一次，见大家都好，就又回庵中静养。作为儿子，东方冉就没服侍过她一日，内心很是愧疚。

老母说她昨晚夜诵经文，迷蒙中见观音走近她来，说她信奉菩萨，广施德行，神明尽知，已赐她孙子，时已坐胎，此子日后不凡，可传宗接代，光宗耀祖。东方冉一听一惊：莫非自己与柳林真有了？莫非天下真有神明？便故作镇定地对老母说："你真信梦吗？"娘说："我信。多年来占卦问神，都说我有儿有孙。只是今日才见确信，我也就盼着这一日呢，我修行多年，总算也有了上苍回报，唉，这样我就万事皆休了，可以放心去了。"东方冉不满："去去去，去哪里？好好的人，尽讲些不吉利的。"老母说："要去也是天数，不是你我可留得住的。"便随手从兜里摸出一个小包来，交给东方冉，东方冉打开，内面竟是几根金条和几颗光芒四射的钻石。这玩古物的，一眼即可识出此物的价值来，不禁惊讶万分。倒也不是因得到巨额遗产而高兴，想不到老母有如此深的城府。老母说："这是你外公当年分给我的一份。这么些年来我一直没有用它，这是应急之物，留给你，也是应在急难时用的，若能传到我孙子手中就更好。有出息的人，是不随便动用祖业的。"说完，老母便又要去庵里，东方冉说要送她，她也就只让他送到巷口上。回转时东方冉隐隐感到有些不妥，娘为何在此时移交那深藏多年的宝物呢？还一口一声"去去去"的。老人说"去"多不吉利。这一晚，东方冉怎么也睡不着觉，心"怦怦"乱跳。

第二天，果然噩耗传来，老母在那尼姑庵中圆寂。她有先知似的，身后一应丧事，已全委托了庵中料理，连装殓衣物都已备好，无须东方冉插手，且各项开支都已算好账付过了款子。

东方冉自是悲痛万分，号哭一场，打电话给柳林，说她腹中已有了种子，须得小心身子。并嘱她朝北叩拜，祈祷一位白发老人得道成仙，到西方极乐世界安得一个座位。柳林听来有点莫名其妙，欲问因由，东方冉便搁下听筒，急奔那庵中去做孝子。

鹤了城中及乡中一些玩家，闻讯东方大妈已作古，便集结了，去那庵中吃了一天斋，守了一夜灵。一直到老人落土丧事完毕，柳林才知端详，便独自跑到那庵子后面山上寻着一堆新土，痛哭了一场。竟觉得这未曾见过面就谢世了的老人，比那待她如亲生女儿般的名正言顺的婆婆要亲近许多，果是腹中有了他们东方家的骨血吗？

第二十九章

市长夫人费晓兰一日刚准备上床睡觉，突然接到一个奇怪的电话。她说市长不在家，有事明天打到办公室去。那声音说我就是找你的。费老师平日也只小学校里几个女老师偶尔给她打打电话，少有外人给她打电话的。这声音听来陌生，而且有些扭捏作态的。费老师问："你是谁？"对方说："不要问我是谁。""我放电话了。""你会后悔的。""你有什么事情找我？""你有兴趣去看一样东西吗？""我没有兴趣。有什么看的，明天白天可以看。""你有兴趣的。这与你有密切关系，可不要轻视哟。""到哪里看？""很容易走的，过鹤了大桥后，再走三百米有座正在修建的大楼。进楼便有个宽敞的楼梯，你上到二楼的大晒台上，朝后面的一排房子二楼看，就能看到你要看的东西了。""是什么东西，不能说吗？""不能。自己去看吧。记住，绝不是害你，全鹤了人都公认你是个大好人，没人害你的。"费晓兰说："我不去，我想没有什么事情能使我感兴趣的。"对方说："既然你这么自信，对你的家庭也充满自信，你就莫去吧，不听好心人的忠告，你会吃亏的。"说着对方放下了电话。*

那最后一句话，倒是让费老师有点坐立不安了。提到家庭，任何女子都会马上联想起丈夫和小孩儿，费晓兰也不例外，家庭在费晓兰生活中更是重要。丈夫长年累月忙公家的，家庭就基本上交给她了，她比别的女人要投入更多的心力。她对她的家庭

*君子不常有，小人常有。

充满自信，如果有什么伤害这个主题了，那当然就是极大的事情了。小孩儿是安全的，现已做完作业，每晚十点准时上床睡觉，现已呼呼大睡正在酣梦之中。他是个学习迷，也是全市重点中学重点班的学习尖子，他不打电子游戏机、不打架、不闹事，很令大人放心，也为市长脸上增光不少。那么另一个家庭成员便是丈夫了。他没有回来，开夜车是他的家常便饭，半夜十二点能回来算是早散工，对于一个有作为的市长来说这是很正常的事，就是因私事弄到这么晚也可理解，严格地说在市长的位置上，办私事也是公事。比如市长去赴一个私宴，无论如何就有了双重身份。到一个先进工作者家里吃，便是包含了市委、市政府对全市先进工作者的鼓励，可以到报上发消息的。去一个老同志家里吃，老同志会说人虽退休退线了，但党和政府并没有忘记他们。倘到一个诈骗分子家里吃，诈骗分子拍下市长与他进餐碰杯的照片，那就是他日后行骗的资本和通行证了……费晓兰尽知官场奥秘，因此从不干预和过问丈夫的行踪。这个家如同是他的菜园子，出进全无章法，费晓兰感觉他仍是菜园的主人就行了，别无奢求。按那匿名电话的含义，便是丈夫在外面有什么好看的了。

什么好看的？当然不是看丈夫演讲，看他陪人跳舞，看他和朋友聚会，看他与道友品赏古玩，看他为人题词作画，看他打篮球（他喜欢这项运动）。匿名电话指使她看的，必定是个人隐私了，必是男女偷情了，一个蠢女人也会联想到这上面去的。

费晓兰当然是信任自己的丈夫的。他们的感情牢固，结婚十几年没有红过脸，重要的是他的身份约束了他不敢在这些方面失足，双重的保险致使费晓兰在这方面很放心。

但说是信任，并不是绝对的概念，往往不爱自己丈夫的女人，一定会怀疑丈夫有外遇或图谋不轨，万千错误中必是不可缺这一条的。爱自己丈夫的女人，因了爱便要格外提防丈夫被别人俘虏，最担心有什么风吹草动。世上好男人、坏男人，都是要让女人怀疑的，保持一点不信任的，让她们睡觉不敢睡死的，时时将最隐蔽的眼光注视着的。

费晓兰纵是宽宏大量，知书达理，不同一般，终归是难以摆脱女人的身子女人的心，只不过是把女人的本能藏得比别人深而已。

那么去不去看呢？没看到什么更好，若是看到了什么呢？她能承受得了吗？那么就不去看吧。无非就是男情女恋，千古的陈旧之事。世上毫无新意最不值得看的也就是这千古不变的景观了。人心若是安分，便犯不着去管束。人心要走，谁能留得住？看又怎样？管束又怎样？人可治得水，劈得山，却是缚不住人心的。

这么想了，便可安心睡觉了。

这么想了，也就没有什么看不得的事情了。

神经本来就衰弱的费老师有些坐立不安了，想若不去弄明白这回事，今晚就睡不成了，不如就去看看吧。她相信自己的承受能力。

费晓兰添了件衣服走在深秋半夜的大街上。夜半的街巷仍灯火通明，好玩的、风流的鹤了人都还不知疲倦地在街上游荡，都穿着很好的衣服，总是喜气洋洋，目的大概不外乎是看别人和给别人看吧。这条由高安费尽心血至少开了大大小小一千个会才拉直的大街，甚是壮观，彻底改变了古鹤了城局促小气的面貌，大街连着新修的鹤了大桥，连接新城区的主街道，高安的计划是要弄成十里长街。费晓兰早早晚晚从这宽敞的大街上经过时，便常听到一些倚在鹤了大桥护栏上或者坐在比原来老街还宽的人行道林阴下，念叨着一个与这街道已经血肉相连的名字，那就是高安。那时费晓兰心里的滋味呀，用什么好的比喻都不合适。现在她走在深秋的大街上，就像所有老百姓一样，必然要想起高安来。这街道上就飘拂着丈夫的气息，坦荡笔直有如他的气质。费晓兰顿时心情好起来，倒要看看：坦荡磊落一心扑在事业上的丈夫，是否真如那匿名电话暗示的内容龌龊。

费晓兰快步走过鹤了大桥，按那匿名电话指示的登上一座黑洞洞的建筑物，站到一个尚未装修的粗糙的平台上。前面果有一排四层楼高的房子，窗子里分别亮着灯。她顺着二楼的亮窗从左至右观察：见第一个单元客厅里，是一老带着二小在看电视；第二个单元是一桌麻将牌；第三个单元是一桌剩菜和一桌扑克牌；第四个单元是一愁眉紧锁的男人在抽烟踱步；第五个单元里一对年轻男女偎依着坐在沙发上看电视；第六个单元——费晓兰果是在此看到她的丈夫了，与匿名电话中提示的一点不差，那厅里放置着一张宽大的案桌，桌上放满凌乱的东西。桌的这边坐着高安，那边坐着一个双臂戴着花布袖套的姑娘，一边忙着手上活计，一边和丈夫说话。那姑娘生得白净红润，秀气端庄，费晓兰想这就一定是谷美芝了，这就是她的裱画店，那墙上是挂满了装裱好了的字画。她没见过谷美芝，但听丈夫及那些玩家提到过她，也就极易对号入座了。

这一幕能说明什么呢？

倒是费晓兰觉得身后有眼睛盯着她，一个堂而皇之的人民教师、市长夫人站在阴暗处偷窥人家的夜生活，成何体统？此时那第五个窗口里的年轻男女不是很快从偎依发展到吻作一团了吗？谁知那被半边窗帘遮了的电视屏幕上放的是什么片子。想到这一层，费晓兰觉得背心发凉，不敢朝身后看，真怕有那么一双眼睛在暗中盯着她，她有些后悔此行的莽撞了，但并没有就此马上回去，心想隔壁的这一对，会不会马上像那一对一样拥吻到一块去呢？那么她就打碎了她心中的偶像了，彻底地了解丈夫了，可那裱画店里的一对，只是兴致很好地谈着，隔着约有四尺宽的桌子，似是没有越过障碍的意思，善良的费老师在心里喊：不要过去啊，不要过去，不要像隔壁的那一对一样，她多么不想打破在她心目中矗立了多年的偶像。

又待了一阵儿，费晓兰见裱画店隔壁的一对，在明亮的灯光下，由热吻转而四只手在两个躯体上胡乱摸索，接着便开始互相解衣服了，这样费晓兰便无法再待下去了，便准备回家去。最后看一眼丈夫和那确实很具魅力的姑娘，仍如初时一样的姿态，无情况恶化的迹象，有了几分放心，踅身走下这被脚手架包围了的砖楼。

回家去自然是全无睡意，起来吃了两片安定，仍无法镇定下来。

清楚地听见闹钟响过十一点。又响了半点。这时高安回来了，轻轻地开门关门的声音。

费晓兰问："回来了？"

答："回来了。还没睡着？"

"刚睡不久。"

"那你睡吧。"高安便舀水洗脚。费老师知他还有看个把小时书的习惯，陪伴的将是一杯浓茶。听到他进书房去了，发出轻微的翻书的声音。费晓兰当然是睡不着的，总觉得应有个了结才行，毕竟是经历了一件事，至少应该问问他今晚干什么去了，倘如实说了，也就心中无鬼了。或者告诉他有人打匿名电话，提醒他有图谋不轨的人盯上了他，企图破坏家庭的稳定，他们应该共同去设想推测那个躲在暗处使坏的家伙是谁——这便是了结，不然这些事会搅得她天天睡不好的。

费老师想还是问问他，看他说什么。装作起来解手，经过书房时，问丈夫："你今晚上哪里去了？"

答："去小谷的裱画店里了，东方冉帮我弄了两幅字，在那里裱，去看看。有事吗？"

见丈夫如实说了，费老师倒有些慌乱了，忙道："有几个电话找。"

“没什么急事吧？”

“没有。”费老师给丈夫拿过去一挂香蕉，便回房睡觉，心里是十分的踏实了，一场虚惊罢了。又有些负疚，她可是破天荒打听丈夫的行踪啊，幸好没使他反感。竟也不恨那打匿名电话的了，身正不怕影子斜，怕什么鬼？当一任市长不可能没有反对派，有人兴风作浪也很正常，便不准备和丈夫提起此事，不愿在他心中投下阴影，他要干的正事很多，需要好的心境。费老师心宽下来，顿觉疲倦如卷席裹了全身，愈加捆紧，而后轰然跌入黑沉沉的夜海。

一个不无恶毒的匿名电话没能在费晓兰身上发生应有的作用，反而使她对家庭更加充满自信。她无视这种挑拨，不放在心上，好像什么都未曾发生过似的，但是费晓兰却没有想到：这是有人预谋要做翻市长高安的第一个动作！

果然不久，就有风声传到费晓兰和本市高层人士以及与市长关系密切的古玩界的同人耳中：有人状告市长高安了！主要“罪状”有四条：

一是不务正业，迷恋古玩，借工作之便利用特权非法骗收文物。

二是利用特权为他人安排临街铺面，受贿价值达数万元的名家古画。

三是行使特权，为嫖客大开绿灯，开脱惩罚。

四是男女作风不检点。

这样的消息，对于关心、爱护、敬仰市长的人来说，可是个重磅炸弹了，无不显得忧心忡忡，不知所措，恨那告状的小人却又无可奈何。对于极少数挨过市长批评的心胸狭窄之辈和政界的对立面，就是赖以反攻的极好的武器了。消息的传播非常之快，名人逸事历来是舆论界的焦点和热门话题，尤其在这闭塞的小城里更甚。也就只三两日工夫，市长高安走到街上，许多双注视他的眼光里，就分明显露出许多不同寻常的神色来，那眼神里有担忧、同情、怜惜、怀疑，也有幸灾乐祸、鄙视，等等。

市长却是一如往常地上班，开会，理事；一如往常地在早晚闲时到鹤了的大街上散步，站到鹤了大桥上欣赏百看不厌的山水城郭的美景，生活节奏连同神情，不曾有任何变化。

慌乱的倒是旁人。

鹤了城中几个玩古物的，刚捕捉到消息，便委东方冉把市长约到义犬巷东方冉家中来。欧阳玉琼、谷美芝、柳林、周顺清、李乐善等几人，便静候在东方冉家中等候，想消息最准确的来源，自是市长本身了。

高安倒是如约来了。进来后见大家神情不对头，便乐哈哈地开玩笑说你们是不是吃了老鼠药，一个个无精打采的？

有人道："市长你还有心思开玩笑哩，大家都为你担心。乱七八糟的传闻，都满城风雨了。"

东方冉道："听说上面找你谈了话，是否有这么回事？"

高安说："确有其事，省纪委和地区纪委，专门为有人举报的事，把我约去谈了话。"

"是不是市面上传的那四条？"有人按捺不住插言。

市长问："市面上是怎么传的？"

……

市长知大家羞于出口，便坦然一笑："是好说不坏，是坏说不好，有什么不好意思说的？你们看，我像个承受不了的人吗？"

见市长果是临危不惧、浩气凛然，有人便把市面上的传闻说了出来。

市长说："基本准确，大体内容相似。"

玉琼问："你是怎么回复上面的？"

市长道："我说前三条确有其事，可以作详细调查。第四条暂时还没有发生那样的事，不必调查。”

东方冉道：“你就说了这么多？没作什么解释？”

高安道：“我不想作任何说明，这样可以让调查顺利进行，诸位，不要替我担心。谁处在我这个位置上，都不可能避免被人盯着，这很正常。再说，公民有权向上面反映情况，现在提倡举报，是保证干部廉政的措施之一，好嘛。心中无冷病，大胆吃西瓜，怕什么。再说，诬告者的目的，无非是想摘掉我头上这顶乌纱，摘就摘吧，不当官了，还不让我人活吗？真不做官了，倒是可以和大家放开手脚玩一玩，头上有了乌纱，反而干什么都不自由了。”市长努力保持平静，但那笑容里是含有一些委屈和凄凉的，明眼人都看得出来。

突然那周顺清猛地号啕大哭起来，双膝便往地上一跪：“市长哪，是我害苦了你，让坏人有了个把柄整你，叫我怎么办哪……”

市长正色道：“顺清，起来。大男人，哭哭啼啼像什么话，何况我今天还当着市长。”大家见那顺清，自出事后瘦去了一壳，两眼深陷进去，十分的吓人，据说他弟妹都要和他断绝关系，那丑行本是值得痛恨的，但见他那窝囊的样子，大家反而原谅起他来。东方冉道：“起来顺清。这个事情很简单，可以向上面说得清的。周主任还活着人嘛，他打市长招牌说的情，并没有和市长通气，责任在他，这条罪状怎么可以算得上身呢？”

顺清还在愧疚地哭泣，大家一齐劝，才勉强劝住。这种时候，竟没有人指责他，这使周顺清深感在这个圈子里生活的温暖。

这时，那李乐善站起来说：“那第二条，是针对我的。不错，当初拆迁户安置时，市长是替我说了话的，我算不得你们古玩界的一员，我是个粗人，没文化，不懂古物，听说市长爱字画，我常收荒货，有些朋友，介绍过字画给市长，至今证人还在，我也不止介绍过给市长一人哪，这怎么能和行贿、和拆迁户安置联系起来呢？真是扯淡。我现在已经请人写了报告，我准备带了证人去地区纪委说清楚，请市长和诸位老师放心，我的事，绝不牵连市长的，我相信上面会有明人。只是因我的事，让市长一时背黑锅了，我心里也和顺清一样的，很不好过。”说着不禁也流下泪来，举了袖子去抹，柳林见状不卫生，忙递一条小手帕给他，他哪里敢使那香帕呢？

市长忙说：“你看你看，今日难得大家聚一次，都弄成个诉苦会了，好吧，我提议不再谈这个话题了，谈点别的，大家乐一乐。”

但是市长并没有把话题引开去，大家就开始猜那举报信可能是谁谁谁写的，那是要对市长非常熟悉的人，才能了解市长在古玩圈子里的事情的。

高安见大家开始义愤填膺地指责举报人，觉得不妥，说：“不要胡乱去猜测人哪。有则改之，无则加勉，何必要找出举报人呢？”但他无力改变大家感兴趣的话题。有人说：“市长你就回去吧，避一避，不要又被人扣上一顶与我们密谋寻找举报人的帽子。”大家也觉得市长应回避，东方冉就送市长出门。谷美芝拉了柳林借口上厕所，也出来送市长，出门后在一段暗处，美芝紧走一步，贴近市长，碰碰他的手，悄悄说：“这一向，你就少来我那里坐吧，避避锋芒。”市长心里道：这个精怪女子，什么都明白。送走市长，谷美芝进公共厕所，柳林和东方冉在外面等她，柳林就于暗处捏了东方冉的手，说：“要是我们的事露了底，也会像市长那样满城风雨吗？”东方冉叹曰：“可惜我没有那样的福分，区区一介草民，谁会注意我，要真是露了底，又不能满城风雨，就真委屈你了。”柳林止不住笑起来：“还委屈哩。”东方冉说：“莫笑莫笑，提防把肚里的宝贝笑下来。”柳林更是笑得蹲下身去。谷美芝出来，问柳林是不是吃了笑婆婆的尿？东方冉道：“她说她想笑，我说你尽管笑吧，我们这公共厕所的臭气能给会笑的人带来好胃口。”柳林“咯”一声说：“我要呕了。”

三人进得屋去，大家谈兴甚浓。这个题目其实是极易解的，大家稍作推测，便想到何志头上去了。柳林说：“我早就预感到这个人有杀气，不是个温善之辈，当然喽，只是一个预感，当初也没有什么证据。”玉琼说：“其实高安应是有所提防才好，看来最危险的是身边人。”东方冉道：“偏偏高安把什么秘密的事都交由他去办，譬如办乐善的事情吧，不是他经手办，怎么会这么清楚？”顺清咬牙切齿地说：“这个畜生，早晚我会出钱，雇几个流氓地痞做翻他。”玉琼道：“这就好，那你就算帮上市长的忙了，那就无事也事上身了。”东方冉道：“诸位要千万冷静啊，就是见了何志也装作不知道发生了什么事，要冷处理，让调查的顺利调查，千万不可帮倒忙，市长也多是因和我们搅到一块儿去了，才给人家抓辫子的机会，我们再不可为难他了。”大家再说一阵话，按东方冉的口径，静候事态的变化。

一有风吹草动，最着急的当然是费晓兰了。费晓兰以往对丈夫分内的一切百事不问，这次却是按捺不住，要问个仔细，这可是最大的事了。高安本也不想告诉她什么，真出事了，她除了着急还能帮得了什么忙？就是没有事，她还是要担心，会坐卧不安，她那身体禁不起风波的。见她催急了，才和盘托出来，告诉她不必放在心上：“省纪委派到地区协同地区纪委找我谈话的一位处长，以前和我是省委党校的同学，私交极好，还没有正式接触之前，他私下里对我说：‘究竟怎么回事，现在说真话，我心里好有个底。’我说：‘第一条，告我非法收购文物，有其事，我曾在谷米香大屋购买过一只老百姓用来喂鸡的碗，那是一件很不错的古瓷，可那时我还是个门外汉，并不识好歹，与特权无关，那里的老百姓都不认识我。第二条，我手中有旷如大师的真迹，旷如是进了辞典的名人，他的画值钱，但值多少，尚难评判的，要到市面上去拍卖才可见价值的，是我一个同学无意中帮我收藏到的，是他付的钱。收藏嘛，收到的可能是珍品也可能是一钱不值的废物，这都是正常的，与使用特权也无关，我也没为这位同学谋任何利益。第三条，为嫖客开绿灯一事，直到今天谈话我才知道有这么一回事。第四条，男女作风不检点更是无稽之谈。’他说：‘不假吧？’我说绝对不假。他说他心里有数了，说如是这样，便无伤大雅。”费老师说：“你向组织说出来了，不就没事了吗？”高安道：“你想得太简单，我说了组织上就相信我了？对同学，可以明说。对组织，就为时过早了。”费老师鼓励他：“倒也没有什么可怕的，完全是捕风捉影故意要整人嘛。”高安道：“所以我都懒得和你说，这算什么事呢？我充满自信。”

费晓兰心里有底了，便无视所有神色各异的眼睛和炒得离奇的舆论，和丈夫一道若无其事、心胸坦荡地出入市井，她甚至懒得对丈夫讲那匿名电话的事，更伤人的都告到省里和地区去了，这不算什么手段了。

其实组织上一经与高安接触，他就知道这是谁举报的了，只是不愿意说出来。费老师问他谁干的，他都瞒着夫人说不知道。他不说，很快大家也弄明白冤头债主了，自然费老师也很快明白了，回来对丈夫说：“想不到那何志，是这么个忘恩负义的家伙。”

市长问：“你听谁说的？”

她说：“大家都知道了，只有你瞒着我。”

市长道：“还不是下了他的司机，又没听你的，安排他到一个肥缺上，便记恨在心了。现在想想，幸好又没让他去抓基建，不然就真要出事了，基建上的漏洞，都是向小人敞开着的，那我就真干了件对不起党对不起人民的事了。”

费晓兰也愤愤地说：“真是个小人，我们对他是太信任了，社会上都说你们是一对亲兄弟哩。”

市长说：“人嘛，没有利害冲突，互相都有利可图，当然就是

‘亲兄弟’了。好吧，不说这个事了，更不要对外说指责何志的话，装作不知道就是，对举报人施加压力，那就是真犯错误了。”

夫人说：“当然不会到外面乱说的。”心里想：那匿名电话一定就是何志打的了，难怪听那声音，像是用手捏着鼻子发出来的。她想她如不是个通达的女性，后院早就起火了，内外一齐夹攻，高安没有不垮的道理。

自诩是个粗人的李乐善并不“粗”，他独自一人，竟真的买了车票，找到地区纪委领导，递上了自己的报告，并作了详细的说明，他说倘是上面觉得高市长为他这样的贫困户安排一个落脚之地是为了得一幅画，他现在就搬出去。他当然还列举了很多市长在鹤了所作所为的优秀事迹，劝上面的青天大老爷要多做调查，不要听信小人之言，何况这个小人是犯了错误被撤下来的。地区领导问：“你怎么知道得这么多？”乐善道：“现在鹤了城里传得很开。”“是不是高市长对你们说了什么？”“我们去问过他，他还批评我们听信谣言哩。据有人说，就是那小子放的风，说市长犯了四条错误，很快就要倒霉了。”地区领导说感谢他提供情况，让他回去，不要再来了，车票又没地方报销的。

而这时一个秘密调查组悄悄地在鹤了城中进行了工作，他们住在一个个体旅社里，仅由一名市纪委的同志陪同，没有和市委、市政府的任何领导和部门发生联系。李乐善回去后，老婆告诉他有干部来找过他了。后来李乐善才知那是省、地纪委来做调查的。不过他也没白跑一趟地区，他找的是纪委最高长官，比下面的更要起作用一些吧？

半个月之后，省纪委的那位处长打电话找高安，没找着，便让费晓兰转告高安晚上打电话到他家里。高安晚上回来，赶快拨号。那党校同学告诉他，这事大体上了结了，没什么大的事。嘱他千万注意冷处理，不要再提起这件事。另外告诉他，让他多几只眼睛看看周围，这件事并不是孤立的，与鹤了上层看来有一些联系，不过没有什么依据，只是调查组的感觉而已，让他小心。

打过电话后，高安告诉夫人，省、地调查组的结论是没什么事。夫人便放心地安睡了。

高安却高兴不起来，就如医师治病一样，表皮上的病是无虑了，却是隐藏着一时没有诊断出来的暗疾，何时爆发，可是防不胜防的，他确实料不到看上去风平浪静的鹤了政坛，多次被上级表扬为安定团结的班子，却暗藏了杀机。

说穿去，是权力之争。

想到这一层，并没有摆脱诗人情绪的高安，埋在深深的猪皮沙发圈里，心冷如灰，一个人的精力，用来工作还不够，还需分身防背后的冷箭，真是太累了。省纪委那位处长，没扶正之前，本就要安排到下面去当县委书记镀金的，他横竖不肯下去，高安都曾批评他不求上进，如当得三两年县委书记，省里又有背景，一步也就可坐到知府的宝座上了。但那同学意味深长地说：那个位子，也不好坐的呀。如今高安算是体会到了，他这市长的位子就不好坐。

同学很有分寸的提示，倒是要让高安冷静地检讨一下出任市长以来的作为。反复想来，没做过什么错事啊，也没得罪过班子里的任何一位同志，从来就注意和市委、人大、政协保持良好的关系。如果说有损别人的话，恐也是抛头露面的时候多了些，主持开的会、讲的话多了些，在老百姓的印象中比例占得多了些，或者到基层去，应人家之邀多题了些词，还画过画，打过球，唱过歌，跳过舞，尤其是还迷恋古玩，这都不应是一个市长出的风头，从政以外的才华显露过多了，就是对他人形象的一种损害，为什么一定要做错了事才是错误？有损他人的自尊便是不可饶恕的错误！如此想来，遭人算计和嫉妒也是在所难免的了。这个官也是真难当了。

第三十章

有句话叫作：树欲静风不止。本来状告市长高安的风波，因调查有出入，上面也就没有什么话说了，眼看就要冷处理了过去，谅那何志再告，也寻不出新的招数来，尤其是他把躲在暗处偷拍的一张市长高安衣冠楚楚观看谷美芝裱画的照片也塞到状纸里作为男女作风不检点的证据，令纪委的同志很愤慨，那么市长常和女同志握手要作何性质区分定性呢？可是上面欲将此事作罢，竟是无法割断因此而引起的千丝万缕的联系和蔓延。

首先是何家内部发生了一场大动荡。

那何志因酗酒不听劝告，被下了司机一职之后，何东海夫妇曾听了市长高安的劝告，没怎么责怪这不肖儿子，给他一个重新做人的机会，希望他吃亏长智，好好反省，重新做人，到时候市长也会重新启用他的。年轻人也不可能一帆风顺，曲折总是有的，这么想了，内心很快也就平静了。

后又见何志情绪反常，酒又喝得凶，左邻右舍，街坊熟人，都用异样而冷酷的眼光看他们一家人，顿觉怀疑，料何志又出什么事了。稍作打听，便问出何志捏造事实、状告高安、引起许多知情人反感的情况来。那何氏夫妇，气无所容，当即就召集所有家庭成员开会。那当了一辈子模范积极分子的父亲，从来是告诫子女要以公务为重，不必记挂家里的，那些在乡下工作的子女，破例收到父母如此急迫的召唤，都心急火燎地往家里赶，不知发生了什么大事，进屋见老父老母都卧床不起，不禁心急如焚。

气病了几餐不进米食的何东海见子女都到齐了，从床上挣扎起来，由女儿扶着坐到沙发里，几乎是声泪俱下地向他们诉说了老四的所作所为。他说他何某几十年来，干工作没有得罪过领导和同事，几乎年年得先进；做居民呢不曾得罪过街坊，住在这黄牛巷几十年了，没和谁红过脸。想不到生了个孽畜，竟是个忘恩负义、恩将仇报、行诬蔑之能事、干阴谋之勾当的小人，真是家门不幸，祖宗脸上无光哪。那高家与我们是多年邻居，高安这孩子，也是看着长大的，论情感，也就是与自家人没有区别了，当初安排这孽畜，不是高安一句话吗？喝酒犯事不听劝告，下了你的司机是完全应该的，并没有怎么样你呀，你照样到机关里当干部拿工资，谁当市长也只能这么办，你怎么因一件小事就去告人家的阴状，而且还是件件歪曲事实呢？天理良心丧尽了呀你，你叫我今后怎么做人、怎么好意思到政府去领退休金，我何东海可是一生清白的呀……说到这他就捶胸顿足起来，大家就急着劝。那何志栽着脑壳黑着脸蹲在地上如一尊菩萨。何东海道："为父的也老了，我也管不住这孽畜了，今天把你们当兄姐的叫来，你们说怎么办吧。"当即这当兄当姐的就轮番狠狠数落了老四一通，当下就商量了两个方案：一是姐弟四个，代表老父老母，一同往市长家去负荆请罪，赔礼道歉。二是姐弟四个，一同前去省纪委和地区纪委收回那诬告信。又反复安抚老父老母不必生气，事情会有个好结局的。何东海见能这样做，倒也可见何家的一片诚意了，便答应了下来，说如果事情办不圆满，他是非要逐了这孽畜，断绝父子关系的。

这何家老三，和市长夫人费晓兰曾是在某师范就读的同班同学，第二天就先去和费晓兰说好，要约见高安。想上班的时候，晓兰定是在学校里的，便到鹤了小学去找她，正巧费老师没课，老三就痛心疾首地说了来意。费老师一听吓一跳，说："你们这样做，不是反而把事情闹大了吗？现在组织上又没有处分高安，市面上说长道短的也平息下来了，你们这么兴师动众，还要到省里和地区去，不是屎不臭挑起臭吗？不是此地无银三百两吗？不知情的人，或者真正是希望事情闹大的人，还要以为高安给你们施加了压力，逼迫你们这样做的呢。何大叔对我们老高，也如是父母一般亲的亲人，老四年轻不懂事，也许是听了人唆使的，老高根本就没怪他，更不会责怪何大叔夫妇以及你们姐弟的，否则老高不也是一个小人了？这个胸怀都没有，早就从市长位子上下来了，会不打自垮。你快回去，叫他们都回家去干正经事，把我的意见告诉你父母，你们那计划可万万使不得的。”老三一听也有理，便回家去计议了一阵，觉得那样做也确是不妥。反复想想：这老四怎么会做出这种事情来？会不会如费晓兰提示的有人指使呢？便再审问老四：是否有人指使他这样干？何志横竖不开口，自事情败露，他成了众矢之的，走到街上人们指指戳戳之后，他就黑了脸不再开口了，何东海见他死不开口，便伸手扇了他几个巴掌，也如同打在一块木板上，无任何反应，倒是老何和夫人先哭了。他们夫妇俩带大四个孩子，就从没有打过一次他们，这是黄牛巷有口皆碑的，人们不理解他们怎么会有如此好的脾性。

费晓兰打发走何家老三之后，还是觉得事情没有办妥，上完一节课后，请了假往黄牛巷何家赶。见一家人仍窝在家里生闷气，便耐心地做了一通工作，那何大妈抱着她痛哭一场，说他们没有登门道歉请罪，反让她倒过来做工作真是要折了她的阳寿了。费晓兰说了一阵，倒也安定了这一家的思想，乡下来的，都准备回去做事上班。那何志见费晓兰来了，就躲到厕所里一直没出来。

费晓兰自觉这件事情处理得及时，晚上对丈夫说了。丈夫也说这样做非常好，不禁赞叹那何东海夫妇的真情来，凭那老的一腔衷肠，也不好怎么的怪罪何志，唯愿此事就此淡了下去。*

* 如此贤淑大气女子，世间少见。

一日，一个乡中刚学着玩的来见周顺清，说他有个玩的朋友，手中有些玩物，因急于要些钱用，想一次抛了，问顺清能不能承受？这周顺清吞并了鹤了城中两个大玩家的壮举，自然也是传遍了鹤了乡中所有玩主的，极是令乡中那些二道贩子佩服，他成了个不畏强者、打败自卑、为乡下人争了气、扬了眉的英雄，甚至在街上嫖了娼也成为了不起的事情，是要到了财大气粗方可为的呀。

顺清觉得这个古玩界的晚辈对他颇为不恭，说什么“能不能承受”，真是小看他了，便说：“你那朋友，是外省的还是本省的？”

小青年道：“是鹤了地方的。”

顺清一笑：“鹤了地方，我想如今也没有谁能难倒我了，你让他来和我见面吧。”

小青年面有难色：“他不愿出面，委托我出面找人。”

“这样的大事，怎好委托人呢？除非他是个外行。小子，你就直说了吧，我也不是外人，你是想从中赚点提篮子的钱呢，还是有谁偷盗了别人的藏品要出手？你往明处说，我会成全你的。我呢也是明人不做暗事的，这种买卖，不比别的，中间的奥秘多着哩。”

“真是有人委托我。”

“谁？你说出名来，鹤了地方玩的，我没有不知道的。”

“他真的不愿暴露身份，我不骗你。”

“我告诉你，你不说出人来，谁也不会做这种买卖的，除非你们拿到省文物市场去出手。”

“那条路走得通，何必来找你。”

周顺清觉得这宗交易有些蹊跷，倒真想弄明白内中奥秘，便不再逼他，寻出些花生米和松花皮蛋，倒出一碗药酒来，坐到院子里初冬和煦的暖阳下，对那青年道："不急着说，我今天也不进城去，我们兄弟喝一盅，也难得的。"那人也是刚学着玩，见周顺清多年媳妇熬成婆，从捡破烂收荒货到富甲一方的富翁，也想步他的后尘打开发财致富的缺口，平日多往这里跑，无非是想偷学点经验。无奈顺清总是忙，整天骑着破旧摩托出入城乡，架子也大了，问他什么总是哼哼哈哈的，今日见他居然请自己喝酒，正是求之不得。或许酒到酣处，会讲些"炒古"之经吧？双方都想通过喝酒达到自己的目的，便一人一口地喝起来，盛酒的是搪瓷的杯子，一碗少也有斤把，不一阵就干完了一碗，不禁酒都涌上脸来，双方话就多了起来。那小青年一口一声"大哥"地叫，要请他讲讲江湖上的事，顺清也就真真假假地编一些倒腾古玩的故事给他听，最终要套出他肚中的隐私来。那小青年果然听得入神，干完第二碗酒的时候，那小青年不胜酒力，便有些放纵了，说话就颠三倒四起来，顺清是老江湖了，看出时候已到，便沉了脸道："你这位兄弟，不把我当朋友。"

青年道："我可不是那样没心肝的人，人穷可志不短。"

"那你为何要我办事又不信任我？"

"没有这样的事。"

"你不是和人合伙做古玩买卖，要我办事又要把我蒙在鼓里？"

"真不是什么合伙，是受人所托。"

"你还是不信任我。"

"这话又怎么说的？"

"你是怕我见财起心，谋害了你那位朋友。"

青年笑道："老兄你是越说越离谱了。"

"既然不是怕谋财害命，又有什么讲不得的？告诉你，你就是说出来了主子，我也不一定做，我现在资金周转有困难。"

青年急了："可他眼下急着要钱花。你还能找到大老板吗？"

“恐怕这鹤了地方，是没有人吃得下的。他究竟是谁？我还要看看，是值不值得帮的主子。”

那青年支支吾吾，终是说了：“你认得的，鹤了城中的何志，千万保密啊，他念我是他的好朋友，才央我打听，我怎好出卖他。”

顺清一听是何志，酒意便顿减七分，不禁怒火中烧，但并不上脸：“我想是谁，何志我还不熟悉，他有几件玩的？值几个钱？还保密保密的，他那手中的东西，我还真看不发热哩。”

“他确是不想有第三个人晓得，我看他是卖了钱，想走，不想在鹤了市干了，家里也不让晓得。”

“既然他不愿让人晓得，我也不会讲出去的。我也是在江湖上混的，这点德行还是有的。”

青年道：“那就好，你能帮他找个主吗？最好是你吃了下来。”

“他答应给你多少酬金？”

“没有，朋友帮忙嘛。”

“你一个做农业的，没有酬金给你，你吃西北风啊，也太小气了吧，这种人的事，我也懒得管。”顺清故意这么拉拢他。

青年忙说：“有的有的，说事成之后，给我百分之十。”

“那还差不多，等两天我再给你消息。”

“你就吃下来算了吧，还等两天干什么？”

“这么急啊，”顺清觉得这中间有问题，但又想不出是什么，觉得要静下来想想，不可轻易就答应下这事来，便告诉他，“这种事急不得，我一时也拿不出多少钱来。但你千万不可说是找了我啊。”

“我晓得，他就不让我找鹤了市几个玩主，尤其是你们这几个出名的，要我找外面的人，我一时不知去哪找。”

“好吧，你后天来听消息。”

酒和佐酒的菜都吃光了，太阳也快西下，目的也达到了，周顺清便有了送客的意思。

“要快啊。”小青年就东倒西歪告辞了。

周顺清这一些天来，已无心操玩本业，骑了摩托每日出入城乡，走街串巷，四处打探消息，心全系于市长高安身上了。后得知没事了，回家睡了个好觉。却是恨死了何志，正愁没法整治这畜生，没想到他会撞到枪口上，周顺清因此就要生出些恶毒的快意来。

只隔一天，那小青年又来问讯。顺清告诉他：他因一时筹集不到资金，确无能帮忙，但约了个兄弟来，已电话联系过了，让何志于某晚几时到某旅社某号房间找某某先生。顺清叮嘱那青年：“你就说是你联系好的，不要把我拉扯进去呵，酬金归你，我分文不取，我是看你人好，成心帮你。”青年喜滋滋地说：“不，不，一人一半。”顺清锁了眉：“你小看我了。”“那就送你几瓶好酒。”“你要是送了酒物来，下次你就别再进我的门。”青年见顺清不是开玩笑，感激道：“周老师你真好。”周顺清恭谦地称呼人家“老师”多年了，今日也有人称他老师，心里甚是高兴。

这年初冬的某个漆黑的夜晚，何志手提一个大皮箱，背着一个大旅行袋，一个人悄悄敲开了某某旅社的某间房。反扣好房门后，他和一个陌生男子进行了为时三四个小时的秘密的讨价还价，然后将所有藏品（包括多年收藏的邮票以及收集的海内外各界名流的签名，这几乎全是高安代他弄来的，其中副省级以上领导同志的大名就留下了七八个之多，还有一批港台要人的笔迹，好几位竟是鹤了地方出去的退役原国军将军）一股脑儿交给了对方。那陌生男子取出一个其貌不扬的文件夹，抖出内面一沓沓还留着银行点钞员印章封带的票子，让何志认真点了，然后让他将钱放回文件夹，并将文件夹一并送给他带回去。双方成交很愉快，互相紧紧握着手。

何志告辞出门，回到黄牛巷已空空荡荡的自己的房间里，关上房门，启亮床头灯，拉好窗帘，打开文件夹，准备再点一次那万能的、能成全他好事的、数目可观的现钞。但取出的款子，令他一下傻眼了：竟全是一扎扎整齐的纸片，且是经印刷厂的刀具切齐了的。他的脑壳“嗡”的一下炸开了：这文件夹自始至终没有离开过手呀，那骗子换包的本领也真是高明。他旋即于柜顶取过部队复员时偷偷带回来的一把军用匕首，发了疯似的往那旅店里赶，待赶到店里，红着眼一脚踢开那个房门，屋里竟是空无一人，忙奔下楼去问服务员，服务员查了查登记本，说某房间的旅客刚刚结账走了。何志急忙往车站旁的夜市赶，那里常有“的士”靠着候客，那也是唯一通往外面去的道路，没有别的路可以走出鹤了山地。

待何志飞也似的赶到车站夜市附近时，有一辆“的士”正好敞开着门在进人。他一眼看准了，正是那个戴宽边眼镜的骗子，便冲上前去，一把抓住他的肩胛。但是来不及说话甚至来不及拔出匕首，就觉得脑袋狠狠地被击了一下，他本能地回过头去，身后是一个高大的汉子，接着腰背上被沉重且干净地撞击了几下，他便如麻袋般地倒下了……

第三十一章

D省的E温泉疗养院这年春节过后，接待的第一位来此疗养的首长是鹤了市的高安。这个疗养院设备并不豪华，规格却是不低，多是接待一些领导干部和离退休老同志。它坐落在一个有名的大山里，终年是青翠欲滴，鸟语花香，飞瀑如帘，古木参天，背靠峰峦，面对一个硕大的人工湖，湖水碧青似镜，数十米深处可见小鱼游弋，彩色鹅卵石纹丝毕现。因是没有舞厅、酒吧、桌球、巴可之类的时髦娱乐设施，建筑物也是几十年以前的老朽了，来此山中旅游的人们和有钱的大款，大都对它不屑一顾，人们以为这是一个管理单位或是军事要地。

倒是清静。

高安来此疗养，看中的是此处的清静。

他想彻底地清静一下，过一段真正属于一个人的光阴。也就只组织上和他老婆以及送他来的司机知道他来了这里，他出发前嘱他们不要对任何人说他在此疗养。

鹤了的人们刚得知他要去疗养的消息，一下子就不见了他的人影，而且怎么也打听不到地址，有人就发感慨道：高安是个蠢人。

怎么是个蠢人呢？

原来现在这当清官的，生活也日见艰难了，一个市长的工资收入，是远不如一个银行小职员了，就更比不上街巷市井中的提篮小卖。要当清官，当然就不屑以权谋利的小动作的，在生活水准日渐高涨的时代，就难免捉襟见肘。

倒也并不缺乏生财的机会。

那便是生病、住院、疗养。

这时候便有很多人要来“看”病人了，这个“看”不是仅示以精神慰问，那是含金量很重的一瞥。

一是他所辖的本单位本部门的干部员工要来“看”。

二是那些被他提拔的、重用过的嫡系要来“看”。

三是多年来在任上为其解决过大大小小问题的受恩惠者要来“看”。

四是平时意欲套近乎想达到某种目的而又总是没有机会的要来“看”，打个基础。

五是左右周围的单位或同战线的其他部门的明智之士要来“看”，也怕他今后调过去当他们的头呢？那是很可能的。

六是上级组织和下属各单位部门代表组织温暖，公费来“看”……

往往一个领导干部病了，倒是成了最繁忙的时刻，应接探视者不暇。

“看”病人是天经地义的、高尚的、增进团结的义举。

各纪检监察部门，也不会干预“看”病人，那样做就不近人情了。

挑剔的群众也不会指责“看”病人，那样做就不道德了。

对于一些清官来说，适当的病一病也合情合理，群众也理解和同情，大家都要生活嘛，生存是个严肃的问题。

偏偏这年富力强的高安在任几年就不曾住过院。打过一两次吊针，是护士拎着药水瓶到家里来打的。而真正疗养了，又死活不公开地方，这就有些不合时尚了，就要被人冠以“蠢人”称号了。

高安在此过着一种很有规律很惬意的生活：清早起来爬山，在山顶上唱京剧段子，唱的都是深刻在青年时代脑子里的革命样板戏，在此如鹤了翠朗山一样雄壮的高山上唱“穿林海，跨雪原，气冲霄汉”时正是身临其境，心临其渊，情景相融，真是畅快淋漓，回肠荡气。从山上下来，便泡温泉，然后是进早餐，饭后是到由一径曲桥伸到湖心去的八角亭里看书，完完全全是读爱读的书了，他带了一袋子书，足够“吃”一个月，有古今中外文学名著，有诸如古玩及书画方面的杂学，看书看累了，便回疗养院娱乐室打几盘乒乓球，下几盘象棋，中午美美地睡一个长觉（当市长哪有午觉睡的哟），睡醒起来，又是泡温泉浴。浴毕心旷神怡，下午多是出外画素描和写毛笔字，他的字透出一股灵动之气，他写的招牌，在鹤了市面上的招牌中，是公认了第一流的，但他时常反省：顶多说是一笔聪明字吧。深感功力不厚，根基浅薄，这次疗养，带齐了纸笔，要认真临临几位大家的帖子。晚饭后，等着看中央电视台的新闻联播，看毕，便独自一人，踩着夜色，去林子里散步一小时，安静地回味、思索和琢磨走过的一段不算短的风雨历程。回去又泡温泉，浴毕卧在软软的床上，如在家中的习性那样，在字里行间中睡去。

服务员说他不像个搞政治的，倒像个文化人。

高安在心里叹曰：成败都在于像个文化人啊。成者，因爱文，精神生活比纯粹的政客丰富。败者，却是本身职业所不容。这种尴尬，有谁能理解？

年富力强、身康体健的高安居然有闲到这清静之地来疗养，这就已经预示了他在仕途的旅行中，有了阻滞。一个领导干部开始小病大养或无病疗养了，就往往意味着开始走下坡路了，或是要失去重要的权力岗位，或是要退休和退居二线，或是与同级或上级的领导反了目翻了脸，或是办事不顺心以赋闲作要挟……倘一帆风顺蒸蒸日上，总是轻伤不下火线、要带病坚持工作的。

高安也无可躲避地走到了这一步，他要求疗养一个时期，组织上便批准了，由他选择地方。

本来何志反目状告高安，经调查不实，方方面面处理得当，高安夫妇境界也极高，事情不过是像滔滔行进的河道中的一个小小逆浪而已，不久便被淹没抚平。

但何志被暗算挨打之后，事情就发生了根本性的变化。正如省纪委的那位处长暗示过高安的：何志弄出的这个小小浪花，并非凭空突起，是有无形之风推波助澜的，只是当初力度不够，未能形成气候而已。

何志被打，送到医院验伤，伤势不轻，有经验的法医看得出来，是职业杀手所为，寥寥数招，干净得体，既可制伏何志，又不至于丧命。于是其情节就不是一般生意场中的纠葛和流氓斗殴了，而是要涉嫌“黑社会”这个可怖的字眼上去。因有人半死不活地躺在病床上，那曾经露面却又没有得逞的阴风便要卷土重来，于是何志便成了很好的人证和幌子，可以拿来做一篇扎扎实实的文章了。有关同志就责令公安部门作为大案要案来抓，这样周顺清和那爱小利的小青年很快就锒铛入狱了，破获这样的案子简直是小菜一碟。

幸好那周顺清还有良心，尽管被弄得鼻青脸肿，吓唬他要坐十至十五年牢，他也没有按人家的意思，咬定是市长高安让他干的。因此要把高安与黑社会联系起来也难。

这次可不是何志的小打小闹了，状告高安的材料，摆到上级领导的案头上，便很有点分量了，谁也不敢轻慢这件事情，更无法推翻。

省纪委的同学打电话来说：“老兄，这回的事，可有点棘手了。”

高安一笑：“这就叫作人背时，盐罐也生蛆，走路要碰岔路

*为官在任，玩也会是风险。

鬼。”

“你倒还蛮轻松的呀？”

“有什么办法，在这下面工作，总是伸脚打着爹，缩脚踢着娘，都是神方土地，总难如人愿，难免遭人算计的，这背时对于我这样的人来说，也是迟早的事。”

“你倒是也熟谙了世情，这样也好，能保持心态平和。你别急，我们几个同学，都在替你想办法。”

“我从来不急，那就请你替我向诸公代转谢意了。”

“不能就是一个干巴巴的谢字吧？”

“我所有的，也只有些古玩字画了，你们若是喜欢，随便来挑几件去。”

同学一笑：“你还提古玩。你要是不玩这个，什么事都没有，说不准会青云直上。”

“有什么办法？天生了好玩，改也改不了。人总不能一天到晚工作开会吧，那样会成神经病。”

“不过大家都羡慕你，说你官也当得不错，玩也玩出了点水平，又多才多艺的，活得还是挺潇洒的。”

“你们还要怂恿我不务正业，迟早我要走投无路了。”

两人不禁开怀大笑起来。*

不日，省委组织部的一个党校同学打电话来：“看来你的工作要变动一下。”

高安道：“要变动的，应该是那些大事办不了、算计人倒是有术的角色。”

“这些就不必说了吧。估计是给你两条路：一是到省里来。二是到地区去当副手，鹤了市你暂时是要离开的。”

“倘我不想走呢？”

同学惊诧：“你也是个级别不低的干部了，怎么说小孩子话呢？”

"我不是赌气，我确是不想离开这个地方，你不知道，这个地方对于我这种品性的人来说，确是魅力无穷，是一部让人读不完、读不疲的大书，是一个永远也玩不厌的乐园。"

"你呀你呀，事到如今还贪着一个玩字……"

高安打断他："我就是被玩所误啊，但请注意：这个玩字，可不是世俗理解中的玩乐，这个乐园，是要有非凡修养和学问才进得去的，我如今还不具备这个资格，所以我还要在故土上再待上一阵，我试图进入，这才不愧人生一场。"

"我反正不懂你的玩法，奉劝你一条：不要被玩所累，被玩所惑，应是顺应潮流，顺应时代，顺其自然。倘你执意不走，你现在的位置可要腾出来了，你只能当副手了。"

高安道："我只求不走，你去活动一下，当什么都无所谓。"

"好吧。眼下不可有情绪呀。"

"我是那种没气量的人吗？"

"倒也不是。"

后来组织上谈话的结果是：见他执意不走，让他任鹤了市委副书记、市人大主任，退到不是二线的二线。

那策划欲谋市长位置的同志，因高安不离开故土，亦没有登上市长宝座，另调他处高就了。

新的市长没来，高安将一肩重担卸给常务副市长，走时依旧用市长坚毅的、不容置疑的、从容中包含着威严的口气仅是交代了一件事：叫他们放了周顺清，他与何志的案子挂不上钩。何况某些人想通过他达到的目的也达到了，不要委屈了小小老百姓。下面赶快通知放人。于是他急不可耐只身来到E温泉疗养院，如在炎天热暑下耕作的农夫觅到了一方阴凉，如在沙漠中旅行的人寻到了一泓清水般的轻松、畅快，没有半点遭贬的抑郁和落魄。只住几天，便见温泉里的矿物质给皮肤涂抹上了一层油滑的嫩脂，让他自己抚摸起来都有点害羞。因饮食起居有规律，心无重荷，很快便见有发福的征兆。

不觉很快便过去了十天。这附近山头湖边的每一条小路，每一处亭阁，他都涉足过了，成为他熟悉的朋友。疗养院的工作人员和院友也都认识了，对陌生地方的好奇已经过去，高安突然觉得有些怀恋起他更熟悉的东西来，开始想念妻儿以及密友。那个他准备认真改造一番的古城以及任内没有完成的几个项目又活跃在脑子里。他曾是不想在疗养期间想这些事情的，要六根清净地静养一个时期，原来他是不可能超凡脱俗的，不可能彻底清静的啊，毕竟当过市长而且还当着级别相当的官，竟然还有点恋家了。便和老婆通了个电话，一连问了十几个问题，似是和他们相别已久，深有“洞中一日，世上千年”的那种感觉。居然还问了街上有什么变化等诸如此类的蠢话。老婆在那边笑：你才走了多久呀？安心疗养吧，别胡思乱想。他甚至突发奇想：要是在这里碰到一个熟人就好了，可以好好地聊聊天，讲讲故旧。原来这人是要和人对话的，没有交流其实是一种痛苦，在任上总是想躲避应酬，厌烦没完没了找他的人。现在完全没有，反倒觉得空落。每日出门，果然就注意院子外面来来往往上山下山的旅人，渴望从中找到一个熟悉的面孔，心想也许有爱玩的会玩到这也是D省的一处名胜来呢。

一日，高安在湖心亭看书，看了一阵，有些倦意，便立起身来放眼这人工湖泊和远近青黛的峰峦，忽见一只长着阔大翅膀的黑色鸟，悠然扇动着双翅，从湖泊上空掠过，径往家乡的方向飞去。高安目睹它变成一个细小的黑点，轻叹了一声，便因鸟而带出些思家的情绪来。忽然又笑自己竟是这么幼稚多情，居然被一只鸟牵了思绪走，便又坐下来，安安心心读书。

这时忽听身后有人轻轻“喂”了一声。于这极静的天体里，就是一只翠鸟在湖中弄一个水花都如同是人在沉寂的夜海中拨动一声琴弦，何况是近在咫尺的人声。高安手中的书不由自主便合了拢来，转过身去，“啊”了一声，张着嘴，好一阵闭不拢来。*

那人道：“怎么啦？就不认得了。”

高安才欣喜地说：“原来是你。”

是谷美芝。容光焕发的脸色、乌黑的披肩短发、钩花的阔领白色衬衫外罩着淡紫色网眼薄毛衣，下着花格黑呢长裙，蹬一双油亮的茄色高跟皮鞋，素雅质朴，幽香轻漫，体态婀娜，亭亭玉立。

美芝道：“想不到吧？”也是压抑不住兴奋。

高安早放下了书，搓着双手：“真是想不到，想不到。”这时某个感觉提醒他：是否有些失态了？别忘了你的身份！但他不理它的提醒，在这里失态又怎么样？“你怎么来的？我这两天就老想：会不会碰到一个熟人呢？要是碰到一个熟人多好，一定要拉上好好地聊聊，结果真碰上了熟人了。”

美芝说：“你不打算接见接见我吗？”说着朝他伸出手来，眼里就荡漾着如湖泊一样清澈妩媚的液体。

高安便伸出手去和她拉了拉，欲退出时，美芝不无娇嗔道：“再握一握。”反过来那温热的无骨的手就拉紧了他的，这时异常敏感的高安便不由自主要朝周围看看。美芝说：“看什么，怕人发现是吗？”便顿收了那几分娇嗔，倒是弄得高安不好意思起来，忙掩饰：“你没听到一声美妙的鸟叫？”美芝信以为真，也转过头去寻鸟。小手依旧握在一只厚掌中。高安见她粉颈透红、满脸娇羞的样子，心有些慌乱起来。据他和她的接触，这女孩子端庄持重，从没有表露过这女性特有的足以融化铁石男人心肠的媚态。好一阵，美芝渐松开手指，高安这才轻轻地舒出一口气来，请美芝坐到栏椅上，双方一时都平静下来。

高安又问：“你怎么来的？”

“不能来吗？”

“哪里。”

*烈焰之爱，燃烧即尽，奇美而凄婉。

“我来了两天了。”

“来了两天？怎么没来找我？”

“你生怕人家晓得你在这里，高度保密，谁敢来找你？”

“我确实不想任何人知道，对不起，也没告诉你们。我想清清静静地一个人待一阵，所以……”

“结果还是有人打扰你。”

“但是住了十把天后，真又盼望有朋友来。”高安忽然警觉，“你怎么晓得我住在这里？鹤了隔这，可谓是千里迢迢呀，是谁告诉你的？”

“你别紧张，没人告诉我，鹤了地方，谁也不知道我来了这里，你放心，不坏事的。可我偏偏找得着你，你的事没有什么瞒得过我。”说这话时，美芝避开高安的眼光，脸就红了。

高安当然明白什么了，其实也并非现在才觉悟，谷美芝对他的超越一般关系的情感，他早就有所感觉，只是不愿这危险的东西蔓延，不敢胡思乱想罢了。

高安忙打破尴尬：“你真来两天啦？”

美芝道：“不骗你，我这两天在观察你，在考虑见不见你。”

“哦？”

“如果你思想放得开，不因政治上的事伤了志气，仍是宠辱不惊，那么你还是大家印象中的那个人，值得来看看。倘若真被一时的挫折打倒了，真的弄出病来了，真的疗养，就不值得见了。结果你是养好了，早晨在山上唱京剧对不对？上午到这里看书，昨天下午还同疗养院的工作人员上山放夹子捉野兔，对不对？见你正常，我便来看你了。”

高安惊诧：“你真的在监视我？你住在哪里？”

“有钱自有住的地方。”

“我也只打算住个把月，就会回去的，花钱费米地来看我做什么。”

美芝突然就有些伤感道：“可是等你回到鹤了，就见不到我了。”

“哦？那是为何？”

“我就要走了，要远走高飞，离乡背井了，我这是来向你告别。”说着眼里就泪珠团团转。

高安甚感惊讶：“真有这么回事？”

“不骗你。”

“远走高飞，飞到哪里？”

“先到香港，后到美国洛杉矶。我有两个舅舅，一个在香港，一个在美国，他们让我过去定居，也许，今后就很少回来了。”

“怎么从没听你说过？”

“连谷米香的人都不知道我的家庭背景。我不想说这些事，人家还会以为我炫耀，出国又不是蛮光荣的事。我当时去学裱画，其实就是舅舅一手安排的。我没有什么真本事，到那边谋生，就靠这个手艺了。到那边去，也不过是去当个手艺人，有什么炫耀的？”

“你这个人，城府倒是很深的呀。”

“不是非要保密。我天性不喜欢张扬。”

“好，好，趁年轻到外面走走，看看，是好事，何况有亲人在那里，更是不要荒废了。好活，在那边活，不如意，就回来，国门是敞开的。”

“我美国的舅舅，膝下无儿女，怕是想要我去继承遗产，很着急的。”

“那好啊，到时候别忘了把资金投到鹤了来呀，肥水莫流外人田……”

“不许你谈工作。”

“你还不许我爱国爱家乡吗？”

倒是把美芝说笑了，满脸桃花。

谷美芝带高安去她的临时住所。

原来这温泉疗养院周围的树林里，藏着不少民居。那温泉自若干个大小的泉眼里冒出来，难怪这附近终年是云蒸雾罩的，都是温泉的热气所为。一些大的泉眼，分别被省、地、市各级国家部门所垄断了，在泉眼处盖了宾馆旅店，接待本部门及外地疗养者。E疗养院是D省省委组织部下辖的，在这山上，仅是中等的规模，因盖得早，倒是占据了一块风光最好、最幽静的地方。但组织部门毕竟钱米不丰，就无从谈起大举翻新装修跟上时髦了。

还有星罗棋布的小泉眼，便被这山中的老百姓看上了，随着改革开放的步伐，疗养的渐多，山民便纷纷拆掉旧屋或聚集了资金，也到这里来占一处泉眼，盖栋民房，到了旅游旺季，疗养院装载不下时，老百姓便拾一口剩饭吃，无非是洗个澡嘛，不必任何设施，无须工商登记，纳税的也找不上，接纳的也多是不必要开发票的主子，有人来查就说是亲戚朋友，价格比公家的便宜许多，很合非公职人员的口味，生意便日见旺盛起来，大有点竞争之势。

谷美芝就选了一处邻近E疗养院的民房住下，独包了一间房子，房子带小厨房和卫生间，温泉就径接到卫生间的浴池里，烧的是电，旅者可自己烧水做饭，窗外便是百年老树，推开窗户即可触苍翠绿叶，可视鸟雀抖翅，可见昆虫腾挪，可闻树木腐叶的气息，比那疗养院更贴近自然，更显质朴幽静，更富山野情趣，无任何粉饰和做作。门口就一个白发老人在晒太阳，脚下懒懒地睡着一只狗，围着几只鸡。美芝说这老人的子媳都在附近的疗养院打工，深夜才归，孙辈及另外的家人，均在山下读书做事，老人耳聋，除了对她笑还是笑，忠实地守着门房，这屋子也就等于是全租给她了。高安一进这三面被浓绿遮掩了的。屋子，便连连做着深呼吸，说早晓得租住这样的屋子多好！说：“你怎么找得到这么好的地方?”美芝说:“你们是当官的,有人接送安排,我们老百姓就要靠自己去找了,所以就能找得到好地方,美好的东西,是要去寻找的,不会撞上门来,不会轻易得到。”高安心里想:这话有什么含义?

到二楼美芝租住的房子里坐下,美芝说:“我们今天就在这里做中饭吃,好吗?”

高安愉快地答:“好的。这地方不错,秀色可餐,我吃过你做的菜,很合口味。”

美芝轻叹一声:“可惜我的手艺,很快就没有人欣赏了。”

“到美国去开中国餐馆呀。”

“我不想服侍别人。”又说,“我来找你,不会影响你吧?”

“影响什么?”

“当然是名誉啦,你当的是大官,在党的人哪,可不是一般的人、平常的人。”

“别想那么多。”高安说这话时喉咙有点硬,他可不完全是属于本性的他的呀,实在是不可单独和一个姑娘厮守的。

美芝道:“我记得我第一次和你见面,在老东家里,你邀我一同回去,我没有和你走,你走了一阵,我才走。我实在不是一个羞羞答答的女子,想想和国家领导人我也是敢一起走的,人家瞧得起我,我会瞧得起他,他瞧不起我,我也瞧不起他,人不求人一般大,水不下流一掌平,没有什么可怕的。可是真见鬼,就怕和你走,你说我那时候想什么?我怕我同你一起走,又是夜里,怕人家误解,做话柄影响你的前程。其实我是不喜欢当官的,不知怎么的,却希望你这个官当得好。”

高安说:“可是我就没有当好。”

“那不是你的问题,所以这种时候我要来看你,反正我也是要走的人了,影响你也是最后一次。”

高安横横心道:“就别说什么影响不影响的话了吧,有时候,就是无事也要生非的。”这时他想起最初何志告他的那一条，以及那张风马牛不相及的照片，“一个人努力在做好事，未必就能得到好报。”

美芝道：“其实你落到这一步，挖根盘底，还是我害了你。”

高安一惊：“怎么能这么说。你害了我什么？我不是好好的？又没有谁处分我……”

“你不要故作宽容了，你越是装得轻松，其实我更难受。何志那小人，追得我很紧，但我从来就没对他感兴趣过，这事也怪我软弱，没有在他一开始有想法时就让他死心，到了后来，摊牌了，就伤得他重了，他喝酒就是那时候开始的。后来下了他的司机，就对你记恨在心，结果又被人利用，闹得鸡飞狗跳的……”

高安说：“不说那些，我都不再想那些事了，你还去想它干什么。世上事情的生息演变，阴晴圆缺，都是有一个定数的。世上什么药都可造得出来，唯有后悔药无法找着。人世纷争，无时无刻不存在，不想通点又有什么办法？人呢，其实是很难主宰自己的命运的。我这个观点，是不是灰暗了一些？”

“不，我喜欢面对现实的人。”

“但我作报告时肯定不会这么讲的。”高安哈哈一笑。

“那也是正常的，虚假和真实同在，这才是正常的社会生活。”

“这话说得有水平，所以你不必向我作检讨了。”

“倒也不是检讨，心里毕竟是愧疚的，不向你说说明白，永远会堵在心里，会成为块大心病，所以我不顾一切后果，要来见你。”

“就是为了来作检讨啊？”

美芝说：“我说了不是检讨嘛，”又微红了脸道：“也不完全是来作解释的，我还来看一个好人……好人总是想和好人在一起的，那样轻松愉悦。可是，你现在不当市长了，叫你什么呢？我到现在还没正式称呼过你什么，柳林叫东方冉作东方大哥，我叫你高大哥好吗？那个阳泰老先生可是一直把我当你的表妹看待的，不然也不会待我这么好，学一年画不但不收我的钱，还白吃他一年饭，我一辈子也忘不了他的恩德。可他对我好，又是你们家曾有恩于他，他是报答你们家才这样做的，所以这次走，我给你妈留了点东西。”

高安急了：“那怎么行，你留了什么？”

“你莫管，要到我走后，这东西才会送到她手里。”

“你们这些人哪。”

“喂，我叫你大哥，没问题吧？不会不恭敬吧？”

“随便你怎么叫。”

美芝背过头去说：“你知道吗？柳林和她的东方大哥有了孩子。”

高安一听，吃惊不小：“真有这么回事？这个东方冉……问题是这孩子生下来归属于谁？这有个犯重婚罪的问题呀。”

美芝道：“那倒是个枝节问题，算柳三生的遗腹子不行吗？重要的是柳林开始过一种有意义的精神生活了，她现在长得好了许多。”

高安倒是不敢轻易进入这样的话题了，就提议去外面买点菜做饭。

美芝高兴：“敢和我一同上市呀？”

高安道：“又没有谁认得。”

“我挽着你的手上市敢吗？”

“那就免了吧。”高安觉得那双眼睛里已经冒出了危险的光芒。她这上山来的举动就已经说明是一个危险心理的勇敢驱使。

美芝说：“我谅你也不敢。”

高安形成了规律的疗养生活当然是要被打破了，他们俩终日厮守在一起，说着说不完的话题，这附近的曲径、山头、湖畔、草地、亭阁，无一不留下他们的足迹，录下他们的踪影。没有人干扰他们，没有人用异样的眼光注视他们，这附近大大小小的疗养院和拥有一脉温泉的农家，住的多是年轻的情侣，如比翼的双蝶，情意绵绵地穿梭飞行于这静谧温馨的山林之间，现代情侣之间温情的无节制表露，在旅者眼中包括山民都习以为常，总是保持着距离散步的他们简直就无人注意了，更具吸引的亲热处处可见，谁来注意他们呢？高安昔日忙于政务，倒真是少见世风已是如此浪漫和无节制。在这个温情弥漫、终日是酒肉飘香、歌舞升平的旅游胜地，人们是专门来玩、来吃、来花钱、来谈情说爱的，高安算是真正在体验一种纸醉金迷的生活，不由得就要生出一些慵倦来，官话叫作革命意志衰退。同时觉得自己微不足道，在这个地方，是没有长官的尊严和学问可敬的，什么百姓疾苦、道德修养和爱国主义都离此十分的遥远。人们在疯狂地尽情地宣泄个人情绪，恣意横流物欲和肉欲，如不是来此疗养，高安还真不敢相信有这样一种生活状态。

谷美芝坚持每天要由她来做中晚两顿饭，她说她极想尽这一份义务，今后就没有这个机会了。她尽其所能安排好生活，吃尽山上的所有，还密嘱猎户去偷猎野物，野兔啦、山鸡啦、獐子啦、黄鼠狼啦、猫头鹰啦，甚至是还未出洞的蛇，不惜出高价买来精心烹饪，让高安要十分惊叹她的天赋来——她不过是一个农家女子，平日在家中做做家常饭菜，竟能无师自通做出些名厨也未见得实践过的美味佳肴来。他这当市长的，也是吃尽国内名菜，还出访过香港、新加坡、泰国、马来西亚和日本的，不知这谷美芝怎么能弄出些味道怪异却又能令人贪恋的菜来。他们就这么对坐于静谧的绿林农舍中，喝着低度的酒，边吃边谈，每顿饭不惜耗去两三个小时。美芝随身带来了那对龙凤紫檀木古筷，每天虔诚端庄地用它进餐，别有一番风味。

美芝坚持不让高安花一分钱。这是她一贯的处世原则了，对高安也不例外。这让高安很尴尬，说你这样做是不是有损一个男人的尊严？这世上女人花男人的钱天经地义，而男人花女人的钱便要显出男人的无能来。美芝说如果要花他的钱就作践她了，说你就无能一次吧，如果普天下的男人都像你这般“无能”，我还去美国干什么？那么中国就要考虑是否给美国最惠国待遇了。这个理论让高安难堪，自己真如她所说的那样好吗？但又说服不了她，只好听之任之。

美芝对他说，她妈和她舅的感情可是不同于一般兄妹的，小时候妈曾经卖血帮助舅舅治过病以至于帮他死里逃生，妈的身子因此弄得十分孱弱，一直到四十多岁才有生育，所以舅舅一心是牵挂着妈的。自从舅舅定居美国手头宽裕了，常给家里寄钱，倒是不缺钱花，只是人有了钱不必要铺张更不要炫耀。

美芝道：“这次我要走了，我打听到有人手里藏有一方旷如大师当年珍爱的歙砚。我怎么晓得呢？因是阳泰老先生多次谈起过那方砚台，甚至讲起过形状大小、色泽花纹和款记。老先生有个叔父，也曾是翠朗寺的高僧，与旷如同主过佛事，对旷如也是无限的崇仰，所知旷如的传闻，后来都细细地给阳泰讲过的，那记忆当然是没错。这方石头，藏在昔日翠朗山有名的大土匪冯青山的后代手中。我好像听你说过你父亲和何志的父亲，五几年都拿了枪去围剿过冯青山是吧？听说冯青山的后代手里有这件东西我信，那冯青山是抢过翠朗寺的，那西殿是他放火烧毁的，后来是你在任期间修复了，老百姓都在念你的好处呢。这土匪后代藏了这个石砚，知是好货，索价极昂贵，一般的贩子听了望而生畏，连砍价的信心都没有了，所以许多人都晓得有这么一方石砚。我一直想感谢阳泰老先生，就是苦于弄不到令他满意的东西，听说有了旷如大师的遗物，那自然是阳泰老先生极爱的喽。你上次拿来的那幅《月映苍松》册页，让先生兴奋了整整一个月，亲自装裱，每日观看，弄得他家里请了个保健医生在家里住下，每日量他的血压。

“我想我一定要不惜代价得到这方名砚，便邀请周顺清与我同行，他与那里的贩子有交道，果真见了那歙砚，真是名不虚传，是有名的龙尾石品。欧阳玉琼那里藏有半截子歙砚，也是龙尾石品，我们都见过的，只是纹路有异。后来我弄回去请玉琼看了，说是龙尾石品中的金星纹。它五寸宽、八寸长，底下是旷如大师自刻的‘雅清池’三字，并署了大名，与阳泰先生所讲的不差分毫。但那个土匪种开口要一万五千元，我说一万元行不行？不行走人。顺清连连制止，说五千元完全买得下来。我说算了，五千元给这个土匪种，另五千元买阳泰老先生一个高兴，后来以一万元钱成的交。那土匪种高兴，走时倒送我两只鸡婆。我正不知如何是好，顺清说他有个堂妹嫁在这里，正好给他拿去做个人情。我在车站等他，他去访亲戚，一会儿他回来了，捂着嘴巴笑，说那两只鸡婆，正是他那堂妹前两天丢的，正在骂着那偷鸡的贼骨子哩。”美芝说着大笑起来：“未必偷盗扒窃有遗传的？”

高安不禁也笑了起来，问：“那个砚台送给老先生，反应如何？”美芝道：“我没有去送，委托人等我走后送过去，我不想和老先生告别，再说，当着面送，他会生气的。”

高安想这女孩子真是个极有心计的角色，谁也想不到她会是个有着丰富背景的主。那么她送给他娘的礼物是什么呢？说不准她也花了大价钱的，这倒要让他颇为不安起来。

高安是晚上过去疗养院休息，早餐过后，就到美芝这里来聚会，终日其乐融融。

七日之后的一个傍晚，夜深似海，天黑如漆，他们俩在林中散步，落叶似毯，清风如酒，涛声轻唱，草虫啁唧，人如同是沉浸于温柔之乡了，这时谷美芝坚定地、毫不犹豫地把手伸进了高安的臂弯，挽住了他的手，身子就依偎到他浑圆有力的肩膀上，嗔道：“你好像是个不吃五谷的人。”高安无力反抗，不接受下来似乎就真是不食五谷的人了。

第二天上午高安过来，叫谷美芝看他写的一份报告，报告内容是他将辞去所有行政职务，准备下海经商。美芝惊呼道：“你怎么可以作出这样草率的决定呢？”

“我昨夜想了一夜。”

“以前没想过吧？”

“也想过，但下决心是昨晚。”

“为什么？”

“我想锻炼锻炼我另外的能力。政治搞过了，在开始走下坡路，不是个成功者，想尝尝当老总的味道，我有个党校同学在省物资厅当厅长，他手下有个大公司，老总到国外继承遗产去了，正空着缺，见我不顺，我出发前他派人来游说过，让我换换环境。”*

“你答应他啦？”

“当时没有。”

“你现在突然动心了？”

“是的。”

美芝看着他，像要看穿他心底秘密似的，摇摇头说：“不全是这个意思，不是。”

高安还要解释，美芝说：“不必说了，我明白。”便极是冲动地用无骨的小手去堵他的嘴，软绵绵的火热的身子就倒在男人的身上，俩人就不由分说地纠缠在一起。美芝深埋下去满脸的娇羞，战栗着说：“哥，从我第一次见到你后，我就觉得我会害苦你，结果是这样，你不要恨我，不要……”高安道：“不要这样说。”便捧起她那美丽的脸庞来，见已是泪痕满面，那泪是幸福的？辛酸的？让人怜爱的？都是。

他们又度过了情意绵绵的十天，美芝说“洞中一日、世上

* 如有愧组织，唯选择脱下官服方可自我解脱。

千年”那是夸张，但她的感觉是过了十年，十年已无憾了，不奢求什么了。这天晚上，谷美芝滔滔不绝地说着十天等于十年的这个话题，令高安有些茫然。美芝已不是初时的被动，又极尽柔情和心中的人儿缠绵至深夜。高安过去疗养院住，他们恋恋不舍告别。高安还是每晚坚持过去住，掩人耳目。美芝送他到门口，紧紧地握着他的手，嘱道：“保重，记住，永远有一个人在关注着你。她希望你无论干什么，哪怕背时、受挫折，都出色。”然后叹曰：“我要带走的，只有一块心病，我对不起一个人。好吧，你走好。”她松开了手。高安踩着月亮，回到依然灯火通明的E疗养院。

高安躺在床上回味着美芝临别时的话，觉得有点异常。她说她对不起一个人，那当然就是费老师了，她可是头一次说这样的话呢。他想他明天要向她说明：爱人身子极度孱弱，几乎没有了什么性要求，他和她分床而居已非一年半载了，为不让自己冲动而造成她的痛苦，他甘心独居书房。费老师曾愧疚地对他说：你去找个合适的人吧，你那样了我就心安了。但明知他是不能这么做的，他的身份决不允许他这样。费老师亦曾不无伤感地说：你不当官了多好。高安并不因此而对爱人薄情，他们正视缺憾，用完美的精神生活来弥补不足，他们感情依旧，相依为命，心心相印。高安就想把这些对美芝说一说，就客观地说一说，并无安抚的意思，这也是一种人生状态，一种家庭状态，怎么理解都行。

第二天，高安匆匆吃过早饭就准备过去对谷美芝说那些话。当他过去后，那房主老头大声对他说：“她走啦，清早就走啦，这有包东西，是给你的。”高安顿时大失所望，接过那个用一页挂历纸折叠了包得整齐的小包，匆匆打开。内面是那双龙筷，和一只沉甸甸的金戒指。金戒指用一点白纸包了，上书几个娟秀的字：送给她的。再也没有留下任何文字。此之前她没说过何日走，异国的地址在何方。昨天晚上短暂的告别语大概是永久的留言了。

留下一双龙筷，带走一双凤筷，这便是一篇意味深长的无字天书了，见物必要思人，何必要留下苍白的文字呢？高安顿生无限惆怅，想这天下也是少有这样令人难忘的奇女子了，有幸结识得她，能在心中留下永恒的温情，真也不枉此生。

他举着沉甸甸的威仪苍古的龙筷，对走向了远方的如风般艳美高洁的凤筷主人说：好好地活吧！

自谷美芝不声不响走后，高安意懒心灰，无心看书游玩，整天是吃了睡，再就是泡在温泉里任思绪如水似的漫无边际地漂荡。他自信他是个坚韧的自控能力很强的男人，想不到能被一脉温情所击败。如果那奇女子与他来一番想象中的告别仪式，也许他要觉得平静一些。相处仅是十来天，以前没有过，从此以后也没有了，实在是太短暂了。

一个月的疗养期到了，高安迫不及待打电话让市里派车来接他回去。再要在这个无处不充塞着另一个人声音容颜和气息的地方待下去，会发疯的。

他老在黑暗中嘲笑自己：我成了一个中学生了，完全是中学生的情调了。但又无力克服自己的幼稚。大凡世界上的情感是没有苍老和幼稚之分、成熟与浅薄之分的。美的情感永远是年轻的、生机勃勃的，可以返老还童，可以使少年老成，可以化腐朽为神奇，可以削铁如泥、化泥为水、化水为气，滋润人间心田，孕育非凡的精神果实。

来车接他的是市人大的车子，司机是不认识的，随车另来了个人。高安一见司机带了人来，顿生不快，他不让任何人知道他在这里疗养的嘛，包括挚友东方冉、欧阳玉琼他们。见下来的是李乐善，倒是有些好奇。这个看上去十足的市井粗人，身上却有些神秘色彩，大家都这么议论，而他却回避进入古玩圈子，小心翼翼地在圈外游荡。说不定这种不显山不露水的角色，是个高人呢！那鹤了城中，那么多他的好友，那么多他提拔起来的忠心耿耿跟随他的部下，都不知他的去向。不知多少人在打听他的下落都一无所获，竟被这粗人李乐善捕获，就不同寻常了。高安见人也来了，只住一晚，明天就走，倒也高兴地接待了他们。问乐善："你怎么晓得我住这里？"乐善神秘兮兮地说："我当然知道，只是我没讲出去。"指着那司机："他是我妻家的一个远房侄子，说要来这里接一个人，竟也不知接的是他的顶头上司，我说我陪你去吧，就来了。我是随车来看看你，陪你说说话，也许不会使你失望的。""是吗？"高安见他今天的话果然说得流利，精神不再是在鹤了所表现的迟钝，换了个人似的，便对他感兴趣起来。匆匆吃罢晚饭，到温泉池里泡了澡，便邀了乐善去附近林子里散步，嘱那司机早睡觉，明天有十来个小时的路程要跑。

高安有一个问题始终没弄明白，便问那奇人李庶溪的后代："乐善，今天这里也没别人，你说说，你送我的那幅旷如大师的《月映苍松》图，是你的藏品还真是市面上无意收来的？"乐善一笑："这不是个简单问题吗？那旷如大师晚年最得意的十二册页，都写进中国书画家大词典里去了的，怎么会一页一页流散到平头百姓手里去呢？我那话，当然是说给外行听的。"高安道："是的，我也觉得此事有问题，所以也一直说不起硬话。那么说来，你是要成心贿赂我？"乐善笑笑："我现在也不说贿赂不贿赂的话，你想想，倘若我把这幅《月映苍松》册页随便扔给一个懂行的港佬，也就轻轻松松能买下一个临街的铺面来，何必要拐弯抹角来求你呢？但这样的宝物，换了钱来度日食，是要遭雷打火烧的，我李乐善人是穷些，但还不至于往老祖宗脸上抹黑吧。我见你爱好字画成癖，就送一页让你高兴高兴，根本没想到这会成为小人告你的一条罪状，我这人政治上是幼稚到顶了的。不过这事，我也总算装迷糊把上面的人对付过去了。"

高安一听，顿觉这李乐善真非等闲之辈了。* 这也是他第一

* 李乐善，果然非等闲之辈，可谓『真人不露相』。

次向世人敞开心扉了，便不愿轻易放过这个话题："按你的意思，旷如大师的十二册页还在人世？"

乐善说："当然在。真假两套都在。"

"还有真假两套？"高安颇觉惊讶，"难不成还有一套仿品？"

乐善说："没有仿品。都出自大师一人之手。"乐善咽下口痰，谈兴浓了起来，"现在市面上流传着大师的两套册页，这事与家父有关。师祖当年画完那套在当时画坛上耳目一新的写生册页后，人就已经很苍老了，自己也不能装裱了，交给家父去弄，家父那时的功力，也到了一定的程度，家父那时实在爱这套册页，又不便索要师祖几易其稿的精品，便想了个主意，偷偷使用了师祖教他的剥离之法，弄出真假两套册页来，这法子在装裱界其实并不为奇，见有名画，那些功力深厚的装裱师，可将薄薄的宣纸，剥揭下一层甚至是两层来，分开裱了，便变成了两幅三幅，一样的栩栩如生、墨色鲜丽，非要是行家，才识得出上、下真、假来。为何要说一个'假'字呢？虽说那画面的墨色、章法、神韵，都是无异的，但下面那一层，却少了笔法出处，好比是一个人，坐在那里，有容有貌有形的，却是被悄悄地把骨子抽走了，对于行家来说，研究起来，就要少去一半的味份，所以说就'假'了。大师这套册页画幅小，又是用的新纸，家父剥离得很是成功，上面一层真品，自己留下来，下面一层裱糊了，交师祖草草看过，就替师祖造册登记安放在寺里的藏经楼，精心保管起来。当时是兵荒马乱的年月，官家兵匪骚扰这寺院也是常事，一日不知是有小人得知师祖著有佳作还是碰巧撞上了，一个来头颇大的官僚带了武装，假借经书闯了藏经楼，强行要走了师祖所作的那套十二册页，不过那人多少还有点德行，给寺里留下一笔不小的修缮款子。后来辞典里不是记叙了师祖的代表作并且登过一幅十二册页中的《农舍烟霭》吗？估计那套'假'册页，后来有幸流落到有识之士和政府手里了，所以能够在辞书上反映出来。不久家父不争气，被师祖逐出山门，因家父一再违反寺规，再在这里待下去，会有损师祖一世英名和翠朗寺的声威，非走不可了。师祖既爱他又恨他，让他走时，不给他一分一文，就送他一样东西，是一方印章，上刻四字：‘至善至诚’，边款是‘弟子庶溪存’，落款是：‘旷如’。家父知道，凭了他师傅这方印，他出去吃饭就没问题了，是胜似银两钱物的……”

这时高安插道：“慢慢，我听东方冉他们说过，你手中有三样你父亲传下来的东西，是吗？”

“是的。”

“其中就有这方印是吗？”

“有，还有家父手书的字帖和一个砚台，这些曾做过我的身份证明。”

“东方冉他们想看，你没给他们看，是吗？”

“我撒谎说我丢了，其实没丢。”

“往下说，接着刚才的说。”高安是兴趣盎然。

乐善说：“当时家父也是后悔自己的失足的。见师傅还认他是弟子，生活下去又有了力量。走时师祖说他在人世的时日不多了，说你带走的那套册页，要是你换了饭吃，我在阴世也不饶你。其实家父玩鬼剥揭他的佳作，并没有瞒过他！家父当初肯定是吃惊不小。不过幸好家父此举，倒也把一套真迹保留了下来。师祖也知这寺中无法保存什么，就默许了由家父带到民间去保存，看来对他还是放心的。”

是夜月朗星稀，春风拂面，林野飘香，起伏的坡岭沟壑间灯火散落，各处溢来轻悠的音乐与草虫和鸣，脚下枯叶沙沙，身旁湖泊银鳞碎舞。这良宵美景，大概是能刺激这少见世面、几十年寡居小城一隅且平日少有机会说话的李乐善的表现欲的，竟亢奋得滔滔不绝，以“说”为职业的高安倒成了个安静的听众。那李乐善接着又说出一些他那依旧是鲜为人知的家史来——*

*昔时鹤了高人李庶溪，放在此时讲述，方见分量。

原来这李乐善的外婆，曾是李庶溪之母五姨太的贴身丫鬟，小时候曾领着花花公子李庶溪玩过不少的。后李庶溪被送到翠朗寺中，李家气数快尽时，庶溪之母念那丫鬟忠实地跟随她多年，趁手头还有点积蓄，便打发她回到枫树湾老家，帮她成了一门亲事，安家立业，莫要弄到树倒猢狲散之时一无所有。那丫鬟自是感激不尽，铭记主子恩情在心。

那李庶溪被逐出山门准备浪迹天涯时，就是放心不下师傅的那套佳著，想来想去，想到枫树湾那用人身上去了，便找到她家，如此这般嘱他们夫妇，要像爱惜生命一样地保存好这几张纸画。那夫妇虽不懂字画，却因报恩思想的驱使，不敢小看少爷交代的要事。

这乐善的外公，是枫树湾地方有名的猎人和皮匠，能自己猎兽自己硝兽皮，祖上传下来一套不错的保护皮毛的防腐绝招。他想这纸画，无非是怕霉变和虫咬吧？便用了接近保护皮毛的办法，去山中寻下一些树皮草药来，晒干研粉装到布包里，做了樟木的箱子，将纸画藏到布包之间，百把年下来，传到高安手中的《月映苍松》图，除纸和墨有无可避免的古旧之色外，竟是无任何破损腐变。

流浪几十年后，一身疾病、狼狈不堪的李庶溪寻到枫树湾来看那藏品，见那猎户竟保管得这么好，心里十分高兴。此时庶溪家道早已破落，回到故乡来贫困潦倒，在县城仅有一栖身之所。昔日他家用人念其主子对她的恩德，便强留庶溪在家居住养息，寻了草药，用心煎水让他洗浴，花一个月才把一身疥疮洗好治愈。两只鸡婆轮流下的蛋，都进了他的肠胃，猎人还常取些野味补充他过分衰弱的体魄，不日倒也养出些精神来。

这人天生了是个花柳的本性，征服女子的高手，所谓饱暖思淫欲，一身病困摆脱后，人心就要不安分起来，虽已是五十大几的人了，就不曾想过要抑制春心。病好不久，竟与那猎户的三闺女相好起来。那乡中女子爱慕的是他的才学和曾是少爷的身份，有了这两条的吸引，其余的什么缺憾就都要被那情爱光芒遮掩过去，何况老夫少妻在这山中历来不为奇事，许多山中女子能到外面阔主那里做妾，是要成为美谈的。这昔日用人夫妇也不反对这场恋情，事情就更是锦上添花了，美中不足的是不好明媒正娶。有两个原因：一是新中国刚成立，李家虽已破落，可是死了的骆驼比马壮，船烂了还有三石钉，成分仍是要划作地主反动派的，和这城中昔日不可一世的少爷结婚，这要害了那山中女子的一生一世。二是李庶溪非工非农非商，更无祖业可吃，一身本领在这个时代里毫无作用，这以后多少年，民间都不需要装裱这个职业了，谁有闲情逸致写字、画画出售送人呢？工农干部成为统治阶层后，将昔日腐朽的文士儒风彻底打倒扫荡一光了。他们要含辛茹苦领导全国亿万工农群众战天斗地，尽快摘掉贫穷落后的帽子，创造一个新中国。谁要是像昔日官僚一样躲在书斋里赏玩字画，豢养装裱师，置民间疾苦而不顾，那简直是十恶不赦反动透顶。李庶溪连养活自己的能力都没有，何以能养妻儿？所以他一人独居城中，间或偷偷摸摸来乡中与家人团聚，十余年来，竟也保守下来了秘密，外人并不知他已有家小，自是没有牵连。让他顽强地生存下去的力量之源，是他有了个儿子，终没有绝后。他几十年来不知与多少女子偷欢苟合，弄得一身是病，断定自己是无后的，后见妻生下一个儿子来，这李庶溪高兴得在比他大不了多少的岳父岳母面前跪拜作揖，感谢他们给他以为人父的机会。

眼见得乐善渐渐长大，却是无力送进学校就读，李庶溪只好自己编写了课本和字帖，教他识字书写，一些日子下来，倒也懂得不少，更是把他自己那动荡多难的一生，毫不保留地告诉儿子，让儿子从他一生的坎坷中吸取今后做人的教训，他把自己的学养和生活两本书，坦白地拿给儿子去读，李乐善认真读了，悉心领悟了，今后几十年风雨历程，倒也平安地度了过来。

李乐善说他父亲的品性中，可指责的也实在太多，但也不缺高尚雅致的一面，那就是对字画金石技艺的无限珍爱和对其研习的虔诚，父亲每领他品味师祖佳构时的那种神圣，是无法形容的，多少年来，乐善一闭眼便能记出老父那生动的神采——那时是苦难的父亲最快乐的时刻。

乐善在父亲留给他的两间低矮潮湿的房子里安下身来后，年事已高的外公外婆双双去世，母亲不可再滞留家中，和儿子住在一起，又要承担一个地主婆子的义务，难忍屈辱，便出家上了翠朗寺。那时的寺中，是无香火的，就一些早就离了红尘的老婆子在那里居住着，过着吃糠咽菜的日子，偶有些香客要送点油米，也要偷偷摸摸的，一经被人发现，要生出许多麻烦来。出家的母亲，倒是把父亲留下来的一批字画金石作品，带到山中，完好地保存下来了。这人民政府的天下，自是没有荷枪实弹去洗劫寺庙的，况天下所有寺庙也都空空如也，没有可取之物了，这倒是能很好保存了东西，这许多年来，母亲置放于寺中的古物，安全无恙。

乐善告诉高安："我最近要把老娘接下山来居住。她也想下来。当初出家，并不是情愿的，是借故躲灾避难，也要尽义务守住家父的遗物，在生时他太看重了，娘就更不敢给他弄丢弄坏了。"

"我还有个想法：我手中还有师祖留下来的十一幅册页，我想捐交给国家算了，那东西迟早是不能留在个人手中的，留着也是个祸呢。自我送你那幅《月映苍松》之后，我就发现有人盯上了我，我大桥下面的屋子里，多次有高手并不弄坏门锁就登门入室搜寻过，我那外公外婆家的老屋里，也被人搜寻了，甚至有人到檐前屋后掘地三尺，我晓得他们寻找什么，幸好还没有人寻到翠朗寺中去绑架我老娘。他们精明哪，晓得旷如大师的精品在我手中。我本是不该露馅儿的，因见你很想见识一些好物，就斗胆取出一幅来，让你一饱眼福，看点上品，我知你的兴趣在此。我想把那宝物交出去，就风平浪息了，一家人团聚，也无了什么忧虑，不然，真是性命难保。你看呢？”*

*国宝当属国，此乃道德玩家之底线。

高安赞同：“这想法不错。我那一幅也拿出来，凑齐了，给后人留一份完整的珍品。”

乐善道：“我晓得你是个开明人。”

高安哈哈一笑：“不敢承受你的表扬，我也从来没有想过这宝物可以姓高的。我正准备待清闲些后，来挖掘你肚里的故事。其实鹤了的玩家，也都看出你不同一般，你这个人哪……”

“你也不相信我以前的话？”

“怎么瞒得过专玩这一行的呢？不过你装了几十年的外行，倒也保护了自己。也难怪，人在矮檐下，不得不低头啊。”

乐善道：“外行倒也至今还是外行，像我们这种出身的人，不装蠢、不装宝、不当粗人，会有好日子过吗……”说着，乐善眼圈就有些发热、鼻子有些发酸起来，幸好是夜里，高安看不见。但高安已经感觉到了，附和着轻叹了一声，安慰道：“会好起来的。其实你也不必如此怀疑世道，你太敏感了些。”

他们默默地走了一段路，身上凉意袭来，夜显然已经深了。

乐善说：“听说你要离开鹤了了？”

高安一惊：“你们怎么晓得的？”

“你不晓得有多少人关注你吗？一有风吹草动，好人坏人都注意你的。”

“你说说看，我走好还是不走好？”

乐善道：“走好还是不走好？我这粗人说不出来的，这事关你的前程。但我们是不愿你走的。你虽当的大官，但大家并不觉得你离我们远，是个可以深交的朋友，是个正直的有品位的玩家。我虽然老躲着你们，但心却是一直跟随你们左右的。人是这样，一颗心不能老放在身上，也不能没有个落处。我要是把那套册页交出去了，我就放松了，我就可以大胆和大家一起玩玩……你回去以后，我请你去我那里看几样东西，我告诉你呀，古犴狟国那半截界碑，是我收藏起来了，我把它埋在地下，回去我挖出来给你看看。有一年，我路过一个农户，猛见那古碑砌在那阶级上，我半夜便把它偷回来了，哈，那是平生第一回做贼。不偷不行啊，那千年风化过的石头，本来就不堪一磨了，那农民晓得什么，一阵子就要毁坏了的，我应该收藏起来，这是鹤了的历史呀。当然，这东西也不是个人可以藏得的，待市里的文物博物馆建好后，我捐了出去，学学当年欧阳玉琼捐《鹤了晚报》，出个小名，哈哈。”

高安也没说什么，只是抓住乐善的手，握紧了。内心是有万千的话要说的，也不知说什么才够分量。

第三十二章

宜兴紫砂壶声望的覆盖面，不是局限于古玩界的，凡民间喜好品茶者，是都知紫砂壶的盛名的，许许多多的人手中就都持有一把，它早已进入了千家万户。各大小城市的古董店和涉外商店里，无不设有专售紫砂壶的专柜。自明朝正德年间宜兴金沙寺和尚将宜兴特有的细质优良陶土紫砂加以精选澄炼，制成坯胎，始创烧成陶茶壶后，此艺发展至今，已是技艺精湛，品种繁多，千姿百态，玲珑满目，让国人以及外人广泛爱慕。

古来制壶名家众多，各成一体，斗艳争辉，取长补短，甚是热闹。凡玩古物的，对于紫砂壶，大都能讲出些门道，识得些好歹来，盖因它分布于民间是太普遍了。那周顺清初识紫砂壶时，曾经五天就在附近农家收集出一个箩担的壶来，都是经几代人使用流传下来的。周顺清曾挑了这一箩担，请玩壶的内行欧阳玉琼看过。玉琼盛赞说都不错，大多是地道的宜兴紫砂壶，只是有制作优劣之别而已。但玉琼仅留下来一只缺嘴、无盖、壶身有多处裂缝的壶来。当时顺清坚持要送给他，说这件残品本是不准备带来的，差些当破瓦片扔了，玉琼不肯，坚持给了顺清五元钱。这批壶后来一股脑儿卖给了洪伟达引荐来的那个南方老板。

玉琼得的这壶，已无任何实用价值，水是更不能盛的了，但它却有极高的研究价值。这壶四寸高，取了竹的造型，壶身、壶嘴、壶把，都是竹的形状，端庄大方，质朴美观，古雅可人，通体紫里透红，红紫辉映，沉着高洁，应是属朱砂紫品之列了，因年深月久，一代又一代人的把握抚摸，已油光滑亮，壶体是细润如肌肤了。壶嘴左右阴刻了两片竹叶的花纹，无其他雕刻字画，仅是壶底刻有笔力苍劲的楷书“友泉”二字。

欧阳玉琼看中的便是这“友泉”二字，原来明正德年间宜兴金沙寺僧烧成紫砂壶后，被一叫供春的艺匠发扬光大，推进革新，他被奉为紫砂工艺陶的始祖。到明万历年，自供春下来，最负盛名的要数是一个叫时大彬的大师，时大彬有两个高徒叫李仲芳和徐友泉，当时一并为世人称作“壶中妙手三大”。玉琼所得旧物，据他反复揣摩，认定这是古之名家徐友泉的手笔。浙江地方，与H省算得是一衣带水，地处邻居，宜兴名壶传到这里，也不是难事。为证实手中这物为徐友泉所作，这年过春节，玉琼到D省与母亲、舅舅、儿子和妹妹一家团聚之时，专门携了这壶去请年事已高、耳背眼花的舅舅鉴别，那一辈子没离开过这个著名瓷厂的老专家，并没看壶底印记，便断言这是徐友泉的杰作，又哀叹说可惜损破太惨，目不忍睹。此以后，在玉琼诸多的收藏中，时常要取出来把玩的，也离不开这一件了，这物就深刻在了脑中，有时在梦中浮出，也要生出美好的感觉来。*

欧阳玉琼一日从玉兔巷经过，见到那瘫痪老人手中持着的一只紫砂壶，竟是与自己所藏的残品一模一样，远远望去，风姿绰约，古气袭人，眼睛连同一颗心就被它勾引了去，从此无心再做其他事情，全系在那一只小小陶壶上。

玉琼心里当然明白：那孤单的老头，是以壶作为诱饵，抓住他酷爱古物的弱点，来利用他给他做伴，无偿地护理他。干这种事，显然是不体面的，不要说古玩界，就是平头百姓得知他欧阳玉琼居然如此失格贪物，也会毁了几十年铸就的声名。

因是那件神秘东西的吸引，玉琼也顾不得那么多了。他是个因物忘我的人，性情也极是执拗，倒是要看看，那物究竟是不

* 清朗方正，是玩家欧阳玉琼的本性，明知被人捉弄亦坦然。

是徐友泉的杰作。有了这么执着的想法，他便变得可以忍受耻辱了，能表现出极大的耐心和耐力来。就譬如是想钓一条大鱼吧，那是要有耐性的；做一门学问吧，是要有耐性的；沙里淘金是要有耐性的，任何美好的东西，没有坚韧的耐性是得不到的。

这孤老头饱经沧桑，见多识广，涉猎的话题甚是广泛，对于一个文盲来说，一生走南闯北，浪迹江湖，多少也创造过辉煌，是不容易的。玉琼每陪他说话，倒也暗暗佩服他那如山中的霸王草晒不死扯不断似的生命力。但那牛皮和卖弄的分量也很重，玉琼听了，也就放在心里窃笑，你能要求一个风烛残年、行将就木的老人怎样？这显然是一个不让人喜欢的老头，不然也不会中年妻离子散、众叛亲离，街坊关系也是平平。其实玉琼与之接触数日，便想离他而去，但见他孤苦伶仃，请的保姆男佣，无一能待上一周，难能容忍他的多疑、暴戾、小气。他还是留下来了，老头和他相处是最好的，他能给他百孔千疮的心带来一份安抚，也算是积一份德吧，反正他在世的日子也不多了，熬一熬不就过去了？所以玉琼几乎每天都来陪他一阵子，也让那冬儿间或帮他洗洗被褥衣衫，搞搞室内卫生。最后的等待，当然是要一睹那壶的风采。

好在欧阳玉琼这带有几分脏色的行为，在将近一年的时光里，倒也没有被人察觉。冬儿告诉过东方冉，东方冉当然是压在心底里不外传的。大家心照不宣，日子过得倒也平和，一切生活节奏如旧。那老头很感激玉琼在他生命的最后时期，给他带来些乐趣。一日玉琼早餐过后，骑了连最没有出息的小偷也懒得光顾的单车，照例到玉兔巷去看那老头。进得房去，见那老人一夜之间便消瘦许多，平卧在床上，已是目滞口呆。见他来了，歪到一边去的嘴巴努力嗫嚅了一阵，终没能说出什么来，眼里便失望地沁出浊泪来，伸出一只手，颤抖着去枕得高高的脑后摸索，一会儿取出一只紫砂壶来——正是欧阳玉琼大半年前所见的东西。老人示意玉琼接下，玉琼便接下了，知那患脑血栓多年的老人限期已到。来不及玉琼说什么宽慰之类的话，老人鼾声大作，一歪头便慢慢地合上了眼睛。

玉琼看看手中的东西，也只是一看，便发出一声嘲讽的笑声来，正如他设想的其中一种可能那样：他苦苦等待一见的，是一件古老的赝品！虽也是镀上了历史的光晕，久被主子爱抚保存，但那制作工艺尤其是那壶底依样阴刻的“友泉”印记，与他常把玩的那残壶一比，便真伪全晰，大有差异了。

玉琼趁那老者体温尚热，脑子并未全死，赶紧将壶放到他的脸旁，附在他耳畔高声说：“谢谢你了，荣公公，我已饱了眼福，现原物奉还，你随身带到阴曹地府去吧。”说完走出死者那间独屋，通知街道居委会办丧事。他觉得他处理得很及时，及时地物归原主了，不然死无对证，真是不明不白了。迄今为止，他欧阳玉琼在古玩界还是清白的，遗憾的是手中至今无缘得到一只完整的名家制作的紫砂壶。后想想，真正有了好壶，他也无收藏的成本，还是只能干瞪眼，命中注定了他只可玩玩破烂残品，其实对于真正的玩家来说，追求是重在神韵而并不怎么在乎破残与完整的，玩家与古玩商是大有区别的。

很显然他又被骗了一次。上次是一个老头，这次又是一个老头。上次受骗，他可以拿出来当作笑话说，叫大家取乐。这次上当，却是不可公开的，心里就如是哽了块果核抑或是鱼刺之类的东西似的隐隐作痛，他明知那是个狡猾的不可信任的老头，而又心甘情愿由他糊弄了这么长时间，这样的经历，是不好向任何人讲，哪怕对东方冉、高安他们都是难以启齿的。平日欧阳玉琼倒也常以心境空旷、开通之士自居，能在沸沸扬扬、五光十色的人际纠葛中保持安宁，这次怎么往开处想也难以让自己平静下来，一时竟显得茫然抑郁，落落寡合。

梦中又与亡妻蝶儿相会了，蝶儿高高兴兴地蹦跶而至，欲与

他求欢，他却是激动不起来，蝶儿百般柔情地安抚他，他才吐出内心的梗塞来，也只有可以向她一吐衷肠的啊，说了倒也畅快了许多，和蝶儿相拥坐了，胸间渐有了暖气升起，蝶儿劝他："心情欠佳，就到外面走几天散散闷吧。"

醒来想起亡妻幽灵的劝说，玉琼就准备动身到翠朗山中新开的一个六柱石矿去采风。矿上有几个玩石头玩得好的朋友，多次约他去捡石头，一直未能成行，这次正好要彻底忘掉那可恶的赝品紫砂壶和那死老头子的阴影的纠缠，去山上走走，与朋友聚聚，好换换心情。*

*真情实感，终是没能替代虚幻之爱，惋之惜之。

冬儿过来见欧阳玉琼不快乐的样子，也跟着心情沉重，这个死心眼的农村姑娘，完全是由直觉主宰自己命运的，既然爱上了欧阳玉琼，便会一竿子插到底，矢志不移的。她知是那老头生前的许诺让玉琼大失所望，玉琼因上当受骗而心情不好，但不知怎么安慰他才好，她是没有这个安抚的能力和口才的。见玉琼要走，便悄悄帮他收拾了东西，欧阳玉琼说他要走几天，请她早晚来关闭一下窗户，这天气容易霉东西。也不说去哪里，脸色灰暗，匆匆地走了。

望着欧阳玉琼远去的背影，冬儿顿感空落苍凉，尽管她对他是如此的投入，他也把她当作了值得信任的朋友，实际上她离他，距离依旧是很遥远的，心是从来就没有贴近过。只有小学文化程度的冬儿无法做出恰当的分析来，就觉得很伤感，很委屈，怎么一片痴情就那么难得到回报？玉琼不声不响走后，她也就无心做事了，胸口很闷，想出去散散心。去哥那里吗？她不想去，因顺清嫖娼事发后，她曾痛骂了哥一番然后宣布与他断绝关系，虽说兄妹感情还不至于这么快斩断，却是不愿与其见面，以至于哥在商业长廊里置了房子并搬到三楼居住，都没去看过。师傅自到归侨区当了老新娘之后，她也不好去见她了，那是富人住的地方，她是穷怕了的，天然排斥与富人往来。细想想这也不对，不管师傅富了还是穷了，还是她的师傅，师傅虽说风流一点，有些贪图享受、爱慕虚荣，但对她却是如亲生姊妹一般的好，一想到师傅，心里就暖融融的。师傅成为有钱老翁怀中的尤物之后，每见她便指责她没用，没有去看她。

店里新带了徒弟，活忙，稍有闲空，便去玉琼的独屋，一心在玉琼身上，哪有工夫去陪师傅说话呢？

现在玉琼走了，她也无心干活了，闲哪，闲得发慌！就去看看师傅吧，满肚子委屈要和师傅说说，她当初看上玉琼，唯独师傅是坚定不移地支持她的。

冬儿就在街上买了几斤上好的桃子，拎着去看师傅，师傅喜欢吃甜食。

师傅果然是有福之人，能容得下福气，现在是不愁吃穿不需劳作了，人就养得白白胖胖、滋润丰满起来。肥臀丰乳半显半露晃荡在粉红色的丝绸睡袍里，十指似藕，脸如桃花，一掐就要出水的。莫说要令那满脸皱纹、黑不溜秋的老丈夫搂在怀里不敢搂重了，含在嘴里生怕融化了，就是冬儿这样最纯净的女子，看了也要动心的。美中不足的是如此娇嫩的肤色竟还去敷粉、如烟的一弯柳眉。还硬添黑影、红润的脸颊竟强施胭脂，真可谓是画蛇添足了。

师傅见冬儿去看她，喜不自禁，寂寞呀，独守一栋如画别墅，昔日朋友嫌她富贵了都不愿去拜访她，她要出门老头又不高兴，怕那城中十七八岁的后生叼了她去——这并不是没有可能的，如今是富婆和富翁同样吃香的时代，有钱什么美景良宵不可得到呢？

师傅让保姆搬了两把藤椅和一张小桌，置于后院葡萄架下，摆满一桌零食，饮料备下三四样来，让冬儿陪她坐了，高规格款待冬儿。

师傅说："冬儿啊，你还不来看我，我就真要骂你忘恩负义了。你要来呀，要来！我一个人要闷死的。”见冬儿局促：“你来我这里还不随便？放松，放松。这是你师傅家里呢，还不是和店里一样的。怎么啦，你气色不好，是不是身上来了？”

冬儿便迫不及待说了一通她的苦恼。她是专门来找师傅倾吐的，就不保留。师傅听了好一阵，从冬儿语无伦次的叙述中，想弄明白一个根本问题，问道：“你们现在，好还是不好？”冬儿说：“不好不坏。”师傅道：“要么好，要么不好，怎么是不好不坏呢？”“他老是不冷不热，我有些受不了啦。原来我想反正我年轻，等一等不要紧，可是老等也没有结果，心里就急。”

师傅同情：“当然急呀，干什么事要有个了断，一拖就叫人恼火。那个欧阳也是的，怎么会看了红花妹子也不动心，是不是身体出了问题？”

冬儿脸一红：“师傅你……”

师傅说：“倒是有两个办法。”

“什么办法？”

“他不动，你就主动呀，看准了的人，还怕什么丑？和他上床呀，一日夫妻百日恩，不怕他不动心……”

“师傅。”冬儿制止她往下说。

“相好这么久了，难道他就没碰过你？”

“没有。”

“怪事，怪事，真叫人不相信。要不然，重打锣，新开张，再找别的男人，像你这样的品貌，这样的手艺，大学本科毕业生找了你都不吃亏，何必吊死在一棵树上。”

冬儿道：“我想都没有这么想过。”

“那怎么办？左也不是右也不是，我没有主意了。”

“我想玉琼的心，还是在他死了的老婆身上。”

“不大可能吧？一年两年离别了，还可相信他牵挂着。这么些年了，就难做到了，男人哪，我们是知道的。你看那个老东西，”师傅指着在阳台上弄花的老丈夫，“照说也该安分了，可还挺厉害的呢。”

冬儿又红了脸：“据说蝶儿的魂魄，夜夜回来和玉琼做伴，还同房，玉琼的短裤从不给我洗的。”

师傅惊诧：“未必真有和鬼同房的事？不信不信。”

“这是玉琼亲口和他的好友讲的。这么些年来，他天天要在蝶儿的画像前上香点烛。蝶儿生前最看重的一口小池塘，也还按原样维持着，月明之夜，他们便在池水里见面，双方的面容都映在水池里。”

“哟，真这么神？什么时候我也去看看那个死美人。”

“生人看不到的，生魂一去，蝶儿就不来了，玉琼不让人晓得这事，晓得了，会发脾气。”

师傅想想，顿悟了似的，告诉冬儿：“有办法了，那欧阳的心难得到你身上来，全是鬼迷心窍了，要是蝶儿的魂魄不再回来，你们的事就成了。这还不容易得很，请个道士，画儿道符，贴到各门窗上，鬼就进不来了，你说的那个相会的水池，到街上杀狗的地方，弄一盆狗血，倒到水池里，狗血是抑制邪气的，那鬼魂也就不敢再来了的。”

冬儿道：“不行不行，那样对不起玉琼的，他会生气的。”

“这也不行，那也不行，死妹子，那么你就独守空房一辈子吧。告诉你，鬼是不老的，夜夜美貌，专勾人的魂魄。你呀你，蠢脑壳，玉琼现在是不正常，中了邪，你这样做，是解脱他，让他走到正道上来，这个也不懂？快去快去，趁他没回来，请个道士办了，就请我们店子后边屋里的孙道士，不要犹豫啊，师傅不害你，为的你好。具体应该怎么办，道士晓得的。”

冬儿被急性的师傅撵了出来，在路上细细想了师傅的主意，确没什么错，玉琼也是不可常和鬼魂为伴的，便下了决心，去请道士。

冬儿去请那孙道士，如此这般说了因由，并以丰盛的酒肉伺候了他，还打了个有点分量的红包。那发黄目赤，手如鸡爪，满身酸臭，生意并不好的道士便全身披挂了，神神鬼鬼地在玉琼那屋前屋后乱舞了一通，既不画符贴门窗又没弄狗血泼到那小池塘里，只是往那池子里撒了一泡尿，便告诉冬儿：大功告成，鬼魂从此不会再回来了的。

一日那池塘突然干涸，泉眼空空如枯树洞穴，那受了污浊的甘霖顿遁了。

屋中墙上蝶儿的画像，亦暗淡无光，生机荡然。

几天后玉琼背着袋奇石，兴冲冲地回来。冬儿见了他，惶惶地应酬了几句，心有愧疚地开溜了，她有些后悔她那残忍之举，预感到有场风雨要来，心跳得厉害。

果然第二天，有人搭口信到店里，说欧阳玉琼叫她过去。

她惶恐不安，高一脚低一脚地往那古城墙脚下奔，脑中是一片空白，不知事态将如何发展。见了玉琼，他果然是脸色苍白、容颜可怖，昔日安详饱满的精神已垮，如病弱者样地软塌塌半躺在一张旧沙发里，见她来了，有气无力招呼她坐下，对她说：

“你做了件蠢事。”

冬儿感觉到头皮炸了开来。

欧阳玉琼并没动怒，充满着无可奈何花落去的哀伤，说：

“你们是妇人之见哪，你们不晓得蝶儿对我是多么重要，她的英灵，一直是依附在我的爱好上的，一次她在梦中告诉我，让我往鹤了城南行五十里，我照她的做了，结果走到一个地方，见有人挖屋地基，挖出件新石器时代的鸟纹双耳罐残品来，我有幸得到了；那面战国晚期的禽兽纹青铜镜，也是她指引我顺鹤了河下行二十里，在一个小孩子手中获得的；那对大开片青花明代瓷碟，也是按蝶儿南行六十里的指引得到的；说西北方向十五里有口好井的地方，有好看却是不可得的东西，我去了，结果是在婆婆坳白买了猫，却见识了一只好瓷碟；南边那个老板来收古器，我本是无心接触的，蝶儿说可以接待我就接待了，结果是废残陶片赚了钱……无论事情大小，也不知多少回了，蝶儿都给我提示，我按她的意思办，没有出过错。荣公公那老头子的事，蝶儿说竹篮打水一场空，我没听她的，才有此失败的。现在好了，她从此进不来这栋屋里了，她昨夜在又高又远的空中和我告别。我不明白，照说你也是个善良的女孩子，人也不蠢，怎么会做这样的事……”

冬儿听着，自觉是千错万错了，这是要毁了玉琼的精神的。但事已至此，无可挽回了，痛悔又有何用？最终也鼓出些勇气来：“你总不能和鬼魂生活一辈子吧。”说着委屈的眼泪便如断线珍珠般掉下来，“我也真是，命苦，自小又没爹没妈的……”

玉琼见了，长叹一声：“我恐有些变态了，我其实是与尘世格格不入的，别说是你们，我自己甚至也弄不明白自己怎么了。冬儿，你还是去寻个人家吧，我发现我肯定是不正常了的。蝶儿是不能走的，她走了我会更不好……”

不容欧阳玉琼说完，冬儿就轰然倒地，口吐白沫，人事不省，玉琼知她是急的，忙去扶起她来。贴近了看，冬儿有细柔的乌发，长长的眼睫毛，小巧端正的鼻子，圆圆的脸也已脱了乡中姑娘的粗俗之气。玉琼又长叹一口气：可是这又能怎么样呢？

第三十三章

谷定坤在古玩场中大栽跟头、又在生养之地遭受奇耻大辱之后，脑中跳出来的最明白的一个字是“走”！赶快走，远走高飞！

俗话说：打不赢，躲还不行吗？

走，身后已没有什么值得留恋的东西了。

往哪里去？不一定要有明确的目的。人已被逼到绝境，就处处可以生存了，处处无路反倒处处是路。*

谷定坤从鹤了市搭车到省里，刚下汽车，便听到对面火车站的喇叭里报告某趟列车进站了，他便飞跑过广场，挤到人堆里，混过验票口，登上一列西行的列车，在车皮连接口找块地方一屁股坐下去，就把头埋进臂弯里，什么都不想，听着车轮滑过铁轨发出的“哐啷哐啷”的单纯的响声，慢慢进入梦乡，不曾想过这是往哪里去，应该到哪里下。

谷定坤醒过来时，已是深夜，车窗外一片漆黑。头顶发黄的灯光，照着一张张东倒西歪、疲惫不堪的庄稼人的脸，浓烈的汗腥、脚臭、劣质烟味掺和在一起，沁透到他空荡荡的胃里，立刻就倒海翻江起来。他努力想呕出那些闹事的，结果只倒出几口酸水来，酸水就吐在离他最近的一个胖女人的大腿上，呼呼大睡的女人竟毫无知觉，两只肥硕的奶子，随着车身的颠颤，就在他的鼻际一晃一晃的，这时不但没有美感，反倒让他想起谷米香大屋

* 不具备勇敢的人，面临困厄，只能选择逃避。

家家户户有过的母猪的大奶，极是恶心。他试图用手撑着壁板站起来活动活动，脚却是麻木了不听使唤，想做一个抬头的动作也未能如愿，颈根也僵硬了。他只好耐心等待这些被压迫至深而失去自由的零部件复苏，再行动作。

这时他想起另一个叫作谷定坤的，不久前也是乘的这样的列车，却是坐在软卧的车厢里，衣冠楚楚，戴着金丝的正宗墨晶眼镜，提着密码箱，去一个美丽的城市观光谈生意。那个谷定坤睡的是柔软的铺、安静地听音乐和吃零食。这个谷定坤却乘的是地狱之舟，坐着站不起来，站着蹲不下去，饱吸污浊之气；那个谷定坤心境优雅地欣赏天使般的美女，这个谷定坤被一对母猪似的大乳抵压着抬不起头来……天壤之别的命运，出现在同一个人身上，相隔时距并不久远。

不知过了多久，麻木的脚和颈开始酸胀复苏，有了知觉，谷定坤便坚定地拨开那对硕乳的阻滞，撑着板壁站了起来。侧了眼看两头的车厢，也是密密匝匝塞满了人，如一个筷子筒。男人和女人，紧紧贴拥着挤作一团，如一堆乱草。

抬头见对角板壁上贴了张脏兮兮的列车时刻表，实在无聊，他便顺着那表上的站名、时刻一一往下读，突然读到一个叫N的小站名，以及到达时刻，心里就动了一下，就想起一个人来，麻木已久的心便暖了一下。再往下看，没有熟悉的站名了。便暗暗下了决心，准备在N站下，去看看那个熟人，反正是流浪，走到哪算到哪。

又不知过了多长时间，停靠了多少个小站，已是大白天了，艳丽的阳光把车窗洗得很亮。

谷定坤在N站下的车。下车后阳光刺眼，在一棵树阴下站了一会儿，才让视力正常，见这小站周围是群山耸立，这山远不是鹤了山区的山的气势了。清冽的山风吹过来，顿时驱散了满腔的废腐之气，一时心爽神朗。欲跟了人出站，猛想起自己没买车票的，便跟着另外一些逃票的农民，顺铁路走一阵，再从一个斜坡上溜下去，来到一处铺着麻石的街、林立着不少吊脚木楼的N镇上。这时顿觉饥肠辘辘，就近坐到一个露天的四方小桌旁，一个大嫂自屋里出来问他吃什么，他说有什么吃的都取来，实在是饿了。据他的记忆：最后吃一顿大概还是在鹤了姨家。

这小店里仅有米蚕和米粉两样吃的，定坤大约交换着吃了五六碗，肚里却还是没饱，但理智提醒他不能再吃了，再吃要出事的。果然吃完待站起来，肚里便“咕咚咕咚”响，喉咙口就要倒出酸水来，只好坐着不动。便问那大嫂，这里有没有个叫作镰刀圩的地方。大嫂说有啊，那是革命根据地嘛，很出名的。定坤问：远吗？大嫂说往南走百八十里。交通情况呢？大嫂说有长途汽车，上下午各开一班。下午的班车，现在还赶得到。定坤想，当然要赶下午的班车，便寻出钱来付账。吃的倒也便宜，一元钱就不要老板找了，大嫂便告诉他如何抄近路去汽车站，以此回报那没找的一元钱。

定坤购得N站至镰刀圩的车票，付款时，搜遍全身，竟凑不齐一张车票的钱来，想不到会狼狈到如此地步，这些年身上钱多了，就不曾想到过身上是否有钱，不禁面红耳赤，汗如雨洗。售票员望着他那窘态，不知骂好还是劝他慢慢找好。

正在尴尬之际，有一只白胖的小手便伸过来几张票子，强塞到手中。定坤顺着手看上去，惊愕得目瞪口呆——竟是自己的患难妻子丽儿！他哽咽地喊一声：“丽儿。”眼里就有酸楚的东西漫了上来。丽儿也溅着泪花微笑着说：“快买票。”定坤忙伸过钱去：“加一张。”

买了票出来，定坤就情不自禁搂了丽儿浑圆的肩膀，激动地道：“你怎么来了？”丽儿说：“你不是不要我来吗？”说着眼泪就双双淌了下来，“到这里来了，你就不会赶我了。”定坤替她擦擦泪："不说那些了，我们现在呢，同是天涯沦落人了，幸好你来了，你是应该来的，我现在是体会到相依为命的道理了。"丽儿说："我不跟你走，跟谁去呢？跟你吃苦也不怕的。"定坤感慨万千道："这种时候，也只有老婆亲了。"*

镰刀圩是个很出名的地方。许多革命读物甚至教材里，都频频出现这个地名。那是个不朽的革命根据地，这里最早孕育了一批中国革命的种子，这个不称其为学校的学校培养出来的学生，曾使中国现代史上最著名的军事学校——黄埔军校的许多军官大为逊色。大半个世纪以来，中国一面最负盛名的旗帜，上面的图案是用镰刀斧头构成的。谷定坤就曾经想过，这镰刀意象的产生，恐怕是与著名的"镰刀圩"有联系的。谷定坤曾听高安和东方冉眉飞色舞地讲过：他们十几岁当红卫兵串联时，走路走了半个多月，去瞻仰红色的镰刀圩，结果还差三十里，因大雪封山，无法进去而被迫向后转。那时候他们全连百把号红卫兵全部流下了革命的热泪，为没有得到一次人生最壮美的洗礼而遗憾之至。谷定坤这一代人不相信他们的激情，问：现在还想去吗？东方冉他们不作正面回答，说那时候想。

一百八十里路，公共汽车整整走了七个小时。谷定坤夫妇是见过大山的人了，身临此境，更坚信了天外有天、山外有山的哲理。难怪几十年前一批巨人，要选择在这里作根据地发展壮大红军。难怪串联的红卫兵进不来，别说是下雪，就是下雨，这里恐都难以举步了。

谷定坤到镰刀圩是去找一个叫作时中德的人，这个时中德也是个玩家，他们是在H省文物市场上认识的。这个市场刚开市不久，他有缘和时中德挨在一起铺开塑料油布，推销手中的玩物，这姓时的是个乡下人，热情，少奸诈，气味和定坤很相投，很快就搞熟了，互相也很信任，上厕所尽管轮着去。时中德说他是B省镰刀圩人。因镰刀圩的著名，定坤就记牢了时某人，并认为那

*不曾真爱过，却能生死跟随，美哉丽儿。

个地方出来的人，品质里优秀的东西肯定比别处的人要多一些。

那时候时中德刚开始玩，是半瓶子醋，一些技术问题，常要请教谷定坤，不是白请教，间或要送点小玩物给定坤作学费的。送礼事小，足见人品的敦厚，定坤也尽力帮助他。有两次时中德看东西走了眼，险些失了大财，经定坤在旁提醒，才化险为夷。

以后他们仍有谋面机会，只是次数不多。那时中德是视他如兄弟了，多次邀请他去他们镰刀圩避暑，说他们那里，三伏天晚上睡觉都是要盖棉被的。定坤见他是真心，口里也答应，心里却想：怎么会跑到你们那僻野荒岭中去呢？中国好玩的地方，一辈子也游玩不尽，这辈子是不会去镰刀圩接受革命传统教育了的。

可命运偏偏捉弄人，如今落难的谷定坤，就只有这个他从来没想过要去的地方可去了，繁华世界离他是既遥远又陌生了呀。

被长途汽车颠得头昏脑涨的谷氏夫妇好不易下得车来，已是夜幕降临，崇山峻岭已被雾霭遮挡了。镰刀圩不过是个小集镇，一览无余。问同下车来的山里人，认不认得一个叫时中德的。“时老板啊，我带你们走。”一个灰蒙蒙的人热情主动地引路，定坤想：这姓时的看来人缘不错。这人介绍：“时老板是镰刀圩的首富，开几个店子哩！”很快也就到了一栋房子前，那人高叫时老板，来客了，一阵风似的走了。

时中德从楼上下来，一见当街站着的是谷定坤，高呼一声，便冲出来抱住他的肩膀。定坤介绍了丽儿，时中德便高叫：“屋里的，来接嫂夫人。”这时又奔出个身子单薄的女人来，中德向定坤夫妇介绍这是他屋里的。那“屋里的”就在脸上堆满喜气，去挽了丽儿的臂膀。好一阵儿，时中德还连连说想不到，真是想不到你们会来这穷山沟里。定坤见那并非深交且很久没有往来的时中德，欢迎他们是十分的诚恳，并无做作，便放下心来。他这娇生惯养了的品性，自小被家人迁就，是禁受不起外人的白眼和冷落的，在这方面也显得很敏感。

接着这一家人手忙脚乱安顿饭食，让饱受旅途之苦的他俩洗澡换衣——定坤出来是一个光身，衣服都是穿的时中德的。又腾出间房来，换上干净的铺盖。一切就绪，已是半夜时分了，时中德就嘱他们夫妇好好休息一晚，明天再细细地与之叙话。“好想找个人叙叙话呢，偏偏这圩上就没有。”时中德叹曰。

告别主人，小两口便顿觉疲惫无比，从来也没吃过这么大的苦，睡虫顷刻蛀满脑中，一挨枕就睡死过去，一直睡到第二天日上三竿。

第二天吃过早饭，时中德便拉着谷定坤，要和他好好地叙叙话。中德的房子后面，是一条小溪，易涨易退山中水，无雨时节，小溪之流，是从石头缝里悄悄溜走的。时中德拉着定坤，从溪中石头上蹚过去，到一片厚厚的茅草上坐下，脑枕着一架望不到顶的大山，晒着懒洋洋的阳光，说这里安静没人打扰，好叙话。

时中德说他近一年多没有玩那些古物了，前几年运气不错，基本上没有失什么误，积了点资财后，就在这圩上买地盖了楼，临街是铺面，开着餐馆，南北杂货店、理发，还收购山货皮毛。在这圩上，个体生意是做得最大的了。楼上还开了旅店，旺季也能住到三四十个人，生意不可言与外面相比，在这圩上还算是可以的。因要管理这一摊子业务，还请了几个人，便抽不开身了。尤其是去年屋里的生下一男一女的双胞胎来，对于他来说，是件大事，他家人丁艰紧哩，据医师说双胞胎生的是同性的，好养，一男一女的成活率不是太高，所以他要在家守着，有了毛病，这山里应付不了，要上N镇或县里。“人对于我来说是最要紧的。再说，老到外面去奔波，也不想了，我们这里出入太不方便了，只要有一口饱饭吃，谁想往外面颠？”说到兴处，他说除了牵挂妻儿、房子、生意外，还有个秘密的牵挂，也把他的心绚住了。定坤问是什么？时中德说不急，我领你去看看。定坤也想看看这圩子的面目，便同意走走。中德便领他走上圩子，见中德的四层楼房，果是占了很大一块地盘。整个圩街几乎是新的，这就充分体现了上级及有关方面对老根据地的关心和重视，具体化了，便是要弄钱来拆旧屋盖新楼，让旧貌换新颜。中德指指点点介绍了镰刀圩的大体概况。圩东头保留着一片古老而又装修一新的房子，中德说那就是当年革命统帅们住过的地方了，内有许多革命文物，有几棵出色的英雄树，有几眼红军井，很值得一看的，说今天不急，有空慢慢地去观摩。

不到一支烟的工夫，圩街就走尽了，出东头圩门，不远山头上有几排房子，有国旗和篮球架子以及琅琅的读书声。中德领着定坤，信步走了上去，在一间敞着门却没有人的小房里大大方方地坐了下来。定坤见那简易木床上整齐的铺盖和一条铁丝上晾着花衣花裤和一应小件，便知这是一个女老师的房间。只坐一会儿，便有一个苗条俊美的姑娘，迈着轻盈的步子哼着欢快的小调飘了进来。也许是职业的习惯，定坤来不及听中德介绍，眼睛就将那姑娘的手指、耳朵和颈脖上扫了一遍，有什么值钱的饰物，就逃不过他的眼睛了。这老师手指和耳朵上虽是戴了些金器，都是平常之至、市面上千篇一律的东西。颈上金项链系着一个小件，倒是一件不错的东西，洁白通透的玉体上染了一滴碧翠，就显得玲珑娇美了，况是古气袭人，很有了些年份。定坤突然想起那时中德曾急于要为一个朋友寻一个玉坠的情节来，便断定这是中德的手笔了，果是寻了件出色的东西。于是不容中德介绍，他便什么都明白了。再看那女子容颜，定坤心里一沉，竟是与那谷美芝有些相像，马上便勾起许多哀伤和眷恋来。当年的谷美芝，不也是住的这样的房子，在这样的学校里当老师吗？往往有些重复的景物常将人带到逝去的岁月里去，或是伤感或是甜蜜。

定坤草草地和这老师应酬了，心就一直沉浸在伤感和甜蜜搅和在一起的往事里了。时中德出门后鼻尖上冒着汗很是得意地问定坤：怎么样，能勾住人心吧？大学生呢！看来他这半文盲能弄上个大学生，无异乎是黄野狗吃了天鹅肉，自是十分满足了。接着这情场得意者就滔滔不绝讲起他的艳史来。定坤没有听进去多少，在想一个问题：这人心里装满了幸福，恐也是像脸盆装满了水一样，总是要溢出来的，要溢才能表明是真正“满”了。这时中德就迫不及待要倒出幸福来，要与他共同分享。其实他也是这样的，以前得了好物赚了浮钱，得胜归来，头一件事就是想请客，要和大家分享。

待那时中德讲得喉干舌苦，再没什么可倾吐的了，定坤就向他讲了他的近期遭遇，如叫花子一样的旅途体验。那仍沉浸在得意中的时中德就豪气骤升，大有要容庇天下寒士的胸怀，对定坤说：“你看得起我，就在我这里住下来，在我这里重新振作，没有起手成本，由我垫，赢了是你的，亏了是我的。兄弟我就不说报答你的话了吧，你一辈子吃住是穷不了我的，像你这样的人才，再翻个跟头，不是件容易的事吗？”

定坤说：“我下决心洗手不干那一行了。”

“洗手不干？为什么不干呢？有句老话叫作外行莫钻，内行莫丢，你是真正的高手，是内行，不可轻看了这手绝活的。不像我，我至今还是个门外汉，深研不下去，没办法，要多走几条谋生的路。”

定坤说：“人人有本难念的经，我何尝没有想过这些呢，只是我说服不了自己，你也不必劝我了。”

谷定坤夫妇暂时在镰刀圩安顿下来了。

在这种时候，谷定坤几乎成了个废人，肩不能挑、手不能提、拈轻怕重、睡懒觉等劣性便暴露无遗了。倒是那丽儿大显其能，她十几岁就跟着她后妈在鹤了城中做生意当小老板，她那点才能在这近来才有商业概念的偏远小圩是熠熠生辉了。她先是给时老板打工，只三五天工夫，那自以为见过世面的时中德便惊讶地发现他的商业管理能力在丽儿面前还是个刚启蒙的小学生，甚至不懂得如何做收支账。尤其丽儿天生了个好性子，面目和善，待人殷勤诚恳，说话有分寸，能征服各种性子的顾客，人又漂亮白净，到底是城里长大的，其风韵是这镰刀圩所有女孩子都无法比拟的。因丽儿的到来，店里便生意骤添，很多人索性是来看丽儿的。丽儿一下子就把店里整治得井井有条，终日暖融融的。时中德见添了这么好的帮手，很是高兴，不日便索性把一揽子事务全交给她去管理，自己就到外面跑跑，这样也好留住定坤，让定坤不会因自己不会干活而有白吃的忧虑。见定坤忧心忡忡的，不知如何安抚才好，想若能留住他，住些时日，心境渐宽了，也是对他往日帮忙的一种报答。

谷定坤完全过着一种赋闲的生活，有时试图到店里帮一帮忙，反而越帮越忙，收钱错账，取货错型号。随了时中德到外面进货谈生意，更觉枯燥无味。后来便居家看看书报杂志，到附近的农舍田园散步观光，找人聊天，一天光阴，倒也很快打发过去。因在中德这里，并无寄人篱下的感觉，心情便日见好转，却是想着一个问题：不可老这么过下去呀，下一步呢？

很快在镰刀圩住了一个月，眼见得谷定坤有些发福了，眉头也渐显舒展，令那丽儿和时中德夫妇都高兴。只是那个念头，在定坤脑中更趋紧迫，应该找件适合自己做的事情做，却又总是找不到。

一日是时中德生日，天气很好，总结近来的生意，因有了丽儿，中德是如虎添翼，收入很是可观，所以要借机好好庆贺一番。就通知附近猎户，送些新鲜野味来，由丽儿掌勺，做了一桌可口的饭菜。定坤本是不善喝酒的，竟也陪中德喝了半日，不过他喝的是啤酒，中德是白干。喝到后来，众人早已去午睡中做梦了，他们还在借酒海聊。时中德已有了九分醉意，颠三倒四说胡话了。有道是酒后吐真言，那姓时的便向定坤透露，说这山中，其实还有一些珍贵的革命文物，深藏在老百姓手中。可不要轻看了这些革命文物啊，国家需要，港台那边的文物贩子也青睐的，只是要非常能吃苦的人才可得到。因他眼下牵挂太多，收入也不错，不愿吃那个苦，待店里一切走上正轨，他还是要把这件事情做下来，这里山高路远，大山上尚藏着毒蛇猛虫、豺狼虎豹，外人轻易不敢进来，此事迟早还是得他来干……

说者无意，听者却是认真。时某这段酒话，让定坤睡不安稳了。他不是扬言洗手不干了吗？此业曾抬举了他，后又毁了他，自是痛恨此业了，但有句俗话说：猫不吃屎是真不吃屎，狗不吃屎嗅都要嗅一下。待那些伤心的事慢慢冲淡之后，唯有他痛恨的话题又最能够吸引他，叫他坐立不安。

革命文物在他的玩古经历中是一个新鲜话题，革命文物在古玩界几乎是没被人接受的，人们把眼光普遍注视在王权崩溃之前的历史中。*

* 酒后得真言，『革命文物』一个玩家忽略的领域，令谷定坤死灰复燃。

中国革命战争时期的这段历史，亦是中国历史长河中闪光的一页，她留下的东西不如一个稳定的盛世多，因而就显得特别珍贵了，对于高明的收藏家来说，在历史价值和艺术价值的取向中，是偏重于前者的，市面上的热闹和炒得很红火的热门玩物，并不代表一个时代的古玩水平。B省的镰刀圩地方，可说是中国革命的发祥地之一了，这里经历过无数场战火，这里诞生过许多著名的将领，这里曾是令世人瞩目的红色堡垒，它曾轰动一时，自是有着不朽的能证明和体现那段历史的物件的，而这深山僻野，按时中德说的，基本上还是一片未开垦的处女地，大概也没有谁能以充满宗教般的热情深入到深藏于大山各处的民间，去做这份艰苦细致的工作。

谷定坤这么想着，心底便有久未曾有过的暖流沸腾起来，这种冲动，是以前经历任何一件事情哪怕是结婚，都不曾有过的。是不是命中注定他是干这一行的呢？可他是发誓不再与古玩界打交道了的，这让他很矛盾。倒是丽儿看出他的心思：“你想干什么，你就去干吧。别坐立不安。”他便向丽儿说了自己的矛盾心理。丽儿说：“你这个人怎么丢得开你的玩瘾呢？这世上的事，我看你也只能干那一行，其他你都不行。收集革命文物又不是倒腾古玩，你今后少与那些文物贩子打交道就是了。说不定这收集革命文物，还是件扬名的事。”定坤问：“扬什么名？”丽儿道：“正是人民政府要做的事，别人做不好，你做好了，不是……”定坤忙说：“明白了，你不要说了，你的提醒不错，让我一下子明白了许多事情。这确实是件意义大于金钱的事情。”

谷定坤当夜就嘱丽儿，把姨给她的金银首饰拿到县里去，统统换上钱，他要做重要的用途，精神是异常的亢奋。丽儿觉得他顷刻便变成了原来的他，这当然令她高兴，预感他能做出点像样的事情来，便说她会尽快去办好的。

在这个秋高气爽的季节里，谷定坤和一个年过六旬的猎人，行走在茫茫的大山中，他们全副武装，定坤的背包里是雨具、饼干、日常药物以及一把锋利的匕首。老猎人背着祖传的老铳、火药，腰挎一把砍刀和一只军用的水壶，内面是烈性的谷酒。

猎人佬田一辈子出没于这莽莽山林之中，路线极熟，五十年代还独手猎过活豹，送到B省省城动物园，受过当时省长的接见并在省报上登过照片的。定坤要找向导领他进山，当地人便推举了佬田。当定坤初见佬田时，大失所望，这高不足一米六，精瘦如柴，脸上手上皱纹累累的小老头，还能爬山越岭吗？还能抵御随时有可能袭来的毒虫猛兽吗？但这小老头却是目如亮炬，齿白唇红，其声朗朗。佬田见他犹疑的样子，便道：“其实你对山里人是不了解的。”这位当年老赤卫队员的后裔，对谷定坤的行动很是赞赏，经人介绍后，当即就答应下来，他对这里发生过的惊天动地的历史事件，始终是非常看重的，因为他就有长辈参与过那场战争并有人献出了生命。这么些年来，上面也曾好几次派人来记录那段历史，可惜都是人到镰刀圩就望山生畏，不敢前进了，在圩上找些老人，说说谈谈，也就草草收兵，令佬田无限遗憾。见定坤这显然是没吃过苦的，却要翻山越岭去沿着红色历史的印痕走一遭，觉得是很了不起的行为，他也不知谷定坤进山是何用意？觉得去深山老岭里寻访收集半个世纪前残存于民间的革命文物，绝不是干坏事。定坤对佬田说如果干得好，他会付给他一笔可观的酬金的，佬田浅浅一笑道干完了再说吧。就叮嘱定坤都应做什么准备，自己也手脚麻利地动作起来。待准备停当，出发就走上羊肠似的山道上时，谷定坤随着那一边行走、一边还要用砍刀撩开挡道的柴刺的佬田还没十分钟，就感到跟上老猎人竟是十分吃力，就完全否定了自己最初的感觉，山人的强悍和坚韧，是难以言表、难以置信、难以从表面上读出来的。

谷定坤的这次行动，是瞒着时中德的。他和丽儿统一了口径：说是到外面去看一个朋友，找点谋生的门路。本是想和中德联手来完成这个艰巨的计划的，但见他被妻儿牵挂、被情人牵挂、被几家店子牵挂、被赚钱所累，断然是无心来干这既辛苦又看不见希望俨似大海里捞针的活计的。他不能成为同伴，就不好告诉他了。这是个敏感的问题，如不是他酒后吐真言，他也绝不会给他提供如此重要的信息的。凡玩古物的，都有各自的秘密，很难做到肝胆相照，这也许是这个个性色彩极浓的行当的职业病。纵是有愧于时中德，也没有法子。他不干，总是迟早要有人去干的。

谷定坤和佬田，在这有名的绵延数百里的山川里盘旋了整整一个月。娇生惯养的谷定坤是平生第一回吃这么大的苦头，脚上的血泡起一层，破一轮；起一层，又消破一轮，直至最后垒起坚硬的厚茧。人变得又黑又瘦，却是能经历风雨，结实硬朗。

山中人家之间的距离，近者三五里十来里不等，远者五六十里八九十里不等。所行之路，多坎坷曲折，多被柴刺茅草封覆，还须提防林中草地里出没无常的蛇蝎猛兽，就远远不是用脚丈量远近的概念了。

他们喝的，多是山中清泉。

吃的就更糟糕，饱餐饥食，行路途中多以食干粮对泉水为主，山中贫困，有钱无市，百姓家中，凑合有顿热的吃，就不错了，好在猎人佬田有本事，路上见有飞斑走兔，抬手响铳便必有收获，一张砍刀甩出去，也能打着野物，就只好赖此来改善伙食，补充营养。有时前不着村，后不着店，就将猎物活剥了烧着吃，佬田是这方面的高手，倒也有些野趣，可是往往半生半熟，哪有居家做得好吃？但也得闭上眼睛吃，不吃没劲赶路，每天有几十里路程要走完呢！

好几次走远路无法找到人家，便安歇在山洞里或烧炭翁的简易茅棚里，谷定坤因此就经历了与蚂蚁毒蛇伴睡、被猴子舔了梦中口角流下的唾液、野狼通晚守候在洞外嗥叫、金钱豹如蓝色灯笼似的眼睛在夜海里荡游等真实的而不是故事中的遭遇。

哪条山冈打过恶仗、哪个村落驻过军队、哪个山洞藏过伤残红军、哪个地方出过著名将军、哪条山垅被反动派清剿烧光、哪里埋有忠骨，这佬田心里有个活地图，一一讲得出来。谷定坤下决心来干这活，甚是细致，一一要佬田领着去走走看看，不厌其烦，不怕艰苦，用心记录，并画出图来，这让佬田很受感动，就把定坤当作上级领导来视察了。他们祖上付出如此惨重的代价换得如今的江山，是要有人来安抚的、来了解的、来记录的，就如一场壮美的戏剧演完了，是要有观众的掌声、参与和共鸣、高兴与叹惜、承认或者批评的，不能没有回声与反馈。生者倒也无所谓，那曾横尸荒野的英灵呢？壮壮烈烈的捐躯献身，怎甘心做无人理睬的孤魂野鬼？所以每当佬田一边走一边讲着那些惨烈的故事，想象路旁草丛里随处都可能倒下过一个忠魂，谷定坤便要在心里做一个祷告，权当是用了香烛、火纸、三牲祭品的敬奉，以抚英灵。在谷定坤这批青年人看来，居然有人乐于持了枪和梭镖，冒着随时掉脑袋的危险，到这缺吃少穿的山中来作战，是不可想象的事情。他们图的什么？那种精神，虽不可理解，却是神圣崇高的。

至今仍深居山中的人们，几乎是过着与世隔绝的生活，许多人还不知电、电视、广播、汽车为何物，很多地方还是刀耕火种、靠天吃饭，生死全赖自身的抵抗能力和生存能力，仍过着近乎原始的生活。这些山民，几乎全是革命战争年代遗留下来的老山民，代代繁衍生息的土著。据说人民政府曾试图将分布于深山野岭的红军后裔移民到经济发达地区去，但此举无一成功，有的不去，有去的十有八九又回来了，人们想不通他们为什么要困守在这无法发展的地方。

谷定坤由佬田领着，无一漏网地拜访各个住户，非常吃力地解说他们此行的目的，让每户人家找一找是否存有大革命时期的东西，哪怕是一张纸片。尽管十有八九红军的后裔对他们提的问题显得茫然，但还是有不少的收获——这在谷定坤的日记中可以看出来——出发前他有准备：要把这次远行的所见所闻，全都记下来，日后整理好，到报纸杂志上去发表。高中时期，他是做过文学梦的，给他崇拜的作家写过信，给上十家报刊寄过自己写的诗歌和小说，因没有刊登过，也没有一个作家回过鼓励的信，就此冷了下来，没再坚持。但心里却是不服的，毕竟是爱过、向往过的事情。

日记中这么写着（摘录）：

第八天。七星崖，这是个大山洞，可容五百人，革命低潮时，赤卫队撤退，留下八十余伤病员，不幸被白军发现并堵住洞口，放火施烟，活活将人憋死。在洞中考察，于崖顶寻出块活动石头，和佬田协力掰开，内藏有油布包着的一些文件，其中最显目的，是十五位伤病员在生命的最后时刻，咬破指尖签名的血书，书为半截白棉布衬衫，上书：红军胜利万岁！苏维埃政府万岁！血色已黑，结成硬块。

第十天。百福洞见村民钟响应，找出一张发黄了的欠条，上书：今借到钟荡生谷三石，红薯丝四石，清油八斤，革命胜利后计利归还食物或折合市价。红 × 军 × 师　师长 ××。据称 × 师不久全军覆没。村民钟响应说因他家在山中曾算得上富户，有田地出租，所以后来每搞运动，都要批斗父亲钟荡生，往往亮出这张红军的欠条，倒也成了块挡箭牌。问钟：新中国成立以后没去找人民政府偿还？钟说父亲不让这么去干。说幸好也没有人来还账取走条子，不然就没有证明身份的东西了，父亲不知要吃多少亏，也许早就折磨完了。我说反正如今不存在成分的问题了，那盖有红军 × 师大印的条子不如交给我们去好好保管。说了一阵道理，姓钟的同意了。因所带款子不多，暂按时价结算三石谷，四石红薯丝，八斤油的钱给钟，并多给三百。钟不肯接受，猎人佬田做工作，才说通了。我说利息部分，由日后有能力了慢慢补给。此事听来有些辛酸，那时可是救命粮呢，却无人还。

第十三天。得两份苏维埃政府枪毙人的报告，一个叛徒和一个与白军勾结的土豪，并得一本红军教材，帮文盲战士启蒙用的，是劲秀的毛笔小楷抄写在黄裱纸上的，已朽，不可多动它了。

第二十天。今日收获巨大。地点：毛猪冲。户主姓贾，和老妻相依为命，耳朵均不好使了，年纪约有了百岁，住的是岩洞，前面砌一堵墙挡风避雨，砖墙已裂缝三寸余宽，随时有倒塌的危险。和佬田大声叫唤，仍不得要领。后取出身边所收藏的苏维埃时期的文稿及日用物品给他看，方明白我们来寻访他的用意。老人反复叨念着一个叫苏先兆的名字，佬田再三盘问苏先兆是什么意思？仍无法沟通。后和佬田商量，估计可能是一个叫苏先兆的人几十年前存了东西在他手中，说好了来取的，就一直等着他来。佬田说山里人憨厚，就是不相认的人委托的事，也是一定要为之办好的。这个推测果然对路，佬田便向他们介绍我，说我是苏先兆的孙子，来取苏先兆存下的东西的。那老头倒是听懂了，点了点头，颤颤巍巍搬了架梯子，顺岩壁放了，爬上去，将手伸到一条岩缝里，摸索了一阵，然后抽出一根绳子来，绳子的那边，是一个布包，然后取了下来，交到我手中，含混不清地说老苏是不是不在了？那是个好人，脚打断了，肠子也出来了，还爬到我家来，也是这个屋子……老苏来不了啦，交给你总算放心啦，怎么这么久就不来取呢？也记不清有了多久了，我生怕我等不得了，一口气上不来，那东西不就没主了？苏先兆和我同年，属马的，好人，也是你这般高，他来不了啦，孙来也是一样的……

告别老两口时，给他们留下来几百元钱，因我是苏先兆的“孙子”嘛。考虑光给钱不行，有钱也没处花，和佬田商量，下山去找佬田一个认识的猎户，交给他一点钱，请他打一石谷的米，买几斤咸鱼、十斤白糖、二十斤煤油、四套棉质内衣内裤(见老人内衣袖口均破烂不堪)、两双保暖鞋，就说是苏先兆的孙子送去的。

打开贾姓老人保管了长达半个多世纪的包裹，包内物件完好无缺，无虫咬水浸痕迹，都是些当时烽火连天的革命斗争时期的重要文件。

第二十五天。在一个老赤卫队员后裔手中得其祖先使用过的四张特别通行证：一是N县三区苏维埃的；二是N县赤卫队总队的；三是红×军三团一营特务连的；四是国民党县党部九区党部颁发的，看来这位老前辈可以以双重身份出没红区和白区……

以上仅为谷定坤的主要收获，还有若干零星物件，装满了整整两个旅行袋。如此丰富的收获，令谷定坤兴奋不已，他是深知背包里的分量的，是物质和精神的双重财富，其价值是难以估量的。他小心地用塑料布包裹了，生怕有一丁点损坏。有道是一喜压三邪，得了好物，心情愉快，便把以前所受的挫折忘得一干二净。他觉得他如今在鹤了古玩界，物质和精神都是最富有的角色了，以前的不光彩算得了什么？正是那挫折给了他机会，才有如此巨大的成功，回程的路上，抑不住高兴，对着静穆的群山不禁又蹦又跳、放歌高唱，让那猎人佬田有些害怕起来：这个沉默寡言、孱弱苍白的后生，怎么突然变成了一个奔放热烈、孔武有力的黑皮青年呢？如同是两个不同的人，该不是有什么毛病吧？

谷定坤一遍又一遍地感激佬田，说因是有了他的帮助，才抢救了一批珍贵的文物，再迟了就都要完蛋了，想想那百岁老人快要躺倒的模样，真是可怕；说这次给佬田的报酬不算多，下次无论如何要作重谢；说还要邀了佬田再进一次山，该补偿人家的，还要来补偿。佬田说你已经做得仁至义尽了，佬田满意定坤的慷慨："以前上面来了人，把我们喊了去，费了半天口水，也就只是一碗茶一支烟呢，你真是出手大方。"他很反感以往那些来搞调查的。

待回到镰刀圩时，谷定坤已是身无分文。最后在一个山民家里吃的饭，因无钱付账，将一件出发前丽儿买的毛衣和一双长筒雨靴都送给了这户人家。

谷定坤没有往时中德家去，在附近一个混熟了的人家里待着，差小孩去把丽儿叫了出来。一会儿丽儿来了，定坤简单地告诉丽儿，此行是重大成功！丽儿见丈夫又黑又瘦却是神采奕奕、英气逼人，不禁高兴得流了泪。定坤说他现在不能去见那时中德了。倘那姓时的稍有眼光和预见，这身上一包东西，早应是他的了，他对不起时中德！定坤让丽儿给了他一点钱，说他将悄悄离开镰刀圩，马上回鹤了城去。他原来设想这一辈子是再不回那鬼地方去了的，现在不，是荣归故里，就如是鹤了新城归侨区那些发迹了的人一样，身份不一样了，就不必记恨过去了。定坤交代：“我先回家去，你干半个月再回来，为我撤退打掩护，让时中德他们认为我还在外流浪。回来时要是身上还有钱，都送给陪我的猎人佬田。”当下和妻吻别了。妻与他分别一个月，朝思暮想，不知丈夫在那深山里如何了，几次梦见金钱豹扑了他，惊醒过来，枕边是一摊眼泪。见一个完好的人回来了，而且还硬朗结实了，如何舍得说几句话就走？便瘫软在丈夫怀里就无力走路了。定坤高兴，心里也冲动，只是在人家屋里，不能做出什么事来，便叫丽儿先回去店里，约了晚上出来，到离镰刀圩半里小溪那面的草地上见面。他准备在这熟人家里住了，明日一早到路边拦截自镰刀圩开往N站的宿班车。

是夜月色迷蒙，丽儿断黑就洗了澡，换了好衣，一身幽香地到那草地上来见丈夫，两人一见，不由分说便搂抱着倒在草地上，久别夫妻胜新婚，又是定坤心情最好的时刻，便生出无限柔情和缠绵来，想不到几年的夫妻了，竟尝试着偷情的滋味，顿觉野趣横生，又是沦落天涯，相依为命，情爱因此更深。完事后，谷定坤饱足惬意地仰卧在厚厚的开始枯萎的秋草上，对丽儿说，这是他平生以来感觉最好的一次。

谷定坤再次回到鹤了城后，变得成熟了，老练了。昔日那种得志便张狂的浅薄已不再属于他了。他悄悄地藏好那批文物，沉下心来，找来一批描写和记叙古玩方面的好文章，苦读细研，然后足不出户潜心做起这个做了多年的文学梦来。又将那文稿、物件都拍成照片。半个月后，写出一篇来，附上一件原始文件资料照片，拿了让姨陪着，去请那博物馆的丰馆长指教，在这些方面，丰馆长是个出色的鉴赏家。他细细看了，当即倍加赞赏，说写得好，当即便写一封推荐信附上，让他马上寄到北京 ×× 报社去，他有个同学在那里当老总，多次约他写此类文字，可惜他手中无翔实资料，以至于无法成篇。老头说此稿必登无疑，并说此报辟有个专版，定坤如陆续拿得出类似这等分量的东西，可以去当这个专栏的撰稿人。

定坤和姨高高兴兴地回来，因那丰馆长是五十年代的名牌大学生，学问很深，轻易不说赞扬话的，于是定坤骤添了信心，埋下头去一心整理资料，按此类文字可以遵循的规律去大做文章。每篇是三千字左右，每篇必配原件照片。不久，果然接二连三都刊登了出来，那老总热情洋溢地写信聘请他当专栏作家，于是每半月那大报上必有定坤的短文。

这时，鹤了古玩界才知定坤这许久隐踪的日子，做了件非同一般的事情，大家也高兴，毕竟这个人没有沉沦下去，更是佩服他的耐性。*

* 谷定坤阔步正道，收获巨大，在古玩界声名大振。

谷定坤此举所产生的意义和效果，是他以及鹤了古玩界同人都估计不到的。

自第一篇署名为《被遗忘了的红色摇篮》一文发表后不久，一日突然有一位操着广东腔普通话的先生秘密来访谷定坤，此人的身份是香港著名的收藏家“古董彭”的私人秘书，古董彭的大名，鹤了古玩界常读文物方面报刊的同人是都知晓其大名的。他的收藏种类和内容之丰，据介绍是要令国内所有著名收藏家望尘莫及的，他还是位爱国收藏家，曾向北京故宫博物院捐赠过清末被外国侵略者抢走的国宝级珍贵文物。这位高大冷峻的秘书呈上古董彭亲笔签名的拜会帖子，并附上一张沉甸甸的名片（据说古董彭的名片便是邮局使用的磁卡，每张可向世界各地打完五百美金的电话），秘书说古董彭读了他的文章，非常喜欢，特地要来拜会他，因年岁大了，不敢贸然到鹤了地方来，现住 H 省某四星级宾馆，想在那里约见他，不知阁下肯赏光否？定坤一听，见自己玩古物多年是默默无闻，才写一篇尚幼稚的文章，便引起一个大名鼎鼎的收藏家的注意，不禁心花怒放，还是写文章好啊，真正是如哲人所言：文章千古事。又想那港人到底是大家，嗅觉竟是如此灵敏，见有点蛛丝马迹，便马上寻了来，如此会捕捉信息，怎不会玩出上乘的水平来？不禁十分的佩服。定坤当然是想去见见那古玩界的大腕的，便答应那秘书之约去省里见古董彭，当即稍事准备，同那秘书径奔省城。车是好车，平日要走三个小时的路程，不到两个小时就走完了。

见到古董彭，已是个白发苍苍的老人，穿着中式对襟布扣袄，暗花的绸缎裤，圆边的布鞋，持了杆乌木质地通体镶玉的尺长烟斗，吸的是金黄色烟丝，一身的古董味。老人盛赞定坤的发现是很了不起的，说文章也写得不错。说到这，就不再往深处说了。便留他在这里住了两日，让秘书领着他，将这设施齐全的四星级宾馆的什么按摩、桑拿浴、卡拉 OK、鸡尾酒会、康乐球、保龄球等玩了个够。这定坤本是个贪玩的角色，也不扭捏，有大老板请客，不玩白不玩。这半年多来也是太过清苦了，应好好地调理一番。古董彭让定坤玩够了，吃好了，便和他聊天，定坤也极想探探这大家的深浅，但一俟与之接触，便顿感自己无知，无法与之交谈，只有傻听的份。古董彭看出定坤的尴尬，便不再言古，提出去看他的最新收藏。定坤欣然同意，当即邀请老人去鹤了。老人提出一个要求：不与任何人接触。定坤就答应了下来。第二天驱车前往鹤了，左右有两位大汉保护着老人，旅途倒也安然。在鹤了宾馆下榻后，定坤便携了藏品的精华部分，到宾馆里去，拉严窗帘，关紧房门，由那老人品赏。老人持了放大镜，整整审视了一个下午，始终聚精会神，情绪饱满。

晚上老人早早休息了，定坤将东西收好带回。不久那秘书登门拜访，分别送给丽儿和姨各一条细如棉线的金项链，使人不敢相信世上有如此精巧的工艺。一家人坚辞不敢收受，秘书道这不过是件玩物，加起来才不过四克金，再要推辞那就是真看不起古董彭了。只好勉强收下，然后那秘书和定坤关了门在房中密谈。秘书和他玩了两日，也烂熟了，便对定坤说了老爷子的意思，说他们拥有世界上最先进的保存文本字画纸张的技术，而国内暂时还达不到，老爷子极爱定坤手中的这批东西，见损坏得快要变成废物了，如不及时抢救就迟了，问是否可卖给他们？

定坤也是生意场中人，一开始就明白他们的最终目的，不然这白发苍苍的大玩家，怎么会往山州草县跑？他不急于表态，想通过那大玩家的眼力来探探藏品的价值。便问："能给多少？"

秘书说："五百万港币。"

定坤一听，不禁头皮一炸，对他来说，是个天文数字。但他并不失态，笑而不答。

秘书看看他的神色，又说："六百万。不小气吧？"

定坤仍笑着摇摇头。

秘书又说："如阁下实在不愿都给我们，也不勉强。那三块银票印刷模板和那些银票，可否转让？给一百万，行吗？"

定坤觉得不能再卖关子了，便说："对不起，不能满足你们的要求。倒也不存在价值多少的问题，我想我这个意思，彭老先生也会明白的，和先生相处两日，真是胜读十年书啊。我手中这批东西，也是分量太重了，恐怕我都无权处置，请原谅我。但我要送一点东西给老先生做纪念。"

第二天，定坤去给古董彭送行，送给老人一张中国最早成立的苏维埃政府发行的首批货币中未流通便报废的银票，还有一只当年赤卫队员随身携了用来吃饭喝茶的带盖的竹筒，上面刻了几行字：革命万岁！十六支队张生根，一九二八年。老人十分珍爱，小心翼翼地收受了，并让秘书放置在一只密码箱中。古董彭最后对谷定坤说："昨夜我躺在床上，反复想了，其实我也是没有资格拥有这些东西的，因它们是与许许多多血肉之躯融化在一起了的，又被许多冒着生命危险的人保存下来，这与一件皇宫的什么名贵瓷器、一幅名家字画等玩物相比，分量是大不一样的，我对阁下所言的‘分量’二字，琢磨了许久。那些不过是玩物罢了，与阁下的藏品相比，毕竟是浅薄的，如此而已……”定坤道：“我要请教老前辈一个问题，你们干资本主义的，怎么也爱革命文物呢？”老人说：“收藏家看重的是有价值的东西。而真正意义上的价值，是没什么‘主义’之区分的。”定坤若有所思：“我明白了。”

古董彭悄悄来悄悄去，倒是没有惊动任何人。不久，谷定坤因其文章，引起了国家有关部门的高度重视，好几位有声望的老同志纷纷打电话给省里市里，打听谷定坤这个人。以至于谷定坤曾创下了一个月内三次进京的纪录。自定坤于文中公开了苏先兆这个人后，就找到了原来是大烈士的苏先兆的女儿和外甥，苏老的女儿在北京本有高官厚禄，因此而身价倍添，以后定坤进京必住她家，还一定要认定坤当干儿子。父亲未完成的工作由谷定坤为其完成了，做女儿的高兴啊。何况因珍贵文件的保存，更证明了父亲的伟大，为父亲英名增色的又是定坤，所以十分看重他。那么丽儿就是干儿媳妇了，定坤他姨便是干亲家了，姨和丽儿托定坤的福，居然就被干妈接到北京住过一个月，豪华轿车迎进送出，甚是气派。

因谷定坤饱带感情色彩的对于老区人民的生动描写，也引起了有关部门的关注，对老区扶贫经费增加了，许多部门把扶贫点办到最贫困的地方去了，公路和电也有望向纵深推进，那里的人民对谷定坤的感激之情是不容言表了。只是许多山里人有点弄不大明白：大烈士苏先兆的孙子怎么姓谷？

谷定坤将所藏之物，全部复印和拍照一份自留外，全部上交给了国家，一件真品也不曾留下来赏玩。有关部门表彰了他并发了点令古玩界发笑的奖金，并指定记者来采写他的事迹，他对记者说他不敢藏下这批东西，是怕遭杀身之祸。自文章开始发表之后，光是港台古玩家和国内黑道上的人就有十余批秘密与他接了头，不赶快上交，会有安宁之日吗？

记者不满意他这种说法："至少也还有点别的想法吧，比如思想境界啦，等等。"记者引导启发他。

但定坤却说："真的，就这些。"他闭口不说记者想要的那些豪言壮语。倒是古董彭说的那些话，记牢在心里了，就是身家过亿的大藏家，都没资格拥有它们，何况是他。*

无物一身轻了的谷定坤，后来又去了一次镰刀圩地方，并相邀了猎人佬田，再作了一次故地重游。那时受益匪浅的山地百姓把谷定坤视若神明。这次重游，是为写文章的目的，凡见过的旧人，也都见了。只是那替大烈士苏先兆保存物件半个多世纪的贾姓老人夫妇，在定坤他们走后，那猎人受定坤之托，办齐货物，挑着一担东西上山去，就见一双老人安详地倒毙于那个山洞里。

一时名声大噪的谷定坤，带着愧疚的心情，还是去见了昔日玩友时中德，见面就作检讨，说贪了天功为己功，并将政府给他的奖金，分一半给中德。大度的中德说幸好这件事我没去干让你干了，我干了是白干了，你不知你为我们这个地方的百姓创造了多大的价值，连我现在店里的生意，有半把也是因你的文章造成的影响带来的，有人还预料我们镰刀圩很可能成为旅游热点哩！我半点怨恨你的意思都没有，你大可不必多心，这人就是有个能力问题。定坤顿觉眼里一热，便紧搂着这个忠厚的镰刀圩地方人。

天就极蓝，山就极青。

* 谷定坤放弃巨额交易，将珍贵原件上交国库，一为避灾祸，二为正其冠。

图书在版编目（CIP）数据

玩古 / 彭见明著；歌乐评点. -- 北京：中国工人出版社，2020.4
（中国当代长篇小说·绘画评点本/野莽主编）
ISBN 978-7-5008-7404-1

Ⅰ. ①玩… Ⅱ. ①彭… ②歌… Ⅲ. ①长篇小说—中国—当代 Ⅳ. ①I247.5

中国版本图书馆CIP数据核字(2020)第056975号

玩 古

出 版 人	王娇萍
责任编辑	傅 娉
责任印制	黄 丽
出版发行	中国工人出版社
地 址	北京市东城区鼓楼外大街45号 邮编：100120
网 址	http://www.wp-china.com
电 话	（010）62005043（总编室）
	（010）62005039（印制管理中心）
	（010）62379038（社科文艺分社）
发行热线	（010）62005996 82029051
经 销	各地书店
印 刷	北京市密东印刷有限公司
开 本	880毫米×1230毫米 1/32
印 张	15
字 数	457千字
版 次	2020年9月第1版 2020年9月第1次印刷
定 价	78.00元